윤규섭 비평집

인식론적 비평과 문학

최명표 편

새미

머리말

지금까지 한국 근대문학의 연구 경향은 유명 작가들에게 과도한 영지를 분할하고, 연구자들은 소수의 작가들을 중심으로 논의를 진행해왔다. 연구자들의 그릇된 독법은 동시대의 문학비평에까지 삼투되어 있으며, 문학사적으로 반드시 거명되어야 할 비평가들을 연구 공간 너머에 방치하고 있다. 그들의 무관심 속에서 극한까지 보장되어야 할 개인의 자유와 문학적 신념이 정치적 이유로 인해 훼손되는 일은 분명히 경계해야 할 일이다. 다른 나라보다 훨씬 심각한 역사적 시간들을 인내해야 했던 우리들로서는 타의에 의해 작가들에게 덮어씌워진 문학 외적 굴레들을 배격하는 일에 힘을 모아야 할 것이다.

절산 윤규섭(節山 尹圭涉)은 일제의 폭압이 극에 달했던 1930년대 후반부터 평론 활동을 시작한 이른바 전문직 비평가이다. 그는 투철한 비평적 신념에 입각하여 다양한 평문들을 발표하였다. 그는 당대의 내노라 하는 비평가들과 민족문학을 화두로 논전을 서슴지 않았고, 지도비평의 선두에서 작가들에게 엄정한 시대 인식과 치열한 글쓰기를 독려하던 성실한 비평가였다. 해방기에는 친일 잔재를 청산하고, 민족의 자주적 독립국가를 건설하는 운동 전선에 가담했다가 전가족을 데불고 월북하였다. 그 뒤에 필명을 윤세평으로 바꾸고 북한문학의 비평적 기반을 닦는 일에 힘을 기울였다. 그는 문화운동의 실천적 이념을 제공하며 이론적 실천에 앞장섰고, 현장비평에 복무하여 작가들을 지도하였으며, 고대문학 작품을 주해하여 체계적으로 정리하였고, 문학 서적 출판사에 재직하며 인쇄문화의 창달에 공헌하였으며, 후학들에게 문학을 가르치는 등 여러 부문에서 활발하게 활동하였다. 그러나 알려지지 않은 이유로 숙청된 노년기의 행적은 소상하게 밝혀지지 않았다.

그간 윤규섭의 비평 성과에 대해서는 분단상황과 시대적 제약 속에서 지엽적으로만 논의되었다. 더욱이 그의 집안은 거의 월북했기 때문에, 여느 작가와 달리 기초 조사조차 여의치 않은 실정이다. 우선 그가 월북하기 전까지의 평문들을 수집하여 학계의 비평적 관심을 촉발하는 데 중점을 두기로 하고, 월북하기 이전에 발표했던 글들을 모았다. 그 후에 발표했던 작품 목록을 작성하고 일부 작품은 입력 완료하였으나, 몇 편은 원문의 입수가 쉽지 않아서 후속 작업으로 미루었다. 편자는 연구자료로서 충실을 기하고자 발표 당시의 원문대로 표기하였다. 그의 비평에 대한 연구를 확산시키기 위해서 현대식 표기법 등을 따를 수도 있었으나, 연구자들의 편의를 우선적으로 고려하는 것이 훨씬 효과적일 것이라 판단했기 때문이다. 그래서 편자는 발품보 다 더한 원문 대조 과정을 거치면서 정본에 가깝도록 최선을 다하였다.

끝으로 진지한 증언을 통해 편자의 작업을 성원해준 윤규섭의 조카 윤세웅

옹에게 감사를 드린다. 이 전집의 발간을 계기로 그와 가족들이 해방 이후 지금까지 남몰래 흘려야 했던 눈물과 가슴앓이가 조금이라도 덜어지기 바란다. 그리고 구천에서 이 전집의 간행을 고대하고 있었을 윤규섭의 비평 행위를 정리할 수 있도록 도와준 새미의 사장님에게 사의를 표백한다. 이 분들의 적극적인 도움은 윤규섭의 문학적 삶과 비평적 글쓰기에 대한 연구자들의 관심을 제고하고, 한국근대문학비평사 연구에 새로운 전환점을 마련하는 데 기여하게 될 것이다. 아무튼 이 전집이 널리 보급되어서, 진지하고도 엄숙한 비평적 글쓰기로 민족의 역사적 미래를 모색하다가 명멸해간 한 비평가의 문학적 고뇌가 동시대인들에게 공유되기를 기대한다.

2003년 봄날에
편자

목 차

일러두기

1. 이 전집은 윤규섭이 월북하기 이전까지 발표한 전작품을 연대순으로 엮은 것이다.

2. 모든 작품은 원문대로 표기하는 것을 원칙으로 했으나, 띄어쓰기와 외국인명 그리고 외국어는 현대식 표기법으로 고쳤고, 일부 전문용어는 통일하여 표기했다.(예: 레아리즘, 레알리즘, 리알리즘→리얼리즘) 단, 제목에 쓰인 경우에는 예외를 인정하여 고치지 않았다.

3. 본문에 사용된 장음 표기는 줄표(—)로 통일했고, 문단을 구분하기 위해 나타낸 표시(○, ×, ◇ 등)는 삭제하였다. 또 단행본과 장편소설은 『 』로, 중·단편소설은 「 」로, 본문을 강조할 때 사용한 『 』는 ' '로, 직접 인용한 경우에는 " "로 구분하였다. 외래어를 표기하면서 사용한 『 』와 장음 표시(—)는 삭제하였다.

4. 판독이 불가능한 글자가 한 행 이하인 경우에는 그 수효만큼 ○로 나타냈고, 한 행 이상인 경우에는 행수를 ( ) 안에 표기하였다.

文壇 抗辯
— 그 思想的 昏迷에 對하야

朝鮮의 文壇! 朝鮮의 知識群!

나는 어쩌튼 文句를 써노코서 내 스스로 그 文句의 脆弱性에 慄然하는 바이다. 朝鮮이란 冠詞를 씨운 것에 무엇이 充實하고 豊富한 것이 잇스랴만은, 唯甚히 知的 分野에 잇서서는 다른 모든 條件보담도 훨신 더 그 脆弱性을 보이고 잇다.

나는 언제인가 農村의 零細民 生活과 浮薄한 近代的 空氣에 遺傳的 阿諛와 挾雜性이 添附되여, 低級한 브로커的 姑息 生活에 始終하는 都會의 市井輩 生活이 現下 朝鮮 都鄙의 實生活面을 端的으로 表徵한다는 所感을 가지고서, 兩者가 다가티 饑餓線上을 徘徊하고 잇슴에는 差異가 업다 할지나, 그 特徵的 生活 樣相이 偶然히도 一握掌中에 들둥말둥한 朝鮮의 知識群이 朝鮮 古來의 文化를 繼承한다고 小刀細工的 營爲에 汲汲하는 一部의 知識群과 海外 文化를 呼吸한다고 도리어 自己 中毒이 된 一部의 知識群으로 區分되여 잇는 點과 一脈相應의 關聯性이 잇지 아니 한가 생각하여 본 적이 잇다. 卽, 前者에서 農村의 低俗과 蒙昧와 因襲性을 볼 수 잇다면, 後者에서는 都會의 狡詐와 模倣과 輕薄性을 摘發할 수 잇슬 것이다.

이 關聯이 그다지 牽强附會的이 아니라면, 今日의 都鄙 生活을 實感하고 잇는 者로서는 누구나 朝鮮의 知的 分野가 얼마나 荒雜하고 萎縮한 것인가를 容易히 想念할 수 잇슬 것이다.

나는 敢히 一握掌中에 들둥말둥한 知識群이라고 말하엿다. 事實에 잇서서 우리 朝鮮의 知識群이란 얼마나 微弱한 數이며 無力한 存在인가. 그 中에서 다시 文學을 에워싸는 小그룹─文壇이란 것을 찾는다면, 그 確乎한 存在에 참으로 啞然할 것이다.

大體에 잇서서 朝鮮의 文壇이라고 이제까지 單 한 번이나마 社會의 眞實을 取擇하여 본 적이 잇스며, 또한 社會에 眞實을 던저준 적이 잇섯든가. 다시 朝鮮의 文人으로서 單 한 사람이나마 外部에 露出하지 아니 하면 아니 될 만큼, 蕩盡된 思想과 熾烈한 情熱에 衝動되여 펜을 든 者가 잇섯든가. 萬一 德性도 업고, 思想도 업고, 秩序와 目的도 업는 몃 사람의 淺薄한 頭腦에서 알 수도 업는 人間 瑣說을 끄집어내고, 批判도 檢討도 업시 外國文學을 飜案 羅列한 것이 作品이 되고 評論이 되여, 一束도 되지 안는 蒼白한 文學 少年少女의 冊床 우에 꼽혀 가는 過程이 朝鮮 文壇의 全部라면, 누구라도 文壇이란 用語에 躊躇 아니치 못할 것이다. 社會의 頭部로서 社會란 體軀와는 不絶한 浸透性을 가저야 할 文壇으로서 社會와 遊離된 極少數의 그룹에 不過하다면, 그것은 벌서 生命업는 一介 幽裏的 存在 以上 아무 것도 아닌 것이다.

다시 一步를 나아가서 이 적은 文壇 圈內에 떠도는 思潮를 본다면, 그 粗雜한 混亂相에 또 한 번 慄然할 것이다. 여기에 民族文學이 잇는가 하면, 그 우에 階級文學이 잇스며, 自然主義 리얼리즘이 ○피리를 부는가 하면, 心理主義, 浪漫主義가 反撥을 하며, 最近엔 휴머니즘까지 웰컴 소리에 登場을 보게 되엿다. 要컨대 이 모든 潮流는 무슨 整然한 陣營을 가진 것이 아니라, 그저 亂麻的으로 混合되여 잇슬 뿐이다.

以上에도 言及한 바와 가티, 當初에 그들은 內的으로나 外的으로나 무슨

必要를 느끼여 外國의 文學이나 思潮를 輸入한 것이 아니라, 거위 機械的으로 批判도 업고, 檢討도 업시 輸入하여다가 自己 恣意的 ○文曲筆로 歪曲하야 今日의 混流를 招來시킨 것이다. 따라서 그들이 移植하여 노혼 나무는 그들의 善意에도 不拘하고, 結實을 엇기는 枯捨하고, 뿌리와 입(葉)도 生기지 못하고, 그대로 枯死해버리는 것이 常例이다.

一般的으로 朝鮮의 文人은 思想 立脚點이 업다. 各自의 位置라든가, 觀點이 不斷히 動搖되어 한 作品을 노코 보아도 리얼리즘的인지, 浪漫主義的인지 分揀할 수 업스며, 個人을 노코 보아도 어제 프로文學을 云云하다가 오늘 人間 探究를 云云하게 되니, 來日은 또 무슨 북을 울릴지 알 수 업다.

如斯히 보아올 제, 朝鮮의 文壇이란 그 思想的 昏迷가 如何히 甚한가를 大略이나마 窺知할 수 잇슬 것이다. 여기에 잇서서 或者는 휴머니즘을 마저 드리여 文學의 主流를 세우려 하며, 或者는 現實 否定의 文字를 提唱하야 이 混沌을 克服하려고 한다. 어느 것이나 그 自信잇는 論調와 卓節한 熱意에 敬意를 表하는 바이나, 나의 懸念은 그 論旨의 曲否보다도 그가 齎來할 成果에 잇다는 것을 말하고 십다.

卽, 今日과 가티 文壇을 包括하고 잇는 社會와는 緊密한 紐帶를 가지지 못하고, 文壇 自體는 灰色으로 물드린 少數人의 烏合에 不過하는 限, 아무리 鼓聲을 노피여 文學의 正路를 가르친다 하여도, 結局은 實驗업는 空念佛에 지나지 안는다는 것을 確言하고 십다.

—(1) 『조선일보』, 1937. 4. 3

우리 文壇이 思想的으로 昏迷하고 잇다는 事實은 누구나 承認하는 모양이다. 韓雪野씨도 本紙 新年號에 現文壇의 沈滯와 混沌을 가장 眞摯한 態度로써 指摘하엿스며, 白鐵氏도 無比의 精力으로 쓰는 紙面마다 無主流이니 無風地帶이니 하야 이 混沌 狀態를 形容하고 잇다.

勿論 우리는 이 時期에 잇서서 韓雪野氏의 原則論을 되푸리 하야 主張하는 意義도 十二分 推察할 수 잇스며, 白鐵氏의 휴머니즘 論議도 全혀 眼絡

업는 開夜突現의 것이 아님을 認定하는 바이다. 그러나 여러 가지 視野에서 原因을 考究하고, 事象을 究明하야 이 混迷 狀態에서 方向을 밝히라 함은 다가티 希求하는 바이나, 그것이 客觀性을 喪失한 各自의 小 主觀에서 비저 나올 제 오히려 混迷의 度를 더하게 하는 本意아닌 結末을 招來하는 것이 事實이니, 차라리 文壇과 不可分의 關係에 잇는 社會의 氣流로부터 다시 한 번 診療하고 解剖함이 順序일 것이다. 卽, 今日의 文壇 混迷를 單純히 文壇 內部의 混迷로 볼 것이 아니라, 文壇의 外部—社會 現實의 混迷에서 說明함이 妥當하다고 본다.

歷史의 發展은 一直線이 아니다. 더욱이 낡은 秩序와 새로운 秩序의 交代 行程에 잇서서는 무거운 陣痛裏에 前進과 退却이 反復하니, 今日의 所謂 不安의 時代도 여기서 비저낸 것이 아닌가 한다.

各 個人은 이제까지 自己를 理解식혀서 오히려 強靭한 生活 意識에 統一 되고, 緊張을 保持해주든 客觀的 意識이 一朝 自己에서 脫落되자, 各自를 連結한 紐帶가 解弛된 틈을 타서 社會的으로 산다는 命題조차 忘却하야 個個人의 安易에의 巧妙한 逃避術을 實演하엿다. 그들은 모두 生活에의 ○○가 아니면 豹變이다. 勿論 人跡업는 僻地에 隱遁을 하나, 市井의 生活 에 埋沒을 하나, 現實 逃避에는 差異가 업다.

그러나 一方 그들은 現實의 時代的 潮流에는 超然한 存在인 것 가티, 또한 그들의 日常生活에는 思想的 苦惱는 조금도 업는 것 가티 입을 씻고 잇스며, 惑如 그들에게 議論의 機會를 주면 마치 포켓에서 器具를 끄러내듯 이 自己 生活과는 아무 關係도 업는 唯物論的 文句를 그대로 吐하고 잇다.

要컨대 그들은 不幸(?)히도 思想의 形骸나마 完全히 버리지 못할 運命에 잇섯스니, 이 日常生活과 思想과의 懸隔은 今日에 잇서서 知識人의 모든 悲劇을 演出식히는 가장 基本的 原因이 되여 잇다. 그들은 知性과 感性의 分裂, 意識과 行動의 背馳, 卽 頭部와 各部의 齟齬에 基因한 苦惱와 自嘲 끄테 亂舞하는 바바리즘에는 눈을 감으며, 自己도 몰으게 虛無와 데카단이즘에 沈倫되고 잇다. 頹廢! 이것은 今日의 社會와 人間의 가장 特徵的 表象이 아니고 무엇이랴. 今日의 哲學이 무엇을 짓거리며, 今日의 文學이 무엇을 表象하든, 그것은 頹廢의 哲學이요, 頹廢의 文學임에 틀림이 업다.

그러나 그들 個個人의 主觀에 잇서서는 決코 虛無와 頹廢를 意識한 것이 아니니, 그들 中에는 自己의 脚部는 泥中에 잇스나, 頭部는 아직도 健在하다는 듯이 입을 열 적마다 良心的이니 進步的이니 하야, 그 魅力的인 語彙에 自慰를 늣기고 잇는 群像을 볼 수 잇다.

이 가티 社會의 思想的 氣配가 混迷와 僞瞞으로 粉飾될 제, 엇지 文壇 圈內에 反響이 업스랴. 오히려 今日의 文壇의 混沌은 이로써 비로소 釋明할 수 잇슬 것이다.

思想的으로 處女地라고 할 수 잇는 우리 朝鮮에, 더욱이 知識階級의 素朴한 頭腦에 何等의 用意도 업시 急激히 到來한 實證主義 思想의 冷酷한 結論을 注文할 제, 이것을 拒否하엿든, 受容하엿든, 또는 疑訝하엿든 우리 人間的 容姿에 加한 뜻하지 아니 한 이 變貌를 누가 正確히 感動하고, 冷情히 表明하여 주엇든가. 朝鮮의 作家는 이 思想 對 人間의 素朴한 交涉 場面에 잇서서 正當히 感動하고 計量하는 努力을 버리고, 單純히 混沌된 社會 風景을 描寫하는 데 끗치고 말엇다.

소시얼리스틱 리얼리즘과 몃 해를 두고 씨름을 하고서, 結局은 한 個의 眞實한 結實도 엇지 못하고 自盡해버린 그들은 다시 敗北의 傷處를 가두려고 浪漫主義의 門을 두드리며 心理主義의 洞窟을 차젓스나, 거기에 安息處가 잇슬 理는 萬無하엿다. 이제 그들은 휴머니즘에까지 摸索의 손을 뻗치게 되엿다.

果然 朝鮮의 文壇이란 저널리즘 以上으로 現象에서 現象으로 浮動하고 잇는 것이 今日의 現實이다.

―(2) 『조선일보』, 1937. 4. 6

리얼리즘이 問題되며 휴머니즘이 問題되고 잇스나, 果然 그들의 몃 퍼센트가 그것을 眞摯히 討究하고 잇는가 甚히 疑訝스러운 것이다. 文學을 云謂하면 文壇으로박게 알지 못하며, 作品을 云謂하면 作家의 가십으로박게 알지 못한 그들은 思想에 잇서서도 저널리즘의 圈外를 버서나지 못한 것이 事實이다.

이 가티 보아온다면, 今日의 휴머니즘에 關하야서도 저널리즘 以上의 足跡을 남기지 못하고 未久에 사러질 그 宿命을 豫見할 수 잇슴으로 論議를 回避하여도 無妨할 것이나, 混迷의 渦中에 잇는 今日의 文壇을 더욱 混迷케 할 憂慮가 잇슴으로 그 現代的 意義, 더욱이 朝鮮에 잇서서의 意義를 穿明해 둘 必要가 잇다고 본다.

휴머니즘 論議는 '悲哀의 城舍'에서 '人間 探究'의 亡靈에 사로잡혀 나온 白鐵氏가 去年末 '휴머니즘의 高潮로 今年 一年間이 느지려는 東京 文壇'을 羨望한 남어지 惶急히 그의 模製品 輸入하야 朝鮮 文壇의 主流란 王座에까지 올리려는 데서 始作되엿다. 여기에 잇서서 可笑로운 것은 오직 韓雪野氏가 部分的으로 指彈하엿슬 뿐, 모두가 沈默을 직혓슴에 不拘하고 白鐵氏가 粗雜한 獨白에 興을 일헛는지 "朝鮮 文學의 傳統的인 것을 생각할 제, 휴머니즘을 文學의 主流로 마저드리는 데 오히려 不安과 懷疑를 늣기게 된다."고 스스로 悲鳴을 하고 잇슴은, 實로 傍觀者로 하여금 哄笑를 不禁하는 바이다.

그러나 우리는 氏의 論議에 拘泥될 것이 아니라, 肝要한 問題는 휴머니즘의 歷史的 考察보다도 그의 現代的 意義는 어데 잇스며, 內容은 무엇인가, 다시 朝鮮에 잇서서 그 意義와 內容은 무엇일가를 究明하는 데 잇다고 본다.

事實 今日 提唱되고 잇는 휴머니즘은 퍽이나 多義多樣한 것 가티 云謂되고 잇다. 白鐵氏는 휴머니즘의 無限定性, 無規定性, 漠然性을 指摘하느라고 만흔 紙面을 用意하고서, 우리 가튼 凡人으로서는 到底히 把握할 수 업는 무슨 怪物이나 되는 드시, 다시 文壇뿐만 아니라 모든 人類를 건지는 救世主의 '總稱'이나 된 것 가티, 그 限定과 規定을 警戒하고 잇다. 그러나 우리

朝鮮 사람도 白鐵氏의 說敎를 그대로 遵信하기에는 너무나 不信實한 知性을 가지고 잇다. 그 가티 萎縮된 文壇을 復興시키고 剝製된 人間性을 恢復시키는 '造化'를 가진 휴머니즘이라면, 웨 그의 內容과 意義의 規定을 禁할 理由가 무엇인가! 이것은 마치 氏의 人間 探究에 잇서서 人間의 規定을 忌避하야 幽○을 만든 意圖와 同一한 것이 잇다.

氏는 휴머니즘의 無規定性을 力說하는 남어지, 이러한 獨斷까지 나리게 되엿다. "今日의 文壇에는 積極的인 主流가 明確한 色彩를 가지고 나타날 時代가 아니며, 個人的으로는 作家가 明確한 豫言的 見解를 가지고 明日의 運命을 占卜할 때가 아니다. 거기에 明確한 主流가 아닌 主流, 그것이 今日 우리 文壇의 唯一한 主流일는지 모른다. 또한 그 主流 아닌 主流를 主流로 하게 될 것이 今日 文壇의 現狀이라는 곳에 내가 追求하려는 主流의 性格을 생각하려고 한다."(『朝光』, 一月號) 나는 氏의 이 主觀的 抑說에 對하야 本紙 新年號에 揭載된 韓雪野氏의 一文을 引抄하야 對照시키고 십다.

"文藝思潮로서의 浪漫主義는 歷史的 進行 過程인 封建時代 下向期의 所産이다. 어느 時代를 勿論하고 老衰한 '秩序'와 '機構'의 沒落이 닥다러 오는 때에는, 그 代辯的 作品은 만흐나 적으나 浪漫主義的 色調를 가지게 되는 것이다. 따라서 이러한 時代의 作品은 두말할 것 업시 浪漫 精神이 主潮되는 것이다. 이와 反對로 老衰한 秩序와 機構의 止揚으로서 나타나는 새로운 秩序와 機構의 發芽와 擡頭의 時期에 잇서서는, 리얼의 精神이 主潮가 되어 漸次 前面으로 나오는 것이다. 近來에 리얼의 精神이 보다 큰 壓力을 가지고 浪漫 精神을 리드한 것은 이미 文藝思潮上에 나타난 確然한 事實이다."

今日은 果然 어떠한 時期인지 白鐵氏에게 다시 한 번 듯고 십다. 如何間 우리는 白鐵氏의 灰色的 逃避를 追窮할 것이 아니라, 氏의 禁을 犯하는 限이 잇더라도 우리의 知性을 前進시켜야 할 것이니, 今日 日本 文壇에서 論議되고 잇는 휴머니즘의 限定을 暫見하기로 하자.

그들은 一般的으로 今日의 휴머니즘을 非人間的인 權力에 抑壓되여 잇는 今日의 人間의 現實的 運命에 對하야 論議하고 잇슴은 事實이나, 或者는 르네상스의 휴머니즘과 달르다는 것을 指摘하고,(森山啓) 或者는 소시얼리스틱 리얼리즘이라는 限定을 賦與하려 하며,(圖邦雄) 或者는 東洋的 自然主義에 對立하는 思想으로 規定하려 한다.(三木淸) 그 外에도 敎養으로서의 휴머니즘,(靑野秀吉) 文化的 自由主義로서의 휴머니즘(德水泰) 다시 프로 휴머니즘(高沖陽道) 等, ──이 杖擧할 수 업시 各樣各色의 規定을 볼 수 잇다.

휴머니즘은 이 가티 日本에 잇서서도 物議만 이르켯슬 뿐이요, 마치 先年 行動主義의 提唱과 가티 이러타 할 무슨 運動을 形成하거나 作品 行動에까지도 나오지 못하고 잇는 것이 今日의 現象이다.

──(3) 『조선일보』, 1937. 4. 7

그러면 일직이 希臘的인 自由도 잇섯고, 復興期 後의 市民社會 發揚時의 市民 權利도 享受하지 못한 우리──市民的 生活을 하면서 市民的 自由와 文化의 一片도 享受하지 못한 우리 朝鮮에 잇서서, 더욱이 所謂 文化的 知識人이 大衆의 生活 意識에서 全然 分離되여 生活하는 今日에 잇서서 휴머니즘의 提唱은 무엇을 意味할 것인가?

白鐵氏는 휴머니즘을 招來케 한 現實性을 차저 가로대, "이런 境遇에는 나는 便宜上 언제나 獨逸의 現實을 들어서 그 現實性을 代表的으로 證明하는 바이다. 그곳에 잇서 나치스의 政治的 바라리즘이 橫行하는 데 對하야, 自己의 아버지와 親友가 그리고 現代的인 學者와 敎授와 文學人이, 惑은 追放을 當하는 情勢에 잇서서는 政治니, 經濟니, 文化니 하는 外部的인 問題가 아니고, 自己의 肉體와 生命에 對한 直接 問題, 人間性 그것을 擁護하고 지키여야 할 時代며 現實이다. 只今에 잇서 人間은 前進해서 政治를 論하고, 文化를 論하는 것보다 몬저 어떠커면 生命과 人間性을 維持할 수 잇슬가, 어떠커면 살 수 잇슬까 하는 生의 可能性을 차즈려는 곳에 머무러

잇다."(『朝光』 一月號)

누가 이 짜른 文句의 自家撞着的 內容에 놀래지 아니 하랴. 아버지와 親友를 放逐한 政治的 바바리즘에 對하야 直接 抵抗이 업시 自己의 肉體와 生命을 擁護하고 지키라고! 寡聞인 나로서는 '政治니, 經濟니 하는 外的 問題'를 떠나서 個性을 守護할 수 잇다는 例를 일즉 드러보지 못하엿다.

最近 휴머니즘의 提唱을 보게 된 것은 아무리 하야도 左翼思想의 退潮에 由因하여 잇다고 할 것이다.

따라서 맑스主義가 思想的 支配에서 退位하게 되자, 知識人 사이에서 文化的인 自由主義的 슬로건으로 나오게 된 것이 이 휴머니즘이라고 할 것이다. 그러므로 今日의 휴머니즘은 單純히 文化 運動의 한 課題는 될지언정, 決코 社會 生活의 原理라든가 思想 原理는 될 수 업는 것이다. 事實 휴머니즘이 政治上의 文化的 슬로건이 못되는 限, 프롤레타리아 휴머니즘도 아니며, 지드流의 휴머니즘도 될 수 업는 것이다. 今日의 大部分의 휴머니즘 論者가 實際로 파시즘的 統制下에서 人間性을 恢復하려는 것이 아니라, 意外에도 리얼리즘에서의 人間 恢復을 企圖하고 잇는 事實을 보아도, 以上 의 나의 結論을 首肯할 수 잇슬 것이다.

白鐵氏도 過去 프롤레타리아 政治主義가 個性을 無視하야 文學을 枯渴 시켯다 하며, "今日과 가튼 現實 가운데서 發生하는 文學은 그 主流로서 明確한 것을 가질 수 업다……그 意味에서 나는 리얼리즘이 지금에 와서는 벌서 從來의 것으로는 아무 寫實的 意義를 가질 수 업다."(本紙 去年 十二月 記載)는 것을 斷言하고 잇다. 正히 享樂的 氣分으로 火災를 求景하엿든 過去 카프的인 面貌가 躍如한 말이다. 氏는 이어서 "지금까지의 文學은 個性的인 것과 普遍的인 것이 적지 안케 距離가 잇서서" "作家 個人으로 보면 그것(普遍)이 別로 自己의 切實한 要求도 아니며, 個性的인 것도 아니로되, 다만 體面을 爲하야 惑은 一般의 非難 때문에 無理로 그것에 追從해갈 때에 그 思潮는 一個의 죽은 觀念일 것이다."(『朝光』, 一月號)라고 하엿다.

이것은 模倣과 虛榮에서 文學을 점프하고 다니는 氏 個人의 心境 告白으로박게 意義를 가질 수 업는 文句이다. 누가 唯物論과 리얼리즘을 氏와 가티 機械主義的으로 解釋하라고 命令하엿든가! '全'과 '個'의 辨證法的 統一을 自己의 피(血)와 살(肉)로 하지 못하고, 리얼리즘에게서 疎薄을 當한 者의 漢江 가서 눈흘긴 格의 言辭가 아니고 무엇이랴. 나는 此際에 "文學的 羞恥心은 肉體的 羞恥心과 갓다."는 플로베르의 말을 附言해 둔다.

—(4) 『조선일보』, 1937. 4. 8

白鐵氏는 今日은 뚜렷하고 明確한 主流가 잇슬 時期가 아니라 하며, 휴머니즘은 明確한 世界觀을 가지지 아니 한 것이라고 하엿슴에 不拘하고, 이 가튼 自己撞着的 結論을 나리고 잇다. "今日의 휴머니즘은 過去의 온갓 人間的 主張에 不信賴를 提議하고, 온갓 人道主義와 人智, 人間的 敎養을 批判하고, 새로운 人間을 探求하는 것으로 나타난 것이다. 그럼으로 今日의 휴머니즘이 가지게 되는 歷史的 意義는 人間이 新生하는 積極的 意味를 根底에 가지고 잇는 것이다. 하나 이 휴머니즘이 가지는 積極性에 좀더 恒久的인 基礎를 주기 爲하야는 一定한 世界觀的 地位까지 定着되여야 할 줄 안다. 最近 나는 어떤 學友와 對話하는 中에 哲學에 와서 現代를 代表하는 傾向은 過去의 大部分의 哲學이 宇宙와 世界를 對象하고, 그것을 解釋해 오는 데 注力해 왓스나, 今日의 哲學은 人間의 實存的 立場에 서서 人間을 解釋하게 되엿다는 이야기를 興味잇게 들엇스나, 今日의 文學에 와서 그것이 휴머니즘을 主流로 要求하는 傾向에는 그러한 '世界觀的'인 意味의 恒久的인 것이 그 根底에 잇는 것이요, 또 그곳까지 到達하는 데서 비로소 휴머니즘은 文學 主流로서 確定한 地位를 點領한 줄 안다."(本紙 昨年 十二月 記載)

氏는 휴머니즘이 唯物論도 아니요, 觀念論도 아닌 獨特한 世界觀을 代表하는 것 가티 역이며, 唯物論은 人間性과 創造의 自由를 束縛하는 것 가티 結論하야 人間學만이 모든 哲學의 新原理인 것 가티 妄言하고 잇다.

휴머니즘은 今日에 잇서 唯物論의 한 課題이요, 決코 唯物論의 代用物이
거나 基礎가 아니다. 同時에 맑스主義와의 關聯에서 말하면, 맑스主義는
휴머니즘을 辨證法의 眞實한 意味에서 止揚식이는, 卽 廢棄함과 同時에
保存하며 昂揚식이는 것이 아니면 아니 된다. 따라서 唯物論의 發展만이
이 휴머니티 問題를 가장 正當히 解決할 수 잇슬 것이다. 朝鮮에 잇서서
휴머니즘 論議도 이 課題를 遂行하는 데서만이 意義가 잇는 것이다.

나는 이 混迷가 白鐵氏 一 個人에 그친 것이라고 보지 안는다. 十九世紀에
서 二十世紀에 이르기까지 가장 顯著한 變動의 하나로서 實踐 精神에 由因
한 人間性의 沒落의 問題를 들 수 잇다. 이 被害는 이미 全世界를 휩쓸고저
늦게야 朝鮮 文壇을 차저오게 된 것이다. 이 受難 渦中에 잇는 우리들로서는
무엇이나 함부로 떠들면 沒落된다는 豫見을 가저서는 아니 된다. 어느 때나
歷史를 凝視하고, 自己 意識의 維持에 全力을 다하여야 할 것이다.

나는 오늘의 作家나 讀者는 너나를 不拘하고, 쓰는 것과 읽는 것을 中止하
고서 마음껏 '社會'를 見學하고서 오라고 하고 싶다. 氣分의 反動이 認識의
反動에까지 미친 今日, 自己의 位置와 立脚點을 뚜렷이 가지지 못하고 白鐵
氏와 가티 所謂 明日도 업고 明確性도 업는" 無責任한 思考를 함부로 내두
름은 오로지 今日의 混亂을 一層 助長할 뿐이며, 그의 罪科를 깁흐게 할
따름이라고 본다.

朝鮮의 作家도 이제 그 位置와 態度를 明確히 하야, 自己와 文壇 乃至
社會와의 關聯性을 머리에 깁히 너코서 今日의 混沌을 克服하지 안흐면
아니 될 時期에 잇다. 人間과 社會를 分離할 수 업는 것과 가티, 文壇과
社會도 分離하여 生覺할 수 업는 것이다. 어느 時代를 不拘하고, 그 時代의
最上의 良識을 社會 全體를 貫通하는 것 中에 生動하고 잇스니, 卽 組織과
組織과를 綜合식이며, 한 動向이 全體의 숨속까지 波及하여 갈 수 잇는
基本的인 生活 共感이 그것이다. 그를 爲하야는 個人의 打算과 感情을
犧牲하여도 當然 遵奉하지 안흐면 아니 될 것이다. 現代에 잇서서도 社會

共有의 德性은 喪失된 것도 아니며, 拒否된 것도 아니다. 現在 그것은 生動하고 잇다. 作家의 位置와 態度도 이 德性에 依據하지 아니 한 限, 그의 文學은 決코 受容되지 못할 것이다.

—(5)『조선일보』, 1937. 4. 9

文學 防衛論
— 새로운 文學 建設을 爲하야

오늘날 朝鮮의 文化 領域에 잇어서 비록 現象的이요, 外形的이나마 文學과 가티 隆盛을 보여준 部門도 업슬 것이다.

爾餘의 모든 文化 領域이 일직 볼 수 업슬 만큼 萎縮되고 不振한 데 反하야, 文壇만은 前에 업는 活氣를 呈하고 잇는 것이 가리지 못할 事實이다. 微微하나마 出版 資本의 市場 進出에 따라 甚大한 文學 全集이 續出되고 잇으며, 每月의 月刊誌에는 數十으로 計上할 수 잇는 創作과 評論이 正規的으로 發表되고 잇다.

正히 文學의 汎濫이다. 朝鮮의 文化 領域은 文藝物의 獨點이라고 하여도 過言이 아니며, 朝鮮의 文化人이라면 文學하는 사람이 全的으로 代表하다시피 되여 잇다.

이 가튼 跛行的 現象을 우리는 어떠케 볼 것인가! 哲學이라던가 其他 모든 學問 領域의 勃興과는 無關히 單獨으로 文學만의 隆盛이란 어느 歷史를 노코 보아도 正當的이라고는 할 수 업는 것이다. 況且 오늘의 朝鮮과 가티 모든 領域이 萎縮되고 一時 潑剌하든 新興 科學조차 退嬰의 一路를 밟고 잇는 데 잇어서는, 文學의 隆盛이란 確實히 難解語의 하나이다. 그러므로 우리는 그것이 비록 現象的이요 一時的임에 그친다 할지라도, 그것은 오늘날 이 땅에서만 볼 수 잇는 特殊的 現象의 하나이라고 規定하지 안흘 수 업다.

일직이 新興 思想의 昂揚에 따러 한때 이 땅의 知識人들도 그 思想의 渦中에 휩쓸려 드러갓섯다. 當時 그들은 모두 자기의 새로운 世界觀을 獲得하기에 汲汲하엿으며, 그들의 새로운 知識에 依하야 政治, 經濟를 討論하고, 哲學을 論究하기에 寧日이 업섯다. 設或 文學을 云云하여도 그것은 極少數人을 除外하고는 모두 새로히 獲得한 自己의 世界觀과 緊密히 結付시켜, 그것을 自己의 피와 살이 될 糧食으로 만들기에 餘念이 업섯다.

그러므로 그때의 文學은 비록 未完의 것이며 幼稚한 것이엇슴에 不拘하고, 確實히 文學으로서의 豊富한 營養素를 가지고 잇섯스며, 文學하는 사람에 잇서서도 넘처흘으는 健康性을 차저볼 수 잇섯든 것이다.

그러나 歷史의 路程은 그 思想을 自己의 것으로 만들 時間的 餘裕를 주기도 前에, 高壓的인 惡氣流가 우리의 살 속까지 ○○히 치밀러오게 하엿다. 따라서 그 思想을 主體的으로 把握하지 못한 一般 知識人―文化人에 잇서서는 從前과 가튼 情熱을 가지고 政治나 經濟, 卽 日常生活을 處해 나갈 수는 업섯다. 그들은 哲學을 穿鑿하기에 너무나 小心的이며, 社會를 議論하기도 너무나 怯懦를 느끼엿다. 따라서 情熱의 枯渴과 知性의 敗北에 울든 그들은 마치 不純의 씨를 孕胎하고 苦悶에 우는 處女가 修道院의 鐵門을 두드리듯, 마침내 香내 노픈 文學이라는 聖殿을 차저오고 마럿다. 때마침 여러 가지 意味에서 擴張된 文壇의 收容力은 그들에게 廉價의 椅子를 주고도 남엇든 것이다.

여기에 今日의 文學이 洪水를 이루게 된 原因이 잇다. 처음에는 思想에 參與하엿든 者의 逃避處로서, 那終에는 오늘의 情勢 미테 잇는 知識人의 唯一의 通路로서 文學은 文化 領域에 잇어서 빗나는 王座를 싸허 올리게 된 것이다.

여기에 잇어 우리는 文學의 殷盛을 보는 一方, 文壇의 混沌을 指摘하지 안흘 수 업다. 文學의 混沌!—이 가릴 수 업는 事實에 對하야는 文壇의 內外를 勿論하고, 各自가 骨體에 사모치도록 切感하고 잇는 模樣이다.

그러나 그들은 오직 그것을 嗟歎할 뿐이요, 그 混沌 속에서 如何히 헤엄처(泳) 나올가에 對하야는 全혀 拱手傍觀의 態度를 取하고 잇으며, 惑 이 點에 少毫라도 留意한 것이 잇는가 하면, 그것은 곧 各自의 小 主觀에서 비저나온 無責任한 放言에 그치여, 도리여 文壇의 混沌을 一層 助長하는 本意아닌 結果를 招來하고 잇다.

그러므로 所謂 文壇人들의 自家 廣告的 主義, 主張은 一家風을 이룬 듯이 文壇的 喧騷를 이르키고 잇으나, 뜻잇서 보는 者로 하여금 마치 雜多의 트리벨 廣告를 對하듯 그들의 破廉恥에 오직 嘔膓을 사게 할 뿐이다. 거기에는 文學人으로서의 確乎한 立脚點이란 毫末도 차저볼 수 업스며, 그들의 位置는 湖心에 뜬 浮草와 가티 無原則的으로 動搖되고 잇슬 뿐이다.

그들에 잇어서는 位置와 視點이 均齊의 系列을 이루고 잇는 것이 아니라 一定한 立脚點이 缺如되여 잇는 만큼, 作家의 存在는 幽靈과 가티 되여 空中에든 視點만이 가진 妖詐를 다 부리고 잇는 것이다.

文學의 氾濫에서 文學의 混沌—여기에 오늘날 文學뿐만 아니라, 藝術 全體에 關한 科學的 理論의 確立을 全的으로 要求하는 根本的 契機가 잇는 것이다. 더욱이 이 땅의 文學하는 사람에 잇서서는 大家 小家를 莫論하고, 文學에 關한 基礎的 原則論的 修練 階段을 밟지 안코 자라낫다고 하여도 過言이 아니다.

그들의 大多數는 마치 樵軍이 將棋를 뒤듯이 藝術과 文學을 하여온 者들이다. 그들은 한 個의 文藝學, 藝術學도 업시 자라낫다. 惑如 그들 中에 例外的으로 그와 가튼 根源的인 것에 抵觸한 者가 잇는가 하면, 그것은 陳腐한 觀念論的 美學의 雜錯한 斷片語 外에 아무 것도 아니다.

—(1)『조선일보』, 1937. 7. 22

事實 기존 베일을 다 쓰고 나오는 이 觀念論的 美學은 다시금 最近의 時代的 惡氣流를 溫床으로 自己 철이나 만난 듯이 賣笑婦的 妖艶을 誇示하고 잇슴에 反하야, 그에 對하야 容貸가 업서야 할 科學的 批判은 不幸히도 極度의 無力에 빠저 잇는 것이 今日의 現實이다.

여기에 우리에게 賦與된 今日의 理論的 課題는 마땅이 文學뿐만 아니라, 藝術 全體에 關한 科學的 理論의 再建, 卽 藝術學, 文藝學을 唯物論的 基礎 우에 세우는 工作이 아니면 아니 될 것이다.

새로운 藝術學의 再建! 이것은 거품(泡沫) 가튼 文學의 氾濫 現象을 보이면서도 方向을 일코, 無原則的 이즘의 混亂에 갈피를 잡을 수 업는 現階段의 朝鮮 文學에 잇서서 가장 切實히 要求하는 課題의 하나이다. 이 基本的 課題를 遂行하는 데 잇서, 朝鮮 文學도 비로서 새로운 曙光을 차즐 수 잇는 것이다.

그러나 이 點에 잇서서 우리—唯物論者 藝術 批評家들은 먼저 各自가 自己의 技術의 未熟과 勞力의 不足을 痛感하여야 할 것이다. 이제까지의 우리들은 한갓 外國 理論家의 影響 아래서 外國의 理論을 그대로 飜案 配列하는 것을 是事하여 왓슬 뿐이요, 우리들의 손으로 된 한 개의 體系인 自家 藝術論도, 藝術史도 가저 보지 못하엿다는 것을 아러야 할 것이다.

이 땅에서도 新文學이 樹立된지 이미 卅年이 지낫다. 우리는 現 階段에 賦與된 歷史的 課題를 똑바로 認識하는 데서 비로서 過去 文學에 對한 批判的 攝取, 卽 우리의 피(血)가 되고, 우리의 살(肉)이 될 營養素를 차저낼 수 잇스며, 또한 다음 世代의 雄建한 새로운 文學을 孕胎할 地盤을 닥글 수 잇는 것이다. 우리는 우리의 文學이 가저야 할 모든 地位를 싸(築)키에 조곰이라도 謙遜하거나 疏忽하여서는 아니 될 것이다.

그러나 우리가 要求하는 藝術科學이란 單純히 藝術의 歷史를 現象的으로 記述하거나, 또는 雜多한 藝術的 事實에서 '美'의 原理라든가, '藝術의 本質'을 抽象化하여 超時代的인 不變의 創作 熱情을 만드러낸다는 것을

意味하지 안는다.

萬一 그러한 것이 藝術科學의 任務라면 우리는 在來의 學究的 藝術史라 든가, 觀念論 美學만으로 十分 足하다 할 것이다. 그들은 '藝術의 本質'에 對하야, '原理'에 對하야, '美의 이데'에 對하야 여러 가지로 思考를 거듭하 고 解釋을 내리엿스나, 藝術의 歷史的 發展에 對한 合法的 길은 조곰도 啓示하지 못하엿다. 따라서 現存하는 藝術이 如何한 方向으로 나아갈 것인 가에 對하야는, 何等 客觀的인 妥當한 批判 基準을 가지지 못하엿슬 뿐 아니라, 現代 藝術의 산(生) 實踐에 對하여도 指導力을 가지지 못하엿다.

따라서 우리가 要求하는 藝術(文藝)科學은 混沌期에 沈倫되여 잇는 우리 文學의 나아갈 方向은 어데서 차질 것인가, 또한 現代 藝術의 가장 實踐的인 問題, 卽 現實(生活)과 文學의 統一은 어대서 차질 것인가 하는 根源的 問題를 마땅이 解決하여야 할 것이다.

여기에 우리는 文學과 現實(生活)의 問題에 드러가기 前에, 暫時 '무엇 때문에의 文學인가'라는 極히 平凡한, 그러나 基本的인 問題에 對하야 一考 를 促하고저 한다. 以上에도 言及한 바와 가티, 最近에 와서 文學하는 사람이 數的으로는 宏壯히 만하젓다. 그러나 그들 가운데 果然 몃 사람이나 이러한 問題를 眞摯히 生覺하고서 文學으로 闖入하엿는지 甚히 疑訝스러운 일이 며, 또한 今日과 가치 一般的으로 去就에 昏迷하고 잇는 逼迫한 時期에 잇서서는 이미 文學圈內에서 呼吸하고 잇는 사람들도 때로는 이 가튼 問題 를 反芻하여 三思할 것임에 不拘하고, 最近에 와서는 그것을 全혀 忘却의 深淵에 던지여 오히려 晏然한 모양이다.

東京 文壇의 一 放言家 林房雄이가 "文學은 果然 男兒 一生의 일이라고 할 수 잇슬가"고 한때 외치고 다닌 적이 잇다. 그러나 이것은 一 林房雄의게 그칠 問題가 아니라, 적어도 文學하는 사람이라면 누구나 깁히 省察할 根本 的 問題이라고 生覺한다. 더욱이 累次 言及한 바와 가티, 今日의 時代的 壓力에 떠밀치여 柔軟한 文學의 품안으로 기여드는 그들의 大多數에 잇서

서는 猛烈한 反省을 促하여야 할 것이다.

우리는 마땅이 社會의 一部에서 文學하는 사람을 輕蔑視하야 '軟派(!)'라고 불으는 소리를 뼈(骨)압흐게 들어야 할 것이다. 實際에 잇서서 요사이 文學하는 사람들은 峻嚴하고 複雜한 現實的 諸 問題를 回避하야 그들의 달콤한 觀照的, 哀傷的 情緒를 滿足식히기 爲하야 文學에의 歸依에 자못 喜悅을 늣기고 잇다. 보라! 所謂 文學하는 사람들의 最近의 評論과 隨想에 나타난 그들의 偉大(?)한 文學觀을. 그들의 大多數는 文學이란 것을 社會의 現實 生活과는 全然 隔離식이여 한갓 觀念의 遊戱所로 만들고 잇다. 生活과 藝術의 現實的 歷史와를 切離하야 美的인 것, 藝術的인 것 等의 一般的인 對象을 찾는 그들은 超時代的, 超階級的 偉大한 文學을 希願하여 마지 안흐며, 또한 그것의 可能을 狂信할 만큼 觀念의 迷宮에 깁히 파무처 잇다.

그러나 우리는 그들의 乳臭나는 觀念論的 文學論을 叙上에 올니어 詰難하느니보다도, 그 部類에 잇서 가장 完璧에 가깝다 할, 또한 우리에게 炙膽된 지 오래인 저 杜翁의 優秀한 藝術論 가운데 無數로 計上할 수 잇는 藝術의 定義가 究竟에 잇서 새로운 藝術의 거러갈 조고마한 客觀的인 批判 基準도 보여주지 못하고, 한갓 觀念의 遊戱에 그첫다는 것을 指摘하면 足할 것이다. 萬一 이 가티 藝術을 爲한 藝術이라든가, 其他 單純히 觀念의 遊戱를 그의 機能으로 삼는 것이 文學이라면, 結局 一 假想에 지나지 안는 文學에 一生을 바치는 愚問를 敢行할 者가 누가 잇슬 것인가!

우리는 文學을 文壇이라는 좁은 見地에서가 아니라, 넓은 社會的 見地에서 바라보아야 할 것이다. 卽, 文化의 一 領域으로서 社會와의 緊密한 關聯에서 바라볼 때만이 正當한 把握을 할 수 잇는 것이다.

—(2)『조선일보』, 1937. 7. 23

그때 비로서 文學을 우리의 日常 生活(現實)의 흐름(流)을 肯定的으로든 否定的으로든 反映하며, 또한 反作用하는 것임을 會得할 수 잇슬 것이다. 文學은 恒常 그것을 出産하는 階級의 實踐을 反映하고 잇스며, 그에 따라서 어느 程度의 客觀的 現實을 反映하게 된다. 文學은 階級 意識의 形態임과 同時에, 그 行動의 形態인 것이다. 모든 이데올로기와 가티 文學은 反映할뿐만 아니라, 組織하며, 文學을 享受하는 모든 것에 積極的으로 作用한다.

우리는 文學에 잇서 이 가튼 社會的 意義와 役割을 承認하므로써, 비로소 欣然이 文學에 參與할 수 잇는 것이다.

이제 우리는 生活(現實)과 文學을 論議할 階段에 이르럿다. 生活과 文學의 問題는 곳 政治와 文學의 問題이다. 이것은 우리들의 藝術科學이 藝術의 現實的인 性質에 對하야 밝혀야 할 最初의 重要 問題의 하나이다. 웨 그러냐 하면 우리 文學은 現代 藝術이 當面하고 잇는 가장 現實的인 實踐的 問題를 解決하지 안코는 아무런 存在 意義도 업기 때문이다.

藝術의 對象은 어느 때나 生活 現象으로서의 社會的 이데올로기의 産物로서의 藝術의 具體的인 歷史이다. 過去 及 現在의 모든 個個의 流派, 모든 個個의 作品 及 現代에 잇서 論議되는 個個의 藝術上의 問題는 藝術學의 對象으로서 問題의 部分임에는 틀림업스나, 그것은 決코 藝術史의 具體的인 過程과 切離된 것이 아니라, 도리어 그 過程 中에 잇서서 비로소 現實的인 內容을 가지게 되는 것이다.

그럼에도 不拘하고 우리는 文學에 잇서서 對象이라든가, 創作 方法을 具體的인 歷史 及 現實的인 生活과 切離하야 抽象的으로 論議하는 過誤를 거듭하여 왓섯다. 이것은 經濟學에 잇서서와 同樣으로 極히 危險한 것이엇다. 觀念의 迷宮을 헤매는 觀念論的 美學者는 勿論 過去 프로文學에 잇서서도 한때 唯物辨證法的 創作 方法을 떠외치는 나머지 우리들의 現實的 生活이라든가, 文學 藝術이라든가, 其他 創作上의 具體的 問題를 조금도 介意하지 안코 抽象的 方法論만을 主張한 적이 잇섯다. 이것은 結局 過去 '政治主義'의 過誤와 함께 이미 指彈되고 批判된 것이나, 實際에 잇서서 對象의 具體的 性質을 理解하지 못하고서 아무리 原理와 方法을 판에 박듯이 맞추어 보아도 엇는 것은 조금도 업섯든 것이다. 우리는 唯物辨證法의 原理에서

創作 方法을 導出할 것이 아니라, 生活的 現實 그 自體의 辨證法에서, 또한 現實的인 創作 經驗에서 그것을 배우고 會得할 것이엇섯다.

그러나 이 가튼 批判은 不幸히도 그 後 當然히 가저야 할 結實을 가져오기는커녕, 오히려 文學을 一層 救할 수 업는 窮地에 떠러트리고 말엇다. 果然 그들은 文學에 잇서서 '政治主義的 指導性'을 驅逐하엿스며, '唯物辨證法의 公式的 貼用'을 抛棄하엿다. 그러나 남는 것은 무엇이든가! 그것은 곳 文學에 잇서서 思想性의 抹殺이엇스며, 卑俗한 生活에의 迎合이 아니엇든가!

今日의 時代的 壓力이 一段 文學者의 生活에 阿片的 卑俗性을 浸透케 하고, 思想的 眞空 狀態를 强要하자, 그들은 그에 對한 頑强한 抵抗을 配하기는 姑捨하고, 過去 政治主義의 誤謬와 唯物辨證法의 公式的 貼用에 對한 批判을 口實로, 그에 對한 卑屈한 敬拜와 追從에 그들의 所謂 새로운 文學에의 길을 차젓든 것이다. 그리하야 그들은 그들의 文學을 世俗的 肯定에 融解시키기 爲하야 먼저 그들의 生活을 卑俗化시키고, 無內容化시키기에 아플 다투엇다.

이 가튼 時代的 需給關係의 發展에서 우리는 今日의 文壇에 잇서서의 隆盛한 商品 關係의 成立을 볼 수 잇는 것이다. 그들의 一部는 表面上 秩序도 업고 亂雜한 淸濁 混沌의 一切의 것을, 그들의 生活 現實이라야 渾沌 그대로를 捕捉하려 하엿다. 그러나 그것은 末梢神經的 感覺으로만 可能한 것이니, 이것이 今日의 思想도 업고 이데올로기도 업는 모더니즘 文學이다. 그러나 다른 一部는 復古主義 文學으로 달려갓다. 그들은 暗澹한 現實에서 背面하야 눈을 過去에로 돌리는 데서, 卽 古典에의 鄕愁에서 달콤한 藝術性을 맛보앗기 때문이다.

그들은 다가티 文學의 에센스로서 藝術性만을 노피 내세우고, 爾餘의 것은 不問에 부치는 態度를 取하엿다. 그들은 모두 文學의 香내만을 行商하는 人生의 文學的 香具師에 最大의 喜悅을 느끼고 잇다.

우리는 以上에 잇서서 文學에 미치는 政治의 影響力을 現實的으로 보아왓다. 따라서 文學에 잇서서 政治의 影響을 否定한다는 것은 文學의 黨派性을 否定할 때만 云謂될 性質의 것이다. 文學은 實踐을 反映할뿐 아니라, 文學을 享受하는 모든 것에 積極的으로 反作用함으로써, 兩者의 地位 及 交互關係는 從來의 모든 偏見과 歪曲을 떠나서 正當한 把握을 要求하고 잇다.

이 가튼 前提에서 우리는 '今日의 激迫한 社會的 情勢 아래에서 文學하는 사람은 如何히 살 것인가'라는 問題를 마땅히 提出하게 되는 것이며, 또한 그에 對한 明確한 指示를 要求하게 되는 것이다. 그것은 곳 '오늘의 社會的 狀態 아래에서 文學의 거러갈 眞正한 길은 어데서 차질 것인가'의 問題이다.

元來 文學하는 사람은 文學人으로서 가지고 잇는 思想 感情과 生活意識이 잇는 것이며, 그것은 文學人을 包圍하고 잇는 世俗的인 思想 感情과 生活意識과는 嚴密히 區別되어야 할 것이다. 또한 文學的 言語는 世俗的 言語와 內容에 잇서서 다른 것을 가지고 잇서야 하며, 文學的 눈(眼)은 世俗的 눈(眼)이 보이지 못하는 것을 들추어낼 責務를 가지고 잇는 것이다.

萬一 그러한 文學人으로서 單純, 卑俗, 因襲을 主要素로 하는 世俗的인 思想 感情과 生活意識―그것은 暗暗裏에 現狀 維持를 承認하며, 더욱이 今日에 잇서서는 가장 非文學的이며 不自由스러운 統制的 時代가 憂鬱로 染色하고 잇다―에 追從하고 融解하기를 是事한다면, 우리는 文學人에게 무엇을 期待할 수 잇슬 것인가?

여기에 잇서서 우리는 무엇보다도 文學人으로서 가저야 할 思想 感情과 生活意識이 固守를 强要하여야 할 것이다. 그러나 文學人으로서 갓는 思想 感情과 生活意識이란 結局 하나의 社會人으로서 充實된 生活과 健實한 思想을 떠나서 차질 수 업는 것이다. 그럼으로 우리는 '文學人으로서의 社會人의 生活'보다도 '社會人으로서의 文學人의 生活'을 重要視하게 되며,

또한 後者의 生活的 充實에서만 文學의 充實을 期할 수 잇는 것이다.

事實 우리는 現實이 低落한 無思想으로 粉飾되면 될수록 反對로 眞實한 思想에의 熱望이 熾烈케 되며, 社會的 矛盾이 敎化하여 그것이 非合理的인 힘에 依하야 一方的으로, 强力的으로 解決하려 하면 할수록 否定的 諸 現象의 氾濫을 보게 되는 것이다. 또한 우리 自體의 生活 內容이 乾枯하고 貧弱하면 할수록 潤澤하고 豊富한 것을 欲求하게 되며, 우리 自身이 無意志, 無性格한 人間이 되므로써, 더욱 意志的, 實踐的인 人間, 卽 充實한 生活人을 希求하게 되는 것이다.

事實 社會的 眞理를 가진 思想을 藝術的으로 如何히 主體化시킬가가 우리에게 賦與된 藝術學의 課題이다. 여기에서 方法論이 問題되는 것이며, 唯物論的 리얼리즘을 云謂케 되는 것이다.

藝術에 잇서서 唯物論的 方法은 客觀的인 思想을 主體的인 道德에까지 日常化시키는 데 잇다. 藝術에 잇서서의 思想의 主體化에 依하야 思想은 비로소 終局的으로 感覺化되고 具體化되여 生動하는 形態를 가지게 되며, 藝術은 藝術家의 生活 自體의 課題가 되며, '自己의 問題'가 되는 것이다. 여기에 잇서서 '文學'과 '生活'은 비로서 結合點을 보게 되는 것이며, 모럴 問題를 要求하게 되는 것이다. 萬一 文學人으로서 客觀的인 歷史的 社會를 通歷하지 못한 自己에 잇서서 '自我'를 固執하고 모럴을 云謂한다면, 그것은 正히 沐熱面冠을 免하지 못할 것이다.

이 가티 우리의 '文學의 길'을 참다운 生活的 現實에서, 眞實한 思想을 主體化시키는 데서 찾는다면, 거기에는 오늘날 우리 文壇圈內에 蔓然한 모든 惡質的 現象—硬直한 公式主義와 卑俗한 無이즘主義를 掃淸시킬 것은 勿論, 모든 觀念論的 文學人의 假裝을 어느 程度까지 뱃길 수 잇슬 것이다.

이 가티 濁沌한 現實 속에서 眞實한 欲求를 끄집어내여 그것을 培養하고 成育시킬 제, 비로소 健實한 文學을 孕胎할 수 잇는 母胎로서의 生活의

營爲가 可能한 것이다. 同時에 우리는 거기에서 世俗的인 思想 感情과 生活 意識과는 다른 一聯의 眞實한 思想 感情과 充實된 生活意識의 움(萌)들을 차저볼 수 잇는 것이다. 따라서 그 가튼 生活에서 流露된 眞實한 思想은 文學으로서의 가장 本質的 要素는 될지언정, 決코 排擊될 性質의 것은 아닌 것이다.

過去에 잇서서 우리들의 犯한 過誤는 唯物論과 그 創作 理論에 罪科가 잇섯든 것이 아니라, 實로 그것을 半端的으로박게 理解하지 못한 우리 自體 에게 잇섯든 것이다. 事實 이제까지의 우리의 知識과 思想은 우리의 生活과 함께 半端의 知識이엿스며, 半端의 思想이엿다. 우리는 그것을 完全히 把握 하는 데 잇서서 모든 弊害를 除去할 수 잇는 것이다.

규요까지도 "藝術이 참으로 藝術性을 가지는 것은 참으로 社會的 大衆性 을 갓는 것"이라고 말하엿다. 藝術에 잇서서 思想性은 藝術性을 排除하는 것이 아니라, 兩者의 葛藤은 오히려 그 不足에 잇섯든 것이다.

―(4) 『조선일보』, 1937. 7. 25

휴매니즘論
— 인텔리겐차와 關聯시켜서

1

휴머니즘에 對한 論議가 盛行하고 있다. 아즉 作品 行動에까지는 具體化되지 못하였다 할지라도, 論壇에 있어서는 그 物議가 漸次 波紋의 幅을 넓히고 있음을 目擊할 수 있다. 筆者도 아무『朝報』紙上에 우리 文壇의 思想的 昏迷를 指彈하면서 휴머니즘에 抵觸된 바 있었으나, 그것은 極히 槪括的인 것이었으므로, 휴머니즘論으로서는 自然 不徹底함을 免할 수 없었든 것이다. 그러나 白鐵氏를 筆頭로 한 一聯의 휴머니즘論者가 휴머니즘을 退潮된 맑스主義의 代用物로 神秘化시키며 파쇼에 抵抗하는 것이 아니라, 事實에 있어서 맑스主義와 리얼리즘에 反旗를 들고 있음을 明白히 指彈하여 두었었다.

그 後 問題는 一段의 發展을 보여 白鐵氏는 드디어 갈곳까지 가고 말었다. 白鐵氏는 “文學은 現在의 生活 우에 直接 基礎를 둔 同時에, 過去와 깊은 連脈을 갖이고 있는 것이다. 只今까지의 우리 文學이 그 主流를 맞어드리고, 創作 方法을 輸入 論議하는 모든 過程에 있어 看過한 것은, 實로 그 過去에 對한 無視에 있었다. 文學은 現在의 것인 同時에, 傳統의 그것이다. 過去의 朝鮮文學에 있어 그 文學의 傳統 朝鮮은 무엇이며, 그 主要 情緒는 무엇이었든가. 그것을 硏究하고 理解하고 準備함으로서, 今日의 휴머니즘을 消化시키고 結合시키는 것이 휴머니즘을 우리 文壇의 眞實한 主流로 삼는 데 本質的으로 必要한 일이다.”(『風林』, 第三輯) 라는 卓絶한 見地와 悲壯한 決意 아래 旅裝을 團束하여 “朝鮮의 山嶽과 自然을 바라보는 데서 地理의 運數를 占卜하고, 歷史的인 것을 回顧하는 데서, 한 人間的인 特殊相을 望觀하여 文化의 朝鮮的인 限界性을 決定하려고”(『四海公論』, 三月號) 敬虔한 信徒로서의 巡禮의 길을 떠났다. 그러나 文學을 떠나서 歷史로, 現代를 버리고 古代로 永遠의 安住地를 찾은들, 거기에는 氏를 맵게 매질한 唯物論의 鋒鋩이 길을 막고 있지 아니할가!

檀君은 原始共同體의 解體 過程에 있어서의 多少 權力的인, 世襲的인 男子 酋長의 總稱이며, 檀君王儉은 그 中의 一人이라는 것은, 今日 歷史科學에 있어서는 常識化한 結論이다. 그럼에도 不拘하고 多方面으로 驚異的 頭腦를 갖인 우리 白鐵氏는 朝鮮 古代史의 冒頭를 崔南善氏의 朝鮮 歷史에서 引抄하여, 檀君은 朝鮮的이며 箕子는 非朝鮮的이라는 獨斷的 斷案을 나리여 世界的 發見이나 한드시 大氣焰을 吐하고 있다. 그러나 이것은 決코 氏의 創見도 아니요, 崔南善氏의 朝鮮史觀의 再版 外에 아무 것도 아니다. 如何間 史的 唯物論에서 疏外된 氏의 歷史觀이 무엇을 지꺼리든, 氏는 갈곳까지 갔으니 이 以上 氏를 追窮할 必要와 意義를 느끼지 않는다. 다만 檀君의 炯眼에 賣笑婦的 信心이 看破되지 않았다면, 氏를 爲하여 多幸일 뿐이다.

그러나 이 같이 白鐵氏가 檀木 아래 祭壇을 쌓는 동안, 휴머니즘에 對한 새로운 論陣은 登場되었다. 卽, 韓雪野氏의 「휴머니즘에 對한 一 考察」(『朝報』, 三月)과 林和氏의 「朝鮮 文化와 新휴머니즘론論」(『批判』, 四月號), 이어서 前日 『朝報』에 실린 玄民氏의 「휴머니즘의 社會的 背景」이 그것이다. 白鐵氏와 金午星氏가 휴머니즘을 自家 恣意的 主觀 아래 無批判的으로 迎合하였음에 反하여, 玄民氏를 除外한 前記 二氏—韓雪野氏와 林和氏—

는 所謂 批判的이며 科學的이란 考察 아래 휴머니즘을 拒否하는 態度로 나타났다. 더욱이 注目할 것은 兩氏가 다같이 階級的 立場에서 唯物論을 看板으로 휴머니즘에 對한 論陣을 폈으며, 討究된 內容의 差異는 있을지언정, 다같이 一律的으로 否定的인 點이다.

韓雪野氏는 "今日과 같은 人間性 恐慌期에 있어서 그 恐慌 때문에 漠然히 人間性 云云을 內包하는 휴머니즘을 가장 妥當한 主張으로 再起시키려는 것은 一種의 空虛한 妄想이요, 空想이다. 그리고 거기에 많아 唯物論的 假裝을 잎이랴는 것은 더욱 甚한 空想이다."라고 하였으며, 林和氏도 "이 論議(휴머니즘 論議—筆者)는 곧 反省되고 批判될 現象이며, 思想文化的 夜空을 지나는 一片의 暗雲에 不過한 것이라."고 하였다.

果然 今日의 휴머니즘은 拒否되지 않으면 아니 될 運命에 있으며, 더욱이 唯物論에 依據하고, 階級的 立場에 슨 氏들의 見地에서는 "크다란 危險性을 가지고 있는 것"이며,(林和氏) "覇氣없는 원숭이의 흉내"(韓雪野氏)에 지나지 않는 것일가!

朝鮮의 어느 知識 分野를 莫論하고, 그 幼稚함과 淺薄함을 自認하지 않을 수 없는 우리이나, 唯獨히 唯物論的 知識의 缺乏은 尤甚하다 할 것이다. 勿論 現代 唯物論은 왼갓 人智의 歷史的 總和라고 할 수 있는 尨大한 科學으로 되어 있는 만큼, 또한 이것을 一朝에 자기의 것을 만들 수는 없는 것이 事實이나, 이 唯物論에 對한 無識 及 그의 生呑粗嚼이야말로, 今日 朝鮮의 어느 知識 領野를 勿論하고, 모든 喜悲劇을 演出시키는 張本인 것이다.

事實 林和氏 及 韓雪野氏가 휴머니즘에 對한 警戒陣을 치기 爲하여, 氏 等의 갖인 腦漿을 다 짜내인 該博한 唯物論的 知識은 그 好個의 標本일 것이다.

2

나는 氏 等과 함께 휴머니즘에 對한 論議를 始作하기 前에, 氏 等이 取한 態度에 對하여 一言하고저 한다. 氏 等은 優秀한 良識과 不退轉의 意志로서 歷史的 動向과 몸을 같이 하는 選拔된 人士이며, 더욱이 文化的 領域에 있어서는 누구보다도 最前線을 걷고 있는 進步的 分子로 自處하고 있는 이들이다. 따라서 氏 等이 依據하고 있는 哲學이라든가, 歷史觀이라든가, 方法論들은 當然히 가장 進步的으로 編成된 科學的인 것이라야 할 것이다. 그러나 氏 等이 今番 휴머니즘에 依據하고 取扱한 態度와 方法은 무엇이었든가! 그것은 意外에도 主觀的 獨斷論이요, 機械的 素朴 唯物論이요, 淸算論的이 아니었든가? 氏 等은 共通的으로 對象을 歷史的으로, 卽 發展 過程에서 또한 全體性에서보지 못하고 一面에만 膠着하였으며, 다시 問題를 槪念的, 抽象的으로 把握하여 現實的, 具體的으로 展開하지 못하였다. 이것이 나의 根據없는 誣告이라면, 이제부터 氏 等의 論議를 檢討하여 보기로 하자.

그러나 여기에 있어 나의 論旨를 順序的으로 展開하기 爲하여 먼저 問題 提起의 主體는 누구인가. 卽, 휴머니즘을 提唱하고 있는 主體는 누구인가로부터 究明할 必要가 있다. 휴머니즘이란 말은 우리 입에 膾炙된지 어제오늘이 아니다. 멀리 르네상스를 비롯하여 五, 六世紀의 長久한 歷史를 갖이고 있다. 그러나 只今 우리가 問題삼고 있는 것은 過去의 어떤 휴머니즘이 아니라, 實로 今日의 휴머니즘이다. 따라서 今日의 휴머니즘을 提唱한 主體는 누구인가를 明白히 할 必要가 있다. 此際에 우리는 어느 特定한 個人보다도, 卽 一 白鐵이라든가, 一 三木淸, 一 谷川徹三, 一 지드를 云謂할 것이 아니라, 社會의 어느 部分, 卽 어느 階級層에서 외치고 있는가에 重點을 두어야 할 것이다.

韓雪野氏의 論文이 文壇 主流論에 關한 것이었든 만큼, 社會的 見地에서
의 考察이 省略되었다고 하겠지만, 今日의 휴머니즘 提唱은 單純히 "東京
文壇에서의 論議를 그냥 가져오는 것으로 볼 수 있다."고 우리 文壇의 常套
的 傾向인 模倣과 追隨 以外에 아무런 意義도 發見 못하는 모양이다. 林和
氏가 여러 모에서 穿鑿한 結果, 現代 "휴머니즘은 全人間이 아니라 個人,
全人類가 아니라 小市民 知識人의 必要로 發生한 것이다."고 斷定한 것은
正當하다. 玄民氏도 서슴지 않고 '良心的 知識人'의 提唱이라고 하였다.
事實에 있어서 今日의 휴머니즘은 無産階級을 主體로 하고 提起된 것도
아니요, 또한 市民的 特權階級을 主體로 함도 아니다. 따라서 파시스트나
커뮤니스트의 問題는 아닌 것이다.(여기에 있어서 社會 體制를 달리 하는
소비에트에서 問題되는 프로 휴머니즘이라든가, 파시스트 國家에서 國民意
識과 民族精神을 中心으로 한 휴머니즘은 우리 論議의 圈外임을 밝혀둘
必要가 있다.) 그러므로 우리가 正히 問題의 對象으로 하고 있는 今日의
휴머니즘은 어느 特定한 階級의 問題로서가 아니라 一般 知識人, 보다 힘있
게 말한다면 인텔리겐차의 問題로서 提起된 것이다.(이것은 林和氏와 같이
小市民的 知識人으로 불러도 좋으며, 玄民氏 같이 良心的인 知識人으로
불러도 좋다.)

그런데 휴머니즘은 인텔리겐차의 問題라는 單純한 事實을 表明함에 있
어, 이 같이 冗長한 說明을 하게 됨은 이 휴머니즘이 正히 知識人의 問題라는
그 理由로서 消極的이라고 虐待를 받고 있으며,(玄民氏) 危險性 있는 것이
라고 貶却 當하고 있으므로써이다.(林, 韓 兩氏)

여기서 나는 휴머니즘을 論議하기 前에 '知識階級'을 問題 삼아야 할
階段에 이르렀다. 그러나 인텔리겐차에 對하여는 맑스主義가 새로운 科學的
思潮로 치밀려왔을 제, 이미 그 社會的 役割과 限界에 對한 峻烈한—그러나
正確한 規定이 내렸었으니, 只今 다시 問題를 敷衍시킬 必要가 없을 줄
안다. 다만 그 規定을 歪曲시키여 인텔리겐차의 社會的, 歷史的 妥當한

限界를 默殺하며, 階級으로서의 小市民과 인텔리겐차를 同一視하여 輕蔑視하는 弊害를 警戒하면 足할 것이다. 韓雪野氏나 林和氏가 依據하고 있는 階級的 見地이라고 인텔리겐차를 度外視할 아무런 理由가 없는 것이다. 況乎 嚴密한 意味에서 氏 等 自身 인텔리겐차의 領域을 버서나지 못한 今日에 있어서 大部分 思想人, 文化人이 "群鶴을 따라가는 一鷄가 도루 一鷄로 還元되었다."고 헛되이 毁貶할 것은 아니다.

事實 林和氏의 말과 같이 이 땅에 있어서는 "思想文化人의 大部分은 小市民 出身의 知識人이었다. 그들의 個人으로서 보면 여러 가지로 鍛鍊이 不足한 사람이었으나, 一時 情勢의 昂揚에 따라 歷史的 潮流에 吸收되었었다. 무릇 大衆的 運動이란 純全히 精銳만의 結合으로 된 것이 아니라, 雜多한 人間을 網羅하여 그 時代의 歷史性에 依하여 不絕히 塵埃와 殘滓를 남기면서, 全體로서는 보다 큰 플러스로서 前進을 敢行하는 것이다. 그러나 우리의 特殊한 社會的 事情은 世界에 그 由來를 볼 수 없을 만큼 大衆의 政治的 成熟을 困難케 하였으니, 運動 自體의 急速한 昂揚과 急速한 退却은 그에 吸收된 個個人의게 集團生活에 依하여 人間性을 보다 頑強하게 陶冶시키는 데 必要한 條件과 時間을 許與하지 못하였다. 卽, 그들은 一段 周圍의 情勢가 困難하게 되자 受動的인 勇氣나마 挫折되고 冗奮 끝에 오는 感傷과 過度의 內省에 빠지고 말았다. 이것은 이 땅에서만 볼 수 있는 獨特한 形態일 것이다. 強靭한 中心的인 磁力이 一朝 自己에서 脫落되자, 그들은 거기에 吸收되기 前보다도 몇 倍나 깊은 奈落에서, 意識과 行動의 背馳에서, 知性과 感性의 分裂에서 苦悶하는 一 知識人으로서의 自己를 發見하지 아니치 못하였다.

이 같은 知識人을 單純히 그의 階級性 때문에 蔑視하며, 휴머니즘이 그들에 依하여 提唱되므로써 拒否함이 可할 것인가. 우리는 차라리 우리 自身이 그 가튼 知識人임을 自認하고, 휴머니즘을 우리 자신의 切實한 問題로 取扱함이 妥當할 것이다.

3

　다음에 우리는 今日의 휴머니즘이 提唱되는 時代性—그의 現實的 局面
—을 看過하여서는 아니 될 것이다.

　上述한 바와 같이 휴머니즘은 어제오늘 云謂된 것이 아니라, 歷史의 階段
에 따라 몇 번이나 歷史의 前面에 나타났든 것이다. 그러나 그것은 各各
그 時代의 社會的 背景을 달리 함과 同時에, 그 時代的 意義도 달리 하였던
것이다. 그러면 今日에 있어서 휴머니즘이 높게 提唱된 時代性은 어데서
찾일 것인가.

　韓雪野氏는 여기에 있어서도 어떤 時代的, 社會的 局面에서 휴머니즘을
보려 하지 않고, 單純히 "가장 活潑히 움직이든 主流(리얼리즘—筆者)가
막히면서부터 어두운 混沌이 오게 되었다." 그리하여 "現實的인 覇氣를
잃은 오늘의 文壇人의 歸依處는 空想的인 心理와 觀念과 神話의 世界 밖에
더 없는 것이니, 人間의 再生이요 擁護라는 아름다운 이름 아래에서 휴머니
즘의 넓은 心理 世界로 歸鄕하려는 것도 또한 理勢일 것이다."라고 한다.
氏는 이것을 史的 唯物論的 見地에서 내린 斷案이라고 主張할는지는 모르
나, 그것은 確實히 휴머니즘을 氏의 觀念 속에서 "個人의 瑣末的인 細事와
心境을 그린 것"이라고 規定하는 데서 내린 主觀的 獨斷論이다.

　林和氏도 今日의 時代的 特性을 無視한 結果, 휴머니즘 論議를 平面化식
였다. 卽, "그들은(知識人—필자) 資本主義의 正常한 發展期에는 휴머니즘
이 所有되지 않았다. 오즉 아르게마이네 크리체 過程에서 近代社會가 自己
秩序를 새롭게 再編成할 제 急急히 人間을 擁護하라고 絶叫한 것이다. 따라
서 今日의 아르게마이네 크리체的 秩序가 正常한 狀態로 復歸만 된다면,
特別히 人間을 擁護하라고 떠들 必要도 스스로 消滅할 것이다." "그러므로
그들이 要求하는 人間의 自由, 人間다운 生活 文化란 十九世紀的 平穩

가운데 自由 文化 그것"이라고 氏는 斷言하였다. 아마도 氏에 있어서는 今日의 휴머니즘이 昔日의 부르주아 民主主義와 同一物로 錯覺되고 있는 모양이다. 그러나 歷史의 박휘가 뒤로 구른다는 것을 只今도 믿고 있는 사람이 있을가! 우리는 그 같은 空論을 짓거리는 것보다는, 今日의 客觀的 情勢—林和氏가 指摘한 아르게마이네 크리체的 秩序를 克明히 解剖하여 資本主義의 어느 階段과도 區別되는 今日의 時代的 特性을 剔出함이 問題 의 理解를 쉽게 할 것이다.

今日과 같이 澎湃한 반달리즘이 政治뿐만 아니라 思想, 文化, 藝術의 領域에까지 亂舞한 적이 또 있었든가. 또한 今日과 같이 歷史的 動向에의 反動意識이 一般 市民 大衆의 사이에 漫々히 밀려든 적이 또 있었든가. 더욱이 知識人의 特權意識이라고 할 수 있는 '自由'가 그들에게 얼마나 因緣, 머러진 이름으로 불려지고 있는가를 想起할 제 이러한 一聯의 新事態 를 單純히 資本家的 經濟 機構의 必然的 發展 形態로 보는 나머지 資本家 的 商品 生産 社會에서는 人間이 商品化되고 있다든가, 數많은 大衆이 生産手段에서의 自由한 몸이라든가, 學問과 其他 모든 文化가 支配階級의 道具라든가의 見解에 膠着되어 一步도 나서지 못함은 資本家的 社會에 對한 根本的 批判으로서의 科學 思想을 도로혀 平面化시키며, 휴머니즘의 提唱된 時代的 特性을 塗抹하려는 張本인 것이다. 林和氏도 이 같은 認識 不足에서 "어째서 그들은 今日의 社會와 本質的으로 달르지 않었든 十九世 紀에 人間의 擁護를 부르지찌 않었든가"라는 愚問을 發하고 있다. 참으로 科學的인 思想에 立脚한 사람이라면 마땅히 現階段의 特性을 認識함과 同時에, 階級 사이의 力學的 運動과 그에 따른 이데올로기가 如何히 蒸發되 고 있는가에 深甚한 注意를 다할 것이다.

다시 우리는 파시즘의 澎湃와 함께 그의 다른 一面이라고 할 수 있는 맑스主義의 退潮를 말하지 아니할 수 없다. 앞에서도 暫間 抵觸하였었지만, 이 思潮의 急激한 昂揚과 急激한 退却은 그의 獨特한 形態로서, 다른 곳에서 일즉 보지 못하든 混亂을 비저내었다. 林和氏도 이 過程은 充分히 體感하고 있는 모양이다. 氏는 말하되 "이 退潮 現象을 思想, 文化의 領域에서 局限하여 考察할 때 全혀 一般的 現象이라고 指摘치 않을 수 없다." 卽, "集團的 潮流로부터 小市民의 分離되는 典型的 現象이 思想 文化 領域 中에 換氣된 것이다."고 한다.

그러나 客觀的 情勢가 壅塞하여젓다고 오늘의 思想 文化의 全部가 林和氏의 말과 같이 '朦朧性'을 要求하게 되고, 韓雪野氏 같이 '空想的인 心理와 觀念과 神話의 世界'로 찾는 것은 아니다. 勿論 그들 中에는 自進하여 파쇼의 代辯者가 되는 사람도 있을 것이며, 데카당으로 現實을 逃避하는 者도 있을 것이다. 그러나 그들이 全部는 아니었으니, 파쇼의 代辯者 되기에는 너무나 良心的이며, 頹廢의 奈落에 빠지기에는 너무도 理性的인 一部의 知識人을 볼 수 있는 것이다.(이 點 玄民氏는 正當히 把握하였다고 할 것이나, 現實的 局面을 너무 槪括的으로 一般시킴이 遺憾이었다.)

今日의 混亂된 事態는 林和氏의 所論같이 果然 集團的 潮流로부터 小市民이 分離되는 '典型的' 現象인지 아닌지는 確言할 수 없다. 그러나 이 땅에 있어서 그 思潮의 昂揚이 자못 朝鮮的인(性格으로 보아) 獨特한 것임을 默殺할 수는 없는 것이다. 卽 東洋的, 封建的인 탈을 벗지 못하고, 그 思潮를 受容하였으며, 다시 近代的 唯物論의 土臺를 쌓지도 못하고 退却한 特殊性을 無視하고, 一般的으로 類型化할 수는 없는 것이다.

如何間 今日의 휴머니즘은 林和氏 말과 같이 "이미 退潮된 어떤 思想을 온전히 그 自體의 缺陷 때문에 退潮되었다고 斷定해버리는 것으로 輕薄한 思想的 意匠의 새 모드로서 만들어진 것"은 아니다. '어떤 思潮'가 思想的 支配에서 退位됨에 따라 휴머니즘이 提唱되었다는 것은 事實이나, 그 思潮에 絶望하여 訣別하는 데서 만들어졌다는 것은 氏의 捏造이다. 차라리 '어떤 思想'까지도 包含한 一切의 人間 精神의 活動과 人間的 獨立이 어떤 勢力에 依하여 蹂躪된 데서 부르짖게 된 것이다.

4

以上 論究하여 온 바에 依하면, 今日의 휴머니즘은 맑스主義가 그 思想的 支配에서 退位하게 되고, 파쇼에 依한 반달리즘이 猖獗하는 今日의 切迫한 情勢에 直面하여 어느 特定한 階級이 아니라 政治的, 社會的 모든 領域에 있어서 그의 行動性을 喪失한 인텔리겐차의 問題로서 胚胎되고 産出된 것이다.

그러면 이 같이 産出된 휴머니즘은 어떠한 內容을 가지고 있으며, 또한 어떠한 內容을 가져야 할 것인가가 究明되어야 할 것이다.

今日의 휴머니즘은 아무리 그 獨自의 社會的, 現實的 局面에서 胚胎되었다 할지라도, 이데올로기로서는 前代의 휴머니즘과 無關한 것일 수는 없었다. 오히려 前代 휴머니즘의 가장 批判的 繼承者로서 登場한 것이다. 그러나 여기에 우리가 크게 警戒하지 않으면 아니 될 것은 휴머니즘을 어떤 生活 原理라든가 世界觀으로, 卽 體系를 가진 思想的 原理로 看做하려는 傾向이다. 이것은 過去 휴머니즘의 歷史에서 어든 一種의 直覺的 先入感일는지도 모르나, 正히 問題를 根本的으로 顚覆시키는 謬見이다. 白鐵氏가 이러한 錯覺에 빠져 휴머니즘을 리얼리즘 乃至 맑스主義의 代用物로 떠바치려는 것은 이미 指摘하였었다.

그러나 林和氏와 韓雪野氏도 論旨는 다를지라도, 이 點에 있어 같은 過誤를 犯하고 있다. 卽, 韓雪野氏는 “휴머니즘은 文學上의 汎神論 같은 것이라.”고 規定하였으며, 林和氏는 휴머니즘을 “이미 退潮한 어떤 思想을” 代位하는 “思想的 意匠 모드”라고 拒否하였다. 勿論 今日의 휴머니즘은 ‘人間의 自由’, ‘人間性의 擁護’라는 一聯의 文句를 想起할 제 그곳에 어떤 思想의 强調가 없는 것은 아니다.(萬一 그것이 없다면 정말 난센스일 것이다.) 그러나 그 思想은 決코 파시즘이나 맑시즘 또는 리버럴리즘 같은 世界觀

的 思想은 아니라는 것이다.

韓雪野氏는 卓越한(?) 哲學的 見地에서 휴머니즘이 抽象的 觀念論이라는 斷案을 내리고, 많은 紙面을 初步的 唯物論 講話에 消費하였다. 그러나 氏의 論文을 몇 十番 홀터보아도 휴머니즘이 唯心的 血統을 가졌다는 歷史的 根據는 明示되어 있지 않으며, 다만 氏의 主觀과 獨斷으로 歪曲된 휴머니즘의 歷史論과 低級한 素朴 唯物論과 史的 唯物論의 初步的 知識이 大膽하게도 羅列되었음을 볼뿐이다.

氏의 눈에는 人類 歷史上에 있어서 저 莊嚴한 文藝復興期는 다만 唯心的인 것밖에 아니 보이며, 저 絢爛한 復興期의 文學은 "觀念論을 土臺로 한 個人主義的 文學으로, 結局은 極度로 個性 尊重, 個人 心境, 身邊 雜事의 自我와 個性의 小世界에서 애오라지 그 命脈을 扶持하는 데 끄친" 文學이며, '實際에 있어서 現實的인 潮流를 이루지 못한' 文學이었다. 卽, 氏에 依하면 만데 포를 筆頭로 휴머니즘의 思潮에 哺育된 라블레, 세르반테스, 세익스피어의 巨匠들의 偉大한 文學은 오즉 그것이 "觀念的이요, 抽象的이요, 個人主義的이므로" 當然 埋葬되어야 하며, 實際에 있어서도 "現實的인 文學 潮流를 이루지 못하였다."는 것이다. 이 같은 史的 事實에 對한 虛構는 氏의 無智에서가 아니라면, 氏 自身이 主觀的 觀念에 捕虜된 確證일 것이다.

文藝復興史는 말하고 있다. "復興期의 思想家와 文學者는 新生活樣式의 希望을 가지고 새로운 文化를 建設하기 爲하여 모든 暗黑的인 神秘와 스콜라哲學的 迂愚에서 人間의 思惟와 情熱을 解放하기 爲하야 싸웠다. 이리하여 中世紀의 神秘的 妄靈 代身에 人間的인 古代 希臘이 나타나고, 神에 對한 思慕 代身 自然에 對한 思慕가, 神學의 代身 自然哲學이 나타났다. 世界 貿易의 發展에 依한 自然의 包括的 征服, 産業 發展에 依한 物理的 自然의 克服은 數많은 學者(알베디, 다빈치, 코페르니쿠스)로 하여금 自然의 神秘와 秘密에 參入케 하여, 惑은 物理的 作用을, 惑은 科學的 機械

發明을, 惑은 人間 肉體의 解剖的 研究를 하게 하였다. 다시 自然哲學者 테레지오 부르노, 칸바네라 갈릴레오들은 權威를 攻擊하고, 中世의 愚鈍과 夢想에 對하여 自然現象의 機械的인 素朴 遺物인 見解를 代置시켰다."

以上에 본 바와 같이 復興期의 思想的 特性이 反宗教的이며 人間中心的이요, 自然 研究에의 熱意에 있었다면, 아직 宗敎的 外皮를 完全히 벗지 못하고 茫然한 理想에의 憧憬 아래 神秘的 매직에 興味를 가졌다 하드래도, 그 時代的 背景과 旺盛한 靑春의 冒險心을 理解한다면, 어떠한 意味에서도 그들의 휴머니즘은 唯心的으로만 處斷해 버리지 못할, 오히려 自然哲學的이며 近世 唯物論의 序曲이라고 할 것이다. 뿐만 아니라 아즉 分業의 奴隸가 되지 아니하고, 敵對 階級에 依하여 自己의 地盤이 威脅되지 않는 初創期의 市民階級의 代表者인 그들을 歷史的 遠景에서 바라볼 제, 市民社會에 있어서는 어떠한 意味에서라도 두 번 다시 얻기 어려운 巨星임을 首肯할 수 있을 것이다.

엥겔스도 復興期를 말하는 가운데 "敎會의 精神的 獨裁는 破壞되었다. 게르만 民族의 多大數는 프로테스탄트 新敎를 採用하였다. 그리고 羅馬 카톨릭 諸 民族에서는 아라비아人에서 移入된 希臘哲學에 依하여 培養된 明朗 潑刺한 自由 思想이 깊이 뿌리박혀, 그것은 十八世紀의 唯物論을 準備하였다. 그것은 人類가 일즉이 經驗한 적이 없는 가장 進步的 變革이다. 巨人—思索力과 熱情과 性格에 있어서의 巨人, 他方面의 學識과 多藝의 巨人을 必要로 하고, 또한 그러한 巨人을 産出할 一 時代였다."라고 하지 않았든가.

우리는 그들이 人間을 抽象的으로 理解하였다고 責하기 前에, 놀랄 만큼 正確한 眼光과 솜씨를 가지고 將次 올 自己 階級의 모습을—그 人物, 그 風俗, 言語, 感情을 模範的으로 形象化한 天才를 讚嘆하여야 할 것이며, 唯心的이라고 非難하기 前에, 아직도 그들의 머리 가운데 中世紀的 곰팽이가 남아있음에도 不拘하고, 모든 分野에 있어 묵은 傳統을 비웃고 驅逐하여

自己를 참으로 創始者에 値한 勇氣와 完全한 個性의 所有者를 맨든 巨人들에게 敬服하여야 할 것이다.

여기서 韓雪野氏가 휴머니즘이 唯心的이라고 烙印을 준 根據를 밝혀보자. 氏는 르네상스를 말하되 "科學에 있어서는 理性을, 宗敎에 있어서는 良心의 自由를, 그리고 藝術에 있어서는 感情의 自由 解放이라는 모토 아래에서 人間性의 發揚, 擁護, 再生을 主案으로 하였다. 勿論 人間의 再生이라든가, 自由라든가 하는 意慾만은 훌륭한 理想임에 틀림없으나, 그러나 이것이 果然 現實的으로 可能할가? 論보다 證據로 우리는 人間 一般이나, 人間性 全體 全貌를 그 內容으로, 이른바 휴머니즘 文學을 본 일이 없다." 卽, "抽象化한 人間性 一般이라든가, 타입을 그린다는 것은 不可能한 일이어니와, 萬一 觀念的, 心理的으로 그린다 하드래도 그러한 人間은 觀念이나 空想에서만 存在할 수 있는 非實在的 人間임에 끄친다. 그러므로 휴머니즘이란 結局 抽象的, 心理主義的 觀念論에서만 可能한 것이다."라고, 참으로 氏의 獨創的 高見이다.

그러나 우리는 도로혀 機械的 唯物論과 리얼리즘이 硬化하여 한 主觀的 觀念으로서 氏의 頭腦를 捕虜하고 있음을 볼뿐이다. 性急한 氏는 近代的 唯物論과 프로 리얼리즘이 몇 世紀에 成立되었는지를 아시는지? 우리는 지금 十四, 五世紀 르네상스를 이야기하고 있지 아니한가. 氏가 "意慾만은 훌륭한 理想임에 틀림없으나, 그것이 果然 現實的으로 可能할가?"하고, 숫갈(匙)을 내던진 그 理想은 實際에 있어서 르네상스의 巨人들의 손으로 燦爛하게 實現시키지 않었든가. 科學에 있어서 理性을, 宗敎에 있어서 良心의 自由를, 藝術에 있어서 感情의 自由 解放을 氏의 文字上 그대로 實踐하여 人間性을 높이 發揚시켰음은 이미 復興期의 歷史가 證明하고도 남지 안는가! 그들의 人間性을 類推하여 抽象的이라고 하며, 그들의 理性과 自由를 唯心的이라고 함은 휴머니즘의 觀念的임을 證明함이 아니라, 階級 對立이 可能性 속에 包裝되었든 저 때에는 革命的이었든 것이 階級 對立이

明白한 오늘날은 이 基礎 때문에 觀念的 反動化했으며, 自己의 넘지 못할 限界에 達했다는 말뿐이 아니 되는 것이다.

우리는 歷史的 傳統을 對할 제 헛되이 主觀的 獨斷을 앞세울 것이 아니라, 實로 客觀的인 歷史的 範疇로서 把握하여야 하며, 어떤 歷史的 時期의 觀念 形態에 謬着될 것이 아니라, 늘 發展 過程에서 動的 把握을 잃지 않는 態度만이 우리의 知的 財産을 늘릴 수 있는 것이다. 韓雪野氏가 今日의 휴머니즘은 "抽象的, 心理主義的 觀念論"을 根底에 둔 것이라고 함이나, 林和氏가 "小市民的 個人主義"에 立脚한 것이라 함도, 휴머니즘이 單純히 階級 對立을 胚胎한 市民社會의 勃興期에 産出되었다는 點에서 貶却하려는 意圖의 發露로밖에 볼 수 없는 것이다. 휴머니즘은 어느 特定한 時代에 있어서 一定한 典型的 觀念 形態이라느니 보다도, 歷史的 階段에 따라서 휴머니티의 動的 把握을 잃지 않는 態度인 것이다. 前代의 휴머니즘이 人間性을 具體的으로 把握하지 못하였다고, 今日의 휴머니즘이 抽象的 人間性을 內容으로 한다는 結論이 나올 수는 없는 것이다. 오히려 人間을 社會에서 遊離식였느니, 人間性 一般을 抽象化하느니 云云함은 現代 唯物論의 支配的 世代를 意識 못하고 하는 말일 것이다.

여기에 一例로 氏들뿐만 아니라, 一般的으로 가장 信任을 주고 있는 리얼리즘을 暫見하여 보자. 韓雪野氏는 今日의 리얼리즘이 現實의 本質的 法則에 依據한 것이며, 抽象的이 아니라 具體的인 人間性을 把握할 수 있음을 認定한다. 그러면 이 리얼리즘은 처음부터 唯物論的이며, 現實의 本質的 法則에 依據한 것이었을가?

우리는 藝術上의 리얼리스트의 嚆矢를 또한 ○○○ 巨匠들에게서 차질 수 있으니, 卽 抽象的, 神學的 ○○○ ○○되고, 近代的 自然科學的 世界觀의 發生함에 ○○○ ○○○○ 말로 等의 부르주아 리얼리즘이 그것이다. ○○○ 이에는 부르주아 리얼리즘이 今日의 프로 리얼리즘에까지 ○○○○ 에는 氏도 認定하듯이, 實로 唯物辨證法的 世界觀을 基礎로 하지 않으면 아니 되었다. 오히려 哲學上의 리얼리즘이란 한 개의 實在論이며 中間 哲學으로서, 唯物論의 ○○○○○ 觀念論인 것이다. 方法論上의 리얼리즘도 唯物論과 ○○도 아니요, 또한 唯物論과 同一視할 것도 아닌 것이다. 唯物論의 基礎 우에 適用하면 唯物論的으로 되고, 觀念論의 基礎 우에 適用하면 觀念論的으로 되는 것이다. 그러므로 今日의 리얼리즘은 確固한 唯物論的 世界觀을 基礎로 하여서만이 可能한 것이다. 卽, 世界觀과 方法의 連結 問題로 볼 제 方法의 問題를 世界觀의 問題에 還元시킴이 誤謬인 同時에, 方法 問題를 世界觀의 問題에서 機械的으로 分離시키는 것도 誤謬인 것이다.

同樣으로 휴머니즘을 어떤 思想 原理나 世界觀으로서가 아니라, 한 個의 態度로 볼 제, 文學에 있어서의 휴머니즘이 唯物論的 世界觀과 結合할 수 없는 것이 아니다. 勿論 文學에 있어서의 現代 휴머니즘의 意義는 社會的, 現實的 ○○과 不可分的으로 關聯되어 있다. 今日과 같은 惡 時代가 文學에게 미치는 破壞 作用—卽, 政治的 雰圍氣에서 離脫된 人間의 瑣末的, 平凡的인 欲情과 性格의 乾燥한 描寫가 아니라, 참으로 人間의 苦惱외 愉悅을 그리고, 人間의 價値를 發見하고, 人間 感情을 傳達하는 文學이 全人間을 卑俗化시키고, 人間의 精神과 情熱의 自由로운 發露를 阻害하는 偏狹한 政治에 依하여 破壞되고 歪曲될 제, 휴머니즘 文學은 이 같은 適切한 人間的 欲求에 基底를 둔 것이다.

事實 이 휴머니티의 正當한 把握과 擁護는 近代 唯物論의 힘 없이는 保證할 수 없으며, 他方 今日의 唯物論의 發展은 휴머니티를 自己의 課題로 取扱하지 않으면 아니 될 階段에 處하여 잇다. 여기에 있어 今日의 휴머니즘의 唯物論的 世界觀에 依하여 똑바른 눈(眼)을 갖이고 나갈 수 있는 것이다. 그러나 이것은 韓雪野氏에게는 絶對 容納할 수 없는 文句일 것이다. 氏는 "空想主義보다도 더 危險한 것은 휴머니즘 思想에 唯物論的 假裝을 잎이는 似而非 唯物이다. 卽, 今日의 휴머니즘은 前代의 그것과 달라서 現實的인

實踐的 根據 우에 再建할 수 있다고 生覺하는 觀念的 唯物論이라"고 警告를 發하였으며, "今日의 휴머니즘이 그 根底로부터 唯物論으로 再編成되고, 또 될 수 있다면, 그것은 벌써 휴머니즘으로 불러질 것이 아니라, 오늘의 리얼리즘으로 불러지는 것이 마땅할 것이라"고 한다. 우리는 氏의 無智와 偏執으로 一貫된 獨斷論에 또 다시 加筆할 것이 아니라, 다만 휴머니즘을 唯物論의 土臺 우에 세워서 그 危險을 느낄 아무런 事態도 發見하지 못하며, 또한 그것을 리얼리즘과 同一視할 아무런 混亂도 겪지 못하였음을 言明하여 둘뿐이다.

소시얼리스틱 리얼리즘은 인텔리겐차와 小市民的 技術者가 勤勞者로서 精神的으로 再敎育된 소비에트의 社會的 現實 위에서 藝術的 創作 方法으로 提唱된 것이었으나, 그러나 이것이 社會的 事情을 달리 하는 이 땅의 知識人에게 受入될 제 不可避的으로 現實 認識과 意志的 行動의 統一體로서 자리를 잡지 못하고, 한갓 小市民性을 內容으로 하는 頹廢된 社會 風景 描寫에 그치고 말았다. 勿論 이러한 事態는 리얼리즘 自體의 再檢討를 要求하고 있으나, 問題의 核心은 知性과 感性의 分裂, 意識과 行動의 背馳에 萎縮된 이 땅의 知識人, 民衆의 生活에서 遊離되어 生活的 充實을 缺如한 文學人에 있는 것이다. 리얼리즘이 그들에게 맡겨지는 限, 리얼리즘의 救助될 길은 없을 것이다. 이것이 今日의 惡 時代의 所致임은 勿論이다.

여기에 分裂된 知性과 感性, 意識과 行動에 人間的 統一을 주고 虛脫될 生活을 充足시키며, 健康한 人生을 發見하고 創造하려는 것이 今日의 휴머니즘 文學이다. 따라서 今日의 휴머니즘은 階級의 方向과 人間性을 分離하지 않는 限, 리얼리즘의 相剋物이 아니라 오히려 그에게 豊饒性을 주는 營養素일 것이며, 또한 휴머니티를 發揚시키려는 文化的인 點에서 리얼리즘 自體와는 區別될 것이다.

이같이 보아올 제 玄民氏가 리얼리즘의 差異를 歷史的 必然性을 認識하고, 못함에 있다는 것은 確實히 氏의 主觀的 解釋에 不過하다. 今日의 휴머니즘이 歷史와 人間性을 歷史的, 必然的인 새로운 方向과 價値로서 表現하고 있음은 가리지 못할 事實이다.

一步 나아가서 리얼리즘만이 아니라, 맑시즘도 한갓 안티 휴머니즘일 수는 없는 것이다. 맑시즘 內部에서도 휴머니티를 力說할 點도 있는 것이며, 더욱이 今日의 時代的 特性을 고려할 제 그를 眞正한 意味에서 止揚시키는 任務를 버려서는 아니 될 것이다. 휴머니즘은 當初부터 思想 原理로서가 아니라, 한 個의 態度로서 出發하였다. 卽, 萎縮되어 있는 인텔리겐차의 知性을 如何히 伸張시킬가 하는 態度로서 出發하였다. 그러므로 이 휴머니즘에게 正當한 方向을 指示하여 주는 것이 直正한 科學的 思想의 任務일 것이다.

林和氏는 現代 휴머니즘을 "一時的이나마 成立시키는 것은 아즉 小市民的 立場의 殘骸를 淸算치 못하고, 個人의 視角을 通하여 今日의 現實을 觀望할 제, 人間的이라는 形式的 近似性이 그들에게 共通되기 때문이며, 이 形式的 近似性이 知識人의 몸에서 掃淸되면, 그때엔 一 파시스트, 一 커뮤니스트, 一 리버럴리스트일 따름이라."는 것이다. 勿論 우리는 勞働者에게 휴머니스트가 되라고 하는 것도 아니며, 커뮤니즘에의 接近을 完成한 知識人에게 휴머니즘을 鼓吹하려는 것도 아니다. 오직 叙上에서 말한 바와 같이, 負傷된 知識人—그것이 自體의 小市民性 때문이었든, 客觀的 情勢 때문이었든—의 問題로 提起된 것이다.

確實히 이 땅의 知識人은 社會的 運動에서 敗北하였으며, 生活上 充實을 喪失하였다. 우리는 우리 自身을 그 中의 一員으로 認定하지 않을 수 없다. 이것은 責任 廻避가 아니라, 도로혀 그 反對이다. 이것을 林和氏와 같이 自己의 問題로 보지 아니 하고, 한갓 高處에서 裁斷하려 함은 重荷에서 逃避하려는 것밖에 못되는 것이다. 勿論 모든 知識人이 모두 優秀한 選良만이었든들 林和氏의 勞를 덜었을 뿐만 아니라, 歷史의 推進을 빨리 시켰을지도 몰을 것이다. 그러나 우리는 눈앞에 산 事實을 外面할 수는 없는 것이다.

우리 知識人은 自身의 地位의 脆弱과 知性 外에 아무런 武器도 갖이지 못함을 十分 認識하고 있다. 그러므로 이 瞬間에 있어서 自己의 知性을 어떻게 어느 方向으로 行使하여야 할 것인가, 人間을 어느 方面에서 끄집어내어 어떤 方角으로 가게 할 것인가를 當然히 問題삼어야 할 것이다. 이것이 今日의 휴머니즘이요, 本質에 있어서 우리 知識人의 行爲 規定이요, 또한 創作 方法인 것이다. 勿論 이 課題는 自己의 知性을 必要的인 歷史的 動向에 合流시키는 데서만이 遂行되어야 할 것이다. 이 같이 인텔리겐차임으로 가질 수 있는, 勞働者와는 다른—그러나 方向을 같이 하는 要求와 熱意로써 휴머니즘을 내걸 제, 自己의 役割과 歷史的 限界를 認識한 今日의 휴머니즘을 拒否할 아무런 理由도 없을 것이다.

5

그러나 우리가 이 같은 휴머니즘을 眞正한 意味에서 迎合하려 할 제, 그가 뿌리박고 이러슬 地盤—卽, 朝鮮의 現實을 떠나서 生覺할 수 없는 것이다. 一般的으로 生活과 文化가 世界的으로 交流되고 있는 今日에 있어서는 地域的 特殊性이 減少되었다 할지라도, 어떠한 思潮를 勿論하고 一定한 民族的, 歷史的 傳統과 特殊한 社會的 條件에 制約되어서 受容되는 것이니, 이 現實을 無視하여서는 아니 될 것이다.(이 點 玄民氏의 글뿐 아니라, 同 氏의 「四. 지드旅行記」에 關한 李寧默氏의 批判文도 朝鮮의 現實 우에서 論議를 展開하여 주었든들, 얼마나 生新하고 效果的이었을가—지드는 朝鮮의 文學人 乃至 知識人에게 無關한 사람이 아니었으니.)

以上에 나는 朝鮮의 現實을 念頭에 두고 論議를 進行시켜 온 것이 事實이나, 휴머니즘의 具體的 展開는—그를 迎合하든, 또는 拒否하든—朝鮮의 土壤 우에서만이 遂行되어야 할 것이다. 林和氏와 같이 現實에서 背立하고, 韓雪野氏와 같이 槪念의 世界에서만 彷徨한다면, 한갓 觀念의 遊戲에 그칠

뿐이요, 얻는 것은 아무 것도 없을 것이다.

東洋的인 것과 파쇼的인 것이 結合되어 억센 逆流를 이루고 있으며, 近代的 唯物論은 그의 발판을 잃고 있는 等, 그것이 直接 基因이 되어 思想, 文化 領域에 일으키고 있는 混流―正히 朝鮮에서만 볼 수 있는 性格的인 一聯의 事態가 科學的으로 批判되고 具體的으로 討究된다면, 이 땅의 인텔리겐차의 거러갈 길도 鮮明하여질 것이며, 今日의 휴머니즘도 無關한 것은 아닐 것이다. 또한 어느 民族보다도 貧寒한 文化的 遺産을 代물림 바든 그들에게는 今日의 휴머니즘 속에 如何히 하여 그들의 知性을 豊饒케 하며, 文化的 創造를 可能케 할가를 發見할 수 있을 것이다. 그럼으로 今日의 휴머니즘은 이 땅의 知識人에게는 知的 活動의 歷史의 必然的 運動 方向에 關聯한 批判的 自己 認識의 問題로 굿게 連結되는 것이다.

휴머니즘이 獨逸에 있어서 나치스 工作과 合流되고, 日本 內地에 있어서 モノノアワレ에 歸依되었다 하드래도, 우리의 知性을 動搖식힐 것은 못되는 것이다. 韓雪野氏는 어느 部分的 現象만을 보고, 日本 乃至의 文壇은 朝鮮 文壇보다도 더 조치 못한 傾向이 깁허 간다고 하여 그 混亂을 輕蔑視하였으나, 우리는 恒常 全體性에서 本質的 傾向을 看破하지 않으면 아니 될 것이다. 여기에 參考로 東京의 어떤 學朋으로부터 온 書翰文의 一節을 摘發하고저 한다.(―C여 이 僭越을 寬容하라.)

"君! 눈을 감고 朝鮮의 누구누구 個人이 아니라, 全體를 包括하여 본 知識 社會가 어느 곳을 向하여 걸고 있는 것 같으며―勿論 直線은 아니지만, 不斷한 摩擦 가운데에서―그것을 움지기는 主體는 朝鮮의 現實의 어느 生活面을 部分的으로 本質的으로 反映하고 行爲하고 있는가를 生覺하여 보아라. 어떠한 事物을 浮塑的으로 觀察하는 데는 對比가 늘 좋은 方法을 提供한다. 그 交流에 잇어서, 影響에 있어서 朝鮮과 가장 緊密하게 얼키고 있는 東京의 知識 社會를 나 혼자 槪觀할 제 無數한 中間的 浮動層은 姑捨하고, 多少間이라도 自己의 立場을 意識的으로 固定식히고, 그 우에서 一切

問題를 吟味하려는 두 갈래가 있는 것 같다.

所謂 文壇의 中心 勢力을 이루고 있는 中堅作家, 評論家, 轉向文學者들은 自由主義的 文化 意識을 土臺로 하여 ‘日本的’ 角度에서 受用하고 探索하는 流派이며, 他方은 所謂 局外 評論家 乃至 前 左翼 文人, 特殊的으로는 自然科學者들에 依하여 代表되는 ‘歷史意識’을 特徵으로 하는 生活과 그의 흘음(流)을 쪼차서 問題를 提起하고 批判하는 流派이다. 서로 積極的 正面 衝突은 避하여 딴 世界를 形成하고 있으면서도 誼조케 對坐하지만, 前者는 더욱더욱 自己의 눈을 ‘以前’으로 向하게 하며, 따라서 現實의 問題는 自己의 主觀에 依하여 緩和할 수 있다고 보며, 後者는 一種의 啓蒙家 아지프로퍼시스트를 自期하는 것 같다.

混沌하고 複雜한 相을 나타내고 있으면서도, 比較的 뚜렷한 意識的 두 陣營이 形成되고 있는 것은 이 나라의 文化의 高度化한 象徵이며, 남의 것을 바더드리고 내 것을 찾는 데도 二者 다 傳統的 遺産을 確實히 自己 內에 가지고 있는 것이다. 그것의 豪華面을 보이지 못함은 時勢의 탓이라 할 것이다.”

나는 이 學朋의 一文이 우리 知識人에게 주는 示唆는 적지 안타고 본다. 卽, 어떤 한 個의 潮流를 노코 보드래도, 그것이 그 自體로서 갖는 歷史的 意義며 妥當한 限界를 아러보려고도 아니 하며, 또 그것이 이 땅의 土壤 우에 어떻게 成育식힐가 하는 關聯性은 캐보지도 않고, 함부로 迎合하며 함부로 拒否하는 우리네 幼稚한 知識人들의 크게 反省하여야 할 點이라고 본다. 今日의 휴머니즘 論議도 새로운 立場과 眞摯한 態度만이 참다운 發展을 保證할 것이다.

— 『비판』, 1937. 7.

文壇 時語

文壇 縮圖

"우리 文藝 評論의 現狀을 보건대, 말만이 함부로 喧騷하여 實이 없고, 核心을 떠나서 瑣末에 빠지며, 創見을 버리고 追從을 일삼아 何等의 卓見도 없고, 鷹陽도 없어 指導 精神은 泥濘에 遺棄된지 오래이다. 이 같은 畸形的, 跛行的 文壇 現象은 澎湃하게 움트고 있는 作品主義의 成果까지도 將次 枯滅시키고 말 것이 分明하다. 하루速히 汚泥의 땅은 更新되어야 하며, 確固한 文學 理論의 顯揚은 期待되어야 할 것이다. 그리하야 正히 小說의 明日에의 進展을 造成시킬 理論의 設定은 우리들의 새로운 義務이며 努力이 아닐 수 없다."

이것은 日本 內地의 어떤 文藝誌의 文藝 評論 募集의 冒頭文이다. 그러나 그 剔抉되고 叫求되는 것이 正히 우리 文壇의 現狀에 비추어 凱切한 바가 있다고 生覺한 것은, 나 一 個人에 그치지는 아니 할 것이다.

大體에 있어서 自己가 自己의 거울(鏡)을 갖는다는 것은 如干 어려운 일이 아니다. 不幸히도 우리는 우리 文壇의 거울을 가저보지 못한 채로 있다. 그러나 어렴푸시나마 우리 自身의 文壇的 姿勢를 머리에 그려본다면, 冒頭의 小論이 決코 남의 일이라고는 생각되지 않을 것이다. 우리의 蕪雜한

文壇 現狀은 오히려 六歲兒의 손으로 移植된 花壇을 彷佛케 하며, 그것이나마 心術구진 豚兒떼의게 짓밟힐대로 짓밟힌 나머지의 狼藉한 花壇 그대로가 아니냐.

우리는 무엇을 하여 왔으며, 또한 무엇을 할 수 있었든가. 우리도 남들의게 못하지 않게 말만은 떠들대로 떠들어 왔다. 曰 휴머니즘, 曰 리얼리즘, 曰 文學과 民族, 曰 文學의 民衆化, 曰 評論家와 作家.

그러나 우리의 收穫은 무엇이었든가. 한 가지나마 結實을 남겨주고 간 것이 있었든가. 나는 아모 躊躇함이 없이 叙上의 모든 問題는 文壇의 末梢神經的 感覺 以上으로 感受되지 못하였으며, 저널리즘의 深度 以上으로 涉獵되지 못하였다고 말할 수 있다.

다만 最後의 '評論家와 作家' 問題를 싸고도는 論爭만은 아마도 朝鮮的인 現實을 反映한 問題인가 한다. 옛부터 가난한 집에 夫婦싸움이 자지다는 말이 있다. 가난이 든 朝鮮 文壇에 있어서 文壇 不振의 責任을 作家와 評論家 사이에 서로 轉嫁하려는 口論은 보는 者로 하여금, 嚬蹙을 사느니보다도 慨嘆의 情을 禁할 수 없게 한다.

文學은 社會의 거울(鏡)이란 말이 있다. 더욱이 小說은 그러하다. 그러나 朝鮮의 小說은 不幸히도 그 같은 役割과는 因緣이 멀다. 그것은 너무도 좁은 枠框에 끼인 적은 거울이라, 朝鮮 社會의 姿態는 드러가지 않는 모양이다. 矛盾에 넘친 社會의 現實과 大衆의 움직임은 조곰도 反映되어 있지 않다. 겨우 婦人 핸드백 속에 든 手鏡 같은 것에 極히 瑣末的, 非本質的 部分品이 反映되어 있다고나 할가. 이 같은 始末로서는 朝鮮의 作家들이 評論家를 相對로 赫怒를 산다 하여도, 嗤笑밖에 살 것이 없는 것이다.

作家가 現實을 創作에까지 끄러올니려는 責務를 가졌다면, 評論家는 마땅이 그 創作을 다시금 現實에까지 끄러내리여서 論評할 責務를 갖는 것이다. 그러나 朝鮮의 評論家는 너무도 小 主觀的이다. 한 個의 公式을 가지고도 自己의 小 主觀으로 뜨더 마추려는 傾向을 가지고 있다. 그것은 곧 그

評論家의게 確乎한 科學的 시스템이 없다는 것을 意味한다. 그들은 客觀的 批評 基準이 重要하다는 것은 알고 있다. 그러나 그의 正確한 運用은 科學的 方法論과 明確한 世界觀, 卽 體系 선 科學的 理論에 依하야 비로소 遂行할 수 있다는 것을 몰으고 있다. 朝鮮의 作家는 좀더 社會를 배워야 하며, 朝鮮의 評論家는 좀더 體系진 學問(哲學)을 배워야 할 것이다.

휴머니즘 問題의 論議 過程

昨年 歲末來 우리 文壇 뿐만 아니라, 널니 思想 文化界의 한 課題로 나타난 휴머니즘 問題—그것은 발서 一年 가까운 時日을 經由하였으며, 數十으로 計上할 수 있는 文化人 諸氏의 입(口)과 펜을 閱歷하여 왔다. 그러고도 오히려 이렇다 할 成果를 載來하지 못함은 휴머니즘 問題 自體에 그 虛妄性이 있다고도 볼 수 있겠으나, 우리는 그 責을 마땅이 그 問題에 添涉하였든 者 乃至 一般 思想 文化人의게 물어야 할 것이다.

우리는 휴머니즘을 迎合하여야 할 것이라고도 하였으며, 또한 排斥할 것이라고도 하였다. 惑은 휴머니즘을 이렇게 限定하여야 하느니, 저렇게 限定하여야 하느니, 또는 그것을 높이 評價하여야 할 것이라느니, 헐게 評價하여야 할 것이라느니 떠들대로 떠들었다. 그 結果 一部에서 휴머니즘의 迷妄이니, 失踪이니라고까지 말하는 今日의 混亂 狀態를 빚어내었다.

그러나 누가 무어라 하여도 萬一 휴머니즘 自體에 조금이라도 眞實性이 있고, 우리의 土壤에 現實性이 있다면 結局은 이 땅에 뿌리를 박고 이러스고야 말 것이다. 卽, 우리의 現實 生活에 따라서 作品 實踐에 그 피가 오르고 내리게 될 것이다.

그러므로 우리는 今日의 휴머니즘의 歸趨에 對하야는 그다지 懸念할 것이 없는 줄 안다. 오히려 우리의 注意는 이제까지의 휴머니즘 問題를 싸고도는 論議 過程, 그 自體에 集中시켰으면 한다.

휴머니즘이 새로운 意味를 가지고 우리의 耳朶를 두드린 것은 巴里 國際 作家大會 爾來의 일이다. 世界 어느 나라를 不拘하고, 조곰이라도 思想 文化에 關心을 갖는 知識人이라면 누구나 同 作家大會의 動向 及 佛蘭西 휴머니스트들의 새로운 躍進에 刮目的 注視를 하여 왔을 것이다. 況且 歷史 的, 進步的 立場에 슨 思想 文化人들은 보다 깊은 關心을 기우렸든 것은 再言할 必要조차 업다.

그럼에도 不拘하고 우리의게 있어서는 휴머니즘 問題를 對案의 불(火)로 볼 수 없어, 누구보다도 먼저 손을 내밀어 끄러드린 것은 進步的 立場을 標榜하는 사람 쪽에서보다도, 오히려 그 反對의 立場에 선 사람에 依하여 紹介되고 提唱되는 奇觀을 뭇하엿다.(勿論 그들 自身에 있어서는 휴머니즘 가운데 自身의 轉落을 掩蔽하려는 救護所로서의 意義를 發見한 것이지만) 여기에 휴머니즘이 질머지고 나온 今日의 混亂의 原因이 있다. 卽, 그들의 손으로 紹介되고 提唱된 휴머니즘은 今日 西歐에서 昂揚되고 있는 휴머니 즘과는 全혀 變質된 捏造品이었다. 白鐵氏 及 金午星氏의 휴머니즘論은 人間學을 中心으로 傳統 朝鮮을 찾고 朝鮮的인 것을 내세웠다. 그때에 비로 소 進步的 立場에 선 휴머니즘이 論議되고, 前記 兩氏에 對한 一齊 射擊이 準備되었다.(그것은 主로 林和氏 及 韓雪野氏에 依하여 遂行되었다.) 그것 은 正當한 攻擊이였으며, 또한 敵의 本質을 餘地없이 追及하고도 남았었다.

그러나 不幸한 일은 白鐵氏 及 金午星氏와 함께 휴머니즘 自體까지도 埋葬될 厄運에 빠진 것이다. 휴머니즘은 確實히 迷路를 헤매였다. 여기에 筆者는 휴머니즘을 모든 先入見과 歪曲에서 건지고저 眞正한 意味에서의 휴머니즘의 擁護를 主張하였다.(本誌 前月號 及 『中央日報』 參照) 여기에 있어서 휴머니즘 論議는 새로운 階段에 一步를 내드듸였다고 할 것이다. 爾來 휴머니즘 論者 사이에 휴머니즘을 現實的으로 成育시키려는 肯定的 機運이 짓터 감은(韓植氏 等) 반가운 現象이라고 아니 할 수 업다.

여기에서 暫間 이제까지의 휴머니즘 論議의 發展 過程을 考察하여 볼 제, 우리는 最初에 있어서 白鐵氏나 金午星氏의게 ‘先手’를 빼앗겼다는 커다른 過誤를 指摘하지 안을 수 업다.

적어도 文化의 前線에 선 進步的 文化人으로서 歷史的으로나 社會的으로나 科學的 明眼을 갖인 者라면, 마땅이 휴머니즘 問題에 있어서도 機先을 빼앗기지 않고, 누구보다도 먼저 그에 對한 正當한 科學的 解明을 내려야 할 것이다. 萬一 그 같은 時宜의 工作이 있었든들 今日과 같은 論議 過程의 混亂은 逢着치 않았을 것이다. 이것은 우리의게 있어서 뿐만 아니라, 日本 內地에 있어서 휴머니즘 論議 過程을 보아도 亦然한 點이 있다고 본다. 唯硏을 中心으로 戶坂潤, 圖邦雄, 其他 進步的 評論家들은 마땅이 日本 浪漫派를 中心으로 林房雄, 龜井勝一郎 等이 ‘日本的인 것’과 ‘モノノアワレ’를 떠들고 나오기 前에, 佛蘭西에 있어서의 휴머니즘의 進步性과 日本 內地에 있어서 그의 現實性 等에 對한 科學的 解明을 하여야 할 것이다. 그 後 이어서 論議된 ‘文學과 民族의 問題’에 있어서도 亦然한 바 있다. 어느 것에서나 機先을 빼낀 그들은 겨우 歪曲된 휴머니즘과 民族 問題를 匡正하기에 汲汲하고 말지 않았든가.

어느 때나 科學的, 進步的 頭腦의 所有者는 當面 當面의 瞬間에 있어서 現象에의 追隨가 아니라, 問題의 提出과 把握에 있어서 指導性을 일치 마러야 할 것은 再言할 必要가 없다. 더욱이 우리 文學人은 걸핏하면 文壇的 洞窟에 파무처 모든 事物의 認識에 있어 近視와 偏執에 빠지기 쉬움으로 널니 文化的, 社會的 觀點을 잊어서는 아니 될 것이다.

이 같이 보아올 제, 今番 휴머니즘의 論議 過程에서 주는 敎訓은 적지 않다고 할 것이다.

리얼리즘과 告發의 精神

文壇 主流論을 쌓고 도는 論爭 가운데에서 다시금 리얼리즘이 前面에

나오게 된 것은 確實히 반가운 現狀의 하나이다. 그러나 果然 今日의 現狀은 一部에서 리얼리즘의 世代이니, 樂觀的 리얼리즘이니 떠외칠만큼 리얼리즘 自體에 있어서 文字 그대로 樂觀的이며 勝利를 意味하는 世代이라고 할 수 있을까.

元來 文學이 黨派性을 갖어야 하며, 文學의 唯一의 거러갈 길은 소시얼리스틱 리얼리즘이라는 것은 어제오늘 解明된 理論的 課題가 아니다. 그것은 이미 움지길 수 없는 文學的 眞實로써 世界的으로 普遍化하여 온 課題이다.

그러나 이 몇 해 동안의 우리의 社會的, 政治的 雰圍氣는 그 課題의 實踐을 퍽이나 困難케 하였다. 作家의 生活은 民衆의 生活과 隔離되어 充實性을 缺如하고, 따라서 題材와 테마도 結局은 生活的으로 限定되어 大部分이 小市民的인 것을 免하지 못하고 잇다.

이 같은 生活的 限定은 文學者에 있어서 觀念上의 말만으로의 限定보다도, 몇 해나 基礎的인 限定인 것이다. 이 事實을 不問에 부처서 좋을 것인가. 더욱이 文學上의 참다운 作品이란 創作이거나 評論이거나를 莫論하고, 生活을 떠나서는 아무런 創造性도 갖일 수 없는 것이 아닌가.

여기에 우리는 金龍濟氏의 이른바 리얼리즘이 얼마나 觀念的인 것이며, 非現實(生活)的인가를 窺知할 수 있는 것이다. 嚴興燮氏 作品 「길」이나 「젓」에서, 다시 李箕永氏 作品 「麥秋」와 「産母」에서 참다운 리얼리즘 文學을 發見하엿다고 할 제, 우리는 리얼리즘을 憧憬하는 氏의 童心이 貴엽기는 하지만, 一方 그 輕率하고 盲目的인 點에 놀라지 않을 수 업다.

우리는 리얼리즘 文學을 云謂할 제, 金南天氏의 '告發의 精神'을 빠출 수 없다. 氏의 該 論文은 最近의 우리 評壇에서 드물게 보는 무게있는 評論이라고 生覺한 것은 筆者 一 個人만이 아닐 것이다.

그것이 한 個의 主張이요, 創造이였다는 點에서도 飜案과 追從을 是事하는 우리 文壇의 傾向으로 보아 한 異彩이였음에도 틀림없으나, 氏가 一步 나가서 作品의 實踐에까지 손을 댔다고 볼 제(氏의 創作 「妻를 때리고」

等) 그 意氣에만이라도 十分 敬意를 表하여야 하리라고 본다.

氏에 依하면 告發의 精神은 리얼리즘 精神의 한 發露로서 우리가 살고 있는 이 땅, 이 時代에 있어서 가장 切實히 要求되는 新創作 理論으로 規定되고 있다. 卽,

"우리가 新 創作 理論을 가저다가 告發의 文學으로 具體化할려는 것도, 實로 社會主義의 一般化된 抽象에서 出發할려는 것을 拒否하고, 우리가 살고 있는 이 땅, 이 時代의 現實 속에서 出發할려는 리얼리스트 固有의 性格에 依함이 不外하다. 우리는 爲先 外地와 이 땅의 文學의 社會的 機能과 任務의 差異를 具體性에 있어서 把握하려고 한다. 勿論 世界史的 任務를 忘却한 特殊한 一 地域의 個別 機能이란 生覺할 수 없다. 그러나 어떤 나라에 있어서는 建設의 歡喜가 있는지 모르나, 어떤 곳의 現實에는 樂觀과 歡喜를 눌르고, 무엇보다 時代의 雲霧가 가득히 끼어 있는 것이 事實이다. 이 時代的 雲霧는 여러 가지 特別한 生活을 營爲시키고 있고, 各種의 人間的 典型을 맨들어 내고 있다. 이러한 곳에 있어서는 리얼리스트의 徹底한 模寫 反映은 告發이 되지 않을 수 없다. 時代的 雲霧를 典型的인 情況과 人物의 設定으로 描破하고, 그의 徹底한 模寫 反映을 企圖하는 文學은 時代的 雲霧 그 自體를 峻嚴하게 告發한 文學이 되지 않을 수 없다."

이 一文에서 氏가 무엇을 意圖하고 있는가는 窺知하기 어렵지 않다. 그러나 이 땅, 이 時代에 있어서는 리얼리즘의 길이 告發의 文學이 되어야 한다는 論理的 發展은 極히 模糊함을 免하지 못하였으며, 더욱이 '告發'이라는 낮서른 語句는 우리의게 적지 않은 疑惑을 사게 한다. 氏의 말대로 告發과 暴露와는 一應 區別한다 하드래도, 氏의 論旨로 보아 告發의 精神이란 結局 批判的 精神에 不過하며, 오히려 含蓄 많은 批判的 精神에 包攝될 性質의 것이 아닌가 한다.

勿論 '告發'이란 語句에는 生新한 氣分이 없는 것은 아니다. 더욱이 하이네의 詩에 太陽을 '告發'이라는 形容詞로 修飾함을 볼 제, 그 意義를 過少評

價할 수는 없다. 그러나 우리는 科學的 精神의 昻揚에 따라 近代史에 남긴 批判的 精神의 巨大한 足跡을 考慮할 제, 구태여 批判이란 말을 버리고 '告發'이란 말을 取擇할 必要는 없으리라고 본다.

— 『비판』, 1937. 9.

文學의 再認識
― 創作 方法論의 現實的 局面

　요지음 우리 문단에 새로운 소리가 들니고 잇다. 曰 새로운 '創作 方法論'
과 새로운 '文學的 探究'.

　이제까지 '混沌'과 '沈滯'에 허덕거리든 우리 文壇은 이제 새로운 出發을
爲하야 다시금 그곳에 血路를 찻기 始作한 것이다. 그러나 우리의 注目을
끄러마지 안는 것은 이 '새로운 創作 方法論'과 '새로운 文學的 探究'의
소리가 서로 對峙되고 잇는 雙方의 陣營에서 約束이나 한 것처럼 一齊히
외치고 나왓다는 事實이다.

　이제까지 그들은 다가티 우리 文壇의 '沈滯'와 '昏迷'를 說及하면서, 그
原因의 溯及에 잇어서도 '客觀的 現實'이란 重壓 아래 制約되여 잇다는
外的 事情을 論外에 두고 文壇 內部에서 糾明할 제, 그 罪過가 過去 '政治主
義'의 誤謬에 휩쓸녀 드러갓든 階級文學, 이여서는 리얼리즘 文學 自體에
잇다는 등(白鐵氏 及 朴英熙氏), 그와 反對로 도로혀 階級文學人들의 '思想
性의 低下'와 '卑俗한 리얼리즘에의 逸脫'에 있다는 등,(金南天氏) 또한
리얼리스트들의 '主觀的 自覺性을 缺如한 消極性'에 있다는 등,(金龍濟氏)
서로 對立된 論調이나마 各自의 立場에서 文壇 不振의 原因을 摘發하여

왓섯다.

그러던 곳테 새로운 創作 方法이 나오고, 새로운 文學的 探究가 叫呼되엇 다는 것은, 確實히 우리 文壇에 잇서서 一端의 發見을 齎來할 氣運이라고 할 것이며, 그러한 意味에서 慶賀할 現象이라고 할 것이다.

그러나 그들에 依하야 提示된 創作 方法論이나 文學的 探究는 勿論 共通 된 어떤 方向에 統一된 것은 아니엇다. 그것은 依然히 두 가지 갈내로 分岐된 채, 極히 懸隔된 距離에서 論議되고 잇스며, 새로운 '創作 方法'이니 '文學 的 探究'니 하는 것은 오히려 純然한 形式的 一致에 지나지 안는 것이라고 할 것이다.

따라서 이제 와서 그들의 論議가 다시금 論爭을 通하야 統一된 어떤 方向을 가지라는 것은 적어도 無謀한 生覺이라 할 것이다.

白鐵氏의 '人間 探究論'은 三年이 되어도 不動의 姿勢를 取하고 잇스며, '寫實主義 文學'은 數十의 作家와 評價를 歷訪하여 왓어도, 依然히 滿足을 끌고 잇지 안는가! 客觀的 意識이 脫落된 그들에 잇서서는 他說을 聽許할 만한 雅量과 餘裕도 업스며, 오직 論理를 超越한 主觀만이 强調되고 잇는 것이다.

더욱이 그 한 쪽을 代表하고 잇는 朴英熙氏라든가, 白鐵氏에 잇어서는 무엇보다도 '거센 現實의 물결'에 怯儒를 늦기여 戰慄하고 잇는 만큼, 그들 의 討論은 모도가 로고스를 떠난 파토스로서 一種의 保身的 衛生 論文에 지나지 안는 것이다. 따라서 그들의 理論的 弱點을 追及한다면, 結局 거기에 는 그들이 人間으로서 갓는 弱點 以外에 나올 것이 업는 것이다.

"上層 階級과 下層 階級 사이에 中間 階級을 設定하고, 事齊事楚를 論議 하고 잇는, 白鐵氏의 唯物論에도 肯定치 못할 무엇이 잇고, 唯心論에도 滿足한 解答이 업다."고 하야, "社會의 變遷과 發展은 生活 範圍의 高低를 意味할 수는 잇스되, 生活 本體의 變質을 意味할 수는 업스며, 人間의 生活 形態는 變移를 일으키되, 人間의 本質은 아모 變化도 밧지 안는다."고 하는

朴英熙氏에게 무슨 理論과 講座가 必要할 것인가!

文學에 잇어서 倫理를 稱誦하는 白鐵氏는 文學的 精神은 '倫理'에 잇으며, '旣知旣明的인 것에 對한 叛逆을 敢行하는 것이라'는 命題를 내걸고, 現代의 모든 創作 方法 問題는 우리들의 創造가 아니고 他人의 것이므로, 機械的으로 信賴하기 前에 懷疑를 提出하고 스스로 自己 矛盾을 發見함으로써, 한 번은 反省 苦悶의 時期를 가지라고 命令한다. 참으로 무서운 號令이다. 그러기에 氏는 오늘의 휴머니즘에 五色이 朦朧한 漠然性, 無規定性의 帳幕을 내리어 近代 科學的 思想에서의 離脫 工作을 進行시키고, 白文化 不咸文化의 북소리에 風流 人間을 읍조리며, 政治를 버서난 文化 王國의 長城을 싸고서 倫理의 道學을 宣布하는 三段跳躍式 發展을 敢行하엿든가? 도로혀 氏의 命題는 휴머니즘을 一切의 社會的 關係―政治, 經濟―와 絶緣시키어 文化―文學的 立場에서 規定함으로써, 自己欺滿的인 文化上의 特權 階級을 꿈꾸는 인텔리겐차의 再興과 文化主義의 創造를 爲한 白鐵氏 自身의 '懷疑'와 '苦悶'의 合理化가 아니엇든가! 如何間 그 갓흔 持論이 氏의 참다운 文學的 精神에서 우러나온 것이 아니라, '거센 現實' 압헤 萎縮되고 現在 自己를 맵게 매질하는 科學的 認識과 論理를 無視하고 貶却하려는 遁辭라고 할 제, 우리는 氏 自身에 對한 憐憫 外에 아무 것도 자아낼 것이 업는 것이다.

―(1) 『조선일보』, 1937. 11. 9

朴英熙氏 또한 '懷疑'와 '不安'의 論 中에서 '人間의 本質', '生活의 本質', '道德의 본질', '文學의 본질'을 찾는다 하야, 가장 基本 問題로 "哲學的 槪念―卽, 辨證法的 變遷에 關한 槪念을 淸算하라"고 웨치고 잇다. "모든 것은 變移하나, 그것은 外面的 形式에 不過하며, 人間의 本質, 生活의 本質, 文學의 本質은 不變한다는 것이다." 우리는 이 가튼 偉大(!)한 哲學을 압헤 노코, 그것을 創造할 수 잇는 氏에게 福이라 할 것인가, 오히려 그것을 活字化할 수 잇는 現代 文化의 禍라고 할 것인가. '懷疑'와 '不安'을 늣기는

者, 決코 나 一 個人에게 그치지 안흘 것이다.

要컨대 그들은 究竟에 잇어서 唯物論과 觀念論의 迷妄을 건저준다고 이 땅의 哲學界를 混亂시키고 잇는 金基錫氏의 折衷主義 哲學—文化主義의 哲學的 存在인 '存在論'에 學的 根據를 찻고야 말 것이며,(金午星氏에 依하야 벌서 架橋가 노인 듯하다.) 東京 文壇의 林邦雄, 小林秀雄, 더 나아가서는 앙드레 지드에 있어서 그들의 最大의 師匠을 求할 수 잇을 것이며, 또한 그들이 짓거리는 날까지는 우리의 善良(!)한 白鐵氏 等도 짓거리게 될 것이다. 따라서 그들과 理論을 展開하는 愚人이 어느 程度의 것이라는 것은 지드와 로망 롤랑과의 與受, 갓갑게는 『讀賣』紙上에 揭載된 林邦雄과 葛見順의 論駁을 읽은 讀者에게는 觀察하기 어렵지 안흔 것이다.

그럼으로 우리들은 어느 때까지나 그들을 追窮하야 그들과 對等的 地位에서 論爭을 展開한다는 것은, 俗談에 '칼로 물 베기'의 反復이라고 할 것이다. 차라리 우리는 그들의게 갈 곳까지 가라는 態度로서, 우리의 雅量과 襟度를 보일 것이다.

여기에 우리의 論議는 必然的으로 다른 一面에서 提議되고 잇는 創作 方法論과 文學的 探究에로 向하지 안흘 수 업다. 그것은 今春 爾來 휴머니즘이 比較的 整然한 姿勢를 取하고, 우리 文壇에 波紋을 일으킴에 따라, 主로 從來의 리얼리즘 陣營에서 論議되기 始作한 것이다.

그들은 휴머니즘을 全的으로 否定하기 爲하여서엿든, 또는 그것을 모든 '歪曲化'에서 救出하야 이 땅에다 살니기 爲하여서엿든, 휴머니즘 問題를 直接 契機로 하야 다시금 創作 方法 問題, 나아가서는 널니 文學的 探究 問題를 議題에 올니고 眞摯히 討究하엿든 것이다. 金南天氏의 '告發의 精神'을 비롯하야 金龍濟氏의 '發展的 리얼리즘論', 韓植氏의 '文學 大衆化論', 韓曉氏의 '創作 方法에 잇서 一面的 見解의 克服', 最近에 와서 林和氏의 새로운 文學 探究를 爲한 '寫實主義의 再認識' 等, 그것은 모다 進步的 精神으로 一貫된 論議라고 할 것이다. 이 가튼 論議를 林和氏의 言及한 바와 가티, 참으로 '個個의 言句나 相對者의 部分的 弱點에 拘碍됨이 업시, 그가 根本的으로 무엇을 이야기하는가에 귀를 기우려' 眞摯히 發展시킨다면, 우리는 반다시 새로운 收穫을 期할 수 잇슬 것이다.

나는 여기에 便宜上 林和氏의 「寫實主義의 再認識」이란 一文을 中心으로, 이제까지의 우리의 成果에 若干의 補足을 試할가 한다. 그것은 該 論文이 單純히 리얼리즘의 再認識을 通하야 新方向 探究의 基本 路線을 찾고 잇다는 理解에서나, 또는 이제까지 우리 文壇을 휩쓰는 '沈滯'와 '混沌' 가운대서 再出發에 이르기까지의 錯綜한 全過程을 分析 批判하고, 하나의 基本的 方向을 차저서 綜合하고 整理하려는 努力을 보여준다는 點에서 뿐만 아니라, 내가 只今 注意를 喚起시키려는 '文學'의 再認識과 그에 附遂된 리얼리즘과 휴머니즘의 討議에 잇어서, 가장 條理를 찾기 쉬운 便宜가 잇다는 點에서이다.

林和氏는 該 論文의 冒頭에서 리얼리즘의 歷史的 優越性에 對한 信念을 披瀝한 다음, 우리 文壇을 抱腹하는 二大 傾向—觀照主義와 主觀主義를 指摘하엿다. 氏에 있서 觀照主義란 事物에 對한 觀照的 態度로부터 出發하야 現象의 水泡만을 追從하는 跛行的 리얼리즘을 가르처 한 말이며, 他方 主觀主義란 리얼리즘의 觀照的 攝取에 對한 反撥에서 出發한 것으로, 氏의 往年의 '浪漫主義'를 비롯하야 今年에 드러 論壇을 喧騷케 하는 휴머니즘과 最近의 리얼리즘 論議 가운데 나타난 金南天氏의 '告發의 文學' 等도 總括하야 命名한 말이다.

—(2) 『조선일보』, 1937. 11. 10

林和氏가 이 가튼 觀照主義를 "作家들의 새 現實에 對한 對應 態度의 反映이라"고 注目을 喚起시킨 것은 正當하다. 事實 그것은 '實踐으로부터 遊離된 反映'이며, 明白히 우리가 克服하지 안흐면 아니 될 重大한 에니미의 하나이다. 우리는 그의 克服을 爲하야는 어떠한 努力도 辭讓치 마러야 할 것이다.

　　그러나 氏에 있어서 소시얼 리얼리즘이 跛行的 리얼리즘化한 本質的 契機가 새 現實(外的 壓力)에 對한 作家들의 對應 態度에 잇다는 것을 十分 認識하엿다면, 무엇 때문에 엥겔스가 마가레트 허크네스의게 보낸 書簡文으로 떠하야 害毒을 입엇다는 失言을 하엿슬가. 氏는 世界觀과 方法論을 分離하야 作家의 世界觀과도 矛盾하면서 威力을 發揮하는 리얼리즘만을 미덧기에, 오늘의 作家들이 日常的, 身邊的 瑣末事만을 描寫하고 잇다고 생각함으로서인가. 우리는 다시 한 番 氏가 말한 '새 現實'과 '外的 壓力' 때문에 作家의 世界觀이 萎縮되고 리얼리즘이 形骸化하엿다고 力說하여야 할 것이다.

　　그러나 이러한 跛行的 리얼리즘(觀照主義)은 白鐵氏나 朴英熙氏도 侮蔑을 퍼부으며, 崔載瑞氏도 '앉은뱅이 文學'이라고 嘲笑를 하여온 것이 아닌가. 우리의 論議가 그들과 區別되는 點은, 이러니 저러니 하는 單純한 解釋에 잇는 것이 아니라, 한 거름 나가서 그것을 어떠케 變革시키고, 어떠케 克服시킬가에 잇슬 것이다.

　　林和氏는 그것이 實踐으로부터의 遊離요, 意識的인 逃避라고 하여 "우리들의 理論的 事業은 모름직이 非實踐主義를 淸算하지 안흐면 아니 되며, 指導的 批評文學史 文藝學의 再建에 잇다."고 하엿다. 아무리 하나의 提案에 그친다 할지라도, 이것만으로는 너무도 槪念的이요, 枝葉的이라는 誹謗을 免할 수 업슬 것이다. 그러나 나는 具體的 討議를 要求한다고 하야, 決코 枝葉 問題를 云謂하고저 하는 것은 아니다. 나의 論點은 차라리 다른 곳에 잇다고 할 것이다. 卽, 林和氏는 처음부터 우리 文壇을 橫行하고 잇는 跛行的 리얼리즘이 外的 條件에 由因하엿다는 것을 認定하면서도, 그것을 퍽이나 輕率히 看做하야 마치 一, 二 作家의 不德, 不實에 잇는 것 가티 取扱하는 感을 준다는 것이다. 다시 말하면 아무리 外的 條件이 거세다 하여도, '高次의 리얼리즘'에로 進出할 수 잇는데, 作家들이 意識的으로 逃避함으로써 그러케 되엿다고 생각한 것 갓다.

이 가티 高處에서 裁斷만 하려는 氏의 孤高主義는 일즉 휴머니즘 論議에서도 指彈한 바 잇섯지만, 明白히 今番 리얼리즘 論議에 잇어서도 痼疾이 되여 잇다고 할 것이다. 그러므로 氏의 눈은 어느 때나 作家의 붓끄테만 매달리여 '具體的인 歷史'라든가, '現實的인 生活'이라는 넓은 世界에서는 完全히 外面을 하게 되엿다. 그리하야 四, 五年에 잇어서도 소시얼리즘的 리얼리즘은 '낡은 階段에 對한 自己批判의 結論으로서, 兼하여는 새로운 出發의 方向으로서 우리들의 一致된 思想의 反映'이며, 오늘의 社會的 現實에 잇어서도 亦是 '文學 活動의 統一的 標識'로서, 그것은 아무런 吟味도 要치 안는 '定理' 가티 되고 말엇다.

이것은 氏 뿐만 아니라, 金龍濟氏에 잇어서는 一層 尤甚한 것이엿다. 金氏는 오늘의 客觀的 現實과 그에 影響된 文學者의 生活的 現實을 眼中에 留意하고 잇는지 업는지, 如前히 리얼리즘 論議에 잇서 '樂觀的' 態度에 스사로 陶醉되여 作家에게 '主觀的 自覺'만이 缺如되엿다고 외치고 잇다. 卽, "오늘날 리얼리즘의 發展的 水準이 뒤처저서 現在 點에 低迷 沈滯하고 잇는 直接的 原因과 責任은 外部的 壓迫보다도, 이 땅의 文學的 指導級에 잇는 리얼리즘 評論家의 沒自覺性에 잇다."는 것이다. 더욱이 그 具體的 課題로서 提案된 '文學의 大衆化' 云云은, 氏가 리얼리즘 作品으로 自進 裏書한 李箕永氏의 「麥秋」와 함께, 氏의 머리 속에 그린 리얼리즘이란 것이 얼마나 平板化한 것인가를 窺知케 하는 好個의 標本이라고 할 것이다.

都大體 文學이 科學的 世界觀과 空然히 結付되여 市民的 리얼리즘의 限界를 꾀뚤코 階級的 情熱을 리얼리즘 方法으로 解決하든 그때나, 世界觀이 뿌리채 動搖되고 階級的 情熱이 消滅되여 各自의 內性에 沈面된 지금이나, 一樣으로 리얼리즘을 板에 박으려는 것은 亦是 公式主義의 延長이 아닐 것인가!

勿論 林和氏는 八峰 對 朴英熙의 論爭期로부터 今日에 이르기까지 高次의 리얼리즘에로의 昂揚 過程을 말하엿스며, 金龍濟氏 또한 題目부터 '發展

的' 리얼리즘이라고 하야 同一한 리얼리즘의 反復이 아니라는 것을 暗示하고 잇스나, 實際의 內容에 잇어서는 리얼리즘에 深入한 이러타는 痕迹도 업시, 依然히 初步的 創作 矯正의 몃 個 公式 羅列의 程度에 그치며, 오늘의 社會的 現實—生活的 現實이 創作 方法論과 交涉되는 現實的 局面에서 疏外되여 卓上에서만 積極性이니 飛躍이니, 各自의 세리프를 던지고 잇다는 것은, 氏들 自身이 너무도 기피 主觀的 洞窟에 파무처 잇다고 할 것이다.

—(3) 『조선일보』, 1937. 11. 11

이 點에 잇서 우리는 차라리 林和氏가 主觀主義의 하나로 烙印을 찍은 金南天氏의 告發의 文學이 보다 高次的이며, 前進的 姿勢를 取한 것이라고 할 것이다.

金南天氏의 告發의 文學은 韓曉氏가 이미 指摘한 바와 가티 一面的이요, 牽强附會的인 點이 업지 안흐나, 그것이 리얼리즘 乃至 우리 創作 方法 論議에 잇서 적지 안흔 貢獻을 한 것은 否認 못할 事實이다. 卽, "告發의 文學은 소시얼리스틱 리얼리즘이 가지는 原理 우에 立脚하야, 지금의 이 땅의 特殊性, 思惟에 잇어서는 亞細亞的 退嬰性 우에 서서 創作的 態度를 時代的 雲霧의 忠實한 歪曲업는 模寫 反映으로 貫徹시키려는 文學 精神에 不外하다"는 것이다. 이 가튼 告發의 文學이 果然 成功的으로 所期의 成果를 가져올 수가 잇는지 업는지는 別問題로 하고서, 氏가 意圖한 "外地와 이 땅의 文學의 社會的 機能과 任務의 差異를 具體性에 잇서서 把握하려는 方法論—事物을 歷史的, 社會的 見地에서 特殊性을 忘却하지 안코, 不絶한 動態"에서 把握하려는 方法論은 確實히 優秀한 科學的 方法論이라고 할 것이다.

社會的 事情을 달리하는 딴 곳에서 提出된 소시얼리즘的 리얼리즘은 最初부터 이 땅에 잇어서는 別個의 事情 우에서 受容되엿든 것이다. 卽, 이 땅의 小市民的 作家에 잇어서는 다른 規約에 採擇된 소시얼리즘的 리얼리즘을 그대로 질머지고 일어설 수는 업섯든 것이다. 況且 輸入 當初의

熾烈하든 情熱까지 冷却된 오늘에 잇어서는 아무리 로젠탈리의 이론을 그대로 敷衍한다 하여도, 그 리얼리즘論은 피도 살도 업는 形骸박게 남지 안는 것이다.

그러타고 하야 나는 佛蘭西的 創作 方法이니, 朝鮮的 創作 方法이니 하는 地域마다 特殊的 創作 方法이 잇서야 한다고 主張하는 것은 아니다. 다만 한곳에 잇어서도 그 社會的 階級과 歷史的 階段에 따라 創作 理論이 달라간다는 것을 말할 뿐이다. 要컨대 林和氏나 金龍濟氏에 잇어서도 오늘의 우리의 現實—文學 活動의 共同 形態와 統一的 方向만 喪失되엿다고 할 것이 아니라, 作家의 生活이 充實性을 缺하고 '빌녀온' 思想은 '自己'와 相衝되고 잇다는 事實을 하나의 外面할 수 업는 산 現實로서 認識하고, 그와의 交涉 우에서 創作 理論을 展開하야 달라는 것이다.

이 가튼 社會的, 現實的 觀點은 林和氏의 主觀主義 論議에 잇어서는 더한層 明白히 할 必要가 잇다. 氏는 어떠한 觀點에서 跛行的 리얼리즘에의 反撥로서 出發하엿다는 로맨티시즘이나 휴머니즘이 一律的으로 主觀主義라는 斷案을 나리엿는가.

氏의 論旨로 보아 客觀的 基礎를 缺한 것은 모다 主觀主義라고 命名한 모양이니, 果然 오늘의 現實은 眞正한 휴머니즘이나 로맨티시즘이 依據할 客觀的 社會的 地盤이 缺如되엿다고 할 것인가. 일즉이 로맨티시즘 論者인 氏 自身이 "事物의 本質을 現象으로서 表現되는 客觀的 事物 속에서 現象을 통하야 찾는 代身 (氏의) 主觀 속에서 맨드러 낼랴고 하엿다."고 告白하는 데 對하여서는, 다시 議論의 餘地가 업슬지 基한 歷史的 豫見에 關하야 불붓는 情熱과 作家의 才能, 素質, 個性 及 文學의 特定한 題材, 主題, 장르 等에 關聯하야 論議되는 로맨티시즘은 조곰도 貶下할 理由가 업는 것이다.

휴머니즘에 잇어서도 氏의 主觀主義論은 確實히 認識 不足이라고 할 것이다. 筆者가 "이제까지 그들의 生活을 統合시켜온 客觀的 意識이 一朝

自己에서 脫落됨에 따라 意識과 行動의 背馳에서 知性과 感性의 分裂에서 苦悶하는 오늘의 大部分의 인텔리겐차를 對象으로 숨차는 이 瞬間에 있어서 그들의 知性을 어떠케 어느 方向으로 行使하여야 하며, 人間을 어느 方角에서 끄집어내여 어느 方角으로 가게 할 것인가. 이것을 歷史的 方向에로 이끌고 가려는 것이 今日의 휴머니즘의 本質이요, 우리의 行爲 規定이요, 또한 創作 方法이라고" 한 데 잇어서, 氏만은 客觀的, 現實的 基礎를 보지 못하엿다는 것은 적어도 不可解의 일이다.

더욱이 "喪失된 自己를 찾지 안코, 否定될 自己를 維持하려고 한다."는 것은 氏의 誣告가 아니면, 妄說이라고 할 것이다. 오히려 '否定될 自己'를 버리려고 하며 '喪失된 自己'를 차즈려고 하는 데, 오늘의 知識人의 時代的 苦悶이 잇는 것이 아닌가!

氏는 契機論의 問題를 再三 警告하엿다. 그러나 歷史의 進行은 어느 때나 一直線이며, 文學史는 어떠한 社會的, 階級的 地盤과 役割을 不拘하고 리얼리즘 一色으로 그려진다는 말인가. 事物은 그 自體에 肯定的 契機와 否定的 契機를 內包하면서 不斷히 運動하고 發展하는 것이라면, 社會的 階級 또는 그에 依據한 創作 理論도 또한 그 가튼 運動을 거처서 發展하는 것이 아닐가.

—(4)『조선일보』, 1937. 11. 12

우리는 契機를 設定한 것이 逃避를 意味한다고 責하기 前에, 比較的 階級間의 力學的 均衡을 어들 수 잇든 前日에는 膨脹된 表現을 가젓든 것이 오늘의 現實에 잇서는 收縮된 그것으로박게 表現할 수 업다는 것을 알아야 할 것이다. 그것은 退却을 意味한 것이 아니라, 許與된 可能의 全表現이라고 할 것이다.

氏는 '한 고비의 飛躍'을 必須的으로 命令하엿다. 그러한 그것은 무엇으로써 可能할 것인가. 氏는 前者 휴머니즘論에 잇어서도 이 가튼 根本的이요 具體的인 問題에는 意識的으로 고개를 돌리고 말엇섯다. 다만 高處에서

裁斷을 하고 口슈을 부르는 것이 氏의 職務라면 모르거니와, 참으로 우리의 社會的 現實과 文學人의 生活的 現實을 直視하고 文學的 眞實을 차즈려 한다면, 그 가튼 孤高的 獨善主義는 버려야 할 것이다.

氏는 漠然히 "우리들 小市民 作家에 잇서 自己의 限界를 떠나 客觀的 現實에 沈潛할 것"을 말하며, '客觀的 現實과 藝術的, 生活的 交涉'으로 喪失된 自己를 찾는다 云云이나, 이 얼마나 抽象的이며, 無責任한 論議이랴. 우리는 이 問題를 보다 具體的으로 論究함이 업시는 如何한 리얼리즘論도 한갓 空念佛에 그치며, 한 거름도 아프로 나설 수 업슬 것이다.

氏가 이 點에 잇서서 '世界觀의 壓倒的 役割'을 論及한 것은 正當하다고 할 것이다. 事實 이것은 '作家 以前'의 問題요, '文學 以前'의 問題일지도 모르나, 우리의 小市民 作家에 잇어서는 世界觀과 創作 方法論의 關係를 떠나서도 世界觀의 問題를 强調하여야 할 것이다. 우리는 眞正한 世界를 어디서 獲得할 것인가. 그것의 究極的 基礎는 어데서 차즐 것인가.

科學의 理論은 로고스를 基調로 한 만큼, 筆者의 生活이나 그에 依據한 世界觀을 떠나서도 論理的 發展에 잇어서 過誤만 업다면 爲先의 目的을 達할 수 잇스나, 파토스의 領域을 相對로 하는 文學에 잇어서는 비록 正當한 世界觀일지라도, 그것이 生活的으로 血肉化하지 못한 限, 卽 빌려온 것이라면 讀者에게는 조금도 感興을 이르킬 수 업는 것이다. 따라서 作家에 잇서 世界觀의 問題는 곳 作家의 日常的 生活 問題에 歸着된다고 할 것이다.

文學과 生活, 이것은 어느 때나 文學의 基本 問題이다. 況且 作家의 生活이 오늘과 가티 虛脫된 때에 잇어서 그것을 不問에 부처서 올을 것인가. 우리는 맛당이 이 嚴然한 사실을 承認함으로써, 그 克服에서부터 出發하여야 할 것이다.(나의 휴머니즘論의 眞意는 勿論 프론 포퓨어의 文化的 敷衍에 잇다고 하겟지만, 이 가튼 克服 運動의 한 形態로 나타난 것이다.)

對象이라든가 創作 方法을 具體的인 歷史 及 現實的인 生活과 絶離하야 抽象的으로 論議하는 것은, 文學에 잇어서나 經濟學에 잇어서나 마찬가지로 危險한 것이다. 林和氏의 力說한 新리얼리즘이 아무리 客觀的 現實을 眞實히 反映할 수 잇는 機能을 가젓다 하여도, 이 가튼 生活的 現實에서 高踏的으로 迂廻하게 될 제, 所詮 그것은 하나의 새로운 公式主義에 떠러지고 마는 것이다. 民衆의 生活과는 遊離되여 內的으로, 外的으로 生活的 充實을 缺한 作家에게 아무리 高次的 리얼리즘을 注射한다 하여도, 닭의 알(卵)이 그대로 날러갈 수는 업는 것이다. 氏는 우리 文壇의 所謂 리얼리즘 作品이란 것이 모두 觀照主義에 빠젓다는 事實을 作家의 果實에 잇는 것 가티 云云하나, 참으로 作家의 生活的 現實을 正視하엿다면, 어떠한 作家의 手腕을 빌린다 하여도 現在 以上으로 深耕할 수 업다는 것을 肯定하게 될 것이다.

우리는 '寫實主義'를 떠외침으로써 滿足할 것이 아니라, 그것이 참으로 "傾向文學의 基本 性格이라"는 것을 發展시키기 爲하야 '主觀主義'니, '契機論'이니 하는 恣意的 裁斷에 拘碍됨이 업시, 널니 우리의 社會的 階級과 歷史的 階段, 거기에서 비저나온 作家의 生活的 現實을 正確히 認識 把握함으로써, 歷史的 方向에 어그치지 안흔 創作 方法論을 展開시켜야 할 것이다.

文學과 現實, 文學과 社會. 이것은 어느 때나 떠러질 수 업는 緊密한 關係를 保持하고 잇는 것이다. 그러나 우리는 文學의 起源과 社會的 機能을 正當히 배워왓건만, 往往이 實際 問題에 잇어서는 '文學的 眞實'이니, '文學의 世界'이니 하야, 마치 社會(現實)을 떠나서, 어떤 特有한 文學的 世界가 잇는 것 가티 思惟하고 잇다. 우리는 依然히 文學의 聖殿을 天上에 두는 慣習을 버리지 못한 채 잇다. 林和氏나 金龍濟氏가 例事로 方法論的 過誤를 犯하게 된 것도, 또한 그에 對한 反省의 度가 鈍한 것도 全혀 여기에 起因하엿다고 할 것이다. 氏 等은 너무도 좁은 文學的 ○內에 踢蹐하야 現實 社會와의 障壁을 싸코 잇다. 아니 '물결 잔잔한 文壇의 波市場'에서 뱅뱅 돌고만 잇어, 風浪 노픈 現實 社會를 내다보지도 안는다고 할 것이다.

우리는 一部에 잇어서 社會的 現實을 바로 보기에 怯儒를 느끼여, 그것을

忌避하기 爲하야 文學의 世界를 峻別하고, ‘文學的 本質’, ‘文學的 精神’을
떠외치는 朴英熙氏라든가, 白鐵氏를 보아 왔다. 그들은 只今 社會로부터
文學을 封鎖하여 그 守衛에 專念하고 잇다.

그러나 그들의 根據地—文學主義(文化主義)는 이미 그 本質을 들추어냇
다고 할 것이다. 그럼에도 不拘하고 林和氏나 金龍濟氏가 그와의 隣接的
危險性을 自省하지 못한다면, 우리는 다시 한 番 警笛을 울녀야 할 것이다.
文學의 洞窟을 버서나서 文學을 再認識하라고.

거기에는 새로운 創作 方法論에의 門이 열녀 잇슬 것이다.

—(5) 『조선일보』, 1937. 11. 13

主體의 再建 問題와 現實的 生活
─ 文學 世界의 迷妄과 圖式主義

半端의 理論과 半端의 思想은 恒常 모든 領域에 잇어서 喜悲劇의 根源이다. 더욱이 보다 더 未熟한 幾個 文學人이 自己로서는 消化할 能力도 없는 '理論'과 '思想'을 喃喃하게 될 제, 그것은 思想만을 冒瀆할 뿐 아니라, 文學 그것까지도 亡치고 만다. 事實 林和氏에 依하야 最近 發表된 「主體의 再建과 文學의 世界」란 一文은 그 好個의 標本인 것이다.

事緣이야 如何間 우리의 壞滅된 主體의 再建 問題를 좁다란 文壇圈 內에 踟躕하야 文學을 文學的으로밖에 알지 못할 뿐 아니라, 思想마저 文學的으로 理解하려는 林和氏를 相對로 論議하려 할 제, 빛나는 過日을 回想하고서 一抹의 感慨가 없는 바 아니다. 그러나 蹉跌과 追惜은 우리의 取할 길이 아니다. 우리는 차라리 무엇 때문에 이 같이 重大하고 難堪한 問題를 文壇의 자리에서 論議하지 안흐면 아니 되는가.

林和氏의 말을 빌린다면 "果然 무엇이 한 사람의 白面 作家를 切迫한 世界觀 上의 決定的 局面 下에 直立시켯는가"부터 自省할 義務가 잇다. 여기에 勿論 "오늘날 現實이 갖은 凜然한 性格"이 잇는 것이며, 文學의 世界도 現實의 一部이라는 것을 몸으로써 感知케 하는 現實的 敎訓이 잇다.

그러므로 우리의 論議는 單純히 作家를 相對로 하는 것이 아니라, 널리 오늘의 思想文化人을 相對로 進行되는 것이다. 그들은 다같이 生活的으로나 思想的으로나, 現實的으로 虛脫된 인텔리겐차다.

林和氏는 처음 生活과 文化의 合一面을 認識하면서, 同時에 文藝 理論, 創作 方法論의 指導的 任務를 高唱하엿다. 卽, "創作하는 方法이란 作家에게 創作하는 方法뿐만 아니라, 生活하는 方法까지를 暗示하지 안흐면 아니 된다."는 것이다. 勿論 우리는 生活의 反映으로서의 文學이 다시금 生活에의 指針이 될 수 잇다는 것을 否定하지 안는다. 그러나 文學 以前의 問題를 創作 方法 問題보다 先決하라는 부르지즘에 附隨된 一部 人의 惡意란 무엇을 가르치는 것인가?

'文學하는 態度', 이것은 確實히 文學 以前의 問題임과 同時에 文學 自體의 問題인 것이다. 다만 우리가 認識하지 안흐면 아니 될 것은 今日의 情勢로 보아 그것부터 先決하지 안흐면 아니 되리 만큼, 모든 것이 逼迫되어 잇는 現實이다. 그것은 決코 文學人에게만 局限되어 잇는 課題는 아니다. 그러나 文學人도 하나의 社會人인 限 '무엇 때문에 文學인가', '무엇 때문에 理論인가'부터 다시 한 번 생각하지 안흘 수 없는 것이다. 더욱이 生活이란 生活이, 科學이란 科學이 뿌리채 흔들니여 否定되려 할 제, 그것은 個個人에 잇어서 當然의 모럴리티로서 要求되는 態度일 것이다.

韓曉氏가 世界觀의 貧困을 이야기하고, 林和氏가 創作 方法論의 指導性을 高唱함은 조흐나, 文學하는 態度, 生活하는 態度에 對하야 그 論議되는 歷史的, 現實的 意義를 歪曲시키고 抹殺하려는 것은, 確實히 氏 等의 偏執性 以外에 아무 것도 아닌 것이다.

事實 우리가 解決하여야 할 焦眉의 急務는 決코 一個 文學上의 課題는 아니다. 그것은 널리 社會的, 歷史的 課題로서 모든 知識人에게 嚴然이 그 解決을 要求하고 잇는 世界觀上의 問題일뿐만 아니라, 生活 自體의 問題인 것이다.(따라서 이 땅의 文人 諸氏가 휴머니즘 問題를 單純히 文學

上의 潮流로서만 보고, 그것을 正面에서 拒否하거나, 또는 그것에 리얼리즘의 大衣를 잎여보려는 强制的 態度는 물어볼 것도 없이 모든 事物을 文學的으로밖에 보지 못하는 그들의 常識的 近視의 一面을 如實히 反映한 것이라고 할 것이다.)

林和氏는 먼저 '劍'을 든 人間과 펜을 든 人間을 區別하고, 生活(社會的) 實踐과 藝術的 實踐을 嚴然이 分離하엿다. 劍을 든 人間은 "죽어 紀念碑 우에 姓名을 남기나", 펜을 든 人間은 "비록 적드라도 善한 것을 徐徐히 또는 間接으로 寄與하는 것이며, 뿐만 아니라 作家에 잇어서는 藝術的 實踐은 生活 實踐보다도 世界觀을 左右하는 데 잇어서 基本的이며 勝利를 意味한다."는 것이다.

우리는 여기에 하나의 俗世的인 常識의 發露를 볼뿐이다. 筆者는 처음 林和氏의 휴머니즘 拒否論을 對할 제부터 氏의 毅然한 立場과 社會科學的 독트린으로 擬裝된 理論 가운대에서도 理論을 理論的으로만 把握하야 文學人과 政治家의 任務와 評價를 社會的 見地에서 全一的으로 規定하지 못한 點을 看取할 수 잇엇다.

卽, 藝術이라든가 文學 그 自體가 가지고 잇는 社會的, 政治的 性質을 正當히 評價하지 못하고서 文學의 펜을 든다는 것과 政治的으로 活動한다는 것이 全혀 相容할 수 없는 別個의 世界로 取扱되여 잇엇다.

그것은 前者「寫實主義의 再認識」에 잇어서도 片影을 나타냇으며, 今番의 「主體의 再建과 文學의 世界」에 잇어서는 그 全貌를 들추어내고 말엇다.
　　　　　　　　　　　　　　　　　　　　―(1)『동아일보』, 1937. 12. 21

이 같은 政治와 文學의 現實的 交互關係의 ○○는 事實에 잇어서 文學의 純粹性에 對한 幻想家들에게 길을 빗겨주는 것밖에 아니 되는 것이다. 우리가 單純이 머리 속에서 文學에다가 社會的, 政治的 價値를 賦與하며, 文學과 政治를 統一시켜 본다던가, 그같이 思考한다는 것은 容易한 일이다. 그러나 現實에 잇어서 作家가 그 같은 自覺을 가지고 優秀한 文學的 實踐을 한다는 것은 如干 困難한 것이 아니다.

　萬一 그 같은 作家的 自覺이 없다면, 如何한 作家的 實踐도 넌센스일 것이다. 大體 文學에 잇어서 主體의 問題란 무엇을 意味하며, 文學人으로서의 自己 主體의 再建이란 무엇을 意味하는 것일가? 哲學的으로 論議되는 主體란 問題는 單純치 안흔 것이엇으므로 여기에서는 暫時 그 解明을 避하나, 文學에 잇어서 主體는 確實히 人間을 가르치게 된다.

　同時에 그것은 만히는 文學의 素材이기도 하나, 그러나 文學에 잇어서 必要한 것은 素材보다도 테마이다. 테마는 恒常 藝術家 自身의 主體的 立場이라든가, 實技의 舞台, 作家 自身의 實際 生活의 立場, 또는 藝術家로서의 社會人의 問題, 惑은 社會人으로서의 藝術家의 問題의 如何에 잇어서 決定을 보게 된다. 그러기에 文學에 잇어서 主體性 問題는 結局 하나의 眞實한 思想을 藝術的으로 如何히 主體化시킬가의 課題에 歸着되는 것이다.

　여기에 잇어 우리는 하나의 眞實한 思想을 如何히 藝術的으로 主體化시킬 것이냐 하는 問題가 提出될 제, 藝術에 잇어서의 唯物論인 리얼리즘을 그 方法으로서 要請해온 것은 周知의 事實이다. 實際에 잇어서 그것은 眞正한 科學이 承認하는 唯一의 方法이엇다. 그러나 우리는 如何한 方法論도 文學人으로서 가져야 할 自己 主體가 壞滅될 제, 다시 말하면 作家 自身이 딋고 서잇든 발판—主體的 立場이 흔들리게 될 제, 그것은 한낫 空中에 뜬 硬直한 理論에 그치고 만다는 것을 體驗하여 왓다.

　確實히 磨滅된 自己 主體의 再建 問題는, 하나의 思想을 藝術的으로 主體化시킨다는 問題에 比하여 보다 根本的이며, 一般的으로 앞서야 할 問題인 것이다. 웨 그러냐 하면 오늘의 一般 知識人에게 必須的으로 ○○된 主體의 再建 問題는 文學의 ○○함과 同時에, 文學 ○○의 ○○로서이다. (이하 2행 판독 불가)된 變한 屍體로서 自己를 暴露하는 藝術家 自身의 自己 主體의 再建 問題를 認識하게 된 것은 確實히 氏에 잇어서 一步 前進

일뿐만 아니라, 우리가 解決하지 안흐면 안될 本質的인 問題에 接近해왓다고 할 것이다.

그러나 林和氏는 우리의 主體 再建 問題를 如何히 論議시켯든가! 頭上에서도 言及한 바와 같이, 氏는 처음부터 文學人과 政治家를 峻別하고서, 政治家에게는 一直線으로 나가는 强行的 方法을 要求하엿으며, 文學人에게는 卑近하고 可能한 일로부터 始作하는 間接的인 方法을 許與하엿다. 卽, 政治와 文學의 世界는 어데까지나 各自의 現實 우에 서야 할 ○○의 世界로서, 文學者의게는 文學者다운 自己 再建의 길이 固有하다는 것이다.

우리는 여기에 잇어서 ○○○○의 曲否는 除外하고서, 氏의 世界에 잇어서는 現實 政治家에게는 苛酷하고, 文學人의게는 寬大한 不公平한 道德律이 施行되는가. 一 觀人으로서도 憂慮를 禁할 수 없다. 한때 東京 文壇에서 ‘文學의 特等席’이란 말이 云謂된 적이 잇엇다. 그러나 오늘의 林和氏야말로 그 特等席의 勝利를 執拗히 要求하는 한 사람이 되여 잇다. 萬一 그 같은 特權을 保持시켜주지 안는다면, 氏는 文學마저 버리고 말 것이 必然의 事實일 것이다.

‘文學의 世界’를 떠외치는 것이 나뿐 것은 아니다. 同時에 文學이 政治가 아닌 것도 自明한 事實이다. 그러나 펜을 든 人間과 劒을 든 人間을 本質的으로 區分하여야 한다는 것은 그 根底에 決코 穩當치 못한 무엇을 隱蔽시키고 잇다 할 것이다. 웨 文學人이나 政治家를 다같이 하나의 산 現實的 社會人으로 보지 못하는가!

우리가 問題삼어야 할 것은 藝術家로서의 社會人의 生活이 아니라, 마땅히 社會人으로서의 藝術家의 生活이여야 할 것이다. 卽, 社會人으로서의 現實的인 作家的 生活 속에 우리의 主體的 立場을 찾어야 할 것이다.

그러므로 主體의 再建 問題에 잇어서 ‘文學者에게 固有한 길’ 또는 ‘文學者다운 길’ 등을 云謂하는 것은, 적어도 ‘文學의 世界’를 天上에 두지 안코는 開口도 못할 이야기다. 이곳에 林和氏의 文學 世界의 迷妄이 잇다.

氏는 그리고도 계속하야 生活的 實踐에 對한 作家的 實踐의 ○○性을 保證하면서, "오늘의 現實에 잇어서는 生活 實踐을 通하야 自己 主體를 再建한다는 것은 不可能에 가까우리 만큼 絶望的이므로, 남은 길은 作家的 實踐 뿐"이라는 놀라운 斷案을 네리고 잇다. 氏의 論旨에 依하면, 不幸하고 絶望的인 것은 오직 政治家뿐이다. 萬一 그들도 林和氏를 따라 펜을 들기 始作햇든들 氏의 救援을 받을 수 잇엇으련만, 確實히 그들은 길을 잘못 들엇다고 할 것이다.

—(2) 『동아일보』, 1937. 12. 22

일직이 東京 文壇 一部에서도 政治的으로 敗北의 苦杯를 마신 그들이 다시금 文學 世界를 占據하야 得意然한 高喊을 울릴 제, 政治的으로는 轉向하엿어도 文學的으로는 階級的일 수 잇을가 하는 否定的 詰論이 沸騰한 적이 잇엇다. 이것은 林和氏의 用語를 빌린다면, 生活的 實踐에 敗北한 人間이 作家的 實踐을 通해서는 間接的으로나마 寄與함이 잇을가 하는 結論이 된다.

우리는 이것을 單純히 一部 人의 反撥이라고 할 것인가! 이것은 차라리 實踐과 理論, 生活(政治)과 文學의 聯關을 아무러케나 機械的으로 分離할 수 잇다고 생각하는 者이어서는 現實의 波浪이 높아갈 제, 文學을 群舞의 波止場으로 아는 者에 對한 一種의 警告이며 反撥일 것이다.

우리는 一段 氏의 觀念的 區分을 떠나서 觀察할 必要가 잇다. 그 때 우리는 政治家와 文學人의 區分에 拘碍됨이 없이, 우리의 周圍에 一直線으로 强行的 方法의 길을 取하려는 傾向과 '小善'이나마 卑近하고 可能한 데서부터 시작해보려는 傾向을 看取할 수 잇는 것이다.

前者는 勿論 政治家와 文學人을 莫論하고서 全生活的으로 階級 運動에 몸을 던지여 아무런 轉向 問題도 이르키지 안은 生活的, 階級的 條件 乃至 肉體와 精神이 모다 特定된 極少數人에 局限된 길이다. 우리의 大多數의 인텔리겐차는 아직 그 길을 밟지 못하고 잇다.

그러나 그것은 決코 林和氏의 所論같이 펜을 든 사람이엿기 때문이 아니라, 根本的으로는 市民的 知識人이기 때문이다. 이 點에 잇어서 林和氏가 筆者에게 小善을 輕蔑하엿다는 非難은 確實히 感情이다.

筆者는 '비록 적드라도 善한 것'을 肯定하고, '卑近한 일부터 시작할 것'을 承認함으로써, 오늘의 現實을 直視하고 自己를 하나의 知識人으로 곤쳐본 結果 휴머니즘의 社會的, 歷史的 意義를 認識함과 同時에, 그것을 受容하려고 한 것이다. 어느 곳에 小善에의 輕蔑이 表示되엇다는 것인가?

勿論 實踐性을 일흔 理論人에게 理論의 最後의 一片까지 抛棄시키려 한다는 苦衷은 理解하지 못한 바가 아니다. 그러나 筆者가 反撥을 加한 것은 어디까지나 氏의 硬直한 公式的 態度와 함께 半端의 理論과 半端의 思想이엿다.

그것은 우리의 主體 再建이나 實踐 問題에 寄與한다는 것보다도, 오히려 害毒을 끼침으로서이엿다. 現實을 裁斷하려는 理論 그것은 우리가 지켜야 할 理論의 最後의 一片이 아니라, 實로 科學的 理論의 發生을 阻碍하는 에니미엿다.

'비록 적드라도 善한 것'을 取하는 길은 實踐性을 일흔 理論을 한결같이 떠외치므로서가 아니라, 小善이나마 實踐할 수 잇는 現實에 卽한 理論을 提唱함에 잇다. 萬一 林和氏가 筆者에게 네 自身 一直線의 길을 것지 못하면서, 웨 理論마저 抛棄시키려 하느냐 할 제 그 詰難은 달게 받을 수 잇다. 그러나 '小善'과 '卑近'을 云謂하는 氏로서 進步的 인텔리겐차의 포즈 問題로서 휴머니즘을 限定하려는 筆者에게, 理論 그것마저 抛棄시키려 한다는 非難은 적지 안케 事實에 抵觸된 말이라고 할 것이다.

더욱이 林和氏와 韓雪野氏를 批判한다는 것이 白鐵氏를 援助하는 것이 되지 안는가 하는 質問은, 참으로 答辯하기조차 실흔 愚問이다.

事實 그 같은 質問에 맨精神으로 答하려 할 제, 林和氏 自身의 品位 問題까지 머리에 떠오르게 되므로 여기에서는 回避하나, 近者에 와서도

歷史哲學의 槪念이 어떠케 規定되는 것도 認識하지 못하고서 門外漢의 펜을 던지고 잇는 韓雪野氏와 唯物論的 口臭를 던지면서도 依然히 文學 自體까지도 正當히 把握하지 못하는 林和氏에게 批判을 加한다는 것은, 實情에 잇어서 氏等의 過去를 輕蔑하여서가 아니라, 明日에의 期待가 보다 크므로서이라는 것을 明言해두고 싶다.

林和氏는 前者에 잇어서도 生活的으로 逸脫된 오늘의 知識人이 頭部와 脚部의 締結에서 現實的으로 自己를 再認識하려는 過程에 脫皮한 筆者에게 그것은 新浪漫主義가 나흔 몇 ○의 日○歌의 內容에 지나지 안는 것이라고 漫○를 퍼붓고서, 다시 이번에는 그것은 '모든 文字를 感傷의 迷妄'으로 채우려는 것이라는 非難을 내세웠다.

그러나 率直하게 말하면 아직 新浪漫主義의 ○歌를 읽지 못한 寡聞의 筆者로서는 그 內容의 對照를 要求할 權利도 없는 것이며, 또한 筆者의 詰論이 單純히 一切의 理論을 感傷 가운데 埋葬하려는 것으로 印象되엇다는 데 對하여서도 구태어 辯明을 試할 意思는 없는 것이다. 다만 筆者로서는 '精神과 肉體가 僧侶의 絶한 屍體와 같이 分裂된' 現實을 現實的으로 認識함으로써, 우리의 主體 再建 問題를 어떤 理論에서보다도 現實에서 出發시키고자 한 것이며, 따라서 如何히 휴머니즘도 單純한 感傷의 迷妄에서는 나올 수 없다는 것을 附言해 둘 뿐이다.

—(3) 『동아일보』, 1937. 12. 23

要컨대 問題의 理論은 휴머니즘의 再吟味에 잇다고 본다. 林和氏는 휴머니즘을 가르처 "히지도 안코, 붉지도 안흔 第三의 立場이라"고 하엿다. 事實 그럴른지도 모르나, 그러나 여기서 말해둘 것은 筆者 自身 決코 붉은 人間이 못되는 便에 所屬된 人間이란 것이다. 過去의 이야기는 別問題이다. 오늘 瞬間에 잇어서는 어디까지나 하나의 小市民的 인텔리로서, 오히려 良心的으로 살랴는 努力을 斷念할 수 없는 人間이다. 그것은 林和氏와 같이 群鶴을 따라가는 一鶏가 다시금 一鶏로 還元하엿다고 해도 조타.

그러나 오늘의 歷史的 瞬間에 잇어서 自己 自身을 하나의 小市民的 인텔리로 再認識한 以上, 自己를 感情과 嗟歎의 深淵에서 救出함과 同時에, 그리고도 오히려 歷史的인 潮流에 自己를 合流시키기 爲하야 모든 努力을 애끼지 안흘 제, 어떠한 '理論家'가 그 努力을 沮止할랴고 할 것인가! 萬一 그 같은 無謀를 敢行한다면, 그것은 眞正한 理論을 機械的으로밖에 알지 못하는 一部人의 淸算論者에 그칠 것이다.

이 땅의 휴머니즘은 確實히 그 같은 厄禍를 만나고 잇다. 웨 이 땅의 文人 諸氏는 오늘의 휴머니즘을 文學的으로밖에 보지 못하며, 谷川, 小林, 白鐵 等을 떠나서는 생각하려고도 하지 안는가! 오늘의 휴머니즘은 決코 하나의 文學的 潮流에 그치는 것이 아니다. 그것은 오늘날 우리 살 속까지 脅威를 가지고 被襲해온 바바리즘에 叛旗를 들고서 널리 世界的 文藝思潮로서 이 땅에 치밀어 온 것이다. 우리는 原書는 못 읽을망정 처음 小松淸이가 옴겨 논 그대로나마 歪曲함이 없이 理解할 義務가 잇다.

生活이란 生活이, 科學이란 科學이 狂暴한 바바리즘에 依하야 脅威되고 否定될 제, 그에 對한 拮抗으로서 오늘의 휴머니즘은 登○되고 잇다. 그것이 唯心論的 血統을 갖엇는지 小市民的 轉落 過程의 産物이니 云云은, 한갓 空辯이며 饒舌이다. 그것에 히고 붉은 것을 가리려는 것은 더한層 어리석은 일이다. 要는 바바리즘的 狂暴이 世界化할 제, 그것을 擊退하기 爲하야 모든 反바바리즘的 潮流를 糾合시킬 것인가, 아니 시킬 것인가에 잇다. 여기에 잇어 우리의 態度는 自明하여질 것이다. 그것은 휴머니즘으로 불리워지든, 知性의 擁護로 불리워지든 그 冠名에 拘泥될 것이 아니라, 오늘의 인텔리겐챠의 態度로서 讚揚되어도 조흘 것이다.

事實 오늘의 휴머니즘을 單純히 感傷의 迷○로밖에 理解하지 못하는 林和氏에 잇어서는 저 偉大한 歷史的 會合인 國際作家大會는 한갓 "아름다운 에피소드의 하나이며" 銀髮을 날리어 陣地에 向한 말로의 情熱은 다만 "눈물겨운 心情의 發露"로밖에 아니 보일지도 모른다. 모두가 變節되고

裝粉되고 잇을 제 호올로 히고 붉은 것을 가리려는 林和氏의 苦衷을 값비싸게 사도 조흘지나, 그 理論에서 한 거름이라도 발을 내딧기를 期待한다면, 그것은 錯覺일 것이다.

氏의 理論은 어디까지나 自己 催眠된 理論이다. 그러기에 氏는 "生活 實踐을 떠난 架空的 知性의 ○○"를 云云하며, '누구의' '어떠한'이라는 ○○的 問題를 缺하고 잇다. 果然 토마스 만은 '누구'에게 追放을 當하야 '어떠한' 迫害를 밧고 잇으며, 앙드레 말로는 '누구'를 爲하야 '어떠한' 追擊을 敢行하고 잇는가! 이보다 더 生活 實踐과 結合된 實例를 또 어디서 찾을 것인가?

大體에 잇어서 氏가 比喩로서 引例한 怪奇한 팡塊는 우리에게는 消化되지도 안코 굳어진 팡塊에 지나지 안는다. 그것은 우리의 課題에 解決을 주기는커녕, 一層 迷妄으로 끌어 넛는 反對 役割을 하게 된다.

如斯히 보아온 오늘의 휴머니즘은 決코 좁은 文學圈內에서 리얼리즘과 對立되어 論議될 性質의 것은 아니다. 事實 이 휴머니즘을 리얼리즘과 不相容의 하나의 創作 方法論으로 局限시키게 될 제, 그것을 통으로 埋葬도 하고 싶으며,(林和, 韓雪野氏) 리얼리즘으로 본 휴머니즘이니,(金龍濟氏) 文學 精神의 摸索에 잇어서 그 意慾의 리얼리즘的 燃燒(安含光氏)이니 하는 人工的 交配가 强制되는 것이다. 이 땅을 制外한 어느 文壇에서 이 같은 歪曲化가 敢行되엇든가!

오늘의 휴머니즘을 單純히 文學的 潮流로서가 아니라, 보다 넓은 社會的, 文化的 潮流로서 認識할 제, 비로소 바바리즘에 對한 拮抗으로서 社會的 意義를 發見하게 되며, 同時에 다른 한 面에서는 이제까지 一部에 幽閉되엇든 文化가 民衆에게 浸透하는, 卽 文化가 民衆化하는 歷史的 意義를 把握할 수 잇는 것이다.

林和氏의 리얼리즘에 對한 長廣舌은 어느 點으로 보아 從來의 리얼리즘의 平面的 解釋에 關한 조흔 敎訓을 주엇다. 그러나 氏의 리얼리즘論은 지나치게 圖式主義에 빠젓다는 것을 否定할 수 없다. 더욱이 우리의 主體 再建 問題까지를 리얼리즘에서 끄러내랴 할 제, 그것은 明白히 方法論主義의 過誤를 犯하고 잇는 것이다.

雜多한 事物을 하나의 統一된 方向으로 끌고 가기 爲하야 한 뭉치로 統括하려는 意圖만은 조흐나, 그 統括이 客觀的 ○○의 科學的 認識에 基하지 못하는 限, 다시 말하면 다만 主觀的으로 이것은 觀照主義, 저것은 主觀主義格으로 事實을 糊塗할 제, 그것은 圖式主義에 빠지는 것이다. 오늘의 具體的인 歷史와 現實的인 生活에 立脚하야 知識人의 生活的 態度가 論議할 제, 어느 틈에 主觀主義의 陰影이 씨여 잇다는 말인가! 오히려 具體的인 歷史와 刻下의 問題를 떠나서 한결같은 方法論을 떠외치는 氏의 態度야말로 抽象的이며 主觀的일 것이다.

─(4) 『동아일보』, 1937. 12. 25

우리는 지금까지도 一○的인 ○한 ○○的 方法에 反對함과 同時에, 至上命令的인 圖式主義에 反對하여 왓엇다. 본시 藝術的 創造는 ○○하고 多面的이며, ○○的 ○○에의 길도 單一的일 수는 업는 것이다. 따라서 소시얼리스틱 리얼리즘의 길로 간들 圖式的인 ○方○으로 轉化시키는 것은 ○○○되여 잇다. "各○의 作家는 그 各○의 길에 依하야 到達할 수 잇는 것이며, 그에의 接近 程度도 各○의 藝術家에 잇어서 各○인 것이다. 더욱이 反對的 側面의 克服 態度는 各○의 作家에 잇어서 各樣各色으로 進行되는 것이다.

엥겔스의 발자크論은 리얼리즘 問題에 對하야 多方面의 ○○을 주고 잇는 것은 周知의 事實이다. 발자크는 生活的 眞實의 ○○와 社會的 發展의 分析에 잇어서 다른 市民的 리얼리스트보다는 確實히 高位에 處하여 잇엇다.

그러나 留意하지 안흐면 아니 될 것은 그것이 歷史的으로, 具體的으로 ○○되어야 한다는 것이다. 발자크의 創作을 리얼리즘의 ○○로 ○○한다는 것은 부레하노프를 맑시즘의 模範으로 ○○함과 同樣으로 有○하며 不

○○인 것이다.

발자크가 리얼리즘的 藝術 實踐을 通하야 貴族의 沒落과 市民의 權利를 正確히 描寫한 그때에 잇어서도 依然히 그의『人間 喜劇』은 上流社會의 ○○할 수 없는 崩壞에 對하여의 끈힘없는 엘레지엿으며, 그의 同情은 滅亡에로 끌려간 ○○에 ○○ 븨어 잇지 안햇든가. 참으로「발자크論」을 正確히 ○○한 者이라면, 如何히 作家的 實踐도 ○○한 리얼리즘도 作家인 그를 ○○하는 社會的 ○○에 參加할 이 없이는 全혀 無意味라는 것을 會○○ 것이다. ○○的 實踐의 勝利를 ○○하고서 郊外의 荊棘에 업드려 잇어서는 到底히 ○○한 ○○에 對한 ○○하는 感動的인 作品을 그릴 수는 없는 것이다.

大體로 氏의 主觀主義論이 圖式主義의 直接 所産임은 上述한 바와 같거니와, 現實에 잇어서 現象과 本質 云云은 氏 自身이 主觀主義의 迷妄에 捕虜된 證左이라고 할 것이다.

오늘의 大部分의 作家가 現在 ○을 먹고, ○를 움지기고, 읽고, 생각하고, 보는 以外에 아무 것도 充實한 生活을 갖지 못하며, 다만 '過去의 生活' 속에서 ○○을 짜내고 잇는 外面할 수 없는 現實을 現實的으로 ○○함으로써, 創作의 結果인 作家의 生産을 ○○시키기 爲한 評論이 무엇 때문에 ○○의 本質을 ○지 못하고 現象을 追從한다는 ○○을 받어야 할 것인가— '現實'이란 ○○ 가운데 숨어 잇는 ○○을 못 보느니 云云은 確實히 氏의 ○○이다. 우리는 오늘의 社會的 ○○에 잇어서 그 本質的 動向을 科學的으로 認識함으로써 作家의 生活的 ○○을 現實的으로 ○○한 것이 ○○○의 述懷이며, 暗澹한 絶望일 것인가—.

우리의 生活에는 肯定的인 것이 잇음과 同時에, 否定的인 것이 存在한다. 여기에 잇어 그 否定的인 것만을 ○○하여 그 指導的 動向을 보지 못하고, 生活을 一面적으로 歪曲化된 거울에 影○시키려는 것은 效○이 ○하다. 그러나 藝術家가 自己의 生活에 묵은 것의 ○○○와 새로운 것에의 ○○의

○○○ 密着되어 잇는 것을 豫見하거니와, 또는 그 克服의 ○○○을 無○하며, 때로는 ○○히 ○○한 再○○○를 ○○○한다는 것은 더한層 ○○하다.

林和氏에게는 '告發의 文學論'이 現實의 ○○的 ○○에서 出發하엿다는데 몹시 ○○을 ○고 잇다. 우리는 以上에서 論及한 바와 같이, 오늘의 ○○에 ○○한 汚○의 世界로 끝이거나 肯定될 이 아무 것도 없다고 하지 안는다. 오늘의 現實 속에는 ○○의 ○○的인 것이 없는 바도 아니다. 그러나 現實 矛盾이 激化하야 그것이 一方的, 無力的으로 解決되려는 오늘에 잇어서는 否定的인 諸 現象의 ○○은 掩蔽할 수 없는 現實이나, 이 否定的 現象의 ○○은 必然的으로 否定的 ○○○○을 ○○케 되며, 自己 自身의 ○○와 生活에 對한 ○○가 멀어지는 데 따라, 다시 말하면 批判的 ○○에 對한 ○○이 喪失되는 데 따라 더욱 그것은 ○○되는 것이다.

本是 否定的 ○○은 우리들의 批判的 活動에 잇어 가장 根本的이며 一般的인 方法이다. 卽, 否定을 ○○的 모멘트로 하야 發展하는 現實에 ○함에 依하야 批評에 잇어서 否定的 精神은 對象의 正當한 ○○의 ○○를 理會케 하는 것이다. 告發의 精神은 論者의 主見이야 如何튼 批判的 精神, 더욱이 否定的 評價 精神의 發露 以外에 아무 것도 아닌 것이다.

우리는 마땅이 否定的 ○○를 絶對的이라 하며 ○○이는 ○○的 態度를 ○○함과 同時에, 卽 現實의 本質에 立脚한 否定이 如何히 困難한 것인가를 自覺하여야 할 것이다.

우리의 主體의 再建 問題, 이것은 決코 文學人에 局限된 問題가 아니나, 앞으로 널리 進步的인 文學人들의 ○○한 ○○가를 비러마지 안는다. 今番의 筆者의 ○論이 너무 林和氏에 對한 論議에만 ○○하고, ○者의 理論을 ○○化하지 못함은 아무리 ○○라 하드래도 ○○○ 아닐 수 없다.

그러나 우리 文壇에 ○○되고 잇는 文學的 偏見을 조곰이라도 矯正하엿다면, 筆者의 多幸으로 아는 바이다.

─(5)『동아일보』, 1937. 12. 28

社會人으로서의 文學人

흔히 말하기를 文學하는 사람은 같은 知識人 가운데에도 어쩐지 一般과는 區別되어지는 文學的 體臭, 다시 말하면 '文學냄새'가 甚하다고를 한다. 이것은 우리 文學人들의 藝術的 센스가 豊富하다는 것을 가르치기보다도, 오히려 그와는 別個의 悔蔑된 意味에서 云謂되고 잇다.

卽, 文學人은 一般 社會人으로서 어디인가 '○○'나 '全舞'가 하나쯤 빠진 것같이 보인다는 것이다. 이 말은 勿論 一部 文學人들의 抗議를 받어야 할 것이나, 우리의 現狀으로 보아 確實히 半面의 眞實性은 拒否할 수가 없을 것이다. 그러나 文學人에게 社會人으로서의 肝緊할 무엇이 缺乏되엇다는 것은, 決코 文學 自體의 要件이 그러케 만들엇다는 것을 意味할 수는 없다. 그 사람은 文學을 하지 않코 다른 領域으로 進出하여도, 亦是 온전한 社會人이 못될 것은 必定의 事實이다. 要컨대 본시 體質的으로는 缺乏된 人間이 文學을 했을 따름이요, 文學 自體에게는 아무런 罪科도 없는 것이다.

그러나 問題는 여기에 그치는 것이 아니다. 우리가 하나의 社會人으로서의 自覺 밑에서 文學하는 生活을 하지 않고, 從前과 같이 文學人으로서의 社會人의 生活을 營爲하게 될 제, 文學人에 對한 以上의 悔蔑은 永久的이라

는 것이다. 文學하는 사람이 먼저 社會人으로서의 自覺을 갖는다는 것은
文學 以前의 問題일지도 모르나, 오늘의 緊迫한 現實 아래에서는 文學 自體
의 問題인 것이다. 이 같은 自覺 우에 서게 될 제, 요사이 우리 文壇에서
論議되는 大半의 課題도 그대로 '解決劑'가 될 것이다.

—『동아일보』, 1938. 1. 16

言語·文學·表現

"太初에 말이 잇섯다."

이것은 『바이블』의 이야기다. 그러나 우리는 그것이 다른 動物에서 人間이 區別되는 가장 本質的인 條件의 하나이라는 點에서 그 말의 意義를 깊게 生覺한다.

事實 우리 人間은 '말'을 갖는 幸福을 가젓다. 그것은 人間으로서만이 갖는 가장 큰 幸福일디도 몰른다.

'말'은 人間 社會에 잇서서 가장 基礎的인 生産手段의 하나이라고 할 수 잇다. 勿論 우리는 生産 機構뿐만 안이라, 널리 社會 機構에 잇서서 道具의 主要한 地位를 몰르는 바 안이다. 그것은 人間 社會의 發展 契機에 잇서서 槓杆임에 틀림업다. 그러나 生産을 營爲하는 데 잇서는 道具뿐만 안이라 '말'이 必要하다. '말'에 依하야 한 사람의 智慧라든가 發見은 곧 人類 全體의 智慧라든가, 發見으로 進展한다. 同時에 人類 사이에는 生産을 爲한 참다운 計劃이라든가 協議가 成立할 수 잇는 것이다.

社會의 進展은 어느 째나 生産手段의 進化를 基礎로 하야 비로소 그 우에 實現되는 것이다. 單純한 道具가 複雜한 機械로 되고, 不統一한 野蠻

語가 統一된 近代語로 進化되는 데 따라 未開의 社會는 近代 社會로 成長할 수 잇섯든 것이다.

‘말’은 進化한다. 同時에 그것은 生産手段의 進化를 意味한다. 그럼으로 우리는 生産手段으로서의 機能을 가장 完全히 發揮할 수 잇는 말일수록 優秀하다고 하는 것이다.

‘말’에 잇서 空然한 遊戲라든가 才弄은 禁物이다. ‘말’은 音韻的으로나 文法的으로나, 쪼한 語彙的으로나 單純化하고 平易化하는 것이 通則이다. 이것은 單純히 法則이라느니보다도, 社會 意志에 基한 必然的인 코스라고 하여야 할 것이다. 따라서 넷날의 言語學에 잇서는 音韻的으로나 文法的으로 나 複雜한 것일수록 優秀한 것이라고 하야 쓸디 몰른다. 그러나 우리는 無智와 幼稚에 依하야 어느 文明國의 말보다도 複雜하고 遊戲的인 野蠻語 를 崇尙할 수는 업는 것이다. 現實的으로 오늘의 文明國의 말은 例外업시 모다 單純化, 平易化의 길을 걷고 잇는 것이 歷史的 硏究에 依하야 밝혀디고 잇다.

그럼으로 우리의 朝鮮語에 對한 關心은 이 가튼 見地에서 그 本質을 正當히 理解함과 同時에, 다시 一步 나아가서 朝鮮語를 進化시킨다는 點에 두디 안흘 수 업다. 朝鮮語의 進化된 部分은 一層 進化시켜야 할 것은 勿論 이어니와, 아직도 뒤쳐딘 部分이 잇다면 그것은 一日 速히 淸算시켜야 할 것이다. 그 뒤쳐딘 部分은 現在 朝鮮語의 發展이라느니보다도, 나아가서는 朝鮮 社會의 正常的 發展은 가장 만히 妨害하고 잇는 것이다. 웨 그러냐 하면 生産手段을 進化시킴이 업시 社會가 正常的으로 發展할 수는 업기 짜문이다.

多幸히 朝鮮語는 音韻, 文法, 語彙 할 것 업시, 모다가 單純하고 平易하야 世界에 그 類例가 업슬만큼 進化的 要素를 가진 말이라고 한다. 그것은 無意識한 過程에서나마 우리 祖先들의 叡智와 함께 말을 生産手段으로서 生産點에서 成長시켜씀으로써, 오늘의 後裔가 享有할 수 잇는 幸福인 것이다.

勿論 朝鮮語에 잇서서도 封建制度에 依한 身分的 階級, 쏘는 地域的 封鎖에 依하야 分裂이 生긴 것만은 事實이다. 그러나 그것은 쏘한 社會的 發展 階段에 짜라 새로운 統一을 指向하고 잇슴을 否定할 수 업다. 오늘의 瞬間은 正히 그 統一의 確立을 要求하고 잇스며, 一部에서는 이믜 여러 가지 具體的 運動이 이러나고 잇슴을 본다.

그러나 現下 朝鮮에서 論議되고 잇는 朝鮮語 統一 運動은 너머도 自家見에 偏執되야 言語의 歷史的 進化를 無視하는 逆行的 徵候는 업디 안는가 疑心된다. 朝鮮語의 本質을 眞正히 把握하기 爲하야 얼마던디 穿鑿 考證하는 것은 됴타. 그러나 산 文法 대신에 주근 文典을 외우고, 單純化된 音韻을 曉澁 複雜케 하는 退化的 逆行 運動은 嚴格히 禁制하여야 할 것이다.

言語는 骨董品이 안이다. 그것은 어듸짜지나 산 말이여야 할 것이다. 짜라서 言語學者가 산 '말'을 相對로 하디 안코, 쏘한 그것을 歷史的 發展에서 認識하디 못하고, 한갓 主觀的 穿鑿과 考證을 固執하게 될 제, 그것은 言語의 統一보다도 오히려 混亂을 비져낼 뿐인 것이다. 實際에 잇서 오늘의 朝鮮語 統一 運動은 그 分裂은 置外하고서도, 그 成果로 보아 一層의 混亂을 載來한 것이 掩蔽할 수 업는 事實이다.

우리들은 이제까지 모든 情熱을 하나의 思潮에 集中시킴으로 因하야, 爾餘의 文化的 領野에 涉獵함이 너머도 저것다. 더욱이 朝鮮語의 統一 運動에 對하야도 何等의 考究와 洞察도 업시 歷史的 見解를 缺如한 一部의 言語學者에 盲從하얏든 感이 업디 안타. 그것은 盲從이라느니보다도 오히려 朝鮮語 統一 運動 自體까지를 그 內容의 如何도 吟味함이 업시, 다만 하나의 思潮에 包括하려든 輕率이여쓸디 몰른다. 그러나 激昂하얏든 情熱이 다시 冷覺함에 짜라, 우리는 冷靜한 自己 反省을 이저서는 아니 될 것이다. 그때 우리는 오늘의 混亂이 單純히 一部의 言語學者에게만 돌릴 것이 안이라, 우리 全體가 引受하여야 할 過責임을 알 것이다. 그 中에서도 우리가

特記하여야 할 것은 文學人이 안일 수 업다.

文學은 어쩌한 境遇에서도 '말'과는 쩌러딜 수 업는 關係에 노혀 잇다. 마치 繪畵에 잇서 色彩라든가, 音樂에 잇서 音色과 같히, 文學에 잇서 '말'은 그의 基本的 要素를 構成하고 잇다. 짜라서 朝鮮 文學으로 '말'한다면, 朝鮮語의 本質, 쏘는 그의 發展 如何에 짜라 여러 가지로 制限을 받게 되는 것이며, 쏘한 實際로 바다 온 것이 事實이다. 如何한 個人的 技能도 그 言語가 주는 制限을 超越할 수는 업다.

짜라서 朝鮮의 文學人들은 自己의 文學的 限界를 널리기 爲하야는 어느 文化 領野의 사람보다도 朝鮮語에 對한 關心이라고만 할 것이 안이라, 當面한 朝鮮語의 統一 運動에 對하야 기픈 省察과 만흔 勞力이 잇서야 할 것이엿다. 그러나 以上에서도 言及한 바와 같히, 한째 新興 思潮의 禍中에 잇서서 朝鮮語 革新에 對한 盲目的 追從이 잇서쓸뿐, 그것을 自己의 問題로서 提出하야 그의 歷史的 發展을 爲한 眞正한 努力은 이제까지 單 한 번도 나타나디 못하엿다. 朝鮮語의 一層의 難澁과 混亂을 意識하면서도, 그의 統一에 對한 何等의 自己 見解를 가짐이 업시, 오직 現狀에 對한 忍從을 墨守하야 온 것뿐이다.

이것은 朝鮮語의 混亂에만 그치디 안코, 必然的 朝鮮 文學 自體의 萎縮을 招致하고야 마랏다. 오늘의 朝鮮 文學이 널리 民衆化되디 못하고 幾束의 文學 쓰룹에 멈쳐딘 것도, 다시 文學的 表現의 範圍가 越等히 狹窄한 것도, 大槪 거긔에 原因한 것이라고 할 것이다.

朝鮮의 文學은 한째 새로운 時代의 文學을 提唱하고, 새로운 讀者—民衆과 새로운 表現에 對하야 이야기하야쓰다. 그러나 그들이 取한 길은 民衆과 結付되여야 할 朝鮮語, 새로운 表現을 産出할 朝鮮語를 힘써 難澁케 하고 複雜케 하야, 言語의 平易化, 單純化를 일부러 阻害케 하디 안핫든가.

勿論 表現에 잇서서 一部의 異議가 잇슬디도 몰른다. 웨 그러냐 하면 只今은 語彙가 만타든가, 쏘는 文法이라든가 音韻이 複雜하면 할수록 優秀

한 言語며, 豊饒한 表現을 가질 수 잇다고 一部에서는 生覺하기 짜문이다.
그러나 言語學의 歷史的 硏究의 成果를 기다릴 것도 업시, 오늘의 時代에
잇서서는 文學的 語彙의 豊富하다는 것이 아모런 矜誇도 될 수 업다는
것을 우리는 目睹하고 잇다. 文化의 물결은 不絶히 一般 民衆에게 浸透되고
잇다. 그것은 及其也 모든 文化를 民衆의 水準 우에 均衡시키고야 말 것이
다. 모든 文化 機構는 特殊 階級의 專橫에만 맛겨디디 안코, 一般 民衆의
公有物로 化하고 잇는 것이 事實이다. 그러나 이것이 文化의 質的 低落을
意味하디 안홈은 再言할 必要도 업슬 것이다. 오늘의 文學도 쏘한 特殊
階級의 專有를 쩌나서 一般 民衆의 總意에 呼訴하는 藝術의 하나로 進展되
고 잇다. 우리들은 발서 一般 社會에 通用하디 안는 '文字'를 弄할 必要는
업는 것이다.

오늘의 文學은 正히 귀(耳)에 들리는 말과 조히(紙) 우에 눈(眼)으로 드려
다보는 文章과의 두 가지가 全혀 一致될 것을 要求하고 잇다. 그것은 文學의
理解에 잇서서 複雜性을 除去하게 되야, '말'과 文章의 合致에 依한 生活上
의 單一化를 가져오게 될 것이다.

그러나 이것은 文學的 表現의 範圍를 縮小시키는 것을 意味하디는 안흘
것이다. 오히려 우리는 反對로 말과 文字의 不合致에 依하야 表現의 機能을
喪失한 적이 만타. 우리는 勿論 日常 朝鮮語가 갖는 表現의 範圍를 너머서,
恒常 그 領域의 擴大에 努力하여야 할 것이다. 그러나 그것은 주근 文字를
羅列케 하는 데서 차즐 것이 안이라, '산 말' 속에서 차저야 할 것이다.

事實 우리들의 社會 生活은 날로 複雜化하고 多岐化하고 잇다. 그것은
近代 生活의 立體化를 證明한다. 짜라서 우리들의 生活은 從來의 平面的
表現만으로는 滿足할 수 업는 이다. 우리들의 體驗에 依하면, 이제까지의
朝鮮語는 事物의 靜態라든가, 心理 狀態 가튼 것은 容易히 表現할 수 잇스
나, 메카닉하고 動態인 것은 퍽이나 困難한 것이 事實이다. 더욱이 多角的인
近代 生活이라든가, 스피디한 近代的 感覺을 立體的으로 表現하는 데는

如干 不便한 것이 안이다. 그러나 如斯한 弊端을 克服하기 爲하야는 正히 ‘文字’에서 ‘말’로의 飛躍이 必要한 것이다. 卽, 새로운 社會 現象에 對하야 그것을 充分히 把握할 수 잇는 새로운 말이 그 時代에 짜라 新造되어야 할 것이다. 여긔에 明日의 朝鮮語에 依한 보다 擴充된 表現의 可能性이 暗示되리라고 믿는다. 朝鮮의 文學人은 不斷히 現在의 朝鮮語에 反抗하야 가면서 表現의 範圍를 擴大시키며, 쏘한 文學쁜만 안이라 朝鮮語의 再建에 專念하여 할 것이다.

그러나 朝鮮語의 再建은 冒頭에서도 ‘말’한 바와 같이, 生産點에서 遊離된 人間들의 遊戲的이며 妖術的인 데서 出發할 것이 안이라, 當然히 生産點에 잇는 大衆에 依하야 生産的인 必要에서 出發되어야 한다는 것을 아라야 할 것이다. 거듭 말하거니와, ‘말’은 生産手段으로서 生産點에 잇서서만이 가장 眞正히 進化할 수 잇는 것이며, 一部에 偏頗하야 運用될 것이 안이라, 民衆化될 제만이 發展할 수 잇는 것이다.

— 『정음』, 1938. 3.

性愛論

한째 戀愛論의 渴濫이 잇섯다.

그러나 거기에서 무슨 結論이 나온 것은 아니엇다. 元來 이러한 問題는 그러한 固定 不等의 結論을 가질 性質의 것이 못된다.

戀愛 問題는 묵은 問題이면서도 늘 새로운 問題이다. 그것은 過去에도 論議되엇고, 現在에도 論議되고, 또한 앞으로도 論議될 우리들의 久遠의 對象인 것이다.

그러나 오늘과 같은 이 째에 잇서서 戀愛만이 健康을 가질 수 잇다고 생각한 것은 적어도 妄想이다. 짜라서 戀愛를 云謂하는 것이 도로혀 病的인지도 모른다. 病的이라고까지는 안 가드래도, 이 非常時인 이 째에 잇서서 戀愛를 人生의 唯一의 事業인 것 가티 생각케 하는 危險性이 確實히 잇다. 正當하게 말할진대 只今은 절므니에 잇서서 個人的이요, 末梢的인 問題에 마음을 陶醉시키어 自己를 이저버릴 時期는 아닐 것이다. 戀愛를 너무나 지나치게 重要視한다는 것은 潑剌하여야 할 절므니의 心神을 脆弱케 할뿐, 社會的으로 有害하다고 할 수 잇는 것이다.

그러나 如何히 危險性이 잇고 有害하다 하더래도, 現實에 잇서서 戀愛란

두 글자가 절므니의게 잇서서는, 아니 人生의게 잇서서는 魅惑的이 아닐
수 업스며, 짜라서 戀愛 問題가 端的으로 興味의 焦點이 되고 잇는 事實을
우리는 否定할 수 업는 것이다.

理想에의 期待가 너무도 悲慘히 짓밟피어 民衆은 生活의 方針을 일코,
虛無的으로 되면 될수록 여러 가지 阿片的인 方面으로 逃避行을 하게 되는
것은 自然의 코스이다. 에로티시즘의 奔流도 그러한 하나의 現象에 지나지
안는 것이다. 戀愛는 單純한 에로가 아니요, 보다 高度的인 것이라고 할지
모른다. 그러나 그것이 性慾에 根底를 두고 陶醉的인 要素를 가진 點에
잇서서 하나의 逃避場임에 틀님업는 것이다.

한편 社會의 動向에 잇서 展望을 일흔 民衆은 그에 對한 關心을 이미
放棄하엿스나, 아즉도 思索하는 사람, 그 中에서도 運命的으로 思索을 斷念
할 수 업는 인텔리(知識人)는 社會的 關心을 버린 代身, 人間 生活을 反省하
고 個人的인 問題에로, 卽 內向的으로 눈을 돌니는 수박게 업섯다. 여기에
잇서서 戀愛라는 個人的 事項이 前面에 나서게 된 것은 無理가 아니다.

그러치 안어도 靑年의게는 어느 째나 結婚難이 잇스며, 性的 苦悶이 짜르
게 된다. 여기에 잇서 戀愛가 問題되며, 쏘한 되지 안흘 수 업다는 것을
首肯하게 된다. 우리는 正當히 이 問題를 發展시키어 今日의 戀愛의 貧困을
救함과 同時에, 참다운 새로운 戀愛 建設에 邁進하기를 躊躇하여서는 아니
될 것이다.

그러나 大槪의 戀愛論이나 結婚觀 乃至 女性論을 본다면 너무나 高踏的
이 아니면 俗物的이어서, 우리는 코우슴을 치고 失望하지 안흘 수 업다.
理想과 現實의 齟齬가 戀愛論에도 桎梏을 주는 탓일지도 모르나, 結局은
個人의 問題로 돌니어 自己의 性格 乃至 行爲를 合理化시키기 爲한 戀愛론
마니 꼬리를 물고 나오게 된다. 그들의 性哲學, 戀愛 結婚觀 等은 모다
各樣各色으로 自己 陶醉의 恣意的 角度를 表示하고 잇슬 뿐이다.

지금도 플라토닉 러브를 찻고 戀愛至上主義를 웨치는 사람도 잇스며,

로맨틱한 꿈으로 돌니는 사람, 쏘는 戀愛의 文化的, 社會的 意義를 高調하는 사람이 업지도 안엇다. 그러나 最近의 傾向에 잇서 現實的인 性慾 問題와 結付하야 생각하는 것이다. 그것은 社會的 不安이 不健全한 生活을 取하게 하는 데 基因된 것일지도 모르나, 요사이 街頭로 茶房으로 雙을 지워 다니는 靑年 男女의 囁語와 함께 크게 注目할 傾向이라고 본다.

以上에서도 말한 바와 같이 요사이 절므니의 性觀念이라든가 性心理는 雜多한 色彩로 나타나 一律的으로 規定할 수 업스나, 그 아무도 말한 것이 오히려 特徵이라고 할 수 잇슬만큼 되어 잇다. 元來 性慾, 戀愛, 結婚의 三者는 同一의 것에 合體될 제 가장 理想的일 수 잇는 것이다. 그러나 오늘의 現象을 보면 性慾은 性慾대로 放散되고, 戀愛는 戀愛로서 結婚과 隔離되여 잇는 것이 掩蔽할 수 업는 事實이다. 여기에 오늘의 戀愛論이 갓는 時代的 色彩가 잇다 할 것이다.

勿論 戀愛와 結婚의 分離는 오늘에 始作된 것이 아니라, 舊時代의 遺産이 라고 할 것이다. 自由主義의 隆盛期에 잇서서는 그의 一致가 强調되고, 쏘한 一致한 機運에 잇섯든 것이다. 그러나 그것이 다시 逆行하야 두 가지가 서로 分離하게 된 것은 아무리 하여도 矛盾의 深化에 짜른 時代的 反映이라 고 아니 할 수 업다. 더욱이 그 戀愛가 極히 享樂的이며 肉慾的인 色彩를 씌우게 된 것은 注目할 現象이라고 생각한다. 어느 째나 生活의 不安이 增大하고, 社會的 重壓이 激化하며, 오늘과 가티 戰時的 雰圍氣가 漲溢하는 데 잇서서는 享樂—그 中에서도 端的으로 말하자면, 먹는 것과 性的인 것 가운대 緊張된 全神經 系統을 埋沒시키는 것은 어느 階段에 잇서서나 共通 的임은 以上에서도 暫間 抵觸하엿지만, 오늘의 戀愛가 享樂的이며 肉慾的 이란 것은 크게 論議되어야 할 것이다.

여기에 잇서서 우리가 反省하지 안흐면 아니 될 것은 戀愛의 生理的인 基礎가 元來 性慾이란 點이다. 이제까지 우리들은 이 平凡하고 原理的인 考察을 너무도 等閒히 하여 온 感이 잇다. 數만은 抽象的 戀愛論이라든가,

쏘는 最近『朝報』에 發表된 折衷主義的 存在論의 性的 敷衍論인 金基錫氏의 「女性論」이라든가는, 한결가티 이 根本的인 問題에 손대기를 써려하엿기 째문에 한갓 美辭麗句에 긋치고 만 것이다.

절므니의 苦悶 가운대에서 性的 苦悶은 가장 큰 자리를 占領하고 잇다 할 것이다. 그 性慾의 處置에 잇서서 여러 가지 方途가 잇겟스나, 달니 말하자면 戀愛에 根底를 둔 것과 그러치 안흔 것과의 區別이 잇다. 여기에 잇서 後者로서 賣笑婦의 例를 들 수 잇겟스나, 그것은 公的이엿든 私的이엿든 우리의 當然히 拒否할 것임은 勿論이다. 차라리 우리가 論議하지 안흐면 아니 될 것은 對象이 賣笑婦엿든 무엇이엿든, 結婚을 目的으로 하지 안는 性的 處置를 認定할 것인가 아니 할 것인가의 問題이다. 짜라서 性慾은 절므니에 잇서서 生理的으로 어느 限度짜지 充足시킬 것이냐 하는 論議에 짜지 收着된다.

大體로 性慾이란 內的 要求와 外的 刺戟에 依하야 이러나며, 그것을 意識하는 것이 人間 性慾의 特徵이기도 하다. 人間의 性慾을 單純히 本能이라고 하는 것은 오히려 現代 人間의 複雜化한 性慾을 그대로 是認하고, 性的 混亂을 不可抗的인 것으로 생각게 하는 危險性이 잇다. 人間의 性慾은 生理的이며 衝動的인 要求에 基한 것은 事實이나, 決코 動物과 가티 野生的인 것이 아니라, 만히는 心理的이며, 精神的이며, 째로는 習慣的이라고 할 수 잇는 것이다. 그것이 意慾的인 限, 우리는 輕率한 判斷에 左袒할 수 업는 것은 事實이다.

人間 生活에는 生産的인 目的을 써난 享樂이 잇는 것이며, 모든 行爲에는 그 享樂—所謂 意味라는 것이 붓게 되는 것이다. 이것은 人間 社會의 進化이 所産이며, 人間만이 가질 수 잇는 것이다. 그러므로 性行爲에의 憧憬이라든가, 享樂을 追及하는 마음이라든가가 戀愛에 잇서서 主要한 地位를 차지하고 잇다는 것을 否認하는 것이 아니라, 오히려 그것을 크게 問題視하고 싶은 것이다.

그러나 우리가 생각하지 안흐면 아니 될 것은 社會의 進化에 反한 個人的 享樂은 不健全한 것이며, 社會的으로 制弱을 밧게 된다는 것이다. 事實에 잇서서 未開한 時代에 잇서서는 性의 기쁨이라든가, 그것을 享樂하는 데 잇서서 何等의 制弱도 업섯든 것이나, 性生活의 自由로운 時代에 잇서서는 如何한 性的 享樂도 社會 生活을 攪亂한 것은 아니엿든 것이다. 漸次 個人 的인 性愛의 發達과 生産力의 增加에 짜라 亂婚에서 制限婚에로 婚姻 形態 를 變革하며, 비로소 個人의 性生活에 對한 어썬 制限을 加하게 된 것이다.

最近 市民社會에 드러 와 個人主義와 自由主義의 擡頭에 짜라 所謂 '自由 戀愛'가 登場한 것은 確實히 社會的 制弱뿐만 아니라, '性의 모럴'의 發生이란 意味에서 戀愛의 進化보다도 人類의 進化엿든 것이다. 그러나 그것은 封建的 殘滓가 太半인 이 짱에 잇서서는 그의 純粹性을 가질 수는 업섯다. 여기에 이 짱의 戀愛의 貧困이 잇다.

戀愛의 모럴은 戀愛를 써나서 모든 性의 享樂을 自發的으로 否認한다. 同時에 永續性을 前提로 한 戀愛란 結婚 以外에 아무 것도 아니다. 짜라서 性, 戀愛, 結婚의 三者는 同一한 모럴 우에 서게 될 제 비로서 健全할 수 잇는 것이다.

절므니의 單純한 性的 享樂을 否定하는 것은 그것이 永續性이 前提되지 안엇다는 點에서보다도, 戀愛에 根底를 두지 안엇다는 點에서 强調되는 것이다.

—『비판』, 1938. 4.

文學 意識과 生活의 乖離

筆者는 月前 本紙를 通하야 거의 文壇의 重鎭을 網羅하엿다고 할 수 잇는 八, 九回에 亘한 文人 諸氏의 '이 時代의 내 文學'을 힘써 읽엇다. 그것은 오늘의 時代的 雰圍氣에 싸혀 잇는 이 땅의 文學 精神을 端的으로 窺知시키는 點에 잇서서 무엇보다도 만흔 示唆가 잇섯다고 본다.

그러나 그 全般的 內容의 空虛는 그만 두고서도, 그것이 너무도 時代的 內容을 超越할 自己 催眠的 譫語에 그첫다는 데 한層 우리들의 注目할 點이 잇스리라고 본다. 그들은 한결가티 自己의 文學을 歷史와는 無關係하게 認定하야, 도리어 世騷의 避難處를 文學 殿堂에 求하고 잇다.

文學과 現實의 遊離. 그것은 이 땅의 소김업는 文學的 實相임과 同時에, 오늘에 이르러 더욱 甚한 것이 잇다 할 것이다.

이 때 이 땅에 잇서서 所謂 文學 部面에 屬하고 잇다는 그들이 '이 時代의 내 文學'이노라고 내세운 것이 겨우 그 가튼 領域에 멈처 잇다면, 우리는 그들의게 明日의 文學을 指示하는 創造的 精神을 期待하기는커니, 그것이 時代의 물결에 萎縮되엇든 伸張되엇든, 現在 그들의 現實的 生活을 支援하고 잇는 精神的, 物質的 糧食이 무엇인가까지도 疑心하지 안흘 수 업는 것이다.

이 가티 現實과 文學의 遊離를 文學人으로서 조고마치도 遠慮함이 업시 汎然視하게 될 제, 그것은 單純히 文學人의 不誠實이라고만 할 것이 아니라, 文學 自體에 對한 冒瀆으로서 크게 追及하여야 할 問題인 것이다.

그러면 現實 生活과 文學의 이 가튼 遊離는 언제부터 始作된 것일가. 우리는 그것이 오늘에 始作된 것이 아님을 잘 알고 잇다. 한때 傾向文學이 文學의 社會性을 强調한 적이 잇섯다 하야도, 그 때에도 決코 文學과 生活의 無理업는 融合을 意味할 수는 업는 것이엿다. 文學의 社會性을 認識한 데 그들의 功績이 잇섯다면, 生活에서의 遊離에 그들의 이데올로기가 觀念的으로 떠러지는 根本的 缺陷이 잇섯든 것이다.

그러므로 우리가 生活과 文學의 遊離를 歷史的으로 解明하기 爲하야는, 이 땅에 잇서서의 所謂 新文學의 成立 過程에까지 遡及하지 안흘 수 업는 것이다.

勿論 新文學 成立 以前에 잇서서도 이 땅에 傳來의 傳統的인 文學이 업섯든 것은 아니다. 그것은 支配 文學이라느니 보다도, 만히는 儒敎를 胎盤으로 한 오늘의 文學과는 嚴密히 區別되는 廣義의 文學이엿다. 그것은 儒敎 自體가 그러하듯이 文學임과 同時에 政治요, 哲學이요, 道德이엿다. 文學이라는 特殊한 存在意識이 잇는 것이 아니라, 文學意識이 곳 政治意識이요, 道德意識이엿다. 그러므로 當時의 文學人은 擧皆가 政治家요 道德學者로서, 그들이 治國 平天下를 經綸하는 것과 山水風月을 咏吟하는 것엔 根本的으로 조금도 差異가 업섯다. 그들이 文章을 論하고, 詩를 짓는 것은 그들의게 잇서 餘技라면 餘技요, 全部라면 全部라고 할 수 잇다.

要컨대 傳統的인 傳來의 文學에 잇서는 嚴密히 말하야 特有한 文學 意識이 업섯든 것이다. 그러나 記憶하지 안흐면 아니 될 것은, 그 때 잇서서의 文學은 비록 未熟하다고는 할지나, 文學的 內容과 形式에 잇서 自然 內地 生活과 融合되여, 그 사이에 조고만한 問題도 업섯다는 事實이다. 例를 들면 風雅라든가 하는 東洋的인 古典的 精神은 當時 그들의 文學的 主流를 이르고 잇섯슬 뿐이라, 同時에 그들의 生活的 根底를 흘르고 잇든 하나의 精神이엇다.

—(1) 『조선일보』, 1938. 5. 19

卽, 거기에는 東洋的이요 封建的인 生活과 그 우에 선 形而上學的 世界觀이 緊密히 融合되여, 조고마한 分裂과 相剋도 업섯든 것이다. 그들의게 잇서는 自然과 人間, 生活과 文學은 對立的 關係로서가 아니라, 有機的이요 融合的인 것으로서, 當初부터 그 사이에 距離라고는 잇지 안엇다.

이것은 古代 社會에 잇서서 더욱 明白히 말할 수 잇는 것이다. 卽, 그 時代에 잇서서는 生活의 量的 方面과 質的 方面이 全혀 一致되여, 거기에 行하는 分業은 아직 人間의 個性을 分裂시키지 안코 全體性을 그대로 保持해 주엇섯다. 그것이 저— 빗나는 古代 藝術의 豊饒한 土壤이 된 것은 再論할 餘地도 업거니와, 그 全體性은 封建時代에까지도 殘存하야 個性은 온전히 保持되고, 個性과 自然 乃至 社會의 關係는 미처 그 對立 意識이 생기지 안헛든 것이다.

이 가튼 事實은 이 땅의 傳統的인 傳來의 文學에서뿐 아니라, 泰西의 中世 紀 文學 全般에 잇서서도 看取할 수 잇는 것이다. 宗敎的 狂信이라든가, 騎士的 感激, 俗人的 人情 等을 綴한 封建的이요 家長的, 牧歌的인 中世紀의 文學은 自然과 人間의 모든 關係를 오직 神秘의 베일로 더퍼버렷섯다. 거기에는 아직 個性이 눈뜨지 안엇슬뿐만 아니라, 自然에 對한 文化의 意識이 움트지 안엇섯다.

그러나 이윽고 新文學의 發生은 그 뒤를 따럿섯다. 卽, 新大陸의 發見과 함께 近代 市民社會의 勃興은 中世紀의 封建的, 牧歌的 諸 關係를 根本的으로 破滅시켯슬뿐만 아니라, 神秘的이요 非現實的인 그들의 生活 樣式에도 破滅的 作用을 이르켯섯다. 스콜라哲學의 베일을 벗긴 自然의 아페는 그의 對立物로서 歷史와 社會가 나타나고, 宗敎的 思惟와 實踐 道德은

近代的인 것으로 轉換하게 되엿섯다. 이 가튼 轉換의 思惟, 感情, 情熱, 表現에의 反映이 곳 다름아닌 文藝復興의 文化인 것이다.

이 時期의 思想家이라든가 文學者들은 모다 새로운 生活 樣式에 쪼차서 새로운 文化를 建設하기 爲하야 모든 中世紀的 暗黑과 神秘와 스콜라哲學的 베일에서 人間의 思惟와 情熱을 解放하고저 싸윗다.

여기에 비로소 中世紀의 神秘的 亡靈을 헤치고 人間的인 古代 希臘이 나타나고, 神學의 代身에 自然哲學이 나타남과 同時에, 牧歌的 文學 代身에 새로운 文學, 卽 最初의 近代文學이 發生하엿든 것이다. 이것은 勿論 思索力과 情熱과 性格의 巨人들의 손으로 된, 人類가 일직이 經驗하지 못한 가장 進步的 變革이엇다.

여기에 잇서 우리는 다시금 이 땅에 잇서서의 新文學 成立 過程을 闡明할 責務를 갓는다. 그러나 그것은 朝鮮文學史를 全的으로 究明하는 일이 되므로, 決코 하로 이틀에 成就할 수 잇는 것도 아니며, 또한 이 가티 制限된 紙面에서 生覺할 수도 업는 것이다.

如何間 우리는 오늘날까지 한 卷의 朝鮮文學史를 가저보지 못한 채 잇다. 그것은 緊要하면서도, 그만큼 難甚한 問題인 것이다. 이에 筆者는 遺憾이나마 그 全部를 後日의 文學史 記稿家에게 讓步하기로 하고, 다만 여기에서는 이 땅의 모든 文化 形態가 퍽이나 歪曲되고, 非正常的인 發生 過程을 발벗다는 것을 ○○함과 同時에, 오늘에 이르기까지의 朝鮮의 新文學은 겨우 그 端初를 열고 잇다는 것을 力說하는 데 그치고 십다.

文化란 어느 때나 그 歷史的, 地理的 限界를 넘을 수 잇는 것이다. 우리의 文學도 그 特殊性에 制約의 날이엇다.(이하 1행 판독 불가)

港口를 거처 輸入된 新文學은(―그것은 곳 歐羅巴 近代文學을 意味한다) 移植 初부터 受難의 날이엇다. 내것을 찾는 데나 남의 것을 바더드리는 데 아무런 準備가 업는 우리들에 잇서서 함부로 던저진 種子에서 처음부터 開花나 結實을 바란다는 것은 너무도 根底업는 일이엇다. 萬一 거기에서

發芽된 것이 잇다면, 그것은 여름비 끄테 簇出하는 雜草의 種類라고나 할가
─.

그러나 우리는 그것이 비록 蕪雜하고 模糊하나마, 傳來의 傳統的인 文學
과는 區別된 文學 意識의 成立을 看過하는 것은 아니다.

─(2) 『조선일보』, 1938. 5. 21

文學 意識의 成立이 自然에 對한 文化의 意識의 成立을 意味한다. 참다
운 '美'라든가, 참다운 '文學'이라든가의 自覺은 弱少하나마 新文學 以前의
傳來의 文學에서는 全혀 存在하지 안엇든 것이다. 이제 그 가튼 自覺은
겨우 이 땅의 文學人에게 움트기 始作한 것이다. 이 意味에서 조흐나 나즈나,
이미 新文學이 이 땅에 터를 잡은 것만은 事實이다.

爾來 文學 意識은 漸次 뚜렷한 意識 形態로써 文學人의 머리를 支配하게
되면서부터 그들의 日常生活 意識하는 摩擦을 생기게 하얏다.

勿論 文學 意識의 成立이라든가 發展은 社會的 變化와 그 發展에 制約을
밧게 되어, 거기에는 반다시 生活 自體의 變化가 따르게 되는 것이다. 그러나
그 生活의 改革이 미처 따르지 못하고, 또한 社會的 變化와 發展이 그에
미치지 못할 제, 어떠한 現象이 惹起될 것인가?

여기에 우리는 文學과 生活의 距離, 나아가서는 文學 意識과 生活 意識의
乖離를 보지 안흘 수 업는 것이다. 卽, 文學 意識이 압서게 되고, 生活 意識이
뒤떠러질 제, 그 사이의 葛藤과 相剋은 그가 合致될 때까지 免할 수 업는
受難인 것이다.

實際 現階段에 잇서서 우리의 文學 意識을 이미 나갈 수 잇는 極限까지
前進되어 잇슴에 不拘하고, 그 現實的 基礎인 우리들의 日常生活은 아직도
封建的 殘在에 沈澱되여 그 사이의 距離는 너무도 懸隔되어 잇다.

文學과 生活의 乖離. 여기에 우리는 우리 文學의 全貌를 차질 수 잇슴과
同時에, 우리 文壇에 蔓延되어 잇는 모든 禍因을 看取할 수 잇는 것이다.

그러나 如何한 境遇에 잇서서도 또한 如何한 困難이 잇슬지라도, 文學과

生活의 距離는 短縮되고 統合되어야 할 것이다. 그것은 文學 自體가 社會 意識이라던가 生活 意識, 또는 現實에 對한 認識으로써 特殊한 文學에 依한 歷史的 形式에 지나지 안는다는 單純한 命題로써 充分히 理會할 수 잇는 것이다.

그러면 우리는 이제 이 가튼 生活과 文學의 乖離가 이 땅의 文學에 잇서서 어떠한 形式으로 解決을 짓고 잇는가, 또는 지으려고 하는가를 檢覆할 階梯에 이르럿다고 본다. 그것은 이 땅의 現階段的 文學을 端的으로 表示할뿐만 아니라, 明日의 朝鮮 文學에 對한 惑種의 想定을 可能케 할 수도 잇는 것이다.

우리는 무엇보다도 먼저 이 땅의 一部의 文學人에 잇서서 最初부터 문학과 生活의 分離를 그대로 肯定하야 晏然하는, 말하자면 幸福(?)된 部類를 摘發할 수 잇다. 그들에게 잇서서는 文學 그 물건이 마치 觀念哲學에 잇서 規定된 美의 意識과 가튼 것으로써, 社會的 現實이던가 日常生活과는 無關係히 存在할 수 잇는 極히 抽象的인 文學王國을 設定하고 잇다. 이것은 勿論 文學的 自意識의 過剩에서 오는 것이겟지만, 筆者가 말하는 新文學 意識과는 當初부터 아무런 結緣도 잇슬 수 업는 것이다. 이러한 傾向은 主로 이 땅의 所謂 純文學을 웨치는 사람이라던가, 藝術至上主義를 自處하는 사람들 사이에 가장 만히 發見할 수 잇는 것으로써, 그들은 처음부터 文學과 生活을 分離하엿슬뿐 아니라, 또한 生活 意識을 社會 生活에서 遊離된 所謂 純粹한 生活 意識에로 密封시키므로, 거기에 무슨 文學 意識과 生活의 對立이 잇슬 수 업는 것이다.

그러나 우리는 이와 類似한 傾向을 다른 部面에서도 看取할 수 잇다. 卽, 文學과 生活의 距離를 意識하는 一部의 文學人에 잇서서도 그 解決 方法의 容易치 안흠을 看破하고서, 그들 亦是 文學의 純粹性의 이불 미테서 傳來의 傳統的인 文學 理念에로(―거기에서는 最初부터 文學과 生活의 距離가 問題되지 안는다.) 復歸를 企圖하는 것이다. 文學과 生活의 藝術的

統一에 잇서서 生活을 文學 意識에까지 끄러올리지 못하고, 도리어 새로운 文學 意識을 傳來의 文學 理念에로 끄러내림으로써, 陳腐한 傳統的 日常生活에 合致시키려는 이 가튼 傾向은 勿論 이 땅의 常套的인 安易主義의 發露라고 할 수 잇다.

그러나 그 根本的 原因으로 말하면 그들이 새로운 文學 意識을 吸收한 것만은 事實이나, 實際 그들의 日常生活은 아직도 낡근 封建的 生活意識에서 解脫하지 못하엿다는 데 잇다.

여기에 그들의 意識的, 無意識的 또는 惰性的인 現實 逃避의 길이 잇는 것이며, 廉價의 文學 享樂主義에 떠러지는 門이 열녀 잇는 것이다. 現在 그들은 文學과 生活의 統一의 要求를 純文學이라는 私小說로 도라가므로써 滿足시키고 잇는 것이며, 한때 簇出하든 轉向 作家의 究極의 歸着點도 結局은 이 곳에 멈추어 잇슴을 目睹할 수 잇다.

이 가티 보아 올 제, 文學과 生活의 乖離에 참다운 統合을 賦與하기는 이 땅에 잇서 可望할 수 업는 것도 갓다. 卽, 以上에서도 言及한 바와 가티 一般的으로 새로운 文學 意識 成立의 現實的 基礎가 될만한 生活과 文學의 藝術的 統一이 하나의 傳統으로써 아직 發達되지 못한 데다가, 歷史的 過程은 政治와 文學을 正面으로 마주치게 한 곳에 이 땅의 文學人이 머리를 알치 안흐면 안 될 오늘의 特殊한 困難性이 노여 잇다고 할 것이다.

그러나 誠實한 作家는 누구나 이 跼蹐 아페 苦悶하지 안흘 수 업섯다. 그것은 問題를 正當히 解決하려는 者만이 가질 수 잇는 高貴한 苦悶이엇다. (元來 問題를 安易와 平俗으로 아무러케나 解決하려는 者들에게는 苦悶이란 잇슬 수 업는 것이다.)

文學과 生活의 乖離가 아무런 統合을 보지 못한 채, 卽 誠實한 文學的 傳統이 미처 서지 못한 채, 이 땅의 文學이 다시금 峻嚴한 難關에 부드치게 될 제, 누구라 誠實한 文學人으로써 그것을 超克하려는 苦悶을 過程하지 안흘 것인가!

여기에 잇서 우리들은 모두가 逃避하고 모두 迂廻하야 文學은 幽僻의 洞窟이 아니면, 混沌의 渦中으로 끄러 너코 잇는 이 땅에서도 生活과 文學의 乖離를 直視하고 그곳에서 出發하려는 若干의, 그러나 眞摯한 態度를 볼 수가 잇섯다.

卽, 그것은 昨年 一年間을 風靡하고도 오히려 이러타는 成果를 엇지 못한 채 幕을 네린 휴머니즘 論議와 다시 그 뒤를 이어 今年에 이르기까지 계속 論議되고 잇는 主體의 再建 問題 論議 가운데 차저볼 수 잇는 것이다.

兩者는 一見 서로 論點을 달리한 것 가트나, 그 立脚點을 다시 한 번 檢覆할 제, 거기에는 文學과 生活의 乖離의 統合이라는 共通된 基底를 가지고 出發한 것을 알 수 잇다. 卽, 前者는 오늘의 知的 自由와 文化의 擁護를 標榜한 것으로써, 나아가서는 새로운 生活 意識의 宣揚을 꾀함으로써, 그의 本來의 理念이라고 할 수 잇는 文學과 生活의 統一을 求하고 잇스며, 後者는 文學과 生活의 分裂을 主體의 自己分裂로서 把握하야 主體의 再建을 꾀함으로써 그의 超克의 길을 찾고 잇는 것이다. 거기에 萬一 差異가 잇다면, 휴머니즘은 文學人이 그 生活 意識의 宣揚 또는 更新하는 마음에 잇서 무엇보다도 文學과 生活의 乖離가 對立, 今日의 時代的 性格을 認識함으로써, 知性의 擁護라든가, 文化의 擁護라는 外的 條件을 슬로건으로 내세운 데 反하야, 主體의 再建 論議는 自己分裂된 主體가 亦是 오늘의 時代的 特性의 所致임을 認識하지 안는 바 아니나, 도리어 거기에서 敗北의 苦杯를 體驗한 그들에 잇서는 무엇보다도 自己省察이 압서게 되며, 內的 格鬪(―金南天氏의 告發의 精神 또는 自己 剝奪의 情熱 等)를 過程함으로써, 主體와 客體의 文學的 統一, 卽 藝術과 現實 生活의 乖離를 超克하려는 것이다.

그러나 이제까지의 個個의 論者들은 不幸히도 部分的 現實에 小 主觀을 確執하야 問題를 全體性에서 捕捉하지 못한 感이 업지 안타. 여기에 잇서 우리들은 다시금 휴머니즘 問題와 主體의 再建 問題를 相關시켜서 再吟味

할 必要를 느끼는 것이다.

事實 휴머니즘은 그가 질머지고 나온 不幸이라느니보다도, 이 땅의 미저러블한 文學人들의 片眼으로 말미아마 受難의 渦中에서 寃罪를 버서 메지 못한 채 幕을 마치고 말엇다. 그러나 누가 '人間 探求'를 接木시키고, 누가 '復古現象'의 釘을 박는 것쯤은 元來 휴머니즘에 잇서 問題가 아니 된다. 本是 휴머니즘의 文學 理念이란 文學과 生活의 統一에 잇는 것이다. 그것은 正히 오늘의 時代의 情況을 認識함으로써, 政治의 奴隷化한 文化(文學)를 救出하고, 虛脫된 作家의 生活을 充實시켜 究極에 잇서는 文學과 生活의 完全한 統合을 要求하는 것이다.

이 가튼 眞實한 부르지즘이 무엇 때문에 '無色無臭한 狀態'를 아직도 버서나지 못한 '人間 探究'에 混淆되며, 또한 바른 '눈'으로 바른 '現實'을 描破한다는 리얼리즘의 鋒鋩을 바들 것은 무엇인가!

生覺컨대 휴머니즘의 뒤를 이어 論議되는 主體의 再建 問題에 잇서서도 '藝術과 現實과의 極度의 相剋'을 意識하므로써, 그 超克의 길을 自己 剝奪과 自己 告發에 차즌 것이며,(金南天氏) '날근 世界와 새 世界, 날근 知性과 새 知性의 相剋'을 意識하므로써, 自己分裂에의 抗爭을 作品에 잇서서 참다운 리얼리티에 求한 것(林和氏)이 아닐까?

—(4) 『조선일보』, 1938. 5. 24

이 가튼 問題는 어떤 意味에서도 휴머니즘과 無關할 수는 업슬 것이다. 도로혀 그것은 오늘의 휴머니즘에 內包할 수 잇는, 卽 휴머니즘의 敷衍이라고 보는 것이 보다 妥當할 것이다.

告發의 文學이 너무도 內省的인 데 떠러진 것은 論者 自身이 지나치게 作家의 小市民性을 偏執하야 問題를 一般化시키지 못한 탓이라 하겟스나, 그것이 뒤떠러진 生活 意識을 剝奪함으로써, 새로운 文學 意識에 統合시키려는 前進的 제스처임에는 틀림업다. 다만 거기에 말하지 안흐면 아니 될 것은 林和氏도 指摘한 바와 가티 우리의 相剋을 現實의 相剋으로, 自己

自身 가운데 잇는 제 敵을 現實 가운데 잇는 人間의 敵의 一部分으로 把握하지 못한 結果 告發의 精神이 모럴論으로는 發展하면서도, 自己 分裂에의 外的 抗爭이라고 할 수 잇는 文化의 擁護라든가, 知的 自由의 要求는 꿋꿋내 疏外되고 말앗다는 事實이다.

우리는 勿論 이 過程에 잇서서 自己 省察의 커다란 意識을 過小評價하려는 것은 아니다. 그러나 눈을 外部에로 돌리지 못한 限, 氏가 말하는 藝術과 生活, 文學과 政治의 참다운 統一을 期할 수는 업는 것이다.

우리는 오늘에 잇서 文化뿐만 아니라, 生活의 危懼를 늣기면 늣길수록 知的 自由를 웨치지 안흘 수 업는 것이다. 그것은 오늘에 잇서 너무도 軟弱한 말일지도 몰은다. 그러나 우리는 그 軟弱한 말 가운데 가장 强靭한, 가장 眞實한 힘을 차질 수 업슬 것인가? 우리는 그것이 아무리 軟弱할지라도, 그 外엔 딴길이 업다는 것을 理會하는 것이다.

文學과 生活의 乖離. 우리는 勿論 그 超克의 길이 短期間에 열리리라고 生覺하지 안는다. 더욱이 科學的 傳統의 缺乏으로 말미아마 思想의 問題가 抽象的 境域에서 굴러다니는 이 땅에 잇서는 새로운 文學 意識이 要求하는 새로운 思想性의 問題가 그다지 容易하게 解決되지 안흘 것을 잘 알고 잇다. 그러나 우리는 歷史的 立場을 抛棄하지 안는 限, 반다시 文學 意識과 生活의 乖離의 現段階를 歷史的으로 克服할 것을 疑心하지 안는다. 그것은 이 땅의 文學뿐만 아니라, 近代文學이 넘지 안흐면 아니 될 하나의 階梯인 것이다. 폴 발레리도 그의 「바리에테」 가운데에서

"─歐羅巴의 精神的 이 無秩序는 무엇으로써 形成되엇는가? 가장 類似點이 업는 思想, 背馳되는 生活과 認識의 原則이 敎養 잇는 모든 精神 가운데 함부로 倂存한 탓이라고 할 것이다. 여기에 近代라는 時代를 特質的으로 만든 것이 노여 잇다."

라고 文學과 生活의 背馳를 摘發하엿다.

우리는 헛되히 오늘의 휴머니즘 論議의 滅形을 悲觀하지 안는다. 그것은

어떠한 形式으로나마 오늘의 文學에 잇서 血液이 되고 皮膚가 되여, 文學과 生活의 참다운 統一을 가저오고야 말 것이다.

―(5) 『조선일보』, 1938. 5. 25

作家의 近視眼과 作品의 多樣性

1

한 사람의 훌륭한 短篇小說家이나마 나와주엇스면 하는 것이 筆者의 朝鮮 文壇에 對한 端的 念願이다. 그러나 이 같은 生覺은 누구나 朝鮮 文學에 對한 多少의 關心을 갓는 者이면 느낄 수 잇는 念願이 아닐가!

筆者는 恒常 朝鮮 文壇의 創作에 對하야 적지 안케 失望을 하야 온 者이다. 每日의 新聞小說은 그만 두고서라도, 每달 正規的으로 發表되는 作品이 短篇, 中篇을 合하야 十餘篇을 훨신 超過하는 現狀이나, 讀者의 한 사람인 筆者의게 限하야는 아직것 한 作品도 이러타는 感激은 커니, 조고만한 感興조차 이르켜준 것이 업섯다.

爾來 筆者의 生覺에는 남의 文壇에 創作欄이 잇스니, 例에 依하야 우리 文壇에도 그저 그것이 잇는가 보다 하는 程度로 큰 關心을 가질 수 업섯다. 따라서 筆者의게 잇서는 朝鮮의 創作을 읽는다는 것이 다시 업시 苦로운 일이며, 째로는 朝鮮 文學 全體에 對한 幻滅까지도 비저내는 悲哀의 일이엇다. 한째 作家 對 評家의 對立이 物議를 일으키고, 評家에 對한 公共然한 不信任狀이 던저질 째에도, 筆者의 눈에는 評論의 無權威보다도 앞서 自己 反省이 업는 作家의 厚顔이 물그럼이 처다보이는 것이엇다.

그러나 朝鮮의 創作 乃至 作家에 對한 이 같은 侮蔑的 言辭는 오로지 筆者의 偏性이나 焦燥에로만 들닐 것이 아니라, 도리혀 朝鮮 文壇 乃至 作家에 對한 보다 큰 期待를 가지기 째문일지도 모른다. 事實 우리 文壇의 現狀은 무엇보다도 먼저 創作의 質的 向上을 要求하고 잇다. 그것 업시는 如何한 評論도 文壇의 水準을 쓰러올닐 수 업는 것이며, 及其也 評論 自體 까지도 發展시킬 수 업는 것이다. 現代文學에 잇서 評論이 직히고 잇는 地位는 너무도 크다. 짜라서 筆者는 朝鮮의 創作界를 지나치게 侮蔑하면서도, 一方 그가 갖고 잇는 보다 큰 意義를 附與하기에 조곰도 躊躇하는 者가 아니다. 冒頭에 무엇보다도 훌륭한 短篇小說家가 輩出하여 주엇스면 하는 그 念願이야말로, 朝鮮 文壇의 向上의 길이 오로지 거기에 잇다고 確信하는 所以라고 할 것이다.

여기에 잇서 筆者의 强調하고저 한 것은 이 쌍의 評論은 너무도 作品과 隔離되여 저 혼자 맴을 치고 잇다는 事實이다. 그러기에 우리는 作家들의 입에서 評論이 너무 原則論에 기울러 公式이라든가 原理만을 敷衍 反覆하는 것이 全部이라는 非難을 귀가 아프도록 듯고 잇다. 評論이 作品과 쩌러저서 進行한다 하야 評論이 作品보다 先進한다는 것을 意味할 수는 업다. 도로혀 그것은 評論으로 하여금 硬化된 죽은 評論을 만들고 잇는 것이다.

우리는 리얼리즘을 云謂하고 世界觀을 論議할 제는, 마쌍이 現實的 作品을 土臺로 하야 그 地盤 우에서 展開시켜야 할 것이엇다. 그것은 讀者의게 산 感觸을 줄쑨만 아니라, 作家와 評家의 有機的 關聯을 비로소 매질 수 잇는 契機를 提供하는 것이다. 그러타고 하야 어썬 作品을 單純히 하나둘의 公式에 마추어내는 것이 곳 評論이 된다는 것은 아니다. 우리는 어쩌한 批評임에 不拘하고 그것이 完全히 遂行될 제 解剖, 分析, 批判, 統一의 過程을 밟어야 할 것을 너무도 잘 알고 잇다.

그러나 肝緊한 問題는 어떤 基準 아래에서 이 같은 批評 過程을 遂行하는 것이냐에 잇지 안흐면 아니 된다. 여기에 말한 批評 基準이 곳 하나의 公式일지도 몰은다. 그러나 그것이 어썬 作品을 裁決하는 批評 基準이기 爲하야는, 보다 넓은 現實 生活을 涉獵하는 데서 어든 높은 認識이 따르지 안흐면 아니 될 것이다. 그것은 現實 生活을 裁斷하기 前에, 먼저 現實 生活의 眞正한 認識에서 나옴을 不可缺의 要求로 한다. 웨 그러냐 하면 作品 坙한 그의 母胎인 生活에 根據를 두기 째문이다. 여기에 잇서 評論과 創作은 비로소 共通的 基底 우에서 不絶히 摩擦하고 浸透되는 交互作用을 갖게 되는 것이다.

2

이제 筆者는 焦燥와 偏性과 先入見을 버리고, 힘써 四月의 創作 六篇을 읽엇다. 그러나 정작 創作評의 붓을 들고 보니, 以上에서 말한 歷史라든가, 現實에 對한 認識 問題가 다시금 머리 속에 謬着되여 쩌러지지 안는다.

勿論 오늘이라고 現實이나 歷史에 對한 眞正한 科學的 認識이 업는 바 아이며, 따라서 批評에 잇서서도 어느 程度의 評價 基準을 가질 수 업는 것도 아니다. 그러나 우리는 오늘에 잇서 批評 基準 自體가 날로 混亂되어가는 것을 否定할 수는 업다. 現實 解釋이라든가 歷史的 認識이 動搖됨에 따라, 그것은 한層 混亂되고 多樣性을 찌우게 된다. 오늘의 創作評은 實로 印象 追跡, 坙는 現實 生活의 感情的 追跡에서 再出發하고 잇다 하야도 過言이 아닌 것이다. 따라서 한 作品에 對한 各 評家의 解釋과 評價는 相異하다고만 할 것이 아니라, 極度로 錯綜되어 잇다. 이 가티 批評 基準을 喪失함으로써 生기는 混亂을 우리는 어쩌케 할 것인가?

여기에 잇서 筆者의 머리에 쩌오른 것은 今番에 힘써 읽은 六篇의 創作이 亦是 同一한 混亂 現象을 뭏하고 잇다는 事實이다. 槪括的으로 이야기하면 그 六篇이 그린 題材 全部가 偶然히도 '貧窮'이라는 同一한 題材를 取擇하여 잇다. 勿論 거기에는 農村 生活이라든가, 工場 勞働者 坙는 失業 인텔리

等의 各層에 쩌처 잇슬쑨 아니라, 貧窮에 對한 態度도 間接 或은 直接의
差異가 잇다. 그러나 亦是 六篇의 創作이 모다 貧窮面을 그렷다는 事實은,
오늘의 社會 現實이 作家로 하여금 그의 눈을 다른 곳으로 돌릴만한 餘裕를
주지 못할 만큼 生活的 貧困이 그들의 周圍를 에워싸고 잇다는 것을 말한다.
戀愛이니, 理想이니, 어느 째이고 文學의 題材가 아닌 바 아니다. 오늘의
現實 生活은 그들의게 이미 모든 것을 剝脫하고서도, 다시금 生活 그것까지
도 剝脫하여 마지 안흐리 만큼 逼迫하여 잇다. 이 가튼 現實 生活이 作家로
하여곰 意識的으로 貧窮을 題材로 삼게 한 것이 아닌가 한다.

그러나 우리는 한 거름 더 나가서 여러 作家가 貧窮을 如何한 角度에서,
如何한 態度로 取扱하엿는가를 檢討하여야 할 것이다. 崔載瑞氏는 일직이
「貧困과 文學」을 말하는 가운데에서 材料로써의 貧困과 創作 精神의 貧困
과는 嚴然히 다른 물건이라는 것을 前言하고서, 아래와 가티 말하얏다. "周
圍의 生活이 貧困하다고 해서 作家의 創作力의 貧困을 掩護할 아무런 理由
도 못된다. 그런데 우리의 貧困小說을 보면 어쩌하냐? 世界에서 보기 드문
生活線 以下의 가난에 헤매이는 無智한 農民이나, 그러치 안흐면 無氣力한
인텔리를 어느 程度까지 참다웁게 描寫하얏슬 쑨이라는 作品이 大部分이
아니엇든가! 가난의 巨手에 목을 졸리어 그저 汚濁에서 汚濁으로 끌려다니
는 人間 動物의 무리를 아모 感激업고 氣力업는 붓으로 그려왓슬 쑨이 아니
엇든가?"

筆者가 읽은 四月의 創作 六篇은 正히 이 引抄에 該當한 것이 아닌가
한다. 어느 程度까지 貧窮은 참다웁게 描寫되여 잇는지도 모른다. 그러나
活字의 背後에 빤히 滲出되고 잇는 作家의 無主見은 作品 全體의 混亂을
비저내고 잇다. 아니 그것은 現實에 잇서서 作家 自身의 混亂일지도 모른다.
歷史와 現實에 對한 認識은 그들의게 잇서서도 퍽이나 動搖되고 잇다. 짜라
서 貧窮에 對한 그들의 態度는 多少의 差度는 잇슬지라도, 모다 混亂의
渦中에 드러잇다. 한 作家이나마 그 貧窮을 解剖하고 批判하며, 새로운

運命을 開拓하기 爲한 暗示조차 보여준 作品이 업다. 다만 憐愍과 同情의 餘分을 各自의 天分에 짜라 恣意的 角度에서 放散하고 잇다 할 것이다. 여기에 모든 作品은 어쩐 하나의 眞實을 啓示하는 것이 아니라, 淺薄한 多樣性을 찌고 나올뿐이다.

3

이제 作品別로 이야기를 進行할진대, 어쩐 意味에서나 金南天氏의 「生日 前날」(『三千里文學』, 第二輯)로부터 始作 아니할 수 업다. 이 作品은 아미 朴英熙氏의 月評(『朝報』)에 올은 것이나, 그 月評에 下服이 잇다느니 보다도, 여섯篇의 創作 가운데 잇서 가장 만히 論議할 問題를 提供하는 作品임으로써이다.

「生日 前날」은 氏의 告發 文學 提唱과 함게 發表된 「少年行」, 「祭退膳」, 「瑤池鏡」 等 一聯의 作品 傾向과 類를 달니한 氏의 새로운 創作的 試驗이라고 볼 수 잇다. 이 作品의 主人公 西粉이는 그다지 裕足하지 못한 家庭에서 자라나 普通學校 敎育도 밧지 못하고, 보다 貧寒한 農村 家庭으로 出嫁하게 되얏다. 그러나 그 後 西粉이의 親家는 多少 生活의 餘裕를 가지게 되어, 그의 누이동생 仁淑이는 普通學校도 卒業하게 되고, 다시 巡查의게 出嫁하야 男便이 警部까지 昇級하게 되얏스며, 동생 仁浩는 日本 留學까지 하게 되얏스나, 한재 思潮의 渦中에 휩쓸려 地下運動에까지 손을 대게 되얏다. 이러한 色다른 男妹를 갖게 된 西粉이는 그 사이에 잇서 오직 在來의 倫理的 傳統을 그대로 지키고서 自己의 運命에 從順할뿐이엇다. 그러나 그의 누이동생 仁淑이와 사이에 버러진 틈(間隙)—自己와 가튼 血肉을 나누고, 가튼 父母 膝下에서 자라나서 그가 擁負하야 길러준 사랑스런 누이동생 仁淑이엇스나, 이제는 各各 出嫁外人이 되엇슬뿐 아니라, 새로운 生活 環境에서 生긴 仁淑이의 철업는 俗物的 自負心과 沒常識이 傳統的 倫理感을 世波에

더러핌이 업시 그대로 담어 온 西粉이의 感情을 말할 수 업시 錯亂시켜버렷
다.

作者는 이것을 社會的 關係에서 把握하기 爲하야 周到한 用意를 가지고
生活과 心理의 움지김을 無理업시 그대로 그려냇다. 이것을 朴英熙氏와
가티 單純히 "經濟生活에서 生기는 싸움과 葛藤을 擴大하야서, 그곳에다
人生의 倫理, 道德, 善行까지를 結付시켜버린 것이라"고 하며, "家庭의 倫
理的 關係를 極히 浮動된 것으로 생각하고, 그 倫理와 道德이란 것이 人生의
永遠한 關係에서 써나서 物質的 標準 如何에 짜라서 行事되고 移變된다는
것을 表現하려 하얏다."하야 詰難하는 것은 이 作品에 對한 詰難이라느니보
다도, 根本的으로 드러가서 科學的 認識을 否定하려는 氏 自身의 觀念論的
表白이 아닌가 한다.

「生일 前날」에는 朴氏가 生覺하듯이 西粉이의 아버지, 어머니가 主人公
이 아닐뿐더러, 仁浩의 生活도 中心이 되어 잇지 안타. 作者는 이대까지
西粉이를 中心으로 그의 누이동생 仁淑이와의 關係를 主로 들추어내려 하
얏다. 짜라서 西粉이 對 그의 아버지, 쏘는 어머니 關係는 極히 가벼웁게
描寫되여 거기에는 西粉이에 感情을 激昂시킬 아무런 摩擦이 잇지 안타.
다만 仁浩의 生活이 쑤렷이 나타나지 못함은 仁浩 自身을 作品의 主人公으
로 한 것이 아니라, 西粉이와 仁淑의 사이를 連結 葛藤케 하는 役割을 맛기게
하는 데 그치게 한 탓이라고 보아야 할 것이다. 그럼으로 우리가 着眼하지
안흐면 아니 될 것은 어데까지 西粉이와 仁淑이가 處하는 生活 環境의
乖差가 그들의 倫理的 感情을 넘어서 反映되고 잇다는 事實이다. 그러나
이것은 果然 朴氏가 말하듯 作者의 主觀 强調이며, 强壓的인 無理의 調和일
까? 筆者는 오늘의 現實 生活에 잇서 너무도 만히 그러한 實例를 體驗하얏슴
인지, 그에 對한 無理라든가 矛盾을 늣기기 前에, 西粉이의 이대까지 運命에
從順하는 그 態度에 보다 만히 마음을 쏠니게 되는 것이다.

仁淑이의 짤 명자와 西粉이의 아들 복손이가 싸움을 할 제, 仁淑이가

버선발로 달녀가서 "춘아색길 미욱스레 어린 아이 왜 째리네. 기에가 너 거튼 거 한테 마즐 아인가?" 하고 고함을 지를 제, 부엌에 잇는 西粉이도 自己도 모르게 그곳으로 달녀갓스나, 그의 손은 복손이의 쌤을 갈기고 만다. 그것이 仁淑이에 對한 것보다도 社會에 對한 西粉이의 唯一한 反抗의 表示엿다. 그것은 西粉이에 잇서 忍從이엇슬지 모르나, 그것을 읽는 讀者들의게는 亢奮업시 읽을 수 업는 刺戟劑인가 한다.

여기 잇서 筆者에 論議하고 싶은 것은 亦是 西粉이와 仁淑의 사이를 쩨어놋는 두 사람의 生活의 乖差가 結局 西粉이의 貧窮에 잇다고 할 수 잇다는 것이다. 그런데 作者는 이 貧窮에 對하야 同情을 사게는 하얏다 할지라도, 한 거름 더 나가서 그것을 어쩌케 부뜰고 이러설 것인가를 조곰도 啓示하지 못하얏다. 더욱이 仁浩라는 人物의 介在는 그것을 說得하기에 퍽이나 조흔 條件이엇슴에 不拘하고, 作者는 그것을 閑却하야 仁浩의 生活을 너무나 퍼시브하게 만드럿다. 아마 이 가튼 非難은 結局 作者의 最近 傾向에 顯著히 눈에 씌이는 情熱의 滅退에 基因한 缺陷에 向할 것이 아닌가 한다.

如何間 作者의 告發 文學이 오늘의 거센 現實 우에 거릿김업시 提唱될 제, 筆者는 처음부터 그 問題 提起만은 佳賞타고 생각하얏스나, 現實的 生活이라든가 作品에 잇서 어느 程度까지 쾨뚤코 나갈 수 잇슬가 퍽이나 그 成果를 ○念하얏든 것이다. 果然 氏의 前作 「祭退膳」은 그가 如何히 成功하기 어려운 것인가를 如實히 表白하얏섯다. 그러나 筆者는 「生日 前날」을 契機로 하야 氏의 提唱하는 文學的 精神이 보다 宣揚될 새로운 創作의 길이 나오지 안흘가 한다. 「生日 前날」에 잇서서 會話 以外에도 方言이 만히 나옴은 欠이 아닐 수 업스나, 構想이라든가 文章이 硏磨된 폼은 앞으로 더욱 期待를 갖게 한다.

張德祚氏의 「入院」(『三千里文學』, 第二輯)도 이미 朴英熙氏의 高評이 잇섯다고 記憶되나, 筆者가 이 作品에서 늣긴 것은 첫재, 그것이 하나의

短篇小說이라느니보다도, 하나의 小品이 아닌가 하는 生覺이다. 플롯의 簡潔이라고 讚辭를 올닐 수도 잇지만, 小說로서의 構造가 缺如되어 잇다고 貶却할 수도 잇스리라고 본다. 或者는 이 作品에 잇서 敎養잇는 사람의 道德的 良心의 銳敏한 感受性을 表現하얏다고 하야 敎養人과 非敎養人의 對照를 云云하나, 筆者는 도로혀 이 作品에 나오는 '나'라는 主人公을 通하야 所謂 '敎養잇는 俗物 根性'을 發見할 뿐이엇다. 看護婦의 規則 勵行시키려는 그 짜증이야 職業 心理라든가, 惑은 單純한 生活 規範에서 나오는 짜증으로 看過할 수 업는 것은 아니나, 所謂 '나'라는 主人公이 敎養을 빙자하야, 卽 公衆道德을 모르는 이웃 無敎養人의게 퍼붓는 그 侮蔑的 言行이야말로, 正히 그 自身의 無敎養과 俗物性을 들추어냇다고 본다.

筆者는 그러한 俗物이 오늘의 大部分의 인텔리 女性인가 할 제, 敎養과는 因緣 먼 그들의 存在가 얄밉게 生覺되는 것이다.

安懷南氏의 「그 날 밤에 생긴 일」(『朝光』)은 純全히 한 사람의 세리프로 展開된만큼, 그 構造에 잇서서 처음부터 多少의 無理를 豫感하지 안혼 바 아니엇스나, 도로혀 너무도 流暢한 세리프는 讀者에게 現實感을 減殺시키도록 한 場面, 한 場面을 이어주엇다.

大體로 이 作品은 工場 支配人들의 非行을 通하야 勞動者의 實生活과 反抗意識을 들추어낸 作品인 바, 한때 프로文學이 氾濫할 제 흔히 볼 수 잇는 題材를 그대로 옴겨다 노흔 感을 준다. 作者 自身의 이제까지의 過程으로 보아서는 今番 作品이 크게 意識잇는 轉機가 될지 모르나, 이제까지 觀照的 生活에서나마 만흔 蘊蓄을 싸혼 作家가 그의 얼네를 넘어서 社會的 現實을 描破하는 마당에, 지난날의 푸로 小說 樣式을 그대로 踏襲한다는 것은 너무도 期待에 어그러진 일이라고 할 것이다.

우리는 이제까지 作品의 題材가 極히 制限된 데다가, 어떤 意識이 벌거숭이가 되어 살도 업는 骸骨처럼 굴너다니는 過去의 作品 傾向을 克服하기 爲하야 無限히 애써왓다. 그러나 「그 날 밤에 생긴 일」은 過去의 情熱을 이르킬만큼 鼓舞하는 힘이 缺如되여 意識 그것까지도 結局 죽은 意識이 되고 말엇다. 單純한 生活 報告라면 쏘 모르거니와, 作家의 意識이 讀者의 共感力을 엇기 爲하야는 一層 살과 피를 가추어야 할 것이다.

筆者는 이 作品을 읽고 나서 다만 下層 生活을 營爲하고 잇는 무리에 對한 作者의 漠然한 同情이 어울녀서 그런 것을 쓰지 안엇나 生覺한다. 우리는 題材가 貧窮이든 무어든 그에 對한 批判과 展望의 牢乎한 信念업시는 그것에 붓을 댈 必要가 업다고 본다.

韓仁澤氏의 「春怨」(『朝光』)을 읽고 나서 무슨 映畵나 劇을 본 느낌을 준다. 長篇小說이라도 될 수 잇는 길다란 플롯을 몃十枚의 短篇으로 收縮해노흔 그 技巧만은 갑비싸게 사도 조흐나, 問題는 그것이 短篇으로서 成功하얏는가의 如何에 잇다고 본다.

主人公 분심이는 亦是 運命的으로 不幸을 등지고 이 世上에 태여낫다. 貧寒한 家庭에서 자라나 滿洲로 遊離하야 가지 안흘 수 업는 父母를 둔 탓으로, 그가 賣買結婚의 犧牲이 되어 路資를 만드러주도록 마련된 環境에서 그의 歪曲된 人生으로서의 出發이 始作되얏다. 얼마 아니 가서 男便의 放蕩으로 因하야 그의 生活은 再轉하게 되얏스니, 그가 어느 봄날 이웃 老婆의 말을 듯고 單身으로 京城까지 出家하게 된다. 그러나 그가 單출한 어느 집에 食母로써 安定되려 할 지음에, 그의 男便이 放蕩 끝에 情婦를 殺害하고 自己까지 自殺하려다(이하 판독 불가)

— 『비판』, 1938. 6.

作家의 情熱과 文學의 思想性

　最近 우리 文壇에 對한 所感을 端的으로 말한다면, 評論 創作 할 것 업시 모두 惰氣에 빠져 低調 一途를 것고 잇다 할 것이다. 一般 讀者는 口味만 안 돗는다고 할 것이 아니라, 그實 아무런 營養素도 아니 되는 飮食物을 强制하듯이 文壇에 對한 厭症을 사고 잇스며, 作家나 評論家 側으로 말한다 할지라도, 참으로 外部에 露出하지 안흐면 아니 될 어떤 眞摯한 思索과 情熱에서가 아니라, 다만 버리지 못하는 一種의 職業的 慣性에서 漫然히 펜을 들고 잇는 것이 또한 事實인가 한다.

　어느 作家나 評論家를 對하여도 오늘과 가튼 現實에 잇서는 眞實한 思索을 繼續할 수 업다는 嗟歎이며, 더욱이 그 表現에 이르러서는 全혀 絶望的인 告白이 아플 서고 잇다. 勿論 이러한 事態를 呈出하게 된 內面的 事情에 잇서는 누구나 오늘의 時代的, 外的 힘의 作用을 默過하지는 못할 것이다.

　어느 時期를 不拘하고 政治的 社會的 諸 條件은 그 時代의 文學에 對하야 基本的 作用을 주는 것이지만, 오늘의 社會的 諸 事情은 아직도 苗床時期를 버서나지 못한 이 땅의 文學에 確實히 過重한 時代的 影響이란 것을 隱蔽할 수 업는 事實이다.

그러나 도리켜 生覺하면 그러한 困難은 반드시 우리에게만 賦與된 것도
아닐지며, 또한 社會的 條件이 반드시 文學的 貧困을 가져온 것도 아닐
것이다.

일찍이 獨逸에 잇서서 政治的으로, 社會的으로 가장 醜惡한 時代는 同時
에 獨逸文學에 잇서 가장 偉大한 時代엇든 적도 잇다. 現實 生活에 對한
合理的 解決의 希望이 보이지 안흘 제, 多大數의 讀者가 그 希望을 文藝
가운데 차즈려는 歷史的 事實을 우리는 獨逸文學史에 잇서 저—燦然한
괴테, 쉴러 時代를 通하여 얼마든지 엿볼 수 잇는 것이다.

그러므로 조금이라도 外國文學의 內情에 通한다든가, 世界 文學史의 一
頁이라도 閱讀한 者이라면, 오늘의 우리 文壇의 窒息 狀態를 單純히 外的
힘만으로서 그 全部를 說明하지는 안흘 것이다. 거기에는 確實히 이 땅의
文壇的 土疾이라고 할 수 잇는 現實 逃避症과 時代 不感症이 보다 根本的으
로 오늘의 狀態를 誘導한 直接 因子가 되어 잇다 할 것이다.

한때의 傾向文學의 時期를 除外한다면, 傳統的으로 이 땅의 文學人들은
오늘의 政治的, 社會的 狀態와 現代 文學과의 關係가 어떤 것인가, 다시
말하면 이 時代에 잇서서 作家는 어떠케 살 것인가 하는 가장 根本的인
問題에는 한 番도 抵觸함이 업시, 文學을 너무나 文學的인—其實은 非文學
的인—領域에 封鎖하야 文學하여 왓슬 뿐이다.

그들에게 잇서는 現實을 꾀뚤고 나가려는 어떤 迫力이라든가 呼吸이 問
題되는 것이 아니라, 恒常 氣息庵庵한 그 가운데서나마 애써 殘命을 保持하
려는 卑屈과 逃避가 그들이 할 수 잇는 全部인 것이다.

따라서 그들이 파고 잇는 文學的 洞窟은 그들 自身에 잇서서는 한때나마
安息의 隱遁所가 될 수 잇슬지 모르나, 적어도 文學 自體에 잇서서는 永遠의
墓穴박게 될 것이 업는 것이다.

한 거름 더 具體的으로 들어가서 이 땅의 文藝評論의 實狀을 본다면,
무엇보다도 指導 精神은 泥濘에 遺棄된지 이미 오래이다. 한갓 말마니 喧囂

하야 問題는 恒常 核心을 떠나서 瑣末에 始終하며, 何等의 創見도 업시 追從만을 是事하야 創作 活動에 寄與하는 理論的 設定은커녕, 文藝評論의 立脚點을 架空에 彷徨시킨 채 晏然하고 잇는 것이다.

그들이 오늘날 아무리 '文化'를 짓거리고, '知性'을 云云한다 할지라도, 하나의 擴聲器 노릇도 변변히 하지 못한다고 할 제, 누가 敢히 異議를 말할 것인가!

다시 눈을 創作으로 옴긴다면 거기에도 우리를 失望케 한 點은 一般이다. 最近 兩 三年을 두고 作品의 量的 生産은 顯著히 만하진 것이 事實이나, 그 質的 成果에 對하야는 누구나 疑惑을 가지지 안홀 수 업다. 繼續하야 創作集이 나오고 詩集이 出判되나, 어느 한 篇이 오늘의 現實을 直視하고 不退轉의 人間 精神을 高揚시키며, 새로운 生活을 提示한 것이 잇섯던가? 正히 創作界의 思想的 缺乏은 이 땅의 豊年 饑饉을 자아내고 잇다. 그들은 現實이 作家에게 무엇을 賦課하든지, 文藝評論이 무엇을 요구하든지 窺知함이 업시 오로지 思想的으로 말러빠진 身邊 瑣說과 觀念 遊戲에 몸을 달코 잇슬 뿐이다.

—(1) 『조선일보』, 1938. 8. 10

이 가튼 現象에 잇서서 果然 우리 文學이 當面한 喫緊의 課題는 무엇일가? 勿論 如何한 代價를 支拂하고서라도, 現實 逃避症과 時代 不感症은 根本的으로 治癒되어야 할 것이다. 同時에 時代와 沒交涉한 評論과 創作이 다시금 아무런 互相的 架橋도 업시 各自의 地方主義에 割據하여 맴을 치고 잇는 것도 또한 是正되어야 할 것이다.

그러나 참으로 以上의 疾患을 克服하고 明日에의 建設的인 文學을 期必하기 爲하야는 量으로나마 澎湃한 今日의 創作을 質的으로 顯揚시키는데, 다시 말하면 感情도 枯渴하고 思想도 缺乏된 從來의 惰性的인 身邊雜記的 小說을 떠나서 우리의 日常的인 生活을 思想的으로 기피 파헤치어 어떠한 現實에 잇서서도 맛부드칠 수 잇는 潑剌한 人間 精神을 高揚시키는 데, 우리들의 가장 손쉬운 捷徑이 잇지 안혼가 한다.

그러므로 結局의 問題는 이제까지 評論家나 作家가 다가티 閉却해 온 文學에 잇서서의 思想性의 問題에 잇다고 할 것이다. 文學의 思想性, 널리 말하면 藝術의 思想性의 問題에 잇서서 第一 먼저 우리들의 念頭에 떠오르는 것은 한때 豪華롭든 傾向文學의 時代이다. 勿論 그때이라고 文學의 思想性의 問題가 正當하게 把握된 것은 아니엇스나, 그러나 조흔 意味에서나 나쁜 意味에서나 그때 가티 思想性이 시끄럽게 論議된 적은 업섯든 것이다.

그러나 그 後 內外的 諸 事情으로 因하여 傾向文學의 正當的 發展이 頓挫됨에 따라 文學의 思想性의 問題는 다시금 자최를 감추게 되여, 只今에 와서는 한갓 創作에 잇서서 藝術性과 思想性이 無關係하다고만 할 것이 아니라, 오히려 乖離的인 것 가티 生覺할 만큼 되엇스며, 評論家 또는 作品批評에 잇서서 그 點에 抵觸하기를 忌避하는 것이 今日의 一般的 趨向이다.(―여기에 이 땅의 評論과 創作이 現實逃避에로 떨어진 根本的 契機가 숨어 잇다.)

여기에 잇서 우리는 무엇보다도 思想이란 語感부터 吟味하고서 出發할 必要가 잇다. 웨 그러냐 하면 이 땅에 잇서서 思想이란 말가티 無意味하게 濫費되고, 또한 無智한 反感을 사고 잇는 말도 업기 때문이다. 一部의 사람들은 사상이라면 儀禮히 이데올로기나 世界觀의 意味로 取하고 잇스며, 다시 그 이데올로기는 政治 以外의 領域에 對하야 一定의 旣成 政治的 見解를 强制하는 것으로, 또한 그 世界觀은 文學이라든가, 生活이라든가에서 獨立한 레디메이드의 어떤 독트린을 定式化한 셋트 가튼 것으로 生覺하는 것이 그들의 常識的 見解이다.

그러나 이 가튼 常識的 見解는 아무리 그것이 한때의 傾向文學이 思想性의 問題를 너무나 抽象的으로 따라서 틀린 方式으로 提起한 그 印象 때문이라고 할지라도, 너무나 俗物的이며 너무나 惡質的이라고 아니 할 수 업다. 勿論 가장 正當한 意味에서 이데올로기라든가 世界觀은 뭇지 안허도 思想

인 것이며, 또한 思想을 떠나서 그런 것은 잇슬 수 업는 것이다. 그러나 그 이데올로기는 社會的으로 發生한 統一的 意識을 가리친 것이며, 內部的 또는 外部的인 感覺의 集成 展開 以外에 아무런 內容도 가진 것이 아니다.

—(2) 『조선일보』, 1938. 8. 11

그러한 意味에 잇서 意慾이라든가 趣味라든가 어떠한 觀念일지라도, 모두 이데올로기의 하나이라고 할 수 잇는 것이다. 다시 그 世界觀이란 것도 무슨 독트린이라든가, 테제나, 루트를 가르친 것이 아니라, 文字 그대로 世界의 直觀이며, 따라서 어디까지나 直接的인 感覺의 刺激을 일치 안는 것을 가르치는 것이다.

一部의 사람들이 이 가튼 이데올로기라든가 世界觀을 厭惡하는 것은, 온전이 그들이 머리에서부터 思想을 侮蔑하기 爲한 意識的 態度에 지나지 안는다. 그들은 思想이라면 곳 思惟를 聯想하며, 思惟가 觀念을 通하여 生活을 强制하는 것이 思想의 全部이며, 思惟의 形式的, 機械的인 判斷과 推理가 곳 思想의 메커니즘이라고 斷定하야 文學에 잇서서 思想은 禁物인 것 가티 固執세우고 있다.(—여기에 잇서 이 땅의 文學은 無思想이 오히려 그 思想이 될 수 잇는 奇蹟을 演出하고 잇다.)

그러나 思想이란 決코 一部의 사람들이 斷定하듯 한 그런 것은 아니다. 思想에는 어느 때나 眞理(眞實)의 把握이 問題되며, 그 眞實은 어느 때나 自己 自身의 산 聯關을 探求하는 것으로, 어느 때나 體系와 歷史를 갓는 것이다.

思想은 곳 認識인 것이다.

이제 우리가 文學의 思想性을 이야기하게 될 제, 思想의 이 가튼 廣義의 認識論的 意味는 퍽이나 重要한 意義를 띠게 되는 것이다. 웨 그러나 하면 思想뿐만 아니라, 藝術(文學) 그 自體가 하나의 感性的인 認識(칸트的 意味의 것이 아니라, 廣義의 認識論의 意味에서)임으로써이다.

그러므로 元來 文學이란 그 自體가 思想의 表現이며, 思想 그것이라고

하여도 誇言이 아닌 것이다. 다만 文學은 그 形態를, 즉 認識의 樣式을
달리 하는 것뿐이다.

藝術과 思想(思惟 또는 論理)이 전혀 別物이라고 生覺하는 一部의 사람
들은 아랑도 말한 바와 가티, 結局 思想이란 것을 抽象的 公式으로만 解釋하
고 있는 사람들인 것이다.

思想은 하나의 運動이다. 勿論 그 思想(論理)과 藝術은 矛盾된다. 아니
그것은 矛盾 對立하므로써, 思想은 思想일 수 잇스며, 藝術은 藝術일 수
잇는 것이다. 그러나 結局 藝術도 하나의 感性的인 認識인 以上, 當然히
거기에 思想性이 問題되지 안흘 수 업는 것이다.

여기에 잇서 우리는 文學의 思想性의 意味를 보다 正確히 理解하기 爲하
야 言語의 藝術인 文學 以外의 藝術에 잇서서도 思想性이 存在하는가 아니
하는가, 또한 存在한다면 어느 곳에 存在하는가를 檢覈함이 조흘 것이다.
文學 以外의 藝術에 잇서서도 確實히 思想性은 存在한다. 거기에서도 古典
主義, 浪漫主義, 自然主義, 象徵主義 등의 이즘이 認定될 제, 이미 어느
程度의 思想性을 表現하고 잇는 것이라고 할 수 잇다. 더욱이 괴테의 古典主
義가 그의 伊太利 旅行에서 影響되엇다고 할 제, 彫刻이라든가 繪畫가 그의
特殊한 方式으로 思想性을 具有하고 잇다는 것을 肯定할 수 잇는 것이다.

그러면 그 思想性은 어느 곳에 根源的으로 存在하고 잇는가? 로단은
폴 구젤과의 對話 가운데 "아직도 참다운 藝術家가 技巧의 職人으로서 滿足
할 수 잇스며, 知性은 그들에게 必要치 안타고 生覺하는 것은 틀린 生覺이다.
反對로 精神的 抱負를 조금도 갓지 안는 눈만을 기쁘게 할 것을 目的으로
하는 것은, 像을 그린다든가 새이는 데 잇서서도 知性은 그들에게 업슬 수
업는 것이다. 彫刻家는 어떠한 彫像을 製作하는 데 잇서서도 그는 먼저
그의 一般的 運動을 充分히 考案하지 안흐면 아니 된다. 다음엔 그의 製作의
最後에 이르기까지, 그의 全體的 이데를 그의 明哲한 意識 內에 精力的으로
維持하여 그 作品의 가장 적은 디테일까지도 不絶히 거기에 끄러다니며,

거기에 緊密히 連繫시키지 안흐면 아니 된다. 그러나 그것은 思考의 極히 激烈한 努力이 업시는 遂行될 수 업는 것이다."라고 하였다. 卽, 藝術家의 思想은 무엇보다도 全體的 이데의 把握과 作品의 모든 細部의 이데에의 內面的 結合 가운데 나타난다고 하는 것이다.

이 같은 根源的 意味에서는 어떠한 藝術일지라도, 思想을 가지고 잇는 것이다. 로단은 繼續하여 구젤과의 對話 가운데서 "一切의 藝術은 兄弟이다. 그의 深奧한 底部에는 모두 同一한 것을 가지고 잇다. 그것은 다가티 人世에 잇서서의 人間 精神을 表現한 것으로써, 다만 方法만이 틀리는 것이다. 文學者는 言語를 쓰며, 彫刻家는 凹凸을 쓰고, 畵家는 線과 色을 쓸뿐이다."라고 하엿다.

―(3) 『조선일보』, 1938. 8. 12

文學에 잇서서 思想性의 問題도 以上과 가튼 가장 根源的인 意味에서 把握할 必要가 잇는 것이다. 卽, 作家는 먼저 槪括을, 그 一般化를 遂行하지 안흐면 아니 된다.(―거기에는 이미 思想이 잇다.) 同時에 그것은 具象化되지 안흐면 아니 된다.(―그렇지 안흐면 文學을 이루지 못한다.) 作家의 思想이란 이 가티 特殊와 一般의 具體的인 結合과 統一을 떠나서 따로 存在하는 것이 아니다.

그러므로 딜타이의 "詩人의 世界觀이 가장 强力的으로 나타나는 것은 不充分한 直接的인 言語에 依해서가 아니라, 오히려 雜多한 것을 統一하고 部分 部分을 結合하여 하나의 有機的 全體로 만드는 에너지에 잇서서이다."라고 한 말은, 이 點에 기픈 洞察을 가진 것이라고 할 수 잇다.

作家의 思想이라든가 世界觀은 恒常 作品 가운데 浮動하는 것이 아니라, 作品 形成의 內面的 에너지가 될 제만이 가장 强力的인 光彩를 나타낼 수 잇는 것이다. 또한 그때에 비로소 思想이라든가 世界觀은 作品에 잇서서 外來的인 것을 免할 수 잇는 것이다. 한때 傾向文學 時代에 잇서서 作家는 確實히 그 思想 乃至 世界觀을 外部에서 收取하여 그대로 吐出한 적이 잇섯다. 그러나 그 思想 乃至 世界觀은 作品 構成의 內面的 에너지로 轉化하지 못한 限, 하나의 骸骨에 지나지 안헛든 것이다.(—그러므로 當年의 最高 水準이라고 할 수 잇는 李箕永氏 作『故鄕』에 잇서서도, 그것이 우리에게 무엇을 주는 것이 잇다면, 그 作品 가운데 作家의 思想이 어느 程度까지 內面的 에너지로 轉化했는가에 依하여 評價하여야 할 것이다.)

爾來 이 땅에서는 藝術에 잇서서 思想性이라면 곳 外在的인 것으로 看做하는 傾向이 蔓延되엿스나, 그것은 時急히 是正되어야 할 것이엇다.

存在와 論理(思想)의 同一性이란 命題는 哲學에 잇서서 뿐만 아니라, 藝術에 잇서서도 一般이다. 참다운 藝術家나 참다운 哲學者가 하려 하듯이, 論理라든가 思想은 이미 存在하는 것으로써 發見하는 것이 아니라, 그것이 생겨 나오는 데서 捕捉하지 안흐면 아니 된다. 思想은 마치 우리가 世界에 屬하지 안코, 世界의 外部에 어느 空想的인 點에 서서 世界를 바라보듯이 생겨나온 것이 아니다. 科學의 根底에는 技術이 잇듯이, 思想은 움지기는 世界의 內部에서 우리 자신이 움지기는 데 따라 생기는 것이다. 안(知)다는 것은 바라다보는 것이 아니라, 움지기며 움직거리는 것이다. 이 가튼 立場에서는 存在를 追求하는 것이 곳 思想을 追求하는 것이며, 思想을 追求하는 것이 곧 存在를 追求하는 것이다. 움지긴다는 것은 他에게 關係하는 일이며, 自己와 他를 包含한 社會에 關係하는 일이다. 이 가티 움지기는 것이 關係하는 일이므로써, 움지기는 것이 아(知)는 것이 되는 것이다. 여기에 잇서서는 倫理와 論理가 別個의 것이 아닌 것이다.

그러므로 이 땅의 作家들이 倫理 업시는 붓을 들지 못하면서도, 오히려 思想 乃至 論理를 厭惡하는 것은 確實히 그들의 論理의 本質이라든가 倫理와 論理의 同一性을 理解하지 못한 데 起因한 것이라고 할 것이다.

이 땅에 잇서서 文學의 思想性의 問題가 이 가튼 正當한 理解에서 머러지게 된 事緣을 말한다면, 勿論 直接的으로는 過去 傾向文學 時代의 抽象的 論議가 禍를 끼첫다고도 할 수 잇스나, 보다 根本的으로는 論理 그것부터가 우리에게는 먼저 形式化 되여서 歷史的으로 賦與되였스며, 思想 또한 이미 體系化되어서 外部로부터 賦與된, 말하자면 歷史的 傳統으로 보아 날근 時代에 今日의 우리가 生活하고 잇다는 事實이다.

이 땅에 잇서 從來의 思想이란 것은 擧皆가 倫理的인, 더욱이 實踐倫理的인 것 뿐으로서, 倫理 以外의 純粹한 倫理的이요 理論的인 思想은 全혀 그 發達을 보지 못하엿다. 그러므로 그들의 思想은 恒常 實踐倫理的 見地에서 心術이 되엿스며, 그것은 今日의 心境文學에까지 기픈 影響을 주고 잇는 것이다.

—(4) 『조선일보』, 1938. 8. 13

이제 西歐의 哲學이라든가 科學의 移入에 따라 思想의 概念 그것부터 根本的으로 變化한 오늘에 잇서, 그러한 傳統을 갓지 못한 이 땅의 文學人이 文學의 思想性을 捕捉한다는 것은 如干 困難한 것이 아니다.

그러나 그 困難은 반다시 克服되어야 할 性質의 것인 것이다. 半分의 價値도 업는 藝術性(—그들의 말에 依하면)의 喪失을 怯내여 藝術의 支柱라고 할 수 잇는 思想性의 捕捉을 躊躇할 것은 업는 것이다.

"思想은 그 自身으로서는 決코 藝術性을 排除하는 것이 아니다. 그러나 그 思想은 徹底하고 明瞭하지 안흐면 아니 된다. 그것이 그의 血이 되고, 肉이 되지 안흐면 아니 되며, 그것이 그를 藝術的 創造의 瞬間에 잇서서 迷惑시키거나 混亂시켜서는 아니 된다. 卽, 作品 가운데 說敎的 重壓과 倦怠를 가저오는 것이다. 그러나 그때에 잇서서도 萬一 이 가튼 必須의 條件이 缺如되엿다면, 그 때엔 思想性을 藝術 作品 가운데 有害하게 反映되는 것이다. 罪는 思想에 잇는 것이 아니라, 그에 通曉하지 못한, 卽 끗까지 思想的이 아닌(—思想을 作品 構成의 內面的 에너지로 轉化하지 못한—引抄者 註) 藝術家의 能力에 잇는 것이다. 要컨대 그 罪過는 思想性에 잇는 것이 아니라, 思想性의 不足에 잇는 것이다."(「입센論」)

이 지루한 引抄는 確實히 이 땅의 文學人이 가지고 잇는 思想性에 對한

偏見을 是正하는 데 잇서 만흔 示唆가 잇는 것이라고 生覺한다. 아랑도
그의 「散文論」 가운데에서 "散文의 全 組織은 思想에 의하여 保持된다.
그리하야 動하여 마지 안는 모든 心象도 하나의 中心을 가진 周邊에 끌려
매이는 것이다. 여기에 잇서 本體가 되고 實質이 되는 것은 思想이라고
하여도 조흔 것이다."라고 하야, 藝術의 支柱는 思想이라는 것을 말하엿다.

　如何間 이 땅의 文學에 잇서서, 더욱이 最近의 作品에 잇서서 누구나
體驗하고 잇는 奇怪한 感情의 하나는 한 作品을 읽고 나서, 讀者의 腦裏에
아무런 感銘도 업시 그대로 사라지는 點이다. 讀者는 무엇을 읽엇는지 아무
런 記憶조차 가질 수 업는 것이다. 여기에 잇서 讀者가 아무 것도 느끼지
못한다는 것은 讀者의 感受性이 鈍하다느니 보다도, 그 作品 가운데 아무
것도 업다는 것을 意味하게 되는 것이다.

　이것이 곳 思想性의 缺乏에 由因한 것임은, 讀者보다도 作家가 먼저 直覺
할 수 잇는 것일 것이다. 思想이 옷을 입지 못하고 벌거숭이가 되여 作品
속에 굴러다닌 것도 보기 실치만, 思想이 稀薄한 作品의 貧困은 한層 볼
수 업는 것이다.

　가튼 倫理 問題에 잇서서도 西歐에 잇서서는 오랜 적부터 神의 問題라든
가, 自由意志의 問題라든가의 哲學的으로나 科學的으로나 密接한 關聯을
가지고 잇는 若干의 中心 問題를 둘러싸고서, 作家는 積極的으로나 否定的
으로나 거기에 뛰어드러감으로써 自己의 倫理를 키워왓든 것이다. 事實
호머를 爲始하야 단테, 세익스피어, 괴테, 발자크, 도스토예프스키 等의 偉大
한 作家에 잇서서는, 그들의 作品 가운데 어떤 哲學者보다도 만흔 思想을
發見할 수 잇는 것이다.

　이 땅에 잇서서도 作家가 上述한 倫理와 論理의 同一性을 考慮에 넛는다
면, 作家가 뛰어드러가서 참으로 激鬪하지 않으면 아니 될 幾多의 倫理的
問題가 업는 바 아니다. 오히려 東洋的인 倫理的 問題 等, 이 땅의 作家만이
손댈 수 잇는 가장 커다란 問題가 얼마든지 그대로 放置되여 잇는 것이다.

이 땅의 作家들도 이 가튼 問題와 참으로 格鬪하게 될 제, 거기엔 반드시 作品의 生命力이라고 할 수 잇는 思想性을 낫코야 말 것이다.

우리는 먼저 思想性의 問題에 對하야 皮相的 偏見을 버리고서, 一切의 問題를 思想의 퍼스펙트에 던저 思想의 母胎인 生活을 파헤처야 할 것이다. 거기에는 반드시 明日에의 文學이 기다리고 잇는 것이다. 로단은 上記의 『對話』中에서 "藝術家가 自己의 取扱하는 思想을 아무리 强하게 飜譯하야도 지나칠 것은 업다. 思想은 一目瞭然하게 읽혀져야 할 것이며, 作品 全體에 君臨하여야 할 것이다. 思想은 形의 快適線의 整調보다도 압서는 것이다. 오히려 思想이 그것을 驅使하야 一切의 美를 構成하는 것이다. 美란 實로 眞을 가르친 것이며, 思想이란 作品 가운데 飜譯된 '眞' 以外에 아무것도 아니다."라고 하엿다.

實로 思想을 떠나서 참다운 美란 잇슬 수 업는 것이다. 美의 喪失을 杞憂하는 이 땅의 作家들도 그 點 安心하야도 조흘 것이다.

―(5) 『조선일보』, 1938. 8. 14

傳統과 文化

우리가 文學을 이야기할 제, 恒常 無視할 수 없는 것은 傳統과 文化이다. 그것은 文學이 곳 傳統과 文化의 描寫에 지내지 않으며, 描寫 그것은 하나의 文化 活動을 이루고 있다는 事實로써 充分하다. 卽, 文學이란 하나의 文化 形態인 것이다.

事實 우리들은 日常 文化라는 말을 쓰는 데서 自己도 理解할 수 없는 一種의 自矜을 갖이고 있으며, 또한 그에 對한 關心이 남달니 큰 것같이 擬裝하기를 애써 일삼고 있다.

그러나 이 땅에 있어서 傳統과 文化와의 關聯을 眞正이 把握하고 文學하는 사람들은 몇이나 되는지?

如何間 最近의 論壇에 있어서 '古典'에 對한 새로운 認識 問題를 싸고서, 傳統과 文化가 論議되기 始作한 것만은 반가운 現象의 하나이라고 할 것이다.

勿論 個中에는 古典이 무엇인지 明確한 限定도 없이 덮어 노코, 現代 文化는 古典의 延長이라 하야 엉뚱한 精神과 物質의 觀念的 調和를 云云하는 白晝燕語가 放送된가 하면, 다른 便에서는 古典文學의 再吟味, 再認識

을 力說하는 끝에 朝鮮 情操, 朝鮮的 이데아, 朝鮮的 뉘앙스 等의 招魂祭的 呪文이 登場하지 안는 것도 아니다.

그러나 우리가 古典을 도라다보고 傳統과 文化를 論議하는 것은 一種의 懷古的 自慰를 얻기 爲한 이 땅의 骨董品的 蒐集에 그 意義를 發見하는 것이 아니라, 그것이 오늘의 歷史的 轉換期의 錯雜한 現實을 앞에 두고서 그것을 正當히 認識 把握하기 爲한, 卽 歷史의 理論을 指向하야 누구나 徹底한 自己 批判과 省察 끝에 必然的으로 生기는 한 階段的 現象이라는 데 높은 評價點을 두는 것이다.

따라서 現實 問題를 떠나서 古典을 穿鑿하거나, 歷史的 立場을 버리고 傳統과 文化를 云云하는 것은 우리의겐 禁物이 아닐 수 없다. 그러므로 우리는 古典 論議에 있어서 무엇보다 오늘이란 時代性과 이 땅의 空間性에 있어서 傳承되고, 또한 要望되는 古典이란 大體 어떤 種類인가부터 明確히 規定지을 必要가 있는 것이다.

그러나 筆者가 여기에 이야기하고저 한 것은 무슨 '古典' 論議를 하려는 것이 아니라, 다만 그 究明의 側面으로서 우리의 日常 文學 活動에 있어서 傳統과 文化가 어떤 位置에 놓여 있는가, 한 거름 더 나아가서 繼承할 傳統은 무엇이며, 創造할 文化는 무엇인가를 極히 粗策하나마 槪論하는 데 그칠가 한다.

우리는 저널리즘을 爲始하야 모든 部面에서 나치스的 傳統이니, 나치스 文化이니 하는 것을 귀가 아프도록 듯고 있으며, 또한 昨今에 와서는 東京 論壇의 一部에서도 所謂 '日本的인 것'의 大行進에 따라 日本的 傳統과 文化가 大量으로 發掘되고 있는 것을 알고 있다.

여기에 步調를 같이 함인지, 最近 이 땅에서도 漸次 朝鮮的 情緖이니, 朝鮮的 이데아이니 하는, 亦是 '朝鮮的인 것'이 모든 文化的 部面에 潛行的 으로 浸透되고 있는 것을 우리는 看取할 수 있는 것이다.

卽, 文學에 뿐만 아니라 映畵 같은 것에 있어서도 最近의 作品을 본다면,

朝鮮的 情緒이니, 朝鮮的 뉘앙스니 하는 것이 가장 問題되고 있는 것 같다.

　이 같은 現象은 勿論 時代的 背景을 띠고 나온 것이라 하겠으나, 文化 部面에 直接 加擔하고 있는 文學人은 勿論이오, 一般 知識人으로서도 그에 함부로 附加하기 前, 먼저 批判的 眼識을 갖어야 할 것이라고 본다.

　元來 우리가 普通 말하는 '文化'란 많이는 地域的이요, 民族的인 文化로 慣用되고 있다. 卽, '佛蘭西 文化'이니, '獨逸 文化'이니 하야 그 民族 特有 의 文化를 意味하게 되며, 따라서 거기에는 民族的 傳統이란 것이 반다시 附隨되여서 生覺되는 것이다.

　그러므로 모든 民族은 많으나 적으나 그 發展 過程에 따라 獨自의 文化를 갖었다고 볼 수 있으며, 그 意味에서 그들의 文化가 各各 特色 乃至 個性을 갖인, 卽 獨制性을 갖인 文化라고 할 수 있는 것이다.

　그러나 우리가 記憶하지 않으면 아니 될 것은 그 같은 地域的 要素, 卽 로컬 컬러란 地理的, 社會的 條件의 制限으로 말미아마 特質的, 精神的 交通이 杜絶되는 頻敏하지 못한 古代나 中世에 있어서만이 可能한 것이오, 오늘과 같이 交通手段의 發展에 따라 모든 文化의 交流가 世界化 하는 데 있어서는, 그것은 稀薄 또는 全然 抹消되지 않을 수 없다는 點이다.

　그것은 古代 新羅의 文化가 半島의 一端, 거기에서도 三南 地方을 버서나 지 못하였으며, 저 燦爛한 希臘 文化도 地中海의 天地에 跼蹐되어 있었다는 事實을 想像하면 足히 理解할 수 있으리라고 生覺한다. 거기에서 希臘 文化 에 對한 新羅 文化의 獨制性을 主張한다는 것은, 다만 그 文化 領域이 甚히 狹窄하고, 또한 孤立되어 있었다는 限에서 肯定할 수 있는 것이다.

　그러므로 오늘의 우리의게 있어서는 어느 特殊한 民族的 文化나 個性이 問題되는 것이 아니라, 오즉 文化 發達의 先後가 省察의 中心이 될 뿐인 것이다. 더욱이 우리 自身이 하나의 思想하는 사람, 文學하는 사람의 立場에 서게 될 제, 그 感情과 理性의 對象은 어느 때나 自己의 經歷과 自國의 國境을 넘은, 卽 感性界 全體이며 人類의 歷史的 經驗의 總體가 아닐 수 없는 것이다.

이 같이 보아올 제 우리는 文化를 民族과 結付시켜서만이 生覺하는 慣習을 버서나서, 文化란 槪念부터 새로히 認識할 必要를 느끼는 것이다.

勿論 傳統(많이는 民族的인 傳統)과 文化는 서로 遊離하야 있는 것이 아니라, 늘 歷史와 生活을 背景으로 連線히 얼켜서 나타나고 있다. 文化의 基底에는 어느 때나 傳統이 누어 있으며, 傳統은 또한 文化의 發展을 媒體로 하야서만이 그 具體性을 띠게 된다. 따라서 文化와 傳統을 機械的으로 分離시킬 수 없는 것이나, 傳統과 文化를 混同치 않키 爲하야는 一段 兩者를 區分지워서 論議할 必要가 있는 것이다.

가까운 데서부터 이야기하자면, '文化'에는 發展이란 것이 있어도, '傳統'에는 그것이 있을 수 없다. 그러므로 文化는 어느 때나 社會的이요, 歷史的이며, 集結的인 데 比하야, 傳統은 自然的(風土的)이며, 非歷史的, 非集積的인 것이다. 諸 이데올로기 가운데 있어 傳統이 가장 濃厚한 것은 宗敎이며, 가장 稀薄한 것은 科學이라고 할 수 있다. 그러나 傳統과 文化의 結合物로서의 文化가 아니라, 傳統과 區分지을 文化는 嚴密히 말하야 가장 廣義의 '科學'이라고 본다.

따라서 傳統은 文化의 創造的 底力일 수도 있으며, 또한 그를 滯澁케 하는 足鎖일 수도 있는 것이다. 여기에 있어 우리들은 廢棄할 傳統과 攝取할 傳統의 批判的 識別을 必要로 하며, 同時에 그것은 文化의 批判的 創造를 前提로 하고서만이 意味를 갖일 수 있는 것이다. 그러면 文學에 있어서 우리가 重點을 두어야 할 것은 무엇인가.

冒頭에서도 말한 것과 같이, 文學 作品이란 곳 모든 人間 生活의 肉體와 心理의 描寫이며, 모든 傳統과 文化의 描寫 外에 아무 것도 아닌 것이다. 따라서 그 描寫는 하나의 重要한 文化 活動이 되는 것이며, 文學은 하나의 文化 形態로써 成立하는 것이다.

그러므로 文學은 人間 生活 또는 人間을 通하야서 社會 生活에 있어서의

傳統的인 要素를 取扱하면서도, 언제나 그의 本質로서는 傳統에서 自由로울 수 있는 文化的인 것을 要求하는 것이다.

勿論 描寫의 性格에는 傳統的인 것이 없을 수 없다. 文學 그것이 科學과도 달리 衣食住, 生殖 等의 生活과 密接되어 있는 만큼 그것은 不可避이다.

그러나 새로운 文學의 受容은 새로운 生活의 受容에서만이 可能한 것이다. 따라서 비록 傳統을 描寫하는 데 있어도 文學에 있어 傳統的 要素를 置重할 것은 없는 것이다.

民族 文化를 讚揚하는 것이 나쁜 것은 아니나, 外國文學의 自己 民族化같이 우슨 말은 없을 것이다. 西洋文學으로써 根本的인 自己의 文學的 敎養을 싼 그들이 一面 東洋의 古典 또는 朝鮮의 古典을 찾는다고 西洋 文學의 朝鮮化가 可能하리라고는 볼 수 없다. 오히려 그들의 新鮮한 西洋 文學的 敎養이 朝鮮 古典에 對한 新鮮한 센스를 갖게 한 것으로서, 거기엔 朝鮮文學을 世界 文學의 레벨에 끄러올니려는 하나의 에그조티시즘的 受容 方法이 必要하다고 본다.

우리가 要求하는 文學은 반다시 朝鮮的 이데아를 갖인 朝鮮 文學이 아니라, 우리를 참으로 살니는 文學인 것이다. 우리들은 文化의 傳統的 側面에만 拘泥하야 文學의 歷史性, 文化性을 忘却하게 될 제, 卽 民族的인 것, 朝鮮的인 것만을 압세우게 될 제 참으로 大衆을 움지길 수 있는 산 文學은 期待할 수 없는 것이다.

— 『청색지』, 1938. 8.

知性 問題와 휴매니즘
— 三十年代 인텔리겐챠의 行程

最近 '知性'에 對한 論理가 沸騰하고 잇다.

그도 新聞 雜誌의 저널리즘的 泡沫 現像의 하나이라고 본다면 그만이겟스나, 그 論議되는 內容을 多少라도 穿盤하야 본다면 單純한 저널리즘의 跳躍만으로 돌리기에는 너무도 抽象的이요 本質的인 것이 內包되고 잇지 안는가 한다.

일찌기 筆者는 휴머니즘 論議에 잇서서도 그것이 한갓 저널리즘의 衝動的 波紋에 그치지 말기를 警告하엿던 것이나, 이제 潑剌한 昨今의 '知性' 論議도 其實 저널리즘의 表面에서 一時 影子를 감춘 듯한 휴머니즘 論議의 延長 乃至 發展으로서 當然히 올 것이 온 것에 不過하다고 生覺하는 바이다.

무릇 한 개의 理論이라든가 思潮는 아무리 그 內容이 ○○의 것이라 할지라도 아무런 根底도 업시, 卽 아무런 現實的 地盤도 업시 忽現忽沒하는 것은 아니다. 거기에는 반드시 그가 發生하지 안흐면 아니 될 必然的 條件과 그가 消滅하지 안흐면 아니 될 必然的 條件이 따르게 되는 것이다. 따라서 그 必然的 條件이 消滅되지 안는 限, 그 思潮라든가 理論도 容易히 消滅되지 안는 것이 또한 必然的인 것이다.

그러면 問題는 무엇이 우리에게 휴머니즘을 展開시켯스며, 知性을 論議시키고 잇는가. 여기에서부터 우리는 再出發하지 안흐면 아니 되리라고 生覺한다. 거기에 따라서 비로소 單純한 字句의 解明에 지나지 안는 一般的 試論이라든가, 牽强附會의 主觀的 獨斷論이 빠지기 쉬운 無意味한 偏執을 떠나서, 그 歷史的 性格과 아울러 時代的 意義를 把捉할 수 잇스리라고 生覺한다.

이 땅의 인텔리겐챠는 일찌기 情勢의 昂揚에 따라 巨大한 歷史의 흐름에 몸을 던진 적이 잇섯다. 그래서 그들은 누구보다도 率先하야 歷史的 動向을 認識 把握하엿스며, 또한 自己의 立場을 限定바더가면서도 오히려 世紀의 指揮棒을 휘둘르기에 조금도 躊躇함이 업섯다.

그러나 이 땅의 歷史的 條件의 未成熟은 이 땅의 인텔리겐챠의 輝煌한 後光을 미처 記銘하지도 못한 채, 歷史의 한 페이지는 다시 너머가고야 말엇섯다.

새로 나온 제네레이션도 이 가튼 雰圍氣에 잇서서 決코 晏然할 수는 업섯다. 그들에게 잇서는 前日과 가튼 行動의 原理가 問題되는 것이 아니라, 人間 生活 그것에 對한 懷疑와 不安이 아플 서게 되엿섯다. 前日에 잇서서는 '如何히 活動할 것인가', 이 質問에 對한 解答이 그들의 先輩에 對한 註文이 엇섯다. '社會에 잇서서 如何히 몸을 處할 것인가. 自己를 犧牲하고서 社會를 爲하야 行動할 것인가, 그러치 안흐면 그 가튼 犧牲을 拒否하고 個人의 見地를 主張할 것인가.' 如何間 當時에 잇서서 그들의 旗幟는 到處에 鮮明한 것이엇다.

그러나 歷史의 새로운 情況下에 그들의 남은 길은 內向的으로 沈潛하는 것박게 업섯다. 그들은 새로히 '人間이란 무엇인가. 生活은 무엇이며, 世界는 무엇인가. 우리는 무엇 때문에 사러야 하는가' 하는 根本的 懷疑를 처들고, 그의 解答을 要求하엿다. 그들에게는 벌써 人間이라든가, 生活이라든가, 世界라든가에 對한 從來의 規定은 그들의 理智의 柜內에 머무를 수 업는

腐敗한 物件이엇다. 니체와 하이데거는 不安의 哲學으로써 그들에게 迎合되엇스며, 프루스트와 지드는 內省的 文學으로서 그들과 提携되엇섯다.

正히 ‘行動의 悲劇’에 ‘知識의 悲劇’이 따르는 것이엇다. 그러나 正直하게 이야기한다면, 所謂 不安의 思想에 歸依하야 外的 世界의 破算을 宣言하고 人間 生活의 內部를 追求하엿스나, 거기에서도 亦是 自己 自身 가운데 어떤 不動의 基礎를 發見하지 못하고 말엇다는 것이 그들의 率直한 告白이 아닌가 한다.

問題는 亦是 思想의 不安에 잇는 것이 아니라, 그것을 制約하고 잇는 現實的인 社會的 不安에 잇섯던 것이다. 그것이 量的 擴大와 質的 變化의 一路를 밟게 될 제, 그에 對한 實踐的 解決이 따르지 안는 限, 거기에는 어떠한 主觀的 超克과 安定도 잇슬 수 업는 것이엇다.

確實히 現代에 산다는 것은 누구에게나 苦難의 길임에 틀림업다. 그러나 누구보다도 現代에 사는 사람으로서의 立場과 態度에 對하야 생각을 기피하고, 그에게 負擔된 困難한 時代的 課題를 鮮明히 意識하고 잇는 인텔리겐챠에 잇서서는 한層 苦難의 時代인 것이엇다. 그들은 時代的 課題에 對한 連帶的 責任을 누구보다도 痛感하고 잇는 不幸한 知的 良心의 存在이엇다.

그들은 意識과 行動의 分裂에서, 知性과 感性의 背馳에서 畢竟 自嘲와 嗟嘆의 밤거리를 焦燥 가운데서 새웟던 것이엇다.

‘惡의 時代’는 드디어 그들의 多大數를 ‘頹廢’의 구렁으로 모라 너헛섯다. 그러나 데카단的 生活 가운데서도, 오히려 모럴을 이야기하지 안흐면 아니 될 그들이엇다. 그들의 데카단티즘은 單純한 ‘逸脫’의 데카단티즘이라기보다도, 오히려 現實에 對하야 正面으로 格鬪할 수 업는 그들의 消極的 拮抗 形式이엇던 것이다.

―(1) 『조선일보』, 1938. 10. 11

그러나 그것도 언제까지나 持續될 性質의 것은 못 되엇다. 況且 人間 自身이 어느 때에나 그 가튼 苦難 속에서 백여날 수 잇는 種族이 못될 제,

그들의 意識과 動向은 무엇보다도 自己 認識의 積極的 努力으로 나타낫섯
다. 그들은 인텔리겐챠의 體質이 行動的 本質에서 脆弱하다는 것을 率直히
承認함과 同時에, 知的 能力 以外에 아무것도 所有하지 안흔 것을 認識하엿
다.

　여기에 잇서 그들은 現在의 自己를 否定하면 否定할수록 그들의게 滿足
을 줄 수 잇는 새로운 人間型을 探究하야 마지 안헛다. 哲學이나 文學에
對한 그들의 要求는 正히 이 새로운 人間에 對한 具體的인 規定이엇다.
單純히 人間은 社會的 存在이라든가, 存在가 意識을 決定한다든가의 規定
에 머무르지 안코, 例하자면 感覺, 思惟, 愛情, 意志 乃至는 身體라든가
社會에 對한 새로운 哲學的 規定을 지우므로써, 社會的 存在이라는 人間
全身을 새로히 規定짓고 形成하는 데서 새로운 人間型을 찻자는 것이엇다.

　그 結果는 마침내 現在의 그들에게 무엇보다도 휴머니티(人間性)가 喪失
되여 잇다는 事實을 認識시키엇다. 휴머니티란 人間的인 一切의 것을 가르
침과 同時에, 人間의 本質 그것을 意味하게 되는 만큼 휴머니티가 豊饒한
時期에 잇서서는 그다지 그 重大性이 意識되지 안흐나, 一段 그것이 喪失되
는 마당에 잇서서는 그것은 거위 本能的이라고 할만큼 强烈한 充足의 慾求
를 처들고 나오게 되는 것이다. 現代는 正히 그러한 時代이다.

　이 땅의 인텔리겐챠는 이제 비로소 意識과 行動의 分裂에 人間的 統一을
주지 못한 것이 直接的으로는 휴머니티의 缺如에 잇섯다는 것을 意識하게
되고, 그의 充足의 意慾을 휴머니즘으로 發展시킬 契機를 차젓든 것이다.

　文學에 잇서서도 事態는 다를 것이 업다. 더욱이 다른 모든 知的 分野가
閉業 또는 開店休業을 ○○하고 잇는 이즘에, 唯獨 文學만이 殘命을 保持하
고 잇는 이 땅에 잇서서는, 文學人은 누구보다도 오늘의 인텔리겐챠를 構成
하고 잇는 代表的 存在로 自處할만큼 늘 中心的이엇다. 따라서 인텔리겐챠
에 잇서서의 核心的인 問題도 實狀보다 만히 文壇을 通하야 論議되엇든
것이 事實이다.

文學者에 잇서서도 苦悶은 一般이엇다. 傾向文學이 한 번 ○折된 以來, 이 땅의 文壇은 ○○하는 問題의 頻出을 격것섯다. 그것은 混沌과 低迷의 過程에서 必然的으로 繼續되는 摸索의 손이엇다. 그러나 한 거름 드러가서 個個의 問題를 捕捉하야 檢索한다면, 그것이 비록 여러 가지 相況을 띠고 나왓다 할지라도, 根本的으로는 이 時代에 어떠케 自身을 處해갈 것인가 하는 인텔리겐챠의 苦悶이 그대로 問題되어 왓슴에 不外하엿다. 그들이 한때 行動主義 文學에 關心을 갓게 되고, 生活과 作品에 모럴 問題를 끄러드리려 하엿스며, 또한 ○○의(뽀드렐) 文學에 魅惑을 느끼는 第一義의 問題는, 오로지 그것을 中心으로 하고 提起되엇다 하야도 過言이 아니다. 다만 그것이 가튼 한 問題일지라도 關心하는 角度의 差異에 따라서 여러 가지 側面으로 나타나게 되엇든 것이며, 또한 그것이 새로운 事實에 對應하는 데 따라 여러 가지 形態로 그 自身을 再生시켯슬 뿐이엇다.

그들에게 맥겨진 根本的 課題는 어느 때나 '오늘의 苦難의 時代를 보다 意味잇게 살기 爲하야는 文學者는 어떠케 사러야 할 것인가' 라는 極히 肉體的인 問題임에 變함이 업섯다. 여기에 잇서 眞摯한 文學者가 다시금 世界的 問題를 論議하고, 새로히 創作 方法論을 떠외치고 나온 것도 究竟에 잇서서는 以上의 課題와 正面에서 格鬪하지 안흐면 아니 될 側面에 際會하엿기 때문이라는 것을 넉넉히 理會할 수 잇는 것이다.

그러나 世界觀과 創作 方法論을 ○○한 數만흔 理論 가운데에서도 리얼리즘의 展開는 가장 注目할 問題의 하나이엇다. 그것은 確實히 다른 모든 問題에 比하야 이 땅의 文學人의 머리를 極히 最近까지 壓倒的으로 支配하여 온 것의 하나이엇다. 當初부터 소시얼리스틱 리얼리즘은 傾向文學이 到達한 最高의 一般的 方法論으로서뿐만 아니라, 날근 階段에 對한 自己 批判의 結論으로서, 兼하여는 새로운 出發의 方向으로서 그들의 아페 提出되엇섯다. 그들은 비록 文學과 生活의 機械的 分離가 事實上 잇슬 수 업다는 것을 모르는 바 아니엇스나, 社會的 實踐에서 한 번 敗北의 쓰라린 體驗을 가진 그들의게는 現象의 本質에 透徹하므로써, 비뚜러진 世界觀까지 擊破할 수 잇다는 소시얼리스틱 리얼리즘이 如干 多幸스러운 것이 아니엇다. 그들은 觀念的으로나마 리얼리즘의 歷史的 優位性에 安堵하야 櫓를 저어갓섯다.

—(2) 『조선일보』, 1938. 10. 12

그러나 놀라운 事實은 所謂 이 땅의 리얼리즘이 分娩한 作品 그것이 意外에도 日常的이오, 더 만히는 身邊的인 雜談瑣屑의 傾向을 버서나지 못한 것이엿다. 評論家는 그것을 가르처 跛行的 리얼리즘이니, ○○하는 리얼리즘이니 하야 現實과 些少事를 混同하는 自覺의 近視와 不察로만 斷罪 하려 하얏섯다.

그러나 問題의 本質은 그 가티 皮相的인 데 잇는 것이 아니라, 좀더 根源的인 데 잇섯다. 勿論 이제까지의 리얼리즘이 作家에게 똑바로 受容되어 왓다고 保證하기는 어려운 일이다.(만히는 리얼리즘 그 自體부터 平面的으로 解放되여 온 것이 事實이다.) 그러나 이 땅의 所謂 寫實的 作品이 열이면 열 全部가 跛行的 리얼리즘으로 떠러지게 된 보다 根本的인 原因은 무엇보다도 作家의 生活的 充實性의 缺如에 잇섯든 것이엇다. 그들의 生活은 外部와 完全히 遮斷되여 歷史的 波動에서 머러젓슬 뿐만 아니라, 그들의 文學 意識까지도 支撐할 수 업슬만큼 萎縮되고 逸脫되엿섯다. 文學과 生活은 幸福스러히 結合되여 잇는 것이 아니라, 反對로 隔離되어 잇섯다.

作家에 잇서서 이 가튼 文學과 生活의 隔離는 아무리 歷史的 優位性을 가진 리얼리즘을 빌닌다 할지라도, 그것을 充塡하고 統一함이 업시는 건널 수 업는 深海엿다.

여기에 잇서 文學과 生活의 關係는 곳 文學과 政治의 關係로 進展하지 안흘 수 업섯다. 더욱이 後者로 말하면 어떠한 問題를 勿論하고 그것을 擴大하고 說明시킬 제, 거기에 부다치지 안코는 배겨낼 수 업는 가장 큰 스케일의 問題로서, 어느 때나 文學人의 머리를 억눌느고 잇는 것이엇다.

그들은 勿論 理論上으로는 文學과 政治의 關係를 一層 正當한 位置에 노흘 수 업는 것은 아니엇다. 그러나 그의 現實的 關係는 漸漸 一方的 解決로 邁進하고 잇는 事實을 無視할 수 업는 것이다. 어느 때이고 文學이 政治의 羈絆을 떠나서 存在하는 것은 아니나, 이제 文學은 政治의 ○尾를 따르지 안흘 수 업섯다.

이 가튼 토탈리즘的 現象을 勿論 文學人으로서 그다지 歡迎할 性質의 것이 못되엿다. 오히려 그것은 그들의 肉體的 反撥을 사지 안코는 그대로 잇슬 수 업슬만큼 强壓的이엿다. 그들은 이제 澎湃한 반달리즘 아페서 生活뿐만 아니라, 文學까지도 防禦하지 안흐면 아니 될만큼 脅威를 느끼지 始作하엿섯다.

여기에 잇서 휴머니즘은 實로 實踐과 行動의 分裂에 人間的 統一을 주는 것으로서 뿐만 아니라, 作家의 生活을 充實시키며 政治의 奴隷化한 文學(文化)을 救出함으로써, 文學과 生活의 完全한 結合을 주는 것으로서 그들에게 迎合되엇든 것이다.

以上에 잇서서 우리는 粗忽하나마 이 땅의 인텔리겐챠 乃至 文學人이 如何히 하야 휴머니즘에까지 接近하게 되엿는가를 過程的으로 보아왓다.

그것은 勿論 너무도 過程的이오 斷片的인 하나의 ○段的 考察로서, 이 땅에 잇서서의 휴머니즘의 發展史는 아니엇다. 最近부터 筆者의 意圖도 휴머니즘의 史的 考察에 잇섯든 것이 아니라, 오히려 長久한 휴머니즘의 歷史를 끄러내 놋는 것보다는, 오늘의 인텔리겐챠의 歷史的 行程을 追跡함으로써 그들이 如何히 하야 휴머니즘과 結付짓게 되엇스며, 또한 現在의 그들이 그것을 어떠케 어느 方向으로 展開시키고 잇는가를 究明하는 것이 보다 具體的인 結論을 어들 수 잇는 陳述이라고 生覺하엿섯다.

그러나 이제 우리는 휴머니즘이 이 땅의 인텔리겐챠에 잇서서 如何히 展開되엇는가를 이야기하기 前에, 휴머니즘에 對한 簡單한 規定을 내려둘 必要가 잇지 안는가 한다. 웨 그러냐 하면 휴머니즘은 그 自體가 오랜 歷史를 가지고 잇서, 그 時代와 場所의 情況에 따라 各各 그 內容을 달니하고 잇슬뿐만 아니라, 이 땅에서만 이야기할지라도 輸入 當初부터 휴머니즘 論者間에 互相 立場을 달니하여 온 것이 事實임으로써이다. 휴머니즘의 이 가튼 多樣性은 元來 휴머니즘 그 自體에서 淵源된 것일지 모르나, 그럴수록 우리는 그것을 明確히 限定하여 노코서 論議를 進行시킬 必要가 잇다고 본다.

휴머니즘을 極히 一般的으로 이야기한다면, 三木淸氏의 말맛다나 그것은 人間性과 人間 理想에 關한 一定한 思想이라고 할 수 잇다. 그것은 휴머니즘의 에스프리가 어느 때나 人間의 知性과 人間的 ○○에의 信賴와 省察우에 노이기 때문이다. 그러나 그것은 어느 때나 나타나게 되는 것이 아니라, 一定한 歷史的 情況 아래에서마니 나타나게 된다.

─(3) 『조선일보』, 1938. 10. 13

무릇 人間이 만든 것이 다시 人間에 對立되고, 나가서는 人間을 束縛하고 抑壓하는 것이 歷史的 根本 法則이라고 한다면, 휴머니즘이란 正히 人間이 人間의 發展을 爲하야 만든 것이 도리어 그의 桎梏으로 變化하는 그러한 時代에 잇서서, 人間 解放의 態度로서 나타나게 되는 것이다. 따라서 그것은 歷史的 轉形期의 그 時代的 情況에 따라 恒常 그 具體的 內容을 달리하게 된다. 卽, 휴머니즘 에스프리는 變하지 안흘지라도, 歷史의 推移와 科學的 進步에 따라서는 휴머니즘 이데올로기의 性格만은 變하지 안흘 수 업게 되는 것이다.

여기에 잇서 現代 휴머니즘도 正히 現代가 社會의 한 轉形期에 處하여 잇다는 事實에 對應하야 나타난 것임은 勿論이나, 그 具體的 內容은 前代 르네상스 휴머니즘과 가틀 수 업는 것은 必然的이다. 萬一 르네상스 휴머니즘이 中世的, 封建的인 것에서의 人間의 解放이라면, 現代 휴머니즘은 市民的인 것에서의 人間의 解放이라고 할 것이다. 거기에는 歷史的 差異가 잇슬뿐만 아니라, 人間 解放의 態度에 잇서서도 커드란 差異가 잇다. 卽, 르네상스 휴머니스트들은 歷史的 運動에 對한 아무런 認識이 업시 漠然한 市民的

政治 意識에 쪼찻스나, 科學的 思想이 常識化한 오늘에 잇서서의 휴머니스트는 歷史的 過程의 리얼리즘 運動을 이미 認識하고 잇섯든 것이다. 前者의 立場이 ‘自然’에 잇스면, 後者의 그것은 ‘歷史’에 잇다고 할 것이다. 여기에 잇서 現代 휴머니즘의 立場이 社會的 歷史的 立場이라는 것은 現代 휴머니즘의 가장 重要한 限定의 하나이 아닐 수 업다. 卽, 現代 휴머니즘을 이 限定 우에서 理會하게 될 제, 從來의 모든 歪曲과 偏執은 足히 一掃할 수 잇는 것이다.

이제 억지로나마 現代 휴머니즘을 規定한다면, 그것은 오늘의 社會的 轉形期에 잇서 氾濫하는 모든 非合理的 神話와 物的, 生活的 破滅에서 人間性 一般을 社會的, 歷史的 立場에서 解放하려는 것이라고 할 수 잇슬 것이다. 그러나 여기에 註釋을 必要로 할 것은 처음부터 휴머니즘은 歷史的 主體의 運動으로서가 아니라, 인텔리겐챠의 그것으로 始作되고 또한 展開되면서엿다는 것이다. 따라서 휴머니즘은 아무리 人間性 一般을 처들고 나왓다 할지라도, 一般的인 問題보다는 直接的으로 인텔리겐챠에 關聯된 ‘知性의 自由’라든가, ‘文化의 擁護’의 課題로 展開되지 안흘 수 업는 것이다.

그러나 이 가튼 휴머니즘의 展開는 이 땅에 잇서서 그다지 平坦한 過程은 아니엇다. 오히려 이 땅의 휴머니즘은 最初부터 受難의 過程을 발벗다고 하야도 過言이 아니다. 이 땅의 인텔리겐챠는 처음부터 그것을 歪曲하야 輸入 시켯섯다. 一部의 論者에 잇서서는 이미 退潮된 어느 思想의 代用物로서, 卽 唯物論이나 리얼리즘에 代位하는 것으로서 휴머니즘을 紹介하고 主張하엿섯다. 그들은 휴머니즘을 人間學의 變○로서, 무슨 思想의 體系나 原理가티 내세윗섯다. 그들은 휴머니즘을 리얼리즘에의 拮抗으로 그 射的을 옴기엿섯다.

여기에 휴머니즘과 當然히 提携되어야 할 이 땅의 進步的인 인텔리겐챠가 도로혀 휴머니즘과 對立하야 一齊 射擊을 퍼부은 奇現象이 演出되엇든 것이다.

—(4) 『조선일보』, 1938. 10. 16

一部의 휴머니즘 論者는 그들의 歪曲된 휴머니즘을 是正하미 업시 그대로 휴머니즘 陣營에서 사러지고 말엇섯다. 그러나 事態는 거기에 그치지 안헛섯다. 排擊할 것은 휴머니즘의 歪曲化에 잇섯든 것이오, 휴머니즘 그 自體에 잇는 것이 아니엇슴에 不拘하고, 이 땅의 進步的 인텔리겐챠側에서는 그것을 分揀할만큼 雅量과 餘裕를 가지지 못하엿섯다.

여기에 휴머니즘을 새로히 限定하야 애써 宣揚하려는 側과 그것을 어데까지나 疏外하려는 側의 새로운 對立的 體勢가 展開되엇든 것이다.

그러나 問題의 發展은 그들의 理論的 展開에 잇섯다느니보다도, 새로운 事態의 繼起에 잇섯다. 그칠 줄 모르는 外的 潮流는 刻刻으로 그들의 皮膚에 感觸되잇섯다. 그들은 그들의 論爭이 그 以上 展開할 수 업는 것을 깨다럿다. 벌서 그들의 關心은 舊時代的으로 휴머니즘의 哲學的 規定에 關하야 論爭하는 것보다도, 現代의 휴머니즘을 如何히 하야 實生活 가운데 展開하며, 또한 如何히 하야 文藝의 世界에 具現할 수 잇는가가 더욱 切實한 것이엇다.

한동안 휴머니즘은 저널리즘의 表面에서 자최를 감추엇섯다. 或者는 휴머니즘의 失踪을 宣言하엿섯다. 그러나 그것은 極히 現象的 觀察이엇다. 휴머니즘의 現實性은 이미 그들의 社會的 生活에 기피 뿌리박혀 잇섯다. 그들의 人間的인 生活을 獲得하려는 要求는 커젓스면 커젓지 주러들든 안헛다.

휴머니즘은 드디어 오늘의 '知性' 論議를 通하야 다시금 前面에 나타나고 잇다. 휴머니즘에 잇서 知性 問題는 文化의 擁護 問題를 둘러싸코서 가장 核心的인 問題의 하나인 것이며, 또한 知性 問題는 휴머니즘을 떠나서 單獨으로는 아무런 意識도 가질 수 업는 것이다.

그러면 이 땅의 인텔리겐챠에 잇서서 知性 問題는 어떠케 展開되고 잇는가. 그것은 勿論 아직 端初를 연 데 不過하다. 그러나 이제까지의 論議는 問題의 本質에서 너무나 迂廻的인 것이 事實이다.

휴머니즘을 떠나서 知性 問題를 이야기할 제, 그것이 單純한 스콜라티시
즘에 떠러지고 마는 것은 徐寅植氏의 「知性의 解明」에서 實例를 볼 수
잇다. 「知性의 解明」이 그 豊饒한 內容에 不拘하고 單純한 認識論의 初步的
敍術에 汲汲하고 말엇스며, 「知性의 時代的 性格」이 오늘의 인텔리겐챠에
게 暗示的인 것을 만히 內包하고 잇슴에 不拘하고, 그것이 具體的인 物的
힘을 이루지 못한 것은 全혀 '知性' 問題가 휴머니즘과 隔離되여 論議된
結果이라고 할 것이다.

여기에 잇서서 金午星氏가 "知性의 온갓 要求가 知性 擁護라는 現實的
狀況에 集中되어야 할 것이라고" 한 것은 正當하다. 그러나 우리는 그것이
單純한 知性의 立場에서는 不可能하다는 것을 承認하지 안흘 수 업다.

이제 우리는 휴머니즘이 要求하는 知性의 立場은 어떤 것인가를 밝혀둘
必要가 잇다. 이제까지 우리들은 知性의 混亂이니, 知性 擁護이니 하야
떠드러 왓다. 그것은 勿論 徐寅植氏의 말맛다나 날근 立場에서 보면 混亂임
에 틀림업스며, 새로운 立場에서 보면 生成이 잇슬뿐이라고 一應 結論지을
수 업는 것은 아니다. 또한 事實과 知性의 關係를 對立的 側面에서뿐만
아니라, 統一的 側面에서 볼 수 업는 것도 아니다. 그러나 보다 根本的으로
말한다면 知性의 過剩에서가 아니라, 知性과 行動의 背馳에서 오늘의 知性
의 混亂이 招致되엇다고 할 것이다. 따라서 오늘의 知性 問題는 結局 知性과
行動 問題에 歸着되고 마는 것이다. 徐寅植氏도 知性 內部에 잇서서 立場과
立場의 問題보다는, 知性과 行動의 問題가 더욱 高次的 性質을 가지고
잇다는 것을 承認하고 잇다. 그러나 徐寅植氏는 마침내 "知性을 行動으로
消化 못하는 境遇에는 知性을 反芻하는 것도 知性에 사는 사람의 良識이다"
고 하야, 知性과 行動 問題에 잇서서 '思考하는 갈대'의 立場을 取하고
말엇다.

勿論 이것은 主知主義의 立場과는 다르다고 할 것이다. 그러나 結局 '思
考하는 갈대'의 立場에 잇서서는 우리의 知性 問題를 一步도 前進시키지

못할 것은 事實이다.

그러나 여기에 興味를 느끼게 하는 것은 「知性人의 問題」(『四海公論』
九月號)에 잇서서 "知性人은 行動이 不可能할 때, 그 知性의 本質만을 지키
는 것으로서 足하다고 본다"는 金午星氏가 「情熱과 知性」論에 잇서서 다시
"知性의 擁護는 知性과 行動의 結合에서만이 可能한 것이다. 그런데 知性
이 行動에 參與하는 것으로는 먼저 行動에의 時代的 情勢를 살리여 그것을
鍊磨하며, 그것의 論理에까지 나아가는 것이 아닐 수 업다. 知性은 實際에
잇서 行動人은 아니다. 行動人은 知性人이기보담 情熱의 人, 意志의 人이
다. 그러므로 知性人이 行動에 參與하는 것은 行動人의 意志와 情熱을
더욱 살려주며 鍊磨시키며, 거기에 論理的 根據를 提供하는 것이다. 이러하
므로서 비로소 知性人은 行動에 參與하는 것이며, 行動과 結着하게 되는
것이다."라는 行動과 知性에 對하야 一應의 結着點을 發見하게 되엿다는
事實이다.

―(5) 『조선일보』, 1938. 10. 19

勿論 筆者는 金午星氏의 '知性人' 規定에 그대로 左視하는 것도 아니며,
더욱이 知性人과 行動人의 對立的 見地에는 反對하지 안흘 수 업는 것이다.
知性과 行動 問題를 如何히 하여서라도 한 곳에 結着시키지 안코는 現代
휴머니스트의 立場으로서 배겨낼 수 업다는 데 만흔 示唆가 잇다고 본다.

휴머니즘의 立場은 元來 歷史的 立場이다. 同時에 歷史的 立場은 곳
生産의 立場이오, 行爲의 立場인 것이다. 여기에 오늘의 知性 問題가 휴머니
즘 立場에서 論議하게 될 제, 行爲의 立場을 떠날 수 업게 되는 契機가
잇는 것이다.

우리는 行爲하므로써 알게 되는 것이며, 人間의 行動을 媒介로 하야서마
니 知性은 發展하게 되는 것이다. 오늘의 인텔리겐챠는 時代가 아무리 옹색
할지라도, 이 가튼 行爲의 立場을 떠나서는 絶對로 救할 길이 업는 것이다.

그런데 우리들은 從來에 잇서서 行爲에 對한 하나의 傳說的 觀念을 가지

고 잇다.

그것은 한때 치밀려왓든 科學的 思潮의 餘波일지 모르나, 우리는 行爲라든가 實踐이라든가의 概念을 너무나 皮相的으로 생각하고 잇는 것이 事實이다. 現實의 行動을 行爲라고만 생각하게 될 제, 自己의 批判(知性)을 行動化 한다는 것은 勿論 不可能하다고 말할 수 업는 것이 아니다. 그러나 한 개의 批判은 한 개의 行動으로박게 表現할 수 업다는 것은 너무도 單純한 생각이다. 우리는 批判이라던가, 解釋, 理解, 思考 等이 通俗的으로 생각한 行動으로서만이 自己를 表現할 수 잇는 것이 아님을 理解할 必要가 잇다. 그것이 藝術이나 科學에 잇서 自己를 表現하는 것도 한 개의 行爲가 아니면 안 된다. 다만 그것이 行爲 本來의 眞實한 意味를 가지느냐 못 가지느냐 하는 것은, 그것이 全혀 現實性을 把握하엿느냐 못하엿느냐에 달렷슬 뿐이다. 萬一 그것을 把握하얏다면, 그것은 곳 物質的 힘을 이루는 것이다.

이가튼 行爲의 規定을 우리는 首肯하므로써 今日의 인텔리겐챠의 時代的 課題를 受容할 수 잇는 것이다.

그러나 一部의 論者에 잇서서는 오늘의 時代的 情況에선 批判의 不可能을 압세우며, 行動을 全的으로 인텔리겐챠 問題 外에 두려는 傾向이 업지 안타. 그들에게는 오직 態度만이 있다고 한다. 그러나 우리는 赤과 靑을 駿別할 힘이 업는 視覺을 생각할 수 업는 것 가티 眞과 僞, 善과 惡, 永續的인 것과 一時的인 것을 駿別할 눈(眼)을 갓지 안흔 知性을 생각할 수 업는 것이다. 인텔리겐챠란 무엇보다도 그 눈을 가지고 行爲하는 사람이다. 萬一 그 가튼 인텔리전스의 技能을 喪失하게 된다면, 그 때엔 이미 인텔리겐챠란 存在할 수 업는 것이다.

우리는 行動을 斷念한 그들이 敎養에 置重하야 모든 問題에 對한 知識의 整理에 着手하려는 意圖를 看取할 수 업는 바 아니다. 또한 우리는 佛蘭西의 안시그로페디스트들의 偉大한 歷史的 業績을 모르는 바도 아니다. 그러나 그 基底에 어떤 文化의 統一的 理念이 업슬 때엔, 그것은 恒常 單純한

趣味 또는 單純한 博識(딜레땅티즘)에 떠러지고 만다는 것을 알어야 할 것이다. 萬一 그것이 現實的인 어떤 文化的, 統一的 理念 우에서 遂行된다면, 그것은 이미 한 개의 實踐的 行爲로서 노피 評價될 것은 勿論이다.

우리는 知性과 行動의 問題를 너무나 抽象的으로 생각할 것이 아니다. 휴머니즘은 元來 인텔리겐챠의 日常的, 可能的 自覺 우에 展開되여 왔다. 그러므로 휴머니스트에 있어서 知性 問題는 知性의 傳統보다도 늘 '知性을 어느 곳에서 끄집어내여 어떠케 行爲시키느냐'에 잇는 것이다. 그것은 單純한 合理主義的 立場에서가 아니라, 어느 때 歷史的 立場에서 遂行될 뿐이다.

―(6) 『조선일보』, 1938. 10. 20

戌寅 一年間 創作界 總題
― 作品의 成果보다는 作家의 苦心을 認定한다

　編輯者로부터 表題와 가튼 엄청난 註文을 밧기는 하엿스나, 一旬이 다 되도록 原稿紙에 붓댈 生覺이 나지 안헛다. 거기엔 勿論 筆者의 惰性이 加勢하지 안혼 것도 아니엇스나, 보다 率直하게 말하자면 筆者에게 잇서 註文狀의 內容이 너무 벅찬 것이 事實이엇다.

　內譯을 말한다면 조곰 부끄러운 告白일지 모르나, 筆者는 今年 亦是 우리 文壇 圈內에 發表된 作品이나마 그것을 모조리 읽는 誠力을 持續하지 못하엿다.(―해마다 元旦이면 읽는다고 決心은 하면서도)

　或如 讀者 가운데는 모조리는 못읽엇다 하니 大綱은 읽엇스리라고 넘겨지플 분이 업지도 안흐리라고 생각되나, 實情으로 筆者가 읽은 作品數란 發表된 것의 切半이 못되는 小數이며, 더욱이 그 가운데서나마 魯鈍한 記憶을 더드머서 헤아릴 수 잇는 作品數란 참으로 五指를 구피기 어려울만큼 制限된 處地에 잇다.

　이런 處地에 잇는 筆者로 하여금 今年 創作壇의 總評을 쓰라 하니, 그 負擔이 過重하다느니보다도 無理임은 筆者보다 먼저 讀者 自身이 理會할 줄로 밋는다.

그러나 이러한 苦境에 잇서 抑之로 붓을 든다면, 自然 作品에의 疏忽을
主觀의 强調로써 쌤질하는 길박게 업슬지니, 그도 웬만한 論文에 잇서서는
技巧의 如何에 짜라서 그 쌤질을 隱蔽할 境遇도 잇겟스나, 創作評에 限하야
는 그 가튼 技巧의 파스가 通用할 理 萬無하다.

짜라서 筆者로서는 서투른 技巧를 부리어 讀者에게 苦笑를 사느니보다
는, 차라리 몃 個 아니 되는 作品이나마 記憶에 쩌오르는 것을 中心으로
筆者의 愚見을 陳述하는 誠實이나마 가저볼가 한다. 그러므로 元來 이 쌀븐
紙面에 今年度 全作品을 鳥瞰시킬 수 업는 것은 勿論이나, 當然히 問題되어
야 할 作品이 問題되지 못한 境遇에 잇서서도 叙上의 事情을 斟酌하야
作者와 몃 讀者 諸彦은 미리 諒察하여 주기를 바라는 바이다.

筆者는 冒頭에 잇서 筆者의 不誠實을 告白하는 光榮을 가젓섯다. 그럼에
도 不拘하고 筆者로서는 한 가지 疑惑을 禁할 길이 업다. 웨냐하면 勿論
筆者의 不誠實은 文壇人의 한 사람으로서 當然히 非難되어야 할 것이다.
그러나 읽은 作品마저 읽지 안흔 作品과 함께 筆者의 머리에서 消散되엇다
면, 그것은 누구의 責任일싸. 勿論 筆者의 駑駑한 記憶力이 〇上에 올려야
할지 모르나, 그 읽혀진 作品에는 全혀 問責할 必要가 업슬 것인가 生覺하면,
長篇은 置外하고서 短篇小說만 二十餘篇 읽은 것은 確實하다. 그럼에도
不拘하고 現在 이 瞬間에 잇서 記憶에 남는 것은 먼저도 告白한 바와 가치
四, 五篇에 지내지 안흐며, 그것 亦是 擧皆 最近 作品에 屬한다. 大槪는
題名조차 記憶에 업게 되니, 勿論 筆者의 魯鈍한 머리도 加勢하엿겟지만,
作品이 가진 內容도 當然히 一部의 責任을 저야 하리라고 본다.

大體로 이 짱의 作品은 읽고 난 그 자리에서 무엇을 읽엇는지 이저버리게
되는 것이 恒例이다. 作品이 갓는 內容이 極히 凡庸하고 細些하야 讀者의
享受될 아무런 印象的인 것이 업다. 筆者는 일직이 이러한 傾向을 作品의
無思想性으로 論難한 적이 잇스나, 그것은 小說道로서보다도 藝術에 對한
冒瀆으로서 크게 問題삼어야 할 것이라고 生覺한다.

一般的으로 作品이 讀者의게 아무 것도 주는 것이 업다는 것은, 곳 作家의 生活이 讀者의게 아무 것도 보여줄 것이 업다는 것을 意味하게 될 제 우리는 果然 오늘의 文學에 무엇을 期待할 것인가. 勿論 오늘의 現實에 잇서는 作家나 讀者할 것 업시, 다가치 如何히 살 것인가 하는 問題에 逢着하야 좌○○되고 잇는 것은 事實이다. 그러나 어느 째나 現實 압헤 阻礙됨이 업시 現實을 꾀뚤코 나가는 것이 作家的 精神이라면, 오늘이야말로 그 가튼 作家的 精神을 待望하야 마지 안는 時代이라고 할 것이다. 짜라서 作家的 精神을 일혼 作家의 生活이 營爲되고, 그 生活에서 비저낼 惰性的인 作品이 橫溢할 제, 그 作品이 밧든 運命的 虛待는 마쌍이 讀者보다도 作者의 罪로 돌녀야 할 것이다.

여기에 生覺나는 것은 最近 頻繁히 귀에 들니는 評家에 對한 作家의 不滿의 소리이다. 作家는 自己 作品을 理解하지 못한다고 評家를 만히 責한다. 勿論 거기에는 評家로서보다도 一個의 讀者로서 不忠한 點이 업지도 안흘 것이다. 그러나 一步 나가서 生覺한다면, 讀者의게나 評家의게나 理解 못하게 쓴 作家의 責任은 糾明하지 안허도 조타는 말은 아닐 것이다. 作家 自身이야 如何히 深遠한 意圖를 가지고 作品을 썼슬지 모르나, 나타난 作品이 아무리 읽어도 讀者나 評家가 읽어서 어든 그것에 머저진다면, 그 罪는 보다 만히 作家의게 잇다고 하여야 할 것이다. 좀 極端의 말일지 모르나, 元來 이 쌍의 作品이란 두 번 읽을만한 作品이 업는 줄 안다. 그만큼 單純하고 低級하다. 그것을 理解하지 못한다고 責한다면, 이 쌍의 讀者된 者 마쌍이 赤面하여야 할 것이다.

阿部知二가 한 말이라고 記憶된 것에 "西洋 作家의 作品은 옵셋版 갓다" 고 한 것이 잇다. 果然 西洋 作品은 擧皆가 읽으면 읽을수록 여러 角度에서 感知되는 點이 만타. 지드의 作品을 例擧할지라도, 그의 作品은 極히 個性的 이면서 心理的 側面과 倫理的 側面과 藝術的 側面이 서로 連綿되여 多彩多 色한 復雜을 이루고 잇다. 짜라서 讀者의 關心하는 面에 짜라 한 作品을 멋 번이고 읽어도 늘 새로운 것을 感得하게 된다. 卽, 그의 作品은 옵셋版가치 몇 번이고 版을 거듭한 感이 잇다. 이에 反하야 이 짱의 作品은 너무도 單調하며, 그 一色마저 너무도 稀微하다. 이 가튼 單調와 稀微가 이 짱의 作品을 性格지울 제, 그것은 讀者의게 理解되지 못한 것이 아니라, 읽혀지면서 곳 記憶에서 忘却되는 慨嘆할 作品을 이르킨다고 본다.

如何間 우리는 이 짱의 作品을 '單純'과 '稀微'로 性格지울 수는 업다고 하여야 할 것이다. 그것은 차라리 이 짱의 文學 途程이 未完成의 過程에, 卽 미처 性格을 가출 階段에 到達하지 못한 것이라고 보아야 할 것이다. 同時에 우리는 作品이 性格을 가저야 한다는 것, 換言하면 個個의 作品은 個性을 가저야 한다는 것은 이 짱의 作家의게 가장 喫緊의 課題임을 理解식켜야 할 것이라고 본다.

以上에 잇서 粗忽하나마 筆者는 오늘날 이 짱의 作品엔 個性이 업다는 것을 摘發하엿다. 그것은 곳 今年에 나타난 諸 作品에도 一律的으로 該當한 말이다. 짜라서 作品의 成果로 노코 본다면 무슨 代表作이라거나, 또는 거기엔 이르지 안엇드래도 後日 問題視될만한 作品까지도 남김이 업시 今年 한 해를 보냇다고 하여도 過言이 아니다.

그러나 作品을 쩌나서 作家를 말하랴면 그와는 事情이 다르다고 본다. 一般的으로 作品을 쩌나서 作家를 이야기한다는 것 自體가 矛盾된 말 가트나, 作家의 努力이 미처 作品의 成果를 가저오지 못하엿다 할지라도, 後日의 囑望을 그 作家의게 갓는다는 것은 筆者의 僭越만이 아니라고 生覺한다. 그러한 作家로 우리는 現在 金南天, 蔡萬植, 李孝石 等 諸氏를 가지고 잇다.

金南天氏는 今年 드러 人文社 全作 長篇小說 第一 着手로 『大河』를 이미 完決시켯다 하나, 아직 上梓中임으로 읽을 機會를 갓지 못하엿스나, 今年 發表된 短篇만 할지라도 「瑤池鏡」(『朝光』), 「生日 前날」(『三千里文學』), 「美談」(『批判』), 「누나의 事件」(『靑色紙』), 「무자리」(『朝光』), 「鐵嶺까지」(『朝光』), 「可愛者」(『鑛業朝鮮』) 等 相當한 數에 達하고 잇다.

客年부터 告發의 精神을 취켜들고 오늘의 現實에 막부드치려는 이 作家
에 잇서 今年 거러온 足跡은 確實히 새로운 境地를 엿보고 잇다. 卽, 그의
告發의 文學論이 로망의 改造論으로 進展됨에 짜라, 그의 作品 傾向도
새로운 境域으로 向하고 잇다. 萬一 客年의 「少年行」, 「祭退膳」 等과 함게
「瑤池鏡」, 나아가서는 「美談」, 「可愛者」까지도 包含하야 一聯의 系列의
前者에 屬한다면, 「生日 前날」, 「누나의 事件」, 「무자리」, 「鐵嶺까지」 等의
諸 作品은 確實히 前者와 區別되는 다른 系列을 이루고 잇다고 본다.

林和氏는 일직이 이 作家의 作品을 內省 心理의 文學이라고 指摘한 적이
잇다고 記憶되나, 「少年行」 等 一列의 作品이 그의 告發文學論에 連繫되여
意識的, 强作的, 더 만히는 氣分的이엿다고 볼 제, 後者 「生日 前날」 等
一列의 作品은 '告發'의 亢奪이 鎭靜되기 始作한 後의 本格的인 現實 探究
의 文學(作者의 말을 빌니면 告發의 文學)이 아닌가 한다. 그러나 그 現實
探究가 心理的 手法인지, 쏘한 다른 것인지는 別問題로 하고, 作者 自身이
말하는 自己 分裂의 超克을 現實 가운데서 찾는 데 잇서, 아직 自己 分裂을
體驗하지 안흔 少年을 探하엿다 하는 것은 우리의 注目을 쓰러마지 안는다.

그러나 거기에서 檢討하지 안흐면 아니 될 것은 이 作者의 作品 속에
나오는 主人公 少年이 果然 우리의게 무엇을 提示하엿느냐 하는 點이다.
오히려 筆者의게는 自己 分裂의 體驗을 갓지 안엇다는 少年이 登場하지
안흔 「生日 前날」, 「鐵嶺까지」가 더 만히 讀者의게 어필하는 것이 잇지
안는가 한다. 「生日 前날」이나 「鐵嶺까지」에 나타난 作者의 휴머니스틱한
感情은 비록 더 洗練되어야 할 點이 잇다손 치더라도, 「누나의 事件」이나
「무자리」에 나오는 妓女와 그의 동생이 讀者 압헤 보여주는 性格보다 强烈
한 陰影을 던지고 잇다. 確實히 「鐵嶺까지」에 나타난 作家의 眼界를 擴大하
고 深化시킬 제, 氏가 理念하고 잇는 '典型'의 世界에 到達할 날도 멀지
안타고 生覺한다. 곳트로 한 가지 附言은 氏가 最近 로망 改造에서 내세운
것과 '典型的 人物과 情況의 創造'를 機械的으로, 쏘는 算盤的으로 符合시

키려 할 제 뜻하지 안혼 危懼가 싸른다는 것을 認識해 둘 必要가 잇다고 본다.

蔡萬植氏는 氏의 力作『濁流』를『朝報』에 連載하야 今年 小說界에 잇서 가장 큰 問題를 提供하엿다. 林和氏와 金南天氏로부터 世態小說이란 새로운 名稱을 製作케 한 것도 이 小說이며, 風俗과 모럴을 成功的으로 融合시켯든 못시켯든, 風俗에 關한 作家的 關心의 端初를 연 것도 亦是 이 作品이다.

作者는 모럴과 風俗 問題로 이 作品에 關한 物議가 아직도 騷然한 가운데 잇서 短篇「痴叔」(『東亞』)을 發表하엿스며, 繼續하야 가튼 手法의「이런 處地」(『四海公論』),「少妾」(『朝光』) 等을 내여노앗다.「痴叔」은「이런 處地」,「少妾」等과 함게 說話體 쏘는 一方的 說話體를 取한 逆說과 諷刺를 꾀한 것으로서,『濁流』나『天下太平春』(『朝光』連載) 等의 長篇에서 볼 수 업는 理論的 모럴이 紙背에 넘친 것이엇다.

金南天氏는 蔡萬植氏의 作品 가운데 設定된 人物이 모다 積極的이며 肯定的인 人物이 아니라 하야, 作者의 第三者的인 觀望者的 態度를 指彈하고 잇스나, 肯定的 人物이 影子만 보엿든 엇잿든, 이 作家가 한 거름 한 거름 파헤치려는 現實面이 漸次 오늘의 社會的, 本質的 關係에 接近되고 잇슴을 看過하여서는 아니 될 것이다.「痴叔」은 作者의 技巧가 너무 顯露된 感이 업지 안흐나, 如何間 今年 創作界의 優秀作임엔 틀님이 업슬 것이다. 다만 이 作者의게 警戒를 要하는 點은, 元來 逆說이라든가 諷刺 自體가 高度의 知性的 産物인만큼, 그것이 單純한 說話의 '재미'에 그칠 제 通俗小說의 境域에 머저지기 쉽다는 것이다.

李孝石氏의 創作은 今年 드러 不過 두篇박게 못 읽엇다.「附錄」(『四海公論』),「해바래기」(朝光』)가 그것이다.

어느 作家가 오늘의 時代에 잇서 어쩌케 生活할 것인가에 關心을 아니 가젓스리오만, 이 作家에 잇서서 가티 三十代 인텔리의 時代的 苦惱를 深刻히 上程시킨 作家는 업스리라고 生覺한다. 金南天氏가 自己 分裂을 意識한 나머지 告發의 에스프리를 칙켜들고 나온 것이나, 蔡萬植氏가 逆說과 諷刺로써 背面에서 陰翳를 던진 것이 모다 時代的 苦惱와 格鬪의 場面이 아님은 아니나, 李孝石氏에서와 가티 正面에서 막부드치려는 것은 아니엿다. 卽, 數三次 인텔리겐챠를 가지고 試驗해본 金南天氏는 少年으로 主人公을 박귀 안첫스며, 蔡萬植氏는 처음부터 正面을 避하야 背面에서 諷刺와 逆說을 퍼부음으로써 그 效果를 겨누엇다.

그러나 李孝石氏의 眞摯性은 그것을 回避하지 못할 만큼 一直線的이엇다. 오늘의 인텔리겐챠가 빠저 잇는 奈落을 率直히 認識하고, 거기에서 버서날 길을 그 안에서 求하려고 하엿다. 그것은 勿論 어려운 일이다. 「附錄」에서와 가치 '운파'가 高飛할 경우도 잇고, 「해바래기」에서와 가치 '鑛쟁이'가 될 경우도 잇다.

그러나 우리는 前者가 페시미스트며, 後者가 옵티미스트라고 하야 評價를 달니 할 必要는 업스리라고 본다. 다가치 오늘의 現實에 잇서 如何히 살어갈 것인가에 對한 한 '型'을 이루고 잇다고 할 것이다.

勿論 우리는 이 作者의게 島木健作 이와 가튼 것을 期待키는 어려우나, 如何間 作者의 健實한 步調는 그의 날카로운 理智와 함게 새로운 무엇을 보여주리라고 밋는다.

그러나 以上 三氏의 作品을 全體的으로 말한다면 冒頭에서 말한 바와 갓치 아직 個性은 이루지 못한, 억지로 말한다면 겨우 色彩를 가진 程度에 머저 잇다고 본다. 압흐로 그것을 키워서 참으로 個性的인 文學을 가지게 될 제, 이 짱의 文學도 비로서 性格을 가질 수 잇스리라고 生覺한다.

以上 三氏 外에도 俞鎭午, 安懷南, 李無影, 嚴興燮, 咸大勳 諸氏의 勞作이 잇섯다고 記憶되나, 俞鎭午氏의 「滄浪亭記」(『東亞』)와 「어떤 夫妻」(『朝光』)는 어느 것이나 氏의 往年作 「T敎授와 金講師」의 水準에 미치기 어려운 作品이엇스며, 安懷南氏는 「그 날 밤에 生긴 일」(『朝光』)을 契機로 從來의 身邊小說을 쩌나서 새로운 世界를 開拓하려 하엿스나, 그 뒤의 「燈盞」(『四

海公論』), 「汽車」(『朝光』)에서 그것을 어느 程度만큼 進展시켯느냐에 對하야는 疑問이 아닐 수 업다. 다만 남달니 感情이 豊饒한 이 作家가 所謂 典型的 人物과 典型的 情況의 描破에 눈이 찌이는 날, 우리는 큰 期待를 가저도 조흐리라고 본다.

李無影氏의 「敵」(『靑色紙』), 「日曜日」(『四海公論』), 「傳說」(『三千里』) 等은 作者의 生活에 對한 不絶한 思索과 觀照가 흐르고 잇스나, 그것이 主體化 되기까지는 한 고비를 너머야 하리라고 본다. 嚴興燮氏는 「敗北 아닌 敗北」(『四海公論』), 「有閑 靑年」(『朝光』) 外에 中篇『明暗譜』(『朝光』)를 完決시켯스나, 尙今것 새로운 進境을 開拓할 契機를 把握 못한 것 갓다.

이 外에도 現役 作家들의 活躍이 업는 바 아니엇스나, 모다 惰性에 빠젓다고 할 것이며, 李箕永, 李泰俊과 가튼 年功잇는 作家가 思想(?)의 매너리즘, 쏘는 文章의 매너리즘에서 빠저나갈 길을 찻지 못한 것은 큰 遺憾이 아닐 수 업다.

쏫트로 新人 玄德氏의 「남생이」와 「驚蟄」이 보여준 作家의 유니크한 世界는 新進의 迫力을 遺憾업시 보여주엇스며, 鄭飛石氏의 「愛憎道」, 「憧憬」 等도 비록 愛慾의 外道를 걸는 感이 잇다 하여도 作家로서 成熟하여가는 過程을 쑤렷이 보여주엇다고 할 것이다.

이 外에『朝報』의 新進 作家 短篇과『東亞』의 新人 콩쿠르 等이 發表되엇스나, 아즉 未完 쏘는 接할 機會를 가지지 못하엿슴으로 이 程度로 붓을 멈출가 한다.

—『비판, 1938. 12.

世紀的 桎梏에서 어떠케 朝鮮文學은 벗어날까
— 文學에 資할 나의 新提唱

　　오늘의 朝鮮文學은 確實히 艱難에 處하여 잇다. 모든 文學的 領域이 所謂 轉形期的 道程에 허덕이게 될 제 不可避的으로 느껴지는 艱難이라고 하겟으나, 오늘의 朝鮮文學은 그 困難을 克服함이 없이 泥濘에 遺棄되여 잇다.

　　무엇보다도 原理的 紐帶를 일혼 個個 作家의 孤立된 像이 潑剌한 文藝運動을 阻碍하고 잇으며, 거기에서 露出된 個個 作家의 摸索과 低迷는 곧 文壇 傳遞의 混亂과 沈滯를 招致하고 잇다.

　　事實 이 數三年 內로 文壇人 自身의 입에서 喧呼되어 온 文壇의 '停滯'와 '混亂'은 해가 바뀌어도 亦是 우리 文壇에 密着된 唯一의 修飾辭로 되어 잇는 것이 오늘의 現狀이다. 勿論 이것은 오늘날 朝鮮文學이 逢着하고 잇는 時代的 困難이 얼마나 深刻한 것인가를 如實히 말하고 잇다 할 것이다.

　　그러나 歷史란 一時도 休息할 수 없는 것이며, 文學 또한 停滯에서 그대로 머물러 잇을 수 없는 것은 勿論이다. 여기에 새로운 朝鮮文學 建設을 提唱하게 되는 歷史的의 意義가 介在한다. 卽, 오늘의 '混亂'에서 明日의 새로운 文學을 指向하야 出發하려는 歷史的 課題—그것이 오늘날 우리 文學人이

當面한 喫緊의 任務라고 할 제, 누가 그 意義를 否定하며 異論이 잇을 것인가.

그러나 여기에 잇어 다시 한 번 생각한 것은 果然 오늘날 우리가 逢着한 文學的 困難은 이 땅에만 局限된 것일까? 우리는 그것이 가까운 東京 文壇을 一瞥할 것도 없이, 곧 世界的 現狀임을 알 수 잇다.

洋의 東西를 勿論하고 오늘의 世紀가 빗어내는 歷史的 桎梏은 文化뿐만 아니라, 社會 全般에 對하야 激甚한 摩擦面을 呈出하고 잇다. 더욱이 그것이 一方的으로 强力的 解決을 보랴고 할 제, 거기에 따르는 重壓的 現狀의 汎濫은 不可避的으로 科學이라든가 藝術을 統制의 圈內에 휩쓸려 너코 잇다.

여기에 歐羅巴의 十九世紀的 存在들(폴 발레리, 토마스 만)은 오늘의 世紀를 '事實'의 世紀라 하야 精神이 滲透되지 안는 世界라고 悲鳴을 올리고 잇다.

如何間 우리는 東西의 思想人의 입을 빌릴 것도 없이, 오늘의 世紀는 十九世紀的 思惟方式으로는 到底히 解決할 수 없는 '事實', 市民 文化의 桎梏的 事實의 世紀이다.

그러나 世界를 틀어서 이 같은 새로운 '事實'에서 明確한 '論理'를 追求해 내지 못하는 곳에 오늘의 知識人의 悲劇이 잇는 것이며, 文學的 困難도 또한 거기에 잇는 것이다.

그러므로 오늘 이 땅의 文學이 逢着한 事實에 잇어, 이 같은 世紀的 困難에 不外한 것이며, 同時에 그 超克의 길은 朝鮮文學의 課題이면서 또한 世界 文學의 課題인 것이다. 여기에 우리는 新朝鮮文學 建設의 意義와 함께 그 指標를 찾을 수 잇는 것이다.

그러나 한 가지 생각할 것은 오늘의 文學的 困難이 世界的인 桎梏 現象이라고 할 제, 어떠한 領域을 勿論하고 이 같은 歷史的 制度를 벗어나지 못한다는 點이다.

따라서 우리들의 새로운 文學的 建設도 이 制度 아래 限定받을 것을 미리 豫想하면서 設定하여야 할 것이다. 더욱이 어느 곳보다도 어려운 條件 下에 잇는 우리들에게 잇어서는, 이 世紀的 課題에 參與하는 데 잇어 한層 熟廬의 勇氣를 用意하지 안흐면 아니 될 것이다.

—(상)『동아일보』, 1939. 1. 29

우리는 비록 짧은 文學史이나마 한때 潑剌한 文學運動을 가진 적이 잇엇다. 그 燦然한 後光이 오늘에 잇어 우리들의 心情을 끄으는 것은 勿論이다. 더욱이 時代가 歷史的 桎梏에 부드치게 되어 明日에의 透視를 갖지 못하게 될 제 過去를 回想하는 것이 常例인 만큼, 한層 그것은 우리들의게 魅力을 가지고 오는 것이다.

그러나 오늘의 現實이 아무리 貧弱하고 艱難한 것이라 할지라도, 歷史的 過程의 進行은 決코 그것을 無視할 수 없는 것이다. 따라서 現在를 無視한 남어지 過去의 文學運動을 그대로 意圖한다는 것은 無謀가 아닐 수 없는 것이다.

우리는 勿論 過去의 文學的 傳統을 批判的으로 攝取할 수 잇는 것이며, 또한 그러해야 할 것이다. 그러나 어떠한 瞬間에 잇어서도 그것을 그대로 옮겨다 놀 수는 없는 것이다.

더욱이 오늘의 文學이 過去의 文學에서 招致된 結果임을 생각할 제, 將來할 文學 또한 現在를 뛰어넘어서 過去와 連結지을 수 없는 것은 勿論이다. 여기에 잇어 우리들은 過去의 文學이 가지는 그 潑剌性이 低邊에 잇엇는가를 考察할 必要가 잇다. 그것은 文學史的으로 究明할 것까지도 없이, 當時의 社會的 背景이 무엇보다도 컷다는 것은 누구나 承認할 수 잇는 事實이다.

巨大한 社會的 潮流를 背景으로 統一된 指導的 原理를 가진 當時의 文學은 一般 讀者 大衆層과의 密接한 關係 아래 그 權威를 保持하여 온 것이다. 萬一 이 같은 原理的 紐帶와 社會的 權威를 省畧하고서 當時의 文學을 考察한다면, 그 年代的 幼稚와 氣分의 汎濫을 別問題로 하고서도

‘混亂’과 ‘停滯’로 代稱되는 今日의 文學이 그것에 比하야 얼마나 進展된 것이며, 成熟해온 것인가를 理解하기에 만흔 時間을 要치 안는 것이다.

實際 오늘의 文學은 個個 作家의 文學的 精神의 低迷에 不拘하고, 그 ‘指導的 原因의 追求’를 除外한 爾餘의 文學的 課題에 잇어서는 長足의 發展을 遂한 것이 事實이다.

그러므로 오늘날 우리에게 남은 問題는 原理的 精神의 追求에 잇다고 할 것이다. 同時에 新朝鮮文學의 建設도 結局은 이 原理的 指導 精神을 어디서 어떠케 追求하여야 할 것인가에 잇는 것이다.

事實 우리들은 오늘의 歷史的 桎梏에 너무나 威壓되어 原理的 精神뿐만 아니라, 오늘의 現實에 正面으로 부드치기를 意識的으로 回避하여 왔다. 이 같이 現實面에서 消極的 態度를 取한 것은 勿論 이 땅의 文學人이 處하여 잇는 不遇한 環境의 所致라고 하겟으나, 確實히 그것은 이 땅의 文學을 正常的 發展에서 後退시키고 잇다.

그러나 우리가 反省하지 안흐면 아니 될 것은, 그것이 오늘의 文學을 後退시키고 아니 시키고를 別問題로 하고, 오늘의 文學人은 果然 언제까지나 現實을 回避하야 文學을 持續할 수 잇는가 하는 點이다.

勿論 境遇에 따라서는 거센 重壓的 現實에서 눈을 돌리는 것이 文學의 保全策일 수도 잇으나, 그것은 언제까지나 許容할 수 잇는 것은 아니다. 本是 文學은 藝術의 世界 認識을 가르친 것이며, 文學이 곧 現實의 認識인 것이다. 따라서 文學이 現實에서 背面한다는 것은 文學의 機能을 抛棄하지 안는 限 잇을 수 없는 것이다.

그러므로 從來의 高踏的 態度를 一蹴하고 現實의 認識을 志向하게 될 제, 우리는 一瞬도 現實에 對한 批判的 精神을 버릴 수 없는 것이며, 또한 그것을 批判的 基準의 權威에까지 昂揚하기 爲하여는 多數의 讀者 大衆에게 共通된 原理的 指導 精神을 치켜들고 나오지 안흘 수 없는 것이다.

이제 새로운 朝鮮文學 建設은 이 같은 原理的 指導 精神을 樞軸으로

하여서만 그 原理的 方向의 確立과 展開가 可能한 것임에 不拘하고, 이
땅의 文學人은 이제까지 現實에 對한 消極的 態度로 말미암아 그것을 理念
하면서도, 오히려 거기에서 더욱 멀어저 가는 逆行程을 걸어왔다.

事實 오늘날 우리들은 過去에 比하야 頻多한 作品量과 增大된 文學熱을
가지고서도 原理的 方向을 確立시키지 못함으로써, 오늘의 低迷와 分散의
境域을 徘徊하고 잇다 할 것이다.

그러나 우리는 오늘의 創作이 內容的으로 如何히 貧困한 것이라 할지라
도, 漸次 作家들에게 움트는 現實에 對한 認識 態度를 엿볼 수 잇으며,
評論에 잇어서도 그것이 漸次 作品評으로 옮아가는 데 잇어 作品의 世界뿐
만 아니라, 現實의 世界와 모든 文學的 現象을 對象으로 現實 認識을 깊이
하고 잇음을 알 수 잇다. 이 같이 創作과 批評이 互相 聯關하야 現實面을
파헤치게 될 때 現實이 갖고 잇는 歷史性, 다시 말하면 現實이 갖고 잇는
論理를 追及해서 마츰내는 原理的 指導 精神을 探索하여 낼 것은 必定의
事實이라고 할 것이다.

따라서 우리들은 藝術의 世界的 認識이란 基礎 우에 오늘의 現實에서
그가 갖고 잇는 歷史性, 卽 論理를 찾어내는 데 잇어 우리의 새로운 朝鮮文學
建設의 方面을 찾을 수 잇는 것이며, 同時에 世界 文學의 課題에 參與할
수 잇는 것이다.

―(하) 『동아일보』, 1939. 1. 31

現階段과 文藝評論
— 批評 精神과 認識論的 課題

오늘은 모도가 '批評의 喪失'된 時代라고 한다. 評論은 그가 가져야 할 共通 原理的 精神을 일코, 批評 精神의 權威는 泥濘에 굴르고 잇다는 것이다.

確實히 오늘의 批評은 時代的 困窮 앞에 蹉跌되어 昏迷와 沈滯에 빠져 잇다. 그러나 이 가튼 現象은 何必 批評에만 限한 것도 아닌 것 갓다.

오늘의 모든 文化的 機能은 科學이나 藝術을 莫論하고, 다가티 發展에의 契機를 찾지 못한 채 桎梏에 걸녀 잇다. 所謂 轉形期的 桎梏은 千鈞의 무게로 文化 一般, 社會 一般에 걸쳐 잇는 것이다.

여기에 잇서 惟獨 批評이 創作이라든가, 其他의 文化 機能에 比하야 한層 萎靡된 印象을 밧게 되는 것은, 보다 만히 批評 그 自體가 갓는 獨自的인 장르에 依해서 이라고 보아야 할 것이다.

그러므로 오늘날 批評이 困難한 時代에 逢着하엿다는 것은 말할 수 잇슬지 몰으나, 創作의 貧困이라든가는 不問에 부치고, 批評의 喪失만을 압세운다는 것은 적어도 短見이 아니면 偏見인 것이다.

勿論 일직이 文學運動의 昻揚期에 잇서서 批評이 가젓든 指導的 地位와

權威를 回想할 제, 今日의 現象은 批評의 喪失이라고까지 極言할 수 업는 것도 아니겟스나, 元來 文學運動의 盛衰란 그 社會的, 歷史的 時期에 制限을 밧는 것이며, 批評은 또한 文學運動의 盛衰와 依存關係를 갓는 것이므로, 오늘의 歷史的 段階를 理解함이 업시 한갓 批評의 喪失을 叱罵하게 될 제 認識 不足의 非難은 免할 길이 업는 것이다.

如何間 批評의 喪失에서 批評에의 不信任이 現階段의 特徵을 이루려 할 제, 우리는 그 歸趨에 對하야 크게 警戒하지 안흘 수 업는 것이다.

이제 우리는 問題를 根本的으로 展開시키기 爲하야 批評의 原義에까지 溯及할 必要를 느끼나, 그에 업서 暫間 明言해 둘 것은 이 지음 우리 文壇에 잇서서도 評論 文學의 發展 過程은 그것을 大體로 文藝學(文藝品 硏究와 價値 判斷)과 評論(文學的 示唆에 關한 論評)과 批評(主로 作品 硏究와 價値 判斷)의 三部로 分化시키고 잇스나, 筆者는 여기에 말한 '批評'은 決코 그 가튼 分類에 拘束된 意味에서의 批評이 아니라, 보다 一般的인 크리티시즘(criticism)을 指稱한 것이다.(事實 評論은 作品 批評이라든가 作家論까지도 包容할 것으로서, 오히려 文學的 時事 또는 文藝 저널리즘을 文藝 '時評'으로 包括하는 것이 妥當하다고 生覺한다.)

元來 批評이란 判斷을 意味하는 것으로서 一面 對象을 吟味(論究, 分析)함과 同時에, 他面 對象에 對한 結論(判定)을 내리는 物件이다. 그러나 보다 廣義的인 批評의 根源을 찾는다면, 그것은 이미 滿足과 嫌惡 가운데 表現되는 有機體의 本質的인 反作用이라고 볼 수 잇는 것이다. 事實 幼稚한 有機體가 對象物로 부터 排擊 또는 牽引될 제, 발서 거기에는 本質的으로 肯定的, 又는 否定的 判斷을 意味하는 萌芽的인 批評의 發生을 보게 되는 것이다. 나아가서는 有機體의 養育 過程까지도, 卽 生活과 成長에 有害한 것을 避하며, 必要한 要素만을 攝取하는 作用 自體가 一種의 批評의 生理的인 作用이라고 할 수 잇는 것이다.

이 가티 批評의 根源을 人間 生活뿐만 아니라, 널리 有機體 全體에서

찻게 될 제, 그것이 漸次 神經 系統의 出現에 따라 意識의 領域으로 올마가게 되고, 다시 그것이 人間 生活의 原始時代에 잇서서 判斷과 基準의 自然發生的인 階段을 거쳐서 오늘의 高度의 批評 階段에 이르게 된 一聯의 發展 過程이 얼마나 悠久한 것이엇스며, 얼마나 꾸준한 것이엇는가를 足히 斟酌할 수 잇는 것이다.

事實 우리들은 어떠한 歷史的 瞬間에 잇서서도 靑과 赤을 識別하는 視覺을 일허본 적이 업는 것과 가티 眞과 僞를, 善과 惡을, 一時的인 것과 永續的인 것을 識別하는 批判力을 喪失한 적은 업다. 그것이 비록 歷史的 限界에 制肘되어 뒷날 '誤謬의 堆積'으로 指彈되엇다 할지라도, 人類의 思想史가 보여주는 認識과 批判의 不絶한 發展 過程은 掩蔽할 길이 업는 것이다. 뿐만 아니라 오늘에 잇서서도 그것이 肯定될 것이엇든 否定될 것이엇든, 微弱하나마 藝術을 世界 認識에까지 擴充하려는 最近의 리얼리즘論이나 토탈리즘 가운데에서도, 오히려 知性의 境域을 保衛하려는 휴머니즘論 等은 現實的으로 오늘의 批判力이 喪失되지 안헛다는 것을 立證하고 잇다 할 것이다. 다만 오늘의 批評은 그 體勢를 前日의 積極的 攻勢로부터 消極的 守勢에로 옴겻슬 뿐인 것이다.

—(1) 『조선일보』, 1939. 1. 31

여기에 잇서 우리들은 批評의 喪失을 한갓 誇張하고 批評의 不信을 表明하는 가운데, 그 背面의 伏線이 무엇이엇다는 것을 看破할 수 잇는 것이다.

그들은 勿論 오늘의 批評이 低迷에 적지 안혼 疲勞와 厭症을 삿슬지 모르며, 또한 그러한 것이 當然하다고도 할 것이다.

그러나 批評의 喪失을 口誦하고 理論과 作別한 그들의 要請은 果然 무엇이엇스며, 그의 結果는 어떠한 것이엇슬까? 우리는 그것이 意識的이엇든 無意識的이엇든 한갓 外的 現實에 追從하고 融解되기 爲한, 卽 現實의 平坦化 工作임을 指彈하기에 조금도 거리낄 것이 업는 것이다.

事實 우리들은 冒頭에서도 말한 바와 가티, 오늘의 批評 가운데 指導的

原理의 喪失과 함께 權威의 失墜를 率直히 承認한다. 同時에 原理的 指導 精神의 確立과 權威의 回復을 爲하야는 어떠한 困難일지라도 辭讓치 말어야 할 것이다.

그러나 現在의 批評을 侮蔑한 남어지 現階段을 批評의 喪失로서 塗布한다는 것은, 그것이 艱難한 現實에 무거운 롤러를 굴리는 平坦化 工作임을 意識하든 못하든, 結局 그 自體에 잇서서 安易性에의 逃避를 爲한 自己卑下가 아니면, 誇張性의 發露 以外에 아무 것도 아닌 것이다.

勿論 安易에 나간다는 것은 現實에 追隨하고 溶解되는 것이 가장 捷徑일지 모른다. 그러나 安易에 나간다는 것이 곳 眞實에 나가는 길일 수는 업는 것이다. 오히려 眞實에의 길이란 恒常 溶解가 아니라, 그것의 超克인 것이다.

如何間 우리들은 오늘의 低迷된 評論에 머물러 잇슬 수 업는 것이 事實이며, 또한 그 艱難을 超克하는 길이 오늘의 批評을 不當하게 毁貶하고 否定하는 데 잇지 안타는 것을 알 수 잇다.

여기에 잇서 우리는 明日의 批評을 갓기 爲하야 暫時 過去의 批評에 遡及할 必要를 갓게 된다. 回顧하면 이 땅의 文學 批評은 아무래도 傾向文學의 擡頭와 그 歷史를 가티 햇다 할 것이다. 勿論 보는 눈에 따라서는 傾向文學 以前에 잇서서도, 卽 新文學의 輸入과 함께 이미 廣義의 批評이 介在하엿다고 하겟스나, 이러타고 例擧할만한 評論이 업는 것은 周知의 事實이다. 元來 이 땅에 잇서서 新文學의 輸入이란 比較的 市民文化의 後期에 屬한 것이어서, 一切의 것이 理性 아페 서게 되던 市民 本來의 批評 精神은 이미 蹤迹을 감추게 된 後의 것이엇다.

그러나 傾向文學에 잇서서는 最初부터 그 出發의 事情을 달리 하여, 그것은 새로운 世界觀과 새로운 社會層을 背景으로 從來의 어느 것보다도 날카로운 批評의 武器를 내둘럿섯다. 거기에는 具體的인 行動과 함께 批評이 어데까지나 壓倒的이엇다. 傾向文學은 곳 批評 精神으로부터 너무 政論的이엇으며 이데올로기에 치우첫다는 非難도, 알고 보면 이와 같은 批評 精神

의 漲溢을 指稱한 것임에 不外한 것이엇다.

어쩌튼 懷月과 八峰의 文藝批評은 이 땅에 잇서서 評論의 嚆矢엿스며, 그 後 그와 對立된 一聯의 批評陣을 迎擊하여 한層 潑剌한 文學 運動을 領導하기까지에 이르럿섯다. 確實히 그것은 傾向文學의 全盛時代이엇스며, 또한 批評의 帝王 時代이엇다. 그러나 우리들이 看過할 수 업는 것은 아무리 그들의 燦然한 後光에 마음을 恍惚케 한다 할지라도, 一面 當時의 批評이 內容的으로나 形式的으로나 얼마나 幼稚한 것이엇스며, 그 粗暴과 硬化에 이르러서는 全혀 掩蔽할 길이 업다는 事實이다. 그것은 批評의 喪失로서 特徵지우려는 今日의 批評과 對比할 것도 업시, 極히 初步的인 階級에 멈춰 잇섯다는 것을 누구나 首肯할 수 잇는 것이다.

여기에 우리는 하나의 問題를 갓게 된다. 卽, 形式的으로나 內容的으로나 오늘의 評論에 比하야 越等히 幼稚한 當時의 評論이 무엇 때문에 그 後光을 于今껏 仰視하게 되며, 또한 批評의 帝王 時代로 불러지는 理由가 那邊에 잇는가? 이것을 解明하는 데 잇서 우리는 當時의 批評을 正當히 評價하게 될 뿐 아니라, 將來할 批評의 路針까지도 발킬 수 잇다고 生覺한다. 或者는 그것을 當時의 指導的 原理, 쉽게 말하면 테제를 가젓다는 데 歸着시키고 잇다. 그러나 그것이 最高 審判者로서 權威를 갓게 된 根本的 由因은 原理 그것보다도, 그 根底에 흐르는 大衆의 批評 精神을 빽으로 하엿다는 데 잇섯다는 것이다. 元來 評論이란 讀者 大衆의 批評 機能을 代表하여 文學의 動向에 發言하고, 作品의 評價에 參與할 제만이 그 權威가 確保되는 것이다. 그러므로 當時의 批評은 아무리 幼稚한 것이엇슬지라도, 그것이 可能하엿다고 할 것이다.

—(2) 『조선일보』, 1939. 2. 4

그러나 傾向文學이 一端 衰退의 域에 들자, 批評 또한 萎靡케 되는 것은 不可避的 事實이엇다. 오히려 批評 精神의 萎縮이 傾向文學의 衰退를 齎來시켯다는 것이 보다 適切할는지도 모른다. 如何間 原理的 精神이 指導性이라든가 權威는 그 背後에 가젓든 大衆層과의 紐帶를 喪失하므로써 奈落에 굴르고 말엇다. 뿐만 아니라 前日의 燦爛한 '原理'라든가 '公式'은, 새로운 現實 아페서는 아무런 解決도 줄 수 업는 一篇의 공수형으로 떨어지고 만 것이 事實이다.

여기에 잇서 批評의 精神이 低迷케 된 것은 不可避的 結果라고 할 것이다. 爾來 이 땅의 文藝評論은 그가 가져야 할 原理的 精神을 찻지 못한 채 彷徨하고 잇는 것이 事實이다.

그러나 우리들이 看過할 수 업는 것은 傾向文學的 評論의 뒤를 이어, 卽 批評的 原理의 喪失을 뒤쪼차 이 땅의 文藝評論이 漸次 解釋學的 批評 으로 올마갓다는 것이다. 勿論 批評의 性格上 解釋學的 批評이란 語句가 適切하다고는 할 수 업스나, 過去의 强力的인 大命題 아래에 主張과 論戰으 로 一貫한 批評的 性格에 對比하야 崔載瑞, 李源朝, 諸氏의 英美 惑은 佛蘭西的 文藝批評에 影響된 評論的 性格은 勿論, 前日의 傾向文學에 參 與하엿든 諸氏의 評論도 批評 本來의 自立性을 갓지 못한 채, 內部的 諸 條件(大部分 枝葉的인)의 整理, 다시 말하면 解釋學的인 課題를 넘지 못하 고 잇는 것이 掩蔽할 수 업는 事實이다.

오히려 그것은 오늘의 批評 精神의 低迷에서 意識的으로 解釋學的 批評 에 달려갓는지도 알 수 업다. 그러나 그것은 決코 一部의 論者에서와 가티 否定的으로 評價될 것이 아니라, 正當하게 말하여 이 땅의 文藝評論을 成熟 시키는 데 잇서 적지 안흔 功績을 끼첫슴을 認定하여야 할 것이다. 더욱이 어느 때나 文學 外的 現實에서 過分의 影響을 바더 온 탓으로 늘 껑충걸음을 걸어온 이 땅의 짤븐 文藝批評史에 잇서서는, 그것이 반드시 업지 못할 한 段階임을 承認하여야 할 것이다.

確實히 解釋學的 批評은 이제까지 우리들이 疏忽하게도 버려 둔 여러 가지 問題를 分析하고, 整理하고, 啓蒙시켜 왓슴에 틀림업다.

그러나 우리가 生覺하지 안흐면 아니 될 것은, 그것이 어느 모로 보아서도

評論 自體의 前進, 나아가서는 文學의 前進에 잇서서 一步도 발을 옴겨노치 못하엿다는 事實이다. 卽, 解釋學的 批評은 究極에 잇서서 批評 自體의 自立性을 喪失하고, 作品의 無原理的인 低迷에 追從하므로서 겨우 그 命脈을 保持해온 데 不過한 것이다. 따라서 그들의 評論은 어느 것이나 文學的 原理 또는 形象化에 잇서 何等의 共通的인 것을 갓지 못하고, 더욱이 文學 精神에 잇서 個個人이 모두 孤立되어 잇는 것이다.

그러므로 우리들은 이 가티 解釋學的 批評이 나갈 수 잇는 究極의 限界點을 透視하게 될 제, 우리들은 다시금 評論을 批評 本來의 자리에 옴겨노케 되는 것이다. 元來 批評의 性格은 冒頭에서도 論述한 바와 가티 對象의 明暗 嫌好에 따라 分析 吟味할 뿐 아니라, 나가서는 結論, 卽 判定을 내리게 되므로 그것은 必然的으로 解釋이 아니라 說得에, 妥協이 아니라 主張에, 卽 自己의 規準 觀念을 强調하게 되는 것이다.

따라서 評論은 時間과 場所의 如何를 莫論하고, 이 가튼 批評 本來의 性格을 具備하지 안홀 수 업는 것이다. 다만 오늘에 잇서서는 最後的으로 評量을 내리게 되는 그 規準 觀念이란 것이 過去와 가티 共通된 批評 原理가 못 되는 데 오늘의 現實的 艱難이 잇는 것이다.

여기에 잇서 우리들은 오늘의 批評이 空然히 內包하고 잇는, 卽 對象의 分析, 吟味, 處理에 잇서 그곳까지 끌어올려서 照準하고 評量하는 그 規準 觀念이 어느 곳에 依據할 것인가를 究明할 필요가 잇다.

우리는 그것이 過去의 指導的 原理가 依據한 것과 同樣으로 世界 認識 또는 歷史 認識의 總體的 結論 以外에서 차즐 수 업다는 것을 理會하기에 만흔 時間을 要치 안는다. 우리들이 이제까지 世界觀을 力說해 온 것도 그 規準 觀念의 據訴가 거기에 잇다는 것을 알기 때문이엇스며, 最近에 와서 文學의 世界 認識을 固執하게 된 것도, 結局은 이 規準을 보다 正確히 하기 爲하야 資함에 不外한 것이라 할 것이다.

—(3) 『조선일보』, 1939. 2. 2

"藝術에 잇서서 보는(見) 것은 그리는(描) 것이며, 그리는 것은 곳 기피 보는 것이라"고 한다. 이것은 勿論 藝術에 잇서서 認識과 實踐과의 不可不離의 關係를 말한 것이라고 하겟스나, 本來 文學은 科學과 함께 客觀的 世界(眞理)를 認識하고 表現하는 하나의 手段인 것이다.

그러나 最近의 리얼리즘이 單純한 方法에 그치지 안코, 世界에 關한 藝術的 認識論上의 一 見解에 서게 될 제, 그것은 藝術까지도 世界 認識으로 보는, 다시 말하면 認識論의 觀念을 그런 形態에까지 擴充시키고 잇는 點에 잇서서 藝術 理論뿐만 아니라, 認識論 自體에 잇서서도 新 階段을 劃할 수 잇는 新 規模의 것임을 否定할 수 업다.

어쨋튼 藝術을 世界 認識의 하나라고 할 제, 批評(크리티시즘)은 그 認識 乃至 認識物의 檢討라고 볼 수 잇스며, 또한 世界라든가 歷史 認識에 잇서서 이 가튼 認識論的 檢討는 批評 精神의 樞軸임을 理會할 수 잇는 것이다. 따라서 科學的 批評이었든 印象 批評이엇든, 批評은 結局에 잇서 認識論으로서의 批評을 가리킨 것이라고 할 수 잇다.

다만 區別하지 안흐면 아니 될 것은 認識論이 人間 思想史의 要約임은 勿論이나, 그것은 論理이지 歷史 그것은 아니라는 것이다. 그러나 人間의 思想 認識에는 歷史的 契機와 論理的 契機가 經과 緯로 얼켜 잇스므로, 크로체의 말과 가티 "批評은 藝術의 歷史(社會)的 契機와 論理的 契機의 同一이라는 데 成立되는 것이다." 따라서 批評은 恒常 그가 處하여 잇는 時代 精神의 內面的 關係를 探究하게 될 뿐만 아니라, 時代의 中心相을 認識하는, 卽 時代의 中心的 課題에 參與하지 안흘 수 업는 것이다.

事實 批評의 指導 原理를 世界(歷史) 認識의 總體的 結論에서 끄러내려는 것도, 이 가튼 批評 本來의 性格에서 오는 것임을 理解할 必要가 잇다. 따라서 批評의 原理的 方向의 確立은 外部的 現實, 卽 時代의 中心的 課題에 參與함으로써 可能한 것이오, 決코 文學하면 文學의 內部的 條件의 整理만으로서는 生意도 할 수 업는 것이다. 그러기에 우리는 오늘의 文藝評

論으로 하여금 그 推進力의 源泉을 文學 外에서, 卽 時代의 中心的 課題에
서 求하기를 要請하는 것이며, 同時에 文學의 內部에서는 評論의 役割이
如何한 것이라는 것을 意識하고서 對해주기를 懇望하는 것이다. 文學 內部
에서의 評論의 當面 課題는 勿論 作品 批評이다. 그러나 이것은 決코 原理
的 方向의 確立과 展開에 無關係한 것일 수는 업다. 오히려 그 補足的
前提로 보는 것이 妥當할 것이다.

事實 이제까지도 作品 分析이라든가 作家 批評은 存在하여 왔다. 그러나
아무리 저널리즘의 要求도 잇섯겟지만, 無原理的 印象에의 追隨 傾向은
指彈하지 안흘 수 업는 것이다. 萬一 現存하는 作家라든가 作品에 拘泥하여
그것을 不可避的으로 肯定하는 남어지, 評論의 原理的 展開의 方向까지도
모두 作家나 作品에 從屬시킨다면, 그것은 評論의 自己 侮辱도 甚한 것이라
할 것이다.

여기에 우리들은 原理的 探究에 만흔 制弱을 避할 수 업는 오늘의 現實을
承認함으로써, 作家 批評이라든가 作品 批評에 새로운 認識과 意義를 附與
하는 것이다. 따라서 우리들이 要求하는 作品 批評 또는 作家 批評은 決코
作家나 作品에의 追隨가 아니라, 文學 精神에 잇서 相互 孤立하고 作品의
價値와 性格에 잇서 抱腹 低迷하는 現在의 狀態에서 如何히 하여 客觀的
實相에 卽한 前進的 展望을 차즐 것인가에 잇는 것이다. 그러므로 우리는
當然히 批評의 技術, 다시 말하면 評論의 技術을 問題視하지 안흘 수 업는
것이다.

우리는 以上에 잇서서 이미 評論 指標性을 어디다 두어야 할 것을 闡明해
왔다. 따라서 남은 問題는 技術 問題이라고 할 것이다. 對象—그것은 勿論
作品의 世界만이 아니라, 現實 世界와 모든 文學的 現象을 가리킨다—의
究明에 잇서 우리들이 작품을 通하게 될 제, 우리들은 먼저 그 作品이 그리려
는 것이 무엇인가, 그 때문에 어떠한 材料가 蒐輯되었는가, 그 材料는 意圖한
것에 適合되엇는가 아니 되엇는가, 作者는 材料를 어느 程度로 理解하고

잇는가, 그리하여 그 意圖한 것은 어떠케 그려젓는가, 그것이 成功的으로 그려젓다면 어떠한 事情에서인가, 不成功의 原因과 事情은 어디 잇는가, 作者의 意圖인가 材料의 不適인가, 不然이면 재료에 對한 認識과 理解 不足인가, 다시 形式의 適合, 表現 技術의 缺陷과 未熟 等은 어디서 어떠한 影響을 주고 잇는가, 이 같은 究明은 作品의 材料를 通하여 現實 世界에 눈을 돌리지 안흘 수 업는 것이다.

이 가튼 究明이 評論의 指標性과 굳게 結付될 제 原理的 展開도 그다지 먼 날은 아닌 것이다.

—(4) 『조선일보』, 1939. 2. 5

現代 小說 讀者論
— 文藝 時評

1

　題하여 現代 小說 讀者論이라고 하였으나, 그것은 決코 歷史小說에 對한 現代 小說의 讀者를 區分지워서 論議하려는 데 本意가 있는 것은 아니다. 오히려 筆者의 意圖는 오늘에 있어 創作되는 모든 小說, 나아가서는 詩, 評論, 戲曲까지도 包含한 所謂 現代文學 全般의 讀者를 對象으로 論議를 進展시켜보려는 데 있다.

　따라서 小說 讀者만을 앞장세우게 된 것은 오로지 小說 그것이 갖는 現代 文學史上의 中樞的 地位와 論議의 便宜點을 取한 것뿐이요, 別다른 意義가 있는 것은 아니다.(다만 筆者는 이 一文에 있어서 이 땅의 古代文學의 讀者라든가, 또는 外國文學의 讀者에 關하여는 論外에 두었다는 것을 附記하여 둘 뿐이다.)

2

　요즈음 이 땅에 있어서도 古典을 돌아다보려는 機運이 漸次 成熟하여 이 땅의 古代文學에 對한 關心이나, 外國文學의 飜譯物에 對한 購讀熱은 여러 가지 制約을 받으면서도 高潮되고 있는 것이 事實이다. 그것은 오늘의 現實에 있어서 가장 必要로 하는 知的 糧食의 하나이며, 또한 그 自體에 있어서 高尙하고 尊貴한 것임에 틀림없다.

그러나 大體로 이 땅의 現代文學은 누가 읽는 것일가. 그것은 汎然하게 생각하면 얼마든지 汎然하게 생각할 수 있는 問題임과 同時에, 重大하게 取扱하면 얼마든지 重大性을 가진 問題라고 할 수 있다.

그러나 見地의 如何를 莫論하고, 現代文學의 讀者에 關한 省察은 現代 文化의 享受面을 直接 이야기하게 되는 만큼, 一般的인 文化 問題로서도 決코 輕忽히 取扱할 수 없을 뿐만 아니라, 더욱이 그 當事者라고 할 수 있는 文學者에 있어서는 一瞬일지라도 自己의 領土라고 할 수 있는 讀者層에 對한 關心을 떠나서 붓을 들 수 없는 것은 勿論之事이다.

가까운 例로서 우리들은 이 數年來 政治와 文化의 相剋面을 現實的으로 目睹하고 있다. 對照的인 힘을 가지고서 政治의 壓流가 날로 文化圈內를 侵蝕하여 文化의 政治에의 隷屬을 公然하게 强要할 제, 一方에 있어서는 그것이 오늘의 歷史的 階梯에 있어서 아무리 不可避的 趨勢이라고 할지라 도, 政治에 對한 文化의 歷史的 優位性을 固執하여 辭讓치 않았다.

그러면 이 後者에 있어서 文化의 歷史的 優位性이란 무엇을 自恃하기 때문이며, 또한 무엇으로써 保障되는 것일가? 勿論 거기에는 文化 本來의 獨自的인 性格에 由因함이 크다고 할 것이나, 그 究竟의 據所를 따지고 본다면 文化는 그것을 享受하는 모든 層(—文學에 있어서는 讀者層)에 積極 的으로 滲透함으로써, 結局에 있어서 政治에까지 反作用하기 때문이라는 것을 알 수 있다.

事實 現代의 휴머니즘 問題 같은 것은 明白히 그와 같은 立論에서 出發한 것임을 看取할 수 있다. 卽, 現代 휴머니즘은 그 直接的인 契機가 아무리 오늘의 切迫된 瞬間에 있어서의 知識人의 態度와 行向의 問題로서 提起되 었다 할지라도, 그 背後에 文化(文學)의 民衆化 過程—다시 말하면 文化(文

學)가 廣範한 讀者層에 滲透하고 融解하는 歷史的 過程을 背景으로 하여서만이 提出될 수 있었던 것이다.

그러므로 오늘에 있어서의 讀者層이란 現代 文化의 現實的 地盤을 이룬 것이라고 볼 수 있을 뿐만 아니라, 때로는 그것이 오늘의 民衆을 代辯할 수 있을 만큼 廣範圍의 大衆層을 包括한 것이라고 볼 수 있는 것이다. 여기에 있어 우리들은 一般的인 意味에서 文化 機構의 가장 重要한 一環으로서, 다시 말하면 文化의 地盤性에 對한 現實的 考察로서 讀者論을 마땅히 내세우게 될 뿐만 아니라, 오늘날 우리들이 當面한 모든 個別的 文化 問題에 있어서는, 반드시 그 底部에 하나의 讀者論을—(그것이 어떠한 形態의 것이었든)—想定함이 없이는 如何한 論議도 展開시킬 수 없다는 것을 認識하게 되는 것이다. 要컨대 現代 小說 讀者論은 現代 文化의 考察에 있어서 必須的 課題의 하나이라고 하여도 過言이 아닌 것이다.

3

藝術에 있어서 讀者의 機能을 가장 먼저 밝힌 것은 에드거 앨런 포라고 하며, 스탕달은 一瞬間이나마 讀者에 對한 意識을 念頭에 두지 않고는 製作의 펜을 들지 않았다고 한다.

勿論 이 땅의 作家에 있어서도 누구나 自己가 만들어낸 作品이 어떠한 讀者層에 어떻게 읽혀지는가를 反省함이 없이 漫然히 펜을 드는 것은 아닐 것이다. 그들이 누구나 다 讀者에 對한 具體的인 目的意識的 意圖를 가졌다고 保證할 수는 없는 것이나, 質的으로 보아 한 사람이라도 많은 讀者를 獲得하려는 것은 그들에게 있어 하나의 共通된 理念이 아닌가 한다.

或如 箇中에는 스탕달과 같은 不拔의 信念을 가지고서 今日 讀者보다도 明日의 讀者를, 即 五十年 後, 百年 後의 讀者를 相對로 作品을 쓰고 있는 갸륵한 存在가 있는지도 알 수 없는 일이다. 그러나 大體로 現代의 讀者를

眼中에 두고서 거기에서 出發하고 있는 것이 一般的 事例이다. 그러기에 오늘의 作家는 그것이 아무리 저널리즘에 依存關係를 갖고 있다 할지라도, 그들의 作品集의 賣盡 部數에 따라 그들의 現實的 地盤이 計量되고 있는 것이 事實인 것이다.

이 같은 前提 아래 一般的으로 본다면, 果然 現代 作家의 作品은 얼마나 읽혀지는 것일가? 事物의 表相만을 보는 者에 있어서는 或如 最近의 出版 現象의 汎濫을 보고서 樂觀的으로 아야기할는 지도 알 수 없다. 事實 얼마 아니 되는 期間에 있어 春園의 『사랑』은 再版이 되어 나오고, 南天의 『大河』는 初版이 賣盡되었다고 傳한다. 이 같은 出版界의 殷盛에는 다른 種種의 社會的 事情이 作用되고 있는 것은 勿論이나, 確實이 最近의 讀者層은 몇 해 前에 比하여 飛躍的 增加를 呈하고 있음에 틀림없다.

그러나 우리가 다시 생각할 것은 그 같은 讀者層의 增加가 어디까지나 相對的 意味에서의 增加라는 것이다. 卽, 出版界에 있어 二, 三千이라는 數字는 十年 前의 出版 事情을 아는 者에 있어서 飛躍的 數字일지 모르나, 外國의 幾萬, 幾十萬部란 것에 對比한다면, 이제 겨우 市場的 賣價를 띠우게 됨에 不過한 것이다. 外國의 것은 別問題로 하고서, 가깝게 夜市로, 시골 장판으로 봇짐장사의 손을 거쳐 돌아다니는 古代小說에 對比하여 新文學의 紀元을 이룬 것이라고 云云되는 春園 畢生의 大作 『無情』이 二十年을 지난 오늘 겨우 八版을 넘지 못하고, 傾向文學 時代의 最高峯이라고 할 수 있는 民村의 『故鄉』이 尙今껏 五版에 멈추어 있다는 것을 回想할 제, 所謂 이 땅의 現代小說이라는 것이 얼마나 狹隘한 讀書層에 局限되어 있는가를 可히 斟酌할 수 있는 것이다.

뿐만 아니라, 다시 文藝 雜誌라든가 新聞 學藝面 讀者라는 것을 본다면, 그것은 더욱 明白해지는 것이다. 事實 一部 '文學 靑年'級을 除外하고서는 別로 現代文學의 愛好者라는 것을 찾아볼 수 없을 만큼 現代文學은 孤立되어 있지 않는가! 무엇보다도 歷然한 그 證左는 文士라든가 小說家라고 할 제, 一般 社會人의 表情을 보는 것이 좋을 것이다. 文學이니 藝術이니 떠드는 그들을 一般 社會人은 머리에서부터 嘲笑와 輕蔑로 冷待하고 있지 않는가! 勿論 거기에는 적지 않은 偏見도 없지 않을 것이다. 그러나 實社會의 一般 事情에 暗昧한 그들이 淺薄한 經驗과 視野로써 藝術의 흉내만을 내는 것이 一般 社會人의 顰蹙을 산 것임에 틀림없는 것이다.

이 같이 讀者面에서 現代小說을 본다면, 그것은 社會와의 連繫點을 잃고서 어디까지나 저 혼자 맴을 치고 있는 것이 하나의 常識的 結論이라고 할 수 있다.

그러나 常識은 어디까지나 常識에 그치는 것으로서, 決코 그것이 그대로 通用되는 것은 아닌 것이다. 大抵 讀者란 무엇이며, 一般 社會人이란 무엇인가? 다시 讀者와 一般 社會人은 어떠한 關聯을 갖는 것일까? 그것을 解明함이 없이 덮어놓고 그 같은 常識的 見解에 加擔할 수는 없는 것이다.

무릇 한 개의 作品이 어떻게 읽혀지며, 어떠한 讀者를 얻게 되는가는 作家라든가 作品의 條件에 따라서 決定되는 것이나, 읽혀지고 안 읽혀지는 것은 作家라든가, 作品의 質에 依存함과 同時에 讀者의 如何에 따라서도 變化를 보게 되는 것이다. 卽, 이제까지 專혀 돌보지 않던 作家나 作品이 갑자기 어느 時期에 이르러 읽혀지게 되는 것은, 主로 그 時代的 情況의 움직임과 그 情況 속에서 呼吸하는 讀者에 依하여 變化를 보게 되는 것이다.

따라서 現代小說을 一般 社會人이 돌보지 않는다는 것은, 現代란 時代 作家에서보다도 古典—文化 遺産에 마음을 끌리기 때문이라고는 할 수 있을지 모르나, 적어도 現代 作家가 社會와의 連繫點을 잃었다는 것은 妥當치 않은 말인 것이다. 오히려 그 같은 口物을 쓰는 者에 限하여 現代 小說이 얼마나 읽혀지지 않는가의 好例證을 볼 수 있는 것이다.

그런 觀點의 如何를 莫論하고, 우리는 現代 作家의 作品이 一般이 想像하는 것보다는 顯著히 적게 읽혀지고 있다는 것을 確認하고서 出發할 必要가 있는 것이다.

4

最近 昂揚되고 있는 一般의 古典熱은 文化 遺産의 繼承 問題로서 뿐만 아니라, 오늘이란 轉形期에 있어 새로운 文化 創造에의 契機를 거기서 끌어 내려는 點으로 보아 不可缺의 傾向의 하나이라고 할 것이다.

明白히 우리들의 現在의 人間 生活은, 文化 遺産의 繼承이란 點에 있어서는 作家나 讀者 사이에 何等의 差異點을 發見할 수 없는 것도 事實인 것이다. 그러나 記憶하지 않으면 아니 될 것은 모든 文化 遺産이 刻刻으로 營爲되는 산 人間 生活의 産出物에 不過한 것일진대, 現代 作家가 만들어낸 것도 어느 때에 이르러서는 貴重한 文化 遺産으로서 計上되는 資産이 아니 되리라고 保證할 수 없다는 點이다.—(勿論 文化 遺産에는 資産(+)과 負債(-)가 併存한다는 것을 잊어서는 아니 될 것이나……) 따라서 우리들은 現代文學이 아무리 貧乏하고 남의 흉내에 지나지 않는 것이라 할지라도, 그것이 過去의 文學的 遺産과 現在 生活과 接觸된 唯一의 面이라는 것은 斷言할 수 있는 것이다.

要컨대 文學을 읽는 讀者는 많음에 不拘하고, 現代 作家의 作品에 對한 關心이 缺如되었다는 것은, 곧 그들이 즐겨 過去 文化 遺産의 利子 生活을 하고 있다는 것을 意味하게 된다. 다시 말하면 그들은 文化의 享受에 있어서 過去形으로써 自足하고 있는 것이다.

그러나 우리들은 上述한 바와 같이, 文化 遺産으로서의 古典을 攝取하는 것은, 同時에 그것이 明日에의 文化 創造에까지 손을 뻗치는 데 비로소 그 意義를 높이 사게 되는 것이다. 따라서 거기에 있어서는 누구나 未來에 連續되는 現在라는 것을 決코 疏忽히 할 수는 없는 것이다.

大部分의 讀者가 現代文學을 읽지 않는 것은, 그들이 古典에 心醉되어서만이 그런 것은 아닐 것이다. 오히려 그들은 意識的으로 忌避하고 있는지도 알 수 없다. 왜 그러냐 하면 現在의 生活에 對한 否定的 態度는 現代 生活의 一般的 特質을 이루고 있는 만큼, 그들의 大部分은 極端의 冷淡과 不信用으로 現在의 生活을 對하고 있는 것이다. 그들은 現代란 惡의 時代라고 하며, 同時에 理解할 수 없는 時代라고 한다. 이 같은 現在에 對한 否定的 生活 態度가 結局 現代 作家의 創作에 對한 無關心을 갖게 하는 것은 必然的 過程이라고 할 것이다. 卽, 現代의 創作에 對한 興味란 現在의 산 生活에 對한 興味에 不外한 것이라고 볼 제, 現在의 生活에 無關心한 讀者가 어떻게 現代文學에 關心을 가질 수 있을 것인가?

그러나 明日에의 連繫點을 喪失할가 두려워하는 者에 있어서는 이 같은 生活者를 슬퍼하지 않을 수 없는 것이다. 그들이 아무리 現代에 對한 不信을 갖는다 할지라도, 우리들은 그 속에서 生活을 繼續하지 않을 수 없는 것이며, 그 안에서 가진 表情이 움직이고, 갖은 行動이 굼틀거리는 것을 否認할 수는 없는 것이다. 다시 말하면 오늘이란 現在가 아무리 歪曲된 것이라 할지라도, 모든 未來가 이 現在에 連續될 것만은 確實함으로, 우리들은 刻刻의 現在의 움직임에 暫時라도 한눈을 팔 수는 없는 것이다.

事實 우리들은 앞을 向할 것인지 뒤를 向할 것인지 分揀할 수 없는 疑問을 갖고 있다. 어느 곳을 向하여도 흐르기는 一般이다. 그러나 앞뒤를 가리지 않고 現在 서있는 곳에 忠實히 살아가는 것이 가장 理想的인 現代 作家의 길이며, 또한 그것이 過去를 繼承하고 未來를 保證하는 最良의 길일 수도 있다. 따라서 現在 營爲되는 刻刻의 生活에 無關心한 讀者는 現代文學 讀者의 圈外에 서게 될 뿐만 아니라, 作家로서도 現代文學의 圈外에 放出되는 境遇가 없다고 保障할 수도 없는 것이다.

그러므로 이제 와서는 現代文學이 읽혀지고 안 읽혀지는 것이 問題가 아니라, 오직 '現在'에 對한 誠實의 有無가 있을 뿐이다.

5

이제 남은 問題는 現在에 對한 關心을 높이 갖고 있는 讀者가 果然 現代文
學을 어떻게 읽으며, 거기에서 무엇을 求하고 있는가를 解明하는 데 있다고
본다.

여기에 있어서는 무엇보다도 現代小說의 讀者에 對한 分類가 必要하게
된다. 그렇지 않고 現代小說 讀者라는 것을 一握掌中으로 處置하려 하면
問題는 한層 把握하기 어렵게 될 뿐인 것이다.

現代小說 讀者를 分類하는 데 있어 가장 손 가까운 데서부터 始作한다면,
主로 新聞의 小說欄이라든가, 雜誌의 創作欄만을 連달아 읽고 있는, 말하자
면 떠맡긴 대로 읽고 있는 讀者層을 들 수 있다. 그들은 大部分이 아무
新聞, 아무 雜誌라는 看板만을 信用하고 읽고 있는 가장 消極的인 讀者로서
小說을 興味 本位로 읽는 者들이다. 萬一 小說이 재미가 없을 境遇에 있어서
도 그 責任은 作家 一人에게 돌려보내기보다는 먼저 編輯者를 탓하게 되며,
나중에는 文壇 全體를 탓하게 된다.

그들은 小說을 理解할 能力이 없으므로 稱讚과 毁貶이 一定하지 못하다.
「薄命」이 좋다고 생각되면 곧 投書를 하고, 『林巨正』이 너무 지루하면 재미
적다고 投書를 하게 된다.

그러나 거기에서 一段 오르게 되면 떠맡긴 대로 읽기는 하나, 自己의
感想에 따라 讀書를 享樂할 줄 알게 되므로, 小說에 對한 一般 輿論은
大槪 이 層에서 빚어 나오게 된다. 따라서 評論家로서는 이 層에 對한 反應作
用을 한때나마 放念할 수는 없는 것이다. 이 層에 屬한 讀者가 理解할 수
없는 作品을 아무런 說明도 없이 높게 評價한다든가 하면, 그것은 곧 文壇
全體의 信用을 害하게까지 된다. 卽, 評論家의 말을 信用하여 많은 期待를
갖고 읽은 作品이 그들에게 反對의 結果를 가져오게 될 제, 그들은 文壇

全體를 不信하게 되는 것이다. 그러므로 批評은 恒常 讀者의 理解를 助長함이 없이 孤高獨善할 수는 없는 것이다.

이 같은 消極的인 讀者層을 넘어서 極少數일지 모르나, 積極的인 讀者層을 發見할 수 있다. 그들은 떠맡긴대로 읽는 것이 아니라, 選擇할 줄 아는 讀者들이다. 單純한 讀者의 享樂이 아니라, 批判을 갖는 者들이다. 現代小說은 直接的으로 이 層과 連繫되어 있으며, 單行本의 購讀者의 大部分이 이 層에 屬한다고 하여도 過言이 아니다. 阿部知二의 말맞다나 書棚의 幾百冊, 幾千 冊 가운데에선 한 冊을 빼낸다는 것이 直接的인 能動的 發言은 아닐지라도, 한 개의 批判과 主張이 無言의 가운데 行하고 있는 것이다.

以上 아무런 基準도 없이 닥치는 대로 小說 讀者를 分類하여 보았으나, 或者가 말하듯이 그것은 티보데가 「小說의 讀者」에서 對象으로 하고 있는 文學的 讀者層과 아메리카的인 小說論에 반드시 一章이 끼어있는 一般的 讀者(plain reader)層과의 二 種類로 槪括할 수 있는 것이다.

그러나 現代小說의 참다운 讀者를 찾는다면, 亦是 ‘文學的 讀者’ 가운데에서도 特히 現在의 人間 生活에 對한 積極的 關心을 가지고 小說 가운데 民衆의 마음을 읽으려 하며, 同時에 自己의 映像을 求하는 者가 아닌가 한다.

누구나 小說을 읽어서 얻는 感動이란 恒常 一種의 生活 重複感에서 오게 된다. 따라서 眞正한 讀者는 自己의 現實 生活을 現代小說 가운데에서 求하게 되므로써, 그들은 作家나 作品을 選擇하게 되는 것이다.

作家와 讀者를 連繫시키는 것은 作品임에 틀림없으나, 兩者의 참다운 連繫點은 그들의 生活에 있는 것이다. 그러므로 讀者側에서 作品을 選擇하는 一方 作品側에서 讀者를 選擇하는 境遇도 있게 되는 것이다. 多幸히 讀者나 作家나 모두 民衆 가운데 있다. 民衆은 오늘날 民衆의 自覺에서 떨어져 있는 少數 分子를 除外하고서는, 하나의 混合體를 이루어 刻刻의 生活을 繼續하고 있다.

그 民衆이 作家를 낳으며, 作家는 그 根據 속에서 作品을 낳는다. 다시 作品은 讀者를 낳게 되나, 이 關係는 循環的인 것이다.

따라서 正常的인 軌道에 있어서는 作家와 讀者 사이의 交通은 絕對로 阻碍될 수는 없는 것이다. 間或 그 交通이 不安定하게 될 제, 作家는 作家로서 讀者는 讀者로서 各其 悲鳴을 질르게 될 뿐이다. 그러나 그 때에 있어서도 民衆을 作家 自身과 分離시킬 것이 아니라. 讀者의 누구보다도 自己가 民衆의 自覺을 가지려 할 제, 그 障碍는 곧 排除되는 것이다. 文學이 다른 곳에 있는 것이 아니라, 民衆 가운데 있다고 생각할 제, 作家와 作品과 讀者의 通路는 다시금 正常的으로 復舊되는 것이다.

要컨대 現代 作家는 지드의 말과 같이, "한 사람이라도 많은 讀者를 얻어서 새로운 公衆을 形成하는 데 寄與하지 않으면 아니 될 時期에" 處하여 있다고 본다. 새로운 公衆! 그것만이 새로운 文化를 形成하는 地盤일 수 있는 것이며, 政治에의 文化의 優位性을 保障하는 最後의 據所이라고 할 것이다.

— 『문장』, 1939. 8.

批評의 問題

文學運動과 批評

(今年 新春 筆者는 本紙를 通하여 「現階段의 文藝評論」이란 題下에 批評 精神과 認識論的 問題라는 一文을 草한 적이 잇다. 該 論文은 當初에 問題를 提出한 데 그첫스므로, 當然히 그에 따르는 續論이 잇서야 할 것임에 不拘하고, 于今것 붓을 들 機會를 갓지 못함은 내 一身上의 不察은 勿論이어니와, 讀者를 爲하여 甚히 未安한 바이다. 이제 本 論文은 그 性質上 前記 論文과 關聯되여 읽어저야 할 것임을 附言해 둔다.)

'文學 運動'의 上昇期에 잇서서는 어느 때나 例外업시 評論은 압재비를 섯다. 古典主義 時代에도 그러하엿고, 浪漫主義 時代나, 가까웁게는 傾向文學 擡頭期에 잇서서도 事態는 正히 그러하엿다. 卽, 그때에 잇서서는 評論이 文學을 代表하리만큼 그의 指導性을 發揮하엿섯다.

그러나 一般文學이 下向을 하기 始作하게 되면 評論은 곳 低迷하여 前面에서 後退하지 안흘 수 업게 된다. 아니 그것은 評論이 그의 指導性을 갓지 못하게 됨으로써 文學이 低調의 길을 것게 된다고도 할 수 잇다. 그만큼 評論과 文學은 密接한 聯關關係 아래에 노혀 잇다.

이제 오늘의 評論이 下向期의 低迷에 始終하고 잇슴은 說明을 要치 안는

事實이다. 따라서 批評 規準의 喪失이니, 批評 精神의 喪失이니 하여 떠외치는 오늘의 評論의 停沈은 오늘의 文學의 低調와 聯關關係를 갓고 잇스므로, 그것을 正常的인 地位에까지 끄러올니기 爲하여는 文學運動의 昂揚업시는 그를 免할 수 업는 것이다. 筆者는 그 運動을 歷史的 意味에서의 리얼리즘으로 把握코저 하는 바이다. 이제는 그것이 어떠한 種類의 것임을 莫論하고 共通된 한 旗幟 아래에 前方을 向하야 建設해 나가라는 積極的인 動向이란 반다시 評論의게만 맛겨진 問題는 아니다. 文學運動의 誕生에 對하야는 作家나 評論家 다가티 共同的 債務를 가저야 할 것은 勿論이다. 더욱이 優秀한 作家나 作品의 輩出은 文學運動의 展開에 잇서서 絶對的인 條件임은 加言을 要치 안는다.

그러나 文學 評論이 그 自體의 힘으로써, 卽 內部的인 諸 條件을 整備함과 同時에, 外部的인 現實에서 推進力의 源泉을 求한다는 것은(勿論 兩者는 緊密한 結合 아래에서 遂行되는 것이다.) 評論 自體의 權威 回復에 잇서서 必要한 措置일뿐만 아니라, 그것은 文學運動의 發展으로서, 나아가서는 그 運動의 理論的 核心을 이루는 하나의 重要한 繼起임에 틀님업는 것이다.

이제 筆者는 이러한 意味에서 最近 우리 評論에 나타난 論調를 檢索하고, 나아가서는 今後의 行向에 對하야 論議를 進行할가 한다.

오늘의 評論이 沈滯 狀態에 빠저 잇슴은 그에 多少라도 關心을 갓는 사람이면 누구나, 아니 評論家 自身의 입을 빌녀서도 우리는 批評 不振의 自白을 容易히 드를 수 잇다.

따라서 오늘의 文學評論이란 原理的인 方向의 確立 乃至 展開는 到底히 想像도 할 수 업는 일이며, 겨우 作品의 無原理的인 低迷에 追從함으로써 그 命脈을 保持하고 잇슴에 不過하다.

元來 文學運動이 勃興한 昂揚期에 잇서서는 原理的인 追求가 第一義的이요, 作家論이나 作品論은 從屬的 地位에 서게 되는 것이며, 오늘과 가튼 衰頹期에 잇서서는 原理的 追求는 蹤迹을 감추고 作家論, 作品論이 橫行하

는 것이 常則이다. 그러나 今日과 가튼 傾向이 持續되는 限, 우리 文學은 그 ○頭에서 一步도 救出할 수 업는 것이니, 如何한 艱難이 잇다 할지라도 現狀態를 뚤코 나가기 爲하여는 그것을 一段 克服하여야 할 것은 自明의 事實이다.

그러나 萬一 여기에 잇서서 原理論만을 極히 치켜들고 나오면 萬事 解決이라고 斷定한다면, 그것은 너무도 性急한 早計이다. 오히려 順序를 본다면 오늘의 作家論이나 作品 分析이 殷盛하고 잇는 現在的 事實을 正視하고서, 거기에 原理 探究의 出發點을 둔다는 것이 보다 妥當하다고 할 것이다.(率直히 말하여 原理 探究란 現實의 正確한 認識을 通함은 勿論이나, 또한 具體的인 作品 批評을 通함이 업시는 遂行할 수 업는 性質의 것이다.)

그러면 이 땅의 作品 批評부터 檢索의 붓을 드러보기로 하자.

첫재, 그들은 作品 批評에 잇서서 原理的 方向의 確立이라든가 展開를 念頭에 두고서 붓을 드는 것일까? 나는 以上에서 이미 오늘의 作家論 또는 作品 批評이 한갓 作品의 無原理的인, 卽 歷史에의 追隨로써 겨우 그 命脈을 保持하고 잇슴에 不過하다고 斷言하엿다. 그것은 果然 나의 지나친 斷言이엿슬가!

事實 그들은 作品 批評이란 것이 原理的 方向의 確立 展開를 前提條件으로 하고서 遂行되어야 할 것임에 不拘하고, 그와는 全혀 連繫함이 업시, 아니 그것을 조금도 意識함이 업시 作家나 作品 아래 拜腹하야 한갓 追從을 是事하고 잇다고 본다.

그것은 무엇보다도 最近의 作品 批評이 漸次 技術中心主義—여기에 잇서서 技術이란 말은 單純히 手法이라든가, 技法, 技能이란 意味로 解釋해 주기 바란다—로 떠러저 가는 한 事實만 가지고서도 充分히 納得할 수 잇슬 것이다.

—(1) 『조선일보』, 1939. 11. 7

技術 批評의 偏向

最近의 作品 批評 傾向을 본다면 한 作品을 論評할 제, 처음부터 끗까지가 作品의 形式만을 叙上에 올려노코서, 假令 그것이 短篇이라고 한다면 短篇 樣式을 眼目에 두고서 構成이니, 表現이니, 描寫이니 하는 小說 作法 講話式 論議를 느러노코서, 그것을 規定 삼어 作品의 評價를 내리는 것이 普通이다. 卽, 이 作品의 主題라든가 內容에 抵觸될 境遇에 잇서서도 (大槪는 內容이 形式에 맛느니, 아니 맛느니를 論하는 데서 抵觸되나) 그들은 그때 그 作品에서 어든 粗雜한 印象을 아무런 思慮업시 그대로 蒸發시킬 뿐이다.

여기에 잇서서 우리는 勿論 批評의 技術이란 點을 全혀 度外視하려는 것이 아니다. 더욱이 叙上에서 말한 바와 가치, 오늘 이 가튼 原理 探究가 困難할 때에 잇서서는 評論의 位相이란 그 意義를 한層 노피 評價되어야 할 것만은 事實이다.

그러나 評論의 技術이란 課題 아네는 單純히 形式上의 樣式만이 問題된다고 생각하는 것은 너무도 偏狹한 見解이다. 거기에는 原理的인 諸 問題가 錯綜하여 起伏하고 잇다는 것을 看過할 수는 업는 것이다.

가령 林和氏의 最近 作品評을 볼지라도 氏가 비록 作品의 細部的인(一主로 形式上 問題에 關聯된) 點에 小刀를 쓰고 잇스나, 그 一步 아네는 우리가 廻避할 수 업는 基本的 原理 問題가 外樣만을 숨기고서 橫在하고 잇슴을 누구나 看取할 수 잇슬 것이다. 다만 氏에 잇서서는 意味的이던 無意味的이던, 그것을 迂回해서 파헤치기를 躊躇하고 잇슬 뿐이다.

그러나 우리가 萬一 쎄 이 스피간과 가튼 藝術表現說을 그대로 首肯할 수 잇다면, 또한 技術이 하나의 現實 認識이라는 것을 首肯할 수 잇다면, 우리는 決코 機械的 形象化와 現實의 客觀的 認識을 別個의 것으로 反覆할 수 업는 것이며, 同時에 作品 批評에 잇서서도 形象의 完備 與否와 함께 그 認識 內容을 正面에서 分析 裁斷하지 안흘 수 업는 것이다.

　따라서 現實의 認識과 形象化를 合致시키고 原理와 技術을 統一함이 업시, 卽 批評의 技術만을 前面에 내세운다는 것은 批評 自體에 잇서서도 一面的일뿐만 아니라, 及其也는 作品까지도 技術主義의 偏向에로 떠러트리는 傾向을 이루게 되는 것이다. 作品의 技術主義 偏向 傾向은 이미 李源朝 氏가 어느 時評 가운데서 指稱하엿다고 記憶되나, 萬一 林和氏나 李源朝氏가 말한—이 땅의 作家들이 描寫 能力에 잇서서는 相當히 進步되엿스나, 性格의 創造라던가 現實의 典型的 槪括에 잇서서는 여간 貧弱하지 안타는 것이 이제 旣成 事實로써 承認하지 안흘 수 업다면, 그에 對한 責任의 比重은 作家에게 보다도 評論家에게 더 만히 가야 하리라고 본다.

　評論이 作品을 對하는 마당에 잇서서 原理에 充實하려는 나머지, 그와 無關係한 作品은 一律的으로 排擊하고 罵倒한다는 것은 過去의 公式主義의 手法을 延長시킴에 不外하다. 또한 評論의 技術을 憑藉하여 作品에 對한 原理的 方向의 開拓을 게을리 한다는 것은 作品에의 阿諂이며, 評論의 指導性의 抛棄를 意味한다. 우리는 作品 批評에 잇서서 이 兩者를 克服하는 데서만이 評論이 가져야 할 地位를 能히 保持할 수 잇는 것이다.

　그러나 作品 批評에 잇서서 原理的 方向에의 闡明을 行하는 것으로 問題가 못처진다고 生覺하는 것은 너무나 性急한 早斷이다. 오히려 남은 問題는 그 原理的 方向이 무엇인가를 究明하는 데 잇는 것이다.

　事實 이제까지의 論議는 原理的 方向이라는 것을 하나의 假定으로서 展開하여 온 데 不過하다. 따라서 그 原理的 方向이라는 것을 解明하지 안는다면, 評論에 잇서 核心的인 問題는 그대로 未解決인채 나마 잇슬 뿐 아니라, 叙上의 諸 論議도 하나의 架空的인 饒舌로 떨어지고 마는 것이다.

　그러면 그 原理的 方向이란 어떠케 究明되어야 할 것인가?

　評論에 잇서서 原理라는 것은 李源朝氏의 말맛다나 批評 精神을 指稱하는 말이다. 따라서 批評 精神의 喪失이니, 萎縮이니 하는 것은 批評 原理의 喪失이라고 바꾸어 말할 수 잇는 것이다.

그러므로 오늘의 評論의 機能을 發揮할 수 업는 것은 自明의 結論이니, 그것은 單純히 傍觀的 立場에서 作品에의 追從이니, 隨拜니 떠외칠 態度의 것이 아니라, 評論 또는 評論家의 立場에 잇서서는 實로 그 自體의 存立에 關與된 重大 問題인 것이다.

事實 이 땅의 評論 原理의 喪失이 問題된지는 오래이다. 主流를 갓지 못햇느니, 無風地帶이니, 批評 精神의 喪失이니 하는 一聯의 詰句가 모두 批評 原理의 喪失을 意味하게 되면서 되푸리해 온 말이다. 그러나 原理的 探究 問題는 여태껏 混沌에 遺棄된채 一步도 救出되지 못하엿다는 것이 率直한 告白일 것이다. 그래도 얼마 前까지는 소시얼리스틱 리얼리즘의 뒤를 이어서 휴머니즘이 登場하엿고, 다시 '知性論'이 그 뒤를 따럿다고 볼 수 잇스나, 今年에 들어서는 그 가튼 摸索의 손조차 中斷된 點이 업지 안타.

—(2)『조선일보』, 1939. 11. 8

第三 論理의 問題

여기에 이번 李源朝氏의 「批評 精神의 喪失과 論理의 獲得」이란 一文은 最近에 잇서 原理的 方向을 論해준 오직 하나의 貴重한 論文이라고 할 것이다.

氏는 말한다—批評 精神의 喪失이란 곳 批評의 裁斷性과 領導性을 喪失한다는 것과 同義語이다. 따라서 이 裁斷性과 領導性을 喪失하게 된 經路를 본다면, 元來 批評뿐만 아니라, 個人間의 關係에 잇서서도 相對方의 意見의 是非를 裁斷하고, 나아가 그 相對方의 意見을 어느 方向으로 領導해 나가자면 第三의 立場에 선, 卽 說得力을 갓는 輿論이란 것이 必要하다. 그런데 얼마 前까지 批評은 그 第三의 立場이란 것을 歷史的인 時代 意識 또는 社會 意識이란 데서 求해 왓섯스나, 그 歷史的인 時代 意識 또는 社會 意識이 一段 退場한 後부터는 評論은 依據할 곳을 일코서 告白的인 또는 解說的인 批評이 되고 말엇는데, 사람들은 이러한 評論의 現狀을 批評 精神의 喪失이라고 指稱햇다는 것이다.

그러면 여기에 잇서 氏는 原理的 方向을 어떠케 展開하려 하엿는가? 氏는 繼續하여 말하되―우리는 이러한 評論의 現狀을 率直히 承認하지 안흘 수 업다. 事實 近來의 우리 批評이란 한 개의 倦怠로운 일임에 틀림업다. 따라서 이러한 倦怠의 苦痛에서 버서나기 爲해서는, 우리는 다시 批評의 精神을 樹立해야 하겟스며, 그 批評의 精神을 樹立하기 爲해서는 먼저 그 第三의 立場이라는 한 개의 時代的 論理를 獲得하지 아니 하면 안 되겟다는 것이다.

氏는 끄트로 이 時代的 論理를 說明해 가로되―時代的 論理의 獲得이란 決코 外部에서 들씨우는 것이 아니라, 批評家 自身의 內部에서 우러나는 切實한 要請이다. 現代란 時代가 決코 一時의 廻旋이라든지 中斷의 時代가 아니고, 어떠한 方向으로든지 한 번 飛躍하려는 轉換의 時代이므로, 이러한 現代에 處하여 잇는 우리로서는 먼저 時代의 意識이 樹立되고, 그 時代의 肯定的인 論理를 獲得하지 안흐면 우리의 批評 行動이란 어느 때까지나 批評 精神을 살리지 못할 것이라고 한다.

여기에 讀者는 누구나 氏의 銳利한 省察과 整然한 論理에 만흔 示唆를 바덧스리라고 밋는다. 元來 우리들의 아픈 곳을 누구보다도 大膽히 파헤치며 時代的 良識을 穩健히 살리려는 氏의 論旨는 누구에게나 懇切한 바가 잇슬 것이다.

그러나 氏도 말할 바와 가치 氏의 論文이 새로운 時代的 論理를 獲得하기 爲한 한 개의 決意를 把握한 程度의 提案에 그첫다면, 우리는 마땅이 그

提案을 좀더 討究하고 展開할 必要를 느낀다고 본다.

첫째, 李源朝氏는 批評의 藝術性과 裁斷性이란 것이 第三의 立場을 갓는 데서, 다시 말하면 輿論(그것이 時代 意識이엇던, 時代的 論理이엇던 間에)에 依據하여서마니 保障될 수 잇다고 하엿는데, 그것은 無條件的으로 容認되어야 할 것인가?

勿論 歷史的으로 본다면, 한때 評論이 氏의 말한 歷史的인 時代 意識 또는 社會 意識에 依據하엿던 적이 업지 안헛다. 氏의 말한 바와 가치 近代 批評에 잇서서, 더욱이 傾向文學 時代에 잇서서는 批評의 領導性은 前例업시 强化되엇섯다. 그러나 그것은 單純히 批評이 依據한 第三의 立場이 强盛하엿기 때문일까? 萬一 그러타면 그 第三의 立場이란 批評의 內部에 內在해 잇는 것이 아니라, 批評을 떠나서 獨立的으로 存在해 잇는 그 무엇이라고 斷定해야 할 것이며, 더욱이 氏의 論旨에 依하면 그 第三의 立場이란 時代의 轉變에 따라 强盛도 하고 退脚도 하는 動向性을 띠운 것이 分明하니, 처음부터 批評의 自主 獨立性은 抹殺되엇다고 할 것이다.

둘째로 氏는 오늘에 잇서 批評 精神을 樹立하기 爲해서는, 그 第三의 立場이라는 한 개의 時代的 論理를 獲得하기 爲해서는 또 하나의 契機가 明示되어야 할 것이 아닐른지? 또한 只今 要請되는 時代的 論理와 從前의 歷史的인 時代 意識과는 어떠케 區分지어질 것인지, 거기에도 마땅이 氏의 補足的 說明이 잇서야 할 것이 아닐른지?

따라서 氏의 時代的 論理說은 氏가 結尾에서 表白한 바와 가치, 우리에게 單純히 決意(一)를 要請한 데 不過하다고 할 것이다.

이제 氏의 提案을 좀더 討究하고 展開하기 爲해서는, 우리는 다시금 批評(크리티시즘) 그것부터서 論議할 必要를 느낀다고 본다. 藝術이 世界 認識의 하나이라는 것은 오늘의 藝術 理論에 잇서서 常識化된 問題일 것이다. 그러면 批評은 무엇이겟는가. 科學的 批評이니 印象的 批評이니를 勿論하고, 批評이란 그 認識 乃至 認識論의 一種의 檢討라는 데 一致하리라고 본다. 따라서 批評家가 그것을 意識하고 못하는 것은 別問題로, 批評 自體가 하나의 認識論的 活動이라는 것은 누구나 容易히 首肯할 수 잇는 結論인 것이다.

—(3) 『조선일보』, 1939. 11. 9

認識論과 批評 精神

　따라서 이 가튼 認識論으로서의 크리티시즘은 그의 機構로써, 그것이 어떤 傾向이엇든 體系와 樞軸을 必要로 한다. 그 體系란 決코 圖式이 아니라 組織力을 말한 것이며, 樞軸이란 動力의 샤프트를 일커르는 것이다.

　그러나 크리티시즘은 어떠한 境遇를 勿論하고, 하나의 感覺的 印象에 對한 槪念的 反省이 言語 또는 文字에 依하여 表現되는 事態를 뭇하게 된다. 그것은 批評의 對象이 單純히 感性的인 것뿐만 아니라, 보다 個性的인 反省들의 所産(例하자면 科學이나 哲學)이라 할지라도 다를 것이 업다.

　크리티시즘으로써 본다면 一切의 批評 對象이 感覺에서 始作된다. 다시 말하면 批評은 어느 것이나 印象 批評으로 始作된다. 甚至於 科學的 理論에 對해서도 必要한 것은 一種의 感覺과 直感이다.(萬一 그 가튼 感性 理論을 無視한다면, 그것은 批評이 아니라 單純히 그 對象에 對한 理論에 끗치는 것일 것이다.)

　그러나 이러한 感受에서 出發된 크리티시즘이 體系와 樞軸을 갓는 認識 論的 機能을 온전히 다하게 될 제, 그것은 科學的 批評에까지 昇華되는 것이다.

　事實에 잇서서 오늘의 認識論이란 人間의 思想史의 要約이라고 하리만 큼 노픈 水準에 處하여 잇다. 다시 말하면 人間의 思想 文化, 卽 文化 諸 世界의 組織的이며 原理的인 批評 體系가 곳 認識論이다. 그런데 認識論에 잇서서는 人間의 思想 認識의 歷史的 社會的 契機와 論理的 契機가 經과 緯를 이루고 잇스며, 크리티시즘은 그 歷史的, 社會的 契機와 論理的 契機와의 統一이란 곳에 成立되는 것이다.

그러면 여기에 말한 認識的 機能과 批評 精神과는 어떠한 聯關 아래에 잇는 것일까?

批評 精神이 批評의 에스프리, 卽 批評의 原理란 것과 同格임은 이미 叙上에서 말해온 바이다. 그런데 認識論的 機能은 一切의 批評의 메커니즘 體系, 組織的인 方法을 內容으로 하며, 거기에서 機動的인 批評 原則이 精鍊되는 것이다.

그러므로 批評 精神이란 結局에 잇서 認識論의 本質의 一部이라고 할 수 잇다.

여기에 잇서 우리는 다시금 問題를 批評 精神의 喪失과 原理的 方向의 展開로 돌릴 契機를 어덧다고 본다.

卽, 以上의 論議에 비추어 李源朝氏의 論旨를 省察한다면,

첫째, 氏가 지난날의 評論은 第三의 立場—歷史的인 時代 意識 또는 社會 意識—에 依據하엿기 때문에 批評 精神이 旺盛하엿스나, 오늘은 그 第三의 立場을 갓지 못하기 때문에 批評 精神이 喪失되엇다는 것은, 곳 過去에 잇서서는 認識의 社會的(歷史的) 契機와 論理的 契機가 同一한 곳에 批評이 成立되엇스나, 오늘은 그 契機가 合一치 못하고 있다는 것을 일커른 것이다.

그러나 大體로 第三의 立場이란 決코 氏가 말한 바와 가치 輿論 또는 時代 意識(社會 意識)만이 勘當할 수 잇는 것이 아니라, 批評에 잇서서는 藝術 諸 장르間은 勿論, 社會, 風俗, 其他 文化 諸 領域間의 認識論的 處理와 함께 同時代의 時代 精神의 內面的 關聯을 探究하므로써 文化 諸 世界와 統一的인, 原則的인 批評 體系를 理念하는 크리티시즘의 性格 가운데 本是 內在되어 잇는 것이다. 다시 말하면 그 第三의 立場이란 認識에

잇서서의 論理的 契機와 社會的(歷史的) 契機가 合一하여 批評이 成立되는 데 잇서 저절로부터 오는 것이다.

—(4) 『조선일보』, 1939. 11. 10

認識의 確立과 評論

(그러므로 正確히 말하자면 過去의 批評이 第三의 立場을 時代 意識이나 社會 意識에서 求햇다느니 보다도, 그 意識 가운데 內在되어 잇는 世界의 統一的인 批評 體系에 求햇든 것이다.)

따라서 第三의 立場이 時代의 興論에 따라 動搖한다는 것도, 人間 思想史의 要約으로서의 認識이 能事가 아니라 論理일 바엔, 그 認識의 發展에 따라 움즉인다고 할 것이다.

다음에 氏가 말하는 새로운 時代的 論理도 그것이 第三의 立場으로서 要約되는 것이라면, 그것은 不可避的으로 認識論的 論理를 意味해야 할 것이며, 그 가튼 論理의 獲得을 다시금 認識論的 機能을 다하는 데 잇서 成就될 性質의 것일 것이다.

要컨대 統틀어 말한다면 氏가 말하는 第三의 立場이니, 새로운 時代的 論理이니 하는 것은 結局 認識의 問題에 歸着된다고 본다. 따라서 우리에게 남는 問題는 亦是 認識論的 課題이라고 할 것이다.

認識에 잇서 첨경 우리들이 問題 삼는 것은 一切의 認識 對象이 感覺 印象에서 出發된다는 事實이다. 따라서 ○○에 對한 人間 感覺의 主觀的 相違만을 着眼하게 된다면, 科學的(客觀的) 認識에는 미칠 날이 업는 것이며, 及其也는 評價의 科學性(客觀性)은 拒否되지 안흘 수 업는 것이다.

그러나 本是 印象과 對象은 主觀과 客體와의 關係에 잇는 것이며, 우리 人間에게는 다시 對象과 거기에서 反映되는 우리들의 印象과를 對比하는

感官의 能力이란 것이 잇는 것이다. 實로 우리의 認識은 이 能力에 依하여 成立되는 것이며, 批評은 거기에 이미 出發하여 잇는 것이다. 이것은 오늘의 모든 科學의 認識論的 基礎를 이루고 잇슬뿐만 아니라, 우리의 認識, 나아가서는 評價로 하여금 客觀性을 갓게 하는 根本的인 契機이다.

따라서 評價의 基礎이란 決코 現實로부터 提携된 것이며 原則에서 나오는 것이 아니라, 對象 그 自體의 客觀的인 認識으로서만이 産出되고 作用하는 한 尺度에 不過한 것이다. 그러므로 評價의 出發點은 恒常 모든 絶對的인 思想을 否定하는 同時에, 一段 尺度를 갓게 되면 그것의 擴充은 必然的으로 體系와 樞軸을 用意하게 되며, 結局엔 世界의 組織的인, 原則的인 批評 體系에까지 發展하지 안흘 수 업는 것이다.

여기에 잇서 우리는 우리 評壇에 彌滿되어 잇는 批評 基準의 喪失이니, 批評 精神의 萎縮이니 하는 모든 問題가 우리들의 認識 意識에서, 다시 말하면 原理 그것을 어떤 絶代 精神으로 錯覺하여 한갓 거기에 依託하려는 데서, 또한 그것이 不可能하다고 하여 한갓 自己 個性에 ○居하려는 데서 ○出되엇다는 것을 알 수 잇다.

그러나 實로 모든 禍根은 우리의 認識, 意識에 잇다고 할 것이다. 우리는 勿論 오늘의 現實이 너무도 錯綜되어 잇고, 우리의 精神이 너무도 孤立되어 잇슴을 모르는 바가 아니며, 또한 認識에 잇서서 歷史的, 社會的 制約을 認定하지 안는 것이 아니다. 오늘은 確實히 難○의 時代이다. 그러나 우리는 어떠한 時期에 잇서서도 歷史가 우리의 認識을 停止시킨 적은 업스며, 人間의 認識(思想)史는 끈힘업시 發展하여 온 것을 잘 알고 잇다.

筆者는 以上에서 우리의 認識 機能이 體系를 갓고 根源的인 方法을 가질 제 機能的인 批評 原理가 精錬된다고 말하엿다. 只今 우리에게 맛겨진 課題는 그 가튼 認識 機能의 全面的 發展이다. 그것은 文學의 內部에서 뿐만 아니라, 멀니 現實 가운데에서 具現되어야 할 것이다.

이 가튼 見地에서 본다면 評論의 指導性의 恢復, 文學運動의 展開, 그것도 그다지 먼날의 課題는 아니라고 밋는다.

—(5)『조선일보』, 1939. 11. 11

文化 時評

轉換期의 文化 形態

우리들 사이에 轉換期라는 말이 하나의 커드란 歷史的 意味를 가지고 登場하게 된 것은 이미 十數年 前의 일이다.

當時 만흔 사람들은 이 時代를 한 時代에서 다른 한 時代로 轉換하는 過渡期라 하야 그 轉換에 對應하는 體勢를 取하기에, 아니 그 轉換을 實現하기에 努力을 다해 왓던 것이다. 다시 말하면 그들에 잇어서는 한 時代를 批判하고 否定함으로써, 다른 한 時代를 建設하고 肯定하는 데 그들의 歷史的 課題를 發見하엿엇다. 그리하야 거기에 잇어서는 轉換이란 것이 어떤 時代에의 轉換이라고 明確히 表示되엇을 뿐만 아니라, 否定的인 時期와 肯定的인 時期의 內容까지도 다 各各 明確히 規定되어 잇엇던 것이다.

勿論 이 같은 見解와 思想은 一部의 것에 지나지 안핫다. 그것이 一切를 支配한 것은 더욱이 아니엇다. 오히려 當時에 잇어서는 이와 對峙되는 支配的 見解와 思想이 旣存하엿기 때문에, 이 두 낯의 思想的 對立은 곳 두 낯의 時代의 對立을 表明하는 느낌을 주엇든 것이다.

그러나 이즈음에 와서 盛히 使用되고 잇는 轉換期라는 말은 이와는 情況을 달리 하야 提起되고 잇는 것이 拒否할 수 없는 事實이다. 첫째, 오늘에 잇어 轉換期라는 말을 애써 쓰고 잇으며, 또한 그 意義를 高調하고 잇는 것은 當時에 잇어 그것을 否定하려든 側이며, 둘째로 轉換의 出發點으로서의 (이하 1행 판독 불가)

現代가 어떠하다는 것은 多少 明白하여젓다고 할 수 잇으나, 어떤 時代에의 轉換이라는, 다시 말하면 轉換의 到達點은 極히 不分明한 채 잇다는 點이다. 여기에 우리는 오늘의 時代가 그 限界點에 한層 逼迫되어 잇으며, 그 危險(深丈)의 깊이가 보다 크다는 것을 看取할 수 잇다.

元來 轉換期란 語義 그것부터가 하나의 危機를 가르치는 것으로서, 한 時代가 歷史的인 生命을 다하게 될 제, 다시 말하면 그 原理가 모든 要素를 統一해 오고 支配해 오든 힘을 喪失하게 될 제, 社會가 다시금 浮動하게 되는 時期를 일커르는 것이다. 카오스란 正히 이 轉換期의 事態를 두고 일르는 말이다.

그런데 轉換의 兆候는 恒常 먼저 社會의 下層部에서 始作하야 漸次 上層部에 彌滿하여 가는 것이니, 오늘의 現實은 이미 社會 全體가 그것을 意識하기에까지 이르럿다고 할 것이다.

이제 우리 앞에는 이제까지 固定되어 잇던 一切의 事物, 一切의 文化가 움지기고 變化하기 始作하고 잇다. 우리들의 日常 生活을 圍繞하고 잇던 모든 常識과 道德, 傳統과 習慣은 한결같이 崩壞의 過程을 展開하고 잇다.

그러나 이 모든 運動과 變化는 무엇을 指向하고서의 運動이며, 變化인가? 必然性을 갖는 轉換의 到達點은 決코 明示되어 잇지 안타. 거기에는 一切가 可能的일뿐이다. 從來의 統一 原理보다 높은 原理를 끄러내어 새로운 높은 段階를 期할 수 잇음과 同時에, 보다 낮은 原理를 붓잡어서 破滅에의 길을 걸을 수도 잇는 것이며, 또한 아무런 原理도 把握하지 못하고 그대로 沒落할 수도 잇음과 同時에, 舊來의 原理에 永遠의 生命을 依託하고서 永遠의 死에 몸을 던질 수도 잇다. 要컨대 轉換期란 一切의 可能性에 길을 열 수 잇는 그러한 時代이다.(그러나 우리가 明言하여 둘 것은 轉換期에 잇어서의

그 만혼 可能性 中에서도, 한 時代에서 보다 높은 時代에로 進展하는 可能性
이 最大의 것이라는 點이다.)

　여기에 잇어 이 같은 可能的인 것을 必然的인 것에까지 끌어올리는 것은
恒常 當該 時代의 社會的 主體의 힘에 依하여서만이 可能한 것이니까,
이제 우리의 눈은 마땅히 오늘의 現實的 社會 諸 成層의 動向으로 돌리지
안흘 수 없는 것이다. 그들은 제各其 自己가 依據하고 잇는 立場에 따라
現實을 統一하고 結合시킬 原理를 찾고 잇다. 리버럴리즘에 對한 토탈리즘
階層의 文化에 對한 피(血)와 땅(地)의 文化, 모든 것이 그들의 立場의 對立
拮抗을 意味하고 잇다.

　그러면 이 같은 對立 錯綜된 原理 가운데에서 어느 것이 새 時代를 擔掌하
고 나올 수 잇을 것인가. 或者는 "世界史的 課題를 自己의 課題로 할 수
잇는 社會的 成層이 그 가진 바 世界 意慾에 따라 文化 綜合을 科學的으로
遂行하는 데" 그 解答을 求하고 잇다. 그러타. 바꾸어 말하면 歷史的 發展
法則을 自己의 것으로 할 수 잇는 社會的 成層이 그 知性과 感情을 기울려
새로운 行動의 主體가 될 제, 轉換의 到達點(肯定的 時期)은 明示될 수
잇는 것이며, 거기에 이르는 方法도 나올 수 잇는 것이다.

―(1) 『동아일보』, 1939. 11. 18

文化社會學의 再登場

　轉換期란 모든 것이 自由로 움지기기 始作하는 時代이다. 이제까지 하던
式은 批判되고 克服되어 설겅(棚) 우에 내버렷던 것이 統一이 깨트려지고
結合이 푸러지는 틈을 타서 다시금 얼굴을 치켜들고 大路上을 橫行할 수
잇는 그러한 混沌 時代이다.

　事實 우리들은 요지음 아침에 헤겔을 이야기한가 하면, 저녁때엔 니체를

이야기하고, 밤이면 다시 헤겔을 찾는 '浮動'의 生活을 거듭하고 잇다. 모든 것이 轉換期의 浮動에서 오는 것이라 하면 그만이겟지만, 요사이 不可當의 氣勢로 被襲해온 토탈리즘도 따지고 본다면 낡은 (獨逸의) 文化社會學의 再登場에 不外한 것임을 알 수 잇다.

文化社會學의 故鄕은 獨逸이다. 그것의 歷史的 淵源은 마땅히 獨逸의 歷史哲學에서 찾어야 할 것이다. 近世 獨逸에는 勿論 前社會學的 또는 前社會科學的 社會 理論이 存在해 잇엇다. 그러나 社會學 乃至 社會科學이라는 科學이 所謂 哲學에서 獨立(特定한 意味에서의)하게 된 것은 L. V. 슈타인과 K. 맑스로부터서이라고 하겟는데, 이 科學을 成立시킨 條件과 地盤을 찾는다면 그것은 다름아닌 헤겔哲學—그 中에서도 그의 法律哲學, 다시 말하면 國家란 範疇를 通해서의 歷史哲學이엇다. 헤겔의 法律哲學에 依하면 血緣으로 結合된 家族 우에다 私有財産의 아토미스터크인 市民社會가 다시 그 社會 우에 神的 이데의 地上 國家가 君臨하게 된 것이다. 여기에 잇어 헤겔의 不朽의 功績은 무엇보다도 社會 槪念의 哲學的 發見에 잇다고 할 것이나, 그 社會는 오히려 게르만 民族的인 國家 槪念에 隷屬되지 안흘 수 없엇다. 그러나 이 같은 社會의 地位를 國家의 地位에 對하여 높이려는 데서 슈타인과 맑스의 社會學 乃至 社會科學은 始作되엇다고 할 수 잇다. 바꾸어 말한다면 헤겔이 歷史哲學에 依하야 精神的인 것으로 생각해 온 것을 社會的인 見地에서 取引하려는 데 그들의 社會學 乃至 社會科學이 始作되엇던 것이다.

그러나 이 兩者에 잇어서 後者는 世人이 周知하는 바와 같이 社會를 ○○의 社會로서, 國家를 支配 階級의 國家로서, 社會와 國家間의 秩序를 全혀 새로히 하야 國家와 民族 問題는 社會와 階級 問題로 展開함에 따라 비로소 具體化되고 止揚된다고 함에 反하야, 前者 슈타인은 國家와 社會를 互格的인 相互作用 아래에 잇는 것으로 하야 兩者를 다같이 人間 共同體의 槪念 안에다 吸收시킴과 同時에, 헤겔이 精神的이라고 해 온 것을 文化란

槪念으로 代替시켯을 뿐이엇다.

이 같은 슈타인的 文化社會學은 그 後 알프레드 웨버에 이르러 다시금 歷史哲學을 背景으로 하야 文明에 對한 文化의 槪念이 한層 具體化되고, 다시 맑스 세라와 칼 만하임을 거쳐 知識社會學에까지 系列을 뻐치게 되엇다.

그러나 文化社會學이란 本是 獨逸 觀念論 哲學의 한 社會學的 分枝로써, 그것은 獨逸 古典 哲學이 終焉을 告한 뒤, 社會學이란 保護色 아래에 오늘까지 殘命을 保持해 온 落風에 不過한 것이다. 그들이 말하는 精神(Geist)의 槪念이라든가, 文化의 槪念은 게르만民族, 좀더 正確히 말한다면 純粹하게 게르만民族 獨逸人의 本質로서의 民族精神을 가르친 데 不外하다. 그들에 依하면 世界史란 게르만民族의 民族精神의 實現을 爲한 ○路이다.

여기에 잇어 우리들은 슈판이나 젠트레르, 로젠벨크, 티그 게르만 等 一聯의 全體主義 理論家를 끄러다 照準할 것도 없이, 오늘의 全體主義가 오랫동안 墓穴에서 呻吟하든 (獨逸) 文化社會學의 再現임을 看破할 수 잇다. 그들의 歷史 理論은 '進步'의 理論이 아니라 '展開'의 理論, 나아가서는 그도 아닌 '類型'의 理論이며, 그들의 社會學은 '現實'의 學이 아니라 '形式'의 學이다. 그들의 性格은 亦是 形態學的이며, 解釋學的이며, 또한 觀想的이다.

그러므로 우리는 獨逸 아닌 다른 나라 文化人, 또는 한 번이라도 科學的 試鍊을 격근 적이 잇는 文化人들이 全體主義 文化 理論을 추켜들고 나올 제, 恒常 頭尾가 相合되지 안는 折衷主義 理論을 目擊하게 된다.

—(2) 『동아일보』, 1939. 11. 19

思想 · 文化의 文學化

最近이 우리 文化 分野를 鳥瞰하게 될 제 무엇보다도 注目을 끌게 되는 事實은, 모든 文化科學(—廣義의—以下 同)이 開店休業 또는 閉業을 하고 잇음에 反하야, 文學만이 獨占的 殷盛을 呈하고 잇다는 點이다.

勿論 時代의 動向에 따라 文化의 興隆盛衰가 左右되고, 다시 그 情況과 條件에 따라 文化 部門 사이에 無條件의 交替가 잇음은 事實이나, 오늘의 이 땅에서와 같이 文學 以外의 文化 部門이 ○○出되어 文學이 一切의 思想 · 文化를 代行하게 된 實例를 찾을 수 없으리라고 본다.

文學은 無論 藝術을 代表할 수 잇는 것이며, 藝術은 또한 科學과 함께 人類 文化 遺産을 이룰 수 잇는 그러한 部門임에 틀님없다. 그러나 文化에 잇어서 科學의 諸 領域이 閉鎖되고, 文學만이 露流한다는 것은 確實히 文化의 跛行的 現象임을 免할 수 없는 것이다. 이 같은 文化의 跛行性, 다시 말하면 文化의 偏局性은 元來 아무도 말한 現象으로서, 그것은 文化의 正常的 發展을 阻碍할뿐만 아니라, 及其也는 文學 그것의 破綻에까지 이르고 말 것은 贅言을 不要하는 事實이다. 우리는 모름지기 文學 안에다 籍을 두고 아니 두고를 不拘하고, 하루速히 이 같은 偏局의 傾向을 克服하지 안홀 수 없는 것이다.

일지기는 이 땅에 잇어서도 新興 科學의 世界的 勃興에 따라 한동안 政治, 經濟, 社會, 歷史 等의 科學 領域이 開化期를 마지한 적이 잇엇다. 言語에 잇서서는 文學도 이 影響 밑에서만이 發表될 수 잇엇던 것이다.

그러나 그것은 極히 짧은 期間이엇다. 當時의 科學은 結實期를 마지하지 못한 채, 다시 말하면 미처 學的 礎石을 닥지 못한 채 그 成長이 阻止되고 말엇엇다.

그러나 文學만은 그의 執拗한 性格에서이라고 할가, 苟安을 屬하야 오늘

날까지 發展을 持續해 왔엇다. 아니 그것은 ○○的이나마 ○○의 過程을
밟어왔다고 할 수 잇다.

이제 이 같은 畸形的 發展을 爲한 文學—文壇이 文化의 爾餘의 科學的
領域이 ○○化를 背景으로 知識人의 唯一한 花○으로 데뷔하게 된 것은
決코 無理가 아니라고 할 것이다.

여기에 잇어 우리는 勿論 一部의 ○○한 생각을 脫却하지 못한 者들과
같이 오늘의 文學의 趨勢—主張을 함부로 猜忌하거나 阻害하는 것 같은
狹量을 보여서는 아니 될 것이다. 오히려 우리는 오늘의 文學이 질머지고
잇는 現段階的, 文化的 任務를 再認識시킴과 同時에, 觀念的인 文學에의
逸脫을 防禦하기 爲하야 科學的 精神을 바닥으로 하는 文藝學의 樹立을
促進시켜야 할 것이다.

事實 最近의 文藝論을 注意해서 본다면 일지기 科學論의 形式으로 論究
된 問題가 다시금 別個의 形式으로 反復되고, 이미 解決劑의 問題가 未解決
인 것 같이 提出되며, 또한 科學과 哲學의 進步에 따라 이미 埋葬되엇던
世界觀이 다시금 文學의 베일을 쓰고 橫行하는 事例를 얼마든지 目擊할
수 잇다. 오랫동안 科學的 精神과 接할 수 없는, 또한 한 번도 接해 보지
못한 그들의 머리는 文學이 마치 科學과는 서로 反撥하지 안흘 수 없는
不相容의 것으로 看做하야 그러한 文學을 前間에 축켜들므로써, 또는 그러
한 文學으로 몸을 包攝하므로써 隱然中 反科學主義的인 것을 强補하는
傾向을 取하기까지에 이르럿다. 要컨대 그들의 大部分은 科學的 思惟의
具體性을 理解하지 못하고, 그 抽象的임을 一面的으로 理解하야 藝術的
認識이 感性的이며, 個性的이라는 意味에서 藝術的인 '具體'를 對應시키
어 그의 世界觀에 安住하고 잇다.

그러나 文學은 科學과의 이 같은 對峙에서보다는, 提携에 依하야 世界
認識을 보다 完全히 遂行할 수 잇는 것이며, 捷徑 그 自身의 文藝學을
成立시킬 體系를 科學에서 찾지 안흘 수 없는 것이다.

以上은 文學 內部의 事情이나, 끝으로 우리는 文學에의 偏向性을 이 땅의 過去 歷史에 빗추어 '文弱'이라는 觀念과 聯關性을 가지고 잇다고 볼 제 한層 警戒를 要한다고 본다. 우리는 마땅히 文化 全般, 社會 全般을 爲하야, 나아가서는 文學을 爲하여서도 科學 一般—社會科學, 自然科學의 把握을 要望하지 안흘 수 없다.

—(3)『동아일보』, 1939. 11. 21

쩌널리즘의 任務

오늘날 이 땅의 文化의 偏局性을 彈劾하는 데 잇어 첫 화살(矢)이 文化의 直接 擔當者인 知識人 一般에 向하여젓다면, 다음 화살은 마땅이 그들과 떨어질 수 없는 聯關性을 갓는 저널리즘에로 向하여야 할 것이다.

事實 오늘날 文化 部面에 잇어 저널리즘이 질머지고 잇는 比重은 어느 部面보다도 컷스면 컷지 적은 것은 아니다. 오히려 그가 갓는 機能으로 보아 저널리즘의 消長은 곧 文化 全體의 消長을 말할 수 잇을 만큼 文化의 中心을 이루고 잇다고 할 것이다.

그러나 한말로 저널리즘이라고 하여도 世俗的인 見識家들에 依하면, 저널리즘이란 마치 文書上 또는 印刷, 展覽, 演出 等에 나타난 商業主義를 意味하는 것으로, 어디인가 滋味스럽지 못한 主義 또는 狀態를 가르치는 것으로 看做하는 傾向이 없지 안타. 勿論 이것은 이 땅의 매너리즘化한 저널리즘 槪念의 一端이라고 하겟으나, 一般的으로 우리들 사이에는 저널리즘을 市民的인 것으로 局限시키는 데서 이 같은 俗된 槪念을 어든 것이 아닌가 한다.

얼핏 생각한다면 저널리즘은 一切의 文化 內容을 不正確한 것으로, 다시 말하면 不具의 것으로 만든다고 볼 수 없는 것도 아니다. 科學上의 硏究

成果도 저널리즘의 손을 거치기만 하면 卑俗化된다고 볼 수 잇다.

　그러나 이것은 오늘의 저널리즘의 無力, 나아가서는 怠業의 所致라고 할 수 잇으나, 決코 저널리즘 그 自體가 本是 그런 것은 아니다. 오히려 저널리즘에 잇어서는 諸 文化의 卑俗化, 俗流化는커녕, 諸 文化의 啓蒙이라는 重大한 文化的 役割이 잇다는 것을 看過할 수 없는 것이다. 元來 저널리즘이란 社會의 이데올로기的 機構에 卽한 하나의 歷史的인 社會現象으로서, 그날 그날의 日常的인 生活에 뿌리를 박고 잇는 이데올로기의 한 形態인 것이다. 그러므로 그것은 무엇보다도 常識的이라고 할 수 잇다—라고 하는 것은, 우리들의 日常生活은 公的이엇던 私的이엇던, 恒常 社會的인 生活이며,(더 만이는 社會的 共通 生活이다.) 거기에는 日常性이 支配하게 되며, 常識의 世界가 展開되고 잇기 때문이다. 그러나 여기에 말한 常識 乃至 日常性의 槪念은 所謂 常識的인 見解에 準할 것이 아니라, 常識은 一方에 잇어서 共通的인 平均化된 凡○의 知識을 意味함과 同時에, 他方 健全한 良識(본 상스)를 意味하고 잇는 것이며, 日常性은 이 같은 常識이 自己 自身으로서 갖고 잇는 原理를 가르치고 잇음을 記憶해 두어야 할 것이다.

　다음으로 저널리즘의 特色은 그 現實 行動性, 다시 말하면 時事性에 잇다고 할 것이다. 時事性(actuality)은 歷史上으로는 現在性으로서, 存在上으로는 現實性으로서, 行爲上으로는 活動性으로서, 生活上으로는 社會性으로서 規定되는, 말하자면 우리들의 日常 生活—常識의 世界에 잇어서 가장 積極的인 內容을 意味한다. 常識의 主體라고 할 수 잇는 公衆이 公衆으로서 關心을 갖는 實際 問題는 이러한 規定에 依해서만이 理解할 수 잇는 時事 問題로서, 그것은 늘 政治的 性格을 띠게 되는 것이다. 그러나 政治的, 時事的인 問題는 다시 思想에 連絡되며, 思想은 또한 哲學을 同伴하게 되므로, 저널리즘의 內容은 恒常 社會人이 갖고 잇는 世界觀, 哲學의 한 個의 直接的인 表現이 아닐 수 없으며, 그 世界觀的 統一은 다시 分科的인 諸 文化, 專門的인 諸 科學을 聯關시키는 엔사이크로페틱한 特徵을 發揮하게 되는 것이다.

그러므로 이 같이 저널리즘을 새로히 闡明하게 될 제, 무엇보다도 從來의 認識을 是正해야 할 것은 그것이 單純한 報道 現象이 아니라, 批評的 機能을 갖고 잇다는 點이다. 眞正한 저널리즘은 日常的이며 時事的인 토픽을 그저 表現하고 報道하는 것이 아니라, 그것을 評價하고 批判하는 데 보다 根本的인 機能이 잇는 것이다.

여기에 잇어 우리는 다시금 이 땅의 저널리즘이 이 같은 文化的 機能을 忘却하고, 怠業 狀態에 잇다는 것을 소리 높여 웨치지 안흘 수 없다. 오늘의 저널리즘은 마땅이 世俗的인 저널리즘에서 正常的인 저널리즘에로 止揚되는 데 잇어 비로소 文化的 意義를 갖을 수 잇는 것이다. 저널리즘의 要衝에 잇는 者—다같이 反省을 要한다고 본다.

—(4)『동아일보』, 1939. 11. 22

現實과 作家的 世界
— 十月 創作評

1

너무도 오랫동안 붓을 멈추고 있었다. 一身上의 惰力에서라느니보다는, 環境에서의 制約이 더 컷슴을 自認하는 바이나, 그間 事緣이야 어찌됐든 同僚間이나 讀者의게 甚히 未安했음을 多謝하여 둔다.

今年도 이미 十月로 접어들고 보니, 남는 날이 그다지 많지 못하다. 나의게 있어서는 今年 한 해가 空넘어 간다는 焦燥와 不安이 없지도 않다. 그러나 그것은 어데까지나 一身上의 私的 問題에 끝이는 것이요, 文壇 全體로서 收穫만 있다면 나 亦 意義있는 한 해로 看做하기를 꺼려한 바 아니다. 그러나 萬一 우리 文壇의 實狀이 今年 한 해를 空넘기고 있다고 斷案을 내린다면, 그것은 單純히 나의 빗뚜러진 心情에서 나온 猥濫이라고 할 것인지?

나는 비록 붓을 꺽었을망정 今年 드러서도 亦是 이 땅의 創作만은 줄곳 읽어왔었다. 不幸히도 한 個의 作品일망정 참으로 文學的인 究明과 批判을 내리지 못하고, 이 같은 結論을 앞세운다는 것은 自愧스러움을 免치 못할 일이나, 如何間 그들 作品이 나에게 준 感想을 端的으로 이야기한다면, 그것은 '作家 精神의 全面的 解弛'였다. 그들 作品은 擧皆가 내 自身이 마치 空然한 偏狹과 惰性에서 붓을 멈춘 것과 같이, 그들은 부질없는 一種의

慣(習)性에서 機械的인 붓作亂을 持續하고 있지 않는가 疑心하리만큼, 아무런 感興도 갖을 수 없는 平板化한 作品群이였다.

그러면 評論은 어떠하였는가? 그 亦 길게 느러 놀 것도 없이 評論家 自身부터가 批評의 機能을 喪失이라느니보다도, 抛棄하여 平板化한 作品의 꽁무니조차 따를 氣力을 보이지 않으니, 그 萎縮된 폼을 可히 斟酌할 수 있으리라고 본다.

이러한 見地에서 내 一 個人뿐만 아니라, 우리 文壇 全體에 있어서 今年 한 해가 空넘어 간다는 不安과 焦燥를 느낀다면, 그것은 漫然과 히스테릭한 感覺이라고도 할 수 없을 것이다.(勿論 個中에는 例外的인 作家나 評家가 있어 이 같은 概括에 包攝되기를 抑鬱타고 할른지 모른다. 그러나 그 같은 作家나 評家에 있어서도 現在 自己가 갖고 있는 世界가 얼마나 偏狹한 것이며, 또한 自己의 文學이 얼마나 小刀細工的인가를 反省하게 될 제, 함부로 議論할 必要는 없으리라고 믿는다.)

如何間 내 自身은 叙上의 不安과 焦燥를 느끼며, 한便 그 같은 不安과 焦燥가 하루 速히 解消되기를 期待하면서, 今月 作品을 對했든 것이 事實이였다. 그러나 十餘篇의 作品을 읽고 나서(더욱이 그것이 이 땅에 있어선 드물게 邂逅할 수 있는 中堅作家群의 作品들이였다는 點에서) 나는 不幸히도 前記의 不安과 焦燥를 한層 더하게 되였다는 것을 미리 言明하지 않을 수 없다.

2

事實 이 달 創作陣으로 말하면 中堅作家로서만 李無影, 李孝石, 安懷南, 蔡萬植, 朴泰遠, 金南天의 豪華版을 이루었다. 더욱이 李無影, 安懷南, 蔡萬植은 한 作家로서 두 作品式이나 發表하게 되였으니,(南天만은 舊稿 改作이라 別로 問題삼을 것이 없으나) 作家的 力量을 十二分으로 發揮할 수 있다

는 點에서도, 이 달 創作陣은 讀者로 하여금 한層 好奇心을 자아냈으리라고 본다.

　그러나 中堅, 新進 할 것 없이 이 달 作品을 通터러 이야기한다면, 그 같은 好奇心과는 別 問題로 亦是 從來의 나의 見解를 變更시킬 아무런 根據도 發見하지 못하였다.

　都大體 이 땅의 作家들은 오늘의 峻嚴한 現實 아래에서 무엇을 呼吸하고 있으며, 또한 무엇을 生覺하고 있는지, 나의게는 그들의 作家的 世界부터가 하나의 수수꺼끼에 지나지 않는다.

　그들은 如前히 愛慾의 世界에 沈澱하고 있으며, 身邊的인 瑣說에 始終하고 있다. 萬一 文學과 現實, 文學과 生活의 關聯 關係를 조곰이라도 想念한다면, 오늘의 우리들의 現實 生活, 나아가서는 그것을 圍繞하고 있는 現實 世界에서 그 같은 安易한 作品의 世界가 비저나온다는 것은 하나의 수수꺼끼가 아니고 무엇이겠는가!

　片岡鐵兵이도 어느 創作評 가운대에서 말했다고 記憶되나, 事實 이 땅의 作品에 나타난 作家的 世界란 너무도 安易하고, 너무도 無事泰平格이란 非難을 아니 할 수 없다.

　勿論 이렇게 말하는 나에 있어서도 漫然히 戰時下에 있으니 戰爭文學을 쓰고, 轉形期的 生活에 부닥치고 있으니 그 같은 生活을 그림으로써 自足하거나, 또는 그것을 强制하려는 것은 아니다. 아니 그보다도 愛慾의 世界라든가, 身邊的인 私生活을 그린다는 것이 決코 나뿌다는 것이 아니다.

　오히려 問題는 우리들의 生活이 周知하는 바와 같이 峻嚴하고 逼迫된 現實에 부닥처 있으매, 日常生活이라든가 愛慾의 問題를 如何히 하야 보다 高次的인 世界에 끄러올릴 수 있으며, 如何히 하야 보다 높은 價値를 賦與할 수 있을가. 바꾸어 말한다면, 作家 自身이 그것을 現實에서의 遊離가 아니라, 現實을 執拗히 부등켜 안코 如何히 꾀뚫고 나가는가 하는 高邁한 作家 精神에 있다고 본다.

要컨대 現實 世界와 文學의 世界와의 사이에는 어느 때나 作家 自身의 現實 生活이란 것이 介在하여 있는 것이니, 그 作家 生活이 眞實하고 嚴肅한 것이라면 決코 그 같은 安易한 無事泰平格의 作品이 나올 수는 없을 것이다.

그러므로 내가 冒頭에서부터 '作家 精神의 全面的 解弛'을 摘發하여 온 것은, 다름아니라 그들의 作品은 勿論 그들의 生活까지도 합처서 '安易'에 빠져있다는 것이엇다.

生覺할 것도 없이 오늘의 現實 生活이란 것이 얼마나 困難해졌는가는 누구나 周知의 事實이다. 더욱이 作家의 生活이란 아무리 激化된 時勢에 있어서도 自己 한 몸을 能히 지킬 수 있을 만큼 毅然 確立해야 할 것은 勿論, 또한 아무리 細微한 現實의 動向일지라도 能히 그것을 把捉할 수 있으리만큼 銳敏해야 함으로, 그 困難은 몇 倍나 加重되어 있다는 것을 斟酌할 수 있다.

그러므로 오늘의 作家 生活이나 作品이 安易에 흘른다는 것은 意識的으로 그들이 現實의 苦로움을 回避하야 愛慾의 世界라느니보다도, 나아가서 文學의 世界 그것을 逃避場으로 삼는 所致이라고 할 것이다. 마치 "世上이야 될 대로 되려무나. 너이들은 戰爭을 하든 말든, 나는 戀愛나 하겠다." 하듯이, "나는 文學이나 하겠다."하고, 安價의 享樂 對象으로 文學을 代置하였다고 하여도 過言은 아닐 것이다.

그러나 東京 文壇에서도 얼마 前까지 癡情文學이니 하야 文學의 對象으로써 愛慾의 世界가 한참 말성이 된 것을 보면, 오늘의 괴로운(그러나 어찌할 수 없는) 現實에서 逃避하려는 共通된 心情을 理解하지 못한 바는 아니나, 結局은 거기에 健康한 作家 精神이 붙을 수 없는 것이며, 따라서 거기에서는 이 現實을 꾀뚫고 나갈 수 있는 作品이 生産될 수가 없는 것이다.

事實 文學이란 것을 單純히 該博한 知識을 얻기 爲하서라든가, 또는 高尚한 娛樂 趣味로서 읽는 讀者를 對象으로 하여 쓴다면 모르거니와, 적어도 文學에 依하야 自己의 삶(生活)을 배우려는 讀者, 卽 文學을 모럴에 있어서

把捉하려는 讀者에 있어서는, 今日의 이 땅의 文學이란 沒價值라고만 할 것이 아니라, 實로 넌센스라고 할 것이다.

要컨대 거듭 말한다면, 오늘의 現實이 아무리 峻嚴하다 할지라도 戀愛라든가, 愛慾이 全혀 問題 아니 되는 것은 아니다. 다만 그것을 그리는 데 있어서 廣汎한 社會의 歷史에서 切離하야, 그것만으로서 作品을 만드는 데 모든 禍根이 介在한 것이다. 萬一 問題되는 愛慾에 있어서도 그 獨自의 骨格이라든가 性格, 다시 말하면 그 特殊性을 通하야 社會 全體, 人間 全體에 關聯된 普遍的인 것을 探究하고 描寫한다면, 何必 愛慾의 世界이니 癡情文學이니 내세워서 말성을 이르킬 必要도 없는 것이다.

3

이제 여기까지 批評이라느니보다도 讀後感을 써놓고 보니, 個個의 作品에 드러서는 더 論評할 必論조차 느끼지 않으나, 元來 作品 究明이란 것이 한 作品을 놓고 말할지라도 그 作品에 그리려 한 것은 무엇인가, 그러기 爲하야는 어떠한 材料가 蒐集되였는가, 그 材料는 意圖한 것과 符合되는가, 作者는 材料를 어느 程度로 理解하고 있는가, 다시 거기에서 作者가 意圖한 것은 어느 程度로 描寫되였는가, 그것이 成功的으로 그려졌다면 어떠한 事情에서인가, 또한 不成功했다면 그 原因은 어데 있는가. 卽, 作者의 意圖에서인가, 材料의 不適에서인가, 惑은 材料의 認識(理解) 不足에서인가, 다음으로 그 形式은 內容에 適宜한 것인가, 表現 技術은 어떠하며 어데서 어떠한 影響을 주고 있는가. 이 모든 것을 究明한 다음, 다시 作者의 文學精神(作家 精神)은 高邁하고 健康한 것인가, 또는 그 反對인가를 省察해야 비로소 評價를 하게 되는 것이니, 이 같은 月評에 있어서는 作品의 材料를 通하여 現實 世界에 눈을 돌리며, 作者의 意圖를 通하여 創作 精神에 이르며, 描寫를 通하여 創作 方法을 考察하는 作品評의 大綱도 遂行 못할 것은

勢 不得已 하는 일임으로, 以下 慣例(?)에 依하여 個個 作品에 對한 蛇足的 意見을 簡單히 附加해 둘가 하니 미리 恕諒하기 바란다.

數많은 이 달 創作 가운데에서 가장 읽은 보람있는 作品은 無影의 「第一課 第一章」(『人文評論』)이었다. 氏의 「挑戰」(『文章』)도 亦是 그 意氣에 있어서 取할 點이 없는 바 아니나, 「第一課 第一章」에 나타난 作家의 氣魄은 恰似 島木健作의 「生活의 探究」를 聯想시킬만큼 眞摯한 것이 있어 좋았다. 事實 氣魄뿐만 아니라, 取材에 있어서도 共通된 點이 없지 않었다. 作者 附記에도 있는 바와 같이, 이 作品은 農村을 主題로 한 어떤 長篇의 序曲이라고 하니, 主人公이라든가 事件의 進展이 長篇으로서 如何히 展開될 것인가, 只今 問題 삼을 것도 없는 것이며, 또한 必要치도 않으나, 都市에 있어서 蒼白한 인텔리 生活을 下直하고, 農村으로 도라가서 첫 살림을 베푸는 수택의 意氣는 「生活의 探究」에 나오는 杉野에 조곰도 讓頭할 것이 없다고 본다.

수택의 落鄕은 決코 수택 個人의게만 떠러진 運命은 아니다. 수택이보다도 이미 앞서서 數많은 인텔리가 落鄕을 하였으며, 또한 이로부터 수택을 뒤쪼차 落鄕할 사람이 數없이 있는 것이다. 따라서 수택이가 開拓하고 克服해 나가는 길은 同時에 우리들이 開拓하고 克服해 나갈 수 있는 길이어야 할 것이다. 이 點에 있어서 이 長篇小說의 作者는 한層 責任을 느껴야 할 것이다.

左右間 이러한 作品에 있어서 가장 警戒하여야 할 것은 무엇보다도 먼저 作者의 觀念的인 放奔이다. 인텔리의 主人公과 農村의 背景을 觀念的으로 調和시키려는 데서 島木健作의 「生活의 探究」는 씻지 못할 欠鍛를 없었다. 現在 이 作品에 있어서도 作者의 觀念的인 彌縫을 處處에서 發見할 수 있는 것이다. 다음으로 要求할 것은 農村을 主題로 한 바에는 勿論 周到한 用意가 있어야 하리라고 보나, 그 地盤(農村)에 關한 調査 硏究, 材料 蒐集이 좀더 綿密하고, 豊富多彩하여야만 읽는 사람으로 하여금 啓發되는 點이

있다는 것이다. 「第一課 第一章」이 수택의 都市 生活을 이야기하는 場面보다도, 農村에 돌아가서 첫 行裝을 푸는 後半이 讀者로 하여금 感興을 이르키지 못한 것은, 全혀 叙上의 두 가지 理由에 因緣함이 아닌가 한다.

「挑戰」은 前記한 바와 같이 作者의 氣魄이 亦是 取할 點이였다. 인텔리로서의 弱點을 體驗할대로 體驗한 이 作者는 힘있는 데까지 自己 反撥을 敢行하였다고 본다. 그러나 나로서 이 作者의게 뭇고저 하는 것은 인텔리의 無氣力함을 看做하였다고 하야, 그를 生産 場面(農村이나 漁村이나)으로 끌고만 가면 그만일런지? 다음에 오는 勞働과 인텔리의 葛藤은 視野圈 外에 두어도 좋을런지? 一顧를 바라는 바이다.

如何間 「第一課 第一章」은 이 달의 代表的 力作임에 틀림없으며, 이같은 무게있는 作者로서는 冒頭에 느러 논 나의 論旨가 객적은 소리임을 내 自身이 率先하여 承認하는 바이다.

孝石의 「一票의 功能」은 凡作의 하나이다. 오히려 이 作者가 從來 겨누어 온 世界의 앰비셔스한 點으로 본다면, 이번 作品은 失敗에 가깝다고 하여도 過言이 아닐 것 같다. 取材가 나쁘다는 것은 아니다. 問題는 學究 生活을 하거나, 府議員을 하는 데 있는 것이 아니라, 인텔리로서의 참다운 인텔리전스를 갖느냐 못 갖느냐 하는 데 있다고 본다. 卽, 건도가 府議員 選擧에 落選을 하고 東京으로 간 事實만 가지고서는, 讀者는 그만 두고 건도 自身에 있어서도 아무런 意義를 賦與할 수 없는 것이다.

懷南 作品으로는 「謙虛」(『文章』)와 「煩悶하는 쟌룩氏」(『人文評論』)의 두 篇이 있다.

「謙虛」는 副題에 있는 것과 같이, 故 金裕貞 傳記이다. 元來 傳記를 小說化한다는 것은 여러 가지 制約이 많음으로, 凡人의 손으로는 如干하야 손댈 수 없는 性質의 것이다. 그럼에도 不拘하고 이 作者는 이 傳記小說에 있어서 相當한 成功을 걷우었다고 본다. 裕貞은 누구나 世上 사람이 다 알고 있는 人物인만큼 그 人物을 드러 主題化시킨다는 것은, 마치 國木田獨步나 石川

啄木을 小說化시키듯 困難을 覺悟치 않을 수 없으며, 다시 裕貞은 獨步나 啄木과 같은 明確한 性格의 所有者가 아님으로, 그를 살니기 爲하여는 한層 手腕이 必要하다고 본다. 裕貞의 案上 우에 붙인 壁書—謙虛—를 小說의 表題로 내세운 것을 보면, 이 作者에 있어서 裕貞의 性格을 살리기 爲하야 얼마나 用心하였는가를 엿볼 수 있다.(作品도 그만큼 成功한 것이 事實이다.) 더욱이 裕貞을 살리기 爲하여 그의 家庭的 背景—그것은 裕貞의 一個人 家庭이라느니보다도, 封建 末期에 있어서 權門名家의 沒落하는 하나의 典型的 타입이다—을 애써 그려준 것은, 裕貞을 떠나서도 퍽이나 意義있다고 生覺한다. 그러나 도리켜 본다면 作者의 意圖와는 別問題로서 그 같은 巨大한 背景 앞에는 裕貞의 存在가 너무나 微弱하고 초라하게 보임은 나의 單純한 錯覺일런지?

끝으로 注目해야 할 것은 이 作品의 內容보다도, 그것을 쓰게 된 動機라고 본다. 무릇 어떠한 作品을 莫論하고, 그 作品을 쓰지 않고는 배겨날 수 없는 그러한 動機를 갖지 못하면 大槪는 失敗하기 쉬운 것이며, 反對로 그 動機가 切實하면 切實할수록 成功率이 많다고 하여도 過言이 아니다.

이번 「謙虛」에 있어서 懷南이 우리 文壇으로로선 嚆矢인 傳記小說을 첫 試驗하여 이만한 程度의 成績을 내였다는 것도, 그 制作의 動機에 있어서 故人 裕貞에 對한 情宜라느니보다도, 責務라고 할 수 있는 誠實을 갖는 것이 한 理由일 것이다.

「煩悶하는 쟌룩氏」는 一種의 心理小說이다. 안해에게 愛人이 있는 것을 알게 된 男子의 煩悶을 心理的으로 追求해 보려는 것이 이 小說의 테마이다. 作者는 逆說的인 가운데 現實의 어느 一面을 나끄려고 한 것 같으나, 作品으로서 成功하였다고 볼 수는 없다. 다만 그 構想에 있어서의 技巧라든가, 流暢한 說話體는 一顧에 値한다고 본다.

蔡萬植의 作品엔 「興甫氏」(『人文評論』)와 「摸索」(『文章』)이 있다. 어느 것이나 百二十枚 乃至 百五十枚나 되는 相當한 量을 갖고 있으나, 나로서는

前者보다도 後者를 取하고 싶다.

「興甫氏」는 스타일부터서 모든 것이 氏의 從來 作品과 別로 逕庭이 없는, 말하자면 그 延長物에 지나지 않었다. 氏의 小說에 對하야 모다들 世態小說이란 冠詞를 붙혀서 云謂하기를 좋와하나, 내 自身으로서는 風俗이니 世態이니 하는 것이 牽強附會的인 區分 같어서 어느 것에도 左袒할 수 없다고 生覺하나, 이번 「興甫氏」에 있어서 내가 느낀 것은 그런 觀點을 떠나서 볼지라도 作家가 意圖한 作品의 핀트를 捕捉할 수 없는 것이 第一 遺憾이었다. 스토리의 展開가 自然스럽고 않고는 別問題로 하고, 어데다가 焦點을 두고 끌고 가는 것인지 讀者로서는 理解하기 困難하였다.

가령 氏의 意圖가 小學校 小使 玄서방을 興甫 같은 善良한—그러나 不遇한 ‥好人物을 만드려는 데 그쳤다면 모르거니와, 거기에서 한 거름 더 나가 그 玄서방을 내세움으로써 그를 圍繞하고 있는 世相의 一面을 겨눈 것이라면, 「興甫氏」는 아무런 成果도 이루지 못했다고 할 것이다. 讀者는 처음부터 끝까지 가십的인 이야기에 끌여갔음에 不外하다.

그러나 「摸索」은 前作 「興甫氏」와는 全혀 對蹠的인 作品일뿐만 아니라, 氏의 從前의 作品과고 커다란 逕庭이 있다고 본다. 說話라든가, 描寫의 군대군대에 戲謔的인 것이 눈에 띠인 것은 아직도 從來의 作風이 남어 있다고 볼 수도 있으나, 今番 「摸索」은 作者의 意圖부터가 從前 것과는 判異하다고 본다.

「摸索」의 內容이란 至極히 簡單하다. 學窓을 갓 나온 옥초라는 女性이 實社會라는 現實面에 부닥치여 戀愛, 結婚, 就職, 家庭, 社會 等을 앞에 놓고, 참다운 生의 길을 摸索하고 있는 것이 그 全部이다. 作者는 女性의 心理的 動向에 對하여 너무나 理知的인 것을 앞세움으로써 細微한 點에 粗漏한 欠이 없지 않으나, 現實의 解剖는 相當히 深刻하게 드러갔다고 본다. 結局에 있어 옥초를 어떤 方向으로 끌고 가는 것까지는 보여주지 못하였으나, 옥초의게 인텔리 女性으로서의 인텔리전스를 끝까지 保持시킴은 퍽이나

意義가 컸다고 본다.

그리고 作品의 結構도 퍽이나 잘 째였다. 어쨋든 「摸索」은 이 달 創作陣에 있어 佳作의 하나이며, 蔡萬植氏에 있어서는 從來 作品과 袂別하는 하나의 分岐點을 이룰 意義있는 作品이 아닌가 한다.

泰遠의 「陰雨」(『文章』)는 未完의 理由로, 또한 南天의 「端午」(『鑛業朝鮮』)는 舊稿 改作이란 點에서 各各 批評을 保留해두는 것이 作者의게 對한 禮儀라고 生覺한다.

崔貞熙氏의 「肖像」(『文章』), 鄭人澤의 「愛情의 情理」(『新世紀』), 나아가서는 宣鎭秀氏의 「失人記」(『文章』 推薦 小說) 等은 通터러서 본 論文의 前半에 씨워진 나의 讀後感으로 더 贊言할 必要를 느끼지 않는다. 다만 崔貞熙氏의 「地脈」을 읽은 나로서 作者의게 一言하고 싶은 것은 「肖像」이나, 「地脈」이나, 作家의 世界가 너무도 좁은 框內에 踞蹐하여 낡은 空氣에 中毒症을 呈하고 있으니, 좀더 大膽하게 自己의 世界를 넓히고 換氣 工作을 할 必要가 있지 않는가 한다.

끝으로 宣鎭秀氏의게는 어떠한 作品을 勿論하고, 좀더 新進으로서의 霸氣라든가 野心을 가져주었으면 한다.

이밖에도 朴勝極氏, 田淑嬉氏 等의 作品이 있으나, 別로 이야기 할 資料도 없으려니와, 制限된 枚數에 達하고 보니 이만 펜을 놓을가 한다.

— 『인문평론』, 1939. 11.

林學洙 著 『戰線詩集』

    지난 봄 朝鮮 文壇에서는 皇軍 慰問使節로서 林學洙, 金東仁, 朴英熙 三氏를 北支에 派遣하였었다. 文壇을 들어 前線 將兵의 勞苦를 보살핀다는 갸륵한 誠忠은 다시 呶呶할 必要로 없으나, 어째면 三氏의 戰線 派遣은 文學的 收獲이란 點에 있어서도 多大한 期待를 갖게 한 것은 事實이었다.

    그러나 三氏가 北支를 向하여 떠난 後는 勿論, 月餘를 지나 돌아온 後에 있어서도 文學的 活動은 置之하고, 報告的 活動도 別로 神通함이 없었음은 누구나 遺憾으로 여기었던 것이다.

    그러나 그 같이 궁금한 가운데에서도 여름부터 漏聞되기를, 林學洙氏의 『戰線詩集』이 近近 上梓되리라고 하여 一般에게 期待를 갖게 한 것은 如干 多幸한 일이 아니었다. 그것이 드디어 涼秋 讀書 季節을 期하여 우리들의 案上에 나타나고 보니, 우리는 一種의 安堵를 갖는다기보다는 林學洙氏의 不絶한 精進에 對하여 謝意를 表하여 마지않는 바이다.

    무릇 戰爭文學이 반드시 戰時下에 쓰여지라는 法은 없는 것이며, 또한 戰線 行脚을 해야만 쓰여지는 것은 아니다. 어쨌든 우리들의 生活 現實이 ‘戰爭’의 國內에 던져진지는 이미 오래이다. 생각하면 이 땅에 있어서도

戰爭과 直接 關聯을 갖는 文學이 그間 하나둘쯤은 있을 법도 한 일이었으나,
幸인지 不幸인지 우리는 아직껏 그러한 文學을 가져보지 못하였다.

여기에 있어 林學洙氏의『戰線詩集』一冊은 그 內容 如何를 措置하고서
도, 劃期的 刊行物임을 認定하기에 躊躇할 것이 없는 것이다.

이제 同 詩集의 內容을 一瞥한다면, 第一部, 第二部, 合 二十四篇을 通하
여 우리는 아직도 戰塵이 떨치지 않은 作者의 生生한 感觸을 그대로 接할
수 있는 것이 무엇보다 반가웠다. 元來 이 詩人의 力量이『八道 風物 詩集』,
『候鳥』를 通하여 어떠한 詩的 分野를 開拓하고 있는가는 周知의 事實이므
로 重言할 必要를 느끼지 않으나, 이번『戰線詩集』에 있어서도 그것은 한층
進境을 보여주고 있다고 본다. 勿論 東亞를 再編成하고 있는 이번 戰爭의
成果가 이 詩人의 머리에 어떻게 反映되고 있는가는「蘆溝橋 羽調」,「北京
의 新婦」, 더 나아가서는「中國의 兄弟에게」에서 어렴풋이나마 엿볼 수
있는 것은, 나와 같은 讀者에 있어서는 한층 興味있는 일이었으나, 如何間
금번 詩集에 있어서 그것이 戰爭文學이란 레텔을 씨움에 不拘하고, 氏의
從來의 獨自的인 詩境은 조금도 變함이 없음은 氏가 붓들고 있는 世界가
얼마나 牢乎한 것인가를 窺知할 수 있다고 본다.

—『문장』, 1939. 11.

文學의 根本 問題

— 十一月 創作評

이제 와서는 文壇에 있어서도 每月 十餘篇의 創作을 對할 수 있는 것이
普通이니, 文壇的 生産力이 얼마나 旺盛하고 있는가를 可히 斟酌할 수 있다.
거기에는 勿論 出版 資本의 勃興, 純文藝誌의 出現, 其他가 直接的 作用을
하고 있는 것이 큰 原因이겠으나, 엇쨌든 그 같은 外的 需要에 能히 應할
수 있을 만큼 文壇 內部의 生産力이 促進되고 있는 것만은 明確한 事實이다.

昨年 이맘때만 하드래도 기껏해야 月 三, 四篇을 갖을둥말둥 하였으니,
오늘과의 對比의 程度가 아님은 勿論, 事實 到今하여 生覺한다면 그 當時의
그 같은 微弱한 量에서 質을 云謂하엿다는 것이 너무나 慾心 사나운 짓이였
음을 自認하지 않을 수 없다.

그러나 只今에 와서 每月 對하게 되는 十餘篇의 創作이 아무러한 質的
昂揚을 갖어오지 못하고, 한갓 量的 充塡에 그처 있다면 그것을 詰難하는
것도 決코 過酷한 措處는 아닐 것이다.

事實 우리가 한 作品을 읽고 나서도 거기에서 아무런 小說的 感動이나
感激을 얻지 못하고, 다만 空疎한 文字의 羅列에 한눈을 판다면 그 失望이란
決코 容易히 補償될 性質의 것이 아님은 勿論이다. 況且 한 달에 十餘篇의

作品을 通讀하고서도 亦是 無感動, 無感激으로 끝이게 된다면—더욱이 그 것이 每月 되푸리 된다면—그것은 讀者에게 있이 堪忍할 수 없는 苦로운 負荷일뿐만 아니라, 文壇 全體에 있어서도 補償할 수 없는 커드란 浪費임에 틀님없는 것이다.

이 같은 浪費가 現實的으로 우리 文壇 內에 繼續될 제, 그 債務는 누구보 다도 作家가 저야 할 것은 勿論이다. 惑여 介中에는 作家 自身으로서 宏壯히 感動하고 感激하여 쓰여진 作品도 없지 않을 것이나, 그것은 不幸히도 어데 까지나 作家 自身으로서의 事情이요, 讀者에게는 그렇게 밖에 더 感受되지 않는다고 할 제, 다시금 論議의 餘地는 없는 것이다.

그러나 이같이 一切의 罪科를 作家에게 돌님으로써, 作品을 앞에 둔 批評 家의 債務가 輕減되였다고 봄은 너무나 早斷이다. 오히려 요사이의 傾向을 본다면, 한 作品을 두고서도 批評家와 批評家 사이에 論調를 달리 하여 評價의 基準이 事實上 喪失되었다는 것을 表明하고 있으니, 作家로서는 또한 批評家와 觀點을 달리 할 뿐이라고 할 제, 問題의 罪科는 다시금 評論 家의 억개에 떨어지지 않을 수 없다.

事實 生覺이 여기에 이르고 보면, 오늘과 같은 價値 判斷에 있어 乖錯과 混亂이 反覆되고 있는 時期에 있어서는, 作品評의 붓을 든다는 것이 一種의 冒險이 아닐 수 없는 것이다.

그러므로 批評家에 있어서도 약빠른 친구는 될 수 있으면 作品의 分析이 나 說明만을 示唆하여 作品의 本質에 對한 評價 問題에는 抵觸하기를 忌避 한 結果, 結局은 中途半端的인 作品評으로 現狀을 糊塗하기에 汲汲하고 있으며, 다시 이 같은 弱勢를 看破한 一部의 印象 批評家들은 때를 만났다는 듯이 評價란 本是 主觀性에 依據한 것이며, 個性이 그 決定者라는 것을 公然하게 主張하여 다시금 文學을 몇 世紀 前으로 後退시키려는 大膽한 工作을 하고 있는 것이다.

그러나 果然 評價의 客觀性이란 永久히 喪失된 것일가! 萬一 그렇다면 우리는 새로이 文學論을 갖어야 할 것이며, 새로운 文藝學을 세워야 할 것이다. 原理的으로 評價의 客觀性을 否定하려는 것은, 곧 人間 感覺의 內容을 主觀的인 것으로 보는 탓이니, 그것은 評價의 客觀性뿐만 아니라 一切의 客觀的 認識을 土臺로 成立한 知識, 學問을 否定하는 結果를 낳게 됨으로, 우리는 그것을 問題 밖에 두지 않을 수 없다. 그러나 評價의 客觀性은 肯定할 수 있으나, 오늘이란 現實的 制約 밑에서는 그것을 維持하기에 困難하다는 것은 무엇보다도 오늘의 批評 現狀으로 보아 一段 事實로써 受理해 놓고 볼 問題가 아닌가 한다.(一部의 批評家가 오늘의 不統一한 批評 現狀을 引證으로 評價의 客觀性을 否定하려는 企圖가 있음은 上述한 바와 같다.)

여기에 있어서 우리가 考慮할 問題는 眞理와 能動的 契機의 關係이다. 自己 分裂에 溺滴되여 있는 우리들은 往往히 '實踐'의 一方的 解釋과 함께 眞理의 能動性에 對하여서도 一方的인 解釋을 犯하고 있다. 眞理가 行動에의 刺戟이 되기 爲하여는 반다시 그 사이에 어떤 可能的 條件이 介入하게 되는 것이니, 우리와 對立된 世界가 우리에게 그것을 保障할 때마니 '能動性'은 可能한 것이다. 따라서 人類 社會는 다 各其 그 時代의 '時代的 眞理'를 規準으로 갖고 있었기에 오늘날까지 發展해온 것이니, 우리에게 남는 問題는 授與된 科學을 보다 科學的으로 하는 데 그치는 것이다. 다시 말하면 오늘의 困難이란 다를 게 아니라, 우리가 얼마나 精密하게 意識 活動을 科學의 道程에로 鍛鍊시키냐에 있을 뿐이다.

이 같이 보아올 제 評價의 基準 問題는 世上이 떠드는 것 같지는 混亂되어 있지 않다고 본다. 亦是 오늘에 있어서도 文學의 根本的 機能이 科學과 함께 世界 認識에 있음은 變함없는 事實이며, 藝術的 形象化가 現實 認識의 하나임에 틀림없다. 따라서 價値 基準에 있어서도 첫째, 그 認識 內容이 眞理의 能動的 契機를 把捉하였는가 못하였는가의 批判에 따라서, 둘째로 藝術的 形式이 文學의 正統的 發展에 있어서 意義가 있고 없는가의 批判에 따라서 評價는 客觀的으로 可能하다고 할 것이다.

그러므로 오늘날 橫行하고 있는 各種各樣의 '評價'는 決코 오늘에 있어서 評價의 客觀(科學)性이 拒否되고 있다는 것을 意味하는 것이 아니라, 오히려 오늘이란 歷史的 轉形期에 相應한 여러 가지 怪異한 思惟가 橫行하고 있다는 當然한 事實을 말할 뿐이다.

要컨대 우리들의 迷妄은 作家나 批評家가 다같이 文學의 根本 問題—文學이 하나의 世界 認識이란—를 忘却해 두고서, 枝葉 問題—現實에서 獨立된 藝術的 價値 같은—에 迷執된 데 있다고 본다. 이 같은 迷妄이 繼續되는 限, 文壇의 '浪費'는 不可避인 것이다.

이제 張遑한 '評價' 問題는 이 程度로 끝이고, 그에 規準하여 이 달 作品을 涉獵해 보기로 하자.

金南天氏의 「T日報社」(『人文評論』). 量으로서 三百枚를 넘으니 長篇에 가깝다 할 것이나, 內容인즉 想像보다는 至極히 簡單하다. 卽, 시골 金融組合에 다니는 金光世라는 靑年이 出世하겠다는 抱負를 갖고서 上京하여 T日報라는 財政的 破綻에 直面하여 있는 新聞社에 入社하여, 自己의 所持 金 萬圓을 活用하는 데 있어 旬日에 部長 椅子를 얻게 되고, 다시 月餘에 投機 利益金으로 新聞 全權을 잡을 수 있는 副社長 자리에까지 앉게 되었다는 것이 그 內容 梗槪이다. 勿論 군데군데에는 新聞社의 內部 空氣가 어떠하다는 것을 斟酌할 수 있을 만큼 新聞社의 編輯이라든가, 營業에 對한 아이러닉한 筆致가 없는 바 아니나, 新聞社란 文化 機關은 어데까지나 빌려온 것에 不過하며, 作家의 意圖는 金光世란 앰비셔스한 靑年을 成功시킴으로써, 거기에서 어떤 效果를 거두려고 한 데 있다고 본다. 그러나 率直히 말하여 그 效果가 어떠한 것이냐고 應答을 要求한다면, 遺憾이나마 나로서는 붓을 멈출 수밖에 없다. 그만큼 作家가 겨눈 意圖는 不明確하며, 設或 明確히 붓드렸다고 하드래도 作品의 成果로 보아서는 그 핀트가 맞지 않은 것이 事實이다.

발작크 硏究를 繼續하고, 性格을 探究하는 氏의 近況을 干知함이 없드래도, 「T日報社」는 발작크의 作品을 聯想시키는 點이 없지 않다. 첩경 「人間喜劇」의 世界를 支配하고 있는 것이 金錢과 情熱이듯이, 「T日報社」를 貫流하는 것도 亦是 金錢과 情熱이다. 더욱이 金光世를 움지기고 있는 情熱의 根底에는 발작크와 類似한 一種의 意志까지 바쳐 있음을 看取할 수 있다.

그러나 발작크는 世人이 다 아는 바와 같이, 現實 世界에 生起하고 있는 諸 過程의 本質을 抽象 槪括함으로써, 可謂 典型性, 本質性을 把握하고서 情熱과 意志(神經의 流動體)를 漲溢시켰든 것이다. 그가 風俗의 歷史를 쓰랴 하고, 情熱의 人間性을 그리려 한 것은 그 根底에 이미 明確한 哲學을 갖었기 때문이라고 할 것이다. 或如 世人은 발작크가 그의 푸란을 세운 데 있어서 風習의 硏究를 앞세우고, 哲學的 硏究를 그 다음으로, 다시 分析的 硏究를 거쳐서 原理를 求得하려고 하였다 하여, 漫然히 風俗의 歷史에 첫 손을 댄 것이라고 推測할지 모르나, 風俗의 硏究가 哲學的 硏究에 앞서게 된 것은 그도 말한 바와 같이 結果의 뒤에 原因이 오는 까닭이지, 別다른 것이 아니다. 事實 발작크가 探究하려는 것이 人生이라고 할 제, 習俗은 人生의 衣裳에 不過한 것이며, 다시 발작크 自身의 말에 依하면 人生은 그의 思想의 衣裳에 不過하다는 것이다. 그만큼 思想은 그의 全作品에 있어 根底가 되어 있다. 그러므로 발작크에 있어서는 "가장 적은 꽃송이도 그가 不絶히 直覺的인 認識을 갖고 있는 커드란 全體 가운데의 어느 相貌에 交感되여 있는 하나의 思想이며, 生命일 수 있다." 그러기에 그는 그것이 戀人에 對한 男子의 情熱이거나, 觀念에 對한 哲學者의 情熱이거나, 金錢에 對한 吝嗇家의 情熱이거나를 莫論하고, 다같이 人生의 原動力을 向하여 驀進시켰든 것이다.

그러나 金南天氏의 「T日報社」에 있어서는 以上에 말한 그 根底가 缺如하느니 보다는 感知할 수 없게 되어, 結局 金光世를 野望家로, 情熱家로, 成功家로 만드러 놓고서도 讀者에게 아무 것도 주지 못하였다고 본다.

한때 自己 告發 精神을 이야기하고, 다시금 風俗史로 드러가서 性格을 겨누는 이 作家에게 있어 作品 根底의 思想이 缺如되였다면, 히니구하게 들릴지도 모르나, 要컨대 「T日報社」는 藝術的 形象이 現實 認識과 無緣하지 않다는 好個의 例證이 아닌가 한다.

金東里氏의 「玩味說」(『文章』). 今年 드러 이 作家는 오랫동안의 沈默을 깨트리고 數많은 作品을 發表해 왔으며, 다시금 그의 作品은 物議를 이르킨 적도 있어 「純粹 異議」란 作者 自身의 評筆까지 보게 되었다. 純粹 問題에 있어서는 아직도 그 餘燼이 사라지지 않은 듯하여 機會를 보아서는 容喙할 意思도 없는 바 아니나, 여기에서는 氏가 附記한대로 이번 「玩味說」이 「率居」, 「餘剩說」 等의 過去 作品과 連結하여 '運命' 問題를 取扱하였다고 하니, 그 點에만 論議를 局限시킬가 한다.

運命觀은 일찍이 希臘文學에 있어서 悲劇의 基本的 要素가 되었을 뿐만 아니라, 十八世紀 獨逸에 있어서는 괴테나 실러에 있어서와 같이, 運命=性格觀이 되어 後日의 獨逸 浪漫派의 所謂 '運命 悲劇'에까지 發展된 것은 周知의 事實이다.

그러나 「玩味說」의 作者가 붓들고 있는 運命이란 氏 獨自의 어떤 運命觀을 이야기한 것도 아니요, 또한 運命에 對한 어떤 試鍊도 아니다. 氏는 다만 世俗的인 運命觀을 그대로 踏襲하면서, 自己의 世界를 그 運命 속에 封鎖함으로써 個人뿐만 아니라, 社會 全體, 歷史 全體를 把握하는 데 있어 運命을 唯一한 한 方法으로 삼고 있다. 氏의 말을 빌린다면, "그가 처음 여기 이렇게 집을 세우고 庭園을 設計하고 할 제에는 그에게도 오히려 마음속에 빛나는 한오리 보람이 있었으니, 自然이라는 運命의 진흙밭에서 한 개 모래알 만한 生의 알맹이라도 건저 보련다고 그 해 일곱 살인가 된 孤兒 하나를 더부러 自己의 業力을 다스리기 始作했든 것이 그 뒤 十年, 그 孤兒는 훌륭히 長成하여 이제 그 生活의 唯一한 證據요, 伴侶가 되지 않으면 아니 될 그 즈음에 이르러 一朝에 이를 背叛하고, 저이 世間으로 도라가버렸든 것이니(自己

누이의 딸과 結合하게 되면서) 이에 그의 一生이란 俗談 그대로 '닭 쫓든 개 모양'이 된 세음이다."

그런 作者는 運命의 그 같은 作亂을 意識하고 있음으로, 어데까지나 超然스럽게 主人公 재호와 안과 거죽을 人間의 물결에 헤일대로 헤이고 바래인 老妓를 結合시키되 오히려 그것은 재호의 內面生活과는 아무런 聯關도 없다는 것이며, 재호의 남은 半生은 亦是 그 孤兒 철이를 爲하여 處理할 수 있다는 것이다.

作者가 어떠한 運命觀에 사로잡혓든, 그것은 主觀의 問題이라고 하면 그만이겠으나, 大體로 現代에 사는 人間이 다시금 運命을 취켜들고 나온다는 것은 陳腐라느니보다도, 退嬰도 尤甚한 便이라고 할 것이다.

이제까지 運命이 問題되어온 것을 본다면, 人間이 歷史 進行의 樞機에 參與하지 못했을 제, 다시 말하면 古代나 中世에 있어서 歷史 把握의 方法을 運命觀이 代行하였든 것이다. 따라서 現代에 있어선 從來의 運命觀이 社會科學的 方法에 揚棄 또는 解消되고 있는 것이 事實일 바에는, 現實 世界의 認識을 그 같은 낡은 運命觀에 從屬시킨다는 것은 現代人의 自己 冒瀆이 아닐 수 없다.

우리는 마땅이 우리의 周邊에 繼起하고 있는 偶然과 必然으로 얼켜진 日常世界를 좀더 날카로운 文學者의 눈으로 파헤치는 데서 世界의 本質을 把握할 수 있으리라고 믿는다.

蔡萬植氏의 「이런 男妹」(『朝光』). 私立學校 訓導를 하고 있는 '高潔한 精神'의 所有者인 오빠와 人力車꾼 안해로 있는 '배곪은 精神'의 所有者인 누이와 빠 女給을 다니는 '호강하는 精神'의 所有者인 끝의 누이의 三男妹를 한 캔버스 우에다 그려 놓고, 그 對照에서 우러나오는 世相을 讀者의게 읽히려는 것이 作者의 意圖이다. 그러나 作者의 露骨的인 手法은 반다시 效果를 거두었다고는 볼 수 없다. 오히려 讀者에게 처음부터 그 같은 意識을 주지말고, 結果的으로 그것을 意識케 하는 手法을 썼다면 成功하였을지도 모른다.

　그러나 手法 問題를 別問題로 하고서도, 決코 作家의 意圖를 높이 살 수는 없으리라고 본다. 世相을 對할 제 한 꼭지를 따드래도 깊이(深丈)를 볼 수 없는 것은, 이른바 '世態'에 끝이고 마는 것이다. 蔡氏의 作品에는 全的으로 이 깊이가 不足한 것은 아닐가.

　田榮澤氏의 「男妹」(『文章』). 副題에 病든 누이와 그라고 쓰인 것 같이, 蔡萬植氏의 「이런 男妹」와는 全혀 世界를 달리한 作品이다.

　作者는 病든 누이와 오빠 사이에 四十年이란 風霜—가난과 孤獨과 病苦의—이 흘러갔으나, 그들의 사이에는 一貫하여 마음의 愛情은 歪曲되지 않았다는 것을 自叙傳的으로 叙述하였다. 더욱이 作者의 體驗記라고도 할 수 있는 過去의 懷想談은, 흔히 犯하기 쉬운 센티멘털리즘을 介入시킴이 없이 리얼리스틱하게 傳達되여 讀者에게 한層 切實味를 갖게 한다. 그러나 도리켜 生覺한다면, 누이 현덕과 그 오빠 사이의 愛情에는 그처럼 親愛하고 信愛하는 사이임에 不拘하고, 一貫하여 溫氣를 느낄 수 없는 것은 이 作品을 死物化시키고 말었다. 勿論 서로 病들고 늙어가고 하는 사이이니 그 愛情도 차츰 冷徹하여 갈 것도 事實이나, 全作品을 通하여 한군데도 더운피를 느낄 만한 곳이 없다는 것은, 讀者의 感興을 이르킬 수 없는 作品임에 틀님없다. 如何間 「男妹」는 氏에 있어서 드물게 볼 수 있는 力作이라고 할 것이다.

　朴魯甲氏의 「秋風引」(『人文評論』). 이 作品에 있어서 問題삼을 것은 內容보다도 스타일이다. 內容은 公園에 露宿하는 流浪 夫妻가 닥처올 寒威와 貞操 劫奪의 危險을 버서나 支向없이 떠난다는 簡單한 事實이나, 그 같은 內容을 包攝하는 表現 樣式이 一種 韻文體와 같은 것을 빌녀 입고 보니, 小說이라기보다는 散文詩에 가까운 느낌이 없지 않다. 더욱이 全篇에 흘르는 센티멘털리즘은 詩로서만이 價值를 認定할 수 있으리라고 본다.

　朴泰遠氏의 「陰雨」(『文章』). 지난달엔 未完의 理由로 批評을 保留해두었으나, 이번 달에는 끝을 맺었으니 몇 마디 부처둘까 한다.

夫婦間에 別般 愛情을 갖지 못한 因襲的 早婚 夫婦生活에 있어서 그 當者들이 社會的으로 보아 極히 低級한, 曖昧한 層에 屬함으로써 비저내는 獨特한 雰圍氣를 보여줄 듯한 이 作品은, 結局 女子가 親庭을 자조 다니며 姦淫을 해왔다는 것으로 이야기를 막는다.

그러나 讀者로서 궁금한 것은 工場에 다니면서도, 古本屋을 드나들며 『自然と人生』,『ハイネ詩集』을 읽게 된 그 男子는 自己의 妻가 姦淫하는 것을 目擊하고서 屈辱만 느끼고 도라서면 그만이냐는 것이다. 亦是「陰雨」는 未完의 作이 아닌가 한다.

趙雲鄕氏의「조갯살」(『文章』推薦 小說). 選者의 말맛다나 作文 같은 小說이다. 그러나 이번 小說뿐만 아니라, 每달 推薦되는 小說이 擧皆 內容的으론 貧弱하고, 形式이라든가 表現만은 小說답게 보인다. 內容과 形式을 分離하여 生覺한 것부터가 글르나, 銀盞에 막걸니를 부어논 것보담은 박적에라도 松竹梅를 부어 논 것이 酒客으로서는 取하고 싶은 情誼이다.

끝으로 붓을 놓으며 느낀 것은, 다시 한 번 文學의 本質的 機能을 省察하고서 作品을 써달나는 付託이다.

―『문장』, 1939. 12.

評壇의 新春을 말한다

診斷과 解釋의 岐路

윤규섭 批評 不振이라고 하나, 實은 一般的으로 批評에 對한 認識이 도리여 노파 가지 안아요?

최재서 批評家의 活動이 一般으로 不振하다면 그것은 認定할 수 없는 말이지만, 批評 精神의 不振이라는 말이라면 認定할 바께 없지요. 이런 意味에서 반드시 批評家에 限한 것이 아니지만, 作家까지라도 敎養이 問題가 되는 것이 아닐까요? 作家가 테마나 方法을 제각기 發見해 나가야 할 것처럼, 批評家도 똑 마찬가지로 각기 批評 原理나 方法을 發見해 나가야 할 것이니까요. 批評이 外見上으로는 不振인 것처럼 보이지만, 各 批評家는 제각기 몹씨 생각하고 잇지 안흘까요? 그러케 되면 究竟에는 敎養이 問題가 되지요.

윤 그레케 되면 崔兄 이야기처럼 되겟지만, 또 過去의 傾向文學 時代에 批評 精神이 너무 峻烈햇던 까닭에, 거기 比較해서 보고는 지금을 不振이라고 하나 보아요.

최 그 時代를 모두 神話처럼 생각하는 데, 外見上으로는 勿論 그 때가 批評이 旺盛햇다고 할 수 잇겟지요. 그 때에는 모두 한 評論에 統一이 되어 가지고 外部에 向햇지만, 지금은 批評家 個人 個人이 각기 제 個性 속을 파고 들어갈랴고 하니까—그 때는 말하자면 素朴한 批評이엇지요.

　윤 八峰, 懷月이 한창 活動할 때가 批評이 潑剌햇다고 하지만, 그 때에 比하면 지금이 더 깨엇지요.

　최 그 때에는 政治的 裁斷性이 매우 鮮明햇는데, 지금은 그 裁斷性으로 處理하지 안턴 남어지를 가지고 그 限界에서 일하는 것이지요.

　윤 傾向派 批評이 물러간 뒤에 崔兄이던지 李源朝氏가 質問햇는데, 아페 것에 比하면 아주 解釋學的이지요. 이전 批評은 大衆의 代辯이엇는데, 지금은 批評과 大衆 사이의 紐帶가 끈어젓지요. 崔兄이나 李源朝氏는 이런 意味에서 批評의 樞軸이 업지 안엇어요?

　최 裁斷性을 가진 批評이 나오면, 다음에는 그것이 업는 批評이 나오고……이러케 交代하는 것이 아닐까요? 結論만 가지고 裁斷하는 것이 旺盛하면, 그 다음에는 解釋하는 것이…….

　윤 交代라고는 볼 수 업지요. 小說이나 批評을 外部的 現實과 끈어서 생각할 수는 업습니다. 批評 原理의 喪失이라는 것도 外部的 現實 때문에 오는 結果입니다. 解釋은 各自가 제 각기 해나갈 수 잇지만, 問題는 李源朝氏가 말한 것처럼 批評 原理를 일허버렷다는 데 잇습니다. 批評論이 지난해 저물게부터 이러나기 시작한 것은 批評이 外見은 캐왓는 데, 內容이 卽 原理를 가지지 못한 데서 오는 일일 걸요?

　최 原理가 업다고 하지만, 다만 公式化할 수 업는 原理가 업다면 그러타고나 할까…….

　윤 批評의 原理를 찾는다는 말은 文學 全體가 그런 것처럼 批評의 體系로서의 原理를 붓잡는다는 말입니다. 그런 원리를 붓잡는다는 것은 批評家뿐 아니라, 作家도 한 가지로 느낄 公同 債務일 것임니다.

　최 그러니까 그러케 進求해 나가려면 批評을 안 쓴다면 몰라도, 써 간다면 個個人의 敎養이 重大해진다고 생각합니다.

　윤 昨年에 李源朝氏가 「批評의 不振과 批評 精神의 喪失」 속에서 第三

論理의 必要를 高調하면서, 過去에는 批評이 時代 意識을 가젓으나, 지금은 그것이 업서서 裁斷性이나 領導性이 업다고 했는데……事實은 批評의 機能은 時代 意識 가운데 內包된 世界 認識의 體系 그것 속에서 나와야 합니다. 批評이란 歷史的, 社會的 契機와 論理的 契機가 綜合되는 데서 成立이 되니까……. 이전에는 이 두 契約이 잘 附合이 되엇지만, 지금은 그러치 못하지요. 歷史的, 社會的 契機가 사람의 머리에 옴겨저서 屈曲과 偏差가 업서지고 淨化된 것이 論理的 契機일 터인데, 지금은 歷史的, 社會的 契機에 偶然性가튼 것이 수두룩하게 뒤석겨서 論理的 契機로 淨化할 수 업는…….

최 要컨대 過去의 批評이란 너무 偏狹해서 어떤 作品에는 들어가나, 다른 作品에는 영 들어가 보지 안는 것 갓치……그래서 한 편 作品을 다루는 데는 매우 有力하나, 다른 作品에 다닥치면 아주 無力하다던지…….

윤 傾向派의 批評은 圖式主義, 公式主義라는 말 그대로여서 作品評에 가장 잘 들어낫지요. 그러나 그 當時에도 벌써 弱點을 摘發 當했고, 克服되엇다고 생각합니다. 實際로 原理 問題란 抽象的이니까 現實과 무슨 意味로든지 具體性을 가져야 합니다.

최 그건 事實입니다. 批評家는 어느 作品 속에고 들어갈 수 잇어야 합니다. 그러타고 해서 原理가 업다는 것은 아니지요. 상트 뵈브 가튼 批評家는 바로 古典主義에서 浪漫主義로 옴겨갈 때에 나와서 兩쪽을 다 經驗햇짐만, 그 사람에게 그런 公式化된 原理가 잇엇나요? 그래도 그 사람은 아모래도 佛蘭西에서는 지금까지도 第一流의 批評家가 아닙니까?

윤 그런데 印象 批評家에게도 勿論 批評의 樞軸이 잇엇지요?

최 分明히 잇엇지요. 그의 評論을 다 읽으면, 그 全體에 흐르는 樞軸이야 잇지요. 다만 公式化할 수만 업지요.

윤 크리티시즘이 樞軸을 가져야 한다는 것은 印象批評이나 科學的 批評이나 마찬가지지요.

시스템 批評의 擡頭

최 作品評을 할 때 第一 크게 느끼는 것은 批評家 自身도 自己의 世界를 가지려고 하는 데, 取扱할 作品들이 똑가튼 경우입니다. 그래서는 도무지 자미없고, 또 그런 똑가튼 作品 속에 드러가봣자 소용이 없고……. 假令 獨逸 文壇에서 批評이 不振하는 데 原囚도 그런데 잇슬 것 가태요. 거기서는 批評의 原理가 꽉 서잇스니까. 批評家가 하고 잇는 그 原理를 가지고 判決만 나리면 되지 안허요? 말하자면 裁判官처럼…….

윤 그것은 結局 批評의 機能을 죽여버리는 것이지요. 批評의 機能은 더 넓은 世界에서 發展되어야 하지요. 批評이 樞軸을 가져야 한다고 하지만, 批評이 나타날 때에는 맨 나종에 나타나야 할 것입니다. 맨 처음부터 그 놈이 나와서는 困難하지요. 그것은 여러 가지 世界에서 共通된 것을 차자내는 것이고요. 미리부터 주어진 것은 아니니까…….

최 過渡期에는 作家나 詩人이 모두 새 世界를 探索하는 데, 그들 自身은 勿論 意識的이 아닌 경우가 만치요. 그러케 無意識인 것을 意識化하고, 合理化하는 것이 批評이 아닙니까? 認識하나 領導한다는 것보다도, 無意識인 것을 通해서 意識化해 나가고, 나아가는 그 方向까지를 보여주는 것이 批評이니까…….

윤 原理的인 것과 늘 結付되어서 말이지요.

최 批評家는 처음에는 作品을 따라가지만, 評하고 나서는 作品보다도 한 걸음 더 압서야지요. 이러케 作家가 無意識한 것을 合理化하는 것이, 말하자면 進步的 批評家겟지요.

윤 原理論은 作品論까지 가야지요. 作品論, 作家論을 通해서 原理 問題

를 차자야 하지요. 그런 걸 보고 어떤 讀者들 얘기를 들으면, 作品評에서 評家가 딴 얘기를 한다고 하지만…….

최 批評家가 作品을 떠나니까 그러치요. 文化라는 것은 創作과 批評의 合作이니까……. 가령 作人의 音樂은 그냥 버려두면 無意識的인 것이지만, 批評家가 한 번 끄러내서 合理化하므로 비로소 文化가 되지 안허요? 맨처음에는 本能的인 것이랄가, 暗黑 속에서랄가, 그런데서 創造된 것이지요. 이러케 創作과 批評이 合作하는 데, 文學의 進步가 잇지 안허요?

윤 그런데 그러케 해 가는 데는 作家의 世界가 批評家의 感興을 일으키는 것이냐, 아니냐가 問題입니다. 가령 愛情 問題를 取한다면, 밤낮 가야 케케묵은 夢遊病者式으로 한 것을 보면, 取扱할 感興이 도모지 일어나지 안흐니까…….

최 그런 것은 오미트하지요.

윤 그러니까 一年에 한 번쯤 評을 쓰게 되는 것이 올치요.

최 事實 一年에 한번쯤 박게 못할 겁니다. 外國 批評家들을 보면 現代小說에서 하나를 하는 程度니까……. 매해 다른 것을 百貨店式으로 해나가라니……. 批評이란 讀者와 作家를 媒介하는 것인데, 低級한 데서는 紹介로부터 노픈 데 가서는 價值의 指摘까지라도 그거지요. 그게 바로 批評의 效用이지요. 讀者와 時代와 關聯잇는 作品은 붓을 드나, 事實은 그러치 못한 作品이 만치요. 十年 前은 얘기를 새삼스레 하고 십지 안흐니까, 結局 批評家를 말을 시키는 것은 作品이지요.

윤 作家가 批評을 無視하는 것은 讀者를 無視하는 것이지요. 讀者를 생각지 안는 作家는 신세리티가 업지요. 安懷南이 中堅 作家는 批評을 잘 바더드리는 데, 新人은 無視한다고 햇는데, 事實이라면 讀者를 無視하게 되지요.

최 作家 自身이 讀者에게 自己 自身을 解說하는 例는 外國에서는 만흔데, 그것은 批評家와 作家를 兼한 例랄가…….

윤 아리스토텔레스의 詩學이 希臘의 三大 悲劇詩人을 떠나서는 업다고 말한 사람이 잇지만, 批評이 盛해지면 創作이 盛해지고, 그게 正則이겟지요.

최 中堅 作家가 不當한 輕蔑을 바든 것은 自己의 世界과 作品의 世界가 다르다는 것보다는, 잘 읽지 안는 데도 까닭이 잇섯다고 告白해 조치요. 한 作家의 作品을 다 읽는다면, 無用論은 안 나옵니다. 一部만 읽으니까 作家는 다른 面을 가지고 抗議하지요. 가령 鄭飛石 가튼 사람을 「低氣壓」만 가지고 이야기한다면, 그는 우슬 것입니다. 氏에게는 '리얼리즘'과 '凝情'의 아주 딴 두 世界가 잇스니까……

윤 鄭飛石은 「低氣壓」 가지고는 리얼리즘을 떠난 것이라고 나는 생각하는데…… 「憧憬」 以後에는 리얼리즘的인 것을 못 보앗서요. 事實입니다.

최 그러치 안튼데요. 「雜魚」는 凝情 가튼 데 반드시 그런 것도 아니고, 두 世界가 다 잇서요. 한 면만 보면 作家는 우슬겝니다.

윤 그런 것은 作品과 作家를 떼서 생각하면 되지 안허요. 事實 作品이 한 번 作家의 손을 떠나면 客觀的인 對象이니까……

최 바빙드가 自己는 浪漫主義者들을 통트러 攻擊한 일이 잇는 데, 그 個個人의 作家에 對해서는 敬意를 表한다고 말한 일이 잇지만, 여기서도 한동안 健全한 月評이 나오더니 요마적에는 시스템을 거러 노코 하는 것이 頑固하지 안허요? 그 세운 시스템에 드는 作品은 하고, 안 드는 것은 할 수 업지요. 그러나 어떤 作品이 그 시스템에 들지 안는다고 나물해서는 안되지요.

윤 요새 月評은 핀트를 하나 잡고, 作家보다도 批評家 自身의 길을 차자 나가는 것 갓드군요.

최 그게 조하요. 作品을 떠나는 것이 아니고, 批評과 創作이 合作하는 것이지요. 그러니까 月評에서는 이전에는 副題目이 되던 것이 主題目이 되고, 이전 主題目은 副題目이 되고……

윤 月評이라는 形式이 안됏서요. 가다가 一年에 하나라도 조치 안허요?

최 이번 本報 新春 懸賞 論文을 읽엇더니, 批評 無用論은 어림도 업는 소리요, 評論이 만히 읽혀지고 잇드군요. 優秀한 사람일쑤록 더 만히 읽엇든 데요.

윤 時代的 苦痛 가튼 것이 作品보다 批評에 더 端的으로 나오니까, 말하자면 時代의 觸角이지요. 그러니까 小說은 안 읽어도, 評論은 읽겟지요.

최 應募 論文을 읽고 第一 注目되는 일은 모두 過去에서부터 나오려는 作家나 批評家에게 씨워진 무슨 그 重壓이랄가를 버서버리려는 勞力이 一般으로 잇는 일이드군요.(이하 略)

—(하) 『조선일보』, 1940. 1. 10

文藝 月評

魅力업는 作品 世界

벌써 正月도 半이 지냈다. 어느듯 새해의 ○○맛도 이저지려 한다. 連日의 酩酊에 寒威를 모르고 거리를 헤맨 데까지 조핫스나, 德分에 귀를 알토록 毒風을 쏘이고 다녓다는 것은 確實히 나의 不察이엿다. 그러나 本意아닌 今次 臥席으로 말미암아 案頭에 揭載된 新年 雜誌의 創作欄을 모조리 읽을 機會를 갓게 된 것만은 그래도 多幸이엇다.

新年號 創作欄에 揭載된 作品數를 헤여보니, 新聞 揭載分을 制外하고서도 二十餘篇이나 된다. 거기에서 連載 長篇 또는 中斷物을 제처 놋는다 하더래도 十五六篇 가까이 된다.

그러나 이가치 數만흔 作品을 읽고 난 後의 나의 感想이란, 率直히 말하여 疲困과 空疎를 느낀 것뿐이엇다. 무슨 作品의 感興이라던가, 魅力에 끄을려 作品을 읽어가는 것이 아니라, 一種의 文壇人的 義務感에서 한 作品을 다 읽고, 다시 한 作品을 繼續하여, 結局은 創作 全部를 다 읽고 나기까지, 이러타는 무엇을 發見하지 못할 제, 마치 自己는 別般 用務도 업는 데 故鄕서 갓 올라온 親舊에 끄을려 病院에도 가게 되고, 新聞社에도, 몰리어 茶房으로, 劇場으로, 商店으로 돌아다니다 那終에는 남의 집 訪問에까지 同行하고서

집으로 돌아올 제, 누구나 느껴지는 疲困과 空腹感—그런 것이 나의 머리를
스처갓다.

따라서 이 글은 멀리 시골서 올나온 故鄕 親舊에게 하루를 奉仕하여 그의
볼일을 다 보게 해주엇다는, 一種의 서글픈 自慰感을 가지고 고달픈 몸을
자리에 누피는, 그러한 心情에서 쓰여진 것이라고 하여도 過言이 아니다.

兪鎭午氏의 「봄」(『人文評論』)은 主題를 明確히 捕捉할 수 업는 作品의
하나엿다. 勿論 이 作品은 누구나 體驗할 수 잇는 傳染病 患者를 收容하는
隔離病舍를 그려준 特異한 素材를 가지고 잇다. 뿐만 아니라 病院 안의
雰圍氣와 病院 안에 들어간 人間의 心理를 솜씨잇게 그려내엇다. 그럼에도
不拘하고 나는 이 作品 속에 主題가 明確히 캐치되지 안헛다.

勿論 이 作者는 傳染病菌과 消毒藥, 머리 우에서 生命을 戲弄하는 死의
脅威, 이러한 속에서도 看護婦에게는 春情이 움지기고, 쓰기소히는 性的
亂行을 하고 잇는 시니컬한 人間 世界를 그리려고 한 것이 아니냐고 反問할
지도 모른다. 그러나 그것은 모두가 하나의 뉘앙스에 지나지 안헛다. 病院에
들어서면 누구나 느끼고 보는 態度의 病院 風情—그것뿐이엇다. 그러기에
이 作品은 讀者의 感性的, 表象的인 經驗에 呼訴하는 形象性은 豊富하나,
現實의 本質的인 것을 讀者에게 認識시킬 수 잇는 槪括的 表現力은 薄弱하
게 된 것이다.

安懷南氏의 「길」(『鑛業朝鮮』) 亦是 主題의 模糊한 作品이엿다. 「煩悶하
는 잔룩氏」와 가치 手法上의 째인 품이 잇스나, 作品의 넓이를 이야기하고
기피를 말하는 이 作者로서는 넘우도 김빠진 作品이엿다. 목노술집 酌婦와
국 퍼날느는 일軍으로 內外가 雇傭사리를 하다가, 가튼 일軍 칼재비에게
안해를 빼앗기고, 自己가 다시 그 칼재비 자리에 앉게 된 岐嶇한 處地—그것
은 當者엔 잇서선 놀란 事實일 것임에 틀림업스나, 讀者에게 알려줄 이야기
꺼리는 못되는 것이다.

李無影氏의 「딸과 아들과」(『人文評論』). 副題에 '어른을 爲한 童話'라고

쓰여잇다. 그러나 나는 이 作品을 읽고나서 그것이 '어린이를 爲한 童話'로
박뭐 써저야 할 것을 느꼇다. 맛딸 美燕이는 어린 男동생을 두엇기에, 父母에
게 그러케도 所重하게 귀염을 밧던 것이 一朝에 賤둥이가 되엇다고 生覺하
고서, 애기에게는 미움을 주고, 父母에게는 不平을 갓고 잇다. 그는 드디어
꾀病업을 알아서까지 父母의 愛撫를 바랏고, 父母가 업스면 어린 애기를
미워하고 때리기까지 햇다. 이 作品의 槪括이다.

　누구나 이 槪括만으로도 느꼇슬 터이나, 이 作品은 넘우나 觀念的인 作品
이다. 父母는 웨 美燕의 마음을 그가치 비뚜러지게 만드럿슬까. 作者는 이러
한 反省을 讀者에의 要求하엿슬지 모르나, 讀者는 그것을 生覺하기 前에
父母의 愛情이란 아무리 男女를 區分하는 家庭에 잇서서도 子息의 反感을
사지 안흘 만큼은 다쉬운 것이며, 또한 그 愛情은 男女 區分보다도 내림으로
乳兒에 가는 것이며, 또한 美燕이도 그 동생을 '애기'로서 貴엽게 구는 天倫
이 미움보다 압선다는 것을 알고 잇다. 아마도 作家가 어느 瞬間에 어든
힌트를 넘우나 誇張하는 데서 이러한 結果가 生기지 안헛는가 한다.
―(상) 『조선일보』, 1940. 1. 24

現實과 結構의 距離

　白鐵氏의 「展望」(『人文評論』)은 이 달 創作에 있어서 確實히 問題作이
다. 그것은 從來의 評筆을 들든 사람으로서의 處女作이란 意味에서가 아니
라, 作品의 內容이 政治와 文學의 關係, 科學者와 文學者, 人情主義의 文學
等 幾多의 複雜한 問題에 抵觸되고 잇슴으로써이다. 따라서 여기에 制限된
紙面에서는 그것을 省略하고서,(다른 機會에 쓰겟다) 다만 이 作品에서 作
者가 내세우는 典型的 人物 타입―轉落하는 인텔리로서의 金荊午, 새 時代
의 擔當者로서의 少年 英哲이가 普遍性을 갓지 못한, 다시 말하면 典型的

人物이 아니라는 것을 言明해 둠과 同時에, 作品 속에 나타난 作者만이 遂行하는 觀念的 政論의 典型性을 띠고 잇다는 것을 附言하여 둔다.

朴英熙씨의 「明暗」(『文章』). 아직도 作者로서는 未熟한 솜씨다. 그런 탓인지 이 作品에는 어데인가 作者로서보다도, 志士的인 風貌를 엿보게 한 것이 잇다. 人道主義者 金정식은 自己를 이저버리고, 自己를 崇仰하는 사람에게나, 自己를 誹謗하는 사람에게나, 다가치 自己의 誠心을 바치는 誠實의 人間이다. 그러나 이 가튼 倫理的 措定—安價의 人道主義는 自慰的인 것으로 될지 모르나, 文學 精神으로 보아서는 幼稚하다고 할박개 업다.

朴魯甲氏의 「三人行」(『文章』). 率直히 말하여 이 作家는 作品을 試驗管으로 알고 잇는 作家이다. 作品이 나올 적마다 새로운 實驗이 持續되고 잇다. 勿論 實驗에 잇서 朝鮮文學 全體가 實驗期에 잇다고 하여도 조흔 때인만큼, 그 가튼 試作이 必要하다고도 할 수 잇다. 그러나 定向업는 實驗은 作家 個人에 잇서서는 損失임을 알어야 할 것이다.

이번 「三人行」은 너무나 붓끄치 무거운 데다가, 作品의 世界는 좁앗섯다. 或者는 이 作品에서 生活 寫實과 諷刺를 들추어낼지 모른다. 그러나 그것은 어데까지 語句의 諷刺와 寫實이다. 거기에는 肝緊한 現實의 槪括이 缺如되여 잇다.

鄭人澤氏의 「凡家族」(『朝光』)은 아까운 作品이엿다. 後半에 가서 題材를 整理 못하고, 테마를 살리지 못하여 失敗하지만 안헛섯던들, 足다히 이 달의 한 收穫을 이룰 수 잇는 作品임에 틀님업섯슬 것이다.

轉落하는 中流 家庭을 背景으로, 所謂 거리의 인텔리의 自意識을 테마로 그려진 이 作品은 確實히 現實 生活의 一面을 正面에서 겨누엇다.

精神과 肉體가 脆弱하여 信念을 꿰뚤을 鋼鐵가튼 意志, 意慾을 일흔 靑年, 그 結果로 憂鬱을 핑계삼아 술타령을 일삼고, 아모 批判도 담기지 안흔 都會的 無智—그것은 單純한 시굴사람의 無智와는 區別된다고 作者는 거리의 인텔리를 刎扶하고 잇다.

或者가 여기에 잇서 아직도 自意識에 對한 從來의 그릇된 觀念을 가진지 모른다. 그러나 自意識이란 인텔리의 知的 能力을 表示하는 苦惱의 포즈 가운데 誇示될 것이 아니라, 個의 生活에 잇서서 認識과 實驗과의 統一的 모멘트에의 自覺을 가르치는 것으로서, 問題는 거기에 客觀性을 갓고 못갓는 데 잇는 것이다. 이 作家는 今後에 잇서서도 이 作品의 主題를 最後까지 明確히 끌고가야 할 義務가 잇다.

李善熙氏의 「蕩子」(『文章』), 金廷漢氏의 「月光恨」(『文章』)은 어데인가 共通된 印象을 주엇다. 로맨틱한 叙情에 흘르는 센티멘털리즘은 作品을 安價의 것으로 만드럿다. 더욱이 오랜 沈默을 깨트린 李善熙氏의게는 만흔 期待를 가지고 對하엿스나, 全體로 作品의 構想이 不足한 것이 欠이엇다. 아무리 文章의 힘을 빌린다 하더래도, 作家의 머리에 瞬間的으로 떠올르는 힌트만 가지고는 作品을 結構할 수는 업는 것이다. 그러기에 小說은 픽션이라고 불르지 안는가.

鄭飛石氏의 「惜別歌」(『新世紀』) 亦是 스토리보다도, 文章만 느러 노흔 作品이엇다. 더욱이 全篇에 흘르는 感傷的 文句는 無用의 것이엇다. 連續하여 作品을 내고 잇는 이 作家는 短篇의 技術을 다시 한 번 考究할 必要가 잇다. 本質的으로 現實의 把握, 題材의 整理, 主題의 明瞭化가 勿論 不可缺한 것이나, 거기에다 다시 短篇으로서의 表現의 省略, 印象의 鮮明을 念頭에서 버리지 말아야 할 것이다.

아직도 論及하지 못한 作品이 五, 六個나 잇스나, 그것은 水準 以下 또는 未完의 탓으로 이만 붓을 멈춘다. 새해의 健筆을 바라며…….

―(하) 『조선일보』, 1940. 1. 25

短篇小說의 산 敎本

　作家 安懷南氏를 스타일리스트라고 불은다면 作家 自身은 勿論, 讀者 가운데에도 놀라웁게 생각할 분이 없지 안흘 것이다. 그러나 나는 일즉부터 이 作家를 스타일리스트로 생각하야 왔고, 이번에 出版된『安懷南 短篇集』을 읽고나서 더욱 그것을 强調하게 되엿다. 아마 尙虛라든가 몇몇 作家를 빼노코는, 이 作家 같이 形式에 큰 關心을 같는 作家도 없을 것이다. 따라서 그의 短篇 構成과 表現은 언제나 獨特한 藝術的 境地를 展開하고 잇다. 그것은 短篇小說의 要領이라고 할가, 또는 ○○라고도 할 수 잇는 것을 體得케 하여 安懷南氏의 作品은 어느 것이나 短篇小說의 初心者에 잇어서 산 敎本이 될 수 잇는 그러한 作品을 이루고 잇다.

　世間에서는 이 作家를 흔히 身邊小說의 作家, 또는 純粹小說의 作家란 印象을 가지고 對하려 한다. 그것은 아마도 이 作家의 時代精神에 對한 比較的 無關心한 態度에서 오는 印象일 것이다. 그러나 그것은 主로 安懷南氏의 初期的 作品에 局限된 이야기요, 氏는 「그 날 밤에 생긴 일」을 契機로 하야 現實 追求에의 새로운 길을 開拓하고 잇는 것이 事實이다.

　이번 短篇集은 安懷南氏의 十年이 넘는 作家 生活에 잇어서 身邊小說이

라고 할 수 잇는 初期的 作品은 除外하고서, 「그 날 밤에 생긴 일」을 中心으로 「鬪鷄」, 「機械」, 또는 最近의 作品인 「煩悶하는 쟌룩氏」 等 合 十三篇을 編輯한 것으로서, 이 作家의 今後의 動向을 卜할 수 잇는 重要한 作品이다.

最近 이 作家는 盛히 리얼리즘에의 길을 力說하고 잇다. 現實을 充實히 追隨해가려는 이 態度에 비추어 앞으로 이 作家의 世界가 擴大될 것은 勿論이나, 短篇의 技術的 ○○을 體得한 이 作家가 리얼리즘의 受容을 밑바치게 될 제, 氏의 作品은 참으로 完璧을 이룰 것이다.

如何間 安懷南氏의 이번 短篇은 短篇의 形式이라든가, 技術의 關心이 높아가고 잇는 이즈음에 잇어서 ○○한 出版物이라고 아니 할 수 없다.

— 『동아일보』, 1940. 1. 26

批評과 作品의 多樣性

1

나는 일직이 作品의 多樣性을 指摘해 둔 적이 있다. 그것은 傾向文學 時期에 있어 作品의 固定化(類型化)를 救出하기 爲하여 내세운 作品의 多樣化(豊饒化) 問題가 아니라, 批評家와 作家 사이에 또는 作家와 作家 사이에 共通된 紐帶를 잃은 뒤로부터 現實에 對하는 作家들의 主觀的인 差異에 따라 作品의 多樣性이 生겼다는 것이었다.

이 같은 事態는 오늘의 作品에 있어서도 變함이 없다. 오히려 그것은 한層 濃化되었다고 할 것이다. 그런데 作品의 多樣性에 一段의 拍車를 加한 것은 批評의 多樣性이다. 勿論 批評의 多樣性 問題도 어제오늘에 生긴 것은 아니다. 그것은 批評 基準의 喪失에 따라 일직부터 存在해 왔든 것이 事實이다.

그러나 批評家의 多樣性은 얼마 前까지도 그다지 一般의 注目을 끌지 않었든 것이 또한 事實이다. 그 첫째 理由는 批評이 原理를 갖지 못하게 되매, 批評은 可及的 原理 問題를 廻避하여 枝葉的인 技巧論으로 달려간 탓이며, 둘째 理由는 이제까지의 作品評이 發表 機關의 制約으로 말미아마 겨우 하나의 新聞 學藝面 創作 月評欄을 거쳐서 持續해 왔다고 하여도

過言이 아닐만큼 貧弱했었으므로, 作品評의 붓을 드는 機會가 一般的으로 적었든 탓이다.

그러나 最近에 이으러 批評이 作品에의 追隨에서 다시금 批評 本來의 評價 精神을 가지려 할 제, 좋아하고 아니 좋아하고를 不問하고, 自己가 依據하고 있는 批評의 據點을 表明하지 않을 수 없게 되었으며, 또한 最近의 發表 機關의 擴張에 따라 每月 三, 四人 以上의 손으로 作品評이 重疊되는 만큼, 이제껏 그다지 一般人의 意識에 떠오르지 않었든 批評의 多樣性 問題가 갑자기 그 相貌를 들추어내어 文壇 內部에서 뿐만 아니라, 外部에서까지도 注目을 끌게 된 것이다.

具體的인 實例를 든다면, 아직도 우리의 記憶에 새로운 崔貞熙氏의 作品 「地脈」에 對한 區區한 批評을 回想하는 것으로서 足하리라고 본다. 우리는 當時 諸 作品을 直接 評한 者의 입에서도 群盲撫象이란 말로써, 그 같은 批評의 多樣性을 承認하고 있었다는 것을 記憶하고 있다.

爾來 批評의 多樣性의 傾向은 急템포로 그 濃度를 加하여 왔다. 더욱이 最近의 各誌에 滿載되어 있는 '文壇의 一年間 總評'은 거기에 包攝되는 量의 關係도 있겠지만, 批評의 多樣性이 作品의 多樣性에 얼켜져서 한層 錯雜하나, 相貌를 띄고 나왔다고 볼 수 있다. 鄭寅燮氏 等의 메모 羅列的 橫說竪說은 勿論 例外이겠지만, 모든 執筆者들은 다 各其 自己의 立場에서 自己의 見解를 忌憚없이 吐露함으로써 己卯 文壇의 掉尾의 活況을 呈하였다.

그들의 見解와 論理는 共通되기보다는 더 많이 對照的이다. 그들의 論旨는 反撥하면서 挑戰의 姿勢까지 取하고 있다. 이 같은 風雲을 실은 態勢가 新春 文壇을 마지 하면서 如何히 展開될 것인가에 對해서는 자못 興味있는 事實이라고 할 것이나, 그것을 卜치려는 것이 本 論文의 趣旨가 아니다.

이미 注意깊은 讀者는 以上에 내가 말해온 作品의 多樣性, 批評의 多樣性이 무엇을 일커르는 것인지 感知하였으리라고 믿으나, 그것은 어디까지나

多樣性이지 對立性은 아니다. 나는 以上에 그들의 見解와 論旨가 서로 對照的이며 反撥까지 하고 있다고 하였으나, 그것은 當初부터 말해온 이 '多樣性'의 範疇 안에서의 對立이며, 反撥이지 決코 그 範疇를 넘어서의 根本的인 深化된 對立關係를 말한 것은 아니다.

나는 이 多樣性의 槪念을 보다 明確하게 갖기 爲하여(그것이 深化한 것이 아니란 意味에서) '옅은 多樣性'이라고 附言해 두고 싶다.

2

大體로 作品이나 批評에 이 같은 多樣性이 나타나게 되는 것은 上述한 바와 같이, 原理를 갖지 못하는 데서 由來한 것이다. 批評이 그가 갖어야 할 規準을 갖지 못하고, 印象 追跡 乃至 現實 生活의 感情的 追跡에서 再出發하게 될 제, 그들의 現實 解釋 우에는 多樣性이 아니 나올 수 없는 것이며, 그것은 創作에 있어서도 一般이다. 그들의 現實 解釋의 多樣性은 곧 材料, 스타일, 모럴 等에 表面的인 凸凹를 나타내고 있다.

그러나 個個의 作品이나 批評 사이에는 이 같은 表面的 凸凹가 있음에도 不拘하고, 그 사이를 隔絶시킬만한 段階는 介在하지 않음으로, 우리는 그것을 單純한 多樣性이라고 일커른 것이다.

그러므로 이 같이 多樣性을 理解하고서 본다면, 오늘의 批評이나 作品의 多樣性은 그다지 喧嘩스럽게 굴 問題는 아니라고 본다.

事實 이 즈음 와서 한 作品을 批評하는 것을 보아도 指摘하는 內容은 擧皆 같은 것이면서, 다만 結論으로서의 價値判斷이 사람에 따라 表面的인 相反의 形態를 呈하고 있는 것뿐이다. 勿論 이 같은 事態가 持續되는 데 있어 批評 當하는 作家 個人은 적지 않게 槪念할지 모르나, 讀者로서(批評하는 사람까지 合쳐서) 본다면, 그것은 評價를 그렇게까지 重大한 것이라고 生覺지도 않으며, 오히려 苦笑하는 程度가 아닌가 한다.

그러나 批評과 作品의 多樣性 問題는 이 같은 安易한 解釋에 끝이지 않는 것이 아니라, 오히려 그것의 克服에 있다고 할 것이다. 다시 말하면 現在의 作品이나 批評의 多樣性을 어느 方面으로 들고 가서 原理的인 紐帶 우에 連繫시키고 結合시키겠는가 하는 데 問題는 橫在하고 있다.

確實히 오늘의 多樣性은 混亂이라고 부를 수는 없다. 그러나 亦是 混亂에서 出뇌된 것만은 事實이다. 따라서 批評의 混亂 原뇌에도 한두 가지 뇌子만 있는 것이 아닐 것이나, 보다 根本的인 原뇌을 든다면 作家나 批評家가 現實에 對하는 態度에 있어서 一元性을 갖지 못하기 때문이다.

現實이 變化하는 것이고, 個性이 相異한 것이라 하여 批評家나 作家가 갖어야 할 現實에 對한 態度도 여러 가지야만 되는 것은 아니다. 現實은 矛盾과 對立으로 가득찬 多樣의 現實임에 틀림없을 지나, 그 本質에 있어서는 恒常 一元的인 發展을 걸고 있는 것이며, 現實을 解釋하는 主觀의 多樣性은 얼마든지 있을 수 있는 것이나, 現實을 把握하고 그와 本質的 連關을 갖는 規準은 恒常 하나밖에 없는 것이다.

따라서 現實에 對하는 一元的인 態度란, 現實에 對한 正確한 認識을 前提로 하여서만이 可能한 것이다.(그러기에 나는 오늘의 批評을 認識論으로 끌고 가는 데 있어 잃어버린 原理를 찾으려고 한 것이다.)

或者는 말한다—"같은 飮酒家로서도 菊定宗 좋아하는 사람도 있고, 月桂冠 좋아하는 사람도 있다.", "겨울이 좋다는 사람도 있으며, 여름이 좋다는 사람도 있다.", "甲은 지드가 좋다고 하며, 乙은 말로가 좋다고 한다." 이와 같은 方式으로 "「無明」은 大作이라고도 하고, 駄作이라고도 한다." 이러한 種類의 差異가 오늘의 作品 評價의 多樣性이라고.

여기에 있어 우리는 作品 評價가 主觀性에 依據할 것이 아님을 아는 以上, 問題를 다시금 客觀的인 것에까지 끌고 가지 않을 수 없는 것이며, 그러기 爲하여는 다시금 基礎的인 認識 問題에까지 溯及하지 않을 수 없는 것이다.

萬一 論者와 같이 作品의 評價를 專혀 外界에 向한 人間의 嗜好와 印象의 個別的 差異에서 찾는다면, 그것은 外界에 對한 人間 感覺의 主觀的 相違를 固執한 것으로서 評價의 客觀性만을 否定하는 데 끝이는 것이 아니라, 一切의 科學的 知識의 成立까지도 否定하는 것이 되고 만다. 人間 感覺이 認識의 客觀的 眞理를 決定하는 最後의 宣告者라고 한 것은 일직이 그 例를 經驗論者들에게서 보았거니와, 거기에서는 實在란 恒常 主觀的 經驗에 依한 主觀的 表象에 지나지 않으며, 眞理는 全혀 個個 人間의 主觀的 獨自로 化하고 마는 것이다.

그러나 우리에게 있어서는 主觀的 印象만이 全部는 아니다. 우리는 對象과 함께 그것에서 反映된 우리들의 印象을 對比하는 感官의 能力을 갖고 있다.(이 같은 能力은 質로 一切의 客觀的 認識의 出發點인 것이다.) 따라서 狂氣의 感官에 反映된 作品의 印象이 아닐 바에는, 우리에게는 共通된 客觀的인 認識의 成立이 可能한 것이다.

이 같이 認識 問題를 科學的 認識論의 基礎 우에 끌고 갈 제, 우리는 現實에 對한 作家의 一元的 態度뿐만 아니라, 評價의 科學性까지도 能히 勘當할 수 있는 可能性을 갖게 되는 것이다.(原理의 喪失, 規準의 喪失 及 其他는 作品과 批評의 多樣性 問題도 正히 여기에서부터 再整理 되어야 할 것이다.)

3

끝으로 우리는 原理 問題를 認識論으로 끌고 갔다. 그러나 그것은 認識의 科學的인 精密한 手續을 거처서만, 다시 말하면 論理的 契機와 社會的, 歷史的 契機를 合一시키는 데서만이 原理는 把握할 수 있는 것이다. 따라서 그것은 路程의 最後에 가서 發見될 것이지, 端初에서부터 外部에서 强要되고 提示될 性質의 것이 아닌 것이다.

여기에 있어 우리는 批評의 多樣性, 作品의 多樣性을 現實에 對한 一元的 態度, 評價의 一元的 規準에까지 끌고 가기 爲하여 原理 問題에까지 부다치지 않을 수 없는 것이나, 以上에서 본 바와 같이 그것은 端初부터 提示될 性質의 것이 아니라, 路程에서 發見되고 創造될 것일 바에는 原理에 對한 先入見부터 是正할 必要가 있지 않는가 한다. 假令 原理 그것을 想定하게 될 제, 우리들은 每樣 그것이 理想主義的이라든가, 實用主義的이라든가의 여러 가지 態度를 問題삼게 된다.

따라서 그 態度는 對立的이기보다는 더 傾向的이어서, 그것으로 一切를 除算하여 餘剩이 없게 할 수는 없는 것이다. 그런데 우리들은 恒常 모든 것을 包含하는 唯一의 原理가 주어진다면, 그것으로 一切을 餘剩없이 除算이 될 것으로만 錯覺하고 있다. 그러나 問題는 本是 그것이 餘剩없이 除算이 아니 됨으로써 繼續 發展하는 것이다. 萬一 一切이 餘剩없이 除算된다면, 그때부터 人類의 歷史는 停止한다고 하여도 過言이 아니다.

勿論 우리의 客觀的 認識은 唯一의 原理에 到達할 수 없는 것은 아니다. 그러나 그것으로써 完全히 除算되는 것은 恒常 抽象의 世界, 槪念의 世界뿐인 것이다. 唯一의 原理의 成立이 歸納的이었든 演繹的이었든, 그것이 다시금 具體的인 現實 世界에 도라올 제는 반다시 往路를 그대로 것는 것은 아니다. 이 可逆關係란 決코 單純한 것이 아니다. 이 같은 往復의 途中에 있는 것이 앞에서 말한 態度라고 할 수 있다. 그것은 唯一한 根本 原理를 豫想함과 同時에, 恒常 具體的인 實踐과 連結되어 여러 가지 形態를 取하며, 또한 取하지 않을 수 없는 것이다. 勿論 根本 原理에서 본다면, 이것부터가 多樣性의 發見이라고 할지 몰으나, 이것 없이는 根本 原理와 現實과의 連結 方法은 生覺할 수 없는 것이다.

따라서 우리들은 作品이나 批評에 있어서 이러한 態度를 明確히 갖어야 할 것은 事實이나, 原理에 焦急한 나머지 次順을 잃어서는 아니 되는 것이다. 批評은 勿論 完全히 除算을 하도록 努力해야 할 것이나, 性急하게 除算된 것으로 生覺해서는 아니 되는 것이다.

或者는 性格을 말하고, 人物을 말한다. 或者는 世態를 말하고, 風俗을 말한다. 或者는 體驗的인 文學에 對하여 觀察的인 文學을 想定한다.

그러나 이 모든 것이 하나의 態度로서도 精鍊되지 못한 채, 原理로서의 餘剩없는 除算을 企圖하려는 데 그들의 混亂이 있는 것이다.

우리는 마땅이 오늘의 多樣性 問題를 克服해야 할 것이다. 그것은 作家나 批評家가 다같이 現實에 對한 正確한 認識, 態度를 갖는 데서마니 成就할 수 있는 것이다. 同時에 原理에 對한 先入 主見을 벗어나는 데서마니 그들의 共通된 紐帶가 될 原理에 肉薄할 수 있는 것이다.

— 『문장』, 1940. 1.

制服의 美

나는 이제껏 眼境을 써본 적이 없다. 그것은 내 視力이 남달리 좋아서
그런 것이 아니다. 事實을 이야기한다면, 내 눈은 年前 數個月間 眼疾을
앓은 뒤 붙어는 아러보게 視力이 나뻐졌을 뿐만 아니라, 映畵 구경을 한
다음의 眼精의 疲勞라든가, 겨울날 눈(雪)에서 反射되는 光線 앞에 눈을
바로 뜨지 못하는 것이라든가, 醫師아닌 나의 '素人的' 生覺에도 眼境의
惠澤을 이버야 할 條件이 한두 가지가 아니다. 그러나 여태껏 쓰지 못하고
있다. 그 理由로는(勿論 아직까지는 眼境을 쓰지 않고도 배겨날 수 있을
만하기에 그런 것이겠지만) 첫재, 眼境을 걸치고 다니기가 於心에 거북해서
그런 것이다. 醫師는 紫外線 防止의 色眼鏡을 쓰라고 勸한 적이 있다. 그러
나 所謂 染鏡을 내 눈에 부리고 다닌다는 것은, 現在의 나의 心境으로는
到底히 想像할 수도 없는 일이다. 말하자면 그만큼 나는 쑥이다.

그런데 이 같은 所謂 身邊的 瑣說이 主題와 무슨 聯關이 있기에 冒頭를
더러피고 있는가, 編輯者나 讀者는 다같이 疑訝를 갖게 될 것이다.

그러나 나로서 본다면 '現代美'를 이야기하고, 그 中에서도 主題와 같은
'制服의 美'를 이야기하고, 그 中에서도 말하라고 할 제, 上記와 같은 一種의

眼境을 쓰지 않고는 그에 酬應할 수 없을 만큼 나의 頭腦는 鈍錆되고, 偏頗되여 있음을 알기 때문이다. 다시 말하면 나는 '現代美'라는 染鏡을 눈에 걸치고 오늘의 制服을 바라다볼 때마니 主題에 應答할 수 있으나, 不幸히도 나의게는 그 眼境이 所持되여 있지 않으며, 또한 現在의 狀態로는 그것을 所要하는 立場에 있지도 않다. 이것은 勿論 내 一 個人의 不幸일지 모른다. 그러나 그것은 事實로써 首肯하지 않을 수 없는 不幸인 것이다.

衣服이란 元來 防衛라는 自然的, 生理的 要求라든가, 儀裝이라는 道德的 要求와 함께 樣式이라는 藝術的(美學的) 要求가 合一되여 오늘의 內容과 形式을 가추게 된 것이 事實일 것이다. 事實 우리는 衣服의 樣式에 따라 文明의 發展 段階를 이야기할 만큼 衣服과 文明을 聯關시킬 수 있으며, 더욱이 오늘의 '制服'은 近代 文化를 떠나서 生覺할 수 없다는 것을 알고 있다. 그러나 나의게 있어서는 어쩐지 形式美學的 槪念이 앞을 서게 되며, 衣服과 文明, 制服과 文化를 生覺하게 될 제, 그 文化란 槪念이 所謂 '文化住宅'式 文化를 버서나지 않는다.(따라서 나에게 그것을 美學的으로 볼 수 있는 眼境이 있어야 한다는 것이다.)

그러나 나의 偏頗된 생각을 떠나서 본다면, 오늘의 制服엔 確實히 集團的인 造形美가 없는 것도 아니리라. 校園에 律動하는 制服의 女學生, 競技場에 勇躍하는 유니폼의 챔피언, 나아가서는 集團的인 整齊美가 그 制服으로 말미아마 造形된다고 하여도 過言이 아니다.

아니, 보는 눈에 따라서는 勞働者의 作業服에서 女車掌服, 看護婦服, 甚至於는 요사이의 國防服에 이르기까지 '現代美'를 看取할 수 없는 것이 아니리라. 그러나 오늘의 市民社會의 機構에서 우러나온 職場을 聯結하여 想像할 때, 나의 눈은 그것을 看取할 만한 餘力을 갖지 못한다.(끝으로 編輯者나 讀者는 카르멘 場面에 나타난 동호제의 將校服을 聯想하고서 이 글을 對하였을지 모른다. 그러나 그것은 내가 眼境을 쓰게 되는 날, 또한 그것을 쓰지 않고도 볼 수 있는 그러한 날로 미루기로 하고, 이만 붓을 놋는다.

깊이 恕諒해주기 바란다.)

— 『인문평론』, 1940. 1.

科學的 批評의 問題

批評의 問題가 昨今에 이르러 다시금 一般의 關心을 끄을고 잇다. 勿論 거기에는 最近의 論議에 잇어 어떤 主流를 이룰만한 中心的 테마를 갖지 못하는 데 한 原因이 잇겟지만, 批評 自體로서 본다면 이제까지 外部的 對象에만 끌녀다니든 批評眼이 自己 自身을 透視하고 刮目하려는 反省的 契機를 갖게 된 탓이라고도 할 수 잇다.

事實 이제까지의 批評은 天體만을 仰視하고 건다가 개천에 빠젓다는 탈레스와도 같이 外部的인 對象에만 끌녀다니다가 批評 自體의 蹉跌을 招來하엿다고 하여도 過言이 아니다. 한동안 喧嘩하는 휴머니즘論이니, 知性論의 뒤를 이어 昨今에 口誦되는 '批評 精神의 喪失'은, 그것이 告白的이라는 點에 잇어 한層 這間의 事情을 如實히 말하고 잇다고 할 것이다.

그러나 그 같은 批評 自體의 內部的, 必然的 事情에 基하야 擡頭되는 最近의 批評論에 對하야 安含光氏와 같이 一律的으로 그것을 "過去 數年來 되풀이해 온 것이어서 아무런 新味도, 興味도 아울러 없다."(『文章』, 二月號)고 排斥하는 것은, 氏와 같이 時代의 批評에 對하야 諦觀의 境地에 到達한 者라면 모르거니와, 批評의 任務에서 一軀도 弛緩될 수 없는 우리들에 잇어서는 禁物이 아닐 수 없다. 大體로 最近의 論議의 特徵은 知的 水準의 低下란 一句로 棄却하는 氏의 論旨―오늘의 文化가 過去의 文化的 蓄財의 正當한 繼承者가 못되고, 無意味한 過去의 되풀이를 能事로 한다는 斷案은 무엇을 指稱하야 일커른 것인지 全혀 要諦를 얻을 수가 없다. 한말로 氏가 말하는 過去의 文化的 蓄財를 가젓다고 하자. 그러나 昨今에 論議한 말로는 '批評 基準의 喪失, 基準 自體의 必要, 肯定的 實體로서의 社會 意識의 境定의 ○○' 等이 어찌하야 한갓 過去 數年來 되풀이해 온 것에 그치는 것일가? 우리는 먼저 讀者와 함께 우리가 가젓다는 所謂 過去의 文化的 蓄財란 것이 겨우 新文學 三十年史라는 짧은 歷史에 머저 잇다는 것을 想起할 必要가 잇다. 더욱이 한 卷의 文藝學을 領有하지 못하고, 다만 輸移 入品의 生呑咀嚼으로 點綴되어 잇는 貧弱한 內容에 이르러서는, 누구나 具眼의 士로서 啞然하지 안흘 수 없을 것이다. 勿論 여기에서는 文學史라든 가, 文化史를 이야기할 자리가 못된다. 또한 나의 眞意가 한갓 過去의 文化的 蓄財를 過小評價하려는 데 잇는 것도 아니다.

要는 오늘에 擡頭되고 잇는 모든 批評의 問題가 過去와는 問題 提起의 情況을 달리하고 잇을 뿐만 아니라, 그 內容에 잇어서도 懸隔한 距離를 가지고 잇다는 것을 強調하지 안흘 수 없는 것이다.

그러나 우리는 安含光씨의 이 같은 現象論的 斷案에는 그 以上으로 注目 할만한 現代 批評에 對한 諦觀이 밑바처 잇다는 것을 看過하여서는 아니 된다. 氏는 冒頭에 잇어 "오늘과 같은 時代에 잇어서는 아모리 해도 正當한 意味에서의 批評의 振興을 期約할 수 없다."고 前提한 다음, 批評이 가장 赫赫히 나타날 수 잇는 時代란 當代의 一般 制度 또는 既存的인 思想에 對하야 強烈한 네거티브가 하나의 潮流를 形成하는 時代인데, 오늘은 그러 한 네거티브가 現實的으로 不可能하게 되엇으므로, 文化人 各自는 이 時代 的인 限界를 承認해야 한다는 것이다. 더욱이 氏는 肯定할 것을 갖지 못하기 때문에, 否定만이 透徹히 나타날 수는 없다고 한다.

果然 氏의 말맛다나 네거티브의 精神은 批判的 活動에 잇어서 가장 一般的이며, 根本的인 方法의 하나이다. 一枝의 麥이 죽어지면 無數의 麥粒을 成實케 하는 一本의 麥이 誕生한다. 그러나 그것은 單純히 論理의 遊戲는 아니리라. 그것은 如何한 事物에 잇어서도 否定의 端緖가 包含되여 잇다는 것과 또한 否定이 發展의 起物的인 모멘트를 이루고 잇다는 것을 알려준다. 따라서 네거티브의 精神은 네거티브를 起物的 모멘트로 하야 發展하는 現實에 卽함으로써만이 對象의 眞正한 創作 方法을 自己의 것으로 할 수 잇는 것이다. 그것이 困難한 것임은 再論할 必要가 없다. 그러나 아무리 困難하더래도 否定的 現象이 汎濫하는 오늘의 現實에서 눈을 돌릴 수는 없는 것이다. 氏와 같이 '時代的 限界'를 云謂하고, '不可能'을 宣言한다는 것은 批評 精神에서의 逸脫을 꾀하는 諦觀에 지나지 안는다.

事實 오늘날 否定的인 諸 現象과 그 根據인 矛盾의 모멘트에 對한 態度의 相關點은 새로히 各 傾向의 本質的인 發展을 遂하고 잇다. 氏의 論文「朝鮮 文學의 進路」는 確實히 現實에 對한 妥協과 隷從을 들추어낸 傾向性의 標本이라고 할 것이다.

—(1)『동아일보』, 1940. 2. 4

그러나 安含光氏가 現代 批評의 時代的 限界를 意識함으로써, 現代 批評의 振興을 期約할 수 없다든가, 또는 昨今의 批評論이 單純히 過去의 되푸리로서, 아무런 新味나 興味를 자아낼 수 없다는 것 等은 專혀 氏 一 個人의 도그마와 趣味에 屬하는 것으로서, 우리의 周知할 바가 못된다. (다만 여기에 斷定하여 둘 것은 氏가 자못 疑訝해 온 氏의 論文「朝鮮文學의 進路」는 過去의 되푸리에 훌륭히 解說하엿을 뿐만 아니라, 現實에의 妥協과 隷從으로 飛躍(!)하엿다는 것이다.)

따라서 우리에게 賦與된 批評의 問題는 全혀 氏의 도그마와 趣味에는 拘泥됨이 없이 別個로 進陟시켜야 할 것이다.

일직이 金南天氏는「道德의 文學的 把握」이란 論文에서 科學과 文學間

의 同一性과 差別을 이야기하고, 兩者의 交涉하는 局面을 모럴의 槪念으로서 把握하려 하엿다.

그것은 그後에 잇어 氏의 創作 方法論上에 얼마나한 具體的 發展을 遂하엿는가는 자못 疑問이나, 그 理論 自體에 잇어 누구나 首肯하지 안흘 수 없는 肯定面을 가지고 잇다고 할 것이다 라고 하는 것은 眞正한 모럴리스트의 立場이란, 곧 科學的 批評家의 立場으로써이다.

그러나 科學的 認識과는 너무도 疏遠하게 지내온 最近의 評論家 乃至 作家들의 口物을 듣는다면, 마치 批評이란 것이 文藝 批評에 局限된 것 같은 錯綜을 가지고 잇으며, 間或 文藝 批評 以外의 批評을 認定하는 때에 잇어서도, 그것은 文藝 批評과 아무런 關聯도 갖지 안는 것 같이 생각하고 잇는 것이 普通이다. 그의 效果는 文藝를 文藝의 內部에서밖에 批評할 수 없는 것이라는 主張을 내세우게 하엿으니, 그 點에 잇어선 兪鎭午氏의 純粹論이나, 金煥泰氏의 純粹論이나 모두 一 系列에 서게 될 運命을 가젓다 할 것이다. 勿論 文藝란 文藝 獨自의 領域을 가지고 잇음으로, 다른 領域에서는 볼 수 없는 文藝의 特殊性이 잇을 것은 事實이다. 그러나 文藝가 社會에 잇어서의 一個의 觀念 表現 現象이라는 點에서는 邇來의 文藝 領域과 조곰도 다를 것이 없는 것이니, 따라서 文藝를 全般的인 世界의 內部에 잇어서의 一 世界로서 批評한다는 것은 甚히 妥當한 結論이 아닐 수 없는 것이다.

文藝 批評을 어디까지나 文藝의 領域 안에 局限하야 批評의 世界를 文藝 以外의 領域에서 封鎖하게 될 제, 그것은 어디까지나 文學的 世界에 그치고 만다. 勿論 文學이란 槪念을 規定한다면 一切의 것이 文學의 圈內에 못들 바도 아니나, 그것은 마치 倫理學者에 잇어 一切의 現象이 倫理에 解消되고, 僧侶에 잇어 一切의 存在가 態度에 値하듯 原始的인 로직을 벗어날 수 없는 것이다.

事實 이 같은 文學的 批評은 그것이 究竟에 잇어서 떠외치는 몇 個의

用語로써 그의 特性을 如實히 들추어내고 잇다. 曰 몽 산스와 신세리티—얼마나 넌센스한 概念이냐! 良心과 誠實이란 어떠한 惡黨이라도 保證할 수 잇는 ○○이며, 良心과 誠實을 所有하지 안는 人間일수록 自己의 良心과 誠實을 誇示하려는 것이 常例이다.

이 같은 非實用的인 良心과 誠實이 批評의 究極의 尺度로 나타날 제, 文學的 批評은 이미 批評 本來의 機能을 喪失하고서 無規定의 앞에 茫然自失하지 안홀 수 없는 것이다 라고 하는 것은 그 같은 無限定한 良心과 眞實은 獨逸에 떠러지면 나치스 文化가 될 것이며, 英國에 떠러지면 리베럴리즘 文化가 될 것은 必定의 事實이기 때문이다.

따라서 文學이 純粹性을 차저서 몽 산스와 신세리티—에까지 純粹化해갈 제, 다시 말하면 文學이 純粹化하면 純粹化할수록 우리는 그것이 文藝의 批評으로서 資格을 喪失하엿다는 逆說的인 現象을 看取할 수 잇다.

그러기에 文藝 批評은 文藝의 領域 以外에도 내다볼 수 잇는 立場에서 文藝란 것을 全般的인 世界의 內部에 잇어서의 하나의 世界로서 批評하지 안흐면 아니 된다는 것이며, 그것은 文學的인 批評으로서가 아니라, 科學的 批評으로 불러져야 한다는 것이다.

이 같이 批評을 文藝 批評에만 局限시키지 안코, 널리 邇來의 文化 領域에까지 擴充시킬 제, 批評은 그 本來의 面貌를 나타낼 뿐만 아니라, 文藝 批評도 비로소 그의 正常的 地位를 차지할 수 잇는 것이다.

—(2) 『동아일보』, 1940. 2. 6

그러나 一般的으로 科學은 批評과 緣由가 적은 것으로 看做하는 偏見이 없지 안타. 더욱이 大部分의 科學者에 잇어서는 專門的인 實證的 硏究와 理論的 考察을 學問의 唯一한 方法으로 생각하야, 批評은 마치 文藝를 溫床으로 하여 자라난 것으로 科學의 範疇에 잇어서는 第二次的인 것으로 輕蔑視하는 傾向이 彌滿 되여 잇다.

이것은 批評을 文藝 批評에 局限시키려는 文學者의 偏見을 그대로 科學

者의게 옴겨다 노흔 것으로, 結局은 批評 自體에 對한 皮相的인 理解에
原因한 것이라고 할 수 잇다. 그러나 이러한 아카데믹한 特有의 迷信은,
그들이 一日 科學의 歷史에 붓을 대게 될 제 打破하지 안흘 수 없는 性質의
것이다. 웨 그러냐 하면 科學史와 科學의 批評과는 同一한 本質에 屬한
것임으로써이다.

事實 科學과 文學을 아무리 新칸트派 哲學과 같이 本質的인 아푸리오리
(立場) 우에다 區別을 둔다 할지라도, 그것을 이데올로기의 觀點에서 볼
제, 科學과 文學이 다같이 同一한 이데올로기的 根本 構造를 갖는 以上,
文藝에 잇어서 重要性을 갖는 批評이 科學에 잇어서는 重要치 안타는 結論
을 끌어낼 수는 없는 것이다.

勿論 兩者 사이에는 一方이 比較的 獨立 一定한 專門的 領域임에 反하
야, 他方이 包括的인 世界觀에 直接的으로 參與하게 되는 만큼, 前者에
잇어서는 批評이 容易치 안흐며, 後者에 잇어서는 容易하다는 差異가 없는
바 아니다. 그러나 그 本質에 잇어 文學이나 科學이 批評의 對象이 되기는
一般이라고 할 것이다.

여기에 잇어 우리는 科學과 文學과의 關係를 좀더 詳論할 必要를 느끼게
된다. 普通 말하기를 文學은 直觀과 感情에 基한 것이며, 科學은 理性과
悟性과 知能에 基한 것이라 하야 文學은 表現이며, 科學은 分析이라고도
한다. 그러나 보다 正確한 表現을 빌린다면, 文學은 形象(表現)에 依한 認識
이며, 科學은 槪念에 依한 認識이라고 한다.

그러나 文學과 科學을 形象과 槪念으로만 毅然히 區分할 수도 없는 것이
니, 그것은 文學이 槪念을 떠나서 正當한 形象을 가질 수 없는 것이 事實이
며, 科學 또한 表象없이 世界의 認識을 遂行할 수는 없는 것이다.

여기에 甘拍石介氏는 "科學이나 藝術이나 客觀的 眞理라는 基盤下에
偶然的인 것을 버리고, 必然的인 것을 顯現할려고 抽象을 行하는 것은 同一
하다. 그 方法에 잇어 科學은 感性的 個別을 一般的인 論理的 規定에 依하

야 再現하고, 藝術은 一般的인 것을 感性的(表象的) 個體로서 表現한다."고
一段의 進境을 보여주엇으나, 로젠탈리는 다시 "學者나 藝術家나 同一한
普遍化를 行하는 것이지마는, 藝術的 普遍化의 程度는 論理的, 科學的 認
識에 잇어서보다도 훨신 적다. 그러나 이 두 種類 間에 介在하는 根本的
相違는 主로 普遍化의 性質과 타입에 잇다. 學者의 境遇에 잇어 普遍化의
結果와 形式은 論理的 範疇, 概念, 科學的 定式이다. 藝術家의 境遇에는
그곳에 本質的, 典型的인 것이 나타나는 現象의 形象的, 感覺的 反映이라"
고 하야, 科學에 잇어서의 槪念이나, 藝術에 잇어서의 形象이 其實 普遍化의
性質과 타입의 相違에서 特徵지우게 될 제, 甘拍氏의 方法(形式) 偏向論—
科學과 藝術의 相違를 兩者에서 切離하야, 그 方法(形式)의 差異에만 돌리
려는 理論—은 淸算되지 안흘 수 없는 것이다. 卽, 藝術은 甘拍氏에서 잇어
서와 같이 一般的인 것을 感性的 個體로서 表現할 뿐만 아니라, 現實의
本質的인 것을 認識할 수 잇도록 槪括(普遍化)하야 表現하는 것이다.

　그러나 科學과 文學과의 同一性과 差別은 이로써 結末을 지윗다고 生覺
하는 것은 너무나 무計이다. 事實 우리가 가지고 잇는 文藝學으로서는 兩者
의 關係에 對한 初步的 認識 段階를 넘지 못하엿다. 或者는 認識의 對象의
差異를 말하며, 或者는 本質에 科學的인 것과 藝術的인 것의 두 種類가
잇어 前者를 現象과 本質과의 關係, 後者를 現象과 샤인(假象)과의 關係로
認定하려고 한다. 그러나 어느 것이나 하나의 試論에 멎어 잇으므로, 이
方面의 成果는 專혀 今後의 努力에 期待하여야 할 것이며, 다만 이곳에서
問題삼을 것은 科學과 文學이 다가치 世界의 客觀的 認識을 前提로 하고
잇다는 極히 平凡한 事實이다.

—(3)『동아일보』, 1940. 2. 8

　따라서 科學과 文學이 다가티 世界 認識이란 共通的 目標를 가지고 잇는
以上 兩者의 區分도 不可缺의 것이나, 兩者의 交涉面을 看過할 수는 없는
것이다.

우리는 흔히 文學과 生活, 科學과 生活을 말하게 된다. 그것은 生活의 表現이 곧 文學을 이루며, 生活의 機能이 곧 科學에 依存하고 잇는 現實的 關係를 가르친 것이다. 따라서 科學과 文學은 生活이란 背景 우에서 그의 첫 交涉面을 展開하게 된다. 卽, 生活의 文學的인 特質이 文學을 結果하고, 生活을 알려는 機能이 科學을 結果하게 될 제, 科學은 文學的 意義를 갖게 되고, 文學은 科學的 意義를 갖지 안홀 수 없는 것이다.

科學의 文學的 意義의 第一步는 科學이 日常的인 人間 生活의 一 場面 으로서의 生活 속에 드러가게 될 제, 科學的 諸 領域의 關聯, 綜合 乃至 世界觀的 統一에 잇어 나타나게 된다. 다시 말하면 그것은 科學을 支配하는 世界觀과 그에 따르는 方法이라든가, 文化의 歷史的, 社會的 前進에 對하야 갖는 位置 가운데서 發現하게 된다.

同時에 文學의 科學的 意義는 文學的 表象이 갖는 想像力과 示唆의 能力에 依하야 그의 理論的 範疇의 世界를 進展시킬 수 잇다는 一點에 잇다.

이 같이 하야 우리는 科學과 文學의 交錯關係에 잇어 文學이 갓는 科學的 意義와 科學이 갓는 文學的 意義를 明白히 把握할 수 잇다. 事實로 우리는 科學과 文學의 斷片的인 交錯現象을 파브르의 『昆蟲記』라든가, 프로이트 의 文學 理論, 또는 最近의 探偵小說 等에서 看取할 수 잇다. 더욱이 近世의 自然主義 文學이 實證的인 生物學에 根底를 둔 것이라든가, 最近의 寫實主 義 文學 理論이 社會學的 理論에서 胚胎되엇다는 大方의 一致한 結論은 文學과 科學의 交錯關係뿐만 아니라, 그의 共軛關係를 雄辯的으로 말하고 잇다 할 것이다.

여기에 文學과 科學의 交錯을 通하야 그의 同一性과 共軛關係를 들추어 내게 될 제 우리는 文學을 科學에 媒介하고, 科學을 文學에 媒介하는 媒質로 서의 批評을 看過할 수 없다. 그러기에 우리는 冒頭에서 批評은 文藝에 局限된 것으로서가 아니라, 文學과 科學에 잇어서 다가치 可能하고 重要한 것이라는 持論을 내세웠던 것이다.

이제 批評과 文學과 科學과의 關係를 省察한다면 文學과 科學이 다가치 世界 認識의 一種이라고 할 제, 批評은 그 認識 乃至 認識物의 一種의 檢討라고 보아야 할 것이다. 勿論 批評은 科學에 잇어서는 實證과 對立하고, 文學에 잇어서는 創作과 對立하게 된다. 그러나 批評이 科學 또는 文學이 갖는 世界 認識의 檢討라고 할 제, 그것은 一種의 認識論的 樞軸을 갖지 안흘 수 없는 것이다. 따라서 그것은 하나의 認識論的 活動으로서의 批評을 意味하게 되는 만큼, 文化 諸 世界의 組織的인 原則的 批評 體系를 아니 가질 수 없는 것이니, 事實 文學과 科學의 交錯, 同一, 共軛의 關係는 이러한 批評의 메커니즘에 依하여서만이 把握되는 것이다.

批評의 特質은 그것이 印象的 批評이거나 科學的 批評이거나를 莫論하고, 첫재 感覺的 印象에 對한 槪念的, 悟性的, 反省的 言語의 世界에로 飜譯되는 데서부터 始作된다. 다시 말하면 그것은 感性的 印象을 別個의 次元으로, 別個의 秩序界에로 끌고 간다. 그러나 反省은 어느 意味에 잇어선 恒常 否定的이다. 槪念과 悟性과 理性의 本質, 卽 論理의 本質이 否定의 大用에 잇다는 것은 오늘에 잇어 論理學的 常識이 되어 잇다.

따라서 否定은 어느 意味에 잇어선 批評의 特權이다.(批評에서 흔히 볼 수 잇는 辱說과 攻駁은 批評의 이러한 否定的 機能의 市井的인 末梢 形態라고 할 것이다.) 그러나 否定의 大用은 媒介에 잇다. 그때 잇어서 否定은 媒介하기 爲한 否定이다. 諸 文化 作品 사이를, 作品과 作者와의 사이를 또는 諸 文化 領域 사이를 互相 媒介하는 것이 批評의 獨自的인 機能이라고 할 수 잇다. 이 같은 文化 諸 領域間 또는 諸 藝術, 諸 장르間의 認識論的 處理는 곧 文化 運搬性이라는 媒介的 特質까지 結果하게 된다. 그러므로 究竟에 잇어 批評은 各種 文化 諸 領域을 一貫하고, 그 個個의 領域의 世界觀 또는 手法에까지 浸透한 것을 그의 理念으로 한다. 다시 말하면 諸 文化 領域을 一貫하는 統一性—여기에다 批評은 그의 獨自的인 秩序의

世界를 싸흐려고 한다. 그러기에 批評은 어느 때나 體系와 樞軸을 用意하지 안흘 수 없는 것이다.

　여기에 잇어 우리는 어찌하야 批評이 文藝에만 局限될 수 없다는 것과 아울너 文藝 批評이 科學的 批評이 아니어서는 아니 된다는 것을 理會할 수 잇다고 본다. 科學的 批評이란 본 叙上의 認識論的 機能을 營爲하는 크리티시즘(批評)을 떠나서 잇을 수 없는 것이다.

—(4)『동아일보』, 1940. 2. 9

　科學的 批評이란 것이 認識論으로서의 크리티시즘을 가르치게 될 제, 問題는 그 全機能을 發揮시키는 데 잇다. 그러나 이른바 그 批評의 體系와 樞軸이 어떠한 것이어야 한다는 것은 아직도 남은 課題라고 아니 할 수 없다. 이 點에 抵觸하기 爲하야 우리는 批評의 問題를 다시금 初步的인 데로 끌고 가지 안흘 수 없다.

　批評은 쉽게 말하야 批評의 對象에서 必要한 一定의 性質을 끄집어내어 그것을 特徵지우고, 그 特徵의 積極的 意義와 消極的 制限을 露出시키는 것이 그의 役割이다. 다시 말하면 조흔 點과 나뿐 點을 明確히 하는 것이 批評의 機能이다.

　그러나 批評은 認識이 知覺이라는 感覺 內容에서 出發하듯이, 直接으로 觸發된 印象에서 出發하게 된다. 따라서 그 印象이라는 感覺 內容을 欺瞞하게 될 제, 批評의 첫 條件은 缺如하고 만다. 그러기에 批評은 率直해야 한다는 것이다. 그러나 批評이 印象에서 出發한다는 것은, 決코 印象에 머즈라는 것이 아니다. 認識이 知覺에서 完了되지 안는 것과 같이, 批評도 印象의 段階를 넘어서지 안코는 印象 批評에 떨어지고 마는 것이다.

　그런데 우리들의 印象이란 만히는 無意識的인 世界觀의 刹那的인 斷面이다. 印象은 普遍 單純한 好感, 快不快 等과 같은 抽象的인 規定으로 受取되며, 廣義에 잇어서의 趣味의 判斷으로서 直覺된다. 따라서 그러한 趣味의 背後에는 恒常 無意識的인 世界觀이 橫在하고 잇어, 그것이 印象으로서

露出되는 것이다. 그러므로 이 印象에 基하야 評論的으로 表現하려면, 이 印象을 그 背後의 世界觀에까지 連結시키는 責務가 잇다. 그것은 無意識的인 世界觀을 意識的으로 自覺하는 것에 不外하다. 이러한 批評은 勿論 印象批評이라고 불려진다. 그러나 組織的 批評이라고 하여서 그것이 곧 세계관의 客觀性을 意味할 수도 없는 것이다. 勿論 世界觀이라면 統一性을 表示하게 되나, 거기에는 얼마든지 主觀的 統一이 잇을 수 잇는 것이다.

따라서 批評이 客觀性을 갖고 普遍性, 通用性을 갖기 爲하여는 印象을 連結시키는 그 世界觀이란 것이 單純한 世界觀의 이름으로서가 아니라, 한 거름 나가서 科學的인 世界觀에까지 整理되고 陶冶되지 안흐면 아니 된다. 客觀的인 世界를 統一的으로 把握할 수 잇는 그러한 世界觀에 依하야 直接 印象이 導出될 제, 批評은 비로소 客觀性을 갖게 되는 것이며, 科學的 批評이 이름에 値하는 것이다.

以上은 勿論 初步的인 解明에 지나지 안는다. 그러나 近世의 思想史를 펴노코 본다면, 科學的 世界觀으로 처음 登場한 것은 周知한 바와 같이 實證主義다. 상트 뵈브의 實證的 方法, 텐느와 루난에 依하야 繼承된 實證主義的 批評은 近世 批評史에 커드란 足跡을 남긴 것은 周知의 事實이나, 本是 機械論的인 自然觀에 立脚한 이 實證主義는 人間 社會까지 整理的 方法에 準하여 取扱하려 하엿음으로, 正當히 말하야 그것은 科學的인 批評을 成立시키지 못하엿다. 따라서 實證主義的 批評은 크로체의 歷史的 批評을 거쳐서 最近의 社會科學的 批評에까지 發展하엿으나, 世界 全體를 統一的으로 把握한다는 것은 歷史의 究極에 잇어서 實現될 하나의 假定임으로, 科學的 批評은 이 假定에 가장 接近할 수 잇는 그러한 世界觀에 依하야 導出되지 안흘 수 없는 것이다.

그러기에 科學的 批評은 種種이 對象을 客觀的인 必要에 應하야 體系的으로 批評하여감으로써, 及其也는 그 自身을 批判的, 批評的인 科學의 體系에까지 成育시켜 가지 안흐면 아니 되는 것이다. 批評의 體系와 樞軸이

用意되어야 한다는 것은 이러한 過程을 强調함에 不外하다.

그러므로 오늘의 哲學이란 批評의 科學的 體系의 探究를 意味하며, 認識論이란 人間의 思想史의 要約을 가르친다. 따라서 人間의 思想, 認識의 歷史的, 社會的 契機가 合一하는 데 批評이 成立되는 것은 勿論이나, 論理的인 것 가운데는 歷史的인 것이 直接 反映되어 잇는 것이 아니라, 工作되고 加工되어 具體的인 歷史的 過程이 行해지는 偶然性이라든가, 個別性 또는 偏差와 屈曲을 터러버리고 反映되는 만큼, 어느 때나 論理的인 것이 곧 歷史的인 것일 수는 없는 것이다. 더욱이 오늘과 같은 偶然性과 偏差와 屈曲으로 가득한 歷史的 現實을 그대로 論理的인 것에로 끄러올린다는 것은 無理일뿐만 아니라 危險하기까지 하다. 오늘의 批評이 混亂된 原因도 專혀 여기에 잇는 限, 오늘의 歷史的 現實을 正確히 把握하야 그것을 論理的인 것에까지 加工하고 淨化시킨다는 것은, 오늘의 科學的 批評이 갖는 焦眉의 急務라고 할 것이다.

—(5) 『동아일보』, 1940. 2. 11

藝術的 概括의 不足
── 一月 創作評

長篇 또는 中斷物을 制外하고서 읽은 作品만 大略 十三篇─. 그것이 갓득이나 中堅, 新銳 할 것 없이 現役 作家群을 總網羅한 것이고 보니, 읽는 사람은 누구나 거기에서 어떤 文學的 動向을 把握하려고 腐心하게 된다. 그러나 그것은 헛된 努力이였다. 그들은 依然코 昏迷와 散漫의 狀態에서 버서나려고 하지 않았다.

그러나 個別的으로 보아서도 무슨 佳作이 있다거나, 力作이 있는 것도 아니다. 그들의 作品은 活字化할 水準에 이르지 못한 한두 作品만 뺀다면, 모조리 ― 系列에 세워도 좋을 것이며, 擧皆가 藝術的 槪括의 不足한 것이 커다란 欠이였다. 말하자면 作家는 그의 藝術的 形象化에 있어서 形象을 個別的인 것으로서, 讀者의 感性的, 表象的인 經驗에만 呼訴할 것이 아니라, 現實의 가장 本質的인 것을 讀者에게 認識할 수 있도록 槪括해야 할 것임에도 不拘하고, 이 땅의 作家들은 統트러서 그 前半까지에는 이르렀으나, 後半은 意識하지도 못하고 있는 것이 아닌가 하는 느낌이 있다.

이 달 問題作은 아무래도 白鐵씨의 「展望」이다. 그것은 무슨 從前의 評論家가 처음으로 創作의 붓을 들었다든가, 또는 三百五十枚이나 되는 量을 갖이고 있다든가, 또는 作品의 構造가 지드의 處女作 「와르테르의 手記」와 類似하다든가 해서 그런 것이 아니다. 問題는 「展望」에서 取扱되고 있는 世界가 곧 우리를 三十代 인텔리가 걸어온 世界이란 것이며, 그보다도 注目할 點은 그의 歸趨가 專혀 白鐵氏式이라는 데 있다. 自殺한 金荊午가 三十代 인텔리가 걸어온 典型的 타입이 아님은 勿論이다. 또한 金荊午나 作者가 새로운 世代로서 囑望을 부린 英哲(紀英) 少年이 다음에 올 제네레이션에 있어서 典型的 타입일지 아닐지도 保證할 수 없다. 다만 文學을 通하여, 事變을 通하여 觀念的(!)인 轉向에 冷靜하고 高潔해야 할 人間 精神이 自瀆되어 있는 金荊午나 作者의 타입만은, 오늘날 街頭에서나 集合에서 흔히 對할 수 있는 感性的인 軟骨型임에 틀림없다.

如何間 「展望」은 오늘의 大部分의 轉向者에 있어서 看取할 수 있는 '觀念性'을 如實히 暴露해준 好個의 標本的 作品이다.

같은 評論家의 作品으로 朴英熙氏의 「明暗」이 있다. 亦是 觀念的인 描寫가 讀者의게 어필하는 힘을 꺾었다고 본다. 휴머니스틱한 金정식을 批判하는 것이 아니다.

作者의 말과 같이 文學에 있어서는 宗敎的 人生觀이나 人道主義가 그려져서 나쁠 것이 없다. 그러나 테마가 充分히 藝術的으로 形象化하지 못하게 될 제 글러다니는 것은 觀念의 形骸뿐이다. 金정식의 人間性보다도 돈 六十圓의 去就가 讀者의 關心한 바라 한다면, 이 作者는 啞然하지 않을 수 없을 것이다.

兪鎭午氏의 「봄」은 安懷南氏의 「길」과 함께 作品의 主題를 理解하기 어려운 作品이였다. 勿論 單純한 隔離病舍의 風景 描寫는 아닐 것이며, 그렇다고 作品에 나타난 看護婦 쓰기소히의 生活 乃至 人間性만 가지고는 主題를 이룰 것 같지도 않다. 그러면 猩紅熱을 알고 있는 어린애와 그 어머니, 그 아버지 사이에 무슨 小說을 이룰만한 이야기 거리가 있는가 보아도, 그것도 아니다. 問題는 結局 이 作品에 픽션이 없다고 結論된다. 그러기에 이

作者는 作品의 結尾에 고르덴 바지를 끄러다가 讀者의 注意를 그곳으로
放散시킨 것은 아닐까?

安懷南氏의 「길」은 勿論 이와는 性質이 다르다. 거기에는 목노집 酌婦를
中心으로 한 목노집 일군들 사이에 愛慾의 葛藤이 그려저 있다. 그러나
作者가 그것을 通하여 보여주려는 世界가 무엇이었는지 全혀 模糊하다.
單純히 그런 世界도 우리의 現實의 一面이라고 한다면 그만이겠으나, 그것
이 問題를 던진 것도 아니고, 解決하는 것도 아닐진대, 우리는 저윽히 空虛를
느끼게 되는 것이다. 다만 特記할 것은 以上의 主題의 애매에 不拘하고,
兪鎭午氏의 「봄」이나 安懷南氏의 「길」은 이 달 創作 가운데에서도 가장
잘 째인 作品임에 틀림없다. 要컨대 短篇의 妙技를 體得한 作家라고 할
것이다.

李無影氏의 「딸과 아들과」는 一面의 眞實을 갖는 作品이다. 그것은 다른
一面의 眞實을 바추었기 때문이다. 무릇 어른이 어린애를 貴重하게 기를
제, 男女의 區分이 全혀 없는 것은 아니나,(그리고 그것은 사람에 따라 程度
가 다를 것이다.) 큰애보다도 어린애를, 卽 내림으로 貴엽게 생각하는 것이
常情이다. 同時에 저이들끼리 있어서도 그들이 한 同氣間일 바에는, 큰애가
어린애를 貴엽게 구는 것이 常例이다. 그럼에도 不拘하고 作者는 美燕의
아우에 對한 反撥 感情을 不當하게 誇張하여 美燕이를 끝내 偏性으로 만드
렀다. 따라서 作家의 觀念性은 美燕이를 實在의 人物로서보다도 事實上
童話的 人物을 만드렀으니, 그것이 作家의 意圖였다면 모르거니와, 적어도
어른을 위한 童話는 아니라고 본다.

韓雪野氏의 「太陽은 病들다」는 무엇보다도 作品이 中斷된 것 같다. 編輯
者의 過失이 아닌가 하고, 아무리 注意해 보아도 繼續物이라는 明示가 없다.
事實이 그것으로써 完結이 된 作品이라면, 作者가 告白한 것과 같이 그
材料를 다른 作家의게 주었드면 동뜬 作品을 만들지나 않었을가 하는 感이
있다. 下半에 가선, 卽 명우가 W港에서 中耳炎을 알어 主人의게 歸家의

許諾을 맛더 떠나는 데서부터 作品은 허둥지둥 갈피를 잡을 수 없게쯤 되었
다.

下半을 失敗한 作品으로 또 하나 鄭人澤氏의 「凡家族」을 들 수 있다.
「凡家族」은 確實히 氏에 있어서 드물게 보는 力作임에 틀님없다. 都會의
沒落해가는 中流 家庭의 靑年―作者의 表現을 빌닌다면, 單純한 시굴사람
의 無智와는 다른 都會의 無智의 靑年을 明快히 그려가든 이 作品은, 下半에
가서 作家의 混亂으로 말미아마 主人公 봉재를 混亂시키여 及其也 누이를
軟弱한 無智의 靑年에 딸녀보내고, 現實에 妥協하여 살녀는 人間 타입을
만들고 말었다. 後半이 成功하였든들 新年의 한 收穫物임에 틀님없다.

鄭飛石氏의 「惜別歌」, 李善熙氏의 「蕩子」, 金廷漢氏의 「月光恨」 모다
한 系列에 설 작품으로서, 安價한 센티멘털리즘이 主流를 이루고 있다. 朴魯
甲氏의 「三人行」은 氏에 있어서 現實에 對한 새로운 態度라고 할 것이나,
리얼과 諷刺가 調和 못된 것이 遺憾이였다.

― 『인문평론』, 1940. 2.

三木淸 『構想力의 論理』

「파스칼에 있어서의 人間의 硏究」(一九二六年)를 가지고 처음 日本 哲學界에 登場한 三木淸氏는, 뒤이어 그의 歷史哲學的 關心에서 「歷史哲學」(一九三二年)을 發展하여 로고스와 파토스라는 새로운 槪念을 들추어냄으로써, 그의 유니크한 存在를 認定받어 왔다. 論文集『危機에 있어서의 人間의 立場』(一九三三年)에서 特徵的으로 表示된 바와 같이 氏에 있어서는 客觀的인 것과 主觀的인 것, 合理的인 것과 非合理的인 것, 知性的인 것과 感情的인 것을 如何히 하여 結合시킬 수 있을가 라는 것을 늘 問題삼어 왔다.

氏는 이 問題를 로고스와 파토스의 統一의 問題로서 定式化하여 모든 歷史的인 것에서 로고스的 要素와 파토스的 要素를 分析하여 그의 辨證法的 統一을 試圖하려고 努力하였었다. 氏에게 있어서는 合理的인 것, 로고스的인 것에 마음을 끌니면서도, 一方 主體性이라든가, 內面性, 다시 말하면 파토스的인 것이 避할 수 없는 問題로 되었었다. 氏가 처음 파스칼에 心醉되였든 것이나, 또는 하이데거에게 影響받게 된 것도 모다 여기에 由因된 탓이라고 볼 수 있다. 氏는 한때 唯物史觀의 硏究에까지 熱中한 적이 있으나 —「唯物史觀과 現代의 意識」(一九二八年)—그 때에 있어서도 氏는 오히려

唯物史觀의 人間學的 基礎를 求하려고 한 것이 事實이였다. 로고스的인 것으로 말미아마 파토스的인 것을 看過하지 않고, 또한 파토스的인 것으로 말미아마 로고스的인 것을 忘却하지 않으려는 氏의 要求는 휴머니즘을 主張하게 하였으니, 이것은 評論集『人間學的 文學論』(一九三四年)을 通하여 歷然하다고 할 수 있다.

이에 뒤이어서『構想力의 論理』가 起草되었으니, 그것은 一九三七年 五月 雜誌『思想』에 連載되면서 붙어이다. 氏는 玆間의 事情을 그의 序文에 있어서 다음과 같이 말하고 있다.

"이미 말해온 것과 같이 로고스와 파토스와의 統一을 對立物의 統一로서 辨證法的 統一이라고 生覺하는 것이, 비록 誤謬는 아니라고 할지라도 너무나 形式的인 데 지우친다는 것은 내 自身이 늘 늦기고 있었든 바이다. 많은 사람의 손에 依하여 辨證法이 一種의 形式主義, 말하자면 새로운 形式 論理, 便宜主義에까지 墮落하여 가는 데 對하여는, 나도 反感을 갖지 않을 수 없는 한 사람이었다. 로고스的인 것과 파토스的인 것은 辨證法的으로 統一된다 할지라도, 그 統一은 具體的으로 어데서 發見될 것인가. 單純한 論理的 構成에 머저질 수 없는 그 綜合이란 現實에 있어서 어느 곳에 주어지는 것일가. 이 問題를 追求하여 나는 칸트가 構想力에 있어 悟性과 感性과를 結合하는 機能을 認定했었든 것을 想記하면서, 構想力의 論理라는 것을 生覺하기에 이르렀다. 이와 같이 하여 나는 나의 年來의 問題를 解決할 수 있지 않는가 하는 豫感에 끌니면서 이 硏究로 노트를 쓰기 始作하였다."

이 같이 하여 쓰여진『構想力의 論理』는 '神話', '制度', '技術'의 三章이 脫稿된채 一時 中斷되어 今番엔 爲先 以上 三章만을 上梓한 것이 이『構想力의 論理―第一』이다. '構想力의 論理'란 말은 처음 바움갈렌에 由來된 것으로서, 그것은 '想像과 論理'라고도 불니워졌다.

일찌기는 파스칼의 理性이 알지 못하는 '心情의 論理'라든가, 現代에 와서는 리보의 '感情의 論理', 또는 하인리히 마이엘의 '感情的 思惟의 心理

學' 等에서와 같이 抽象的 思惟와는 區別되는 一聯의 論理를 보게 될 때, 果然 그같은 理性의 論理와는 判異한 論理가 存在하는 것일까, 存在한다고 하면 그것은 어떠한 것일까? 여기에 構想力의 論理란 名稱을 復活시켜 이 問題를 硏究하려는 것이 곧 三木氏의 出發點이다.

그러나 氏는 問題 情況을 說明하기 爲하여 劈頭에 있서 形式 論理의 抽象性, 헤겔 辨證法의 觀想의 立場을 指摘하고, 構想力의 論理가 오직 歷史的인 行爲의 論理라고 斷定한 後, 그 槪括的 解答에 앞서 헤겔이 現象學에서 論理學으로 것든 길을 본받어 現象學的 硏究로 달녀들었다.

神話는 가장 原始的인 觀念 形態라고 알녀저 있다. 그러나 그것은 決코 科學의 前段階에 屬한 것이 아니라, 모든 社會에 있어 늘 存在하여 왔다. 單純히 古代에만 神話가 있었든 것이 아니라, 各其의 時代에 各其의 神話가 있다. 自由, 平等은 十八世紀의 神話였다. 勿論 未開人의 神話와 現代의 神話를 同一하게 볼 수는 없는 것이나, 거기에는 다만 '知性의 年齡'의 差가 있을 뿐이오, 모든 神話에는 共通된 構造가 있지 않을 수 없다. 卽, 데뷔 뷰를이 말하는 集合 表象이 分與의 法則을 따르게 될 때, 다시 말하면 '分與 가 表象되는 傾向을 갖게 될 때' 비로서 神話가 形成되는 것이라고 한다면, 거기서는 어떤 論理가 있지 않을 수 없는 것이다. 이 論理를 우리는 感情의 論理—보다 適切하게 말하여 想像의 論理 또는 構想力의 論理라고 부를 수 있다. 神話에 있어서는 志向과 物 自體를 區別할 수 없다는 루난의 말은, 神話의 創造에 있어서 構想力의 作用을 明白히 하고 있다. 構想力이란 本是 像(bild, image)을 만들어내는 能力이나, 그 像은 또한 單純한 圖解的인 것을 가르치는 것이 아니다. 構想力의 像은 思想의 象徵이라고 볼 것이 아니라, 도리혀 思想이 이 像의 象徵이라고 보는 것이 可할 것이다. 構想力에 있어서는 主觀的 卽 客觀的, 客觀的 卽 主觀的이 곳 構想力의 論理이다. 거기에는 파토스와 로고스의 內的 統一이 存在하고 있다.

이같이 神話가 想像 또는 構想力의 産物이라고 할 수 있으나, 未開人의

心理는 完全히 集合 表象에 支配되고, 그들의 生活로 慣習, 制度, 傳統에 억매여 神話 自體가 그러한 慣習, 制度, 傳統을 維持하려는 集合 表象의 産物에 不過함으로, 構想力의 論理의 完全한 發現은 神話에서보다도 다른 高次의 文化에 있어 찾지 않을 수 없는 것이다. 構想力의 單純한 이미지의 論理에 끌이는 것이 아니라, 또한 Form의 論理일 바에는 客觀的, 歷史的인 폼으로서 먼저 考察해야 할 것은 制度이다.

制度에는 세 가지 意味가 包含되어 있다. 첫째, 그것은 발레리가 말한 것과 같이 Convention 또는 Fiction이다. 아무런 擬制度的 性質을 갖지 않는 制度란 存在치 않는다. 擬制는 本能에서 만들어진 것이 아니라, 理性의 産物이다. 따라서 制度가 擬制的이라고 할 제, 制度의 知性은 構想的이 아닐 수 없다. 構想力 없이는 制度의 發達은 있을 수 없는 것이다.

둘째로 制度는 一般的으로 慣習이란 말이 Coutume(custom)이란 말로 表現된 것과 같이 어떤 慣習的인 것, 나가서는 傳統的인 것이다. 그것은 勿論 個人的 習慣을 말하는 Habitude(Chabit)과는 區別되어야 할 것이다. 따라서 그것은 恒常 社會的 性質의 것이며, 幾分의 Convention의 意味도 갖고 있다. 그러나 Convention이 擬制의 意味에서 로고스的이메 反하여, Coutume은 어떤 自然的인 파토스的인 것으로 看做된다. 또한 前者가 外的인 것으로 생각되는 代身, 後者는 內的인 것으로 생각된다.

셋째로 制度는 어떤 法的인 로고스적인 性質을 질머지고 있다. 그것은 單純히 便宜的이라고 하기보다는 强制的이며, 權威的인 規範的 性質을 갖고 있다. 로고스적인 것은 單純한 로고스的인 것에 基因한 것이 아니라, 로고스的이며 同時에 파토스的인 構想力에 基因한다. 單純한 로고스的인 것이나, 單純한 파토스的인 것은 참으로 命令的일 수 없다. 파토스的, 로고스的이여서 비로서 現實的으로 命令的일 수 있는 것이다.

制度의 構造에 關해서도 세 個의 規定을 내릴 수 있다. 一. 制度의 構造性은 그 合理性에 있다. 二. 그것은 다시 物質的인 環境을 形成한다는 意味에서 物質性을 갖고 있다. 三. 生命있는 모든 것에 있어서 精神과 身體를 抽象的으로 分離할 수 없음과 같이, 制度에 있어서도 槪念과 構造를 分離할 수 없는 것이며, 制度는 精神的이며 身體的인 것으로서 그 意味에 있어서 獨立한 물건이다.

그러나 이 같은 制度의 構造性에 關한 規定도 그 根底에 있어 構想力의 論理에 結付함이 없이는 그 統一的인 根據를 찾을 수 없는 것이다.

制度는 本質에 있어 技術의 産物이며, 技術은 單純한 知性에서가 아니라 構想力에 關與되고 있다. 技術이 制度的이라는 것은 技術을 理解하는 데 퍽이나 重要하다.

呪術은 技術의 神話的 形態이다. 呪術은 技術과 함께 生産을 目的으로 한 것은 明瞭하나, 그것이 道具의 槪念으로 包含한데 있어서는 技術과 같이 明瞭하지 못하다. 呪術에 있어서는 主體가 또한 原因과 結果가 恒常 相互 混同되고 있으므로, 固有한 意味에서의 道具의 槪念은 介入할 수 없는 것이다. 그러나 그 같은 混同이란 正히 構想力에 擬하여 生기는 것이다.

그러나 呪術은 一方 그것이 特殊化되는 데 따라 技術에 接近하게 되며, 他方 그것이 그 呪力에 依賴하는 것이 아니라, 物의 具體的인 '性質'에 對하여 思辨하고 觀察하는 데 따라 科學과 接近하게 된다. 呪術에 있어서는 個人意識이 늘 集合意識에 吸收되나, 科學이 成立하기 爲하여는 먼저 個人 意識이 獨立하지 않으면 아니 된다. 構想力의 論理로 그 呪術的 形態에서 純化되면서부터 個物의 論理가 된다.

科學은 呪術에서 發達되었다느니보다도, 呪術보다도 技術에 結付 되여 있다. 科學과 技術 사이에는 一般的으로 理論과 實踐 사이 같은 對立이 있다. 技術에서 科學으로 가는 데도 構想力의 媒介가 必要하지만, 科學에서 技術로 가는데도 構想力의 媒介가 必要하다. 對立物의 統一로서의 辨證法 的 關係가 생각하는 根底에는 늘 構想力이 없을 수 없는 것이다. 技術이 科學이 되기 爲하여는 構想力에 依한 經驗의 束縛에서 自由롭지 않으면 아니 된다.

　모든 技術에 있어서 하나의 根本 槪念은 形(Form)의 槪念이다. 技術에 依하여 만드러진 것은 모다 形을 갖고 있으며, 自然도 技術的인 限 모든 生命있는 것은 形을 갖고 있다. 따라서 形이 있는 데는 構想力의 活動이 있으며, 構想力의 論理는 形의 論理인 것이다. 形式論理는 形의 論理이기는 하나, 希臘의 存在論的 形相에 關與된 것으로서 抽象的이라고 할 수 있으며, 辨證法은 歷史的인 形의 論理라고 할 수 있으나, 普通 말하는 辨證法은 追考的 辨證法으로서 創造的 辨證法이 아니다. 辨證法은 反省의 論理, 또는 追考의 論理라고는 할 수 있으나, 行爲의 論理, 創造의 論理는 아니다. 構想力의 論理는 形의 論理로서 아리스토텔레스나 헤겔의 論理에 連結되나, 그것은 形을 歷史的인 立場에서 把捉한다. 構想力의 論理는 形式論理나, 헤겔 辨證法을 單純히 排斥하는 것이 아니라, 그것을 包括한다. 構想力의 論理는 原始 論理로서 그것은 自己의 反省 形態에서, 自己 가운데서 導出한다.

　이 같이 하여 構想力의 論理는 新文化의 創造에 對하여 哲學的 基礎를 주려는 것이 三木氏의 究極的 意圖이다.

— 『인문평론』, 1940. 2.

完板

지난 十二月 初이다. 나는 오랫동안 발을 드리지 않았던 全州를 向하여 南行列車를 탔었다.

全州라면 나의 틴(teen)時代 全部를 거기서 보냈다고 하여도 過言이 아니리만큼 어려서부터 깃드린 고장이나, 最近 한 十年을 두고는 別般 발드려 놓을 機會를 갖지 못하였다. 그러나 말하자면 少年期에서 靑年期에 걸치는 원체 感受力이 强한 生理的 期間을 이 고장에서 보냈든 만큼 아직도 全州의 山川, 市街, 人物까지가 나의 머리 속에 往來하고 있는 것이 事實이다.

나는 變貌된 全州 市街라든가 知友를 그리기보다는, 全州川을 圍繞하고서 나의 想念을 푸러내였다. 只今은 河川 防提가 整備되여 南에서 南北으로 흘으는 全州川邊에 沿하야 廣幅의 道路가 生겼으나, 나의 記憶에 남아있는 것은 옛날 防川이 허무러질대로 허무러진 그 돌틈을 타서 겨우 步行할 수 있는 그러한 隘路이다. 나는 이 좁은 길목 돌판 우에서 흘으는 시냇물과 함께 靑春의 로맨스를 속살거린 적도 있으나, 그보다도 더 어렸을 적 記憶을 더듬는다면 이 길가엔 壁에다가 먹글씨로 무슨 冊房인지 冊房이라고 커드랗게 쓰여진 집이 두 곳인가 있는 데, 普通 드나드는 옆집 大門에다가도 '양책방'이라고 諺文으로 쓰여져서 그 形式이나 位置가 普通 書店 같지 않고, 무슨 家內 工業場 같은 感을 주게 됨으로, 퍽이나 奇異하게 生覺하야 지날 적마다 각금 그곳을 留心히 들여다보았든 것이였다. 別般 冊秩이 눈에 띄이는 것도 아니오, 다만 검은 板子가 疊疊이 쌓여 있음으로 아마 저것으로 冊을 박어서 파나 보다 하고 生覺할뿐, 그것이 무슨 種目의 冊인지 分揀할 수도 없거니와, 또한 그 種目 如何가 關心을 끄는 것도 아니였다. 漠然히 집에서 읽든『通鑑』같은 冊을 박나 보다 하고, 거저 그 박는 것이나 한 번 보았으면 하였지, 그 外에 別로 好奇心을 자아낼 것이 없었다. 그러나 나의 머리에는 이 冊房답지 않은 冊房이 도로혀 印象的이여서 그 골목 그 집이 아직도 鮮然하다.

그 后 슬기를 채린 뒤『春香傳』을 옆집 婦人에게서 어더다 읽으면서도, 그 刻本이 全州川邊의 '양책방'과 關聯된 것임을 知覺함이 없이 거저 滋味나게 읽고서 돌려보냈든 것이다.

그 后 十數年을 隔하야 바로 昨年 이맘때인가 記憶된다. 慶雲町 學藝社에서 처음 朝鮮文庫를 刊行하게 될 제, 첫번재 着手한 것이 原本『春香傳』이였다. 이어서 同樣의 것이 博文文庫에서도 나왔지만, 學藝社에서 처음 林和君이『春香傳』刻本을 가지고 와서 落札된 部分만 謄寫하야 檢閱을 넣케 될 제, 落札된 刻本이나마 그 같이 稀貴한 것을 納本에 된다는 것을 如干 愛惜하게 生覺한 것이 아니었으며, 校正볼 제는 李在郁氏에게서 同樣의 刻本을 빌려다가 要用하였지만, 함게 일보든 金台俊氏도 그 刻本『春香傳』을 퍽이나 높게 評價하였었다. 그러나 나에게 있어서는 어려서 全州에서 이미 그 冊을 읽은 記憶이 있으며, 또한 刻本『春香傳』終章에 完西溪書鋪라고 刻字가 있어서 全州土版임을 確證하게 할 제, 나로서는 全州川邊의 '양책방' 記憶도 있고 하야, 그것이 그다지 難得之物이 아님을 力說하고, 『春香傳』뿐만 아니라『沈靑傳』,『趙雄傳』等 可及的으로 求해 보겠다고 壯談을 하였었다.

그러나 나의 鄕里에서나 全州 親知의 손을 빌려서도 그것이 求해지지 못할 제, 나는 비로소 그것이 흔한 물건이 아님을 깨달었었다. 나는 마침내 落札된 『趙雄傳』 한 卷을 入手하고서 全州土版을 斷念하고 말었었다.

그러든 中 偶然한 機會에 全州의 土班이라고 할 수 있는 오랜 家門을 지켜온 知友를 만나서 全州土版 이야기와 全州川邊의 양책방 이야기를 하였드니, 그것이 바로 完板(옛부터 全州土版이 得勢하야 이같이 불리웠다)의 所藏處인 梁冊房이라고 일러주며, 只今은 『獄中花』式 黃本이 汎濫한 뒤로부터는 冊肆를 거더치우고 全州 外村으로 나가 있는데, 元冊房 經營하든 분은 발서 作故하고서 그 子弟되는 梁承坤이라는 이가 全部 간직하고 있으리라고 住所까지 詳記하여 주었다.

나는 이 喜報를 接하고서 旅裝도 챙길 틈이 없이 全州向을 斷行한 것이였다. 全州에서 下車하야 二十里나 人力車를 타고 드러갈 제는 處行이나 아니 될가 하야 不安을 느끼지 않은 것도 아니나, 정작 梁氏집 門을 두드리고 보니 옛날 全州川邊 집과 恰似히 밖에서부터 검은 板子가 보여 喜悅을 禁할 수 없었다.

梁承坤氏 말에 依하면 西溪書鋪는 그의 伯父되는 梁元仲氏가 經營한 것이며, 多佳店鋪는 그의 先考인 梁承泰氏가 經營하든 것인대, 그의 伯父가 別世한 뒤로는 梁珍泰氏가 兩書鋪를 合쳐서 自己에게까지 傳來된 것이라고 한다. 그러나 梁氏 門中에서 書鋪를 갖이기 前에 이미 崔 老人(姓名不詳)의 손을 거쳐 한때는 金永哲氏(前 全州人으로 現在 京城의 富豪) 門中에까지 質物로 드러있든 것이 轉轉하야 梁元仲氏의 손으로 드러오게 되고, 다시 그것이 梁珍泰氏에게 合쳐서 今日을 이루었다 하는데, 梁氏집에서만 約 八十年間 끄러왔으며, 다시 現存하고 있는 同 冊房 老匠 말에 依하면 그 以上으로 四, 五十年 溯及하야 崔 老人이 간직하고 있든 것을 歷歷히 記憶하고 있다고 한다. 따라서 約 百二, 三十年 前부터 이 刻本이 있었든 것은 推測할 수 있으나, 刻板엔 當年號가 合倂 爾來 削除되여 考證이 容易

치 않으나, 間或 빠진 것이 있음으로 后日 乘暇의 機會로 미룰가 한다.

如何間 漢文 板本은 四, 五百年 以上 가든 것이 確實히 드러있으며, 新謂 完板이라고 한 것은 擧皆 蒐集되어 있다고 生覺된다. 完板이란 元來 嶺板에 對立된 것으로, 嶺板같이 種目은 많지 않으나 權威를 갖고 있어 나라에 太子를 封하게 될 제마다 完板冊을 進上하였으니, 愚見에 依하면 完板이란 것이 全州 白紙 때문에 有名해진 것이 아닌가 生覺된다. 그러나 漢文板만은 南道歌謠에 全羅道 소리가 판을 치듯이, 全혀 完板의 獨舞臺로서 그 種目도 十五六種 以上으로 今番 내가 入手한 板本만 十二種이다. 남어지 三種은 모다 中間 落札이 되여 不得已 讓受치 못하고, 『春香傳』을 筆頭로 『趙雄傳』, 『楚漢傳』, 『忠烈傳』, 『大鳳傳』, 『華容道』, 『大成傳』, 『沈淸傳』, 『諺三國誌』, 『張風雲傳』, 『翟成儀傳』, 『小春香傳』, 都合 五百餘板을 梁氏에게서 讓受하였다. 時代의 遷易으로 말미아마 家業을 廢하게 된 梁氏에게 同情을 禁할 수 없는 바이나, 世傳의 家寶를 開放하여 주신 梁氏의 厚意에 거듭 謝하여 마지않는다.

— 『문장』, 1940. 2.

文藝 時評

文學人의 生活 意識

요지음 거리를 나서면 交通 機關의 雜踏이 滋甚하다. 汽車의 混雜은 말할 것도 없고, 電車란 電車는 밀치고 밟히고 해야만 겨우 한 목 끼일 수 잇다.

어느 때나 滿員 牌札을 붙치고 달리는 電車, 웬만한 幸運이 아니고서는 걸어다닐 수 없는 택시는 都是 무엇 때문의 雜踏일까. 뿐만 아니라 映畵나 其他 娛樂 機關의 超滿員, 茶房과 酒場의 繁昌, 데파트의 混雜에 이르러서는 이야기 할 나위가 못 된다.

이 같은 現象을 單純히 인플레의 餘波로 볼 것인지, 또는 自肅 不足의 輕燥로 볼 것인지 여기서 速斷할 것은 없으나, 如何間 이러한 現象을 惹起하고 잇는 大多數이 庶民層은 그들이 天使도 아니며, 惡魔도 아니라는 點에서 오늘날 우리들의 生活的 機構는 마땅이 그 深部에 잇어서 科學的으로 解剖되고, 合理的으로 調整되어야 할 것은 贅言을 要치 안는다.

그러나 오늘의 文化人 乃至 文學人은 이 點에 잇어서 어느 程度의 生活的 關心을 가지고 잇는 것인가? 일직부터 藝術은 現實의 反映이며, 文學은 生活의 거울이라고 알려젓다. 同時에 그것은 藝術이나 文學이 現實的으로

生起하는 諸 現象 그대로의 單純한 反映이 아니라, 現實의 諸 現象에서 生起하고 잇는 諸 過程의 本質로서의 抽象과 概括을 行하는 藝術的 操作으로 敷衍되여 왓다. 따라서 藝術的 形象化가 그 같은 現實的 操作의 리얼리티에 依하야 遂行될 제, 그의 現象을 꾀뚫은 客觀的 眞實의 把握은 오늘의 現實에 對한 正確한 認識임과 同時에, 明日의 現實에 對한 合理的인 豫見일 수도 잇는 것이다.

그러나 이 땅의 大部分의 作家들은 現實 生活에서 눈을 돌님으로써 藝術的 本道에서 逸脫을 敢行하여 왓다. 그들은 意識的으로 身邊小說 乃至 心境小說에 沈潛하고, 愛慾의 文學으로 달려갓는지 알 수 없다. 그러나 오늘의 作品이 前例없이 低調를 걷고 잇는 것은 掩蔽할 수 없는 事實이다.

作品에 따라서는 身邊小說이라고 一律的으로 現實 生活에서의 逸脫이란 法이 어데 잇으며, 愛慾의 文學이라고 반다시 文學的 質이 낮으란 法이 어데 잇느냐고 抗辯할 이도 잇으리라. 事實 그들은 金鑛熱을 몰으니 金鑛에 關한 小說을 썻고, 酒場이 繁雜한 社交場이 되니 女給에 對한 小說을 썻다.

그러나 이것만으로서 作家의 現實에 對한 눈(眼)이 띠엿다고는 볼 수 없을 것이다. 그들은 依然히 現實에 맞붙기를 忌避하는 文學의 自瀆者이며, 그들은 本質에 잇어서 冒頭에 쓴 오늘의 雜踏을 이루고 잇는 一個 構成分子에 지나지 안는다.

거듭 말하거니와 文學은 單純한 觀念의 遊戲가 아니다. 그것은 恒常 산 現實을 動的으로 把握하는 것이며, 現實을 그 典型性 乃至 本質性에서 把握하는 것이다. 그러기에 藝術的 形象이란 現實的, 客觀的 眞이란 것과 無緣한 것이 아니며, 뿐만 아니라 그 客觀的 眞을 反映하는 度가 깊으면 깊을수록 藝術的 眞을 깊게 하며, 藝術的 完成을 達하게 하는 것이다.

여기에 數만흔 酒場의 女給을 그린 小說 가운데에서도 가장 높게 評價되는 兪鎭午氏의 「나비」를 照準해 볼 제, 그것이 短篇으로서의 結構라든가 描寫에 無理가 없엇다는 것 外에, 內容的으로 무엇을 取할 點이 잇엇든가.

바나 女給을 通하야 當然이 드러나야 할 作者의 現實에 對한 尺度는 片影조차 찾어볼 수 없으며, 作者가 애써 보여주려는 特殊的인 個個人을 通하여서의 普遍性의 意圖도, 그것이 具象化되지 못하고서 作家의 觀念만이 看取되는 데 그치고 말엇다.

勿論 이것은 一例에 지나지 안는다. 그러나 要컨대 오늘의 文學人의 이같은 現實 生活에서의 背面은 究竟에 잇어서 그들의 安易한 生活 意識에서 오는 것이 아닌가 한다. 그들은 한때 不安과 自嘲의 段階를 격것엇다. 自己 生活에 對한 價値의 信賴를 갖지 못하게 될 제, 그들은 不安과 自嘲에 떠러질 수밖에 없엇든 것이다. 그러나 다시금 不安과 自嘲를 그들의 體質이 어느 때까지나 支持하지 못하게 될 제, 또한 그것을 現實에 對한 批判的 精神에까지 昂揚시키지 못하게 될 제, 그들의 生活 意識은 知的 內容을 喪失하야 所謂 '世態'니, '遍歷'이니, '觀察'이니 하는 各自의 알마즌 方便을 取하야, 結局은 오늘의 世俗的 肯定 乃至 現實 追隨에로 달려간 것이 事實이다.

—(1) 『동아일보』, 1940. 3. 24

政論 文學의 擡頭

이같이 多大數의 文學人이 現實 生活에서 背面한 安易한 生活 意識에 沈潛하야 現象 追隨에의 스므쓰한 途程을 것게 될 제, 作品은 世態 描寫의 탈을 쓰거나, 市井 遍歷 또는 觀察的인 탈을 쓰거나를 不拘하고, 現實의 雜多한 諸 現象이 다만 素材的으로 文學의 舞臺에 올을 뿐으로, 現實에의 尺度가 缺如되기는 每一般이다. 오히려 素材의 窮僻에 가리어 지난날의 自嘲的이나마 多少 良心的이며 知性的인 것까지 喪失하게 될 제, 文學의 實體조차 잡을 수 없는 그러한 危懼를 갖게 한다.

여기에 잇어 오늘의 文學은 기껏해야 文學者 自身의 生存을 支撐하는 道具는 될 수 잇으나, 讀者의게 '어떠케 살 것인가'라는 人間的 要求에의 指針을 줄 수 없는 죽은 藝術을 만들 수 잇다.

文學은 本來 人間이 '어떠케 살 것인가'를 解明하는 藝術的 任務를 다해 왓으며, 이제까지의 優秀한 作品은 例外없이 人間 生活의 指針이 되어 왓다. 그러나 오늘의 이 땅의 文學人에 잇어서 그것을 期待하기 어렵다는 것은 그들의 藝術的인 安易한 生活 意識 目標가 讀者 乃至 一般 大衆의 그것에서 一步도 나서지 못하엿다는 것으로 自明하다고 본다.

或者는 여기에 잇어 昨今에 論議된 新世代論을 들고나올 수 잇으리라. 事實 昨今의 新世代論은 旣成 作家들이 現實 生活에서 退却하면서 新人의 게 주어진 唯一의 '遺書'인지도 몰은다. 그러나 玄德氏의 「남생이」에서 始 作된 自然主義的 描寫는 邇來 新人들이 作品 世界를 支配하여, 그들은 現實 生活을 作家 自身의 人生에 잇어서 必要한 對象으로밖에 取扱하지 안헛다. 따라서 新人의 作品에 잇어서도 '어떠케 살 것인가'의 解答은 風馬 牛格이 되어 잇다.

勿論 오늘과 같은 情勢에 잇어서는 文學人이 그래도 杖杖營營하야 文學 을 붓들고 나가는 그 勞力은 값비싸게 사야 할 것이며, 또한 以上과 같은 現實 追隨도 一時的인 文學者의 護身術인지도 몰은다. 그러나 他方에서 본다면 이러한 情勢일수록 作家는 그의 本心을 터러노코 作家 自身이 어떠 한 姿勢와 어떠한 態度로 어떠케 사러가야 한다는 것을 文學에 잇어서 表明 하고, 또한 그것을 通하야 文學은 讀者 乃至 大衆의 生活的 指針의 意義를 發揮해야 하리라고 본다.

우리는 이제까지 高邁한 文學 精神을 몇 번이고 외쳐 왓다. 그러나 昨今의 創作界를 본다면 그것은 한갓 空虛한 音〇에 不過한 感이 잇다. 高邁한(이 하 1행 판독 불가)야 文學者의 一介의 人間으로서의 心的 姿勢와 굳게 結託된 것으로서, 文學을 杖劍으로 하야 거기에 殉死할 수 잇는 高邁한

精神이 아니엇든가. 이러한 精神으로 貫徹된 文學이 어찌하야 죽은 作品이 될 수 잇을 것인가. 要컨대 오늘의 作家는 좀더 自己의 生活 意識을 높일 必要가 잇다.

그러나 多大數의 旣成 乃至 新進 作家가 低級한 生活 意識에서 彷徨하고 잇을 지음, 他方에 잇어서는 天降的인 政論的 作品이 文壇의 一隅에 擡頭하 엿다는 事實을 看過할 수 없다. 그것은 評論家 白鐵氏의 處女作品「展望」을 비롯하야 鄭飛石氏의「三代」를 들 수 잇다.

勿論 政治란 社會 生活의 가장 强烈하고 現實的인 表現者인 만큼, 現實 生活의 形象化라는 文學의 렌즈에 그것이 反寫되지 안흘 수 없는 그러한 물건이다. 더욱이 文學史는 政治와 文學의 不卽不離의 關係와 交互作用을 歷史的으로 闡明하고 잇다.

따라서 政治와 文學의 關係는 어느 時代를 勿論하고 가장 重要한 契機를 이루고 잇는 것이 事實이다. 더욱이 오늘과 같이 모든 分野의 前面에 政治가 强力的인 姿態를 나타내고 잇는 時期에 잇어서, 또한 多大數의 作家가 現實 生活의 末梢的인 現象에 拘泥되어 社會 生活의 가장 本質的이며, 現實的 表現者인 政治에서 外面하고 잇는 時期에 잇어서 政治와 文學을 對質시키 고, 그의 本質的 關係를 闡明함은 喫緊의 重大事임에 틀림없다.

그러나 白鐵氏의「展望」이나, 鄭飛石氏의「三代」는 이 點에 잇어서 얼마 나 한 功績을 남겻는가.

—(2)『동아일보』, 1940. 3. 26

價値 基準의 單一性

白鐵氏는『人文評論』一月號에「展望」을 發表하고, 다시금 新年 劈頭 라디오를 通하야 政治와 文學의 融合을 强辯하면서, 그것은 傾向文學 當時

의 政治的 結合과는 달리, 文學의 領域을 確保하면서 政治와 融合하여야
한다는 一見 그럴듯하면서도 其實 模糊한 이야기를 들려주엇다.

白鐵氏는 「展望」에 잇어서 傾向文學 當時의 政治에 依한 被害로 말미아
마 政治는 文學과 不相容의 것으로 믿어 왓으나, 事變을 契機로 하야 아무런
論理的 必然性을 거침이 없이 政治와 文學의 關係를 倫理的 指定으로 融合
시켯다. 卽, "白露와 벗을 삼아 閑暇롭게 살앗다는 處士의 본을 받은 바는
아니지만, 이 世代에 依한 運命을 더 生覺할 것도 없고, 내 身邊과 周圍의
生活도 잊어버리고, 오직 自己 文學을 心境的으로 親해 보려는 殊常한 마음
을 가지고서", "文壇에는 政治를 버리라는 主張이 風靡하는 時期에", "그도
그런 말을 하면서 서울을 떠낫으나", 거기에는 "어떤 距離感"을 느끼지 안흘
수 없어 "이 따분한 雰圍氣 속에서 窒息할 듯한 숨을 쉬면서 어떤 新鮮한
바람이 불어오기를 渴望하든" 그러한 게제에 때마침 "偶然히 부러온 바람
이" 虛構橋事變이엇다는 것이다. "그 바람은 따분한 大地를 쓰러가고, 우리
들을 어떤 緊張 속으로 모라 너어", 이것을 契機로 일직이 "文學家가 너무
政治에 關心하는 것은 文學을 害하기 쉽다고"까지 極言하야 "아주 絶緣한
다고 決意햇든" 政治에 다시금 關心을 갖게 되며, 또한 그러하므로써 "光明
을 느끼고", "明朗한 꿈을 품게 되엿다"는 것이다.

여기에 잇서 白鐵氏는 往年의 傾向文學 過渡期에 잇어서 提起되엇든
政治냐 文學이냐의 問題가, 單純히 文學하는 者가 政治와의 關係에 잇어서
自己 自身을 어떠케 處할 것인가. 그와 同時에 文學에 對한 自己의 態度를
어떠케 가질 것인가 하는 單純한 그 時代에 잇어서의 各 個人의 問題에
그첫던 것을 文學과 政治의 一般的 問題로 曲解하고 잇다. 同時에 文學을
單純한 論理的 規定에 끄친 것으로 理解한 氏는 文學과 政治를 支配하고
잇는 思想을 眞摯히 追究하고, 克明히 表明함이 없이, 또한 그 思想에 胎盤
을 둔 圖作 方法을 確立 明示함이 없이, 다만 政治의 迎合에만 汲汲햇다는
것은 文學者로서의 失格일뿐만 아니라, 文學과 政治와의 正常的 關係를

害함도 甚하다 할 것이다.

大體로 政治가 支配하는 곳에 政治的 意義를 갖지 안흔 社會的 産物이 어디 잇겟는가. 그러나 文學과 政治의 참다운 關係란 外部에서 賦與된 것과 같은 政治的 意義에 依하여서가 아니라, 藝術 作品이 그 特有의 創作 方法에 따라 客觀的으로 가질 수 잇는 그러한 政治的 意義에 依하여서만이 成立되는 것이다. 웨 그러냐 하면 政治는 가장 强烈한 思想이며, 社會 生活의 가장 現實的인 表現이므로, 兩者의 關係는 必然的으로 文學이 政治가 立脚한 社會 生活과 世界觀을 公然하게 闡明하고, 그 基準에 沿하야 끈임없는 發展을 꾀하는 데서 成立되기 때문이다. 文學史는 이 같은 實例를 얼마든지 보여주고 잇다. 아니 이 같은 文學과 政治의 具體的 竝進이 곧 文學史를 이룬다고 하여도 過言이 아니다.

따라서 우리는 일즉이 喧嘩햇든 藝術에 잇어서의 政治的 價値와 藝術的 價値라는 二元論的 誤謬는 想起할 것도 없이, 文學에 잇어서 두 個의 價値 基準이 存立할 수 없는 것이라면, 모름지기 愛慾의 文學이니 政論文學이니 떠들기 前에, 政治와 文學을 이 같은 正常的 關係 우에 노코서 單一한 價値 基準을 찾어야 할 것이다. 勿論 文學 一般이란 것이 存在하지 안는 것과 같이 政治 一般이란 잇을 수 없는 것이다. 具體的인 文學이 恒常 特定한 世界觀과 創作 方法을 主張하고 特定한 社會 生活을 表現하듯이, 具體的인 政治도 特定한 時代와 社會에 따라서 달르게 되며, 同時에 거기에 凝結된 思想도 달르지 안흘 수 없는 것이다. 그러므로 文學에 잇어서의 價値 基準도 結局에 잇어 政治와 文學의 關係를 支配하고 잇는 그 基礎的인 思想의 相違에 따라서 달라짐은 勿論이다.

이 點에 잇어서 白鐵氏의 「展望」은 아무런 啓示도 주지 못하는 白紙 그대로이다.

—(3) 『동아일보』, 1940. 3. 28

文學者와 科學者

白鐵氏의 「展望」이나 鄭飛石氏의 「三代」(『人文評論』 二月號)는 모다 지낸날의 社會 運動의 渦中에 휩쓸렷던 人間을 이 時代의 轉落하는 인텔리 의 代表的 타입으로 내세윗으며, 그러한 타입을 否定으로써 애써 새로운 世代를 찾으려 하엿다. 그것은 일즉 東京 文壇에서 流行하든 轉向文學을 彷佛케 한 點도 없지 안으나, 새로운 타입의 觀念的 指定은 한때 論駁의 焦點이 되던 이데올로기小說을 그대로 우라가시(裏返)에 하여 논 데 不過하 다. 卽, 「展望」이나 「三代」는 모다 作家 自身의 主觀的인 圖式을 아무런 藝術的 工作을 加함이 없이 圖式 그대로 옮겨다가 作品을 얼거맨 탓으로, 그것은 조금도 文學化되지 못하고 觀念的인 이데올로기의 形骸만이 굴러다 니게 만드럿으며, 더욱이 作者의 그 抽象하고 偏僻된 圖式에 이르러서는 읽는 사람으로 하여금 不快할 程度이다. 거기에는 文學과 政治에 對한 正常 的인 아무런 配慮도 없이, 다만 政論的인 文學人의 輕燥만을 들추어냇을 뿐이다.

그 中에서도 白鐵氏는 낡은 世代의 타입에 對한 새로운 타입으로서 科學 的 타입을 끄러내여 그것만이 "今後의 時代를 代表할 타입이라"고, 마치 知的 協力國際會 會員같은 口吻을 내무르며, 다시 그것을 改造社 『文藝』誌 의 「朝鮮文學通信」을 通하야 "科學者的 타입은 注目할 바라"고, 自畵自讚 의 稚氣까지 보여주엇다.

勿論 實質만 잇다면 野薄한 오늘의 世情에 잇어 自家 廣告쯤 別로 問題될 것도 없으나, 白鐵氏가 「展望」에서 導出한 科學者的 타입이란 其實 하나의 觀念的 捏造에 不過하다.

白氏는 「展望」에 잇어서 主人公 金荊午를 이 世代의 轉落하는 인텔리의 代表的 타입으로 印을 찍엇으나, 金荊午부터도 어려서는 諸葛孔明을 崇拜

하던 小英雄主義者엿으며, 커서는 그의 野心과 情熱을 풀 길이 없이 '五月의 行列'에 뛰어들엇던 者이다. 더욱이 「悲哀의 城舍」에서 自己 自身에 도라온 所謂 少年 時節부터 自己의 努力과 創造에서 만흔 幸福과 眞理가 아니면, 決코 滿足할 수 없는 그가 一○ 衣服과 行狀을 비러 입고, 街頭 行列에 뛰어드럿다고 뉘우치는 人間이 어떠케 하여 지낸날의 時代的 課題에 參與하엿던 集團의 一員을 形成할 수 잇엇을 것인가. 이 點에 잇어서는 金午星氏도 明白히 指摘한 바와 같이, 金荊午가 決코 當時의 時代 意識을 生理的으로 呼吸햇든 典型的 人物이 아니라는 斷案을 내리기에 躊躇할 必要가 없다.

同時에 白氏가 金荊午의 否定的 타입으로 내세운 少年 英哲君도 또한 지낸날의 時代的 課題에 參與하엿던 集團的 人員을 否定하고, 다시 새로운 時代를 繼承할만한 人物이 못될 뿐만 아니라, 金荊午와 같은 生來의 小英雄主義者까지도 否定할 만한 人物이 못된다.

白氏에 依하면 英哲君은 科學者的 타입으로 登場하엿다. 卽, 꽃을 꺾어서 그 모양을 角度로 관찰하고, 花瓣을 산산히 解剖하고, 그 花瓣數를 計算하고, 다시 다른 꽃에 가서 그와 같은 順序로 實驗을 한 뒤에, 그 두 가지 惑은 세 가지, 네 가지의 調査 硏究 結果를 比較하고 統合해 가는 英哲君의 科學的 硏究 態度는 金荊午의 少年期에서는 찾어볼 수 없는 것으로서, 足히 새로운 世代를 代表할 수 잇는 타입이라는 것이다. 白氏는 金荊午와 英哲君을 對比하야 "두 사람은 같은 時代의 英雄을 將來에 約束하지만, 하나는 옛날의 낡은 타입의 英雄을 思慕하면서 자라낫는데, 하나는 偉大한 科學者를 目標하고 나가는 것이다.", "이제부터의 英雄은 金荊午와 같이 政治에 野心을 두고 나가는 人物일지라도, 그 生活의 態度에는 英哲君의 빛나는 智慧와 科學者의 理性과 冷靜을 일치 안코 나가는 타입이 아닐까"라고 結論 지웟다.

여기에 이르면 白氏는 單純히 知的 協力 國際協議會 會員의 口吻이라느

니보다도, 確實히 새로운 人間 形成에 對한 建白書를 꾸미엇다.

그러나 實際를 따지고 보면 이것은 科學을 缺如한 文學者—白鐵氏의 妄發 以外에 아무것도 아니다. 英哲君과 같은 科學者는 일찌기도 잇엇으며, 이 뒤에도 잇다. 人間이나 態度의 觀念的 類型으로서 世代를 區劃하려 함은 元來 無謀한 일이나, 文學者나 科學者는 決코 互相 排除하는 對峙物이 아니다.

―(4) 『동아일보』, 1940. 3. 30

文學과 思想의 追求

要컨대 叙上에서도 말한 바와 같이, 政治는 가장 强烈한 思想의 表現이다. 따라서 政治의 支配는 모든 것에 强力的 影向을 주게 된다.

事實 오늘의 文學이 政治에 依하여 받고 잇는 現實的 影響은 우리의 想像 밖으로 큰 것이엇다. 그것은 政治의 長延이라고 할 수 잇는 오늘의 戰爭으로 말미아마 한層 擴大되고 잇다.

여기에 잇어 多代數의 文學者는 依然히 供手 沈默만 繼續하여도 조흘 것인가! 自古로 쌈싸울 제는 뮤즈는 沈默한다는 말이 잇다. 그러나 그것은 決코 쌈싸울 제는 文學이고 藝術이고 다 치워버리고, 더욱이 政治와 文學의 關係는 되어도 相關없다는 말은 아무러케나 아닐 것이다.

勿論 그들의 愛慾의 文學이나 私小說이 나뿌다는 것은 아니라, 더욱이 朴英熙氏에 잇어서와 같이 그것을 "時代的 建設을 理解하지 못하는" "厚顔無恥한 懇談이나, 無謀한 生活을 構成하는 것"이라고 一律的 斷案을 내리는 것은 禁物이 아닐 수 없다. 또한 現在 우리가 보아온 白鐵氏나 鄭飛石氏에 잇어서와 같은 政論的인 一部人의 政論的인 文學에의 輕燥는 政治쪽으로 보나 文學쪽으로 보나 害로울 것은 잇어도, 決코 利로울 것이 없는 것도

事實이다. 그러나 文學者된 者는 마땅이 政治에 對한 外面이 곧 現實에 對한 外面임을 自覺해야 할 것이다. 現實의 正確한 認識을 爲한 文學이 現實 그것에서 外面을 한다면 文學은 어디서 成立될 것인가—.

그러므로 文學者는 먼저 刻刻의 現實 生活의 本質을 把握하기에 一瞬도 한눈을 팔 수 없는 것이며, 또한 그러기 爲하야는 現實 生活의 가장 現實的 表現인 政治와 一時도 떠러질 수 없는 것이다. 더욱이 政治의 基礎를 이루고 잇는 그를 胚胎한 社會 生活과 함께 文學의 基礎를 이루는 만큼, 어느 때나 그 思想의 動向에 對하야 注意를 게을리 할 수는 없는 것이다. 事實이 思想의 追求와 檢討에 따라서 文學은 政治와 融合될 수도 잇고, 對立될 수도 잇는 것이다.

여기에 잇어 우리는 오늘의 現實을 支配하고 잇는 思想이 全體의 思想이거나 個人의 思想이거나를 莫論하고, 그 追求와 檢討에 잇어서 좀더 眞摯하고 大膽해야 할 것을 强調하여 마지 안는다. 아무리 純文學을 固域한다 할지라도 政治的, 社會的 現實과는 아주 絶緣된 領域에다 文學의 世界를 싸허 노코, 滔滔히 밀녀오는 政治的 潮流를 막기에만 汲汲하다는 것을 容納할 수 없는 일이다. 그러타고 滔滔한 政論的 潮流에 몸을 내던지므로써 하루밤 사이에 時代的 呼吸—思想—을 體得하고, 時代的 建設에 盲目的으로 參與할 수 잇는 榮光을 文學의 領域에까지 擴張하라고 하는 것은 더욱 아니다. 兩者는 어느 것이나 文學과 政治와의 關係를 藝術上의 問題로 正當히 把握하지 못하기는 每一般이다.

政治는 다만 뮤즈의 女神이 그리워서라든가, 마아즈의 使者가 나타나기 때문에 文學의 前面에 强力的 姿態를 나타낸 것이 아니다. 또한 文學은 政治의 燦然한 威嚴에 그저 拜隨하고 阿諂하므로써 政治를 迎合하려는 것이 아니다. 그러기에 兩者의 關係는 特定한 時期에 잇어서나, 火急한 때에 잇어서 臨時의 倫理的 指定으로 歸結되는 것이 아니라, 藝術의 本質에서의 恒常적이며 必然的인 歸結로 把握되어야 한다는 것이다. 그것은 마땅

이 政治의 現實的 基礎를 이루고 잇는 社會 生活層—거기에서 胚胎된 具體
的인 思想을 追求하고 檢討한 끝에, 그에 特有한 創作 方法 우에다 政治와
文學의 關聯性을 確立 明示한 것이 아니어서는 아니 된다. 政治와의 不可分
의 關係를 創作 方法 우에서 明確히 할 수 없는 文學이 政治와의 關係를
密接히 하게 될 제, 그것은 한갓 政論的인 이데올로기小說에 떠러지고 마는
것이다.

  거듭 말하거니와 오늘의 文學人의 當面 課題는 決코 政治에의 猪突的
接近이 아니다. 또한 盲目的 背面도 아니다. 文學者된 者는 모름지기 오늘의
現實 生活을 그 深部에서 파헤치므로써, 本質的인 歷史的 潮流를 把握하고,
또한 그 思潮를 追求 檢討하므로써 政治와의 關係를 正常的인 것에까지
끌어올려야 할 것이다.(그것은 客觀的 現實을 正確히 反映할 수 잇는 方向에
서 創作法을 把握하고, 못하는 데서 決定的 契機를 갖게 된다.)

  '人生의 敎師'로서의 文學者는 '어떠케 살 것인가'라는 課題를 擴充하야
同時代人에게 對한 이러한 모든 問題의 具體的 提示가 잇기 前에는, 그들의
職務를 다햇다고 할 수는 없는 것이다.

—(5) 『동아일보』, 1940. 3. 31

歷史的 過程의 形象化

나는 아메리카 映畵를 볼 적마다 그 爛熟한 資本主義 文明에 瞠目하게 되며, 同時에 나의 故鄕인 智異山 밑을 聯想하여 깊은 感懷에 빠지는 버릇이 있다. 그것은 反對로 故鄕인 智異山 속을 들어갈 적마다 明治座나 若劇에 上映되는 外國 映畵를 聯想하고, 깊은 感懷에 빠진다고 하여도 一般이다. 그때의 나의 感懷란 時間的으로는 이 땅의 四千年 歷史가 나의 머리를 스치고 있는데, 空間的으로는 洋을 건너 아메리카 文明, 아니 世界 文明이 나의 발 밑에 부닥처 交錯現象을 呈하고 있다는 느낌이다.

어느 經濟學者의 말맛다나 資本主義的으로 뒤떠러진 이 땅에는 아직도 封建的인것 뿐만 아니라, 原始的인 形態까지 殘骸를 남기고 있는데, 移入된 資本主義 文化는 그의 開花期를 맞지도 못하고 새로운 轉換이 過程되고 있다. 이 急激한 轉變의 過程을 우리는 單一代에 體驗하고 있다. 말하자면 우리들은 歷史의 舞臺에 있어서 劇場 主人의 아들로서 태여난 셈이다.

따라서 내가 作品을 쓴다면 그 素材나 人物에 있어서 이러한 歷史的 過程을 形象化시키고, 普遍化시킬 수 있는 그런 것들을 要求하게 된다. 그것은 勿論 農村과 都會를 素材로 하게 되며, 人物은 約 三代가 必要하리라고 본다. 그것은 現代小說 또는 歷史小說의 어느 形式으로로라도 그려질 수 있다. 그러나 社會史와 經濟史에 대한 깊은 洞察이 없이는 全혀 붓을 들 수 없을 것이다.

이것은 單純한 앙케이트에 對한 나의 答辯에 끝이는 것이 아니다. 적어도 杜翁의 『戰爭과 平和』, 발작크의 『人間喜劇』을 갖지 못한 이 땅에 태여난 作家의 必然的인 野望이다.

—『인문평론』, 1940. 3.

讀者論

文學의 商品性과 讀者

一般的으로 文化論이나 文學論에 잇서 讀者 또는 大衆이 問題되어 온 것은 이미 오래이다. 그러나 우리 文壇에 잇서서 文學과 讀者의 問題는 그 問題의 重要性에 比하여 論究된 적이 너무도 적엇다고 본다.

勿論 지낸날의 傾向文學은 恒常 讀者를 問題삼어 왓다고 할 것이다. 그러나 周知한 바와 가치, 當時의 傾向文學은 單純한 文學의 讀者로서 讀者를 問題삼엇든 것은 아니엇다. 그것은 더 만히 政治的 傾向性을 띠고 잇섯다.

邇來 이 땅의 主流를 일흔 文學은 그것이 漸次 純文學的 베일을 씌어지므로 말미암아, 한 번도 讀者의 問題를 正常的으로 取扱할 機會를 갓지 못하엿다.(事實 昨年 八月 『文章』誌에 실린 拙稿 「現代小說讀者論」—그 亦 極히 初步的인 試論에 그첫던 것이나—을 除하고는 最近 三, 四年來 讀者에 對한 이러타는 關心조차 認知할 수 업다.)

그러나 이 땅의 主流를 일흔 文學이 意識的으로 讀者의 問題를 忌避하엿다는 事實은, 作家가 讀者의 問題를 意識的으로 抛棄하므로 말미암아 文學의 主流를 喪失하엿다고 歸納的 結論을 짓게 될 제, 오늘의 低迷한 文學은 그의 主流를 찾기 爲하여서도 讀者의 問題의 論究가 不可缺의 當面 課題이라는 것을 알아야 할 것이다.

文化現象으로서의 文學은 一段 生産的인 文學者와 仲介者인 저널리즘과 消費者인 讀者 大衆에 依하여 成立된다고 볼 수 잇다.

그러나 이제까지 讀者의 問題는 文學者에 잇서서 보다도 저널리즘에 잇서서 한層 熱心히 探求되어 왓다. 따라서 讀者의 問題는 理論的 對象으로서 보다도 捷徑 消費者, 卽 購買力으로서 把持되엇스며, 讀者는 單純한 商品의 顧客으로서 質보다도 그 量이 問題의 對象으로 되어 왓다.

事實로 未知의 大衆은 不絕히 讀者 階級으로 開拓되고 吸收될 제, 그것은 오늘의 甚大한 저널리즘의 市場을 形成하기에 이르럿다. 新聞의 發行과 出版 事情은 이미 多大數의 國家에 잇서서 大 産業의 一 部門을 이루엇스며, 올다스 헉슬리의 引抄에 依하면 歐羅巴와 亞米利加만으로도 年 二百億파운드의 木材 펄프와 아스팔트類가 活版用 잉크로 染色이 된다 하며, 또한 英語, 佛語, 獨語만의 新刊 冊이 每年 四萬冊을 凌駕한다고 한다.

여기에 잇서선 讀者 大衆은 다만 年 百萬冊 以上을 消息하는 讀者層의 一員으로 計上될뿐, 그 外의 아무런 問題 對象으로도 認定되지 안는다. 따라서 公衆에 物品을 사게 하는 秘訣을 體得하여 온 商業家로서의 現代 저널리즘은 讀者에 對한 宣傳 廣告에 잇서서 누구보다도 그 可能性이라든가 限界性을 正確히 認識하고 잇다.

여기에 잇서서 讀者는 恒常 그의 文學的 慾求를 低級과 安易로써 安定시키며, 自己의 思考와 感情의 發掘이라든가 鍊磨를 갓지 못하고, 다만 廣告에 依하여 어느 때나 店鋪로 달려가는 篤實한 文學 消費者로서 永久히 讀者 階級의 最低邊에 膠着케 마련되어 잇다.

이 가튼 現象은 勿論 오늘의 文學에 附隨되고 貫通되어 잇는 商品性에 基因한 一種의 憂鬱한 宿命이라고도 할 수 잇다. 그러기에 文學者로서 率先하여 讀者의 問題를 熱心히 論及한 것은 現代 저널리즘과 굿게 結託한

所謂 通俗文學, 大衆文學의 作家로 불리워지는 文學者들이엇다. 그들은 百萬人에게 읽히기 爲하여 쓰며, 商品으로서의 流通性을 百퍼센트 圓滑케 할 것을 意圖하고 쓴다. 그들은 讀者를 意識하므로 말미암아 意識的으로 調子를 낫추고 興味를 돗구어 쓰게 되며, 그들의 文學은 讀者의 呼吸, 아니 讀者에의 迎合 以外에 아무런 目的性도 업는 것이다.

우리는 勿論 이러한 오늘의 文學的 宿命에 抗拒한다는 것이, 적어도 商品 生産 社會의 構機 안에서는 無意味한 狀態에 잇다는 것을 잘 알고 잇다. 그러나 文學이 商品으로서의 流通性을 發揮하면 할수록, 他方에 잇서서는 藝術 本質로서의 文學에 對한 欲求와 渴症이 熾烈하다는 事實을 看過할 수 업다. 確實히 讀者의 背反 傾向은 오늘의 文學을 딜레마에 떠러트리고 잇스며, 어느 時代에 잇서서 보다도 悲劇的 相貌를 呈現하고 잇는 것이 事實이다.

그러면 商品으로서의 文學이 아니라, 藝術 本質로서의 文學은 讀者의 問題를 어떠케 取扱하엿는가.

―(1) 『조선일보』, 1940. 4. 19

純文學과 讀者 意識

商品으로서의 文學이 通俗文學 또는 大衆文學을 가르친 것이라면, 本質로서의 文學은 應當 純文學을 일컷는 것일 것이다. 本是 이러한 區分은 너무나 機械的이며, 또한 漠然한 것임을 承認하고서 나가야 할 것이나, 如何 間 그것은 讀者의 問題를 介入시킴으로써 한層 錯綜된 結果를 내고 잇다는 것을 明言해 둘 必要가 잇다.

卽, 一般的으로 讀者 大衆에 對하여 氣質的으로 反撥하는 것이 純文學이 며, 反對로 讀者 大衆에 追從하는 것이 通俗文學이라는 見解가 成立되어

잇다. 이러한 見解는 勿論 이 땅의 文學이 最近 純文學과 通俗文學으로 分類된 데서 胚胎된 것이라고 할 것이나, 그것은 反面에 잇서서 讀者 大衆의 問題를 그 가치 機械的으로 取扱하게 되는 데서, 이 땅의 文學을 純文學과 通俗文學과의 奇怪한 分類에도 끄러드렷다는 結果로도 볼 수 업는 것이 아니다.

如何間 商品으로서의 文學에 對立한 藝術 本質로서의 文學은, 그것이 純文學的 베일을 쓰므로 말미암아 讀者의 問題를 意識的으로 回避하고 잇다는 것은 이미 本論의 緖頭에서 論及한 바이다.

첫째, 純文學에 잇서서는 讀者를 意識하고 쓴다는 것이 一種의 邪道로 알려저 잇다. 그것은 讀者를 意識하고 아니 하고의 問題가 아니라, 作品을 쓸 때의 純粹의 思念을 追求해 가는 作家의 心境에는 적어도 讀者라든가, 第三者의 表情은 介入할 틈(間隙)이 업다는 것이다. 더욱이 純文學이라는 것의 擧皆가 身邊小說 또는 私小說에 머저 잇는 이 땅의 文學的 性格에 잇서서는 오히려 私的이며, 個別的인 條件 가운데 第三者의 介入할 수 업는 純粹가 持續되고, 眞實과 絶對가 穿鑿되는 것을 자랑삼는 만큼, 讀者의 問題는 그들의 世界에서 自然 閉却되지 안흘 수 업는 것이다.

따라서 純文學이나 私小說에 잇서서 讀者가 問題된다면 그것은 作品의 究極의 到達點인 客觀性을 獲得한 地點에까지, 다시 말하면 私的이며 個別的인 條件 가운데 眞實과 絶對를 파헤치고, 그 狹窄한 門을 通하여 到達한 普遍性의 地點에까지 讀者가 作品과 함께 따라가게 될 제만이, 비로소 그들은 享受니 鑑賞이니 하여 配慮에 너케 될 뿐이다. 그만큼 純文學側에 잇서서는 讀者의 問題에 對하여 冷淡하고, 一便 謙虛하다고 본다.

그러나 우리가 다시금 根源的으로 考慮해야 할 것은, 果然 讀者를 意識하고 쓴다는 것은 文學에 잇서서 邪道일 것인가. 더욱이 作品을 쓸 때의 作家의 思念에는, 果然 第三者의 表情이 介入할 수 업슬만큼 純粹가 持續되고 잇는 것일가. 오히려 쓴다는 意識的 行爲, 다시 말하면 作品의 客觀 世界에의 誕生 過程에 잇서서는 作家로서의 周到한 反省과 配慮가 讀者와의 共○에까지 손을 뻐치게 하는 것은 아닐는지.

勿論 作家가 讀者를 意識하고 쓴다는 不純한 實例는 그 方式 如何에 따라서 얼마던지 잇슬 수 잇다. 아페서 말한 通俗文學이 讀者에의 迎合을 爲하여 意識的으로 調子를 낫추고 興味 本位로 나간다는 것은 바로 그 適例이겟스나, 그것은 作家가 讀者를 意識하는 方式에 過誤와 不純이 잇는 것이지, 決코 讀者를 意識하고 쓴다는 그 自體에는 아무런 罪科도 업는 것이다.

嚴密히 말하자면 讀者를 意識하고 쓴다는 것은 作家가 自己 自身까지도 大衆의 한 사람으로서 意識하고 쓴다는 것을 意味한다. 그것은 事物을 思考하고 쓴다는 것부터가 이미 하나의 社會的 行爲라는 事實로도 自明하다고 본다. 作家는 決코 單純한 作品 供給者에 그치는 것이 아니라, 自己 自身 하나의 探究者이며 享受者인 것이다. 하나의 行爲者로서 그 行爲 가운데 反省과 批判이 作用되기는 作家에 잇서서도 一般이다. 오히려 作家는 쓴다는 社會的 行爲를 通하여서만이 그의 生成 進步를 期할 수 잇는 그러한 行爲者라고 할 것이다.

그러므로 오늘날 所謂 純文學이 讀者의 問題에 잇서서 冷淡하다는 것은, 結局에 잇서서 그 文學 自體에 毅然한 目標(一主流)가 서 잇지 못하고, 따라서 讀者 對象을 規定하고 積極化할만한 아무런 力量도 所有하지 못하고 잇다는 것박게 意味할 수 업는 것이다.

이것은 오늘의 저널리즘이 文學上에 君臨하여 文學의 領導權을 文學者 自身이 掌握하고 잇지 못하다는 事實만으로도 容易히 結論지을 수 잇는 것이나, 文學의 恒久的 目標가 終局에 잇서 讀者의 欲求하는 바 그것일 바에는, 이 가튼 事態는 正히 匡救되지 안흐면 아니 될 것이다.

—(2) 『조선일보』, 1940. 4. 20

讀者 大衆의 實體

實狀을 말하면 作家가 讀者를 意識한다는 것은 하나의 當然이며, 如干한 ○○主義者가 아니고서는 어떠한 作家를 莫論하고 認定하지 안흘 수 업는 儼然한 事實이다.

勿論 발레리 가튼 作家가 누구를 爲하여 作品을 쓰느냐는 質問에 '自己 自身을 爲하여'서이라고 對答하엿다는 것을 記憶하고 잇다. 이 가튼 個人主義는 이미 보르도의 首長 몽테뉴에 잇서서 典型的으로 表示된 것으로서, 作家의 信條가 그러타고 하여 반드시 作品의 價値가 떠러진다는 것은 아니다. 오히려 藝術을 味解하는 者가 적엇던 貴族的 時代에 잇서서 그 憂鬱한 呪縛을 버서나서 自己 自身의 殼中에 遁入한다는 것은, 때로서는 自己 自身을 살리는 健全의 標幟일 수도 잇는 것이다.

그러나 아무리 自己를 爲하여 씨여진 作品일지라도 그것이 讀者 大衆에게 搬入되지 못한다면, 그것은 結局 發芽하지 안흔 쌀알이 되고 마는 것이다. 勿論 그러한 作品에 잇서서도 作家 自身의 法悅만은 充足될 수 잇슬 것이나, 그것은 어디까지나 作家 個人의 主觀의 燃燒에 不過한 것으로서 藝術이 될 수는 업는 것이다.

그러므로 作家에 잇서서 讀者의 問題가 回避할 수 업는 文學上의 問題로 登程된 以上, 그것은 마땅이 作品에 잇서서 作家와 讀者와의 關係란 어떠한 것인가. 作家가 讀者에게 주는 影響의 程度는 어떠한 것이며, 그 限界點은 어디 잇는가. 또한 讀者는 어떠한 程度에서 어떠한 方法으로 作家에게 反應하는 것인가. 다시 外部 事情은 그 影響에 對하여 어떤 作用을 주고 잇스며, 그 影響의 消長의 法則은 어떠한 것인가 等의 廣範圍에 對한 論究를 必須的으로 要求하게 되나, 여기에 잇서서는 于先 極히 根本的인 몃 가지의 問題에 抵觸하는 것으로 끄칠가 한다.

大體로 이제까지 讀者니 大衆이니 말하여 왓스나, 文學의 讀者는 어디 가서 차저야 하며 그의 實體는 어떠한 것일가.

우리는 이미 叙上에서 오늘의 저널리즘이 文學과 讀者의 問題를 單純히 그 商品性과 購買力의 問題로 規定하여, 그의 正常的인 關係를 錯亂하고 잇다는 事實을 보아왓다. 저널리즘은 어데까지나 量만큼 對象으로 하여, 質的으로는 極히 나즌 水準에다가 文學과 讀者를 再編成하고 잇는 것이다.

그러나 이제 우리들이 探索하여야 할 讀者 大衆의 問題는 그와는 다른 立場에서 探究되어야 할 것은 勿論이다. 다시 말하면 그것은 무엇보다도 商品 購買者로서의 讀者를 否定하는 데서 始作되어야 할 것이다. 萬一 或說 의 讀者論者가 잇서서 이 文學 購買者 大衆을 相對로 讀者를 一握掌中에 너흐려 한다면, 그는 도리어 讀者란 怪物에 包圍되지 안흘 수 업는 놀라운 結果에 逢着하고야 말 것이다.

따라서 여기에 잇서서는 個個의 具體的인 實例를 追求하여 보아도 그 結果는 每一般이다. 新聞의 連載小說이나 雜誌 創作欄을 連다라 읽는 讀者 로부터, 單純한 讀書의 享樂이 아니라 選擇과 批判을 갓는 讀者에 이르기까 지, 그것은 意外에도 넓은가 하면, 엿고 좁은가 하면 기픈 多種多樣의 事實 以外에 依然히 讀者의 失體에 對한 統一的 結論을 가질 수는 업다.

체홉의 手帖의 一節.

"리요 노치카는 小說 가운데 나오는 人物에 잇서서는 侯爵이나 伯爵을 조하하며, 平民은 실혀 하엿다. 戀愛하는 場面이 나오면 조하하엿스나, 그것 은 簡潔하고 理想的인 戀愛이어야지, 肉體的인 것은 글럿섯다. 自然 描寫는 실헛스며, 描寫보다는 會話가 조핫다. 첫머리를 읽기가 대간하면 終章을 뒤저것다. 作家의 이름은 알지 못하며, 또한 외려고 하지는 안헛다. 페이지의 上欄에는 '宏壯하다', '痛快하다', '自業自得' 等이라고 鉛筆로 끄적거려 잇섯다."에 나오는 有閑婦人 리요 노치카와 가튼 讀者로부터 魯迅의 "文學 은 人生 社會의 患部를 自覺시키기 爲하여 쓰여지며, 讀者는 그것을 理解하기 爲하야 읽는다.”고 말한 그 讀者에 이르기까지, 讀者 大衆이란 實로 異質感으로 充滿되어 잇다.

그러나 讀者 大衆의 異質性에서 그 實體를 捕捉할 수 업다면, 그 同一性에서, 다시 말하면 그 普遍性에서 讀者의 實體를 探索할 수 업슬는지, 쉽게 말하여 讀者란 어느 곳에나 存在한다. 그것은 讀者의 思想이 普遍的인 것과 가치 또한 普遍的인 것이다. 따라서 人生을 理解하고, 愛情을 부치고, 眞實을 探究하는 讀者의 思想은 普遍的이며, 또한 그러한 讀者의 普遍的 存在가 文學이 對象으로 하는 讀者 大衆의 實體라고 할 것이다.

여기에 잇서서 文學과 讀者는 그 存在 理由를 互相的으로 闡明하고서 成立하는 그러한 物件이다.

—(3) 『조선일보』, 1940. 4. 23

文學과 讀者의 關係

文學과 讀者가 그 存在 理由를 相互的으로 闡明하기 爲하여는, 먼저 兩者의 사이에 어떤 內部的 論理의 必然性에 基한 關係가 把握되지 안흐면 아니 될 것이다. 다시 말하면 讀者가 文學의 테 박게 잇는 것이 아니라, 文學의 메커니즘 가운데 機能的으로 드러 잇서야 할 것이다.

勿論 文學이 잇슨 然後의 讀者인만큼 미리부터 讀者를 規定지우려고 드는 것은 틀닌 일이나, 참으로 文學이 讀者와의 사이에 內向的 論理의 必然的인 關係를 갓게 되는 것은 讀者가 文學의 創造的 對象이 될 제만이 비로소 可能하다고 본다. 따라서 讀者는 一段 文學의 創造的 對象으로 限定시켜 둘 必要가 잇는 것이다.

讀者와 作家는 單純히 읽는 者와 쓰는 者의 關係가 아니라, 讀者 大衆의 生活이 곳 作家의 文學 內容을 이루며, 讀者에 잇서서는 自己가 읽는 文學의

內容이 곳 讀者 自身의 生活이어야 하는 그러한 關係에 잇는 것이다. 다시 말하면 如何한 文學일지라도 讀者에 對한 眞實한 關係는 文學과 讀者의 生活이 그 內容에 잇서 恒常 一致하여야 하며, 적어도 一致하도록 努力하는 데 잇다고 할 것이다.

그것은 마치 一 畫家의 風景畫나 靜物과 鑑賞者와의 關係와도 갓다. 作家가 讀者의 生活을 自己의 文學 內容으로 한다는 것은 自己가 그리려는 世界를 生活하고 잇는 사람들을 自己의 文學의 讀者로서 이 讀者에 對한 責任을 지는 데 잇다. 그러하므로써 作家는 自己의 文學을 그들의 生活의 代辯者로 할 수 잇는 것이다.

이러한 點에 잇서서 지내간 傾向文學은 다른 어느 文學보다도 만흔 功績을 남기엇다고 할 것이다. 오히려 讀者의 問題를 그가치 提起시키므로써, 當時의 傾向文學은 文學上의 커드란 思想的 潮流를 이루엇다고 볼 수도 잇다.

勿論 初期의 自然主義 系列에 屬하는 作品들도 生活의 描寫에 잇서서 優秀한 것이 적지 안헛으며,(—東仁, 稻香, 想涉의 創作) 가까이는 世態小說로 烙印을 찌킨 朴泰遠, 蔡萬植의 一列의 作品, 다시 新人들의 作品 世界에 잇서서도(—其中에서도 主로 最近 三, 四年來의 『朝報』 當選 作家群) 一般이 看過해 온 窮僻한 大衆의 生活圈이 微細한 눈으로 克明히 描寫된 것이 事實이나, 그들은 이제것 讀者의 問題를 提起함이 업시 오늘에 이르럿다.

그들은 一括하여 人生의 意義라든가, 現實의 眞相을 잇는 그대로의 生活 가운데서 차즈려 하엿스며, 그러한 리얼리스틱한 態度는 어느 程度까지 그려진 世界의 眞實을 파헤치는 데 成功하엿다고 볼 수 잇다. 그러나 廣義的으로 自然主義 系列에 屬하는 이들 作家는 그들이 그린 世界를 生活하고 잇는 사람들을 自己의 文學의 讀者로서 이 讀者에 對한 責任을 自己의 文學에 課하거나, 自己의 文學을 讀者 大衆의 生活의 代辯者로 하려고는 하지 안엇다. 다만 讀者 大衆의 生活은 그들 作家 自身의 人生에 잇서서

必要한 對象으로박게 取扱되지 안엇스며, 그들 作家의 人生觀이라든가 世界觀은 讀者의 生活이 要求하는 解決의 方向과는 別個의 것으로 되어 잇다.

여기에 잇서서 우리는 讀者의 問題가 根本的으로 創作 方法에 關한 問題이며, 創作 方法을 論함이 업이는 讀者를 論할 수 업다는 것을 理解할 수 잇다. 여기에 비로소 讀者의 問題는 文學의 創造的 對象으로서 文學과의 內向的 論理를 갓게 되는 것이다.

作家는 勿論 어느 때나 自己가 그리고 십흔 것을 그리게 되며, 무엇을 그리든 그것은 作家의 自由인 것이다. 그러나 그러한 作家의 創造的 自由가 어떠한 讀者 大衆의 生活을 對象으로 하고 잇는가를 檢討하게 될 제, 그것은 不可避的으로 自己의 創作 方法에 對한 省察을 强要하지 안홀 수 업는 것이다. 다시 말하면 그것은 創作 方法에 잇서서 作家의 世界觀과 現實에 對한 態度를 觀察하므로써, 讀者의 生活을 現實的으로 追求하지 안흐면 아니 되는 努力과 苦難의 行路가 열니는 것이다.

—(4) 『조선일보』, 1940. 4. 24

文藝思潮의 地盤

事實 讀者 大衆의 現 姿態는 創作 方法이 客觀的 現實을 正確히 反映하는 方向에서 把捉되고 아니 되는데, 따라서 그의 表現을 갓고 못갓고 하는 것이다.

그러나 그러타고 하여서 讀者 大衆의 問題가 다만 一般的인 創作 方法의 問題에 끄친 것이라면, 새삼스러히 讀者의 問題를 提起할 것이 업시 創作 方法의 問題도 取扱하고 그만일 것이다.

그러나 創作 方法 一般이란 決코 抽象的인 것이 아니여서, 恒常 그 內容에 關한 生活을 하고 잇는 우리들의 生活을 表現하고 代辯하게 된다. 오히려

作家는 그 生活의 意義 乃至 目的을 自己의 文學의 目的 使命으로 하고 잇다.(그것은 作家가 意識하고, 아니 하고를 不拘하고 主張되어야 할 것이다.) 그러므로 讀者 大衆의 問題는 創作 方法에 잇서서 이 目的 使命을 自覺하게 되는 데서 위정 提起된 것에 不外하다고 본다.

確實히 오늘의 文學이 藝術至上的인 自己 目的과 自意識에서 脫却하여 讀者 大衆 가운데 그 目的을 갓는다는 것은 創作 方法에 잇서서 가장 具體的이며 本質的인 課題임에 틀림업다.

아직도 純文學의 베일을 脫却하지 못한 一部의 作家들은 이 大膽한 功利性의 主張을 頑迷하게도 拒否할지 모르나, 이미 쟝 리샬 뿌록코는 一九二五年 國際作家會議 席上에서 "自己 自身을 爲하여 쓴다."는 過去의 支配層的 作家에 共通한 觀念을 批判하여 다음과 가치 말하엿다.

"文學한다는 것은 確實히 獨白(모놀로그)이다. 그러나 페이지를 넘기며 行間을 보라. 獨白의 背後에 드리는 것은 對話(다이알로그)다. 누구와의 對話일까. 그것은 文學者와 讀者 사이의 주고 밧는 對話이다."

"그들(讀者)은 諸君이 創作할 때 諸君의 內部에 居住하고 잇스나, 諸君에게 커다란 勇氣를 주는 것은 그들의 無言의 立會라는 것을 이저서는 아니된다."

要컨대 뿌록코는 讀者를 藝術의 創造的 對象으로서 뿐만 아니라, 審判者로서 積極的인 評價를 나렷다.

勿論 作家는 그의 創作에 依하여 藝術的 生活 過程을 살고 잇다. 그러나 이저서 아니 될 것은 그 創作이 하나의 具體的인 實體(프렉티스)라는 것이며, 다시 나아가서 그 創作的 實踐은 作家의 全社會的 生活의 實體를 떠나서 잇슬 수 업다는 것이다.

따라서 作家의 創作에 잇서서의 實踐性을 高調하게 될 제, 他面에 잇서서 讀者 大衆의 藝術에 對한 實踐을 看過할 수 잇는 것이며, 오히려 讀者 大衆이 그 社會 生活에 잇서서 ○○를 必要로 하드시, 藝術과 文化를 必要

로 하기에 作家의 創作 活動이 喚起되엇다고 보아야 할 것이다.

如何間 作家는 作品에 잇서서 讀者는 作品에 對하여서 文化 過程의 實踐을 具體化하게 되며, 兩者의 社會的 實踐의 積極性이 創作과 鑑賞의 面에서 굿게 結託될 제 藝術의 社會性도 發揮되는 것이다.

讀者가 文學에 잇서서 創造的 對象으로 또한 批判者로 登場하게 된 것은 이 以上 論及할 必要를 느끼지 안흐나, 우리는 結論的으로 讀者가 다시금 文藝思潮의 地盤을 이루고 잇다는 것을 闡明해 둘 必要가 잇다.

한말로 말하여 文藝思潮란 各自의 傾向의 內的 世界에 反映되어 잇는 各自의 社會層의 生活에 地盤을 갓고 잇는 그러한 물건이다. 따라서 文藝思潮는 그 한 社會層의 欲求와 生活 狀態를 通하여, 惑은 近似的으로, 惑은 그 性質대로 歷史의 發展 過程을 反映하고 表明하는 것이다.

그러나 오늘날 우리가 이러타는 特定의 文藝思潮를 갓지 못하는 것은 무엇 때문일까. 나는 일찌기 오늘의 文學이 各 作家의 屬하고 잇는 社會層의 生活을 充分히 表現하고 잇지 못하다는 것과 歷史의 흐름을 方向지우고 잇는 河床에까지 무슨 方式으로나마 關係하여, 그것을 文學 作品의 中核으로 할만큼 그들의 生活을 形象化하지 못하고 잇다는 것을 列擧한 적이 잇다.

그러나 至今 다시 바꾸어 말한다면, 그것은 作家가 讀者의 生活을 表現하고 代辯할만큼 讀者와의 關係를 自覺하지 못하는 데서 根據되어 잇다고 본다.

生活이 思想的 地盤을 이루고 잇는 것은 이미 하나의 公式이다. 우리는 讀者의 思想이 그 存在와 함께 普遍的으로 存在하고 잇다는 것을 以上에서 論及하여 왔다. 作家는 모름직이 讀者 大衆의 生活 乃至 思想을 그의 創作 方法 우에서 克明히 追求하고 表現하는 데서 새로운 文藝思潮를 차저야 할 것이다.

—(5) 『조선일보』, 1940. 4. 25

芥川賞 候補 作品 其他
― 三月 創作評

1

요지음 우리 文壇에 있어서 가장 切實히 느껴지는 것은 作品이 없다는 것이다. 거기에는 勿論 作品다운 作品이 없다는 註釋이 必要하나, 事實 量으로 보아서는 每月같이 汎濫하는 創作 가운데에서 한 作品이나마 읽어서 보람있는 作品을 對해 볼 수 없는 그러한 狀態가 繼續되고 있다.

어느 때이고 우리 文壇에 豊獲의 季節이 있었든 것은 아니다. 그러나 昨今의 創作界에 있어서와 같이, 深刻한 饑饉 狀態에 瀕한 적은 없었으리라고 본다. 現實과 맞붙은 峻嚴한 文學精神에서 逸脫한 大部分의 旣成 作家들은 그 精力을 新聞小說―보다 適切히 말한다면 通俗小說에로 傾注하야 겨우 讀者들의 媚態로써 그 殘命을 保持하고 있으며, 또한 누구보다도 潑剌하고 眞摯해야 할, 다시 말하면 文學 修業 過程 中에 있는 新進 作家들은 作品이 批評의 紐帶에서 弛緩된 것을 好機로 때마침 부러 온 新世代論의 雜音을 伴奏삼어 習作 程度의 붓作亂을 知覺없이 飜覆하므로써, 그들의게 주어진 지나친 스페이스를 濫用하고 있다.

이러한 結果가 文壇 全體를 通하여 作品 水準의 空前의 低下를 齎來하게 된 것은 讀者나 批評家를 爲하여서보다도 첫째, 作家 自身을 爲하여 愛惜한 일이 아닐 수 없다.

事實 요지음 創作 月評이란 그 意義는 그러한 形式의 것이 되어 있다. 쓰는 사람은 쓰는 사람대로 아무런 興味를 느끼지 못하며, 읽는 사람은 읽는 사람대로 아무런 興味를 느끼지 못한, 그러한 倦怠의 물건이 곧 最近의 創作 月評이다. 이러한 現象이 全혀 作家들의 作品 水準의 低下에서 結果된 것이라고 볼 제, 創作 月評은 當分間 없어도 좋으리라고 生覺된다.

2

實際로 이 달 創作陣을 一瞥하여도 거기에는 批評의 對象이 될만한 作品은 한둘이 못된다. 抑之로 問題삼을 수 있는 作品을 찾는다면, 韓雪野氏의 「摸索」(『人文評論』)이나 들 수 있을 것이다.

「摸索」은 現實의 生活的(廣義의) 重壓과 거기에 억눌린 人間 精神과의 摩擦面을 追求하였다. 더욱이 軟弱한 性格의 남식과 그와는 特異한, 强한 性格의 妻를 對照시키므로써, 現實에 對한 그들의 態度를 相當히 效果的으로 들추어냈다. 그러나 現代의 오브로모프型인 남식을 보다 一般化시키기 爲하여서는 作家와 作品의 主人公과의 距離가 鮮明해야 한다는 것보다도 作家의 主觀이 들추어나지 않아야 할 것임에 不拘하고, 間間 作家의 主觀이 主人公의 行動과 思索에 點綴되어 讀者로 하여금 客觀化한 印象을 鮮明히 把握할 수 없게 한 것은 이 作品의 瑕疵라고 아니 할 수 없다.

더욱이 結末에 있어서 作者가 主人公 남식을 肯定하게 될 제, 다시 말하면 現實에 대한 남식的인 네거티브를 首肯하게 될 제, 이 作品이 갖는 最初의 모티브는 動搖한 것으로 밖에 볼 수 없다.

勿論 作家는 汽動車의 窓 밖으로 내다보는 物體가 反對 方向으로 달리는 것을 現實의 흐름으로 象徵化하였다고 看做되나, 겨우 自己 안해가 府營供給所에 物件사러 갔다가 言爭을 한 것을 "산다는 일—卽, 生命이 불어간다

는 일과 非常히 가까운 距離에 있는 일이라고 생각하고”, 다시 “산다는 일이 얼마나 어려운 것인지를 생각하는” 主人公이 汽動車의 달림 속에—卽, 現實의 흐름 속에 ‘不可思議한 것’을 느꼈다 하더래도, 現實에 對한 追求가 거기에 머저있는 限, 누구나 그것을 首肯할 수는 없는 것이다. 問題는 오히려 오늘의 現實이 가져온 生活的 重壓이 어떻게 하여 남식的인 오브로모프型을 만들어내고 있는가를 追求하므로써, 現實에 能動的으로 參考할 수 있는 人間型을 찾을 수 있지 않는가 한다.

鄭飛石氏의 「孤高」(『文章』)는 氏의 作品 가운데에서도 駄作에 屬하는 作品이라고 본다. 거기에는 作家의 이이지꼬잉이 明白히 看取되었다. 氏는 奇人 春坡 先生을 혼자로서의(一讀者와는 無關히) 感興만으로 아무렇게나 얽어매어 놓았다. 그것은 마치 어린애가 老人에 對한 傳說的인 感激을 가지듯 作家 對 春坡 先生의 關係가 感激으로써 그려저 있을 뿐이다. 다시 말하면 作者아닌 爾餘의 讀者에게는 春坡 先生이 아무런 感興도, 興味도 이르키지 않는, 따라서 崇仰할만한 奇人도 아무것도 아닌 그러한 主人公을 만들었다. 이 作者는 作品 對 作家의 正常的 關係를 全혀 理解하지 못하고 있다. 作家란 作品을 支配만 하려고 하면 그만인 것이 아니다. 오히려 그것은 作品의 破綻을 낳는다. 作家가 主題나 主人公을 描寫하기도 前에, 作家 自身의 感激이 앞선다는 것은 大概 作家가 作品만을 支配하려고 하는 데서 生기는 現象이다. 그러나 作家가 아무리 主人公을 안고 興奮하고 感激하나, 其實 讀者의 눈에는 作者의 興奮만이 感觸될뿐이요, 정작 作品 主人公에게 서는 아무런 感興도 얻을 수 없는 것이다. 그러기에 作家는 作品을 支配하는 것이 아니라, 作家와 作品과의 關係를 支配하여야 한다는 것이다. 前者에 있어서는 作家가 그리려는 主人公이 作家 自身일 境遇에는 그다지 病弊가 나타나지 않으나, 一段 第三者的인 人物을 그리게 되는 마당에 있어서는 「孤高」의 例에서와 같이 失敗하지 않을 수 없는 것이다.

李無影씨의 「이름없는 사나이」(『朝光』)는 所謂 ‘教養있는 俗物’의 現代

家庭을 캐리커취한 作品이나, 作品으로서는 그다지 成功했다고 볼 수는 없다. 元來 諷刺文學이란 것이 現實에 대한 妥協과 曖昧를 容納하지 않는 利害關係에서 出發한 것이며, 또한 거기에 始終하는 切實하고 辛辣한 批判的 精神 없이는 있을 수 없는 것이나, 李無影氏뿐만 아니라 이제까지의 이 땅의 諷刺的 作品에서는 그만한 誠實과 熱意를 찾어볼 수 없었다. 諷刺文學이 現實의 利害關係에 對한 直接的인 表現이라고 할 제, 그것은 同時에 直接的인 批判의 表現이라고 볼 수 있다. 그럼에도 不拘하고 '이름없는 사나이'에 있어서는 現實에 對한 作家의 눈이 現實의 矛盾을 참으로 否定的인 모멘트에서 把捉하지 못한 結果, 對象의 本質이 具體的으로 들추어나지 못하고, 다만 現象을 비꼬아 보는 程度에 머저 있을 뿐이다.

毛允淑氏의 「未明」(『文章』)은 元來 本格的인 小說家라는 것이 따로 있는 것이 아닐 터이나, 最近 評論家, 詩人들의 創作界 進出이 자지다. 勿論 三木淸氏 말은 아니지만, 누구나 一生에 小說 한 個쯤은 쓸 수 있는 것이며, 小說家란 둘 以上 쓸 수 있는 사람을 가르친 것이라고 할 수 있다. 그러나 最近의 白鐵氏나 今番의 毛允淑氏가 어느 部類에 屬할 것인가는 只今 斷定하기는 어려우나, 如何間 거기에 取扱된 테마가 各其 그들의 生涯에 있어서 最大 關心事였다는 것은 注目할 바이라고 본다. 卽, 白鐵氏는 「展望」에 있어서 轉向者의 타입을 그리려 하였으며, 毛允淑씨는 「未明」에 있어서 男性에 對한 女性의 抗議를 보여주었다.

따라서 「未明」이 取扱한 主題는 作家 自身으로서 뿐만 아니라, 누구의게 있어서도 眞摯한 問題에 누구나 그 主題에 對한 一家見쯤은 갖고 있다. 따라서 作家는 어떠한 立場에서나 그것을 首肯할 수 있도록 普遍化를 行할 것임에 不拘하고, 「未明」은 女性이란 一般的 立場에서 보다도 作家 自身의 特殊한 立場에서 多分의 偏見을 固執했다고 본다. 다시 말하면 오늘의 男女關係는, 더욱이 이른바 知識層의 男女關係는 「未明」을 우라가에서해 논 境遇가 더 많다는 것을 度外視하고 있다. 問題는 오늘의 女性 問題가 한 장의 婦人 解放의 삐라로서 없다는 것을 먼저 念頭에 둘 必要가 있다.

如何間 作品의 結構에 있어서 플롯의 展開가 中斷된 것이라든가,(유덕의 집 晩餐 場面, 評論家 吳俊泳과의 關係 等) 또는 템포의 不均衡이 눈에 띠었으나, 毛氏의 處女作으로서는 相當한 力作이라고 할 것이다.

李箕永氏의 「鳳凰山」(『人文評論』)은 언제나 氏의 作品에서 볼 수 있는 農村 題材의 作品. 그것은 故鄕의 情든 家垈와 小作畓을 債鬼에 빼앗기고 都會地 惑은 滿洲로 轉出하는 多分히 公式的인 題材이다. 거기에는 性格이 뚜렷이 나타나 있는 것도 아니다. 다만 熟練된 描寫의 붓끝이 大過없이 에필로그에까지 끌고 간 것뿐이다. 氏에 있어서는 農民이나 農村을 廣汎한 社會의 歷史에서 切離하여서가 아니라, 農民이나 農村의 獨自的인 骨格이나 性格을 通하여 社會의 全體에, 또한 '人間'이나 '人生'의 모든 것에 連結하는 普遍的인 것을 思索하고 探究하는 努力이 必要하다고 본다.

張德祚氏의 「젊은 夫妻」(『女性』)와 崔泰應氏의 「港口」(『文章』)는 아즉도 習作 그대로이다.

3

끝으로 여기에서는 아닐지 모르나, 東京 文壇에서 芥川賞 候補 作品으로 問題가 된 金史良氏의 「빛갈 가운데」에 關하여 一言하고저 한다. 처음 金氏의 『朝光』誌 連載小說 「落照」를 對할 적엔 作家的 力量을 적지 않게 疑心하였으나, 今番의 「빛갈 가운데」를 읽고서는 새로운 作家를 하나 더 갖게 되었다는 기쁨을 禁할 수 없었다. 그것은 「빛갈 가운데」가 張赫宙의 『改造』當選 作品을 凌駕하였다든가 또는 文章이 相當이 流暢하다든가 하는 것보다도, 作品이 갖는 主題가 內鮮 人間의 混血兒를 中心으로 民族 問題를 에워싸고서 作家의 신세리티를 보여주었기 때문이다. 南이라는 靑年이 同僚들 間에나 生徒들 사이에 미나미로 불려질 제 갖는 그의 態度라든가, 混血兒

由田春雄의 性格이나 感情의 解剖, 나아가서는 春雄의 어머니 되는 貞順(朝鮮人)의 感情 等은 相當이 深刻하게 그려져 있다. 더욱이 거기에는 自働車 助手 少年을 登場시킴으로써, 한層 效果的으로 民族 心理의 葛藤을 描寫하였다. 그러나 「빛갈 가운데」가 갖는 最大의 缺陷은 그 에필로그에 있어서 山田春雄을 將來의 舞踊家를 만들고, 李 助手가 自動車 運轉 免許를 맞게 된 데서부터 始作한 作家의 現實에 對한 主觀的 캄프라쥬에 있다. 勿論 오늘의 現實은 거기에 어떤 明確한 結論을 내릴 수 없을 만큼 峻嚴한 것이 事實이며, 또한 作家의 見地에 있어서는 文化的인 處理가 가장 容易한 길인 것도 事實이다. 그러나 '事實'의 動向에 좀더 眞摯하고 綿密한 追求가 있었던들, 그 같은 이이지꼬잉은 作家의 良心이 許諾치 않았으리라고 본다.

다시 말하면 土耳其 少年이 異國에 와서 內地 少年들과 아무런 自己卑下의 感情이 없이 노는 光景과 山田春雄이가 自己 同僚들 사이에 어울녀지지 못하고 삐뚜러진 性格을 갖게 된 그 事實을 보다 깊이 追求해 간다면, 問題의 本質에 보다 接近할 수 있지 않았을가 한다.

그리고 作品의 結構에 있어서나 文章에 있어서나 別般 나무랄 데 없는 이 作品이 讀者로 하여금 플롯의 展開가 겨우겨우 고비를 넘어 끌고 갔다는 느낌을 갖게 한 것은 어데서 原因한 것일까. 이 作者는 아즉도 短篇에 있어서 모티브의 曖昧가 플롯의 展開를 까칠까칠하게 만든다는 것을 意識하지 못하고 있는 것이 아닐까.

어쨌던 今番의 金史良氏의 「빛갈 가운데」는 單純히 芥川賞 候補 作品으로서의 存在 價値로서가 아니라, 最近의 創作界에 있어 드물게 보는 問題作을 던져주었다는 點에서 刮目할 作品임에 틀림없다. 紙面 關係로서 좀더 詳論하지 못함은 크게 遺憾으로 생각한다.

— 『문장』, 1940. 4.

小說과 虛構性의 問題

1

問題는 이미 낡은 것이나, 그 解釋에 있어서는 恒常 새로운 것일 수 있다. 그때 그때의 歷史的 人間은 同一한 問題를 싸고 돌면서도, 늘 새로운 時代的 性格을 附加하여 왔다.

文學에 있어서 虛構性의 問題도 亦是 그러하다. 그것의 根源은 일직이 紀元前의 希臘時代에까지 溯及되고 있다. 이미 希臘時代의 詩學에 있어서 虛構(픽션)의 觀念은 胚胎되어 있었다는 것을 看取할 수 있다. 거기에는 藝術의 本質이 一定한 機能이며, 獨特한 虛僞라고 明示되어 있을 뿐만 아니라, 그 虛僞는 다시 一定한 目的에 向해저야 할 것이라는 것까지 적혀 있다.

따라서 이 같이 虛構의 觀念의 發生이 文學에 關한 最初의 理論的 發生과 함께 비롯하였다는 事實은 文學에 있어서 虛構性의 問題가 얼마나 緊密한 關係 아래에 놓여 있으며, 얼마나 重要한 자리를 차지하고 있는가를 文學史 的으로 證言하고 있다 할 것이다.

爾來 虛構性의 問題는 그 時代, 그 時代의 文學思潮의 變遷에 따라 多少 의 屈折과 變動은 免치 못하였으나, 文學 理論의 發展과 함께 그의 本質的인

것의 하나로서 不絶한 發展을 遂하여 왔다. 더욱이 近世 市民社會에 드러서면서 로망의 發生을 契機로 하여 虛構性의 問題는 한層 本格的으로 作家의 머리를 支配하게 되였다.

괴테를 비롯하여 十八, 九世紀 로망 全盛期에 있어 뛰어난 作家들은 모다 이 虛構性에 依하여 그의 藝術的 槪括을 行하였으며, 또한 그리함으로써 高度의 文學的 眞實을 顯揚시켰다.

그러나 二十世紀에 드러와서 文學史의 主流에 리얼리즘(寫實主義)이 登場하게 되면서부터 虛構性의 問題는 一般的으로 도라다보지 않게 되었으니, 리얼리즘에 對한 一面的인 理解와 敷衍은 마치 虛構性이란 現實에서의 超越, 또는 遊離된 물건으로 看做하는 傾向을 낳었다. 그 中에 있어서도 虛構性에 端的으로 反撥하는 르포타쥬(報告)文學은 앙드레 말로로 하여금 다음과 같이 主張하게 하였다.

"이미 아메리카에서나 러시아에서나 픽션(虛構, 小說)은 漸次로 無力해지고 있다. 픽션은 十九世紀를 過度히 支配하였기 때문에, 우리는 現實의 超越, 現實의 遊離 가운데에서 藝術의 觀念을 보기까지 하였다. 그러나 르포타쥬文學의 實際的인 힘은 現實에서의 逃避를 全的으로 拒否하는 데 있다."

勿論 이것은 現代의 로망에 있어 虛構性의 腐敗와 그에 따르는 病弊를 指彈하는 것으로 看做하여야 할 것이다. 말로가 主張하는 報告文學이라고 하여서, 거기에는 虛構性이 全혔혀 缺如되여 있는 것은 아니다.

르포타쥬가 現實의 單純한 記錄이나 報告가 아닐 바에는, 로망 同樣의 藝術的 槪括에 依하지 않을 수 없는 것이다.

報告文學이 로망과 區別되는 點은 實際로 있는 特定한 事實을 그린다는 것과 特定한 時間과 場所에 依하여 限定된다는 이 세 가지 條件을 作者의 主觀的 意圖에 依하여 함부로 歪曲할 수 없다는 데 있다. 그러나 當該 事件의 全內容, 人物, 個個의 事實 等은 作者의 見地, 理解의 如何에 따라서

現實에 있어서의 複雜한 諸 關聯 가운데 概括되는 것이며, 이 概括에 基한 虛構는 다만 特定한 事實이라는 모델에 依하여 限定될뿐이다. 따라서 報告 文學에 있어서 現實 概括의 特性은 그 虛構性이 必然的으로 모델을 通하여 間接的으로 表現되는 데 있다.

그럼으로 리얼리즘에 對한 一部의 偏見과 歪曲이 虛構性의 問題를 等閑 視하게 한 것이며, 또한 現代의 로망의 腐敗가 虛構性에 對한 反撥을 일으킨 것이지, 決코 虛構性 自體에 있어서는 非難의 的이 될 理由는 없는 것이다.

오히려 리얼리즘 文學에 對한 一部의 平板化한 觀念을 是正하여, 그것을 막다른 골목에서 救出하고, 現代 로망의 腐敗가 虛構性의 崩壞에 由떠하고 있다는 것을 理會하게 될 제, 虛構性의 問題는 오늘의 藝術文學에 있어서 가장 本質的이며 喫緊의 問題라고 하여야 것이다.

2

그러나 이 땅의 짧은 文學史는 한번도 文學에 있어서 픽션의 問題를 正當히 提起할 機會를 갖지 못하였다.

처음 新文學의 草創期에 있어서는 小說이란 픽션의 語源 그대로 架空的 인 이야기, 다시 말하면 實在하지 안는 맨드러 낸 이야기를 가르치는 것으로 認識 普及되여, 이 같은 原始的 形跡은 오늘날까지 一部의 讀者層을 背景으로 瀰沒되여 있다고 보며, 다음으로는 新文學의 자리가 잡피고, 春園, 東仁 을 거처 稻香, 想涉에 이르는 廣義의 市民文學 段階에 있어서는 虛構性에 對한 原始的인 見解는 脫却하였으나, 文學 理論의 幼稚와 아울러 아직도 作家의 頭腦가 自然發生的인 領域을 버서나지 못함으로 말미아마, 藝術的 形象에 있어서 現實 概括으로서의 虛構性의 論理를 意識的으로 明確히 把握할 機運에 이르지 못하였다.

그러면 이에 뒤따른 傾向文學은 어떠하였는가. 一切의 旣成 文壇에 對立

하면서 從來의 어느 文學보다도 銳利한 理論的 武器를 척겨들고 登場한 것은 事實이나, 亦是 지나친 政論的 傾向과 함께 리얼리즘에 對한 偏頗된 一方的 理解로 말미아마, 虛構性의 問題는 한번도 도라볼 機會를 갖지 못하였으며, 나아가서는 旣成 文學에 對한 反撥의 나머지 虛構性에 對한 意識的 默殺까지 敢行하였었다. 다시 말하면 當時의 리얼리즘은 한갓 '現實을 그리라'는 描寫의 口令을 불렀을 뿐으로, 그 描寫가 어떠해야 한다는 것은 全혀 밝힘이 없이 기껏해야 典型的 性格과 典型的 情況이라는 公式을 口誦하는 것이 고작이었다.

끝으로 傾向文學이 물너간 뒤 오늘에 이르기까지의 文學上의 諸 論議는 여기에 다시금 紙面을 煩거롭게 할 必要는 없으리라고 본다. 거기에는 作家들의 創作을 一貫하고, 또한 特定한 作家 그룹의 文學的 傾向을 表識시킬만한 한 個의 文學上 主張도 없었으며, 自覺된 特定의 運動으로서의 文潮思潮도 存在하지 않았다는 것은 周知의 事實이며, 그래도 어느 程度까지 이 땅의 作家의 머리를 支配하였다고 볼 수 있는 리얼리즘과 휴머니즘 論議도 連綿한 過程 가운데 泡沫的 現象을 물함에 끝였으니, 이 같은 文藝思潮의 無風地帶 가운데 文學의 虛構性이 健實히 자라날 수 없다는 것은 自明의 事實이라고 할 것이다.

웨 그러냐 하면 오늘날 이 땅에 있어서 뚜렷한 한 개의 文藝思潮나마 나타나 있지 못하였다는 것은, 곧 오늘의 文學이 各 作家가 屬해 있는 社會層의 生活을 充分히 表現하지 못하고 있다는 것이며, 歷史의 흐름을 方向지울 수 있는 河床에까지 어떠한 方式으로나마 關係하여, 그것을 文學作品의 核心으로 形成시킬 수 있는 데까지 그들의 生活을 形象化시키지 못하고 있다는 것을 意味한다. 따라서 文藝思潮의 나타나고 못 나타나는 것은 形象化의 手段이라고 할 수 있는 文學의 虛藝性의 問題와 直接 聯結되지 않을 수 없는 것이며, 兩者의 關聯은 한層 文學의 深部에 있어서 모든 文學的 中心 問題를 비저내고 있는 것이다.

事實 오늘의 文學에 있어서 虛構性의 無力과 崩壞는 一定한 文藝思潮의 發生을 阻碍하였을 뿐만 아니라, 그 結果는 一方에 있어서 文學의 虛構性 代身에 事實性에 매달니여 겨우 作品 構成을 保持하게 하였으며,(一例하자면 主로 歷史小說, 또는 身邊小說 乃至 世稱 世態小說 等) 他方에 있어서 文學에 있어서의 虛構性이 갖는 '物語'性과 '興味'만을 特히 誇張하고 歪曲하여 讀者 大衆에게 親狎하려는 傾向(一例하자면 數많은 通俗小說)을 비저내였다. 前者가 모델的인 意味의 事實性에 매달니므로써 本質的인 것은 抽象的으로는 實在하지 않음과 同時에 如何한 事象도 本質的인 것, 그 自體로서는 存在하지 않는다는 意味에서 現實의 眞을 알기보다는 虛僞를 傳한 것이라고 안다면, 後者에 있어서는 眞實한 意味에 있어서의 虛構性을, 다만 現實을 誇張하여 文字 그대로의 虛構의 世界들 構成하는 것으로 看取한다는 意味에서 世稱 픽션 메카로서의 虛僞를 傳한 것이라고 할 것이다.

그러므로 이 같은 虛構性의 創造에 있어서 作家의 無能, 다시 말하면 이 같은 虛構性의 崩壞에 오늘의 文學의 低調가 爾來되었다고 볼 제, 虛構性에 對한 正當한 認識과 그의 健實한 發育은 現 文壇에 있어서 가장 切實한 要求임과 同時에 課題임을 알어야 할 것이다.

3

그러면 眞實할 意味에 있어서 虛構性이란 무엇인가. 우리는 먼저 文學에 있어서 虛構性이 要請되는 그 根源을 찾을 必要가 있다.

文學史는 로망의 歷史를 다음과 같이 말하고 있다.

"小說은 敍事詩에서 發展했다고도 볼 수 있는 것으로서, 初期의 小說은 事件 乃至 人物의 行動을 叙述하는 데 專心하였었다. 그것은 漸次 偶然的인 事件의 叙述만으로는 滿足하지 못하고, 個人의 性格을 明瞭히 描寫하여 必然性 있는 人生의 眞實을 示呈하려고 努力하게 되였다."

事實 虛構性의 本質은 이 같은 近代社會에 있어서 個人 生活과 社會 生活의 矛盾이 歷史에 있어서 가장 深刻한 社會的 本質에 關係되고 있다는 것과 그 같은 典型的 現象으로서 로망이 發生하였다는 事實에 關聯되어 있다. 그러므로 로망이 그 發生의 由來에 制約되여 散文 精神으로서 現實의 廣汎한 全面的인 社會的 表現을 具體的으로 追求하고, 또한 現實의 發展에 卽함으로써 그의 現實 認識의 機能을 다하게 될 제, 로망의 虛構性은 必然的으로 現實 固有의 基本的인 矛盾과 그 性質에 立脚한 現實 認識의 恒常 具體的인 特定의 方法 우에 서지 않을 수 없게 된 것이다. 이 點에 있어서만 이 虛構性은 오늘의 文學 作品에 있어서 그의 正當한 藝術的 槪括의 手段이 될 수 있는 것이다.

大體로 文學은 一種의 世界 認識이라고 하며, 그것은 '形象을 通해서의 認識'이라고 한다. 卽, 藝術的 形象化와 現實의 客觀的 認識은 別個의 것으로 떼어서 生覺할 수 없는, 그러한 물건이다.

따라서 藝術的 形象이 現象의 本質을 주어진 具體的 現象에 있어서의 抽象化에 依해서가 아니라, 直接的 存在의 具體的 指示, 表現을 通하여 傳達하는 것이라면, 또한 個別的인 것을 通하여 一般的인 것을 解明하는 普遍化를 行하는 것이라면, 거기에는 槪括의 힘이 作用하고 있다고 할 것이다.

事實 形象은 그것이 現實을 槪括하는 能力을 갖게 될 제만이 藝術的인 것일 수 있는 것이며, 그것이 비록 個別的인 具體的(固定的) 現象을 再現하여 讀者의 感性的, 表象的 經驗에 呼訴할 수 있다 하드래도, 그것이 一定한 特殊의 環境에만 關係할 수 있는 그러한 形象이라면, 그것은 다름 現象을 理解하는 데 應用될 수 없는, 말하자면 槪括力이 없는 것으로서 眞正한 藝術的 形象이라고는 불러질 수 없는 것이다.

이 같이 藝術의 特質로서 形象의 槪括力을 말하게 될 제, 그 槪括은 藝術에 있어서만의 方法이 아님을 알어야 할 것이다. 科學도 同樣으로 槪括

을 行하기는 一般이다. 그러면 藝術的 概括의 다른 點은 어데 있는가. 勿論 우리는 藝術에 있어서 現實의 本質이 現實로 存在하는 그대로의 直接的인 形態로 再現한다는 것과 그 概括이 現實의 直接性을 喪失하지 안는 程度에서 行해진다는 것을 말할 수 있다. 그러나 보다 根源的으로 말한다면, 그것은 正히 藝術的 形象化의 手段인 虛構性에 基因하고 있다는 것을 看過할 수 없는 것이다.

虛構性은 作家가 認識한 現實을 形象化하는 手段이다. 그것은 作家의 特定한 目的의 手段이다. 作家의 意圖는 이 虛構性을 通하여서만이 實現되며, 모든 文學的 目的은 이 虛構性을 手段으로 하여서만이 達할 수 있다. 卽, 虛構性의 目的性은 作家가 意識하고 아니 하고를 不拘하고 强制되는 것이다.

그러나 文學 作品의 虛構性이 가장 具體的으로 나타나는 곳은 作品 構成의 우에서이다. "構成에 있어서 풀롯이라든가, 人物 描寫라든가, 登場人物의 言語, 叙景, 事物의 記述은 하나의 全體에 結合된다. 그것은 生活 現象에 對하여 作者가 그것을 어떻게 보는가, 어떻게 理解하는가에 따라서 그에 相應한 特有의 表現을 줄 수 있다." 따라서 作品의 構成에 있어서 主題가 形象性을 갖고 못 갖는 것은 全혀 그 作品이 갖는 虛構性의 如何에 있는 것이다. 그러나 主題가 明確한 思想的 支柱를 갖지 못하게 될 제, 虛構性이 特定한 藝術的 境地에서 形成될 수는 없는 것이며, 또한 作家의 意圖가 遊離하여 全體를 支配하지 못하고, 作者의 感覺이라든가 感情이 對象 가운데 滲透되지 못하고 그대로 露出될 제, 虛構性에 統一을 줄 수는 없는 것이다.

要컨대 文學에 있어서 虛構性은 藝術的 形象性과 藝術的 概括과 不可分의 關聯을 갖고 있다. 客觀的 眞實과 藝術的 形象의 統一이 모든 作家의 머리를 支配하고 있는 것이 事實이라면, 虛構性의 問題는 한層 그의 認識論的 性格을 深化한 것이라고 보아야 할 것이다. 虛構性에 依한 리얼리티의

追求에 認識으로서의 藝術 獨自의 機能이 있으며, 創造性이 있다는 것을 우리는 다시 한번 記憶할 必要가 있다.

(虛構性의 問題가 藝術的 形象과 藝術的 槪括에 關聯될 제, 不可避的으로 '典型的'인 것까지에 論及되어야 할 것임에 不拘하고, 紙面 關係上 여기에 中斷하게 됨은 讀者를 爲하여 甚히 未安한 바이다. 後日 「藝術的 形象의 槪括」이란 題下에 다시 쓰겠다.)

— 『인문평론』, 1940. 4.

山坂

北鮮으로 갈 양이면 勿論 나의 故鄕보다도 山岳이 한層 重疊한 高地帶의 邑村이 없는 배 아니나, 아마도 南鮮서는 雲峯만큼 높은 地帶를 차지하고 있는 고장이 없으리라고 본다.

智異山 허리의 屛風같은 連峯에 에워쌓인 雲峯은, 예로부터 그가 占據하고 있는 높은 位置로써 이름을 알리게 되었다. 全羅南北道와 慶尙南道의 三道의 接境이라느니 보다도, 頂門을 이루고 있는 雲峯은 바다와는 어느 곳보다도 동떠러진 距離에 있으나, 足히 南海나 西海를 바라다 볼 수 있는 그러한 높은 地點에 있다. 따라서 隣近 各邑에서는 어느 곳을 莫論하고 雲峯으로 오자면 재(峙)를 넘게 되는데, 그 재가 또한 내릴막이 없는 오를막 재로서 普通 二里 乃至 三里나 되는 宏壯한 재이다.

그러므로 이 같은 天險의 地形은 自古로 軍事的 要塞地를 이루어 最近까지 兵營을 다스리는 營長을 두었으며, 戰跡이 아직도 歷然한 곳이 많다. 일찍이는 太祖께서 建國 前에 海寇 阿只拔都를 激擊하여 大捷한 荒山戰跡이라든가, 壬辰亂의 兵禍, 鄭希良 叛逆의 鎭壓을 거처, 가까이는 東學亂의 女院峙 挫折 等 歷史的인 舞臺가 이 天險의 地形을 利用하여 展開되었던 것이다.

그만큼 雲峯은 交通이 不便하고, 人口가 稀少하고, 地味가 또한 瘠薄한 곳이다. 따라서 쌀이 나고 田穀이 나기는 하나, 潤滋한 맛이 적으며, 果實은 豐美하지를 못하다. 그것은 種子를 改良하고, 人工的인 培養을 試驗하여도 結果는 거의 以前과 다를 것이 없다.

그러나 氣候가 차고, 土質이 薄한 곳의 産物이란 人工的이 아니라는 意味에서 自然的인 風味라고 할까. 土沃한 平野部에서는 맛볼 수 없는 獨特한 깊은 맛을 가지고 있다. 우리에게서는 葡萄를 심어도 그것이 山머루와 비슷한 것이 된다. 勿論 그것은 葡萄로서는 資格을 가추지 못한 低質의 것이라 할 수 있어도, 머루라든가 대라는 그로서만이 가질 수 있는 獨特한 風味가 있는 법이다. 그것은 藥草를 들고서 본다면, 한層 明瞭한 것이 있다. 人蔘 고장으로 알려진 開城의 松蔘이나, 錦山의 錦蔘이 아무리 좋다 할지라도, 野山의 山蔘에 比할 수 없는 것과 마찬가지로, 그가 갖고 있는 自然味 그대로라는 것은 그 純粹性에 있어서 한결 高貴하다고도 볼 수 있는 것이다. 實際 雲峯土蔘이란 最近 三, 四十年來 거의 廢業이 되다싶이 자최를 감추기는 하였으나, 往年에는 大邱 藥令에서 同福産과 함께 가장 높이 評價되었던 것이 事實이었다.

뿐만 아니라 옛날부터 濟州 漢拏山 當歸는 크기로 有名하여 '馬尾 當歸'라 하였고, 智異山 當歸는 적다고 하여 '새발 當歸'라고 불려졌으나, 藥效에 있어서는 到底히 '새발 當歸'를 當할 수 없다고 하며, 또한 漢拏山에서도 椎栮(표고)가 나고, 智異山에서도 産出되나, 前者는 亦是 크기만 컸지 風味에 있어서는 智異山 치를 當하지 못한 것이 事實이다. 앞에서 나는 雲峰産의 쌀이나 果實이 豊滋하지를 못하다고 하였으나, 事實인즉 쌀이나 果實의 固有한 自然味는 오히려 雲峰産에만 保持되어 있다는 것을 意味한다. 外形이라든가 量으로 말하면 別로 보잘 것이 없으나, 人工的 改良이 加味되지 않은 純然한 맛이란 마치 山果를 먹는 듯한 格別한 것이 있다.

事實 雲峰은 꽤 넓은 盆地 우에 있어 畓穀이나 田穀이 해마다 萬餘石式
他地로 移出되고 있으나, 아무래도 雲峰의 名産은 山坂을 中心으로 하는
産物이다. 두메란 어느 곳이나 一般이지만, 이 고장 住民들은 山이 없이는
生計를 이어나갈 수 없을 만큼 山坂과 密接하게 結託되어 있다. 山坂에는
나무가 있고, 짐성이 있고, 山菜와 山果와 藥草가 있다. 그들은 山坂의 所有
가 뉘 앞으로 되어 있건 말건, 四時의 火木을 山坂에서 날러다 쓰며, 남는
것은 팔기도 한다. 婦女들은 철을 따라 山菜를 캐며, 그 中에도 고비(蕨),
두릅(木頭菜), 곤달루(취 種類), 도라지는 그들의 軟弱한 손을 거처 隣近
邑에 퍼처진다. 老人들은 露宿을 하고, 단지 밥을 해먹으며, 藥草와 山果를
採集한다. 獵師들은 間或 곰과 山도야지를 잡어온다. 이러한 原始的 生業은
人間까지도 原始的 人間 그대로 만든다. 住民의 一部는 山에 불을 놓고,
밭을 開墾하여 감자와 수수를 걷우는 火田民 生活을 아직도 繼續하고 있다.
　그러나 山坂에는 무엇보다도 森林이 으뜸이다. 그들은 年來로 숯(木炭)을
구어 왔으며, 木器를 만들어 왔다. 樹齡이 높은 森嚴한 나무는 雲峰椀을
만들어냈다. 俗稱 雲峰 바루때는 등짐장사의 손을 거처 全鮮 各地에 퍼지고
있다. 내가 京城서 雲峰 바루때 장수를 邂逅한 것도 이미 五, 六年 前일
只今은 內地를 거처 外國에까지 간다고 하니 놀라지 않을 수 없다.
　그러나 木器 行商을 하는 등짐장수가 全鮮의 坊坊曲曲을 혀매고 다니며,
오늘의 '雲峰 바루때'의 名聲을 宣傳케 한 데는 이러한 눈물겨운 哀話도
얼켜 있다. 그들은 앞서도 말한 바와 같이, 原始的인 頭腦의 人間이 많다.
옛날부터 海邊이나 들녘으로 나가서 소곰(塩)이나 등짐으로 날르든 그들은
木器를 짊어지고 數百里 길을 떠나게 되니, 그들은 몇 달式 집을 비우게
되는 만큼 家眷의 糊口를 爲하여는 物件을 파는 쪽쪽 남은 돈을 모아 故鄕집
으로 부처야 된다. 그러나 그들은 書留移替를 利用한다는 것보다도, 大槪는
自己의 낡은 衣服 속에 넣어서 衣服도 부칠 兼 그것을 小包로 부치게 된다.
多幸히 받는 안해 便쪽에서 衣服 속의 現今을 잘 끄내게 되면 問題가 없으나,

아무리 찾아보아도 없길래 及其也는 洗濯을 하였더니, 그제야 피어나서 못 쓰게 된 十圓짜리 석장이 發見되었다고 한다. 그때의 몇날을 두고 발등을 찍어가며 우는 소리만 至今도 귀에 鮮然하다. 오늘이라고 그런 悲劇이 없을 理 萬無하나, 어쨌던 雲峰椀의 名聲이 날로 높아간 것만은 그들의 자랑이 아닐 수 없다.

그러나 昨今에 와서는 材木이 木器를 만드는 데만 需要되는 것이 아니라, 木材 그대로의 需要가 激增되고 있다. 木材의 缺乏은 드디어 雲峰의 山坂에 京城, 其他 各處의 木材商을 끌어넣었으며, 角材와 長斫은 도락그를 거처서 汽車에 실려 各地로 輸送되고 있다. 前에는 每 사이에 一錢도 어려웁던 것이 五錢, 六錢으로 呼價되어 山坂이란 山坂은 그들의 손에 모조리 採伐되고 있다. 그것도 資源의 開發이라고 할 것이다. 그러나 어려서 普通學校 敎科書에 朝鮮의 山은 모다 '禿山'이라고 씨워졌을 제, 나는 다른 고장 山을 보지 못하고 내 고장 山만 본 탓으로, 敎科書에 쓰인 것이 거짓이라고 先生을 몹시 追窮한 적이 있었다. 雲峰의 山林은 그만큼 鬱蒼한 것이었다. 어느 때이고 내 故鄕에 들어서면 千米突이 넘는 屛風같은 連峰이 멀리서는 紫色으로, 가까우면 靑色으로, 좀더 가까우면 綠色으로 偉容을 들추어내든 그 山, 이 고장 住民들의 生計와 떨어질 수 없는 그 山이 이제 資源 開發이라느니 보다도, 資源 受難의 時期를 當하여 '붉은 山'으로 變容을 하게 된다는 것은 實로 哀惜의 情을 禁할 수 없다.

— 『농업조선』, 1940. 4.

五月 創作評

文學의 信念·虛無

「冷凍魚」

文學者는 누구나 만든 적든 間에 自己 文學에 對하여 어느 程度의 意識을 스사로 認定하고 잇스며, 또한 自己 文學은 아무리 보잘 것 업는 것이라 할지라도 本來의 文學은 훌륭한 것이라는 信念 미테 그에 接近하는 하나의 礎石이라도 되엇스면 하는 生覺에서 文學의 길을 닥고 잇는 것이 寫實이다. 그러나 정작 自己의 文學을 反省해올 제, 果然 自己에게는 얼마나한 力量이 잇는 것일가. 그에 對한 答案은 各自에 잇서서 다를 것이나, 몃 世紀를 두고서 한 사람쯤 잇슬 듯 말 듯 한 天才는 例外로 하고서 오늘의 時局, 더욱이 그 性格이나 文學的 才能의 性質에 잇서서 國策的이며 英雄的인 文章과 ○○가 ○○되고 잇는 오늘의 現實에 잇서서 한결가치 人間이나 自然의 感情박게 그리지 못하는 大多數의 文學人은 엇지 하면 조흘 것인가. 그는 文學을 그만 두어야 할 것인가. 그는 꿋꿋내 文學에의 信念이나 自尊心을 버려야 할 것인가.

이것은 單純히 蔡萬植氏의 小說 「冷凍魚」(『人文評論』)를 읽고 난 後의 所感에 그치는 것이 아니다. 우리는 日常生活에 잇서서 棲息하고 文學하는 것을 當然히 거듭하고 잇스나, 一日 自己의 生活과 文學을 反省하게 될 제, 누구나 ○○와 不安을 갓게 되는 것이 普通이다. 오히려 그러한 懷疑와 苦惱를 격금으로써, 그는 發展하고 向上할 機會를 갓게 되는 것이 아닌가 한다.

「冷凍魚」는 百餘 페이지를 넘는 中篇이라기보다도, 長篇에 가까운 巨大한 ○을 갓고 잇다. 스미꼬라는 東京서 난 女子가 朝鮮에 오게 된 것을 機緣으로 하여 春秋社라는 出版社를 主宰하고 잇는 文大永의 生活과 文學을 들추어낸 것이 이 作品의 줄거리이나, 보는 눈에 따라서는 文大永과 스미꼬 사이에 戀愛가 作品의 主題를 이루엇다고 할른지 모른다. 그러나 아무리 해도 이 作品의 中心的 테마는 過去의 한때에 잇서서는 貞操와 信念을 가지고 날뛰든 文大永이 時流의 交替로 말미암아, 오늘에 잇서서는 '비뚜러진 빈 집(廢家)에서 居住하는' 所謂 '世代의 룸펜'으로 自處하리만큼 또한 自己 스사로 '묵은 달력(曆)'이라고 일커를 만큼 自己의 生活과 文學에 對하여 信念을 일코 自己 周圍에까지 비뚜러진 눈을 흘기지 안홀 수 업는, 말하자면 오늘의 三十代 知識人의 生活 傾向을 그려낸 것이라고 할 것이다.

事實 東京에 잇서서 朝鮮人과의 同棲라느니보다도 思想的 指導를 바든 적이 잇스며, 그 思想을 阿片이라고 하여 苦悶하는 끄테 그것을 때버릴 작정으로 朝鮮에 나오게 된 스미꼬 그 또한 自己 스사로를 '맛지 안는 時計'라고 부르는 미스꼬를 結付시키므로써, 文大永의 生活은 時代의 敗北者로서의 片貌가 한層 效果的으로 클로즈업되엇다고 할 수 잇다.

그러나 우리가 生覺하여야 할 點은 冒頭에서도 말한 바와 가치, 峻嚴한 오늘의 現實 아래에서 文學의 信念, 나아가서는 生活의 信念을 갓지 못하고, 文大永이와 가치 及其也는 自嘲의 世界 또는 虛無의 世界에서 맴을지는 人間을 어떠케 보아야 할 것인가에 잇다. 그는 雜誌를 내고 잇스면서도 거기에 아무런 意圖를 賦與하고 잇지 안흐며, 그러타고 하여 私生活에 잇서서 무슨 生의 根據를 갓고 잇는 것도 아니다. 그러기에 그는 안해가 解産하엿다는 電話를 밧고서도 澄子(스미꼬)와 밤을 즐기고 잇섯으며, 또한 스미꼬와 感情이 融合되어 東京으로 떠나자고 約束하게 될 제도, 自己의 家庭이나 雜誌뿐만 아니라 文學에 對하여서도 아무런 未練을 두지 안코 네큼 應諾하엿스며, 다시 스미꼬와 戀愛 問題로 보더라도 "함께 떠나도 조코, 또한 떠나지 안허도 조코" 하는 그의 拘束업는 니힐리스틱한 心情을 들추어내엇다.

蔡萬植氏의 作品 傾向이 한동안 諷刺的인 世界를 헤매다가 니힐리즘의 꼬리를 물고 나온 것은 周知의 事實이나, 이번 「冷凍魚」에 잇서서 全的으로 들추어낸 氏의 虛無的인 世界觀은 마땅이 再檢討되어야 하리라고 본다. 勿論 以上과 가튼 文學者로서의 生活과 文學의 信念의 喪失은 오늘의 文化와 時代와의 矛盾을 그대로 反映한 것이라고도 할 수 잇다. 그러나 그 矛盾의 解決이 容易치 안흔만큼 한層 더 文學者의 ○○한 信念이 要求되는 것은 아닐까.

大體로 蔡氏의 作家的 經歷만큼 싸캐 되면 어떠한 素材를 다루어도 失敗란 것은 업슬 境地에 이르럿다고 할 것이다. 따라서 이번 作品에도 그 圓熟한 솜씨가 大過업시 에필로그에까지 끌고 갓스나, 한 가지 附言할 것은 딸의 이름 澄畔은 主題에 맛지도 안흔 蛇足이 아닌가 한다.

─(1) 『조선일보』, 1940. 5. 21

濁流의 世界와 人間性

前者 蔡萬植氏의 作品을 읽고서도 한 말이나, 오늘날 우리 文壇에 잇서서 中堅으로 불리워지는 作家쯤 되면 어떠한 世界를 떠마껴도 그 手法이나 技巧에 잇서서 無難이 作品을 다루어갈 수 잇다는 것은 다시 安懷南氏의 「濁流를 헤치고」(『人文評論』)를 읽고서도 느낀 바이다. 勿論 그네들은 各自

가 가지고 잇는 유니크한 世界에 따라서 그 素材라든가 人物을 取扱하게 되는만큼, 假令「少年行」이나「浪費」를 쓰고 잇는 金南天氏에게「골목안」이나,「愛經」을 쓰고 잇는 朴泰遠氏의 世界를 그리라 하고, 다시 朴泰遠氏에게 金南天氏의 世界를 그리라 한다면, 적지 안혼 無理가 따를 것은 自明의 事實이나, 내가 여기에서 한 말은 各自의 ○○ 안에서나마 事件을 끄러가고 人物을 다루는 그 指針과 手法을 두고서 일커르는 것이다.

「濁流를 헤치고」도 中篇을 이루는 宏壯한 ○을 가지고 잇다. 순이란 女給의 生活을 克明히 描寫하므로써, 그를 ○○하고 잇는 人物까지 들추어낸 것이 이 作品의 全部이나, 亦是 순의 相對方되는 팡이란 사나히와의 戀愛 關係를 通하여 순의 人間性을 그려내는 데, 이 作品의 主題가 잇다고 본다. 不遇한 環境에서 자라나 男便에게서 버림을 밧고, 어린애를 이끌고 어두운 女給 生活로 轉落한 순이 그는 그 不純하고 濁한 雰圍氣 속에서 팡이라는 小說家를 發見하고서 새로운 人生을 發見하고 情熱을 갓게 되엇스나, 따로히 妻子를 거느린 팡이와 어린애를 가진 순과의 同棲 生活은 오래지 못하여 破滅을 이르켜, 及其也는 어린애까지도 그의 生父에게 빼앗기고 滿洲로 떠나고 만다. 여기에 잇서서 作者는 순으로 하여금 그의 倫理的 感情─아버지에 對한 딸로서의 愛情, 어린애에 對한 어머니로서의 愛情─을 살려가면서 팡에 對한 티끌 하나 업는 感情을 기우리게 만들엇다. 팡의 쪽에서 熱이 식어서 離別을 ○○하게 되어도, 그는 끗까지 變함 업는 愛情을 持續하엿다. 이 가치 純潔한 순의 人間性은 作者의 이른바 濁流의 속을 헤치므로써 한層 빗나고 잇다. 그 不純하고 ○○한 雰圍氣가 아니더라도 순의 人間性에 나타난 純情이란 것도 아무런 魅力을 느낄 수 업는 平凡한 것이엇슬지 모른다.

그러나 이 作品에 잇서서 多少라도 未洽한 느낌을 주는 것은 순의 相對方되는 팡이라는 미지근한 人間性이다. 小說을 쓰고 文章을 한다는 이 팡이라는 人間은 순에게서 그 가튼 純情과 尊敬을 바드면서도 순을 살리고 이끄러갈 만한 아무런 能力도 업슬뿐 아니라, 순의 純情을 바더드리거나 理解할 만한 能力조차 所有하지 못하고 잇다. 그러타면 當初부터 순이가 팡에게서 生活의 情熱을 차젓다는 것부터가 하나의 열적은 수작이 아니엇슬가 한다. 勿論 우리는 팡이와 가튼 숭거운 人間이 얼마든지 잇다는 것을 모르는 배 아니다. 그러나 순이란 人間性을, 아니 作品 全體를 좀더 生生하게 살니기 爲하야는 팡이란 人物을 보다 積極的인 人物로 泄精할 必要가 잇엇스리라 고 본다. 순이가 팡에게서 生活을 發見하듯, 팡의 쪽에서도 순의게서 그에게 끌려갈 만한 무엇(─純情이라도 조타)을 갓게 되어야만 設使 那終에 가서 破綻될 제 되더래도, 이야기는 本格的으로 展開될 수 잇는 것이 아닌가 한다.

要컨대 作品의 構成이란 것이 部分과 部分과의 關係만이 아니라 또한 部分과 全體의 關係일진대, 恒常 部分은 全體를 指向하면서 全體가 部分에 잇서서 사러 잇어야 한다고 본다. 그러기에 人物은 作品의 進行과 함께 그 自身의 메커니즘을 가지고 往往히 作者의 말을 듯지 안케 되는 境遇가 잇다.

리얼리즘은 어느 때나 部分에 잇는 것이 아니라, 部分과 全體와의 聯關에 잇다는 것을 이저서는 아니 된다.

─(2) 『조선일보』, 1940. 5. 22

文學 生活의 否定面

「海面」과 「第三의 友情」

「冷凍魚」의 文大永이나 「濁流를 헤치고」의 팡이가 모두 文學者─小說 家임은 이미 叙上에서 보아 왔다. 「濁流를 헤치고」의 팡이의 人間 乃至 生活이 否定的 側面에서 그려진 것은 勿論이나, 「冷凍魚」의 文大永이도 보는 류에 따라서는 否定的인 타입이라고 못볼 것도 업다. 作者는 오늘의 現實에 잇서서 文大永이와 가치 信念을 일흔 니힐리스틱한 文學者가 存在한다는 것뿐만 아니라, 그를 否定하고 새로운 文學的 信念을 가진 타입이 나오기를 願望하면서 文大永이를 그렷다고 볼 수도 잇다.

그러나 作者의 意識 如何를 不拘하고 「冷凍魚」의 文大永이나 「濁流를 헤치고」의 팡이란 人間 乃至 生活이 否定되어야 할 것은 附言을 기다릴 것도 업다.

그러나 다시 우리는 우리들의 文學 生活을 否定的 側面에서 그려준 作品을 두 篇―金永壽氏의 「海面」(『文章』)과 鄭飛石氏의 「第三의 友情」(『朝光』)―이나 가지고 잇다.

金永壽氏의 「海面」은 副題에 씨여잇는 것과 갓치 ‘小說家 Q氏와 그의 안해’(이하 2행 판독 불가)

小說家 Q氏는 아무러치도 안흔 하찬흔 일로 그의 안해의게 逆情을 내며 神經質을 부리엇다. 그의 안해는 生活的으로 無力한 그의 男便이나마 그의 將來에 一種의 囑望을 부치고 現在의 모든 苦難을 참어 가며 女敎員 生活을 ○○하여 그를 生活的으로 支撑해왔다. 그러나 小說家 Q氏는 現在的인 自己 不滿, 卽 自己卑下의 感情을 만만한 그의 안해의게 火푸리 하게끔 되엇다.

여기에 잇서서 小說家 Q氏의 文學 生活이란 것이 內容的으로 얼마나 貧弱한 것인가는 足히 想像할 수 잇는 바이나, 大體로 오늘의 數만흔 文學靑年들이 所謂 文學에 精進한답시고 그의 妻子를 배골려 가며 精神的으로나 生活的으로나 社會의 寄生蟲的 消耗의 生活을 하고 잇는 것을 어떠케 보아야 할 것인가.

亦是 文學은 出於貧困이라는 信條 미테서, 또한 過去의 偉大한 文學은 私生活을 돌보지 안헛다는 것을 자랑삼아 그들의 現在的 生活을 肯定하여야 할 것인가. 그러나 이미 問題는 文學의 職業이 論議될만큼 深刻化되고

잇다. 그것은 決코 一 小說家 Q氏에게 局限된 問題가 아니다.

勿論 文學을 天職으로 삼는다는 것과 生計로 삼는다는 것은 嚴密히 區別되어야 할 것이나, 아무리 文學을 天職으로 하는 사람일지라도 生計를 無視하고서 나갈 수는 업는 以上, 小說家 Q氏는 마땅히 自己의 文學이 아니면 自己의 生活에 對하여 再批判이 잇서야 할 것이다. 그러한 意味에 잇서서의 「海面」의 에필로그는 너무도 平凡하고 安易한 느낌이 잇다. 勿論 Q氏의 그의 안해의 對한 心理的인 同情과 自己 自身에 對한 反省이 全혀 엿뵈지 안혼 것은 아니나, Q氏는 좀더 辛辣한 自己批判과 積極的인 行動이 잇서야 하리라고 본다.

鄭飛石氏의 「第三의 友情」에 잇서서도 生活的으로 無力한 小說家 김현각이가 그의 愛人인 진홍이라는 妓生을 에워싸고 小說家 時節의 ○○生으로 오늘날 ○○에까지 出世한 오창석에게 다만 物質的 生活의 潤澤하지 못하므로 말미암아 傷處를 바덧다가 那終에는 그 輕蔑이 友情으로 느껴젓다는 것이다.

여기에 잇서서도 作者는 小說家 김현각에게 世上의 榮譽와 富裕는 아랑곳 업시 年○人 百○이라는 稿料 生活을 시켯스나, 진홍이가 안승호란 官僚와 逃避行을 하고, 다시 오강식이가 그를 同情하여 "文學者란 自己 主義 主張을 固執해야 올킨 하지만, 安貧樂道란 孟子曰 孔子曰 時代의 일이지, 只今엔 無意味하다는 것"과 "잇스나마나 한 一生을 窮狀맛게 지내느니보다는, 차라리 돈 모으는 발작크의 웨지니 그란테가 되리라"는 말에 侮辱을 느끼기보다는, 뜨거운 友情을 느끼게 만들엇다.

이러한 事實은 確實히 오늘의 文學이 질머지고 잇는 宿命的인 悲劇이라고 할 수 잇다. 그러나 이 悲劇은 當分間 解消될 可望이 업다고 볼 제, '糊口와 理念의 二律背反'은 各自가 料理해간다 할지라도, 朴致祐氏가 知識人과 ○○의 問題에서 이른바 召命으로서의 職業과 糊口로서의 職業의 區分은 기피 간직해 두어야 하리라고 본다.

如何間「海面」이나 「第三의 友情」에 나타난 오늘의 文學者의 生活이 어떠한 方式으로나마 解決되어야 할 것은 事實이나, 오늘의 作者는 그러한 生活에 對하여 좀더 積極的인 否定面을 보여주어야 하리라고 본다.

—(3) 『조선일보』, 1940. 5. 24

精神의 浪費·晦澁性

「負債」와 「山魔」

李石薰氏의 「負債」(『文章』). 說話體로 늘어 논 이 作品은 하나의 精神의 遊戱가 아닌가 한다. 勿論 露西亞의 老敎授 에레벨제프는 文學은 生活의 遊戱라고 하엿다. 그러나 거기에 잇서 文學이 遊戱라고 한 것은 곳 形象이라는 것을 가르친 말이다. 遊戱는 形象 가운데서만이 實現되기 때문이다. 그러나 내가 여기에서 精神의 遊戱라고 한 것은 精神의 冗買라는 것에 가까웁다.

어떤 한 사나이가 ○○ 遊戱라느니보다도, ○○한 女人에게 걸려 얼마동안을 親切히 지냇다고 하자. 그것이 오래 가지 못하여(—오래갈 理도 萬無한 것이나) 다른 男子에게로 올마갓다고 하여 自己의 ○○ 또는(이하 4행 판독 불가) 遊戱를 일삼는 者일 것이다.

作品에 나타난 것으로 보아서는 '나'라는 主人公은 일찌기 그 女人이 未婚이엿슬 적에 ○○한 일이 잇섯스나, 그 女人은 男便과 別居를 하게쯤 된 後에 어느 海水浴場에서 비로소 '나'라는 人間을 發見하고, 그의 肉體美에 마음을 쏠려 그를 모델로서 自己의 寢室에까지 오게 하여 마침내 肉體 關係를 매젓슬 뿐이다. 卽, 거기에는 아무런 精神的 交涉이 잇지 안헛스며, 그 後의 그들의 婚姻에 잇서서도 性的 交涉 以外엔 이러타는 生活的 結合도 잇지 안타. 그러기에 作者는 冒頭에서부터 "나는 당신에서 한동안 분에 넘치는 사랑을 바닷소. 당신의 마음은 어쨋든 당신은 나에게 육체를 그 아름다운 육체를 바첫소."하고 이 事實을 裏書하엿다.

그러나 이어서 作者가 "사랑을 하는 데, 그에게 더 무슨 證據를 바라겟소." 하는 말을 어떠케 解釋하여야 할 것인가. 肉體的 交涉 以外에 아무런 精神的, 生活的 融合을 갓지 못한 이 關係는 마땅히 한때의 作戲에 돌려야 할 것임에 불구하고, "사랑을 하는데 그에게서 더 무슨 증거를 바라겟소."하고, 푸념을 늘어 놋는 것은 너무도 지나친 遊戲的인 肉體派라고 할 것이며, 그 女人을 모나리자에 比하여 自己의 가슴에 精神의 負債로서 간직해둔다는 것은 너무도 ○○的인 精神의 兀買라고 할 것이다.

大體로 女人이 ○○家가 되고, '나'라는 人間이 音樂家라는 데서부터 通俗的인 世界를 免할 길이 업스나, 그에 얼켜진 ○○ 世界는 確實히 文學의 世界와는 너무도 距離가 멀다고 본다.

石仁海氏의 「山魔」(『人文評論』)는 일찌기 鄭飛石氏의 「城隍堂」을 聯想케 하는 山間 部落의 貧窮한 家庭에서 取材한 作品이다. 素朴한 原始的 農民 生活에 鑛山 開發이 겹처서 버려진 家庭 悲劇은 눈물겨우리만큼 잘 描寫되엇스나, 亦是 山間 部落의 原始的인 農民 生活과 鑛山 開發의 近代的인 勞動者의 生活이 有機的으로 또한 具體的으로 把握되지 못한 것이 缺陷이엇다. 차라리 명도의 心理的인 叙懷에 그칠 바에는 當初부터 鑛山 開發 이야기는 省略한 것이 오히려 어색치 안헛스리라 본다.

그러나 이 作品의 最大의 缺陷은 그 數만흔 不○○의 形容辭에 잇다. 勿論 처음의 叙述이 너무도 散漫하여 템포가 不調하다든가, 또한 描寫에 잇서서 短篇으로서 가저야 할 印象의 鮮明을 缺한 것이라든가, ○○의 缺陷이 업는 바 아니나, 그 中에서도 用語 問題는 이 作品에 잇서서 決定的인 破綻을 주엇다고 본다. 마치 外國語라도 古代語에 ○할 그러한 難解의 形容辭가 連달아 重疊되어 文脈조차 갈피를 잡을 수 업다.

大體로 "대거리를 꺽근 소소리 한 패가 얼시구 서슬이 푸르게 왈왈거리고 지내가자, 구시렁거리던 생각이 동이 나다도 될 데, 이런 가따귀판에 휩쓸릴

수록 생각은 노량으로 어지러워진다."라는 한 句節만 노코 보아도 이 作家가 時方 사마리만이 아니라, 애써 가진 '言語의 複雜多岐性'을 노리고 잇는 것이 分明하다. 그러나 讀者란 무슨 辭典을 뒤적거려가며 小說을 읽는 그러한 部類는 아니다. 이 作家는 모름지기 言語의 精神의 晦澁을 버리고, 表現의 鮮明과 正確性을 차저야 할 것이다.

以外에도 金沼葉氏의 「갈매기」(『朝光』), 林玉仁氏의 「孤影」(『文章』)을 읽엇스나, 紙面 關係로 이만 붓을 놋는다. 筆者를 爲하여 甚히 未安하다.

—(4) 『조선일보』, 1940. 5. 25

春愁

　바로 今年 正初의 일이다. 내가 毒風을 안고 쏘다닌 끝에 耳疾로 자리에
눕게 되었을 지음, 마침 「一月 創作評」을 受託한 것이 있어 앓는 中에도
新年號 創作欄을 뒤적거리며 短評을 試한 적이 있다. 그때에 읽은 作品은
大部分이 이미 나의 記憶에서 사라지고 말었으나, 아직도 兪鎭午氏의 「봄」
만은 나의 머리에 歷歷히 그 印象을 남기고 있다. 勿論 그 當時의 내 創作評
에 있어, 이 作品을 어떻게 取扱하였는 것까지도 짜기 記憶할 수 없는 形便이
나, 어쨌든 그다지 춘 것도 아니고, 깎은 것도 아니고 아니었든 것만은 事實인
가 한다. 事實이 作品은 現在 나의 머리에 나머있는 印象을 더듬어서 이야기
하라고 해도 무슨 一般의 注目을 끄을 만한 力作이거나, 또한 그렇다고
함부로 읽어 치워버릴 駄作이 아니라는 點에선 一致하리라고 본다. 그러나
그러함에도 不拘하고, 이 作品이 나의 腦裏에서 사라지지 않았다는 最大의
原因은 그 뒤 오늘날(三月號)까지 내가 읽어본 이 땅의 作品들과 對比해볼
제, 그만한 水準으로 成功한 作品도 없었다는, 말하자면 全혀 相對的이며
消極的인 理由에서 이라고 斷言한다.

　그러나 閑話休題. 나는 여기서 무슨 兪鎭午氏의 作品評을 다시금 試하려

는 것이 아니다. 다만 나에게 있어서는 兪鎭午氏의 「봄」에 그려진 隔離
病舍의 情景이 一種의 宿命처럼 나의 一身上에 닥쳐왔다는 事實이 너무도
岐嶇하고, 너무도 逼迫하여 緖頭에 끄러냈을 뿐이다.

어찌된 일인지 나는 今年 드러서면서부터 病院 出入이 자졌다. 처음 내
自身이 耳疾을 앓어 通院하게 된 것을 開始로 未久하여 어린애가 또한
父親을 달머서 耳疾로 手術까지 받게 되어 그것이 겨우 애 어머니에게 맡겨
서 通院시길만 하니까, 이제는 畏友 黎泉이 入院을 하게 되어 二十餘日間을
每日같이 나로 하여금 病院 出入을 하게 만드렀다.

그러나 黎泉의 入院은 病名만 어마어마한 것이 여러 個 붙었을 뿐으로
모다 初期的이며 微發的인 것이어서, 거기에는 患者다운 呻吟이라거나,
看護人다운 憂慮가 있기보다는 오히려 黎泉 自身으로서는 休養이란 意味
에서 寢臺 生活을 하게 된 데 不拘하고, 내 쪽으로서는 도한 問病이라느니
보다도 談論하러 가는 格이 되었었다. 그만큼 病室의 雰圍氣가 되고 보니(勿
論 入院한 當者의 心境이야 第三者와 憶測할 바가 못 되나) 보는 눈에
따라서는 그 雰圍氣를 享樂하는 것 같기도 하였다. 첫재, 말성많은 '살림'에
서 暫時라도 解放된 것이라든가, 李源朝의 譯詩 「湖水」를 기리누끼해 두고
愛誦하여 마지않는 文學少女가 이웃 病室에 있다는 것이라든가, 또한 이름
모를 女人에게서 뜻있는 꽃을 膳賜받은 게라든가, 모든 것이 黎泉에게는
病院이 아니고서는 받어볼 수 없는 그러한 호강이였다. 한 가지 憫惘스러운
일이 있다면, 그것은 名目만이라도 病室에 拘束되여 있는 黎泉 앞에서, 더욱
이 그렇게도 술을 좋아하는 黎泉 앞에서 닥처오는 봄날의 街頭 風景을 말하
고 술 마셨다는 經過 報告를 하게 될 제, 좀더 지나처서는 술 마셨다는
標徵을 얼굴에 그려가지고 가게 될 제, 於心에 悚然함을 禁할 수 없었든
것은 事實이였다.

그러나 黎泉이 退院을 하여 社에까지 나가게 될 제, 나에게는 무엇보다도
病室에서 그렇게까지 그러든 봄날을 黎泉과 함께 마지 할 수 있다는 기쁨이

앞을 섰다. 이제는 다시금 前과 같이 술잔도 나눌 수 있으며, 興에 겨워 高言壯談도 할 수 있고, 勝癖이 玆甚한 그와 더부러 棋局을 對할 수도 있겠거니 생각만 하여도 그것은 모다 歡喜의 對象이 되기에 充分하였다.

그러나 이 待望의 行樂이 미처 實現되기도 前에(─黎泉이 아직도 勤愼中이였으므로) 나는 다시금 赤十字病院 隔離 病舍의 廊下를 憂鬱한 表情으로서 左往右往하는 身勢가 되고 말었다.

하룻날 저녁때였다. 門 안에서 나오다가 한 親舊에게 들리니, 어린애가 앞으다고 電話가 왔었는데 가보았으냐고 生覺 밖에 소리를 하기에, 그 길로 집에 달려와 보니 大門에는 잠을쇠가 잠기어 있을 뿐이였다. 當惑한 마음에도 귀를 보이려 다니는 赤十字病院으로 달려가 보니, 意外에도 咽喉디프테리아를 倂發하여 分病室에 收容되어 있다는 것이었다. 그때 沈鬱한 隔離 병사 안에 아무런 寢具도 없이, 안해와 어린애가 悄然히 떨고 있든 情狀─그것은 바로 兪鎭午氏의 「봄」 場面의 再演이였다. 이어서 나는 「봄」의 主人公이 하든 職責을 다하고, 「봄」의 主人公이 겪은 것과 꼭 같은 場面을 겪고, 느끼고 하였다. 다만 看護婦가 부른 노래만은 「出船の歌」가 아니라, 「白蘭の歌」였으나…….

窓 밖에는 어느덧 垂楊버들이 푸른 옷을 입었고, 鋪道 곁의 荇○花는 한두 가지 노란꽃을 붙이고 있다. 訪問客 하나 없는 隔離 病舍의 靜寂, 때로 걸려오는 電話가 唯一한 外部와의 接觸이다. 예로부터 父母가 앓으면 걱정이 되고, 안해가 앓으면 心火가 되고, 어린애가 앓으면 怯이 난다는 말이 있다. 나는 겨우 『改造』 四月號에 실린 田中克己의 詩 「期待者」를 읽고서, 나의 亂心을 어르만질 뿐이다.

─『문장』, 1940. 5.

羽仁五郎 『크로오체』

일직부터 獨步的인 歷史學家로 알녀졌으며, 그 中에서도 『轉形期의 歷史學』의 著者로 有名한 羽仁五郎氏는 이미 日本史에 있어서 많은 功績을 들추어냈거니와, 最近에 있어서도 明治 維新의 文化史를 起稿하여(『中央公論』誌 連載中) 그의 拔群의 精力과 良心的인 研鑽으로 말미아마 一般 學界의 信賴와 崇仰의 的이 되고 있는 것은 周知의 事實이다.

더욱이 伊太利 文藝 復興史에 造詣가 깊은 氏는 往年 『미켈란젤로』(岩波新書)라는 雄篇을 著述하여 一般 讀書界에 커드란 衝擊을 주어, 아직도 그 餘震이 사라지지 않고 있다는 것은 實로 近來의 痛快事이라고 할 수 있다. 不朽의 名著 『미켈란젤로』는 確實히 어떠한 傳記物에서도 찾아볼 수 없는 情熱과 信念을 現代 知識人에게 던저주었다. 그 點에 있어서는 오히려 로망 롤랑의 『미켈란젤로』를 凌駕하는 紀念碑的 著述이라고도 볼 수 있다.

要컨대 氏는 오늘의 커드란 歷史的, 社會的 轉換期에 있어서, 그가 가저야 할 발판을 잃고서 左往右往하는 現代 知識人의 초라한 姿態를 恒常 念頭에 두고서, 지내간 歷史 우에서 더욱이 그 歷史的인 人物을 通하여 그들에게 어떠한 方向을 暗示하고, 生活의 信念을 갖게 할 것을 意圖하고서 붓을 드러왔다. 다시 말하면 氏에 있어서 歷史의 考究는 單純한 過去史의 考證學的 趣味에서가 아니라, 過去를 現在와 連結지우고, 나아가서는 未來까지 透視하려는 立場에서, 卽 어떠한 意味에 있어서도 現代와의 關聯을 버리지 않는 立場에서만이 遂行 되였다.

이 같은 歷史的인 立場에서 現代人의 方向과 信念을 북도으려는 氏의 不撓한 意慾은 이제 다시금 우리 앞에 『크로체』를 내놓았다. 베네트 크로체는 世上이 알다싶이 過去의 人物이 아니라, 파시스트 國家 伊太利에 現存하고 있는 今年 드러 七十五歲(一八六六年)의 哲學者이다. 그러나 무엇 때문에 氏는 許多한 史上의 人物 가운데서 現存한 크로체를 클로즈업하여 우리 앞에 提示한 것일까. 勿論 氏한가 크로체를 일직부터 私淑하고 있는 것은 크로체의 主著의 하나인 『歷史 敍述의 理論 及 歷史』를 氏 自身이 飜譯 刊行한 것을 보아서도 넉넉히 斟酌할 수 있는 것이나, 이번에 다시 크로체의 人間 乃至 學說을 紹介하게 된 것은 오로지 그가 現代 伊太利의 最大의 哲學者일뿐만 아니라, 現代에 있어서 드물게 보는 世界的이며 普遍的인 思想家라는 點에서가 아닌가 한다.

事實 크로체는 다눈치오가 屈하고, 젠티레가 屈하였을 적에도 그는 屈하지 않었다. 더욱이 그것이 뭇솔리니의 伊太利에서 敢行되었다고 할 제, 世界의 知識人은 모름지기 머리를 수기지 않을 수 없으리라고 본다.

羽仁五郎氏의 『크로체』는 '一. 市民的 哲學者, 二. 크로체哲學의 成長, 三. 現代에 있어서의 크로체' 等의 三項으로 나누어 敍述되었다.

팡을 求하여 돌멩이를 주어진다. 우리의 日常 經驗에는 이러한 實例가 너무도 많다. 우리들은 思想이나 哲學의 進步에 對하여 그것이 人生, 社會 또는 世界에 있어서의 우리들의 意識과 實踐의 모든 關係에 互한 精密한 硏究로써 우리들의 市民的 生活에 確信과 기쁨을 주기를 求하여 마지않는다. 勿論 哲學者나 思想家들도 처음에는 우리들을 代表하여 思索한다고

自虐하지 않는 것이 아니다. 그러나 그의 뒤를 따라가던 우리들은 未久하여 背叛 當한 느낌을 갖게 된다. 卽, 그네들은 어느 사이에 職業的 哲學者로 變貌하여 길을 달니하고 있는 것이다. 우리들은 勿論 哲學으로 밥을 먹으려는 것이 아니며, 思想上의 官僚가 되여 밥을 먹겠다고 生覺하는 것도 아니다. 況且 哲學 敎授나 著述家 축에 끼려고 코밑에 수염을 길르며 雌伏 몇 해를 보내려는 것도 아니다. 生覺하면 우리들은 他人의 우에 서거나, 아래에 서서 生活하는 것이 아니며, 남을 說敎하여 月給을 노리는 것이 아니라, 좀더 市民的인 正業에 나아가서 勤勞하고 生産的으로 살며는 市民的 名譽心과 不等 生活의 習慣이 너무나 强하다. 精密한 硏究를 爲하여는 우리들은 몇 百年 몇 千年이고 滿腔의 信賴를 가지고 기다릴 雅量이 있다. 民衆은 그다지도 性急하지는 않다. 民衆은 自己네의 電車貸에 ○한 限이 있더래도, 飛行機 한 번 타볼 機會가 없었을 것을 判然히 알면서 새로운 長距離 旅行의 成功에 對한 聲援을 애끼지 않으며, 高度의 構造와 性能에 絶○을 發하는 것이다. 그러나 그러한 民衆의 信賴를 미끼로 하여 所謂 學界의 權威니, 哲學者니 하는 축들이 우리를 市井의 世俗人의 常識에도 미치지 못하는 意識의 低級 과 非常識을 暴露하며, 民衆 같으면 敢히 하지 못할 無恥無情의 我執沙汰 또는 時流 便乘을 敢行하고 있지 않는가. 確實히 우리는 팡을 求하여 돌멩이 를 얻고 있다. 그러나 그것은 求못하는 者의 罪가 아니라, 주는 者의 罪임에 틀님없다.

民衆이 求하는 팡이란 곳 精密한 硏究로써 民衆이 生活의 進步에 確信을 주는 것이다. 여기에 있어서 우리는 그러한 思想家의 한 사람으로서 現代 伊太利 隨一의 哲學者일뿐만 아니라, 內外 古今을 通하여 世俗的인 思想家 로서 民衆에게 親誼를 갖고 있는 베네트 크로체를 들 수 있다.

크로체의 哲學을 理解하는 데는 무슨 講座나 人○書가 必要한 것도 아니 다. 또한 그의 著書를 읽고 나면, 어떤 ○本的 ○○을 받았다는 느낌을 갖는 것도 아니다. 오직 거기에는 眞實하게 살며 市民的으로 산다는 希望과 確實

을 갖게 될 뿐이다. 卽, 市民的 哲學者라는 것은 크로체 自身이 最大의 名譽를 알고 있다. 그는 「내 自身의 批判을 爲하여」라는 一文 가운데 "學問을 硏究한 者로서 同時에 市民으로서 산다. 거기에서 나는 나의 포스트, 卽 立場을 두고 나의 베스트를 다하며, 넓은 意味에서 政治的으로 산다. 여기에 나는 스스로 安定할 수 있는 意識을 얻었다."고 말하였다. '人生에 對한 信念', 이것은 크로체 哲學의 成長의 모티브이다. 同時에 크로체哲學의 目的은 그 以上의 아무 것도 아니다.

따라서 이제 새삼스러이 人生에 對한 信念 같은 것을 求할 必要가 없는 사람들, 또는 時代에 있어서는 크로체哲學은 惑여 지루한 것일지도 알 수 없다. 그러한 意味에서 크로체의 哲學은 二十世紀라느니보다도, 十九世紀 末葉에서 二十世紀 初頭에 이르는, 卽 最近의 過去에서 現代에 向한 二十世紀 思想이라고 할 수 있을 것이다.

勿論 아무런 苦惱도 없는 사람들은 所謂 敎授 先生의 講義 敎科書에 귀를 기우릴 수 있으며, 苦惱를 自慰하여 滿足하려는 사람들에게는 슈펜크레르的 評論이 있으며, 파시스트 官僚에게는 젠티레의 哲學이 없는 바 아니나, 苦惱하는 伊太利 民衆, 아니 世界의 民衆은 人生의 悲痛한 現實을 直視하고 空虛를 懷疑하여 참다운 人生에 對한 信念을 精密한 原則의 確立 우에 求하는 크로체哲學을 通하여, 차므로 現代에서 將來에로의 動向을 把握하는 武器를 얻게 된 것이다.

크로체가 主宰하는 『라 크리티카(批判)』는 이미 創刊 以來 三十九年, 그것은 周知한 바와 같이 世界 哲學 及 思想의 進步의 明星이 되어 있다. 『批判』誌는 一面에 있어서 所謂 專門 哲學이 機關誌 等이 現實의 人生에서 遊離하여 이른바 아카데미主義에 떠러진 데 對하여 不絕히 現實의 意識을 强調하고, 他面에서는 所謂 民衆을 위한다는 雜誌 等이 原則도 없고 方法도 없이 現實 追隨 時流 便乘을 일삼는 데 對하여, 어디까지나 哲學의 本分을 死守하고 批判的, 自立的 精神을 發揮하였다.

事實 『라 크리티카』에 나타난 實踐과 理論의 一致, 原則과 方法의 確立은 그대로 크로체 哲學의 核心을 이루고 있다. 크로체는 獨逸流의 官僚主義 哲學이 外面的인 體系의 形式에만 腐心하고 있는 것을 指彈하여 "우리가 所重히 역이는 것은 形式的인 體系를 갖는다는 것보다도, 體系的으로 思索 하는 일이다. 體系 自體는 우리에게 아무런 解決도 주는 것이 아니다."라고 斷言하였다. 크로체에 依하면 體系的 思想家란 첫째, 自主的인 原則을 가저야 하며, 둘째로 그 原則의 歸結을 그리키지 말어야 하며, 셋째로 過去 現在의 必然的 發展으로서의 將來에 對한 透視가 있어야 한다는 것이다. 卽, 프린시플(原則), 컨시퀀트(歸結), 퍼스펙티브(透視)의 三者가 없이는 體系的인 思索이라고 할 수 없다는 것이다.

크로체의 思索의 原則은 精神이다. 그는 '精神의 科學으로서' 哲學의 體系를 세우고 있다. 그러나 그의 精神이란 現實 가운데서 眞理를 探究하는 歷史的, 辨證法的 意志를 가르친 것이며, 그의 原則은 어디까지나 普遍的 理性의 認識이다. 여기에 있어서 그는 實踐과 理論의 一致를 結論짓게 될 제, 卽 크로체의 槪念的 認識(論理學)은 直觀 또는 表現(美學)을 前提로 하며, 그것은 다시 現實을 前提로 하여 스스로 實踐(經濟 及 倫理)의 前提가 되기 때문에, 그것을 뒤바꾸어 말하며 現實은 理論的으로 理解될 제만이 確實한 것이므로, 또한 直觀이란 直觀的 認識에 不外한 것이므로 認識을 前提로 하지 않는 참다운 實踐이란 있을 수 없다는 것이다. 그러기에 크로체의 論理學에는 오직 理論的 精神의 二段階 '一. 直觀的 實踐, 二. 思考的 認識'과 實踐的 精神의 二段階 '一. 經濟的 行動, 二. 論理的 行動'의 統트러 四段階의 差別이 있을 뿐이다.

如何間 크로체의 理論과 實踐의 一致는 哲學과 歷史와의 一致의 論理的 根據가 되어 있다. 歷史的 判斷의 主語는 直觀이며, 術語는 槪念이다. 따라서 直觀的 要素와 論理的 要素는 그의 綜合인 歷史的 判斷에 있어서 統一된다. 眞理는 現實의 認識이며 現實은 歷史이므로, 歷史는 理論的 精神의

最高의 段階를 이루고 있다.

現實이 歷史이며 歷史가 哲學이라고 할 제, 크로체의 哲學은 正히 그의 現實性으로 말미아마 누구나 親押할 수 있는 것이다. 거기에는 確實히 '概念을 위한 概念의' 獨逸的 形式主義에 떠러질 아무런 危惧도 없으며, 同時에 時代의 流行을 이루고 있는 感情主義, 非合理主義, 神秘主義, 衝動的 行動主義 等의 어떠한 것도 窒息할 餘地가 없다. 一九三〇年 옥스포드에서 열린 國際哲學者會議는 크로체의 講演「反歷史主義」를 들녀주었다. 거기에 있어서 크로체는 오늘의 歐羅巴의 一部에 歷史的 感覺을 設却시키려는 무리가 있다는 것을 指摘하고, 그들은 過去없는 未來를 꿈꾸며 歷史의 必然을 無視하는 猪突的 意志와 冒險을 說得시키고, 힘과 行動을 自己 目的으로서 讚美하고 있다는 것과 過去를 無視하는 運動은 일직이도 있었으나,(中世紀 基督敎 運動, 十八世紀 啓蒙運動 等) 그때에는 오히려 하나의 새로운 時代의 希望이 있어 보다 높은 文化 段階를 載來하였으나, 오늘의 反歷史主義 運動은 아무런 새로운 創造를 胚胎함도 없이, 오직 그들의 精神的 貧弱, 絶望의 迷信에서 病的으로 나타나고 있으므로, 萬一 歷史가 自由의 發展이라는 定義가 妥當하다면, 忍耐와 眞理의 不屈不撓의 擁護는 반드시 이러한 自由의 理念의 設却을 克服시키고야 말 것이라는 것을 確言하였다. "自由의 過程은 必然的으로 새로히 始作될 것이다."는 크로체의 確信은, 우리도 함께 가저서 좋으리라고 믿는다.

— 『인문평론』, 1940. 6.

現實主義的 傾向

最近의 混亂된 作品 世界에 있어서 어떤 하나의 뚜렷한 傾向을 찾는다는 것은 一般的으로 보아 無謀에 가까운 일이라고 해도 좋을 것이다. 統一된 紐帶를 갖지 못한 오늘의 作家들이 個個人의 孤立主義에 떠러저 自己 世界에 沈潛하고 있는 것은 이미 自他가 共認하는 事實이다. 그들은 한결같이 身邊的이며, 心境的인 小世界를 헤매고 있다. 그들의 世界에는 아무런 人物도 事件도 存在하지 않을뿐 아니라, 그 局限된 世界는 다른 爾餘의 世界와도 아무런 關聯을 있지 못하고 있다.

이러한 現象은 勿論 한때 熾烈하였든 傾向文學의 뒤에 따르는 反動으로서 看取되어야 할 것이나, 이미 그러한 世界에서 六, 七年 동안 長久한 時日을 閱歷하고 있다는 事實은, 그것이 이 땅의 文學에 있어 痼疾的으로 性格化될 危懼가 없지 않다는 것을 깊이 反省할 必要가 있다고 본다.

勿論 白鐵과 같은 色盲的 批評家가 이러한 作品 現象을 ‘內的 리얼리즘(?)’의 傾向이라고 하여 喪家에 祝辭드리는 格式의 讚辭를 되푸리 하고 있는 것쯤은 度外視하면 그만일 것이나, 最近 一般의 注目을 끄는 것은 作家側으로부터 애써 自己의 그러한 作品 世界를 讀者에게까지 首肯시키

려는, 말하자면 이 땅의 將來할 文學을 爲하여 祥瑞롭지 못한 徵候가 나타나고 있다는 事實이다. 그렇게 말하는 것은 이 땅의 作家들은 얼마 前까지만 해도 自己가 빠져있는 身邊的인 私小說의 世界를 率直히 承認하고, 거기에서 벗어날 것을 極力 主張하고, 또한 努力해 왔었다. 作家 사이에 徑庭이 없는 바 아니나, 曰 世態, 曰 風俗, 曰 市井 遍歷 모두가 私小說의 世界에서 그 桎梏을 벗어 메려는 口號였었다. 그러나 最近에 와서는 그러한 口號조차 蹤跡을 감추었고, 오직 作品의 實踐 우에 있어서 每月의 創作欄을 壓倒的으로 支配하고 있는 것은 舊態依然한 身邊的인 作品 世界뿐이다.

어느 사이에 그들은 새삼스러이 누구를 꺼릴 것도 없이 身邊的인 小說이면 어떠냐는 듯한 强心臟을 갖게 되었다. 뿐만 아니라 一部의 新進 作家들 사이에는 터무니없는 그들의 身邊的인 作品 世界를 하나의 '個性과 生命의 追求'에로 合理化하려는 新傾向으로서 固執하고 있다. 그러나 嚴密히 말하여 文學上에 있어서 眞正한 個性의 追求는 그들의 身邊的인 作品 世界와는 아무런 緣由도 없다는 것을 알게 될 제, 남는 것은 그들의 매너리즘化 한 트리비얼리즘 以外에 아무 것도 없는 것이다.

따라서 오늘의 作家들이 걸고 있는 作品 世界가 當然히 止揚되어야 할 것이라면, 그것은 어떠한 方式으로 修行되어야 할 것인가.

여기에 있어서 우리는 오늘의 作品 世界를 한말로 身邊的인 私小說의 世界라고 하였으나, 그러한 世界를 止揚시키기 爲겠하여는 그들의 具體的인 作品에 나타난 各樣各態의 身邊 瑣說을 通하여, 거기에 特徵的이며 또한 共通的인 形式과 方法을 摘發하고 批判함으로써, 새로운 文學의 世界를 導出하여야 하리라고 본다.

일찍이 高見順氏는 새로운 小說의 性格이라고 하여 산 人間이 그려진 것이 아니라, 人間의 問題가 그려지고 있다는 意味의 말을 한 적이 있다. 그것은 林和氏가 小說의 主人公論에 있어서 人物이 그려저 있지 않다는 말과 關聯하여 生覺할 적에 누구나 一段 首肯할 수 있는 事實이 아닌가

한다. 『無情』의 李亨植이와 『故鄕』의 金喜俊이 한 번 간 뒤에 이 땅의 作品
世界에는 누구 하나 뚜렷이 불를 만한 人物이 없다. 設使 거기에 人物이
있었다 하드래도, 그것은 自意識의 過剩에 自冲이 된 서푼짜리 知識人이
아니면, 有像無像의 烏合之衆—例를 들자면, 골목 안의 福德房 老人이나
少年 拳鬪選手, 그렇지 않으면 女給이나 有閑마담 또는 그들의 癡情 世界를
相對로 하는 所謂 濁流를 헤치는 男性輩, 선술집 酌婦, 理髮師, 藥行商,
人力車軍 等이 그의 全部이다. 그러나 그 數많은 人物 가운데서 우리는
한 사람의 산 人間도 찾어볼 수 없다. 모두가 原稿紙의 行間에서부터 屍臭가
분분한 人物로 充塡되어 있을 뿐이다. 그러기에 우리는 그다지도 流行하였
든 바 小說을 通하여서도 한 사람의 이렇다는 女給 이름을 들 수 없으며,
露西亞 作品의 오브로모프를 通하여 오늘의 無能力한 知識人을 理解하고
把握할 수는 있어도, 이 땅의 作品을 通하여서는 그 槪念조차 얻기 어려운
것이 거짓없는 事實이다.

勿論 이러한 現象은 이 땅의 作家에 있어서 形象化의 無力한 所致가
한 原因이겠으나, 보다 決定的인 點은 오늘의 時代的이며 社會的인 現實
情況이 한 사람의 산 人間을 容納할 수 없을 만큼 桎梏化되어 있다는 데
根源되었다고 보는 것이 妥當할 것이다.

따라서 오늘의 作家들은 人間을 그리려 하지 않고, 人間의 問題를 그리려
고 나섰다. 卽, 人間의 實踐 生活에 있어서 떠러질 수 없는 經濟的, 倫理的인
모든 問題가 그들을 圍繞하고, 作品의 對象으로 上程하게 된 것이다. 最近의
作品 世界를 壓倒的으로 흘르고 있는 性愛의 問題라든가, 母性愛 또는
父性愛를 싸고도는 家族的인 倫理 問題, 나아가서는 社會의 中層部에 얼켜
진 生活의 問題, 이러한 모든 問題가 人物 中心으로서보다도 그 問題 中心으
로 展開되어 作家의 倫理的이라느니보다도, 多分히 心境的인 探究가 顯著
하게 드러난 것은 누구나 認定하지 않을 수 없는 事實이다.

確實히 오늘의 作品 傾向이 直接 人間을 그리지 못하고, 人間의 問題를

그리려 하며, 그것이 人間과 人間의 相互關係에서 具體的인 論理的 認識을 通하여서가 아니라, 感情的 또는 心境的으로 追求되고 있다는 것은 注目할 特徵的인 傾向으로 看取되어야 하리라고 본다.

아리스토텔레스가 "詩는 自然을 模倣한다."고 한 말은 널리 膾炙된 이야기어니와, 다시 와일드가 "自然이 藝術을 模倣한다."고 한 말도 相對的으로 有名하다. 아름다운 風景을 보고서 그림과 같이 아름답다고 하는 것이나, 아름다운 靜物畵를 보고서 正말 實物과 같다고 感心하는 것이, 各其 그 自然과 藝術을 鑑賞하는 데 있어 體得한 感情으로서 어색한 것이 없는 表現이다.

그러나 내가 여기 두 先哲의 말을 引抄한 것은 自然과 藝術이 本是 對立되어 있고, 그 對立 우에서 相互關係가 成立됨으로써 그 같은 表現이 있을 수 있다는 것이다.

그러나 人間이 아니라 人間의 問題가 그려진 最近의 作品 傾向의 特質은 그것이 叙上의 對立關係를 喪失하고 있다는 點이다. 다시 말하면 文學이 文學 獨自의 世界를 構成하지 못하고, 거기에는 그림과 같다든가, 實物과 같다든가 하는 感心이 잇을 수 없다. 作品의 世界에 나타난 文學現象이나 現實의 諸 現象 사이에는 아무런 懸隔도 없으며, 作家의 現實的인 生活 實踐이 곧 報告的인 文學作品을 이루고 있다.

作品에 나타난 愛慾의 世界, 倫理의 世界, 其他 社會的, 經濟的, 道德的 인 諸 問題는 作家의 '實生活'이 옅은 조히 한 장 揷入됨이 없이 그대로 作品에 옮겨져 있다고 하여도 過言이 아니다. 作家의 實生活—朝夕의 衣食 住, 肉親, 交友, 戀愛, 對社會的 義務 等, 이러한 모든 것의 運行이 作家의 머리를 支配하고, 다시 그 같은 實生活的 思考가 作品을 빚어내게 될 제, 果然 現實 生活과 文學과의 差別은 어데서 찾을 수 있을 것인가. 더욱이 이 땅의 作品 世界에서 種種 對할 수 있는 文學的인 人物의 生活을 두고 볼 제, 作家와 作中人物과의 사이에는 아무런 徑庭도 찾을 수 없는 것이

事實이 아닌가.

나는 이 같은 現實 生活의 複寫 乃至 追隨의 傾向을 現實主義的 傾向이라고 命名하고자 한다. 그것은 生活과 文學의 關係, 現實과 文學의 關係를 正常的으로 把握한 寫實主義와 區別되는 것으로서 첫째, 文學이 그 獨自의 世界를 構成할만한 形式을 갖추지 못한, 다시 말하면 藝術 獨自의 形式을 喪失한 文學的 傾向이다. 그것은 作家가 文學의 對象으로서의 現實의 諸 現象과 自己라는 것의 區別을 形成할 수 없을 만큼 無能力한 데 由因된 것이 事實이나, 이 땅의 作品이 最近 六, 七年 동안이란 긴 時日을 身邊的인 私小說의 世界에 뿌리를 박었든만큼, 一方 强調되는 리얼리즘의 影響 밑에 不可避的으로 그 같은 歪曲된 文學的 傾向을 呈出하였다고 하여도 過言이 아니다. 리얼리즘이란 勿論 그 같은 歪曲된 現實主義가 아니라, 어데까지나 文學 獨自의 自己의 形式을 가지면서 現實을 그리려는 傾向이며, 더욱이 그 이른바 現實이란 決코 些末的인 트리비얼리즘과 區別되어야 할 것이라는 것도 屢次 力說된 바이다.

그러나 過去로부터 오늘에 이르기까지 悠久한 리얼리즘의 道程에는 얼마나 그 같은 過誤를 犯한 적이 많았든가. 리얼리즘에 있어서 捷徑 犯하기 쉬운 그 같은 卑俗主義, 現實主義가 일직부터 없었다면, 「反듀링論」의 著者가 「바르작論」에 있어서 '典型的 情況에 있어서의 典型的 性格'이란 말은 웨 하였으며, 쟝 마리이 뀨오가 그 藝術論에 있어서 '寫實主義에 있어서 卑俗主義를 免하는 방법'이란 一節은 웨 加入시켰을 것인가. 이어서 最近의 누시노프, 로젠타리, 파디에프 等의 論爭도 없었을 것이 아닌가.

따라서 오늘의 現實主義的 傾向이 明日의 寫實主義에 나가기 爲한 하나의 段階라고 볼 제, 우리는 머리에서부터 오늘의 作家 傾向을 否定하는 것이 아니다. 더욱이 文學이란 것이 現實의 實生活을 通하여서만이 人間 生活의 實體에 뿌리를 박을 수 있는 것이 事實이라면, 오늘의 作品의 世界가 現實과의 差別을 喪失하므로써 文學 獨自의 形式까지 喪失하였다고 하드

래도, 그것이 一切의 過去의 形式主義에서 解放하여 早晚間 새로운 리얼리
즘의 形式을 갖후게 될 것을 待機하게 될 제, 오늘의 作家로 하여금 어느
限界까지 갈대로 가게 하는 것이 妥當할른지도 알 수 없다.

　그러나 이 같은 現實主義的 傾向과 關聯하여 省察을 要하는 問題는 리얼
리즘에 있어서 根本的으로 考究되어야 할 形象化의 問題와 그에 따르는
虛構性의 問題이다.

　나는 일찌기 다른 곳에서 現代文學, 그 中에 있어서도 現代小說이 危機에
直面하고 있는 主要한 原因으로서 藝術의 形象化에 있어서 普遍性의 喪失
과 虛構性의 崩壞를 든 적이 있다. 그러나 그것은 곧 오늘의 現實主義的
作品 傾向이 犯하고 있는 가장 根本的인 缺陷이 아닌가 한다.

　藝術的 形象化에 있어서 普遍性의 喪失이란 文學作品으로서 形式과 그
形式을 通하여서의 內容에 關한 問題이며, 虛構性의 崩壞란 文學作品의
內部 構造에 關한 問題이므로, 兩者는 決코 別個의 것으로 取扱되어서는
아니 될 것이나, 藝術에 있어서 虛構性이란 것이 現實 認識의 根本 方法인
槪括과 그 個別的인 形象化 사이의 矛盾에서 오는 만큼, 이 같은 矛盾의
보다 高次的인 統一은 結局 對象에 關한 깊은 知識과 날카로운 感應이
없이는 行할 수 없는 것이니, 오늘의 作家는 무엇보다도 自己가 갖고 있는
實生活이란 것에 對하여 보다 깊은 知識과 날카로운 批判을 用意하여야
할 것이다.

—『문장』, 1940. 6 · 7.

現代 技術論의 課題

　現代는 周知하는 바와 같이 歷史의 轉形期라고 한다. 그것은 한 時代가 그의 歷史的 生命을 다하게 될 제, 다시 말하면 그 原理가 모든 要素를 統一하고 支拂해오든 힘을 喪失하게 될 제, 그에 代身할 새로운 原理, 새로운 秩序를 要請하게 되는 그러한 歷史的 時期를 가르친다.

　따라서 이 같은 轉換期的 要請은 다만 政治的, 經濟的 또는 社會的으로뿐만 아니라, 嚴密한 意味에 잇어서 思想的, 文化的으로도 要請되여마지 안는 하나의 實踐的 要求라고 할 수 잇다.

　그러기에 오늘날 모든 領域에 잇어서 새로운 ○○的 秩序와 原理를 要求한다는 것은 現代에 잇어서 回避할 수 없는 現實的 課題임에 틀님없다.

　元來 '轉形'이란 語義 그대로 形의 轉化(變化)이며, Transformation이며, Metamorphosis이다. 그러나 한 말로 形의 變化라고 할지라도, 거기에는 '形이 變한다는 것'과 '形을 變케 한다는 것'의 二重의 意味를 갖게 된다. 卽, 自然的인 生成의 立場에서 말한다면 形이 變한다는 것이나, 人間史的인 創造의 立場에서 말한다면 形을 變케 하는 것이다. 여기에서 우리가 말하는 것은 勿論 人間史的인 創造의 立場에서이며, 本來의 意味에서 歷史的인

것이다. 따라서 轉形期란 歷史的 過程에 잇어서 創造的인 一 時期이며, 强烈한 人間的 意慾과 巨大한 集團的 行動에 依하야 果하게 되는 過渡期라 할 수 잇다.

그러나 이 같은 轉形的인 實踐은 技術을 기다려서 비로서 遂行된다. 卽, 技術은 本來 實踐的인 것이며, 實踐없이는 生覺할 수 없는 것이나, 實踐은 또한 技術없이는 空虛한 言辭에 끝이는 것이다. 그러기에 轉形이라든가 創造라는 것이 實踐의 本領을 이루는 以上, 그것은 技術과 떠러질 수 없는 關係에 서게 되는 것이다.

일즉이 三木淸氏는 그의『構想力의 論理』가운데서 "構想力의 論理는 形의 論理로서, 形을 歷史的 行爲의 立場에서 把握하는 것이라"고 하엿으며, 形의 變化에다가 歷史의 根本 槪念을 두엇다. 卽, "形이 生成하고 發展하고 또한 消滅하지 안는다면 歷史란 生覺할 수 없는 것"이며, "形은 空間的임과 同時에 時間的인 것으로서 生成과 存在의 統一이라"고 하엿다. 이어서 三木淸氏는 "人間의 모든 行爲를 環境에 對한 作家的 適應"이라고 볼 제, 그것은 技術的이라고 아니 할 수 없다.

技術의 "根本 理念은 形이라"고 하야, 構想力의 論理와 技術을 結付시켯다. 여기에 잇어서 三木淸氏는 "技術이 形을 만든다"고 할 제, "自然도 技術的이며, 自然도 形을 만들며, 人間의 技術은 自然의 作品에 繼續된다는 것을 强調하야, 自然과 文化 또는 歷史를 抽象的으로 分離하는 것이 아니라, 兩者를 形의 變化에 잇어서 統一的으로 把握한다."고 主張하엿다. 卽, 自然史와 人間史는 技術을 根底로 하야, 形의 變化의 槪念에 잇어서 統一된다고 하엿다.

"技術이 自然의 作品에 繼續된다."는 것은 이미 바고트가 한 말로서, 아리스토텔레스도 "무릇 技術이란 一方에 잇어서 自然이 成遂하지 못하는 것을 完成하며, 他方에 잇어서 自然을 模倣한다."고 하엿다. 確實히 人間의 技術은 根本에 잇어서 主體와 環境과의 適應을 意味하게 될 제, 人間은

技術에 依하야 自己 自身의 또는 社會나 文化의 形을 만들며, 또한 그 形을 變更하야 새로운 形을 만들어간다. 따라서 여기에 잇어서는 文化는 勿論이오, 모든 人間的 行爲의 諸 方式이나 社會의 制度도 또한 形인 것이다라고 하는 것은 生命的 自然을 가진 形은 모다 主體와 環境과의 適應의 關係에서 만들어지기 때문이다.

여기에 잇어서 우리는 技術이 創造的이며, 技術에 依하야 世界는 새로운 形을 獲得한다는 것을 結論짓게 될 제, 오늘의 轉形期에 잇어서 모든 것의 尖端에 位置하게 된 重要性을 納得할 수 잇으리라고 본다. 卽, 이 轉形期의 政治 經濟 思想이 어느 것을 莫論하고, 이 轉形期의 轉形 過程에 抵觸하게 될 제, 거기에는 技術的 轉形의 프로세스를 看過할 수 없는 것이다.

要컨대 오늘날 모든 歷史的 轉形은 그 根底에 잇어서 技術에 制約되지 안코는 배겨날 수 없다는 것을 確認할 必要가 잇는 것이다.

—(1) 『동아일보』, 1940. 7. 7

여기에 잇어서 오늘은 正히 技術의 時代라고 할 수 잇다. 그것은 勿論 精神에 對立한 技術을 强調하는 데서 云謂되는 바이나, 確實히 現代의 重要한 特徵의 하나는 精神과 技術의 深刻한 分裂과 相剋이라고 할 수 잇다.

一部 精神論者가 오늘에 잇어서도 古代의 貴族主義者들과 같이 技術을 蔑視하는 나머지 輕蔑的인 地位에 떠러트리어 現代 文明의 沒落을 豫言하는 데 잇어 그것을 機械的인 技術에로 돌리고 잇는가 하면, 또한 一部의 技術論者에 잇어서는 富裕한 時代를 所謂 技術의 世紀라고 하야 技術과 科學을 거처서 技術과 文化를 高調하고 잇다.

그러나 元來 精神과 技術이란 一方이 觀念的이며 永恒的인 데 反하야, 他方이 實質的이며 客觀的인 것으로서, 그 같은 對立은 歷史的으로 보아 人間에 잇어서 本質的인 것이라고 할 수 잇다. 따라서 그 같은 對立은 統一이 잇음으로서의 對立이므로, 精神없이는 技術이 잇을 수 없으며, 技術없이는

精神도 잇을 수 없는, 卽 個性에 잇어서 腦神經 系統과 ○○○○이 서로 ○○됨이 없이 統一되어 잇는 것과 같이 人間의 ○○的 ○○에 잇어서 統一되어 잇는 그러한 물건이다.

그러나 그것이 한 번 社會的 範疇로 視野를 擴大하게 될 제, 그의 關係는 어느덧 分裂的으로 나타나 精神은 精神이오, 技術은 技術이라는 對立關係에서 把握하는 不幸을 갖게 된다.

卽, 精神과 技術이 對立關係를 歷史的으로 보게 될 제, 古代的 또는 中世的 分離는 그래도 우연만한 態度라고 할 수 잇으나, 近代의 産業革命을 치른 後로는 지내간 手工業的 技術을 分解하야, 그의 主要 部分을 機械에로 人間의 손(手)에서 技術을 빼아서버렷다. 따라서 技術의 槪念은 主觀的인 것에서 客觀的인 것에로 肉體的 만남의 延長에서 全혀 無機物質에로 올마가게 될 제, 手工業的 人間에게 保持되엿든 精神과 技術의 統一的 實踐은 喪失되여 精神을 마침내 遊離되고 孤立되어버렷다.

여기에 잇어 우리들은 近代 特有이 精神과 物質의 分裂을 격게 되엿으나, 이미 對立과 矛盾의 辨證法的 認識을 修業한 우리들로서는 이제 새삼스러히 物質과 精神의 一元的 處理에 망서릴 必要도 없는 것이다. 그러나 肝緊한 問題는 이 같은 意識과 物質, 精神과 技術의 種類의 對立的 論議와 認識의 堆積이 오늘날 '現代 技術論'을 載來시켯다는 것을 忘却하여서는 아니 되리라고 본다.

따라서 現代 技術論은 勿論 오늘의 歷史的 過程에 잇어서의 技術을 對象으로 하게 되나, 技術 그 自體가 元來 人間의 歷史的, 社會的 生活의 基礎를 이른만큼, 그것이 人間의 歷史的 社會的 世界의 모든 領域에 잇어서 아래에서붙어 滲透되어 잇다는 前提에서 그의 ○月的인 對象 領域을 갖게 되는 것이다.

爲先 現代 技術論은 自然科學과 떠러질 수 없는 緊密한 關係 아래에서 發展하엿으며, 또한 社會科學(그 中에서도 經濟學—)과도 떠러질 수 없는

關係에 잇다. 그러나 그 같은 緊密한 關係란 決코 技術論이 自然科學에 融解되거나, 經濟學의 一 項目을 이룬다는 것을 意味하는 것은 아니다. 흔히 一般은 技術을 單純히 自然科學的인 應用 또는 綜合으로만 生覺하게 되나, 오히려 歷史的 事實은 科學이 技術을 나흔 것이 아니라, 技術이 科學의 生成을 刺戟시켯으며,(一傳記에 依하면 近代 科學의 設計者인 갈릴레오도 먼저 造船 建築의 技術이엿다.) 또한 論理的으로도 技術은 人間의 生活 實踐에 잇어서 肉體的, 客觀的 關係를 이루는 具體的 實在이나, 科學은 그것을 人間 主體로서의 意識에 잇어서 反映하고 系統지우는 抽象的 思惟 體系이므로, 技術은 科學의 復興만으로 解決되는 主題가 아니라, 技術 獨自의 對象 領域을 가지게 되는 것이며, 또한 經濟 構造에 잇어서 生産이 經濟 運動의 起點을 이루며, 生産的 活動은 技術에 依하야 始作되는 것이나, 技術은 決코 經濟의 內部에서 自己 完了하는 것이 아니며, 社會的 生産의 技術的 過程은 그 自身 經濟的 過程의 一 契機인 것은 事實이나, 오히려 自己 運動으로서의 自立性을 가지고 잇다.

그러므로 技術은 自然的임과 同時에 社會的인 것이며, 技術論은 自然科學과 社會科學의 接目에 서게 되는 것이다.

—(2) 『동아일보』, 1940. 7. 9

以上에 잇어서 우리는 技術論이 歷史的으로나 論理的으로나, 그가 占有하고 잇는 獨自의 位置를 主로 生産論의 見地에서 보아 왓다.

이미 三木淸氏도 自然史와 人間史는 技術을 根底로 하야, 形의 變化에 잇어서 統一된다고 하엿으며, 相川春喜氏도 一方에 社會經濟的 方面이 잇고, 他方에 自然的 方面이 잇어, 이 兩方間이 統一되는 곳에 技術이 存在한다고 하야, 經濟學이나 또는 自然科學의 工學的인 綜合만으로는 技術을 完全히 包括할 수 없다는 것을 明言하엿다.

그것은 元來 人間이란 것이 歷史的 人間으로서, 人間끼리 一定한 社會的 關係에 들어감과 同時에, 自己의 能動的 行爲에 依하야 外部 自然에 作用하

야 그에 變化를 加하고, 항시 自己의 肉體的 自然까지도 變케 하는, 卽 社會的 關係와 對 自然 關係를 各其 獨自의 ○○로서 自己의 ○○ 가운데 統一하고 잇다는 嚴重한 理由에서 ○○한 事實이라고 할 것이다.

처음 人間은 道具를 만드는 動物로서 다른 動物들과 ○○的으로 區分되엇다는 것은 周知의 事實이나, 技術이란 다름아닌 이 道具를 使用하는 데 介在한다. 그러나 注視할 것은 道具를 만든다는 것은 生産이지 곧 技術은 아니다. 道具를 만든다는 것은 物을 生産하기 爲해서의 道具를 生産하는 것이나, 그 만들어진 道具를 使用하야 物을 生産할 제 그 道具를 使用하는 것이 그 技術이다. 다시 말하면 生産이라는 經濟的 活動에 잇어서 合目的인 活動이 그 主役인 道具와 結付되는 곧에 技術이 잇는 것이다. 따라서 技術은 첫째 目的을 爲한 手段이나, 둘째로 그의 (이하 1행 판독 불가) 는 것이다.

그러나 여기에 잇어서 우리가 技術의 槪念을 具體化하는 데 잇어서는 便宜上 廣義의 技術 槪念과 俠義의 技術 槪念을 區分할 必要가 잇다고 본다.

俠義의 技術이란 勿論 豊富한 社會, 特定한 時代에 잇어서의 經濟的 生産 技術을 가르치는 것은 勿論이나, 이른바 生産 技術이 現代에 잇어서 固有한 技術의 意味임에 틀님없다. 솜 만드는 그것을 다시금 道具的 技術과 經濟的 技術로 區別하나, 如何間 그것은 道具를 만들기 爲한 手續 또는 一般的으로 物的 生産을 爲한 手段으로서 限定되여 잇다.

그러나 廣義의 技術이란 抽象的인 技術 一般의 槪念을 가르치는 것으로서, 그것은 一定한 目的을 達成하기 爲한 모든 手續, 모든 手段의 모든 結合, 모든 體系를 意味한다. 卽, 모든 生産 技術은 勿論 政治 技術, 軍事 技術, 經濟 技術, 官僚 技術, 演劇 技術, 創作 技術, 甚至於는 스포츠 技術, 戀愛 技術에 이르기까지, 人間 生活의 意識的인 一擧手 一投足에다가 技術이라든가, 技術的인 表現을 붙이게 되는 것이 그것이다.

따라서 廣義의 技術 槪念을 混沌한 것으로서 우리의 社會 生活을 經濟的,

物質的 生活 部面과 精神的, 意識的 生活 部面으로 나누듯이, 그것을 物質的 形成 技術과 觀念的 形成 技術로 나눌 수 없는 것은 아니나, 그 같은 ○○은 한갓 카드式 分類의 程度를 넘을 수 없는 것이다.

그러나 技術 一般의 槪念 規定은 거기에도 妥當하지 안을 수 없는 것이니, 그것은 어떠한 形態를 不拘하고 人間이 合目的으로, 意識的으로 어떠한 것을 만들기 爲한 手段 또는 그 手段의 全體를 가르치는 것으로서, 그 手段은 恒常 對象化 되어 잇으나, 반드시 客體로서 物質的인 存○式을 取하지 안허도 無關하다는 規定이 承認되어야 하리라고 본다.

이 같은 廣義의 文化的인 技術 槪念은 三枝博音氏가 가장 重點을 두는 바로서, 그는 發達 廣範圍의 技術을 "自然的 素材를 過程의 豫件으로 하는 人間的 意慾을 爲한 過程으로서의 手段이라"고 規定하야 技術을 勞働手段의 體系로만 보는 固定的인 槪念化에 커드란 反擊을 주엇다.

要컨대 生産의 技術이나 藝術의 技術(創作 技術)은 다함게 合理的으로 說明되어야만 한다는 것이다.

―(3) 『동아일보』, 1940. 7. 10

三木淸氏도 技術과 生産의 不可分의 關係를 肯定하난, 技術의 槪念을 擴張하게 될 제, 生産의 槪念도 그에 相應하여 擴張된다고 하야, 그 擴張된 生産의 槪念을 포이에시스(制作)에 두엇다. 同時에 技術에는 習慣的이며 制度인 一面이 잇다고 하야, 有史 前의 一定한 時代를 石器時代, 靑銅時代, 鐵器時代라고 일커르며, 또한 一定한 歷史的 를 封建制라든가 資本制라고 하야 時代를 區分하는 것도, 資本制에 잇어서 技術이 制度的이기 때문에 可能하다고 하엿다.

더욱이 三木氏는 技術이 神話○○○로 存○한다고 하야 呪術 또는 ○○이 그것이라고 하엿다. 氏에 依하면 呪術은 生産의 槪念을 包含하며, 及其也는 氏 特有의 '構想力'과 聯關되어 잇다. 卽, 呪術이 技術에로 올마가고, 技術이 科學에로 올마가는 데는 構想力의 ○○이 잇지 안흐면 아니 된다는 것이다.

그러나 아무리 이 같은 擴大된 技術의 槪念을 느러노아도 固有한 技術의 俠義의 槪念, 卽 生産 技術의 槪念을 闡明함이 없이는, 그것을 理會할 수 없는 것이다.

固有한 意味에 잇어서 生産의 槪念과 道具의 槪念이 技術 槪念의 定義的 要素이라는 것은 이미 叙上에서 말하엿다. 相川春喜氏는 그것을 實踐的 槪念으로서의 技術과 生産的 槪念으로서의 技術로 區分하엿다.

卽, 모든 人間의 實踐的 活動은 人間 自身과 外的 自然과의 사이에 하나의 에너지 轉換의 過程이라고 하나, 人間이 人間으로서 다른 動物과 區別되는 것은, 첫째 그 活動이 目的 意識的이라는 것과, 둘째 스사로 活動 手段인 道具를 만들어 그것을 使用하야 物件을 만드는 것에서 始作되엇다는 것이다. 여기에 잇어서 活動의 目的 意識性이란 이미 外的 自然 題材를 對象的으로 보고, 知覺한 것을 ○○도 하며, 自然 題材를 對象的으로 보는 知覺 活動은 其實 外에서 內로, 他에서 自己에로의 프로세스를 取하는 것이다. 다시 말하면 人間은 손(手)의 延長으로서 石器를 만들기까지는 손을 손으로서 보지 못하엿으며, 舊石器人이 그가 만든 石器를 손에 쥘 때, 비로서 손으로서 道具的으로 볼 수 잇엇다는 것이며, 또한 石器를 가지고 作用하는 外的 自然을 對象的으로 볼 수 잇엇다는 것이다.

氏는 이 같이 人間의 實踐 活動을 歷史的으로 追究하야, 그 活動의 合目的的인 것과 그 活動에 잇어서 만든 道具를 手段으로서 갖는데, 人間的 意義를 認定하고 다시 한 걸음 나가서 意識에 對한 實踐의 優位를 말한 다음, 人間의 實踐 過程은 意識的 目的의 實現 過程이나 이 目的에 對한 手段(道具)은 外的인 頻煩性을 가지므로써, 客觀的 意義를 갖게 된다고 하야 여기에 技術의 本質的인 槪念을 두엇다.

如何間 冒頭에서도 말한 바와 같이, 技術의 槪念과 實踐의 槪念은 不可分의 關係에 잇다. 卽, 實踐은 外的 手段으로서의 客觀的 技術을 通해서만이

그의 主觀的인 目的을 達할 수 잇는 것이다. 三木淸氏도 道具的 技術의 三 契機를 말하는 데 잇어, 첫째 自然 法則의 認識을 豫想하게 되며, 둘째 人間에 依한 目的의 設定이 잇는 다음, 셋째로 技術이 客觀的 法則과 主觀的 目的을 綜合하는 것이라고 하엿다.

要컨대 實踐的 槪念으로서의 技術은 客觀的 物로서의 道具나 主觀的인 技能이 아니라, 人間의 合同的인 實踐에 잇어서의 外的 手段 또는 그의 體系의 槪念이며, 近代 科學的 表現을 빌니면 그것은 物的 勞働 手段의 體系이다.

그러나 이 같은 人間的 實踐의 基礎를 生産的 勞働에 限定하게 될 제, 技術의 實踐的 槪念은 生産的 槪念에로 限定케 된다.

技術의 生産的 槪念은 社會의 現實的 構造가 立體的 피라미드를 이루게 될 제, 生産 技術이 經濟的 過程으로서 그 피라미드의 底邊的인 地盤을 構成함으로써, 또한 近代的인 大工業의 段階에 잇어서, 卽 構造的인 意味에서와 歷史的인 意味에서 把握된 것이다.

近代的 生産 過程에 잇어서 勞働者라는 主體的인 人間的 組織 活動體와 機械 體系라는 勞働 手段과 原料라는 勞働 對象이 잇다는 것을 하나의 常識이나, 여기에 잇어서 勞働的 人間이 그의 合目的인 活動을 對象(原料)에 傳達하고, 不可缺의 媒介體가 勞働 手段이며, 이 勞働 手段이 現實의 프로세스로 把握될 제, 그것은 生産的 勞働의 統一的 立場에서 技術로 槪念지우게 되는 것이다.

—(4) 『동아일보』, 1940. 7. 12

一般的으로 經濟學者들은 技術이 곧 勞働 手段이라는 規定을 採擇하고 잇으며, 哲學者 乃至 文化社會學者에 잇어서는 技術을 곧 生産(勞働)의 方向에서 槪念지우게 되는 傾向이 잇으나, 그것은 너무도 形式論的인 思考라고 할 수 잇다. 卽, 技術이 生産的 槪念이라는 것은 生産 過程을 過程 그것에 卽하여 보기 때문이며, 技術이 手段 槪念이라는 것은 生産 過程을 그의 結果로서 거기에 融解되는 生産物에 卽하여서 보기 때문이다. 바꾸어 말하면 技術이 生産的이라는 것은 過程 그 自體의 (이하 25행 판독 불가) 制約되면서 그와 相對的으로 獨立한 過程을 가지고 잇는 것이 事實이나, 意識的 觀念的 諸 生活 技術은 그 自身의 形態를 갖추고 現實的인 힘을 가짐과 同時에, 그의 技術的 實踐을 通하야 物質的인 生活 技術에 强力的으로 反作用하야 兩者의 不斷한 交互關係와 統一이 잇다는 것을 否定할 수 없는 것이다. 現實的으로 科學과 技術의 關係, 文化와 技術의 關係는 그것을 立證하고 잇다.

正確히 말하야 人間의 意識은 그 自身 하나의 特殊化한 生産, 卽 精神的 生産이라고 할 것이며, 그 같은 知的 生産은 頭髓的 衝働이 自體的 勞働에서 分化된 것이나, 그 分化와 相互 規定은 恒常 實踐에 잇어서 統一되며, 統一되엇기 때문에 分化하고 矛盾되여 잇는 것이다.

古代 希臘에 잇어서 이미 테크네(技藝)와 포이에시스(創作)는 區別되어, 테크네는 ○○으로 通하야 一切이 手工的인 造型의 方面을 代表하고, 포이에시스는 詩作으로 通하야 一切의 觀念 內 創作의 方面을 代表하엿다. 當時에 잇어서, 아니 現代까지도 포이에시스로서 ○○한 代表的 動向은 貴族的이며, 테크네에서 出發한 根本的 創作은 ○○的이엇다.

테크네는 ○○美術을 藝術 領域에까지 끄러올렷으나, 一般的으로 物的 生産 技術에 머저서 文化○○에 自足하여 잇엇다. 그러나 ○○○○을 ○○로 하야 테크네는 그의 正常的 位相을 回復하기 始作하엿으며, 現代에 잇어서는 ○○文化의 모든 領域에까지 ○○의 ○를 미치는 것이다.

○○○으로 ○○하야 技術이 ○○○로 ○○○○과 聯關되고, 文化가 Culture, Cultitude로 農耕 段階와 ○하게 될 제, ○○되는 것은 技術이 ○○的인 根源을 가지고, 文化가 農耕的인 起源을 가지게 될 뿐만 아니라, 兩者는 함께 古代 農業과 家內 手工業과의 社會的 分業을 表現한 것이라고도 할 수 잇다.

그러나 前述한 바와 같이, 産業革命을 契機로 하야 支配的이든 農業 文化는 ○○ 技術에 依하야 一種의 ○○를 받엇다. 傳統的인 牧畜的 文化는 古代 産業 技術的 文化로 變容하야 技術 文化는 오늘의 時代的 特質을 이루게 되엇다.

文化는 元來 自然的 形成에 對立한 人間的 創造를 意味하야, 特히 ○○的 觀念의 世界를 展開한 것이나, 거기에서는 技術은 物的 手段的이엿으므로 貶下되엇던 것이다.

그러나 近代에 이르러서는 도로혀 手段的인 것임으로써, 技術은 文化를 그 根底에서 規定하는 것으로 나타낫으며, 技術은 하나의 文化力임과 同時에 모든 文化의 推進力 가운데서도 가장 客觀的인 概念을 주는 것이라고 할 수 잇다.

그러한 意味에 잇어서 近代 文化는 恒常 技術 文化이엇으며, 더욱이 社會 人間의 가장 能動的인 積極的 行動의 時期이며, 또한 技術的 實踐의 時期인 오늘의 轉形期에 잇어서의 文化는 그 같은 技術的 性質이 明瞭히 나타난다고 할 것이다.(附記: 題하야 「現代 技術論의 課題」라고 하엿으나, 써노코 보니 技術論의 基礎 概念을 느러 논 것에 不過하여 技術과 科學, 技術史, 技術學의 成立策에 論及치 못함은 짧은 紙面으로 不得已한 일이나, 讀者의게 甚히 未安하다. 끝으로 本論은 主로 三木淸氏의 『構想力의 論理』, 相川春喜氏의 『現代 技術論』, 三枝博音氏의 『日本의 知性과 技術』 等을 參考로 하엿다는 것을 附言하여 둔다.)

—(5) 『동아일보』, 1940. 7. 14

文化 時評

歷史와 個人

오늘의 歷史的 轉換期에 잇서서 뿐만 아니라, 어떠한 歷史的 過程을 勿論하고, 個人의 位置라던가 그 意義를 찾는다는 것은 그 時代에 잇서서의 必須的인 課題임에 不拘하고 이제까지 이 方面의 論究가 閉鎖된 狀態 그대로 잇다는 것은 어이된 일일까.

한동안 우리들은 個人에 對한 社會의 意義를 强調하고, 그의 規定的인 힘을 個人에게 導入 許容하므로 말미암아, 個人이라던가 個性을 너무나 度外視하엿다는 非難을 들은 적이 잇다. 卽, 지내간 社會科學的 理論은 '客觀'은 論理的 構造에 對하여는 어느 程度까지 說明하는 바가 잇다고 할 수 잇스나, '主體'나 '行爲'의 理論的 構造에 對하여는 全혀 說明이 缺如되어 잇다. 거기에는 個人이 無視되엇슬뿐만 아니라, 主體에 關한 기픈 洞察이 업다. 個性은 ○也 社會的 影響 가운데 分散되고 解消될 뿐이다. 그러나 實際에 잇서서 個人은 漠然한 存在이며, 個性은 사람 사람에 잇서서 重要한 意味를 띠고 잇지 아는가 하는 非難과 攻駁이 되푸리되엇던 것이다.

事實 이가튼 個性 論議는 오늘에 잇서서도 根質지게 主張되고 잇다. 뮤라프라이앤센스라든가 야스퍼스에 依하면, 個人의 本質이란 內部的 生命을

가르치는 것으로서, 外部에서는 그에 向하여 그림자(影)를 던질 수 잇스나, 그의 自發性을 犯할 수는 업는 것이며, 그가튼 內奧의 純粹性은 全혀 獨自的인 存在로서 特殊한 作用을 하고 잇다는 것이다. 卽, 그들은 人間의 本質을 個人의 內奧에 갈마둔, 科學的으로는 이야기할 수 업는 어떤 非合理的인 거기에서 求하고 잇는 것이다.

이와 ○을 가치 한 個性論은 이 땅에 잇서서도 所謂 文壇의 新世代를 論議하는 가운데 이미 나타낫다고 본다. 卽, 金東里氏에 依하면, 文壇의 新世代의 精神을 形成하고 잇는 것은 個性과 生命의 究竟 追求에 잇다는 것이다. 勿論 金氏의 論理 自體에 잇서서는 적지 안케 牽強附會的인 我田引水論을 散見할 수 잇는 것이 事實이나, 如何間 氏가 三十代 靑年의 뒤를 繼承하고 잇는 舊世代, 또는 傾向文學의 뒤를 따르는 새로운 文學的 世代를 個性의 文學에서 찻고 잇다는 것은 確實히 刮目할 現象임에 틀림업다.

그러나 우리들은 結論을 기다릴 것이 업시 社會가 업시는 個人이 存在할 수 업다는 命題와 함께, 個人의 存在에 依함이 업시는 社會도 잇슬 수 업다는 主張을 拒否하는 것이 아니다. 어떠한 社會를 勿論하고 個人은 社會의 構成要素로서 뿐만 아니라, 이와 區別된 一個 獨立의 存在로서 自己를 主張하고, 獨自의 見解와 獨自의 要求를 가지고 生活하는 것이다. 따라서 特히 어느 一方에 偏局하여 社會의 意義를 強調한다던가, 個人의 本質을 固執한다던가 하는 것은 아무리 歷史的 情況의 所然이라고 할지라도, 그로 首肯될 수 업는 것은 明若看火의 事實이다.

그러나 오늘의 歷史的 情況에 잇서서 우리의 注目을 끌고 잇는 것은 그 어느 一方的인 主張보다도, 오히려 어제까지의 個人 對 社會의 關係가 個人 對 全體의 關係로 ○○됨에 따라, 이제까지 獨自的인 存在로서 個人이 特殊性에만 치우치던 數만흔 個性論者가 宗敎的인 非合理性에로 달려감으로써, 全體主義와 結託되고 잇다는 事實이 아닌가 한다.

卽, 『나의 鬪爭』의 著者는 그의 著書 가운데에서 아리안 人種, 그 中에서도 게르만民族의 優秀性을 말한 다음, 個人의 評價에 잇서서도 모든 民族이 同一한 것이 아니라는 認識을 그대로 옴겨다가 同一한 民族 社會의 內部에 잇서서도 個個人의 사이에도 無數한 差異가 잇서 그 國家의 領導와 勢力은 그 民族 內의 가장 優秀한 人種에 依하여 保護되어야 한다는 것이다. 다시 말하면 個人의 特殊性이란 無視되는 것이 아니나, 大多數의 個人이란 ‘愚昧한 大衆’으로서 다만 ‘少數의 精銳’에게 指導를 바들 뿐으로, 그들 自身의 創意性이란 發揮할 必要도 업스며, 또한 그러할 場所도 업다는 것이다. 여기에 對하여 야스퍼스는 個人이 가지는 ‘現存在’로서가 아니라, 그를 ○○한 ‘自己 存在’로서의 意義는 神의 啓示에 ○○하는 ‘○○○解’에 잇다고 한다. 卽, ‘○○○解’란 現狀을 啓示로서 그대로 首肯하라는 것으로서, 사람은 現實 世界의 아무 곳에서나 ○○(啓示)를 읽고서 스사로 法悅할 수 잇다는 것이다.

따라서 現實은 주어진 그대로박게 어찌 할 수 업다는 것이 一般的으로 個個人에 잇서서의 民族的인 存在 方式이라고 한다. 여기에 잇서서 ‘全體’와 ‘個人’은 아무런 懷疑도 업시 結託할 수 잇다는 可能性을 보여주고 잇다.

—(상)『조선일보』, 1940. 7. 23

그러나 上述한 全體主義는 全體性의 原因 가운데에서도 特히 獨逸을 本家로 한 少數者 史觀 우에 樹立된 것임은 勿論이다. 卽, 그것은 個人 一般의 存在를 完全히 否定하면서, 오히려 特殊 個人의 올마이티를 肯定하는 原理엿다. 따라서 야스퍼스의 個性論도 普遍 個性의 自由를 確立한 近代의 個人主義의 原理에 基한 것이 아님은 勿論이다.

實狀을 말하면 오늘의 時代的 交替 過程에 잇서서 近代의 個性의 原理와 現代의 全體性의 原理는 如何한 神託的 ○○을 不拘하고 어디까지든지 竪立되고 相剋되어 잇는 것이 儼然한 事實이다.

이 點에 關하여 徐寅植氏는 「文化에 잇서서의 全體와 個人」이란 一文 가운데서 다음과 가치 말하엿다. “近代의 個人主義가 全體에 抽象的으로

對立하는 個性의 原理라면, 現代의 全體主義는 個性에 機能的으로 對立하는 全體 個性의 原理이다. 前者는 全體를 否定하고 全體를 살리지 못한 데 反하여, 後者는 個人을 否定하고 個人을 살리지 못하는 것이다." 兩者는 모두 "對立者의 媒介를 걸치지 못한 抽象的 原理"로서 歷史의 來日에 當來할 原理는 "直接的 全體性의 原理와 直接的 個性의 原理를 否定的으로 綜合한 第三의 媒介的 全體性의 原理이어야 하며", 그것은 '世界性의 世界'를 ○所도 하고서만이 可能한 것이라고……確實히 現代의 全體主義가 全體의 統一을 爲하여 個人의 創意를 無視하고, 個人에 ○○的으로 對立함으로써 特殊者의 論理에 떠러저 잇다는 것은 누구나 承認하여야 할 것이며, 同時에 當來할 全體主義로 하여금 個人의 自由와 個性의 價値를 包攝할 수 잇는, 卽 個人을 媒介로 하는 全體性의 原理를 關係한다는 것은 하나의 必然的인 論理的 歸結임에 틀림업다.

그러나 야스퍼스의 神秘的인 結託과는 달리, 氏가 말하는 近代의 固有한 個人主義와 現代의 固有한 全體主義를 合理的으로 止揚한 한 個의 綜合的 原理라는 것을 具體的으로 檢討하게 될 제, 어떠한 結果를 가저오는 것일까.

勿論 哲學者가 抽象的으로 思考하는 그 自體에는 아무런 非難도 加할 것이 못되나, 야스퍼스氏와 가치 個人을 다만 超時代的인 普遍에 對한 個別者로 取扱한다든가, 徐寅植氏와 가치 全體에 對한 相關 槪念으로서만 取扱하는 데는 反對하지 안흘 수 업는 것이다. 우리가 恒用 主觀과 客觀, 我와 汝라고 말하는 그 가튼 抽象的 槪念도 嚴密히 말하여 歷史的 內容에서 規定되어 잇다는 것을 反省하게 될 제, 우리들의 思惟도 또한 歷史的이 아닐 수 업다는 것을 理會하게 되리라고 본다.

그러므로 우리가 말해온 個人도 單純한 槪念의 人間이 아니라, 어데까지나 歷史의 테 안에 얼켜진 一定한 時代에 사는 個人이며, 그는 다시 一定한 生活上의 位置를 當該 時代의 社會 안에 가지고 잇는 個人이라는 것을 銘記할 必要가 잇다고 본다. 元來 個人이란 그 自然的 存在에 依하여 個別

化된 存在이며, 그의 身體的 限界가 他物에 對하여 自己의 存在를 成立시키고 잇스며, 그의 身體 組織의 特殊性은 그의 精神的 性質의 特徵까지 規定하고 잇스나, 이 가튼 自然的 規定은 恒常 社會 가운데서만이 展開되므로써, 그것이 어떠한 모티피케이션을 믈하는가는 全혀 社會的 規定에 맛겨지는 것이다. 따라서 個人의 行動과 精神, 아니 그의 所作 全體가 믈出하는 性質을 個性이라고 부른다면, 그것은 오로지 以上 두 개의 모멘트의 綜合 우에 이루어진 것이라고 할 것이다.

따라서 이 가튼 見地에서 個性을 規定하고 個人을 追求할 제, 個人이란 어느 때나 一定한 社會 集團에 所屬한 個人이 아닐 수 업는 것이다.

그러기에 오늘의 歷史的 段階에 잇서서 全體와 個人의 問題는 이미『나의 鬪爭』의 著者가 이른바 少數의 精銳는 個性의 自由와 創意性을 十二分 發揮하고 잇는만큼, 거기에는 全體와 個人의 아무런 ○○도 업슬 수 업스며, 오직 愚昧한 大衆만이 個人으로서는 解放되엿스나, 그 實現이 拒否되어 잇는, 惑은 그 實現의 基礎가 될 生産 組織의 價値가 否定的으로 作用하고 잇는 矛盾 가운데서 그 矛盾의 止揚을 꾀함으로써 同時에 全體와 個人의 對立을 止揚시키고 綜合할 수 잇다고 할 것이다.

—(하)『조선일보』, 1940. 7. 24

英雄과 運命

個人을 自然的 規定과 社會的 規定의 綜合 우에서 追究하게 될 제, 그가 아무리 一定한 時代에 살고, 一定한 生活上의 位置를 그 社會 안에 가지고 잇다 할지라도, 거기에서 만드러진 個性은 全혀 獨自的 인식으로서 그것은 어떠한 것에로도 脫皮시킬 수 업는 것은 勿論이다. 그러한 意味에 잇서서 個人의 또는 個性의 偶然性은 容認되어야 할 것이다. 그러나 이 가튼 容認은

決코 個性을 非合理的인 것이나, 神秘的인 것에 陷沒시키는 것이 아니라는 것을 注意할 必要가 잇다.

卽, 個人의 偶然性이란 元來 必然性을 떠나서 存在하는 것이 아니다. 一 個人이 어떠한 個性을 가지고 生活하는 가는 全혀 偶然이라고 할 수 잇스나, 그는 그의 生活을 所屬시키고 잇는 一定한 社會 集團에서 規定되지 안코는 살지 못한다. 바꾸어 말하면 그는 一 個人으로서는 全혀 偶然的 存在이나, 社會的 偶然의 制約에서 逸脫할 수는 업는 것이다. 그의 生活은 如何이 偶然的이라 할지라도 그것은 社會的 關係의 表現인 一定한 ○○○○의 樣式에 잇서서 行해지며, 個人은 그의 良識的 諸 規定을 全혀 特殊한 것으로 간직하나, 社會的 諸 事象은 여러 가지 影響을 거기에 投入하여 마지 안는다. 그리하여 그는 그의 特定한 良識에 잇서서 하나의 集約點을 이루게 되나, 實際로는 一個의 偶然的인 集約點, 卽 個性이 이루어짐과 同時에 그것은 社會의 必然에 ○○되며, 必然의 構成要素를 이루게 되는 것이다. 이것은 個性이 다만 ○○的으로 ○○될 제만 ○할 것이 아니라, 어떠한 行動, 生活에 잇서서도 適用되는 根本的 ○○이라고 할 것이다.

그러나 이 가튼 明白한 認識에도 不拘하고 우리가 英雄을 表象하게 될 제는 往往히 歷史와 個人의 關係를 神秘化시키는 적이 적지 안타. 그것은 英雄의 行動的인 凜然한 後光에 우리의 眼膜이 흐려진 탓이라고도 할 수 잇스나, 우리들은 革新과 創造를 지나치게 讚美하는 나머지 진정 그 가튼 過誤를 犯하고 잇지 안는가 한다.

『英雄崇拜論』의 著者인 칼라일은 宗敎改革의 先驅者인 루터를 世界史의 先祖에까지 떠바친 다음 "一五二一年 四月 十七日 루터가 出席한 월므스의 會議는 近世史에 잇서서 最大의 신이라고 보아도 조흘 것이다. 英國 淸敎徒, 英國 議會, 佛蘭西 革命, 歐羅巴에 現在한 모든 事業, 이 모든 것의 萌芽는 거기에 잇섯다. 그때에 萬一 루터로 하여금 달리 行動을 取하게 하엿다면, 一切은 달라젓슬 것이다."고 云云하엿다.

루터는 勿論 中世的 敎會에 反撥하엿스며, 처음에는 封建 貴族에게도 對立하엿든 人物로서, 確實히 近世 初頭에 잇서서 代表的 個人이라고 할 수 잇다. 그 點에 잇서서 루터가 獨自的인 個性을 가지고 잇스며, 또한 偶然的인 存在이라는 것은 누구나 承認하여도 조흐리라고 보나, 칼라일과 가치 精神的인 信念을 그의 ○○ 가운데 인스퍼레이트 된 것에 依하여 ○○하엿다고 볼 수는 업는 것이다. 오히려 루터는 當時의 社會에서 意識的으로 또는 無意識으로 ○引된 바가 잇서서 그 가튼 行動을 取하엿든 것이며, 그의 行動의 規定은 그가 所屬된 社會的 集團에 依하여 비로소 明白히 할 수 잇는 것이다. 따라서 루터의 獨自的인 存在가 當時의 歷史의 進展에 스사로 規定됨과 同時에 反作用을 주엇다는 認識은, 決코 루터가 表現하지 안헛드래도 近代 資本制 社會는 展開되지 안흘 수 업스며, 거기에 ○○된 歷史的 諸 事象은 나타나지 안흘 수 업섯다는 認識을 否定하는 것이 아니라고 본다.

이 땅에 잇서서도 일찌기 徐寅植氏가 '歷史와 英雄을 말하는' 가운데서 ○想과 行爲를 對立시키여 우리 自身은 過去와 現在를 通하여 行爲를 갓지 못한 데 反하여, 남들이 歷史의 合理와 必然을 草芥가치 알고, 새로운 神話를 만들고 새로운 運命을 創造하는 英雄的 行動을 讚揚한 적이 잇섯다고 記憶된다. 그러나 英雄이 本是 一定한 歷史的 時代에 잇서서 그 時代를 代表하는 힘을 具有하고 잇는 社會 集團의 ○○에 位置한 一個의 要點이라고 할 제, 英雄을 한갓 미토스를 要求하고 運命에 ○○하는 行爲 人間으로만 본다는 것은, 社會 集團的 制約에 依한 行動이 本來의 그의 行動의 規定的인 所在이라는 것을 너무나 度外視하엿다고 할 것이다.

―(상) 『조선일보』, 1940. 7. 25

徐寅植氏는 上記의 論文 가운데서 "英雄的인 個人이나 民族의 生涯는 모두 運命的인 意味를 가젓다."는 것을 말하엿스며, "英雄의 生涯가 運命으로 點綴되는 것은 行爲로서의 歷史가 元來 運命이기 때문이다."고 하엿다.

뿐만 아니라 氏는 "歷史가 元來 行爲와 存在, 自由와 必然의 對立的 統一이기 때문에, 歷史的인 것은 모두 運命的인 性質을 띠는 것이라"고 하엿다. 그리고 氏는 다시 最近에 잇서 運命(『人文評論』 六月號)이란 獨立된 項目을 내세워 運命에 對한 氏의 綜合的 所信을 披瀝하여 어데까지나 運命에 對한 氏의 關心을 보여주고 잇다.

이 가튼 運命 意識은 氏에 잇서서 뿐만 아니라, 三木淸氏 가트 니에 잇서서도 로고스와 파토스, 存在와 事實, 客體와 主體 等의, 所謂 氏의 人間學的 思想 體系에 固有한 基本 槪念과 함께 運命에의 言及이 자저다고 본다. 三木淸氏의 運命論을 ○○的으로 表現한다면, "人間은 그의 生에 잇서서 運命의 意識을 질머지게 되며" 運命은 아낭캐로서 偶然的인 것과 必然的인 것과의 辨證法的 統一에 잇서서 成立되는 것이며, 人間이 主로 行爲的인 데서 運命은 '出來事'로서의 意味를 갖게 되며, "오히려 그것은 運命을 克服할 可能性을 가지는 者에 잇서서만이 運命은 存在하는 것이며", 따라서 運命에 關한 決定論인 宿命論은 誤認이며, "도리혀 가장 創造的인 것이 가장 運命的인 것이다." 그리하야 運命은 歷史的인 것이며, 運命이 人間에 잇서 客體에서 主體에의 超越에로 ○○되는데, 또한 人間이 運命을 克服하는 可能性이 주어지게 되며, 따라서 技術이라는 것이 人間에 잇서서 支配的인 意味를 띠게 되며, 나아가서는 外的 運命의 內的 運命에의 克服이 可能하게 된다. 따라서 우리들은 自己 形成에 잇서서 運命에 對한 正當한 關係를 發見할 수 잇는 것이며, 그것은 또한 世界 形成에 參加하므로써 遂行된다는 것이―氏의 論旨의 根幹이다.

여기에 잇서서 氏가 "가장 創造的인 것이 가장 運命的이라"고 生覺하는 點은 『파우스트』의 "人間은 努力하는 限 迷惑하는 것이라"는 말과 함께 運命을 理解하는 데 興味잇는 命題라고 生覺되나, 氏가 運命이란 것을 偶然的인 것과 必然的인 것의 辨證法的 統一로 生覺하여 "單純히 偶然的인 것은 運命이라고 生覺할 수 업다. 同時에 單純히 必然的인 것도 運命이라고

生覺할 수 업다."고 한 것은, 마치 運命이라는 것이 人間에 잇서서 永久 不變의 意味를 갓는 것 가튼 前提 미테서 展開된만큼, 抑之로 解釋을 爲한 解釋에 가깝다고 할 것이다. 徐寅植氏가 三木淸氏의 外的 運命과 內的 運命의 區分을 말한 다음, 基督敎의 原罪와 가튼 原始 運命을 設定한 것도 亦是 運命이란 것이 人間에 잇서서 永久 不變의 것이라는 前提에서 推想된 것이라고 본다. 勿論 우리는 徐寅植氏가 말한 바와 가치 運命이란 主體的 意識이며, 客觀的 想念이 아니며, 事物을 解釋하는 客觀的 範疇와는 달리, 事物을 受容하는 主觀的 方式이라는 것을 肯定할 수 잇다. 運命의 意識은 確實히 人生에 잇서서 어떠한 受動的 狀態에 노이게 될 제 갓게 되는 人間의 想念이며 感情이다. 그러나 우리는 그와 反對의 境遇에 잇서서, 卽 人生에 잇서서 能動的인 狀態에 노이게 될 제 그 가튼 運命 意識은 人間의 想念에서 消滅되거나, 또는 그 性質을 變하게 된다는 것을 想定할 수 업슬 것인가. 우리는 現實的으로 그 가튼 認識을 갓고 잇다. 卽, 지내간 날 우리가 액티브 한 狀態에 잇슬 제는 그 가튼 運命이란 語句는 적이 우리의 周邊에도 가까이 오지 못하엿스나, 오늘날 우리가 퍼시브한 狀態에 노이게 될 제 갑자기 運命 論의 擡頭를 보게 되엇다.

　勿論 우리는 이제까지의 哲學史를 뒤지게 될 제, 運命 問題가 斷面績으로 收容되어 왓다는 것을 否定하는 것은 아니다. 그러나 氏도 어느 句節에서 말한 바와 가치, 運命 意識이란 우리의 生活이 어떤 相對의 크리시스에 ○接하게 될 제, 우리를 사로잡게 되는 그러한 想念임에 틀림업는 것이다. 따라서 비록 假想的이라고는 할지라도, 人間 社會의 一定한 客觀的 條件 아래에서는 運命 意識은 主體 또는 主觀에 卽하여 볼지라도, 그것은 消滅하 거나 적어도 그 性質이 根本的으로 變化하지 안흘 수 업다는 可能性을 推想할 수 잇는 것이다. 卽, 可及的으로 人間 社會의 法則이 客觀的으로 把握되고, 또한 우리가 不幸으로서 受取될 모든 事態에 對한 對備策을 갓게 되고, 各人이 다함께 歷史 遂行의 契機에 參與하게 될 제, 거기에도 오히려

運命 意識과 가튼 感情이 ○○을 나타내리라고는 生覺할 수 업다고 본다.

그러기에 運命이란 人間의 本性에 잇서서 根源的인 아무것도 아니며, 實際로 그것은 古代 希臘의 境位 悲劇에서 獨逸의 性格 悲劇에로 그의 變化의 本質을 들추어내고 잇다.

要컨대 徐寅植氏의 所論의 大部分은 二元論的인 辨證法的 考察을 無聊히 空轉시킴으로써, 氏의 思想 體系의 實踐的 突破의 有無를 値俱케 하는 點이 적지 안타고 보인다.

—(하) 『조선일보』, 1940. 7. 26

藝術的 形象의 槪括

1

우리는 오늘의 文學, 그 中에서도 小說이 當面하고 있는 危機에 關하여
여러 가지 要因을 들추어 낼 수 있으나, 가장 根本的인 要因의 하나로서
虛構性의 崩壞와 形象化에 있어서 槪括의 不足을 들 수 있지 않는가 한다.
勿論 虛構性의 崩壞란 作品의 內部 構造에 關한 것이며, 形象化에 있어서
槪括의 不足이란, 卽 普遍性에의 槪括의 喪失을 意味하는 것으로서 亦是
作品의 形式을 通해서의 內容에 關한 것이므로, 兩者는 決코 別個로 取扱될
性質의 것이 아니다.

藝術에 있어서 虛構性이란 이미 本誌 前前號에서 밝혀둔 바와 같이, 個人
生活과 社會 生活과의 矛盾, 다시 말하면 오늘의 社會的 本質에 基한 現實
固有의 矛盾과 性質에 立脚한 것으로서 近代社會의 典型的 現象으로서의
로망의 發生에 關聯된 것이며, 現實 認識의 根本的 方法인 槪括(그것은
藝術에 있어서만의 唯一의 方法은 아니다. 科學에 있어서도 槪括을 行하게
된다.)과 그의 個別的인 表現, 個別的인 形象化 사이의 矛盾에서 胚胎된
것이 事實이다.

그러므로 虛構란 作家가 認識한 現實을 形象化하는 手段이나, 그것은

現實 認識의 根本的 方法인 槪括에 依하여 遂行되며, 그것이 科學과는 달리 藝術的 槪括을 이루는 것은 그 形象化의 手段인 虛構性에 있다고 할 수 있다.

따라서 虛構性의 崩壞란 곧 形象化에 있어서의 槪括의 不足을 가르치는 것으로서, 作家의 現實 認識力의 低下를 意味한 것에 不外하다. 여기에 있어서 우리는 問題의 脈絡을 좀더 克明히 찾기 爲하여는 다시금 藝術, 文學의 形象性이라는 것부터 根源的으로 功究해줄 것 必要가 있지 않는가 한다.

2

藝術에 있어서 形象性이란 形象性을 떠나서 藝術을 찾을 수 없을만큼 本質的인 것을 이루고 있다. 여러 가지로 駁論이 繼續하여 왔다고 할지라도, 藝術이 形象을 通하여 科學이 槪念에 依하여 現實 認識을 行한다는 比較論的 見解는 그 一面的 把握에도 不拘하고, 어느 程度의 眞實性을 말하고 있다. 事實 藝術的 完成의 過程에 있어서는 藝術의 內容이나 形式이 다함께 形象化의 가운데에 具現되므로, 그 意味에 있어서는 形象은 곧 藝術이라고 하여도 誇言이 아니다.

그러나 藝術이 形象의 問題에만 그친다고 生覺하는 것은 너무도 무斷이다. 藝術 表現派說에 依하면, 藝術은 表現이라고 하여 表現이 그의 全部인 것같이 主張되나, 科學이라고 반듯이 表現이란 말을 부칠 수 없는 것은 아니며, 뿐만 아니라 一切의 文化現象이나 社會現象, 例하자면 政治, 經濟, 道德, 風俗같은 것도 生活의 表現이라는 意味에서 藝術品과 同 系列에 설 表現物임에 틀림없다.

그러므로 文藝作品에 있어서의 表現 技術의 價値란 表現 技術 그 自體로서 孤立된 것에 있는 것이 아니라, 作家의 觀察이라든가 思索, 生活, 反省,

其他의 것이 거기에 어떻게 表現되었는가에 있는 것이 事實이라면, 거기엔 描寫라든가 叙述이라든가의 表現의 種類가 云謂될 것이 아니라, 마땅히 表現을 通해서의 認識이 問題되어야 하리라고 본다. 그러기에 形象的 表現에 完全性을 주는 것은, 먼저 形象化할 對象의 正確한 認識 把握이라는 것을 拒否할 수 없는 것이다. 卽, 藝術的 形象化와 現實의 客觀的 認識은 決코 떨어저서 生覺할 問題가 아니며, 도로혀 現實의 客觀的 眞實의 把握이 藝術的 形象을 完備시키는 것이 아니라는 것을 理解할 必要가 있다.

그러나 우리들은 往往이 現實的인 問題로서 客觀的 眞實과 藝術的 形象(表現)이 서로 遊離되어 있는 것과 같은 一種의 錯覺(!)에 逢着하게 된다. 卽, 內容에 있어서 客觀的 眞實이라는 觀點에서 본다면, 그다지 推仰할 것이 못되어도 그 藝術的 形象化라는 觀點에서 본다면 優秀하다고 認定하게 되는 境遇와 또한 그와 反對로 藝術的 形象化에 있어서는 難色이 있을지라도, 客觀的 眞實을 보다 깊이 파헤친 境遇와를 對比하여 그 評價에 있어서 躊躇하고 當惑한 적이 없지 않다는 것이다.

勿論 後者에 있어서와 같이 客觀的 眞實이라는 觀點에서만 裁斷하고 評價한다는 것은 過去의 一 時期가 經驗한 것과 같이 批評의 政論的 性格에서 胚胎된 것이며, 前者에 있어서와 같이 形相的 表現에만 問題를 局限한다는 것은 政論性에의 反撥로서 藝術至上主義에 淵源된 것이라고 볼 수 있다. 그러나 兩者가 제 各其 一面的인 眞理를 固執하게 될 제, 兩者의 對立은 不可避的이라고 보아야 할 것인가.

우리는 이미 叙上에 있어서 客觀的 眞實이란 것과 藝術的 形象이란 것이 別個의 것이 아니라, 相卽하여 떨어질 수 없는 關聯 關係에 있다는 것을 말하여 왔다. 確實히 兩者는 對立보다는 統一된 關係에 있다. 다만 우리가 往往이 對할 수 있는 兩者의 遊離와 對立의 意識은 皮相的인 直感에 不過한 것으로서, 그 亦 嚴密히 檢討하여 본다면 한 作品에 있어서 多少의 量的 差異는 있다 할지라도, 兩者가 連帶的으로 失敗한다면 모르거니와, 하나는

失敗하였다는 例는 있을 수 없는 것이다. 그러므로 藝術的 作品은 어느 때나 客觀的 眞實이 藝術的 形象에 어떻게 相卽하여 統一되었는가에 依하여 評價될뿐이지, 決코 어느 一者에 依하여 一方的으로 裁斷될 수는 없는 것이다.

여기에 있어서 우리는 藝術的 形象이란 決코 形式과 同一한 것이 아니라, 內容과 形式이 渾然히 統一된 곳에 있다는 것을 銘念하여 둘 必要가 있다. 다시 말하면 形象의 形式뿐만 아니라, 內容性이란 것을 잊어서는 아니 되리라고 본다.

3

藝術的 形象이 對象을 具體的으로, 感性的으로 形象化하는 것이라고 볼 제, 그 內容性이란 結局 對象의 認識 內容을 가르치게 된다.

따라서 對象의 認識 問題는 現象과 本質, 普遍과 特殊(個別), 또는 偶然과 必然의 關係를 通하여 藝術에 있어서의 槪括의 問題로 展開되지 않을 수 없는 것이니, 우리는 먼저 初步的이나마 認識의 一般的 問題에서부터 出發하여야 하리라고 본다.

헤겔에 의하면 現象과 本質, 特殊와 普遍, 偶然과 必然의 關係는, 우리가 日常的으로 感覺하고 知覺하는 바의 直接的인 存在(事物)와 그에 따르는 法則 또는 原因의 關係이라고 한다. 우리들은 우리의 觀察과 經驗을 基礎로 한 思惟 方法에 依와하여 그것을 究明하게 된다. 헤겔은 雷鳴과 電光의 例를 들어 우리가 感覺的 現象을 아는 것만으로 滿足하지 않고, 思惟에 依하여 그 現象에 숨어 있는 物 自體로서의 現象과는 다른 어떤 本質과 原因을 알려고 한다는 것을 말한 다음, 다시 動物의 例를 들어 物 自體로서의 動物이라는 것을 表示할 수 없는 것으로서 恒常 可能한 것은 一定한 動物을 表示하는 것뿐이라고 하여, 物 自體로서의 動物은 存在하지 않는다는 것과 그러나 그것이 個個의 動物의 普遍性이라는 것을 말하였다. 卽, 動物이라는 本性, 普遍的인 것으로서의 種性은 一定한 個別化한 動物에 屬하여 있으나, 우리는 萬一 개(犬)에서 動物的 存在를 剝奪하게 되면, 우리는 그것이 어떠한 物件인가를 말할 수 없게 된다는 것이다.

따라서 헤겔에 依하면 "直接的인 存在, 現象의 世界 可視性, 可想性은 보다 變化하기 쉬운 一時的, 個別的, 主觀的인 것이며, 本質과 法則의 世界는 보다 堅固한 恒常적이며, 普遍的이며, 客觀的인 것이다. 그러나 우리는 本質과 法則의 世界에는 現象, 그것을 通하여서마니 到達하고 透徹할 수 있다. 웨 그러나 하면 現象의 世界와 本質의 世界는 무슨 스콜라哲學的 範疇가 아니라 同一한 內容의 兩面이며, 同一한 客觀的 存在의 兩面이므로서이다."라고 하여, 現象의 世界가 一方에서 본다면 그 가운데 나타나 있는 法則과 諸 形式을 含有하고 있으므로, 本質의 세계보다도 完全하고 豊富한 것 같기도 하나, 他方에서 본다면 그 가운데는 非本質的이며 表面的인, 곧 消滅하는 可想的, 偶然的인 것을 가지고 있다는 것을 밝혀주었다.

그러므로 우리들의 認識은 그 複雜性과 多樣性, 運動과 發展 가운데 있는 客觀 世界가 現象만을 아는 것으로서 把捉될 수 없는 것이니, 참으로 現實의 客觀的이며 디알레틱한 槪念을 얻기 爲하여는 諸 現象을 槪括하고 比較하며, 分析하고 綜合하여 그 本質과 法則을 解明하지 않을 수 없는 것이다.

事實 이제까지의 科學者나 藝術家는 이것을 意識하고서, 惑은 意識함이 없이 各自의 方法을 가지고 이 課題의 解決에 邁進하였다.

우리는 무엇보다도 事物의 本質을 그 運動 及 發展에 있어서 把握하고, 또한 諸 現象 그 中에서도 社會的 諸 現象의 合法則性을 解明하여주는 科學이나 藝術을 必要로 한다. 그러나 科學과 藝術은 周知하는 바와 같이, 各異한 手段으로써 이 課題를 解決하고 있다. 藝術, 特히 人間 社會와 人間을, 또한 그 生活을 問題삼는 文學이 抽象化에 依하여서가 아니라, 直接的

存在의 具體的 現象을 通하여 現象의 本質을 傳達하며, 現象 그 自體를 通하여 合法則性을 解明하는 것도 亦是 널리 알려져 있다. 卽, 藝術家는 個別的인 것을 通하여 普遍的인 것을 偶然的인 것을 通하여 必然的인 것을 解明하며, 그에 依하여 直接的인 所與性에 있어서의 生活의 이류존과 같은 것을 創造하여 가는 것이다.

4

그러나 여기에 있어서 當然히 問題되는 것은 直接的인 現象의 具體的 表現을 通하여, 거기에 隱蔽된 木質을 들추어낸다는 것과 個別的인 것을 通하여 普遍的인 것을 解明한다는 것이 어떻게 實踐的으로 옮겨가는가에 있다.

우리는 흔히 藝術은 現實의 反映이라고 말한다. 그러나 '寫實'이라는 것이 所謂 寫眞的 反映이 아닐 바에는 한 마리의 세파드(개)를 그리는 데 있어서도 藝術家는 세파드 生來의 獨自的인 特性을 가진 具體的인 한 마리 의 세파드를 그리되, 오히려 모든 세파드가 이 세파드와 같도록 그려내지 않으면 아니 될 것이다. 그러나 거기에는 恒常 이 세파드(개)에만, 惑은 좁은 範疇의 세파드(개)에만 特有한 偶然的이며 單一的, 個別的 特徵이 그 가운 데 閉鎖되어 있는 普遍的이며 本質的인 것을 덮어버리는 危險性이 따르게 된다. 여기에 藝術的 槪括은 典型的 槪括에까지 發展하지 않으면 아니 될 必然的 契機가 놓여 있는 것이다.

오프샤늬코 고리고프스키는 藝術的 槪括力의 段階를 다음과 같이 三段階 으로 나누어 論述하였다.

形象이란 것이 槪括의 能力을 가질 제만이 藝術的일 수 있다. 個別的인 具體的 形象만을 再現하고, 一定한 特殊의 境遇에만 關係하는 形象을 두고 볼 제, 그러한 形象은 다른 現象을 理解하는 데 있어 아무런 利用도, 應用도 될 수 없는 것이다. 바꾸어 말하면 그것은 概括하는 힘을 갖고 있지 않다. 따라서 그러한 形象은 아무런 獨立的 價値를 認定할 수 없는 것이다. 그러한 形象을 우리는 '固定的', '寫眞的', '逸話的'이라고 부를 수 있다.(이것은 藝術的 價値는 없으나, 다른 論說的 思惟의 範疇에서는 卽 歷史家, 心理學者 等은 興味를 느낄 수 있다.) 그러나 이러한 種類의 形象을 藝術家가 改作하여 거기에 어느 程度의 概括力을 붙이게 될 제, 그것은 藝術的 意義를 띠게 된다.

卽, 첫째로 固定的이며 特殊한 境遇에만 關係하여 있는 形象을 作家가 거기에서 그 特殊한 事實, 場所, 時間에 從屬된 모든 것을 除去하여 任意의 場所, 時間에 關係할 수 있는 모든 性質만을 保存하게 될 제, 그것은 抽象的이며 普遍的인 形象으로 轉化하게 되는 것이니, 우리는 그것을 圖式(스키마)이라고 부른다.

圖式的 形象의 實例는 흔히 地理, 植物, 解剖學 等의 敎科書에서 散見할 수 있는 略圖가 그것이다. 그것은 科學에 利用된 實用藝術이라고 볼 수 있으나, 藝術的 價値는 勿論 적은 것이다. 그러나 그것이 心理學的으로 藝術이라는 것을 否定할 수 없는 것이며, 藝術的 意識을 刺戟시키는 것임에 틀림없다.

둘째로 固定的이며 寫眞的인 形象을 類似的 現象의 圖式으로서가 아니라, 全혀 다른 觀念을 갖도록 改作하였다고 하자. 例컨대 噴火山의 形象이 주어졌다고 할 제, 火山을 生覺케만 하는 것이 아니라, 自然의 偉力과 그에 壓倒된 人間의 微弱한 存在를 그리게 될 제, 그 形象은 이 같은 思想에 關聯된 感情과 氣分의 象徵이 되고 만다. 다시 한 例를 들면 無情熱의 嚴肅한 表情의 얼굴에 手布로 눈을 감고, 손에는 저울대를 들고 있는 女性의 彫塑은 固定的인 形象이거나 圖式이 아니라, 公平 觀念의 象徵인 것이다. 프로메테우스『神曲』,『파우스트』二部는 모다 象徵的 形象이라고 할 수 있다.

그러나 前者 圖式的 形象이 未開人 또는 兒童의 幼稚한 段階의 藝術이라면, 象徵的 形象은 그 다음에 오는 文化 段階의(古代의 文學作品에서 볼 수 있는) 藝術이라고 할 것이다.

끝으로 藝術的 形象의 最高의 段階는 典型的 人物이다. 典型的 形象은 一方에 있어서 固定的인 個別的인 形象이나, 他方에 있어서 많은 概括力이 附與하여 있다. 그것은 抽象的이 아니라는 點에서 圖式的 形象과도 다르며, 概括力을 가지고 現象의 全그룹을 合一한 代表者라는 點에서는 象徵的 形象과도 같으나, 그 自身이 그룹에 屬하고 있다는 點에서 또한 象徵과 다르다고 할 것이다. 即, 象徵은 다른 그룹에서 끌어오게 되므로 象徵과 거기에 나타난 것과의 關係는 大概 條件的임을 特色으로 하나, 典型的 形象은 그 概括力이 미치는 範圍 內의 것과의 關係가 條件的이 아니라, 現象의 本質에서 流出된 그대로이다.

以上이 고리고프스키의 概括力의 三段階說의 槪要이나, 우리는 여기에 있어 典型的 形象이라는 것이 全그룹을 代表하는 個性이라는 것을 알았다. 그것은 絶對的으로 他者에서 區別되는 個人이 아니라, 典型的으로 概括된 個人을 意味하게 된다. 그러므로 藝術的 概括은 典型的 形象을 問題삼는 限 많은 人物, 現象 가운데서 그것을 統計的으로 類別化하고 概括化하는 自然科學的 手法과는 峻別되어야 한다.

여기에 있어서 우리는 藝術的 形象化란 것이 藝術的 概括을 通하여 現實에서 그 典型性, 本質性을 把握하는 것이라고 할 제, 藝術的 形象과 客觀的 認識이 別個의 것이 아니라는 것을 다시 한 번 强調할 必要가 있다. 웨 그러냐 하면 오늘의 現實의 正確한 認識은 明日의 現實의 合理的인 豫見을 必須으로 要求하게 된다. 即, 現實과 想像의 統一, 그것은 藝術的 創造의 要因일뿐만 아니라, 認識論的 性格을 한層 深化시키는 것이다.

그러기에 우리는 이미 以上에서 藝術的 概括의 手段으로서 虛構性을 내세웠던 것이다. 虛構가 갖는 眞實性, 即 虛構性에 依한 리얼리티의 追及이란 것에 認識으로서의 藝術 獨自의 機能이 있는 것이며, 創造性이 있었던 것이다. 우리는 이제까지 構想이라는 것을 너무도 疏忽히 生覺하여 왔다. 그것은 單純한 作品의 結構와는 다르다. 藝術에 있어서 現實 認識은 이 構想을 藝術的 形象 가운데서 리얼하게 追求하므로써 創造的일 수 있는 것이다. 虛構性의 崩壞, 形象化에 있어서 槪括의 不足, 모든 것이 作家의 現實 認識의 低下를 意味할 뿐이다.

— 『인문평론』, 1940. 7.

小說의 이데―
― 七月 創作評

1

身邊小說이나 體驗的인 文學은 그의 體驗을 팔고, 客觀小說이나 觀察的인 文學은 그의 技倆을 판다―이렇게 하여 小說이 씨어지고 文學이 이루어질 바에는 누가 小說을 아니 쓰며, 누가 文學을 아니 할 것인가.

그러나 그러한 文學이 文學으로서 行勢를 한다면, 文學이 藝術 가운데서도 崇嚴한 것일 것은 어데 있으며, 一生의 事業이 될 것은 어데 있다는 말인가. "人生은 짧으며, 藝術은 길다."고 한 괴테의 浪漫的인 語句도 "人生은 짧고 테크닉(技藝)은 길며, 機會는 짧고 經驗은 不安하여 判斷은 困難하다."는 히포크라테스의 名句도 거기에서는 한갓 空念佛이며, 허튼 수작에 지나지 않는다.

文學에 있어서 思想性의 稀薄, 作家 精神의 弛緩을 指彈한지는 이미 오래이다. 그러나 어느 사이에 이 땅의 作家들은 萎靡症에 걸리고, 不感症에 사로잡힌 것일가. 그들의게 있어서는 批評이 무엇을 지꺼리든 馬耳東風格이다.

한때 批評家는 作家로부터 作品에 忠實하지 못하다는 非難 攻擊을 받었다. 作品을 裁斷하기 前에 먼저 理解할 雅量을 갖는 것이라고. 批評은 그들의 註文狀을 率直히 忠告로써 받어드렸다. 그것은 오늘날 作品評이 作品 追隨 主義 現象을 呈할만큼 額面 그대로 履行되였었다. 그러나 그의 結果는 무엇을 갖어왔는가. 아무리 作品을 鄭重히 取扱하고 理解하려고 드러도, 理解할 건덕지가 없는 作品을 月評은 어떻게 處置하라는 것인가. 結局 남는 것은 作品의 低迷와 함께 月評의 自處뿐이었다.

나는 얼마 前 '鮮展'을 구경하고서 鏡臺 앞에 선 女人이나 福德房 看板 밖에 그릴 줄 모른 그들의 藝術家的 에스프리에 저윽히 啞然하여 그래도 아직까지는 이 땅의 藝術 部門에 있어서 文學이 한 거름 앞서 있다고 느꼈었 다.

그러나 막상 七月 創作을 읽고나니, 그 이데의 缺乏에 있어서는 鮮展의 繪畵나 조곰도 달를 것이 없다.

그 뒤 나는 어느 畵家의 美術 時評에서 "繪畵에 있어서 作品은 벌서 한 藝術이야만 한다. 自然 描寫는 藝術이 아니다. 文學에 있어서 作文 時代 를 한 作品이라 할 수 없다면, 繪畵에 있어서도 또한 그러할 것이다."라는 句節을 읽었다. 히늬꾸라면 이보다 히늬꾸한 일도 없을 것이다. 여기에 있어 "美란 實로 眞을 가르친 것이며, 이데란 한 作品 가운데 飜譯된 眞 以外에 아무 것도 아니다."라는 로단의 말이 生覺난다.

2

이 달 創作을 個別的으로 본다면 朴魯甲의 「飽說」(『人文評論』)과 崔泰 應의 「趣味와 딸과」(『文章』)가 應分의 努力과 精進을 보여주었을 뿐, 春園 을 비롯하야 李泰俊, 安懷南, 金南天, 兪鎭午, 其他 新進의 作品까지 統트러 駄作의 連續이다.

春園의 「金氏 夫人傳」은 野談으로서는 좀 숭거운 便이며, 作品으로서는 더욱 말이 못 된다. 潔癖과 謙虛를 가진 作家라면 이러한 作品을 쓸 수도 없거니와, 發表는 꺼려야 할 것이다. 春園도 歷史的 人物의 하나일 뿐이다.

李泰俊氏의 「밤길」 描寫는 相當히 正確하고, 構成도 될 대로 되었다. 그러나 作家가 보여주려는 主題는 무엇이었든가, 이데의 貧乏은 이 作家의 爛熟한 手法을 빛이 없게할 뿐이다.

兪鎭午氏의 「酒朋」. 小說을 이룰만한 테마가 못되는 것을 억지로 꾸려놓은 作品이다. 우리들의 俗된 生活 體驗에는 回想하기에도 不快한 것이 없지 않다. 그것을 作品 우에 느러 놓게 될 제, 쓰는 사람, 읽는 사람이 어찌 얼굴을 찡그리지 않고 넘길 것인가.

安懷南의 「어둠 속에서」. 作品의 構成이라든가는 亦是 無難한 便이나, 아무 것도 얻을 것이 없는 作品의 하나이다. 뒤ㅅ골목을 그리고, 不良少年을 그려도 作家의 一定한 社會的 見地가 있어야 할 것이다.

金南天의 「노고지리 우지진다」. 南天의게 이데의 缺乏을 云謂한다면, 或者는 疑訝할지 몰은다. 그러나 그것은 「少年行」적의 讀者에 限한다. 「T日報社」 以後의 南天은 確實히 한 旋回를 치뤘다. 作者의 觀察文學論에 依하면 氏의 告發文學論 當時는 思想을 人物의 머리 우에서부터 내리 씨울려고 하였으나, 그것은 現實의 歪曲이며 事實의 冒瀆으로서, 어데까지나 現實을 觀察하는 데서 思想을 찾어야 한다고 主張하였다. 그러나 實際 이제까지의 作品에 있어서 作者는 思想的으로 블랭크라는 것을 보여주었을 뿐이다. 이 달 作品도 結婚을 앞둔 젊은 農場主人이 그려져 있을 뿐, 거기에서 例外될 것이 없다.

理論이 앞을 섰는지, 實踐이 뒤따르지 못하였는지는 딱이 알 수 없으나, 現在의 南天은 발이 空中에 떠있는 것이 事實이다.

「初終記」(趙容萬), 「帝高陽之苗裔兮」(崔仁俊). 보다 散漫한 作品이다. 첫째, 短篇으로서의 結構를 이루지 못한 만큼 말할 나위도 못되나, 後者의 退嬰的인 隱遁 思索은 오늘의 時代精神과 맛부처 再考할 必要가 있다.

끝으로 玄卿駿의 「流氓」(『人文評論』)이 素材的으로 斬新한 作品이라고

할 수 있으나, 未完의 탓으로 다음 機會에 評筆을 들기로 한다.

3

　要컨대 體驗이나 觀察에서 얻은 事實의 安易한 描寫나 叙述—그것이 곧 文學을 이루지는 못한다. 認識으로서의 事實은 가장 素朴한 것이며, 그것은 眞實을 거처서 普遍的 槪括을 갖는 眞理에까지 昂揚되어야만 한다. 거기에 비로소 文學의 認識 要求는 滿足할 수 있는 것이며, 그러기에 作家의 世界觀, 小說의 이데가 問題되는 것이다.

—『인문평론』, 1940. 8.

綠陰 閒題

　계절의 순환이란 어느 때나 고정된 것으로서 봄이 가면 여름이 오고, 여름이 가면 가을이 오는 순서가 조금도 변함이 없다. 그것은 늘 변하면서도 오히려 변하지 않는 순환의 법칙을 쫓고 있다.

　그러나 우리 인생으로서는 그 변하면서도 변하지 않는 자연의 질서가 없었던들 얼마나 지루하며 당황할 것이었을가. 가령 아무런 변화가 없이 자연의 형태가 그대로만 계속된다면 우리는 첫째, 시간 관념을 얻을 수도 없으려니와, 지루하여서 배겨날 수 없었을 것이며, 또한 아무런 질서가 없이 변하기만 하여 자연의 형태가 종잡을 수 없을 만큼 연다라 달러지기만 할 바엔 우리는 당황함과 놀내움으로 말미아마 일순도 견디어낼 재간이 없었을 것이다. 다행이 자연계의 질서는 변하는 가운데에도 변하지 않는 것이 있으며, 변하지 않는 가운데도 변하는 것이 있도록 마련되어 인간을 비롯하여 모든 대자연의 '아들'을 포용하고 또한 보육시키고 있다.

　일편 생각하면 우리 인생도 또한 자연의 일부분이라, 역시 변하면서 변하지 않는 그러한 과정을 과정하고 있지 않는가 한다. 정신적으로나 육체적으로나 작년 달르고 금년 달를 뿐만 아니라, 어제 달르고 오늘 달르면서, 오히려 변하지 않는 자기를 보존하고 있는 것이 우리인 셈이다.

그러기에 변화하는 측면에만 기우치게 되면 석가(釋迦)와 같이 제행무상(諸行無常)을 찾을 수도 있는 것이며, 변하지 않는 측면만을 고집하게 되면, 희랍(希臘)의 엘레아학파와 같이 우주의 일양불변(一樣不變)을 외칠 수도 있는 것이다.

그러나 자연이고 인간이고를 막론하고 원래가 변하는 가운데에도 변하지 않는 것이 그의 본질이라면, 이제 새삼스러히 그 어느 쪽에 좌단한다는 것보다도, 시대와 계절에 따라 그 생각하고 느끼는 바에 있어 제약(制約)을 면할 수 없는 우리 인간으로서는 때로서 변한다고 느끼고, 또한 변하지 않는다고 생각하는 것쯤 임의로 해도 좋을 것이 아닐넌지.

사실 요지음의 계절의 변화란 일년 가운데에서도 가장 눈부시는 환절기라고 할 수 있다. 느진 봄으로부터 초여름에 걸치는 한동안—그것은 인간으로 비유하면, 이십 고개를 넘어서 삼십에 이르는 기간이라고도 할 것이다—녹음방초승화시(綠陰芳草勝花時)란 옛 시구(詩句)에도 있거니와, 꽃은 지고 잎은 피어나 연록(軟綠)으로 불드린 나뭇가지, 숲산 그리고 들, 모든 것이 생(生)의 상징(象徵)으로서 약동하고 있을 뿐이다. 어끄적게까지도 헐버슨 나뭇가지, 말러빠진 잔디가 푸른 잎으로 의장을 새롭게 할 제, 우리는 잊어버리기나 한 듯이 주검에 대한 삶(生)의 의식을 새로히 갖게 된다.

그러나 인간이 아무리 유정(有情)의 존재라고 할지라도, 계절의 변화로 말미아마, 아니 보다 단적(端的)으로 말하면, 푸른 빛깔로 말미아마 생의 의식을 새롭게 한다는 것은 무엇을 의미하는 것일까. 거기에는 벌서 그것을 느끼는 인간이 노쇠하였기 때문에, 무의식적으로나마 젊음에 대한 그 같은 희구 감정이 따르는 것은 아닐까. 아니 그것을 느끼는 인간이 비록 육체적으론 젊었다 할지라도, 정신적으로는 이미 늙었다는 것을 거부할 수 없을 것이다.

옛부터 인간의 젊은 계절을 가르처 청춘(靑春)이라고 불러온 것에는 그만한 표현의 진리가 숨어 있다고 본다. 풀과 나무가 그리고 산가 들이 푸른 빛으로 물드려 생의 약동을 상징하는 이 계절로써 인간의 젊은 계절을 표현한다는 것은 확실이 진실성을 가지고 있다.

그러나 인간의 청춘의 힘이 발날하고 왕성할 바에는 자연의 계절이 무성하기로서니 그다지도 푸른빛에 감격할 것은 어디 있겠는가. 우리는 사실 젊으니들의 집단적 경기에 더 많은 생의 약동을 느끼며, 풍실이 휩쓴 산악지대(山岳地帶)에도 그것을 정복하고 등산하는 젊은이의 존재로 말미아마 생의 위력을 느끼고 있지 않는가. 확실이 인간의 젊음의 약동은 자연계의 젊음에 비유할 것이 아니다.

그러나 젊은 인간으로서 자기의 젊음을 잊고서 자연계의 젊음에 감격하는 것은 무엇 때문일까. 그것은 이상에서도 말한 바와 같이, 우리 인간이 젊음을 잃어버리고 노쇠해진 탓이라고 할 것이다.

그러면 우리는 언제부터 이다지도 늙어버린 것일까. 아직 우리들의 생리적 년령은 삼십을 넘을둥 말둥 하지 않는가. 옛부터 개인에게도 조로증(早老症)이 있는 것과 같이, 한민족에게도 조로증이 있다고 본다. 노쇠를 모르고 안밖으로 뻗어나는 민족, 어느 때나 젊음을 오래 누릴 수 있는 민족, 그것은 위대한 민족임에 틀림없다. 그러나 젊은 계절을 잃은 민족 조로증에 걸린 민족은 쇠약한 민족임을 면할 길이 없는 것이다.

우리는 불행히도 일직부터 우리 조상으로부터 조로증이라는 것을 대물님 받아왔다. 이십이 못 되어 인생 철학을 치루고서 "백구야 훨훨 날지마라"를 찾게 되며, 삼십을 넘으면 손자를 어로만질 생각이 앞을 선다. 어느 사이에 배운 철학인지 모르나, 체념(諦念)의 세계는 이십 전후부터 우리를 사로잡고 있다. 모든 것이 『아서라. 세상사 쓸데없다.』의 한 마디로 결론을 짓게 된다.

그러나 동양 철학의 개조를 이루는 공부자(孔夫子)도 삼십이립(三十而立)이라고 하였으니, 그동안까지는 모든 경륜을 버리고서 배우지 않았던가. 우리 같은 범용한 인간에게 있어서는 오십이립(五十而立)도 좋으니, 좀더 유장한 시일을 두고서 탐구(探求)의 길을 걷는 것이 옳치 않을넌지. 아니 인생의 탐구가 옛말로서 도(道)를 닦는 그것일 바엔, 하필 오십이 문제될 것이 아니라, 죽는 그 날까지 일생을 받혀도 오히려 부족하다고 할 것이다.

그러나 우리가 여기에서 요구하는 것은 젊은이로서의 유장한 체세(體勢) —무엇을 자행하여 나갈지라도 그 젊음을 오래토록 간직하고서 나갈 수 있는 그러한 체세이다.

자연계의 젊음이란 한 번 가도 이듬해에 다시 올 수 있는 그러한 젊음이다. 그러나 인간의 젊음이란 한 번 가면 다시 올 수 없는 그러한 젊음이 아닌가. 그 귀중한 젊음을 남보다 오래 누리고, 오래 질긴다는 것은 그만큼 많은 업적(業績)을 남긴 것임에 틀림없다.

우리는 아직도 삼십대의 청춘을 자랑할 수 있는 그러한 계절에 있다. 우리 는 또한 우리들을 앞선 사십대, 오십대의 세대(世代)를 너머다 볼 제, 그들에 겐 이미 회춘제(回春劑)를 써도 들을 수 없을 만큼 위미증(萎靡症)에 걸려 있다는 것을 알고 있다. 여기에 있어서 우리들은 우리의 젊음의 의의에 대하 여 좀더 깊은 인식을 가질 필요가 있다고 본다. 우리의 젊은 세대는 역사적 무대에 있어서 하나의 분수령을 이루는 세대는 아닐는지.

모든 것이 변하고, 아니 변하는 것은 보는 눈에 따라서 아무렇게나 귀정할 수 있으나, 짙어저 가는 녹음이 변하여 가을이 되기로서니, 내년 이맘때 녹음이 다시 오지 말란 법도 없으며, 작년 이맘때 비가 내리지 않어서 모를 못 꽂았다고 하여 금년 이맘때 비가 오지 말란 법도 없는 것이다. 그러나 인간의 역사의 무대—그것은 자연계와는 공통되지 않는 다른 점이 있다는 것을 잊어서는 아니 된다. 우리의 젊음을 길게 가지고 못 가지는 대, 역사의 선회(旋回)는 달러질 수도 있는 것이다.

— 『농업조선』, 1940. 8.

現代 女性의 位置

　벌써 읽은 지가 오래되여 記憶이 朦朧하나, 露西亞 作家 체홉의 作品 가운데 「붉은 洋襪」이라는 短篇이 있다. 「붉은 洋襪」은 實相 短篇小說이라기보다는 掌篇小說에 가까운 不過 四五페이지의 小品文으로서, 대략 다음과 같은 內容을 가지고 있다.

　파우엘 페트로윗치 소모프라는 사나히는 어느 비오는 날 그의 書齋에서 무료히 있었다. 讀書를 해보려고 드러도 陰散한 日氣가 마음을 가러앉어 주지 않었으며, 그렇다고 狩獵을 가려 하니 더욱 日氣가 말성이었다. 그는 한참동안 椅子에 앉이도 않고 서성거리고 있었으나, 書齋 안에는 소모프 혼자만 있는 것이 아니었다. 아까부터 그의 곁에 冊床에서는 마담 소모프가 두어時間 以上이나 걸쳐서 길다란 片紙를 쓰고 있었다.

　소모프는 생각난 듯이 그의 안해 이름 리드워치카를 부르며 누구에게 보내는 片紙간디 그렇게 여러 장을 쓰느냐고 무르니, 리드워치카는 서슴지 않고 그의 누이동생에게 내는 片紙라고 대답하여 주었다. 소모프는 씨여진 片紙조히를 한 장 한 장 받어 읽었다. 그러나 片紙를 읽어 내려가든 소모프는 첫 장에서 눈을 둥그렇게 굴렸으며, 다음 장에서는 얼굴을 찡그리고 셋채

장을 넘길 제는 片箋紙가 그의 손에서 팽기쳐 나갔다. 소모프는

『대체 이것이 무슨 片紙요─. 나는 팡, 菓子를 맛있게 먹었다. 兵士는 나를 訪問해 왔다.─이런 文套는 애들 作亂에도 없오.』

하고 푸념을 하니, 리드워치카는 얼굴을 붉히며

『아, 스펠(綴字)에 미쓰테이크가 있다는 말이죠. 다음부터는 더 잘 쓸 수 있어요.』

하고 억지로 우슴을 지우니, 소모프는 한층 높은 語調로

『미쓰테이크 없는 것은 어데 한 줄이나 있는 줄 아오. 내가 말하는 것은 그것보다도 당신 片紙엔 言語나 文章은 있어도, 全혀 意味가 없다는 말이오. 당신은 그래도 高等敎育까지 받지 않었오.』

하니, 리드워치카는 겨우

『저는 寄宿學校밖에 아니 다녔어요.』

하고 울상이 되었다.

소모프는 새삼스러히 自己 안해의 無敎養에 啞然하야 한참동안 잠자코 있었으나, 다시 리드워치카를 向하야

『당신은 어린애의 어머니가 아니오. 그렇게도 淺薄한 知識을 가지고 어떻게 子女를 養育시킬 수 있겠오. 어린애들에게 知識을 넣어주는 데는 學校가 있으니 關係가 없다고도 하겠지만, 내가 말하는 것은 知識의 問題가 아니라 精神上 感化의 問題이오.』

하고 자못 興奮된 얼굴을 짓게 될 제, 어느덧 리드워치카의 머리는 힘없이 수겨지고, 눈에는 눈물방울이 어려 있었다.

두 사람은 저녁밥때가 된 것도 깨닫지 못하고, 무거운 沈默 속에 잠겨 있었다. 그러나 소모프는 저녁 食卓을 對하게 될 제 다시 생각하였다. 男便을 恭敬하고 사랑하는 안해, 어린애를 낳어서 길러주는 안해, 어느 때나 비위에 맞는 料理를 장만해주고, 깨끗한 와이셔츠를 마련해주는 안해에게 무슨 不滿이 있다는 말인가. 어제 自己가 리드워치카에게 퍼부은 푸념이란 대체 무엇

때문인가. 勿論 리드워치카에 있어서는 敎養이 不足하다. 그러나 이제 自己
가 慾望하는 것은 인텔리 女性이라는 것일까. 女流文人! 女流學者! 블루
스타킹!(英國에서는 한동안 敎養을 표방하는 인텔리 女性들 사이에 블루
스타킹을 신는 것이 流行하였었다.) 男便에겐 從順하지 못하고 子女의 羊肉
엔 等閒하기 쉬운, 根據없는 固執만 부리고 理由만 캐는, 料理에서는 서투르
고 먹기만 잘하는 블루 스타킹이 좋다는 말인가. 아니다. 女流學者란 女子라
기보다도 半男子가 아닌가.

그것을 다려다가 무엇에 쓴다는 말인가. 그렇다. 亦是 내가 리드워치카에
게 느러 놓은 푸념이란 一時的인 氣分 問題에 지나지 않는다. 리드워치카는
亦是 다른 모든 點에 있어서 自己의 사랑할 수 있는 貴여운 안해임에 틀림없
다.

소모프는 그의 안해가 만드러준 사라다를 먹으며 한層 그 같은 結論에
滿足하였다. 萬一 知識의 問題, 敎養의 問題로 이야기 相對를 求한다면,
가까운 이웃에 마리아도 있고, 안나도 있지 않은가. 아니 그들의 미천 가른
女子동무들보다는 한결 男子동무들끼리의 對話가 낳을 것이다.

체홉의 「붉은 洋襪」은 대개 以上의 內容을 읽어놓은 作品이다. 그러나
이 같이 지루한 作品 紹介는 여기에서 무슨 체홉의 作品評을 하기 爲해서의
緖頭가 아니다. 이미 讀者 가운데도 「붉은 洋襪」에서 보여준 女性의 位置와
動向이 곧 오늘날 우리 朝鮮 女性의 現實的 位置며, 動向이란는 것을 看破
하였으리라고 본다.

한말로 우리는 新女性, 舊女性이라고 부르나, 所謂 敎育을 받았다는 인텔
리 女性과 敎育을 받지 않은 在來型의 女性은 오늘날 우리의 現實 生活에
家庭的으로, 社會的으로 커다란 問題를 提供하고 있는 것이 掩蔽할 수 없는
事實이다.

勿論 이 같은 問題는 어느 곧에서나 過渡期的 現象임에 틀림없으나, 朝鮮
의 家庭 制度 같은 곧에서는 한層 悲劇的인 形象을 呈出한다고 본다. 所謂

高等教育을 받았다는 인텔리 女性도 教養의 傳統的 地盤이 없는 이 땅의 現實에서는 몸에 맞지 않은 洋裝을 하고 다니거나 每一般이다.(더욱이 그들의 몸에 붙지 않는 教養의 素性이 들추어나는 데 있어서는 인텔리라는 用語가 反對語로 使用되고 있는 것이 오늘의 風習이 되어 있다. 舊女性은 亦是 教育을 받지 않았다는 罪科로써 男性으로부터 뿐만 아니라 新女性으로부터서도 卑下되고 있으나, 自己의 位置를 自覺하지도 못하는 悲劇의 主人公임을 免할 길이 없다.) 그러나 그들에게 忍從의 美德이 오늘날 數많은 家庭生活의 實質的인 分擔者가 되어 있다는 것을 掩蔽할 수는 없으리라.

勿論 「붉은 洋襪」에 있어서 소모프가 一時나마 그의 안해의 無學을 不滿스럽게 生覺하였다가, 所謂 學問있는 女人들이 家庭本位가 아니라는 點에서 오히려 順從하고 家庭的인 그의 안해를 滿足하게 生覺하는 것은 男子의 立場에서만 女子를 取扱하였다는 非難을 免할 길이 없으나, 아무리 女子 獨自의 立場에서라고 할지라도, 所謂 現代型의 인텔리 女性은 從來型의 女性과 對備하야 推奬할만한 것은 없었다고 하여도 過言이 아니다. 오히려 얻은 것 代身에 잃어버린 인텔리 女性과 잃어버리지 않은 代身 얻은 것이 없는 舊女性을 對比할 제, 後者에 取할 點이 慣習上 많았다고 하여도 過言이 아니다.

따라서 現代 女性 問題에 있어서는 舊女性이 教育의 惠澤을 받어 從來의 位置를 버서나야 할 것은 勿論이나, 인텔리 女性이 家族 制度나 社會 制度에 調和되는 位置에 나가야 할 것이 緊急한 問題이라고 할 것이다.

— 『여성』, 1940. 10.

作家의 孤立
― 十月 創作評

　前부터도 느껴온 바이나, 우리 文壇의 創作界란 어느 때없이 하나의 뚜렷한 傾向을 갖지 못하고, 늘 孤立的인 多樣性을 띠어온 것이 事實이다. 勿論 이미 文壇的으로 커다란 潮流를 잃은지 오래인 오늘날, 어떠한 傾向이나 主張을 찾으려는 것부터가 過分의 慾望일넌지 몰르나, 作家가 붓을 들고 原稿紙를 對한다는 것 自體가 벌서 그것을 쓰지 않고는 배겨날 수 없는 어떤 表現의 衝動에서 行하게 된다고 할 제, 거기에는 이미 讀者에게 들녀줄 作家로서의 主見이나 主張이 있어야 할 것이다. 同時에 그 主見이나 主張은 作家 一個人의 것에 그칠 것이 아니라, 나아가서는 讀者層을 부뜨러 現實的 地盤을 쌓고, 하나의 뚜렷한 傾向을 이루게 될 제, 비로소 作品의 存在意義를 다하게 되는 것이다.

　그러나 讀者와의 그 같은 紐帶를 갖지 못하고, 作品이 作家의 獨白에 그치게 될 제, 作家는 어느듯 生活的으로나 精神的으로 孤立化를 免할 수 없는 것이다.

　事實 이 달 創作陣을 두고 보아도, 방금 心理的이며 實驗的인 小說을 읽었는가 하면 한 페이지 넘어서는 客觀的인 小說을 읽어야 하고, 저기에서

現實 生活의 리얼리티 追及에 따러갔다고 意識할 제는, 여기에서 어느듯
虛無的인 哀愁에 사로잡히게 된다. 이 같은 作品 現象은 勿論 作家의 精神
的 孤立을 意味하게 되나, 오늘의 現實이 이미 어떠한 共通的, 精神的 紐帶
를 갖일 수 없을만큼 作家 生活을 分裂시킨 것이 事實이라면, 作家 自身은
차라리 自己의 孤立된 境域이나마 그것을 墨守하고, 또한 深化시키므로써
讀者와의 連繫點을 찾는 것이 宜當할 것이다. 이러한 部類에 屬하는 作家로
서 우리는 捷徑 李無影氏를 들 수 있다.

　李無影氏는 宮村으로 移徙한 爾來 「第一課 第一章」을 筆頭로, 連續的으
로 數 篇의 農村小說을 發表하여 왔다. 이 달 『朝光』誌의 「安達小傳」도
亦是 같은 農村 取材의 作品이나, 從前의 「第一課 第一章」 또는 「흙의
奴隷」에서 散見할 수 있는 作者의 觀念的인 農民觀도 깨끗이 터러버린
正말 흙냄새가 그대로 나는 生新한 作品이다. 더욱이 數많은 農民小說이
農民없는 小說에 그쳤음에 反하야, 樵安達이라는 人物을 산 人物로서 躍如
하게 描破하였다는 것은 큰 收穫이라고 할 것이다.

　이 點에 있어서 無影氏의 周到한 用意와 扉利한 觀察은 앞으로 本格的인
農民小說의 開拓을 約束하고 있으며, 또한 氏의 무게있는 作品의 底力은
반다시 讀者와의 紐帶를 맺고야 말 것이라는 것을 알 수 있다. 다만 이번
「安達小傳」에 있어서는 前記 두 作品과는 달니 中間부터 一人稱이 介入하
게 되는 데, 아무리 스토리의 展開上의 必要에서라고 할지라도, 讀者로 하여
금 어색한 느낌을 주었다는 것을 附記하여 둔다.

　오늘에 이르러서는 누구나 私小說의 意義를 過小評價하려는 認識 不足
漢도 없겠지만, 어느 匿名生이 安懷南氏를 私小說家라는 名目으로 꼬집었
든 것을 記憶하고 있는 데, 最近의 氏의 作品 「어둠 속에서」, 「病院」 그리고
이 달 「少年」(『朝光』)을 읽은 讀者라면 누구나 그 같은 誣告에 啞然할 것이
다. 氏는 最近에 와서 不絶히 現實 追求에 關心을 높이 하고 있다. 어떤
特定한 類型이라든가, 性格을 그려낸다는 것보다도 모든 階層의 生活을

通하야 時代의 呼吸을 把握하려는 努力이 크다고 본다. 그러기에 氏는 不良
少年을 通하야, 入院 患者를 通하야, 또는 이번 「少年」에 있어서와 같이
中學生을 通하야 時代의 산 呼吸을 探索하려고 가진 觸手(안테나)를 느려놓
고 있다. 勿論 형근이와 원식이란 두 少年의 性格的 差異를 그들의 家庭的
環境에서 說明하고, 少年들의 趣味와 理想을 現實과 맛부드치여 어느 程度
의 效果를 거두었는가는 別問題로 하고서, 두 少年의 趣味 乃至 性格을
通하야 이 作家가 어느 方向으로 時代的 關心을 기울니고 있는가는 足히
窺知할 수 없는 바 아니나, 作家的인 領域에 定着하야 그것을 파헤치는
날을 앞으로의 일이라고 할 것이다.

私小說이라는 것이 오늘에 있어 作家 自身에 對하야 峻嚴하게 매질하는
모럴리티를 갖이고 있는 限, 正當히 評價되여야 한다는 것을 納得시키는
小說로서 朴泰遠氏의 「淫雨」는 앞날을 들 수 있다. 오랜 沈默이라느니보다
精氣를 보여오든 氏에 있어서 「淫雨」는 앞날을 約束하는 하나의 프롤로그이
라고나 할까.

李孝石氏가 한동안의 손에 땀을 쥐게 하든 現實 追求에 지처서 懷疑的인
虛無의 哀愁에 고요히 잠긴다고 하여서 그다지 놀날 것은 없으나, 이번
「哈爾濱」(『文章』)에 있서 黎明의 直前인지, 黃昏의 直後인지 分揀할 수
없는 騷然한 歷史의 交響樂에 고요히 瞑想할 수 있을만큼 平靜을 지키고
있다는 데는, 아무리 合理主義에 對한 懷疑라든가, 感傷主義의 享樂에서이
라고 할지라도 놀나지 않을 수 없다.

金南天氏의 「經營」(『文章』)은 처음부터 勁健한 筆力을 自由롭게 驅使하
야 緊迫感을 자어냈으나, 結末에 있어 오시형이가 그의 아버지를 따라 떠나
는 데서부터서는 一抹의 虛無感을 禁할 수 없다. 勿論 최무경으로 하여금
現實의 破綻을 맛보게 하는 것이 作者의 究極的 意圖였을지 모르나, 이
作品에 있어 客觀의 構築으로 말미아마 主觀의 貧困을 隱蔽하려는 嫌疑가
없지 않다.

戲曲으로서 蔡萬植氏의 「螳螂의 傳說」이 있으나, 그 素材로써 小說을
만드렀다면 모르거니와, 全혀 戲曲으로서는 構成이나 對話가 習作 程度에
도 이르지 못하였다. 駄作이라느니보다도 作者의 精力 消耗에 놀나지 않을
수 없다.

끝으로 『人文評論』 新人 特輯에 兪恒林氏의 「符號」, 金永錫氏의 「月給
날 이러난 일들」, 李石澄氏의 「挑戰」이 있다. 모다 當選作은 姑捨하고, 現役
新人 作家의 水準을 넘고도, 오히려 餘力이 있는 作品들이다. 文業에 적지
않은 硏鑽이 쌓였다는 것을 足히 窺知할 수 있거니와, 旣成 作家에 比하야
餘裕 綽々한 느낌을 주는 것만으로도 우리 文壇의 커드란 惑星들임에 틀님
없다. 作品別로 論評을 못하게 된 것은 紙面 關係로 不得已한 일이나, 나로
서의 禮儀를 가추기 爲하야는 後日을 期하는 것이 오히려 좋을가 한다.
— 『인문평론』, 1940. 11.

新體制와 文學

1

처음 編輯하신 분으로부터 '文壇 新體制의 目標와 課題'라는 原稿 依託을 받았으나, 主題에 對한 나의 無準備와 아울러 테마 自體가 갖는 嚴肅한 內容性으로 말미아마 躊躇하기 旬日을 經過하였으되, 亦是 붓을 들만한 勇氣가 나지 않았다. 그러나 元來 생각을 整理한 後에 붓을 든다는 것보다도, 붓을 들면서 생각을 整理해가는 部類에 屬하는 筆者로서는 테마 그 自體가 우리들 文學하는 사람으로서 누구나가 忌避할 수 없는 喫緊의 課題이라는 認識 아래에서 敢히 表題와 같은 一文을 草하기로 하였다. 따라서 本文은 무슨 論文의 形式을 감춘다는 것보다도, 하나의 覺書에 그친다는 것을 미리부터 諒解하고서 읽어주기 바란다.

2

오늘날 新體制란 말은 이미 하나의 日常的인 流行語에까지 轉化하고 있다. 걸핏하면 저널리스트의 입에서는 新體制라는 用語가 튀여나와 우리들의 日常的인 起居寢食으로부터 모든 社會 事象에 이르기까지 新體制란

冠詞가 아니 붙는 곳이 없다. 勿論 新體制에의 順應이 國民的 課題로 上程하고 있는 오늘의 時代인만큼 新體制에의 叫號聲도 커야 할 것은 事實이나, 果然 그들의 몇 퍼센트나가 新體制에 對한 明確한 槪念을 把捉하고 있는 것인지 자못 疑訝하지 않을 수 없는 바이다. 오히려 新體制란 用語를 하나의 流行語로 濫用하고 있는 그들에게 있어서는 新體制가 갖는 참다운 意味는 앞으로도 理會할 길이 없다고 斷定을 내려도 大差없으리라고 생각된다. 한 會社 內에 人事 移動이 있어도 新體制, 電氣料金이 改訂되여도 新體制 云々하게 되니, 新體制란 用語도 여기에 이르면 全혀 난센스가 아닐 수 없다.

實際에 있어서 오늘의 現狀으로서는 新體制가 무엇을 意味하며, 그것이 무엇을 齎來하느냐에 對하야는 그다지 明確한 規定을 가질 수 없는 것이 率直한 告白일 것이다. 그러나 新體制가 政治에 있어서, 또한 國民 生活에 있어서 어떠한 形態로 樹立되던 그것이 우리들의 오늘날 生活, 아니 그 生活의 變化에 卽하여 있다는 것만은 拒否할 수 없는 事實이라고 본다. 오히려 그 生活의 變化와 아울러 그 變化의 方向이 우리로 하여금 新體制에의 要聖을 가져오게 하였다는 것이 보다 眞實에 가까운 것이 아닌가 한다. 따라서 以上에서 新體制에 對한 明確한 規定을 갖지 못하고 있다는 것은 結局 우리들의 生活의 變化 乃至 그 變化 方向에 對한 우리들의 理論的 追究가 뒤따르지 못하고 있다는 것을 意味하게 될 뿐이다.

事實 이제까지의 新體制에 對한 論議는 決코 적은 數가 아니였으나, 그것이 열적은 것이 아니었다는 것은 新體制에 對한 論議 自體가 우리들의 現實 生活의 變化에 對한 理論的 追究에서 發足하지 못하고, 다만 每樣 時流 便乘을 일삼는 者에 依하야 마치 新體制가 今日의 事態를 匡救하는 新發明 藥인 것같이 宣傳 廣告式으로 나갔다는 데 由因하였다고 본다. 勿論 닥처올 新體制 運動을 앞에 두고 그들이 뒤 느저서는 아니 되겠다고 앞을 다투어 날뛴 것만은 佳賞타면 佳賞타고 할 것이나, 그들의 心理的 輕燥만은 看過하

여서는 아니 될 多分의 危險性을 內包하고 있다 할 것이다.

나치즘이나 파시즘이 獨伊의 各自의 나라에 있어서 그들 國家가 向하지 않으면 아니 될 明確한 目標에 立脚하야, 그 目標와 現實의 事態와의 具體的 關聯에 있어서 무엇이 要求되고 期待되며, 實現되지 않으면 아니 되는가를 가장 現實的으로 追究하고 實現하려는 意志와 道程 가운데서 形成되고 發展된 思想이며 理論이라는 것은 이미 贅言을 要치 않으리라고 본다. 新體制의 理念, 나아가서는 그 思想이라던가, 理論의 形成 乃至 發展 또한 決코 여기에서 例外의 길을 거르리라고는 볼 수 없을 것이다. 勿論 新體制가 自由主義라던가 個人主義 乃至는 階級主義와 對蹠的의 것이라는 것은 自明하다고 하나, 獨逸이나 伊太利의 政治思想이라고 할 수 있는 全體主義를 그대로 옮겨다 놓은 것이라고는 斷定할 수 없을 것이다. 오히려 新體制란 日本의 國情이 固有하게 要求하는 새로운 體制를 指稱하는 것이라면, 무엇보다도 新體制는 오늘의 日本이 갖는 現實的 事態와 緊密히 關聯된 새로운 構想을 前提로 하고서 出發한 것이라고 할 것이다. 오늘의 現實的 事態와 緊密히 結付된 새로운 構想과 새로운 이미지, 그것만이 新體制의 思想과 理論을 形成시키고, 發展시킬 수 있다는 것을 特히 文學者로서는 留念해 두어야 할 것이다.

3

新體制가 오늘날 國民 一般의 要望하는 바이며, 文學者 또한 그것을 要望하고 希求하는 點에 있어서 決코 人後에 떠러지는 바가 아니다. 新體制를 確立하야 政治를 根本的으로 革新함이 없이는 오늘날 轉變하야 마지않는 世界 情勢에 對應하야 日本 및 東亞의 發展을 期할 수 없다는 認識,은 國民 一般에 있어서와 同樣으로 文學者 一般의 通念이 되어 있다고 하여도 過言이 아니리라.

그러나 以上에서도 言及한 바와 같이, 國民 一般에게 있어서나 文學者에게 있어서나 新體制란 것의 實相이 그다지 明確하게 把捉되여 있지 못하다. 따라서 一部의 性急하고 氣分的인 時流 便乘者들 사이에 있어서는 從來의 文學이면 文學, 映畵면 映畵에 對한 一段의 批判과 止揚을 거침이 없이, 다만 新體制란 冠詞만을 덮어씨움으로써, 다시 말하면 新體制 플러스 文學, 新體制 플러스 映畵式의 抽象的인 接木論으로써 新體制의 叫號聲에 呼應하려는 稚氣를 보이고 있으며, 남어지 一部의 懷疑的인 頭腦의 所有者들 사이에 있어서는 事態의 展開를 凝視함으로써, 그들의 積極的인 態度를 猶豫하고 있는 것이 오늘날 文學者의 大多數가 取하고 있는 姿勢이다. 兩者가 다가치 新體制가 要望되는 現實 生活의 變化 가운데서 새로운 構想과 새로운 이미지를 志向하는 理論的 追究에서 疏遠되고 있는 것이 事實이나, 前者가 新體制라는 未曾有의 國民 組織 運動을 在來의 姑息的인 觀念과 思考로써 自己의 立場에만 有利하도록 뜨더마추려는 誤謬를 犯하고 있다면, 後者에 있어서는 文學者가 그 存在 形式에 있어서는 文學者가 그의 變化에 自醒함이 없이 在來의 存在 形式에 膠着하려는 保守的인 蒙을 버서나지 못하고 있다 할 것이다.

文學者가 政治에 對하야 懷疑的이라느니보다도 敬遠의 態度를 取해온 것은, 傾向文學 後退 爾來 이 땅의 文學者에 있어서 하나의 普遍的 性格을 이루고 있다 하여도 過言이 아니다. 文學者 뿐만 아니라, 文化 部門에 從事하는 사람의 多大數는 意識的으로 政治에 對하야 등(背)을 돌리며 藝術이라던가 藝術家는 本是 政治와는 아무런 關聯도 없는 全혀 獨立된 世界를 領有하고 있으며, 또한 거기에서 가장 自由스러운 活動을 展開할 權利를 가지고 있다는 것이 그들의 通念이었다.

그러나 이제 政治는 新體制 運動을 起點으로 하야 커다란 旋回를 하고 있는 것이 事實이다. 새로운 原理, 새로운 世界觀을 求하야 國內的으로나 國際的으로나 새로운 秩序를 樹立하려고 있다. 그러면 文學者는 이러한

曠古 未曾有의 革新 段階에 있어서도 依然이 灰色의 瞳球를 굴니며 優柔不斷하고만 하고 있어야 할 것인가. 文學者는 누구보다도 모든 文化 活動의 그 自身으로서의 獨自的인 活動 領域을 가지고 있다 하나, 恒常 政治와의 共通된 原理 우에 生成 發展하고, 거기에서 가장 正常的인 自己表現을 가질 수 있다는 것을 잘 알고 있다. 그것은 무슨 文化가 政治 權力의 柔順한 從者이라는 것을 意味하는 것이 아니라, 文化는 오히려 政治를 指導하고 變化시키는 一面을 가지고 있다는 前提 아래에서 그 같은 認識을 갖게 되는 것이다.

따라서 從來의 文學者의 態度가 從來의 無原理한 政治에 對한 反動으로서 招來되었다면, 이제 새로운 秩序를 目標로 하는 新體制 運動에 對하야 積極的 協力을 애낄 理由가 어데 있겠는가. 文學者는 모름지기 새로운 情熱과 行動으로서 政治와의 正常的인 交互關係를 맺어야 할 것이다. 그러나 그것은 以上에서도 論及한 바와 같이, 文學者 一般이 가지고 있는 從來의 偏見―政治에 對한 背面과 아울러 藝術 獨自的 領域의 固執―을 一擲함이 없이는 不可能하다는 것을 먼저 밝혀두어야 할 것이다. 다시 말하면 政治란 藝術의 花園을 짓밟는 猛獸 以外에 아무 것도 아니며, 그와의 結托은 藝術의 自由, 個性의 表現을 阻害할 뿐이라는 從來의 先入見解를 打破함이 없이는 政治와 文化의 幸福스런 結婚은 바랄 수 없다는 것이 能事이다.

藝術의 自由란 勿論 '藝術을 爲한 藝術'이라는 命題를 떠나서 생각할 수 없는 것이나, 우리는 여기에서 이제까지 우리들의 머리를 支配해 온 그 藝術의 自由性이라는 것이 其實 하나의 自由主義的 自由였다는 것을, 따라서 資本主義的 商品 生産 枠內에 있어서의 自由였다는 것을 反省할 必要가 있다고 본다. 다시 말하면 最近까지 藝術家가 享有하고 있든 自由란 讀者 大衆을 指導한다든가, 自己의 藝術的 良心을 滿足시키는 것이라기보다도, 하나의 商品 生産者로서 讀者 大衆에의 追隨의 自由에 지나지 않었다는 것이 率直한 事實이다. 따라서 新體制 運動의 展開에 따라 그 같은 自由가

拒否된다고 하야 文學者로서는 조곰도 未練을 둘 必要는 없는 것이다. 오히려 文學者는 보다 大膽히 自己 손수 그 같은 낡은 自由의 止揚을 꾀하야, 新體制의 原理 우에 眞實한 創造의 自由를 享有하는 것이 宜當한 길이라고 할 것이다.

叙上에서도 이미 明言한 바와 같이, 아직까지의 現狀으로서는 新體制의 口號만 컷지, 新體制의 理念은 그다지 具體的 明確性을 갖지 못하고 있다. 오히려 新體制 理念의 理論的, 思想的 體系 樹立은 이제부터의 課題라고 할 것이다. 文學者가 그 課題에 參與해야 할 것은 勿論이다. 그러나 思想과 理念의 形成 發展에 있어서 輕率한 浮動은 禁物이 아닐 수 없다. 오늘의 急速한 飛躍的 變化와 發展 가운데 누구나 그 自身을 支撐할 根幹을 붓들려고 浮動하는 것은 當然하면 多宴타고 할 것이나, 理論이나 思想의 追究에 있어서까지 浮動한다는 것은 容納할 수 없는 것이다. 事實 思想이라든가 理論은 外部 情勢의 變化 가운데 나타나는 諸 現象과 같이 急速한 變化를 띠는 것은 아니다. 오히려 思想이나 理論은 모든 變化의 諸와 現象을 融解하고 吸收하면서 緩慢히 그 構想과 體系를 形成하고 發展시킨다.

따라서 政治에 對한 文化 또는 思想, 理論의 外觀上 密接한 關聯 關係를 갖는 것이 우리의 要求하는 바가 아닐진대, 우리는 마땅이 그것을 現實的 根源에서 찾어야 할 것이다. 다시 말하면 政治上의 發明이라든가, 談話의 그대로의 되푸리가 아니라, 政治의 言語와는 달니 思想이나 理論 獨自의 言語를 넓은 現實 가운데서 探求하므로써 그 根源에 있어서 關聯 關係를 맺어야 할 것이다. 事實이 文學이 한갓 新體制 우에서 期待되는 것 또한 齎來되리라는 것을 推測하야 그에 適應을 꾀한다면, 참으로 新體制에 適應하는 文學은 創造하지 못하고 말 것이다. 그러므로 文學은 무엇보다도 新體制에 向하는 現實의 事態 그것 가운데에서 自己 獨自의 方法으로써 政治의 醃魚와 다른 言語로써 그것을 表現하지 않고는 新體制에의 要望에 順應할 길이 없는 것이다.

여기에 있어서 그 같은 文學上의 課題는 結局 새로운 文學 實態(이데)의 獲得 以外에 別것 아니다. 그것은 또한 忌憚없는 批評 精神을 기다려서 獲得된다고 할 것이다.

叙上에서도 言及한 바이나, 從來의 批評에 對하야는 적지 않은 非難이 따르고 있는 것이 事實이다. 그러나 어떠한 理論이나 이데의 獲得을 莫論하고 批評 精神없이는 그것을 期할 수 없는 것이다. 風見法相의 談話(『朝日』)에 있어서 "여기에서 注意해둘 것은 新體制를 建設한다고 하여도 낡은 體制가 하로밤 사이에 新體制로 박귀는 것이 아니라, 理想에 그린 新體制를 建設하기까지의 過程이란 近衛 首相의 말한 가시길이라는 것을 覺悟하지 않으면 아니 된다. 新體制 建設의 根本은 무엇보다도 自己 批判에서 出發한다고 할 것이다."라고 하야, 新體制의 첫 出發點이 自己 批判에 있다는 것을 明言하였다.

勿論 文學에 있어서 批判이란 單純히 政治的 또는 思想的 裁斷을 意味할 수 없는 것이다. 作品의 思想이라든가 意志는 우리들의 日常生活에 있어서의 心理 또는 感情의 生態에 있어서 산 現實性을 가지고 있는 만큼, 그의 批判은 人間 生活의 內面的 現實에 걸쳐 强制的으로가 아니라, 順々히 首肯할 수 있도록 行해지지 않는다면 참다운 文學上의 批判이 될 수는 없는 것이다. 따라서 人間 心理의 內面的 現實을 無視하고, 한갓 言語上으로나 主題 題材上으로만 新體制에 呼應한다는 것은 오히려 文學에 課한 使命을 抹殺시키는 것이라고 斷定해야 할 것이다. 人間 生活의 一切을 있는 그대로 누구에게나 納得할 수 있도록 거짓없이 理解시킬 수 있는 것은 文學, 藝術을 두고서 따를 것이 없는 것이다. 따라서 거기에 文學의 使命이 있다면 文學者는 마땅이 그 使命을 다하기 爲하야 公式的인 思想 政治的 裁斷을 어데까지나 警戒하여야 할 것이다. 이것은 非但 文學者 뿐만 아니라, 政治의 當路者에게 있어서도 크게 考慮해야 할 問題임에 틀님없다.

4

　끝으로 現在 우리 文壇에 있는 文人協會라는 職業的 團體에 言及한다면, 最近 그 活動이 漸次 活氣를 띠어온 것만은 事實이나 現在까지의 狀態를 보아서는 上述한 浮動的인 新體制에서의 呼應 程度에 머저 있다고 보는 것이 事實이다고 본다. 勿論 志願兵 訓練所 見學도 해야 하고, 慰問袋도 보내여 皇國 國民의 赤誠을 다해야 할 것이나, 무엇보다도 肝緊한 問題는 文學者의 職業的 集團이란 認識 아래서 新體制가 要望하는 文學者의 存在 形式을 가추어야 하리라고 본다. 앞으로 新體制하는 巨大한 國民 組織에 文學者가 參與하게 될 제 當然히 惹起될 모든 問題, 다시 말하면 如何히 文學의 使命을 다하고 新體制 下의 文化 部面을 指導할 것인가에 對한 具體的 準備가 姑息的인 便乘策을 一擲하고, 새로운 革新策을 꾀하여야 할 것이다.

— 『인문평론』, 1941. 1.

朝鮮 文壇의 今後

年頭에 잇어 ‘展望’을 하고, 年末에 있어 ‘總評’을 하는 것이 마치 年度初의 ‘豫算 成立’과 年度末의 ‘決算 報告’를 하는 듯한 恒例의 行事이라. 의례껏 있는 것이거니 하고 原稿를 受諾하였든 것이나, 막상 原稿紙를 對해 놓고 보니 ‘展望’이란 ‘總評’과도 또한 동떠러지게 달르다.

勿論 豫算을 세운다는 것이 決算 報告를 基礎로 하고서 進行되듯이, 지난 庚辰年의, 아니 지난 數十年 동안의 우리 文壇이 거러 온 足跡을 回顧함이 없이는 닥쳐올 一年間의 展望이나마 있을 수 없는 것이 事實이겠으나, 지내온 일도 이야기하기가 무엇하거늘, 닥쳐올 일을 말한다는 것이 한층 붓대를 무디게 한다고 본다. 俗談에는 來年 이야기를 하게 되면, 鬼神도 웃는다고 한 말이 있지 않는가. 事實 年頭가 아니라 歲末에 앉어서 이 글을 쓰자니 그런 느낌이 없지 않다.

閑話休題. 未來란 現在에 連結되며, 또한 現在를 通하여 過去에 連結된다는 그러한 前提를 承認할 수 있다면, 우리는 무엇보다도 지난 한 해 동안이나마 우리 文壇이 거러온 足跡에 回顧의 머리를 돌려야 할 것이다.

創作界

　지난 한 해 동안 우리 文壇에 發表된 創作의 數量은 짝이 알 수 없으나 長, 中, 短篇을 合쳐서 거짐 二百篇에 가까운 數字가 아닌가 한다. 어쨌건 내가 읽은 것만으로도 모도 百篇에 가까웁다. 再昨年의 統計에 나타난 二百五十篇에 比하면 多少 減少된 것이 事實이겠으나, 날로 深刻化한 用紙 饑饉과 아울러 今年 下半期부터 『東亞』, 『朝鮮』 兩大 新聞이 廢刊되었음을 酌量하게 될 제, 量的으로 보아서는 해를 거듭할수록 確實이 殷盛해 가고 있는 것이 事實이다. 더욱이 純文學 雜誌인 『人文評論』과 『文章』의 二大 雜誌를 有續케 할만큼 文學的 地盤이 담어졌다는 것을 考慮에 넣게 될 제 三, 四年 前에 比한다면, 實로 刮目할 進境이라고 할 것이다.

　그러나 量의 問題가 곧 質의 問題로 바꾸어질 수는 없다. 지난 一年間, 勿論 個人的으로는 質的 向上을 遂한 作家가 없지 않겠으나, 文壇 全體를 統트러서 이야기한다면, 오히려 저지낸 己卯年의 收獲보다도 적은 것이 아닌가 한다. 所謂 大家라는 것이 우리 文壇에 存在하는지 그 與否는 論議를 要하겠으나, 春園을 두고 보아도 지난해에 發表된 몇 作品을 본다면, 野談인지 小說인지 分揀키도 어려운 新人들의 作品에서는 아무리 駄作이라 할지라도 그들이 ○○한 作品에나마 엿볼 수 있으니, 老朽한 이데올로기의 ○結 以外에 아무 것도 찾어볼 수 없는 그 作品을 가지고서 有閑大家의 名譽를 부치게 된다는 것은 아무리 基準을 잃은 우리 文壇이기로서니 그를 容納하기에는 누구나 雅量이 적으리라고 본다. 中堅은 어떠한가. 亦是 나로서는 한두 作家를 例外로 한다면, 모다 슬럼프에 빠져 있다고 본다. 韓雪野氏가 北京 갔다온 것을 曰是曰非할 것은 아니나, 그것이 作品으로서기보다도 隨筆로서 끝장을 보게 될 제 如干 섭섭하지 않았다.

　더욱이 最近의 「波濤」(『人文評論』)를 읽고서 以前의 「種痘」나 「摸索」과

對備하여 確實히 氏에 對한 우리의 期待는 어그러짐이 크다고 본다. 勿論 백번 「波濤」 같은 作品을 누구나가 쓸 수 있다고 하는 것은 아니나, 自意識이 없는 心理 追求였든 氏가 붓드러왔든 그 作品 世界가 漸次 무게를 輕減하고 있다는 것이 무엇보다도 哀惜한 일이라고 본다. 李泰俊氏도 「밤길」의 한 作品을 가지고서 그의 成果를 말해 달라고 하지는 않을 것이다. 아마 兩三年을 두고서도 다른 作家들의 半年치도 쓰지 못한 그이다. 寡作을 자랑삼는 境遇도 없지 않겠으나, 程度가 지나친 氏의 寡作은 亦是 怠慢이 아니면, 創作 慾心 窮乏이 아닌가 한다. 勿論 新聞小說을 쓰는 만큼 酌量할 餘地가 없는 것은 아니나, 다른 作家도 新聞小說을 쓰고 있는 만큼 그것으로서 口實을 삼기는 어려우리라고 본다.

民村은 꾸준히 新聞小說이며, 短篇이며, 創作을 계속해온 분의 하나이겠으나, 今年 드러 發表한 「鳳凰山」이나, 「왜가리」나 모다가 手法上으로나, 構想으로나 舊態依然한 惰性을 가릴 수 없다. 南天이 애써 이야기하는 經驗的인 것과 觀察的인 것의 區分도 氏의 作品이 尙今것 存在하기 때문이 아닌가 한다. 金南天氏도 「浪費」라든가, 「俗謠」 外에 「노고지리 우지진다」, 「經營」 等의 短篇을 發表하였으나, 우리가 傾聽해야 할 것은 오히려 氏의 作品보다도 小說 理論이라고 본다. 作品을 理論으로 보아서 敷衍하고 解明하는 것은 좋으나, 理論이 앞서 作品을 庇護한다는 것은 決코 반갑지 않은 現象이라고 할 것이다. 確實이 氏의 理論과 作品은 한거번에 삼킬 수 없는 距離를 가지고 있다.

蔡萬植氏는 自己 作品에 매양 自家 註釋을 부쳐야만 理會될 作品만을 쓰고 있으니, 第三者의 이야기보다도 作者 自身의 註釋을 드러야 할 일이겠으나, 「冷凍魚」나 「巡公있는 日曜日」을 氏와는 달리 높이 살 수 있다 하드래도 世態 描寫가 한갓 饒舌에 떨어지게 될 제, 氏도 窮境에 이르렀다고 할밖에. 朴泰遠氏 亦是 「愛經」의 連載物 外에 겨우 「淫雨」 한 篇을 내놓은 停頓 狀態이다.

孝石氏도 兪鎭午氏와 함께 和文 創作에 熱中한 탓인지는 모르나, 「哈爾濱」(李氏)이나, 「봄」, 「酒朋」(兪氏) 等에 나타난 그것만으로서는 亦是 作家的 存在를 잊어버릴 程度이며, 嚴興燮氏라든가는 아주 作壇에서 隱退하였다고 하여도 過言이 아니다. 그러나 지난해에 있어서 그래도 中堅陣의 活躍이 컸다는 印象을 주게 되는 것은 亦是 李無影氏 같은 분의 存在가 크게 影響주리라고 본다. 安懷南氏도 「濁流를 헤치고」를 비롯하여 「病院」, 「少年」, 其他 數많은 力作을 發表하여 앞날의 展望을 가지게 한 것이 事實이나, 確實이 李無影氏만은 今年 드러 한 作家로서 自己 世界를 가지고 어데까지나 ○○히 그 世界를 파헤쳐 나갈 수 있는 底力과 沈着性을 보여주었다. 「흙의 奴隷」나 「安達小傳」 等 누구에게도 찾어볼 수 없는 農民文學으로서의 氏 獨自의 境地가 躍如하게 나타나고 있다.

끝으로 新人 作家를 一瞥한다면, 亦是 金東里氏의 活躍을 筆頭에 올리겠으나, 「洞口 앞길」 以外에는 擧皆가 駄作의 連發이었으며, 鄭人澤, 金永壽, 朴魯甲, 鄭飛石, 金廷漢, 桂容默, 李根榮, 玄卿駿 諸氏도 新世代論을 中心으로 作品 行動이 자졌으나, 亦是 이렇다 할 作品 하나는 남기지 못하고 말었다. 오히려 그 中에서도 記憶될 것이 있다면, 素材的으로 보아 玄卿駿氏의 「流氓」, 尹世重氏의 「白茂線」이 있고, 다시 『人文評論』 新人 推薦欄에 오른 兪恒林, 金永錫, 李石澄 諸氏의 勞作이 있으리라고 본다. 그러나 統트러서 新人들의 作品 力量이 果然 우리 文壇에 있어 얼마나 한 水準의 것이냐고 무를 제, 亦是 가장 未洽하다고 할 것이다.

評論界

文藝 評論이란 本是 作品을 떠나서 存在할 수 없는 物件인만큼, 創作界의 低迷는 곧 評論界의 低迷를 齋來시켰다. 己卯年末부터 ○○해 온 新世代論은 庚辰年에 드러서 한層 活氣를 띠었으나, 結局은 評論界이었다. ○○○라

는 새로운 사람을 한 분 마지하였을뿐, 아무런 成果도 남김없이 有耶無耶
中에 자최를 감추고 말었다. 金東里氏도 新世代論을 걸머지고 나오기는
하였으나, 亦是 在來의 評論界에서 한 거름도 앞서지 못하였을 뿐만 아니라,
그 潮流라든가, 思考 方式이 在來의 그것에 根據하고 있다고 볼 제, 評論界
로서 얻은 하나도 없다고 할 것이다.

　批評과 作品의 遊離가 指彈되고 있으나, 그것은 評論에게만 질머지을
過責이 아니라, 叙上에서 말한 바와 같이 作品으로서 評壇에 오를만한 問題
作이 없었다는 것이 그 直接 原因이라고 본다. 따라서 評論은 自然 一般的인
原理 問題에 치우치게 되었으나, 崔載瑞氏의 「現代 小說 研究」, 徐寅植氏
의 「文學과 論理」, 金南天氏의 「觀察文學論」, 拙者의 「藝術 形象性 論議」
等 表題만 보아도 亦是 그러하다. 더욱이 그 大部分이 小說에 對한 論議가
中心이었다는 것은 그들 自身이 얼마나 具體的 作品을 要望하고 있는가를
可히 엿볼 수 있으리라고 본다. 그러나 評論界에 있어 端的으로 말해둘
것은 庚辰 一年間을 統트러 이렇다는 테마를 가지지 못하였다는 것이다.

　各自의 研究 노트를 느러 놓은 것 같은 것이 果然 讀者에게 얼마나한
影響力을 주었을 것인지 자못 疑訝하지 않을 수 없다. 後半期에 있어서
新體制 運動의 展開와 함께 新體制下의 文學에 關한 論議가 簇出하였으나,
모다 轉身도 미처 하지 못한 채 倉卒間에 捻出해낸 것이라 口號만 컸지
理論的 追求는 그 端緒도 열지 못한 것이 事實이다. 勿論 여기에도 時代가
그려준 表情이 露骨로 나타나 있다고 볼 수 있으나, 時代的 轉換 過程의
急速한 템포는 思索하는 사람의 눈을 惶惚케 할 뿐, 누구 한 사람 時代와
맞붙어 理論을 追求하려는 勇氣를 뽐내신 者 없이 모다가 灰色의 眼球를
굴리며 沈默을 지키거나, 또는 自己流의 研究 노트로서 現狀 維持를 해보려
는 데 끝이다가, 及其也 新體制라는 口令이 나리고 보니, 너도나도 할 것
없이 입을 같이 하여 新體制라는 레테르를 둘러쓰라고 한다. 그러나 新體制
란 概念이 만드러진 概念이 아니라, 만드러지지 안한 概念인 以上, 그들이

붙들고 있는 것은 新體制라는 레텔 以外에 아무 것도 없다고 할 것이다.

展望

以上으로 粗息하나마 創作界나, 批評界나, 우리 文壇 全體의 動態를 엿보았다고 할 수 있다. 따라서 그것이 辛巳 新春을 마지하여 어떻게 움지기느냐 하는 것이 當然이 따를 結論이겠으나, 冒頭에서도 叙述한 바와 같이 그것이 그다지 容易한 問題가 아니다. 차라리 그 結論이 本論의 避피 못할 課題라면, 어떤 豫見이라느니보다도 그 批判에서 우러나온 待望이나 붙이는 것이 妥當하지 않을가 한다.

時代性이란 말은 極히 現象的인 世界, 時刻으로 流動하고 變해 마지않는 世界에 關해서 云謂될 뿐만 아니라, 現實의 論理와 그것이 갖는 歷史性을 內包하게 된다. 그럼에도 不拘하고 우리 文壇, 아니 一般 作家에 있어서는 '時代'의 感觸이 없으리라고 본다. 더욱이 作品을 드러내 본다면, 그들은 現在를 그리면서도 今日的인 現實感을 주지 못하고 있다. 勿論 介中에는 時代에 對한 關心을 높이 하고 있는 者가 없지도 않겠으나, 그것은 文學者로서의 表情이지, 決코 文學의 表情은 아니다. 다시 말하면 그들의 時代的 表情의 作品 行動에까지 옴겨지지 못하고 있다. 大部分의 作品은 오늘이란 時代와 無關係할 것일 뿐만 아니라, 他人은 姑捨하고 自己 自身과도 無關係한 小說들이다.

그러나 이것은 決코 一部의 文學者들이 文學의 政論化를 꾀하고, 時局과의 緊密한 關聯을 짓고 있다는 傾向을 眼中에 두지 않고 한 말이 아니다. 그들은 文學과 時局, 또는 時代性의 關係를 文學上의 問題로 解決지우려는 것이 아니라, 보다 政策的인 解決에 기우러지고 있는 만큼, 그것은 文學外의 길이라고 할 것이다. 文學과 時代性의 關係를 文學과 政治의 關係로밖에 생각하지 못한다는 것은, 이 땅의 文學의 가장 不幸한 特色이라고 할 것이다. 政治를 받아드릴 만한 生活의 餘裕를 갖지 못한 데 그 決定的 原因이 있다.

如何間 時代性이란 複雜하고 廣汎한 生活 가운데에서 具體的 事象을 通하여 把握할 수 있는 것이며, 그가 갖는 歷史性에 依하여 作品에 그 生命을 賦與하게 되는 것이다. 따라서 文學에 있어서 時代性의 問題는 어느 때나 創作 方法上의 問題에 歸着하는 것이며, 同時에 時代에 對한 積極的 批判으로서 모럴 問題를 가져오게 되는 것이다. 그러기에 오늘날 우리 文壇과 같이 各 作家와 文學의 素質 乃至 그 傾向이 混亂되고 있는 現狀에 있어서는 各 作家가 創作上에 있어서 時代性을 어떻게 받어드려야 할 것인가, 나아가서는 特定한 時代의 諸 條件 아래에서 우리들은 어떠한 文學을 求해야 할 것인가라는 가장 根本的인 問題에 끌고 들어가기 爲하여 무엇보다도 時代性의 問題를 高調하지 않을 수 없는 것이다.

그러나 여기에 直接 聯想되는 것은 所謂 레텔小說이다. 曰 生産小說, 曰 農民小說, 曰 大陸開拓小說, 號聲만 컸지 아직 이렇다는 作品 成果는 없으나, 그래도 一般의 關心이 거기에 기우러지고 있는 것은 저널리즘의 動態로서도 足히 알 수 있다. 더욱이 玄卿駿氏의 「流氓」이라든가, 尹世重氏의 「白茂線」 等이 보여주는 素材는 端的으로 그러한 傾向을 印象깊게 하고 있다. 그러나 그 같은 레텔 小說이 果然 이제까지 우리 文壇에 뿌리깊게 棲息하여 온 身邊的인 私小說이라든가, 世態風俗小說의 境域을 넘어서 얼마나 힘차게 자랄 수 있을 것인지, 한갓 時局的인 動向으로서 불러지는 口號에 끄치지 않을는지 여러 가지 難點이 있으리라고 본다.

如何間 레텔 文學의 그 위세로 말미아마 ○○○ ○○○ 없으나, 어데까지나 文學의 本質과 그 特殊性의 關聯에 있어서 展開되어야 할 것이다. 生産小說이나 農民小說이 ○○한 文學意識, 다시 말하면 特定한 文學이 自己 獨自의 것으로서 當然히 가져야 할 文學的 想念을 가지지 못하게 될 제 그것은 다만 時局的인, 卽 非文學的인 領域에 머저지게 될 뿐이다. 따라서

作家들은 一貫하는 文學的 이데만 있다면 生産小說을 쓰거나, 開拓小說을 쓰거나 그 變轉이 非難될 것은 없다. 우리의 市民社會의 末期的인, 所謂 아스팔트 文學에 比하여 農民小說이나, 生産小說이 그 獨自的인 文學的 이데를 가지게 될 제, 明日의 文學으로서 크게 期待된다고 할 것이다.

　新體制下의 文學이라는 것도 結局은 文學 獨自의 이데를 無視하고서는 案出할 수 없는 그러한 性質의 것이다. 다른 곳에서도 言及하였지만, 文學 作品이 갖는 觀念的인 思想이나 主題, 題材 等을 公式的으로 今日의 情勢에 付結하여 政治的으로 裁斷만 하려는 것은 政治쪽으로 보나, 文學쪽으로 보나 利로울 것이 하나도 없다. 文學 作品이란 산(生) 물건이라 우리들의 日常生活에 있어서의 心理나 感情 속에 깊이 生命의 躍動을 가지고 있는 그러한 물건이다. 따라서 人間 生活의 內面的 現實에 旦하여 强制的으로서가 아니라, 누구나 納得할 수 있도록 理解시킬 수 있는 것이 文學 그 自體의 使命이기도 한 것이다. 人間 生活에 對한 그 現實의 姿態에 卽하여 內部에서부터의 理解가 없이는 新體制도 現實 가운데 뿌리를 박고 根本的인 發展을 遂할 수 없는 것이다. 新體制下의 文學의 使命이란 端的으로 거기에 있다고 하여도 過言이 아니다. 大部分의 文學者는 創造的인 任務보다도 口號的인 宣傳에만 치우쳐 一吠群吠式의 新體制 노래만 부르고 있으나, 新體制란 레디메이드의 槪念이 아니라, 앞으로 만드러져야 할 槪念일만큼 그 理論的인 構想에의 創造的 努力이 보다 앞서야 한다는 것을 알아야 할 것이다. 評論界에 中心的인 테마를 갖지 못하였다는 것도 實相을 달리하여 말하면, 그들의 理論的 構想에 對한 創造的 努力이 缺乏된 탓이라고 할 수 있다.

　　　　　　　　　　　　　　　　　　　　　—『춘추』, 1941. 2.

現政勢와 文化 戰線

─ 統一 問題를 中心으로

　第二次世界大戰의 終焉과 日本 帝國主義의 崩壞는 朝鮮으로 하여금
植民地的 羈伴을 벗어나 새로운 民族 革命에의 第一步를 내것게 하엿다.
半世紀에 旦한 壓迫과 桎梏의 銳鎖를 끈코 安全한 民族 解放에의 革命的
蹶起는 날근 體制와 秩序를 根本的으로 顚覆식키고 말엇다. 그러나 革命期
特有한 破壞와 建設, 結合과 分離, 進步와 反動이 모─든 錯綜된 過程은
北緯 三十八度를 界線으로 하야 直接 矛盾된 世界的 體制에 關聯되고
잇다. 다시 말하면 우리가 當面한 부르주아 民主主義 革命 過程은 國內
諸 階級間의 力的 關係와 아울너 聯合國 相互間의 力的 關係에 緊決的으로
結付 되여 微少 錯雜한 交錯性을 띠고 잇다.

　그러나 歷史는 發展하며, 矛盾은 止揚의 過程을 밟는다. 그 階級에 잇서
서 朝鮮 革命의 主體的 擔當者인 프롤레타리아는 極히 ○○된 期間에 잇서
豊富한 體驗과 大膽한 自己批判 우에 階級的 自己 規定을 敢行하고, 勤勞
農民 大衆을 同盟軍으로, 또한 進步的 小市民層을 同伴者로 하야 歷史的으
로 賦課된 自己 本來의 革命을 遂行키 爲하야 廣汎한 國際的 展望 아래에
가장 伸屈性 잇는 戰略 戰術을 敢行하고 잇다.

卽, 우리가 當面한 中心的 課題는 무엇보다도 朝鮮의 完全 獨立 達成과 民主々義 國家 建設에 잇다. 그러나 兩者는 個別的으로 遂行될 ○變의 것이 아니라, 보다 具體的으로 말한다면 現瞬間에 잇서서 民主々義的 政權 樹立을 爲한 戰爭의, 곳 民族의 完全 自主 獨立에 그 焦點을 두게 된다.

그럼으로 우리가 樹立하여야 하라는 民主々義的 政權은 決코 프롤레타리아와 農民의 獨裁를 勸할 수는 업다. 다시 말하면 抑壓되고 絶滅될 것은 그 中心的 對象이 民族 부르주아지나 地主層이 아니라, 日本 帝國主義의 殘存 勢力이며, 그것과 結託한 限에 잇서서만이 民族 資本家나 地主는 部分的으로 對象이 될 따름이다.

따라서 一切의 日本的 要素의 絶滅과 그것의 育成의 地盤이 될 수 잇는 一切의 要素, 다시 그와 結託한 叛逆的 民族分子에 對한 掃蕩戰爭을 通하야 樹立될 政權은, 곳 非日本的인 全民族的 統一戰線을 形成하게 되는 것이다.

勿論 여기에 잇서서 民族 資本家나 地主는 다만 非日本的이라는 消極的인 點에 制限되여 잇고, 先進 資本主義 國家에 잇서서와 가치 부르주아 民主主義 革命을 自己의 손으로 遂行할만한 能力을 喪失한 그들에게 잇서서는 民族 戰線 內部에 잇서서 不安과 動搖와 不徹底性을 暴露하게 될 것도 事實임으로, 오직 이 革命의 主體的 擔當者이며 推進할 프롤레타리아만이 多大한 勤勞 農民 大衆을 同盟者로 하야 統一戰線에 잇서서 不絶히 이니셔티브를 發揮하게 되며, 民族 부르주아지에 對한 容恕업는 暴露와 監視와 批判을 斷行할 수 잇는 것이다.

要컨대 우리 民族 解放 運動은 國際 프롤레타리아 運動의 一環으로서 世界史的 ○○에 把握되고, 戰勝 聯合國을 爲始하야 國際 民主主義 國家群의 코스에 合流함으로써 自己 使命을 完遂할 수 잇으며, 나아가서는 世界 民主々義 建設 過程에 이바지할 수 잇는 것이다.

우리는 八月 十五日 以後 正히 이러한 新局面에 處하여 잇다. 따라서

一切의 對象은 새로운 局面에서 暴露되고 批判되며, 또한 새로운 出發을 約束하고 잇다. 文化에 잇서서도 ○○은 一般이다.

—(1) 『중앙신문』, 1945. 12. 19

從來 우리들이 가젓든 藝術 乃至 文化는 가장 歪曲된 條件과 環境 아래서 자라낫다. 웨 그러냐 하면 그것은 過去 三十六年 동안, 가장 野蠻的인 日本 帝國主義에 依하야 蹂躙되고 凌辱되엇기 때문이다. ○猛한 日本 帝國主義 는 政治에 잇서서와 마치 한 가지로, 文化에 잇서서 極度의 思想的 彈壓을 加한 것은 勿論이오, 甚至於는 文化의 基本的 胎盤이라고 할 수 잇는 言語 文字까지도 抹殺식히려는 暴擧에서 나왓섯다. 그러한 意味에서 八月 十五 日 以前의 文化는 確實히 屈辱의 文化요, 또한 奴隷의 文化엿다.

따라서 朝鮮에 잇서서는 近代的인 意味에 잇서 獨自的인 民族 文化의 樹立을 보지 못한 채 日本 帝國主義의 植民地的 隷屬 文化로 彩色되여 封建 社會의 遺物인 封建的 文化의 樣相과 腐敗된 市民 文化의 殘滓가 混濁되여 蠢動하고 잇슬 뿐이엇다.

그러나 過去 日本 帝國主義 體制 아래에서 民族 解放 運動이 쉬지 안코 持續되여 왓든 것과 한 가지로 藝術, 其他 領域에 잇서서의 모—든 哀愁와 詠嘆, 隱遁과 頹廢, 思想的 空白, 變態的 自虐 等 極히 不義한 運動的 文化 系列에도 不拘하고, 거기에는 被壓迫 民族의 解放 運動의 潮流에 따라 反帝國主義的 文化가 자라낫다. 그것은 적으나 크나, 消極的이 엿거나 積極的이엿거나 帝國主義的 侵略을 憎惡하고 反對하며, 民族 解放 을 志向하는 길을 거러왓다. 짤븐 期間이나마 民族 解放, 나아가서는 그의 階級的 解放을 旗幟로 내세운 프로 藝術은 朝鮮 文壇을 壓倒하엿스며, 數만흔 作家들은 投獄되엇다. 여기에 잇서서 우리들은 當時의 프롤레타리아 藝術 運動이 幼稚하엿다든가, 充分한 結實을 엇지 못하엿다든가를 論議할 必要는 업는 것이며, 또한 그럿타고 해서 當時의 프롤레타리아 藝術 運動을 過小評價한다는 것은 危險한 일이기도 하다. 오히려 當時의 프롤레타리아

藝術의 未熟한 것은 朝鮮의 프롤레타리아 運動 自體가 充分히 成熟한 階段에 이르지 못한 點과 對應되여 相對的으로 理解되어야 할 것이다.

如何間 우리들은 當時 프롤레타리아 藝術 運動이 被壓迫 大衆의 感情과 思想과 意志를 結合식이고, 그것을 昂揚식일 것을 意識的 目的으로 햇든 事實을 率直하게 認定함과 同時에, 그것은 朝鮮 文化 運動의 基本的 方向을 提示하엿다고 할 것이다.

—(2) 『중앙신문』, 1945. 12. 21

確實히 八月 十五日 以後 文化 運動에 잇서서도 政治 運動과 步調를 가치하야 그 革命的 昂揚은 눈부신 바가 잇다. 簇出하는 各種 文化團體, 汎濫하는 出版 機關, 積極的인 實踐 運動 等, 급작히 賦與된 言論·出版·結社의 自由는 從前의 抑壓되고 閉塞되엿든 書齋 대신, 空前의 濶然한 舞臺를 展開식혓다.

그러나 이 갓흔 絢爛한 文化 運動은 一方에 잇서서는 곳 文化 戰線의 混亂을 招致하엿다. 文化 乃至 文化 運動에 對한 基本的 了解의 缺乏과 아울너 政治的 分野에 잇서서의 錯綜과 混沌이 粗雜하게 그대로 反映되여 文化 戰線은 一見 無政府 狀態를 呈出하게 되고, 無原則한 對立과 拮抗, 分離와 結合이 反覆될뿐이엿다.

勿論 이 갓흔 結果는 八月 十五日 以後 自然發生的인 文化 運動의 必然的 所産이며, 同時에 如何한 代價를 支拂할지라도 克服하지 안흐면 아니될 그러한 性質의 것이다.

여기에 文化 戰線의 統一運動이 當面한 喫緊의 課題로 上呈된 根本的 契機가 잇는 것이며, 그것을 爲하야는 大膽한 自己批判과 正確한 現實 把握이 無條件的으로 要請되고 잇다.

本是 우리들의 藝術 乃至 文化 運動은 自然發生的인 運動이 아니라, 目的意識的인 運動이다. 그럼에도 不拘하고 今日과 갓튼 文化 戰線의 混沌을 招致하게 된 것은 다음의 몃 가지가 그 決定的 要因이 되어 잇다.

첫재, 現段階의 當面 課題인 우리 民族의 完全 解放과 自主 獨立을 爲한
民主主義 國家 建設에 잇서서 이 革命의 歷史的, 主體的 擔當者인 프롤레
타리아의 前衛黨이 確乎한 具體的 文藝 乃至 文化 政策을 樹立하지 못하고,
따라서 文化 鬪爭을 領導하지 못하엿든 것

둘재, 作家 乃至 文化人 自體에 잇서서 現段階의 客觀 現實에 對한 正確
한 認識과 그 우에 立脚한 確乎한 文藝 乃至 文化 理論을 把握, 展開하지
못하엿든 것

셋재, 以上 두 가지 要因은 必然的으로 政治와 文化를 混亂식히고, 藝術
乃至 文化의 特殊性을 抹殺식히여 文化의 黨派性을 否認하려는 態度에서
나왓다는 것 等

—(3) 『중앙신문』, 1945. 12. 22

以上(이하 판독 불가)

—(4) 『중앙신문』, 1945. 12. 23

그러기에 일즉이 레닌은 文化的 ○○이데올로기의 批判이라고 規定하는
同時에, 그것은 當然히 一定한 社會○(階級)의 見地에 선 것을 ○○로 하며,
當然히 一定한 階級性과 黨派性을 갖게 된다고 明言하엿다. 따라서 레닌에
잇서서 文化 理論 乃至 文化 鬪爭은 單純히 理論的 任務로 삼는 ○想的
論○이 아니다. ○○한 ○分的 統一에 잇서서 프롤레타리아 革命 運動과
結付되여 搾取, 抑壓, 暗○, 貧困을 固定하려는 ○○○○ 思想과의 鬪爭이
엿다. 다시 말하면 레닌의 文化 理論의 方法은 階級的 鬪爭의 方法, 卽
레닌主義와 ○○과 不可分的으로 結付되여 잇다. 웨 그런가 하면 프롤레타
리아 文化는 프롤레타리아가 부르주아지를 打倒하고 政治的 ○○을 意識하
게 될 제, 비로서 支配的인 이데올로기 오소리티를 갓는 文化가 될 수 잇기
때문이다.

어느 때나 一定한 觀念的 形態는 ○○을 生産한 意識이 政治的 權力을

○○한 ○가 아니면 支配的인 힘을 가질 수 업는 것이다. 文化 鬪爭에 잇서서 그 ○○를 社會的, 歷史的으로 決定하는 것은 政治的 權力이다. 文化 鬪爭이 政治 鬪爭과 結付되는 理由은 ○○○○○ ○○이다.

따라서 우리는 文化에 對한 政治의 指導的 地位를 率直히 認定함과 同時에, 政治와 文化와의 機械的 ○立, 또는 機械的 ○○을 構想하지 안흐면 아니 된다.

兩者의 關係는 마치 政治, 經濟의 論理의 關係와 가티 프롤레타리아의 ○○(○○ 鬪爭)에 依하야 ○○ 決定으로 統一되지 안흐면 아니 되는 것이다. 그러나 여기에 잇서서 政治의 指導的 地位를 認定한다는 것은 決코 文化의 特殊性, 또는 獨自性을 否定 ○○하는 것이 아니다. ○○○ 文化는 觀念의 ○○으로서 ○○的, 政治的, 經濟的 ○○의 ○○히 ○○되는 것이다. 프롤레타리아 文化 及 ○○○○○은 어떠한 瞬間에 잇서서도 부르주아 이데올로기의 ○○과 프롤레타리아 이데올로기의 傳播라는 歷史的 任務에서 버서날 수는 업는 것이다.

勿論 이 가튼 프롤레타리아 文化 藝術의 本是的 任務는 프롤레타리아를 爲始하야 勤勞者 大衆의 思想과 意志를 ○○식히고 昂揚식히는 데 終局의 目的이 잇는 것이며, 그것은 또한 프롤레타리아 運動의 具體的 要求와 緊密한 ○○을 가지므로써만이 可能한 것이다.

따라서 우리는 먼저 文化의 階級性을 精密히 把握함과 同時에, 政治와 文化의 關係에 잇서서 政治의 優位性과 아울러 文化의 黨派性을 正確히 認識하므로써 兩者의 機械的 結合 또는 分離가 아니라, 辨證法的 統一 關係를 正確히 把握할 수 잇는 것이다.

―(5) 『중앙신문』, 1945. 12. 24

粗略하나마 叙上의 ○○으로서 ○○할 文化 戰線의 混亂을 剔抉하기로 하자.

一. 文化의 階級性 抹殺에 對하야

우리가 現在 가지고 잇는 文化 諸 領域은 勿論 八月 十五日 卽後 ○○的
으로 만드러진 過渡期的 性質의 것이다. 一部에서 發表한 文化 運動의
基本的 一般 方策은 當時의 文化 鬪爭 目標는 正當하게 내세윗슴에 不拘하
고, 基本的인 階級的 旗幟를 明瞭히 내세우지 못하고 漠然히 人民的 基礎라
고 規定하얏다. 勿論 人民이란 語句에 含蓄된 現段階의 政治的 意義는
○○할 수 잇스나, 特定한 階級을 떠나서 人民의 이데올로기란 찻을 수
업는 것이다. 따라서 政治를 떠나서 이데올로기 領域에 잇서서 人民 文化이
니, 人民 藝術이니 云謂하는 것은 한 개의 ○○에 不過하다. 그것은 또한
現段階가 부르주아 民主主義 革命 過程이라고 하야 政治와 文化에의 直○
이라고도 볼 수 잇다. 그러나 이 革命을 遂行할 歷史的, 主體的 擔當者가
프롤레타리아 ○○○, 프롤레타리아의 階級的 旗幟를 明白히 하므로써만이
文化 革命을 遂行할 수 잇는 것이다.

　二. 文化의 黨派性 去勢에 對하야

階級性의 曖昧模糊는 必然的으로 文化의 黨派性을 去勢식이고 잇다.
레닌은 正當하게도 "文學은 黨派的이 되지 안흐면 아니 된다."고 말하고,
思想的 非妥協性을 鐵則으로 내세윗다. 그럼에도 不拘하고 一部에 잇서서
는 封建的 文化 殘在의 淸算, 日本 帝國主義 殘滓의 掃蕩, 國粹主義의
排斥 等은 내세워도, 가장 基本的인 부르주아 이데올로기의 欺滿性을 暴露
하고 排擊할 것은 忘却하고 잇다. 이것 亦是 政治에서 선사받은 機械的
移植이라고 할 수 잇스니, 政治에 잇서서 現段階에 親日派 또는 民族 叛逆者
아닌 資本家, 地主와 提携하는 것과 이데올로기 領域에서 모―든 부르주아
乃至 小부르주아 이데올로기의 欺滿性, 反動性을 暴露하고 排擊하는 것과
는 別個 問題인 것이다.

事實 純粹한 資本主義가 업는 것과 갓치 부르주아 이데올로기는 恒常
封建的, 國粹的, 其他 挾雜物과 結託되여 잇는 만큼, 부르주아 이데올로기
를 排擊함이 업시는 프롤레타리아 이데올로기는 傳播식일 수 업는 것이다.

三. 政治와 文化의 混亂에 對하야

以上에서 이미 政治의 文化에의 機械的 直○이 얼마나 큰 過誤를 招致하 엿는가를 ○○하엿지만, 그 過誤는 文化 戰線, 統一 運動 形成에 잇서서 한層 擴大되고 잇다. 卽, 政治에 잇서서 民族 統一戰線이 要望됨에 따라 文化에 잇서서도 더퍼 놋코 合同 統一하려는 傾向이 그것이다. 政治에 잇서 서는 勿論 主義 政綱을 달니 하는 ○○과 黨○에도 其○ 鬪爭 ○○을 가지 게 될 제, 暫時 戰術上 共同戰線을 形成할 수 잇스며, 現在 朝鮮의 自主 獨立이라는 共同 目標는 統一戰線을 形成시키는 基本的 ○○이 되어 잇다. 그러나 本是 이데올로기에 잇서서는 統一戰線이란 ○들 수 잇는 것이다. 그것을 許諾한다는 것은 政治의 一 分野로서만이 可能한 것이다. 그럼에도 不拘하고 이미 階級的 旗幟를 내세운 文化 集團에게 그 旗幟를 내리게 하면서까지 曖昧模糊한 單一 文化 集團에 뭉치려고 하는 것은 ○覺에 잇서 서 超黨派的 傾向이 아닐 수 업다. 文化는 어느 때나 이데올로기로서의 特殊性을 保持하면서 政治와 實踐을 爲하야 辨證法的으로 統一되는 것이 레닌主義的 文化 理論임을 알어야 할 것이다.

꿋흐로 民族 文化에 論及하지 못함이 遺憾이나, 民族 文化는 프롤레타리 아 文化를 揚○하는 것이 아니라, 도로혀 內容을 주는 것이라는 것만은 言明해둔다.

先輩, 同志 諸氏의 高評바란다.

(十二月 十三日 朝鮮文學同盟 結成日 밤에 씀)

―(6) 『중앙신문』, 1945. 12. 25

解放과 民族叛逆者
― 宋影 作「苦悶」을 읽고

八月 十五日 以後 急激히 展開된 解放의 過程은 革命期 特有의 ○○한 樣相을 呈하고, 結合과 分散, 統一과 拮抗의 ○혹을 舞臺로 進展되고 있다.

勿論 八月 十五日의 無血革命이 우리의 主體的이며 內部的인 힘에 依하여서가 아니라, 客觀的인 國際 關係의 外部的 힘에 依하야 ○○되였든 만큼, 日本 帝國主義의 支配 體制의 廢墟와 함께 그에 代身할 革命的 主體의 未成熟은 한層 混亂의 度를 더하게 한 것이 事實이다.

그러나 그러한 混亂과 錯雜의 渦中에도 不拘하고, 特히 階級의 自己 規程과 結束은 急速히 實現되어 階級 相互間의 어느 程度의 力的 均衡은 民族 統一戰線上에 그대로 反映되고 있다. 卽, 朝鮮 革命의 歷史的, 主體的 擔當者인 프롤레타리아는 全人口의 八割을 占領하는 勤勞 農民 大衆을 同盟軍으로, 또한 進步的 小市民層을 同伴者로 하야 歷史的으로 賦課된 自己 本來의 使命을 遂行하는 데 있어 ○○ 廣汎한 國際的 展望 아래에 가장 屈伸性 있는 戰略 戰術을 敢行하고 있으며, 民族 부르주아지 亦是 植民地的 朝鮮을 ○絶하고, 부르주아 民主主義 革命을 遂行하는 데 있어 아즉도 남어 있는 그들의 歷史的, 階級的 使命을 自覺하고 地主, 大中農과

結託하는 限 便乘 不動하는 小부르주아지를 糾合하야 프롤레타리아 陣營에 代立하고 있다.

그러나 現段階에 있어서 兩者가 모다 自主 獨立 國家 形成이라는 共通된 旗幟 아래에 民族 統一戰線을 指向하고 있으니, 多少의 迂廻曲折은 不無할 것이나, 그것의 實現은 時間 問題라고 할 것이다.

元來 우리가 當面한 부르주아 民主主義 革命은 叙上의 ○○ 階級間의 力的 關係와 아울러 聯合軍 相互間의 力的 關係에 ○決的으로 結付되여 있다. 더욱이 三十八度線을 分割하야 우리는 直接 ○○의 世界的 體制에 ○○되여 있는 만큼, 國際 關係의 델리케이트한 交錯性은 그대로 國內의 政治的, 社會的 勢力 關係에 決定的인 影響力을 주게 된다는 것은 하나의 政治 常識이다.

여기에 있어서 民族 統一戰線 形成은 한層 錯雜한 가운데 牛步를 걷고 있는 것이 事實이겠으나, 그의 ○○은 政治論으로 미루어 두고, 내가 여기에 論及하고저 한 點은 民族 統一戰線의 形成에 있어서 몬저 民族叛逆者를 除去하자는 口號이다.

確實히 우리 民族 統一戰線 形成에 있어서 親日的인 民族叛逆者가 戰列에 갖이 설 수 없으며, 그를 排除한다는 것은 누구나 異論을 갖을 수 없는 點이다.

宋影氏의 「苦悶」은 八月 十五日 解放의 날을 마지하야 三千萬의 歡呼와 感激 가운데 十五日 以前 富裕와 安逸을 누리고 地位와 榮譽를 갖은 아들을 둔 七十 老人의 自責과 嗟歎을 그린 作品이다. 이 小說의 主人公은 우리가 첩경 民族叛逆者로 指目할 수 있는 人物이라고 할 수 있다.

老人은 일직이 日韓 合倂을 눈으로 보았고, 오늘날 다시금 朝鮮의 解放을 보았다. 그동안의 三十六年間은 確實히 三千萬의 腦裏에 누구나 이처질 수 없는 掠奪과 屈辱의 惡夢이었으나, 老人은 全期間을 通하야 敢히 地主로써 私生活을 潤澤하게 할 수 없었고, 그의 외아들이 三一運動에 加擔하야

刑期를 맛치고 나오자 그 아들을 轉向시켜 參與官의 地位에까지 昇進식였으며, 退官 後에는 植民地 資本家로서 一個 ○○會社長 椅子를 차지하기까지에 이르렀다. 老人에게는 八月 十五日 以前 아무런 不平不滿도 없었으며, 그것으로서 充足하였었다.

그러나 八月 十五日 갑자기 日本 帝國主義의 支配 體制가 崩壞되고, 天皇의 降服이 宣言되자, 老人도 歡呼와 興奮 가운데 萬歲를 불렀다. 그러나 그 萬歲 소리가 아직도 사라지기 前에, 自己 아들에게 烙印을 찍는 '民族叛逆者'의 口號!—老人은 過去를 回想하야 悲憤慷慨한 가운데 後悔와 苦悶으로 畢竟은 쓰러지고 말았다.

民族叛逆者를 主題로 한 이 小說에서 그들의 轉向과 社會的, 階級的 處斷을 具體的으로 展開하여 주지 못한 點은 多少 遺憾된 일이나, 一方에서 全民族的 自己批判을 强要하고, 또한 ○○의 民族 統一戰線 形成에 있어서 民族叛逆者를 作品에서 取扱하였다는 點만은 確實히 높이 評價하여야 하리라고 본다.

勿論 한말로 民族叛逆者 排除라고 웨치나, 우리는 몬저 民族叛逆者의 規定에 있어서 決코 ○○을 犯할 수 없는 것이며, 그들을 處斷하는 具體的 方法에 있어서도 機械的인 偏向을 犯한다는 것은 禁物이 않일 수 없다. 本是 民族叛逆者란 口號는 日本이나 獨逸에 있어서의 戰爭 犯罪者의 摘發과도 또 달르다.

"民族叛逆者를 處斷하라!"는 口號는 現段階에 있어서 勿論 必要하다. 그러나 그의 具體的 方法은 階級 相互間의 力的 關係에게 依存되며, 또한 民族叛逆者의 規定도 不斷히 推進되는 社會的, 階級的 發展에 따라서 그 內容도 달러지게 된다는 것을 銘記하여야 할 것이다.

現段階에 있어서 朝鮮의 프롤레타리아는 親日的 ○○과 民族叛逆者를 除外한 各界, 各層, 各派와 提携하야 協力的인 民族 統一戰線의 形成을 主張한다. 그러나 政權 樹立을 當面 目標로 하는 오늘에 있어서, 換言하면

아즉 政權이 서 있지 않는 이 瞬間에 있어서 프롤레타리아가 日本的 殘滓 要素와 民族叛逆者의 ○○이 自己의 階級的 獨自性과 民族 大衆 가운데의 影響力을 擴大, 强化식히는 口號로서가 않이라, 極左的인 機械的 解放 아래에 處斷主義的 ○○와 偏向을 敢行한다면, 無用한 ○○과 惰性을 招致할뿐이요, 나아가서는 民族 統一戰線을 遲延식이는 結果까지 가져온다는 것을 아러야 한다.

文學人은 作品을 通하야 늘 大衆의 感情과 思想과 意志를 糾合식이고, 昻揚식일 것을 本來의 使命으로 하고 있다. 우리는 民族叛逆者 問題에 있어서도 正確하고 精密한 判斷을 갖이므로서만이 大衆의 感情과 思想과 意志를 바른 길로 糾合식이고 昻揚식이는 任務를 다할 수 있는 것이다.

—『예술』창간호, 1945. 12.

聯合軍 進駐와 朝鮮 解放

一. 八月 十五日 無血革命의 性格

一九四五年 八月 十五日—三千萬 同胞가 歡呼와 感激으로 마지한 이 歷史的인 解放의 날은 우리들의 主體的 條件의 成熟에 依하야 招來된 것이 아니라, 專혀 外部的인 國際 關係에서 招致된 結果이라는 것은 한 개의 政治 常識이다. 다시 말하면 八月 十五日의 無血革命은 朝鮮 民族, 나아가서는 그 어느 階級의 革命的 成熟 過程을 밟어서 自己의 힘으로 日本 帝國主義의 羈絆을 切斷하고, 民族的 解放을 遂行한 것이 아니라, 피비린내 나는 第二次世界大戰의 終焉의 結果로서, 西에서는 殺人的 파쇼 獨逸의 壞滅과, 東에서는 野蠻的 軍國主義 日本의 崩壞로 말마아마 直接的으로는 카이로 會談과 포츠담宣言을 通하야 朝鮮 解放은 約束된 것이다.

따라서 第二次世界大戰의 特質인 侵略的 파쇼 軍國主義에 對한 平和的 社會主義 및 民主主義의 聯合 戰線에 있어서 聯合軍側의 絶對的인 勝利가 없었다면, 朝鮮 解放은 姑捨하고, 全世界 人類는 野蠻과 破滅에서 永久히 救出되지 못하였을 것도 自明의 事實일 것이다.

그러므로 우리는 朝鮮 解放이 蘇聯을 爲始하야 美·英·中 四個國의 緊切的인 提携 아래에 國際 파쇼의 世界 强奪을 打倒하고, 民主々義的

世界 우에 平和 建設을 企圖하려는 世界 革命의 一環으로서 戰取되었다는 것을 明確히 把握하여야 할 것이다.

그러나 朝鮮 解放을 國際的 關聯性에서 把捉하는 나머지, 國內外를 드러 全民族的인 革命 昂揚을 看過한다는 것은 또한 禁物이 아닐 수 없다. 勿論 八月 十五日 以前 朝鮮 民族의 解放 鬪爭은 極히 幼弱하였다. 그러나 第二次世界大戰의 全期間을 通하야서도 피의 鬪爭이 繼續되어 왔다는 것을 八月 十五日 幾千의 革命 鬪士가 國內 監獄에서 나왔다는 事實로써 充分히 誇示할 수 있는 바이며, 더욱이 海外에 있어서 數많은 革命 團體가 世界的인 進步的 民主主義 陣營에 合流하야 反파쇼 戰爭을 果敢하게 遂行한 것은 八月 十五日의 歷史的 解放과 決定的 要因은 못되였다 할지라도, 決코 默殺할 수 없는 嚴然한 事實이다.

따라서 八月 十五日 以後 國內外의 이러한 諸 勢力을 土臺로 廣汎한 諸 階層 가운데 熾熱히, 또한 急速히 이러나는 革命的 昂揚은 極히 壓軸된 期間에 있어서 革命的 主體의 未成熟을 克復하고, 朝鮮 民族의 完全 解放과 自主 獨立 國家 樹立을 指向하야 巨步를 내딧게 한 것이다.

여기에 있어서 現階段의 朝鮮 革命이 부르주아 民主主義 革命의 過程이요, 이 革命은 民族 解放 鬪爭과 土地 革命의 完全한 解決을 內容으로 하고 있는 것도 周知의 事實이며, 이 革命의 領導者는 歷史的, 社會的 必然性에 있어서 農民 大衆을 同盟者로 할 수 있는 勞動者 階級이 아니면 아니 된다는 것도 議論의 餘地가 없는 바이라고 본다.

그러나 우리에게 當面한 課題는 政權 樹立에 있다. 다시 말하면 이 革命에 依하야 獲得될 政權은 어떠한 社會的, 階級的 性質의 것이어야 할 것인가가 肝要한 問題인 것이다. 그것은 勿論 國內 諸 階級間의 力的 關係에 依存하게 되며, 보다 많이 聯合國 相互間의 力的 均衡 關係를 反映하게 되리라는 것은 贅言을 要치 않는 바이다. 그러나 端的으로 拒否할 수 없는 事實은 現在 北緯 三十八度를 界線으로 하야 蘇美 兩軍이 進駐되여 있고, 또한 그 聯合軍에 依하야 軍政이 實施되고 있다는 點이다.

二. 聯合軍은 웨 朝鮮에 왔는가

聯合軍의 英雄的 鬪爭이 西에 잇어서 歐羅巴 諸國을 파시즘의 壓制에서 救出하고, 東에 있어서 亞細亞의 弱小民族을 野蠻的, 軍國主義的 侵略에서 解放시켜준 것은 이미 上述한 바이나, 聯合軍의 朝鮮 進駐는 朝鮮 領土를 占領하거나, 朝鮮 人民을 征服하려는 目的으로 온 것이 아님은 明白하다.

勿論 北緯 三十八度를 界線으로 하야 以南, 以北에 있어 軍政의 具體的 形態와 方法 우에 懸隔한 差異를 發見할 수 있는 것은 事實이다. 그러나 全體로 보아 그 어느 것도 現在 朝鮮에 있어서 日本 帝國主義의 掃蕩과 그 殘滓의 肅淸을 目標로 하고 있는 點에 있어서 一致되며, 또 그러는 限에 있어서 戰後 파쇼 諸 國家의 經濟的, 政治的 乃至 思想的, 文化的 諸 要素를 完全히 淸算하려는 世界史的 見地에서 賦課된 進步的 使命을 美蘇 兩國이 다같이 遂行하고 있다고 할 것이다.

여기에 實例를 들어 말하자면, 투르먼 大統領은 「朝鮮 獨立에 關한 聲名書」 가운데 "한 偉大한 國民의 建造가 朝鮮의 自主 獨立을 共認한 美·英·蘇·中의 助力으로 始作되였다. 朝鮮人이 自主 獨立의 國民으로서의 責任과 機能을 가추게 되고, 또한 그 政治的, 經濟的 生活 우에 남긴 日本 統治의 痕迹을 一掃하기까지에는 相當한 時間과 忍耐가 必要하다. 골은 눈앞에 있다. 그러나 그 골에 速히 到達하기 爲하야는 朝鮮 民衆과 聯合國과의 一致 協力이 必要하다."고 明言하였으며, 다시 「붉은 軍隊가 무슨 目的으로 朝鮮에 왔는가!」라는 붉은 軍隊 司令部의 檄文 가운데에는 "朝鮮人들이여! 蘇聯 人民은 朝鮮 人民이 日本에게 壓制를 받은 것과 朝鮮 人民이 日本의 隷屬에서 解放되도록 그에게 幇助를 주어야 할 것을 記憶하였다. 그러기에 붉은 軍隊는 極東에서 戰爭의 發源地를 없이 하며, 自己의 國家를 日本의

威嚇으로붙어 危險이 없도록 하며, 壓迫받는 朝鮮 人民에게 自由와 獨立을 찾어주도록 그를 幇助하였다. 붉은 軍隊는 偉大한 스탈린 大元帥의 領率下에 이 課業을 榮譽롭게 實行하였다. 그는 朝鮮 地域에 들어와서 日本 侵略家들을 樸淺하였다. 붉은 軍隊의 力量과 威力은 偉大하다. 그러나 이 力量과 威力이 언제든지 다른 人民을 征服하려는 데 使用하지 않었으며, 또 使用하지 않을 것이다."라고 明言하였다.

거듭 말하거니와, 聯合軍의 朝鮮 進駐는 過去 三十六年 동안 扶植하였든 日本 侵略者와 殘滓 肅淸을 도와주는 것이며, 日本 帝國主義의 殘滓 肅淸은 封建的 殘滓 掃蕩과 함께 民主々義的 土臺를 닥기 爲하야 이 課業은 現瞬間에 있어서 無條件的으로 우리에게 要請되고 있는 것이다.

따라서 우리는 이러한 聯合軍 進駐의 進步的 使命을 充分히 理解함과 同時에, 聯合國 軍政이 朝鮮의 새 政權 樹立 問題에 있어서 複雜하고, 또한 直接的인 作用을 주고 있다는 것을 看過하여서는 아니 되는 것이다.

三. 過渡 軍政과 新政權 樹立 問題

美軍 軍政長官 아놀드 將軍은 美軍 軍政을 가르쳐 "軍政廳은 日本이 降服한 뒤에 朝鮮의 完全 獨立의 새 政府가 樹立될 때까지의 다리(橋), 卽 過渡的 性質의 政府이라."는 것을 明言하였다. 勿論 現下의 朝鮮 軍政은 如何한 意味에서나 階級的 支配를 反映하는 本來의 政治 關係로서 成立된 것이 아니며, 聯合國의 戰後 掃蕩 行爲의 一翼으로서 多分히 軍事的인 性格을 가진 것으로서, 決코 國內의 一 黨派나 一 團體를 支持하는 그러한 性質의 것이 될 수 없다.

그러나 率直하게 말하자면, 軍政은 現下 世界 情勢의 推移와 聯合 四個國의 力的 關係를 反映하지 않을 수 없는 것이니, 그것은 곳 北緯 三十八度를 界線으로 하는 現下의 軍政에 나타나고 있다.

따라서 朝鮮 軍政을 本質的으로 規定하는 것은 聯合國의 世界 政策이며, 聯合國 相互間에 存在하는 諸 矛盾의 總和일 것이다. 그러나 그것은 또한 朝鮮 內에 있어서 諸 階級間의 力的 關係에 依한 着色을 받지 않을 수 없는 것이니, 여기에 朝鮮 軍政과 新政權 樹立 問題와의 微妙 複雜한 有機 的 關係가 介在하고 있다. 以上에서도 論及한 바와 같이, 八月 十五日 以後 우리가 當面한 歷史的 課題는 政權 獲得에 있다. 朝鮮의 完全 自主 獨立 國家라는 大前提에는 누구나 異論을 갖일 수 없는 것이나, 그동안 우리들의 實踐的 過程을 살펴본다면, 거기에는 明白히 偏行과 過誤를 犯하고 있다. 尙今것 民族 統一戰線 問題를 圍繞하고 確執과 拮抗을 持續하고 있는 것은 무엇보다도 這間의 事情을 雄辯으로 말하고 있다.

元來 統一戰線이란 一 階級, 一 黨派뿐인 데 있어서는 存在할 수 없는 것이며, 거기에는 반다시 利害 關係를 달니하는 二 階級 以上, 또는 二 黨派 以上이 存在하야 共同의 目標를 對象으로 限定된 期間에 있어서 戰術 上 合作하는 것을 가르치는 것이다. 따라서 거기에는 原則的으로 階級의 獨自性을 抹殺하는 統一性도 없는 것이며, 또한 統一性을 超越하는 階級의 獨自性도 없는 것이다.

따라서 當面의 課題는 朝鮮 革命의 歷史的, 現實的 擔當者인 프롤레타리 아가 그의 이니셔티브로서 오직 自主 獨立 國家 樹立이라는 崇高한 大旗幟 아래에 海內海外를 總結集한 全民族的 캠페인 運動을 展開하는 데 있으며, 그러므로써 民主々義的 政權 樹立은 可能한 것이다. 勿論 여기에 一切의 日本的 要素의 絶滅과 그와 結託한 民族叛逆分子의 掃蕩을 爲한 鬪爭이 隨伴되어야 하며, 이 鬪爭을 通하야 非日本的인 全民族 統一戰線은 形成되 는 것이다.

그러나 한 가지 看過할 수 없는 點은 이 日本 帝國主義의 殘滓와 그와 結託한 叛逆分子에 對한 鬪爭은 다시금 우리 民族을 하로밧비 國家 權力으 로서 武裝식키여서만이 決定的으로 遂行할 수 있는 것이다. 그러기에 問題

의 焦點은 恒常 政權 樹立에 있다. 우리는 叙上에서 現下의 過渡的 軍政이 進步的 民主主義의 遂行者로서 實施되고 있다는 것을 闡明하였다. 따라서 要約하여 말하자면, 民主々義的 精神과 國際主義의 進步性을 眞實하게 理解하는 全民族主義 陣營과 우리 民族 解放 戰線이 國際 프롤레타리아 運動의 有力한 支隊로서 갖는 國際的 意義와 特殊한 任務를 正當하게 把握한 共産主義 陣營이 當面의 共同的 最高 目標인 自主 獨立 國家 形成을 爲하야 協同하고 提携하야 聯立政權을 樹立하므로써, 民主主義 國家 建設의 大業은 이루어지는 것이며, 나아가서는 微妙 複雜한 國際 關係에 逆鱗됨이 없이 世界 民主主義 建設 過程에 크게 寄與하는 바라고 할 것이다

―『개벽』, 1946. 1.

東海 물

지내간 크리스마스날 밤이엇다. 나는 四箇月만에 南行列車에 몸을 실고, 故鄕을 向하야 달리고 잇섯다.

正刻 밤 열時 五分發 列車는 子正이 너머서야 겨우 움지기기 始作하엿다. 서울驛 廣場에서 電車 鋪道에까지 行列을 지어 다섯時間 以上을 떨면서 開札하기를 기대리든 苦楚를 生覺하니, 그래도 列車 안에 발을 드려노은 것만으로 저윽이 安堵되엇다. 사람들은 依然히 雜踏을 이루어, 坐席을 차지한다는 것은 加望업섯다. 開札口 아닌 出入口가 또 잇는지 開札하기도 前에 車 안은 滿員이 되여 잇다.

坐席을 차지한 優先 乘客에게 事緣을 무르니, 雜商人과 驛員 사이에 터노흔 秘密 通路가 잇다는 것이다. 장사치의 끈임업는 利潤 追求가 希望을 發見하고 新大陸을 發見한 것은 世界史的 事實이나, 그들의 執拗한 掘通路에 對하야는 恒常 驚眼하지 안을 수 업다. 如何튼 汽車는 開札口를 通하야 홈에 드러온 사람의 半切도 태우지 못하고 써낫다.

어둠을 헤치고 달니는 汽車 電燈은 써지고, 바람막이도 窓도 업시 汽車 설경은 장사치의 야미모찜에 지우러지고, 벤치 커버는 구두 닥는 천으로 날러간 汽車, 그래도 헐버슨 '解放'의 汽車는 南쪽을 向하야 하얀 煙氣를 쑴으며 달리고 잇섯다.

八月 十五日, 歷史的인 解放의 날을 마지하야 벌서 해를 바꾸려 하며 내가 感激의 눈물로서 貨車를 타고 서울驛에 내리든 적도 於焉 四朔이 넘엇다. 그동안 내가 보고, 듯고, 쏘 한 것을 自省하며, 우리 앞에 그려진 現段階 '朝鮮'의 모습을 드려다 볼 제, 헐벗은 汽車가 곳 '朝鮮'의 ○○이 아닌가 錯覺되엿다.

不俱戴天의 倭仇가 너머지고, 꿈에도 못 잇든 三千里 疆土가 우리 손에 도라온다고 約束될 제, 그 感激과 歡呼―地軸까지도 울리던 萬歲의 喊聲은 아즉도 귀에 새로움다. 都市에서 農村에서 겨레의 集團과 行列은 끈을 사이 업시 繼續되고, 海內에서 海外에서 解放의 先驅者들은 民族의 英雄 指導者로 나타낫다. 革命의 거센 물결은 大河의 決○처럼 氾濫하고 昂揚되엿든 것이다.

그러나 날이 가고 달이 가시여도 解放의 길은 아득하고, 것잡을 수 업는 混沌만이 맴을 치고 잇다. 結合과 分裂, 進步와 反動, 革命과 反革命의 이 모든 交錯性이 오히려 革命期 特有한 現象을 비치엿다고 한다. 民衆의 尊敬하고 欽仰하던 指導者들은 時間의 흐름과 함께 大衆的인 實驗臺 우에 올라서서는 너머지고, 올라서서는 너머젓다. 革命의 탈춤은 날카로웟다. 모든 幻想的인 人物과 集團은 大衆 압헤 餘地업시 베일을 벗기고 말엇다. 남는 것은 革命의 거센 물결만이 滔滔할 뿐이다.

어느 先輩는 나에게 말하엿다. 우리는 汽車가 내쑴는 하얀 煙氣가 아니라, 모름지기 機關車가 되어야 한다고. 事實 이제까지의 指導者들은 바람이 불면 언제 어느 곳으로 사라질지도 몰르는 煙氣가 되엿스며, 大衆은 쏘한 그 煙氣만을 바라보고서 煙氣가 사라지면 곧 幻滅을 느껴왔다. 그러나 革命의 主體요, 그 前衛는 어느 때나 機關車이다. 어둠을 헤치고 突進하는 機關車, 그것만이 客車나 貨車를 能히 이끌고 갈 수 잇는 것이다. 革命에의 길―그것은 汽車 線路와도 같이 우리 눈앞에 뚜렷하다. 그러나 迅速하는 機關車가 내뿜고 간 煙氣만이 눈에 畢竟 띠이는 것은 웬일일까?

나는 汽車에 몸을 흔드리며 이 같은 엉뚱한 聯想에 사로잡혀 時間가는 줄을 몰랐다. 汽車가 어느 驛을 지냈는지 어둠 속에 담뱃불만 반짝이며 주고 받은 雜談소리도 사라지고, 疲勞에 지친 나그내들은 잠이 드렀다. 어느듯 窓 밖게는 먼동이 터오고 있었다. 깨여진 琉璃窓으로 숨어드는 새벽바람은 뼈속까지 싹가낼 듯 차가웠다. 窓 밖으로 어렴풋이 빛이는 푸른 하늘, 하얀 눈에 덮인 山과 들, 그리고 안개에 쌓인 村落들 모다 靜寂을 지키이고, 車 안에 나그내들까지 코골며 조으는 데, 오직 機關車만은 쉴 사이 없이 새벽길 을 달리고 있다.

문듯 나의 同僚 한 사람이 恒常 自己는 새벽길을 쩌난 길손이라고 弄談삼 아 하든 말이 生覺난다. 自己의 先驅者的 識見을 一般이 아러주지 못하므로 답々한 끝에 나온 말이겟스나, 이 ○이 ○―○○가 고이 ○○고 있을 제, 호올로 새벽 汽車만이 靜寂을 깨트리고 달리고 있음을 ○○ 그 情況이 近似 하게 實感을 주었다.

이윽고 汽車가 나의 故鄕인 N邑에 다 왔을 제는 이른 해가 반 가웃이나 솟아 있었다. 논에는 薄氷이 퍼저 있었으나, 밭이랑에는 눈은 녹아 없어지고, 오히려 보리싹이 푸른빛을 머금고 있다. 푸른 보리싹을 보니 나의 머리에는 갑자기 雜多한 思念이 구름 끼듯 쩌올랐다. 昨年 이맘때 '日帝'의 斷末魔的 ○○은 增産이니 供出이니 하야, 冬季 堆肥를 논밭에다 쌓어야 한다고 無識 한 農民들로 하여금 어름과 눈 속에서 草木 掠取를 强制하고, 貯水池 ○○을 얼른다고 纖弱한 婦女子로 하여금 어름덩이 흙과 돌을 파도록 强要하는, 大馬로서도 勘當키 어려운 그 苦難과 辛酸을 回想만 하여도 소름이 끼친다. 그내들은 우리 農軍을 惰怠하다고 非難하였으며, 그러기에 艱難을 못 免한 다고 叱罵하였다. 그러나 그들의 監督과 獎勵, 아니 殺人的 채죽이 없어도 우리 農軍들은 能히 거둬드릴 때 거둬드리고, 거름 낼 때 거름 내고, 씨뿌릴

때 씨쑬리어 보리싹은 저와 같이 푸르게 자라고 있지 않는가.

自古로 卞學道의 惡政으로 이름난 나의 고장은 八·一五 直前까지 유달니 日帝에 忠誠을 다한 城主로 말미아마 民怨은 衝天하였는데, 그를 人民의 손으로 處斷하지 못한 것은 姑捨하고, 李御使式 出道를 못 올인 것이 더욱 遺憾이 아닐 수 없다. 오히려 듯자 하니 八·一五 解放 以後 卞學道式 全羅御使를 마지하야 人民의 참된 指導者와 아울너 大衆에게 無數한 犧牲者를 내었다고 한다. 勿論 革命期에 附隨하는 反動과 反革命의 部分的 現象이라고 하겠으나, 痛憤을 禁할 수 없다.

얼마 되지 않어서 나는 N邑에 다달었다. 홈을 나오니, 그래도 거리의 모습이 一變된 感이 있다. 前에 보지 못하든 看板이 눈에 띠이며, 포스터가 붙어 있었다. 人民委員會 事件 以來 有能한 指導者를 빼앗기여 運動은 守勢 狀態에 있었으나, 남은 동무들의 活動은 不屈執拗한 바가 있었다. 나는 저윽히 安堵하였다. 더욱이 나의 집 골목에를 드러서니 五, 六歲된 天眞스런 兒孩들이 고사리 같은 손을 마주 잡고 "東海물과 白頭山이……" 하고 「愛國歌」를 부르며 놀고 있다.

나의 입에서는 自己도 몰르는 한숨이 길게 나왔다. 無意識한 어린애들의 唱歌는 나에게 커다란 感銘을 주었다. 엊그제까지 우리나라 말(言語)까지 빼앗기여 異國말로 戰爭 唱歌를 하든 그 입에서 "東海물과 白頭山이……" 하고 우리나라 唱歌가 나오게 된 것을 生覺하니, 나의 눈에는 까닭모를 눈물이 핑 도랏다.

나의 가까운 同僚 한 사람이 저— 歷史的인 第一次 人民代表者會議에 出席하야 意見의 對立으로 激論을 展開하려다가 「愛國歌」를 合唱하고 나니, 激昂된 感情이 鎭靜되고 눈물만 나와서 말문이 다치드라고 告白한 것을 나는 드렀다. 事實 單純한 「愛國歌」가 場所와 時間에 따라서 一種의 形言못할 感銘을 주게 되는 것을 否定할 수 없다.

나는 집에 드러가자마자 나의 아들 손목을 이끌며 함께 "東海물과 白頭山

이……" 하고 힘차게 불러보았다.

— 『신문학』, 1946. 6.

民族 文化論

八月 十五日 以後 우리 民族 解放의 歷史的 過程에 있어서, 우리 民族
文化의 健全하고 自由스러운 發展을 爲하야 모든 分野에 있어서 積極的
活動이 無條件的으로 要請되고 있음은 贅言을 要치 않는 바이다.

進步的 民族 文化의 建設—이것은 科學, 藝術을 莫論하고 政治에 있어서
도 當面의 口號가 되어 있다. 그러나 民族 文化에 對한 基本的 了解가
업이 民族 文化 建設을 云謂한다는 것은 한갓 混亂을 助長할뿐이오, 나아가
서는 文化 그 自體뿐만 아니라, 民族까지도 破滅의 深淵에 떠러트리는 重大
한 結果를 招致하게 되는 것이다. 가까히는 피(血)와 흙(土)의 文化인 나치스
文化가 獨逸 民族을 破滅의 구렁에 떠러트리고, 멀니는 羅馬法이 血族 團體
와 함께 國民的 獨自性의 最後의 遺牲을 解體시키이는 同時에, 羅馬帝國을
解體시키인 事實로 보아, 그것은 너무도 明白하다.

그러면 民族 文化는 어떻게 하야 正確히 把握될 것인가. 우리는 爲先
文化의 本質로부터 闡明할 必要가 있다.

文化는 語源的으로 보아 土地의 耕作을 가르치는 것으로, 自然에 對立된
槪念이다. 따라서 一切의 對象을 自然과 文化로 區分하게 될 제 政治, 經濟,

法律까지도 廣義의 文化에 屬하게 된다. 그러나 普通 學者들은 (特히 獨逸에 있어서) 文化를 文明과 對比하야 解釋하고, 文明은 機械的, 物質的인 性質의 것이며, 文化는 精神的인 性質의 것이라고 말한다. 이 같은 區別은 勿論 派生的인 區別에 不過한 것이며, 決코 本質的인 意義를 갖인 것이 아니다. 事實 獨逸이나 英國에 있어서 Kultwr, culture라고 불니워지는 것이 多少의 뉘앙스의 相違는 있다 할지라도, 佛蘭西나 伊太利에 잇어서는 Civilisation, civilta로 불니워지고 있으며, 獨逸에 있어서 文化史란 것은 佛蘭西나 英國에 있어서 文明史로 불니워지고 있다.

그러므로 文化란 말은 本來의 廣義의 文化로 解釋할 必要가 있으나, 重要한 것은 文化가 野蠻에 對한 人文, 卽 敎養의 意味로서 精神的인 生活 過程의 總稱이라는 點에 있다.

일직이 데보린은 文化의 實質을 가르처 끊임없는 人智의 進步에 있어서 人類가 自然을 支配하는 것이라고 말하였다. 實際에 있어서 自然의 支配는 人間이 人智, 人文, 卽 敎養으로써 自然(野蠻)에서 自己를 解放하므로써만 이 可能한 것이다. 따라서 文化에 對立된 自然 그것은 野蠻을 意味하게 되며, 文化 그것은 人文, 卽 敎養을 意味하는 限 어데까지나 觀念의 過程으로서 經濟的, 政治的, 法律的 諸 過程과도 區別되는 것이다.

文化를 野蠻에 對한 人文, 卽 敎養의 意味로서 精神的인 生活 過程의 總稱이라고 規定하게 될 제, 그것은 確實히 觀念의 過程으로서 이데올로기의 所産이다.

그러나 맑스는 일직이 "人類의 意識이 그의 存在를 規定하는 것이 아니라, 도로혀 人類의 社會的 存在가 그의 意識을 決定한다."고 말하였다. 卽, "物質的 生活의 生産 方法은 社會的, 政治的, 精神的 生活 過程 一般을 規定한다." 따라서 여기에서는 觀念論的 史觀과 같이 어떠한 範疇를 要求하는 것이 아니라, 不絶이 現實的인 歷史의 地盤 우에 서서 實踐을 觀念에서 說明하는 것이 아니라, 모든 觀念 形態를 物質的 實踐에서 說明한다. 다시 말하면 物質的 生産과 精神的 生産의 關係는 一般的 範疇로서가 아니라, 一定한 歷史的 形態에 있어서 把握되어야 한다. 例를 들자면, 資本家的 生活 方法에는 中世紀的 生産 方法과는 別個의 精神的 生産이 對應케 되며, 物質的 生産 그것은 特殊한 歷史的 形態에서 理解되지 않는다면, 物質的 生産에 對應하는 精神的 生産의 決定者 및 雙方의 交互作用은 理解될 수 없는 것이다.

어제까지 부르주아 哲學者들은 文化를 한 個의 이데로서 範疇的으로 形式지우려 하였다. 또한 歷史主義에 立脚한 이데올로기論者들은 文化를 歷史性에서 본다고 하야 觀念的인 客觀主義에 떨어지고 말었다. 事實 이데올로기論은 맑스主義的인 것 같이 보였으나, 歷史를 그리고 辨證法을 그 內面에서 主體的, 唯物的으로 把握하지 못하므로, 어데까지나 觀念的으로 理解하는 데 끝이고 말었다.

따라서 우리는 모든 이데올로기에 對하야 그러하듯이, 一定한 階級의 地盤 우에 立脚하므로서만이 文化도 正當히 把握할 수 있는 것이다. 다시 말하면 그것은 生産的인 歷史의 主體的 見地에 立脚하므로서만이 可能한 것이다.

元來 唯物史觀에서 말하는 上層 構造, 卽 '精神的 生活 過程 一般', 또는 '社會的 諸 意識 形態'에 文化를 規定지우게 될 제, 文化는 必然的으로 階級文化이며, 그것은 階級의 所産으로서 階級的 地盤 가운데 現實的 根源을 갖이고 있다. 卽, 一定한 文化는 特定한 階級의 存在와 함께 滅亡할뿐만 아니라, 新興階級의 낡은 階級에 對한 鬪爭을 通하야 新興 文化도 낡은 文化를 止揚시키이며, 自己 發展을 遂行하게 된다. 따라서 文化 構造의 歷史的 契機는 어데까지나 階級이다.

그러므로 眞正한 意味에 있어서 文化 運動이란 文化 鬪爭을 가르치며, 文化 鬪爭은 곧 이데올로기 領域에 있어서의 階級 鬪爭 外에 아무 것도 아닌 것이다. 要컨대 文化는 一定한 階級性과 함께 一定한 程度에 있어서

黨派性을 갖는 그러한 것이다.

그러면 이 같은 階級 文化에 對하야 民族 文化는 如何히 關聯되며, 그 內容은 무엇일가? 여기에 있어 우리는 民族 文化의 概念부터 究明하기로 하자. 民族이 人類의 오랜 歷史 過程을 通하야 民族, 種族 社會를 거쳐서 形成된 것임은 하나의 常識이다. 그것은 人間 集團이 自然과 鬪爭하는 過程에 있어서 그 技術과 生活 狀態의 發展 段階에 順應한 人類 社會의 集團的 發展 形態로 規定될 제, 비로소 正當한 理解를 갖일 수 있는 것이다.

다시 말하면 民族이 어느 때 어느 곳에서 發生되었든지 간에, 이 같은 統一된 新形態는 資本主義의 擡頭에 依하여 成長된 新經濟의 相互關係 우에 成長된 것이다.(이 點에 있어서 東洋 社會는 歐羅巴에 있어서보다 훨신 앞섰든 것이 事實이다.)

신흥 부르주아지는 種族의 좁은 社會를 깨트리고 商品 市場을 獲得하기 爲하야 數많은 人間을 統一된 社會로 모라 넣어 商品의 大量 消費者를 求하고, 勞動力을 集中시키고, 商品 原料를 運搬하고, 다른 競爭者를 防禦하는 社會를 要求하게 되었으니, 이것이 國民的인 組織으로서 民族의 統一과 民族의 結成을 보게 된 것이다.

卽, 民族이란 資本主義의 發生과 發展의 結果 形成된 人間의 統一體이며, 一定한 經濟的 連繫와 領土, 言語, 文化 等의 共通을 이 統一 가운데 內包하므로써 特徵을 지을 수 있는 것이다.

事實 人間의 集團이 一定한 領土에 定着되지 않았거나, 統一된 繼續的 連繫를 갖이지 않았거나, 言語의 統一, 文化의 統一을 이루지 못하였다면, 그것은 單一民族으로서 形成될 수 없는 것이다.

여기에 있어 共通된 領土 그리고 文化는 또한 共通된 心理的 形成을 갖게 되는 것이니, 所謂 國民性이라든가 民族 心理가 그것이다.(부르주아 學者들이 흔히 人種과 民族을 混合시키여서 理解할뿐만 아니라, 民族을 運命的인 永久不變한 存在로서 認識하려고 한 것은 다름아닌 이 國民性에 있다.)

그러면 우리는 國民性 또는 民族 心理를 否定하며, 나아가서는 民族 文化까지도 抹殺하는 것일까? 勿論 아니다. 맑스主義者는 原則的으로 同一한 國民의 여러 階級에 存在할 수 있는 어떠한 共通的 特性을 決코 否定하지 않는다.

맑스는 哲學者 벤담을 評하야 '特殊한 英國式' 現象이라고 말하였으며, 엥겔스는 經濟學者 루즈벨트의 社會主義를 '프러시아式 貴族的인 社會主義'라고 불넜었다. 그러한 意味에 있어서 '러시아的' 또는 '朝鮮的'인 것도 있을 수 없는 것은 아니다. 부하린은 그의 『史的 唯物論』 가운데에서 時代精神 또는 國民 精神에 對하야 다음과 같이 말하였다.

"어떠한 時代에서도 思想, 感情 또는 氣分의 어떤 優先的 潮流, 社會의 全生活에 그 色彩를 賦與하는 優先的 心理가 存在하며, 이 優先的 心理는 그 時代의 性質에 딸아, 卽 社會的 發達의 條件에 딸아 變化한다." 그리고 "社會에서 優先的인 心理는 두 개의 主要素에 歸着된다. 첫째, 一般的, 心理的 特性. 이것은 社會의 모든 階級을 通知하야 存在할 수 있다. 웨 그러냐 하면 이들 階級의 狀況은 그 相違에도 不拘하고, 共通的인 性格을 또한 갖일 수 있기 때문이다. 둘째, 支配 階級의 心理. 이것은 그 社會에 壓倒的이므로 全社會 生活에 基調를 줄뿐만 아니라, 다른 階級에게도 影響을 주게 한다." 그러나 "많이는 優先的인 社會的 心理는 支配 階級의 心理에 겹치게 된다." 따라서 "階級 社會에 있어서는 決코 永久的인 統一的 完全한 社會 心理가 存在할 수 없으며, 오직 어떤 共通된 特性이 存在한 데 不過하다. 그러나 이것도 決코 過重視하여서는 아니 된다."

그러므로 맑스主義는 이러한 國民的 特性을 社會的 發達의 事實上의 行程에서 說明하고 指摘하는 同時에, 이러한 諸 特性을 過重視하지 않고 많은 樹木을 볼뿐만 아니라, 숲(森林)을 보게 된다. 따라서 社會的 心理의 가장 顯著하고 雄勁한 것은 民族 心理가 아니라 階級 心理이다.

그런데 이 같은 社會的 心理의 凝塊가 곧 科學, 藝術 乃至 文化를 包攝하는 社會的 觀念 形態이다. 그러므로 社會的 觀念 形態는 社會的 心理의 變化에 따라서 變化하게 되며, 社會的 心理는 經濟的 關係의 變化, 卽 生産力의 變化에 따라서 變化하게 된다.

우리는 以上에서 이미 民族 發展의 階級的 推進力이 歷史的으로 보아 부르주아지라는 것을 闡明하였다. 同時에 商品 市場을 廣汎하게 確保하고, 다른 競爭者를 防禦하는 社會 組織을 갖이기 爲하야 統一된 文化—民族 文化의 普及을 꾀하게 됨을 알었다.

그러나 부르주아지가 自己 階級의 利益과 繁榮을 爲하야 아무리 民族 文化, 民族 感情 乃至 民族 意識을 昻揚시킴으로써, 國家主義 組織을 强化하고 永久한 民族 社會를 固執한다 할지라도, 人類의 世界的 平等, 社會의 組織이 民族 經濟에서 世界 經濟로 發展된 土臺 우에 建設하게 될 때에는 民族은 消滅하지 않을 수 없으며, 現實的으로 民族的 分離는 世界的 社會 組織에 障害가 될 뿐만 아니라, 全世界 人類의 絶對 多數가 되는 無産階級 의 單一 組織을 妨害하는 것이 된다. 따라서 民族 文化는 레닌의 말과 같이 階級 文化를 止揚하는 것이 아니라, 民族 文化가 도로혀 階級 文化에 內容 을 주게 되는 것이다.

그러므로 現段階에 있어서 우리가 民族 文化를 내세우게 될 제, 朝鮮의 固有 文化를 確執한다든가, 外國 文化의 排除를 强調한다든가 하는 것은, 歷史的 發展 過程을 不問에 부치이는 하나의 譫語에 不過하다. 問題는 오히려 朝鮮 民族 文化의 歷史的 遺産을 如何히 하야 攝取하느냐 하는 데 있다.

레닌은 프롤레타리아 文化를 가르처 人類가 "資本主義 社會, 地主 社會, 官吏 社會의 壓迫 아래에서 만드러낸 豫備 知識의 合法的인 發展이라."고 말하였다. 事實 프롤레타리아 文化는 부르주아 文化를 무척대고 排擊하는 것이 아니라, '資本主義가 남겨준 文化 全部'에서 이제까지의 '모든 科學과

技術’, ‘모든 知識과 技術’에서 材料를 抹取하므로써, 完全한 發達을 期할 수 있는 것이다. 即, 人類의 全發達을 通하야 蓄積된 文化를 正確히 理解하고, 改造하는 데서 프롤레타리아 文化는 비로서 建設된다.

그러므로 現段階에 있어서 論議되는 進步的 民族 文化의 建設은 眞正한 意味에 있어서 프롤레타리아 階級 文化를 建設하는 데 있어 찾을 수 있는 것이며, 帝國主義的 文化 殘滓의 掃蕩, 封建 文化의 肅淸, 國粹主義 文化의 排擊 等은, 그러한 土臺를 닥기 爲한 當面의 行動 슬로건이다.(廣汎한 論題를 紙面의 制限으로 壓縮시키게 된 것은 大端 遺憾스러운 일이나, 後日 다시 繼續 展開하려 한다.

— 『신문예』, 1946. 7

부 록

작품 목록

발표연월일	발표지	제　　목	비고
1937. 4. 3-9	조선일보	「文壇 抗辯」	
1937. 7. 22-25	조선일보	「文學防衛論」	
1937. 7.	비판	「휴매니즘論」	
1937. 9.	비판	「文壇 時語」	
1937. 11. 9-13	조선일보	「文學의 再認識」	
1937. 12. 21-28	동아일보	「主體의 再建 問題와 現實的 生活」	
1938. 1. 16	동아일보	「社會人으로서의 文學人」	
1938. 3.	정음	「言語・文學・表現」	
1938. 4.	비판	「性愛論」	수필
1938. 5. 19-25	조선일보	「文學 意識과 生活의 乖離」	
1938. 6.	비판	「作家의 近視眼과 作品의 多樣性」	
1938. 8. 10-14	조선일보	「作家의 情熱과 文學의 思想性」	
1938. 8.	청색지	「傳統과 文化」	
1938. 10. 11-20	조선일보	「知性 問題와 휴매니즘」	
1938. 12.	비판	「戊寅 一年間 創作界 總題」	
1939. 1. 29-31	동아일보	「世界的 桎梏에서 어떠케 朝鮮文學은 벗어날까」	
1939. 1. 31-2. 5	조선일보	「現階段과 文藝評論」	
1939. 8.	문장	「現代小說 讀者論」	
1939. 11. 7-11	조선일보	「批評의 問題」	
1939. 11. 18-22	동아일보	「文化 時評」	
1939. 11.	인문평론	「現實과 作家的 世界」	
1939. 11.	문장	「林學洙 著『戰線詩集』」	서평
1939. 12.	문장	「文學의 根本 問題」	
1940. 1. 9-10	조선일보	「評壇의 新春을 말한다」	최재서와 대담
1940. 1. 24-25	조선일보	「文藝 月評」	
1940. 1. 26	동아일보	「短篇小說의 산 敎本」	서평

발표연월일	발표지	제　　목	비 고
1940. 1.	문장	「批評과 作品의 多樣性」	
1940. 1.	인문평론	「制服의 美」	수필
1940. 2. 4-11	동아일보	「科學的 批評의 問題」	
1940. 2.	인문평론	「藝術的 概括의 不足」	
1940. 2.	인문평론	「三木淸 『構想力의 論理』」	서평
1940. 2.	문장	「完板」	수필
1940. 3. 24-31	동아일보	「文藝 時評」	
1940. 3.	인문평론	「歷史的 過程의 形象化」	
1940. 4. 19-25	조선일보	「讀者論」	
1940. 4.	문장	「芥川賞 候補 作品 其他」	
1940. 4.	인문평론	「小說과 虛構性의 問題」	
1940. 4.	농업조선	「山坂」	수필
1940. 5. 21-25	조선일보	五月 創作評	
1940. 5.	문장	「春愁」	수필
1940. 6.	인문평론	「羽仁五郎 『크로오체』」	서평
1940. 6 · 7.	문장	「現實主義的 傾向」	
1940. 7. 7-14	동아일보	「現代技術論의 課題」	
1940. 7. 23-26	조선일보	「文化 時評」	
1940. 7.	인문평론	「藝術的 形象의 槪括」	
1940. 8.	인문평론	「小說의 이데—」	
1940. 8.	농업조선	「綠陰 問題」	수필
1940. 10.	여성	「現代 女性의 位置」	
1940. 11.	인문평론	「作家의 孤立」	
1941. 1.	인문평론	「新體制와 文學」	
1941. 2.	춘추	「朝鮮 文壇의 今後」	
1945. 12. 19-25	중앙신문	「現政勢와 文化 戰線」	
1945. 12.	예술	「解放과 民族叛逆者」	서평

발표연월일	발표지	제　　　목	비 고
1946. 1.	개벽	「聯合軍 進駐와 朝鮮 解放」	
1946. 6.	신문학	「東海 물」	수필
1946. 7.	신문예	「民族 文化論」	
1946. 11.	문화전선	「新民族 文化 樹立을 위하여」	필명: 윤세평 (이하 같음)
1947.		『신조선 민족문화 소론』(민주조선출판사)	
1947. 8.	문화전선	「신조선 문화의 성격과 그 기반」	
1947. 9.	조선문학	「해방과 문학예술」	
1949.		『고전 춘향전 연구』(국립인민출판사)	
1950. 7.		「8·15해방 이후의 문학 평론」	『문학의 전진』
1954. 3.	조선문학	「18세기 실학파 사상과 박연암의 문학」	
1954.		『리조문학의 사적 발전 과정과 제 쟌르에 대한 고찰』(국립출판사)	
1954. 4.		『흥보전』(국립출판사)	
1954. 6.		『홍길동전·전우치전』(국립출판사)	
1955. 2.	조선문학	「인민 군대의 형상화를 위하여」	
1955. 5.	〃	「우리 시문학의 새로운 수확」	
1955. 7.		『우리나라의 애국적 학자 박연암 선생』	
1955. 8.		『사씨남정기』(국립출판사)	
1955. 12.		『임진록』(민주청년사)	
1955.		「전후 복구 건설 시기의 조선문학」 (조선작가동맹출판사 편)	『해방후 10년간의 조선문학』
1956. 4.	조선문학	「정다산과 그의 시가」	
1956. 8.	〃	「우리의 농촌 현실과 극문학」	
1956. 9.	〃	「고전 작품 연구와 교조주의」	

발표연월일	발표지	제　　목	비　고
1956.		『조선문학사 · 15-19세기』(교육도서출판사)	
1956.		『춘향전』(국립출판사)	정학모 공편
1957. 1.	조선문학	「조선시가의 운률적 기초에 대한 약간의 고찰」	
1957. 3.	〃	「연암과 사실주의의 힘」	
1957. 6.	조선예술	「고전 작품의 무대 예술화에 있어서의 몇 가지 문제」	
1957. 10.	조선문학	「고도 평양」	수필
1957.		『심청전』(국립출판사)	
1958. 1. 9	문학신문	「익재 이제현과 그의 문학」	
1958. 3.	조선문학	「정론에 대하여」	
1958. 7. 10	문학신문	「생활과 독단」(대담)	조벽암, 윤세평, 김순석
1958. 7.	조선문학	「사회주의적 로동의 주제와 형상 문제」	
1958. 8. 21	문학신문	「우리 문학의 광휘로운 혁명적 전통」	카프 회상기
1958. 10. 2	〃	「창조와 혁명의 불길 속에서」	
1958.		『김만중작품선집』(국립문학서적출판사)	
1958.		『해방전 조선문학』(조선작가동맹출판사)	문학사
1958.		『해방후 우리 문학』(조선작가동맹출판사)	〃
1958.		『문예전선에 있어서 반동적 부르죠아사상을 반대하여』 (조선작가동맹출판사)	공저
1959. 1. 4	문학신문	「시문학에서 부르죠아 사상 잔재를 반대하여」	
1959. 3. 1	〃	「농촌협동화에 바쳐진 예술적 화폭」	서평
1959. 3. 5	〃	「영예로운 비판의 무기를 녹쓸게 하지 말자」	
1959. 4. 19	문학신문	「조선작가동맹 중앙위원회 제4차 전원회의에서 한 토론」	최일룡, 윤세평, 정문향
1959. 5. 3	〃	「공산주의 문학 건설은 우리 문학 발전의 합법칙적 요구」	
1959. 8.	조선문학	「작품과 빠뽀스 문제」	

발표연월일	발표지	제 목	비 고
1959. 11.	청년문학	「공산주의 문학 건설에 있어서 신인들의 역할」	
1960. 1. 29	문학신문	「『형제』와 민족적 특성 문제」	
1960. 3. 15	〃	「생활이 아닌 생활, 문학이 아닌 문학」	
1960. 3. 22	〃	「민족적 특성에 관한 의견 상이점」	
1960. 4.	조선문학	「공산주의자의 전형 창조와 관련된 민족적 특성에 대한 약간의 고찰」	
1960. 5. 31	문학신문	「평론과 전투적 빠포스」	
1960. 6. 10	〃	「단편 「개나리」에서 론의해야 할 문제」	지상토론
1960. 8.	조선문학	「한설야와 그의 문학」	
1960. 12. 30	문학신문	「풍만한 창조적 결실로 자랑한 1960년」	
1960.		『현대작가론』(조선작가동맹출판사)	공저
1961. 1. 24	문학신문	「생활의 사상, 기교의 문제」	
1961. 1.	조선문학	「조국통일의 주제와 장편소설『사랑』의 세계」	
1961. 4.	〃	「혁명 연극『혈해의 노래』에 대하여」	
1961. 5.	〃	「현실침투와 인민생활과의 련계의 강화는 우리 당 문예 로선의 기본 원칙」	
1961. 6. 11	문학신문	「생활적 갈등의 파악은 당면한 미학적 요구이다」	
1961. 6. 30	〃	「우리나라 사회주의적 사실주의 문학예술 발전에서의 강 령적 교시」	
1961. 8.	조선문학	「위대한 현실생활의 화폭과 공산주의자의 전형 창조」	
1961. 9. 19	문학신문	「우리 문학을 더욱 꽃피우자」	
1961. 11. 3	〃	「천리마 현실의 반영과 극적 갈등 문제」	
1961.		『생활과 문학』(조선작가동맹출판사)	평론선집
1962. 1.	조선문학	「우리나라에서 장편소설의 구성상 특성과 제기되는 문제」	
1962. 2. 20	문학신문	「평론의 립장과 륜리」	
1962. 3. 23	〃	「수정주의적 미학리론을 반대하여」	서평

발표연월일	발표지	제　　목	비고
1962. 4.	조선문학	「우리나라에서 맑스 레닌주의 미학의 창조적 구현」	
1962. 7. 10	문학신문	「또 하나의 각도에서」	
1962. 7. 20	〃	「천세봉 형에게」	편지
1962.		『우리나라에서의 맑스-레닌주의 문예리론의 창조적 발전』(과학원출판사)	평론집
1962.		「사회주의적 내용과 민족적 형식」(과학원 언어문학연구소 문학연구실 편)	

찾아보기

인명 색인

454   인식론적 비평과 문학

윤규섭 비평집

인식론적 비평과 문학

인쇄일 초판 1쇄　2003년 05월 20일
　　　　　2쇄　2015년 06월 23일
발행일 초판 1쇄　2003년 06월 10일
　　　　　2쇄　2015년 06월 25일

편　저 최 명 표
발행인 정 진 이
발행처 새미
등록일 1994.03.10, 제17-271호

서울시 강동구 성내동 447-11 현영빌딩 2층
Tel : 442-4623~4 Fax : 442-4625
www. kookhak.co.kr
E- mail : kookhak2001@hanmail.net
ISBN 978-89-5628-062-2
가 격 25,000원

* 새미는 국학자료원의 자매회사입니다.
*저자와의 협의 하에 인지는 생략합니다.